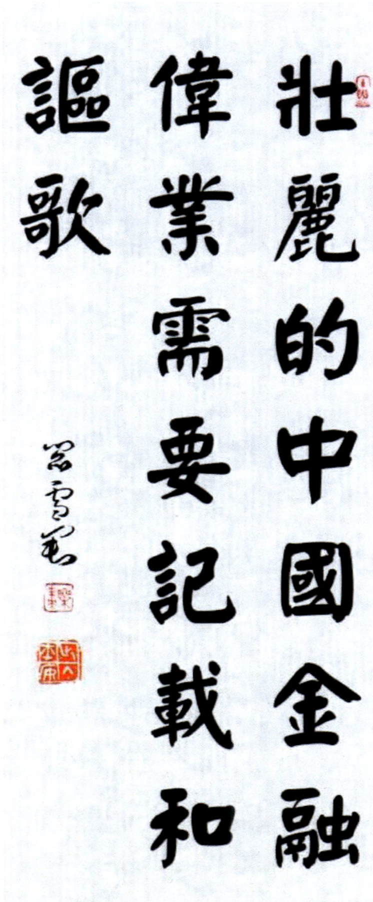
壯麗的中國金融
偉業需要記載和
謳歌

『序』栩如生

阎雪君 著

中国财经出版传媒集团
中国财政经济出版社
·北 京·

图书在版编目（CIP）数据

“序”栩如生 / 阎雪君著. -- 北京 : 中国财政经济出版社，2025. 7（2025.10重印）. -- ISBN 978-7-5223-4063-0

Ⅰ. I267

中国国家版本馆CIP数据核字第2025H04V21号

责任编辑：胡　飞　　　　责任校对：徐艳丽
装帧设计：陈宇琰　　　　责任印制：党　辉

“序”栩如生

“XU”XURUSHENG

中国财政经济出版社 出版

URL：http：//www.cfeph.cn

E-mail：cfeph@cfeph.cn

社址：北京市海淀区阜成路甲28号　邮编：100142

营销中心电话：010-88191522

天猫网店：中国财政经济出版社旗舰店

网址：http://zgczjjcbs.tmall.com

涿州汇美亿浓印刷有限公司印刷　各地新华书店经销

成品尺寸：170mm×240mm　16开　36.5印张　639 800字

2025年7月第1版　2025年10月河北第3次印刷

定价：79.00元

ISBN 978-7-5223-4063-0

（图书出现印装问题，本社负责调换，电话：010-88190548）

本社质量投诉电话：010-88190744

打击盗版举报热线：010-88191661　QQ：2242791300

目　录

壮丽的中国金融事业需要记载和讴歌

——《中国金融文学奖获奖作品》序

文章合为时而著，时代呼唤金融文学！

邓小平先生说过：金融是经济的核心。随着经济和社会的发展，中国金融已成为支撑和推动经济发展的核心和时代繁荣的重要表征及“晴雨表”，也是文学创作的重点领域和不竭的创作源泉。盖文章，经国之大业，不朽之盛事。文章均得江山助，但长期以来，由于种种原因，金融题材的文学创作受到了一定程度的忽视，致使金融题材的文学作品创作和发展相对滞后，已经远远不能满足读者日益增长的对金融题材作品阅读和品味的需求，这与全国金融业的发展显然是极不匹配的，与日益繁荣和丰富的金融产品相比差距甚大，也远远不能适应金融事业的发展。几十年来，中国金融业为国家的经济和社会发展作出了巨大的贡献，可是在全国林林总总的文学画廊和艺术典范中，很少见到金融行业的荣誉和形象，缺乏反映金融战线的正能量。究其原因很多，其中最重要的，可以说是缺乏金融作家协会的组织和金融作家。我们的金融作家们分布在全国银行、证券、保险等各条战线，对金融事业，有着血肉、情感和灵魂的相濡以沫，他们历经风霜雪雨却痴心不改……

好雨知时节。2011 年，在中国金融工会的大力支持下，我们以成立中国金融作协为切入点，实现了金融作协组织从无到有的突破，增强金融作家队伍的凝聚力。11 月 27 日，中国金融作家协会在北京成立，这是中国金融文学界的一件大事。中国金融作协的成立，使全国的金融作家终于有了自己的家，有了自己的组织，由“不务正业”走向名正言顺，由地下或半地下状态正式转向地上状态，金融作家们堂而皇之地迈上了金融文学的舞台。中国金融作协第一任主席王祁同志为中国金融作协的创立和第一届中国金融文学奖的评奖付出了大量心血，借此机会我们向他表示崇高的敬意。

文学是一个苦旅，也是一条充满快乐的心路征程。成立中国金融作协，对全国金融作家而言，譬如登高而指，臂非加长而见者远，好似顺风而呼，声非加疾而闻者彰。近年来，中国金融作协采取有力措施，为培养、建设这支文学新军作出了积极探索，激发了金融作家和作者的创作热情，坚持为人民服务、为社会主义服务的方向，坚持百花齐放、百家争鸣的方针，站在时代潮头、回应人民期待，抒发家国情怀、赞颂人间大爱，培植我们的精神家园，用青春正能量见证成长见证大爱。尤其是在当前如此重大、深刻的社会变革中，如何讲述中国金融故事，发出富于影响力和感染力的中国声音，创作出可以传诸后世的精品力作，是当代中国金融作家面临的巨大挑战，也是当代中国金融作家的光荣所在。作家的创作只有根植于人民生活的大地上，才能获得源源不断的养分和力量；金融作家更要向生活学习，向人民学习，向文学经典学习，珍爱文学，贴近生活，叩问良知，诚实写作。金融行业拥有从业人员近千万人，毫无疑问，这是一个庞大的自成体系的重要群体。党的十七大提出了文化要“大发展，大繁荣”的目标，党的十八大继续把文化建设作为提高我国文化软实力的重要举措，特别是习近平总书记在北京文艺座谈会上的重要讲话，更为金融文学的发展指明了方向。金融文学创作不仅是文学百花园的重要组成部分，同时也是金融文化建设的重要内容，是提高员工的工作积极性和职业自豪感、提升我国金融软实力的重要体现，有利于增强我国金融机构的市场竞争力。

春路雨添花。2013 年，我们以加入中国作协团体会员为着力点，取得了金融作协由小到大的突破，增强金融文学创作的影响力。这是我们金融作协工作的重中之重，也是金融作协工作取得重大突破的必由之路。5 月 15 日，中国作家协会第八届主席团第四次会议在京召开，会议审议批准了中国金融作家协会为中国作家协会团体会员，在金融界和社会各界引起了很大的反响。被批准成为中国作家协会团体会员，对于中国金融作家协会来讲是一件具有里程碑意义的大事。看似平常最奇崛，成如容易却艰辛，目前在金融领域有一大批默默写作的业余作家和作者，他们不断为金融文学创作增添亮色。成为中国作协团体会员后，中国金融作协就能够因势利导，多措并举，更好地为广大金融作家、作者提供良好的创作平台，引导广大金融作家、作者撰写出更多、更好的金融题材文学作品，为繁荣金融文学，推动中国金融事业的又好又快发展作出重要贡献。

一夜好风吹，新花一万枝。为繁荣中国金融文学事业，弘扬金融行业的先进精神，我们以成功举办“中国金融文学奖”为支撑点，获得了金融文学创作由弱到强的突破，创建了金融文学品牌。我们将“中国金融文学奖”评选活动作为中国金融作家协会的重点工作来抓，决定每两年举办一届，成为中国金融文学界的最高品牌奖项，树立了中国金融文学品牌。2011 年成功举办了第一届中国金融文学奖评奖活动，在由中国作协领导和著名专家组成的终评委员会的大力支持下，共有 83 篇（部、首）作品获奖。2013 年成功举办了第二届中国金融文学奖（华夏银行杯）评奖活动，在由中国作协领导和著名专家组成的终评委员会的大力支持下，共有 41 篇（部、首）作品获奖。

中国金融文学评奖活动范围广、层次高、影响大，评奖后正式发文通报全国金融系统，新华社、人民日报、光明日报、文艺报、金融时报、中国金融文化网等多家媒体进行了宣传报道，在全国引起了较大反响。在中国金融出版社的大力支持下，编辑结集出版，扩大金融文学在社会各界的影响力。

大家都知道，金融文学是金融企业发展的动力源泉，也是金融文化建设的重要内容，繁荣和发展金融文学是贯彻落实习近平总书记文艺座谈会重要讲话精神的必然要求。党的十八届四中全会，以及习近平主席在文艺座谈会上提出要求，要坚持社会主义先进文化前进方向，兴起社会主义文化建设新高潮，激发全民族文化创造活力，提高国家文化软实力；先进的金融文学对内可以增强金融行业的凝聚力、向心力，对外可以树立良好的形象、扩大市场的影响力，是金融企业核心竞争力的重要组成部分。习近平主席在京主持召开文艺工作座谈会并发表重要讲话后，中国金融作协立刻下发通知，号召和组织全国金融作家们认真学习习近平总书记讲话精神，把金融文学创作工作纳入重要议事日程。我还代表金融作协在“中国作家协会第八届主席团第六次扩大会议”上作了题为《壮丽的中国金融事业需要记载和讴歌》主旨发言，宣传了金融文学的创作活动，并就贯彻落实习近平总书记重要讲话精神提出了具体意见和工作举措。同时结合正在开展的“全国金融报告文学大奖赛”和“金融人金融事”职工 DV 创作大奖赛活动，把学习贯彻习近平总书记讲话精神落到实处。许多金融作家都撰写了学习心得和体会，表示要按照习近平总书记的讲话精神，扎实创作，多出精品，为国家金融事业发展作出贡献，得到了广大作家及社会各界的一致好评。

金融文学创作必须与时俱进。要发展金融文学创作必须要跟上金融业和时代发展的步伐。在封建社会，金融文学大体反映了商品文明与权力文明互为消长的历史现象；在资本主义社会，金融文学则鲜明地反映了资本主义金融史，从原始积累到自由竞争到垄断资本形成。那么到了当代我国金融进入社会主义市场经济阶段，金融文学要反映的应该是更为复杂和深刻的金融人形象、金融人精神、金融经济社会的时代画卷等。我们提倡和鼓励体现中国特色社会主义核心价值和主旋律的金融文学作品。金融文学是个富矿，金融文学的潜力很大，存在巨大的后发优势。金融文学还很年轻，像一片刚被开垦的处女地。有眼光有实力的作家要认识到，实际上中国金融文学创作的马拉松长跑已经开始了，等待犹豫只会失去机会，而坚持和有实力就会有所斩获！

东风好作阳和使，逢草逢花报发生。我们坚信金融文学可以写出文学力作甚至经典作品。检看历史文库，金融文学作品的诞生，可以回溯到两千多年前。从货币来到世间那天起，文学领域就萌发了一朵独具风采的奇葩。随着货币的盛行，金融文学就有了自己拓展的长天阔地。金融文学首先是文学，其次才是金融文学，金融文学质量的最终判断，不在金融题材上，而在文学的思想和艺术高度上。我们不应被行业特征所局限，因为文学的最终任务是写人，不光是写行业，行业是限制不了写人的。金融业是个被称为世界皇冠领域的产业和行业，金融是社会发展进步的信用杠杆，这个行业和泛行业中的工作生活是极其丰富多彩、绚丽多姿的，可以说是集中了精英智者、尝遍了苦辣酸甜、充满了机遇风险、展尽了人性善恶、演足了爱恨情仇、牵扯了方方面面敏感神经的生活领域。文不按古，匠心独妙。只要坚持“文学是人学”的宗旨，金融行业题材也可以写出经典作品。

春秋多佳日，登高赋新诗。我们始终坚信金融文学创作和发展前景一片光明。事实上，对行业文学，不光是外面怎么看，还有自己怎么看，如果金融作家不能够跳出行业的局限，不能够站在全国乃至世界文坛的高度思考和写作，只在自己的门户和行业里长吟短唱，自得其乐，肯定是没有大出息的。所以中国金融作协提出“金融人写和写金融人”的理念，这个理念的核心就是要开门创作金融文学，开门发展金融文学，金融文学要凝聚系统内外的一切力量促进繁荣发展，金融文学创作和发展前景乐观，前途光明，通过金融人写和写金融人的共同努力，金融文学一定能结出丰硕的果实。

千红万紫安排着，只待新雷第一声。村村皆画本，处处有诗才，繁华的都市，还有丰收的乡村，时时离不开金融的支持，到处都有金融人的身影。登山则情满于山，观海则意溢于海，文若春华，思若涌泉，衔华而佩实。这火热的生活、壮丽的金融画卷，需要更多的金融作家、文学爱好者去记录、去讴歌，描绘出一幅充满活力的金融文学蓝图。

寄语金融文坛好，明年春色倍还人！

是为序。

2014 年 12 月 1 日
于北京金融街金融作协办公室

生而为英，死而为灵

——恽代英诞辰110周年暨牺牲75周年纪念画册序

惠风和畅，徐徐吹散了那覆盖着的鲜红花瓣，轻轻拂开了这本厚重的画册。顿时，眼前光芒迸射，扑面而来的那一幅幅动人的景象，使我们瞬间追忆起那段流金的岁月：刀光剑影里闪现着他那横枪跃马的矫健身影，血雨腥风中浸透了他对祖国对党对人民的无限挚爱，鸿篇巨制间凸显出他那高超的智慧和大家风范……耳边国歌响起，一代伟人恽代英正从记忆的封尘中向我们健步走来，他那伟岸的形象在阳光下熠熠生辉，他那坚实的足迹正在神州大地上延伸……

岁月不居，时节如流。在恽代英先烈牺牲75周年之际，我们缅怀革命先辈，崇敬之情油然而生，目光穿越时空的隧道，仿佛又看到了先烈光辉的历程……

国破山河在，城春草木深。1895年，中华国土的上空阴霾肆虐，各国列强正疯狂地撕裂着祖国母亲的肌体。在这国难当头之际，恽代英诞生于湖北省武昌老育英堂的“毗陵恽寓”，祖籍江苏武进。1921年由共产主义青年团转入中国共产党，1931年4月29日在南京雨花台英勇就义，时年36岁。

区区36载，何以“生而为英，死而为灵”？何以时光短暂，却成就丰硕，功载千秋？漫漫七八十载，因何功遂身谢，却仍名由实美？

伟大的革命思想家

文章千古事，得失寸心知。1918年恽代英毕业于武昌中华大学哲学系，这为他构建及阐述其哲学思想打下了坚实基础。恽代英从青年时代起就“立志终身教育事业”，并先后在武汉、安徽宣城、四川泸州、成都、上海、广州等地长期从事过革命教育。在五四运动前后，他文若春华，思如泉涌，主要著作有《文明与道德》《新无神论》《物质实在论》《中国民族革命运动史》《政治学概论》等书广泛流传，他的许多理论文章脍炙人口。特别是他的无产阶级革命领导权和“帝国主义是纸老虎”的思想，以及对新三民主义的阐述、对中国社会各阶级的分析、对中国革命与世界革命的关系等问题的研究，都对中国无产阶级革命运动及思想理论的形成产生过重要影响。而最有影响的则是他在 1920 年受陈独秀的委托，翻译了考茨基的重要著作《阶级争斗》，1921 年 1 月由新青年社出版，并于 1926 年再版。这部书当时曾使毛泽东、周恩来、董必武和彭德怀等无数共产主义崇拜者受到了深刻的教育。对此，毛泽东回忆说“有三本书特别深地铭刻在我的心中，建立起我对马克思主义的信仰。这三本书是：《共产主义宣言》，陈望道译；《阶级争斗》考茨基著，恽代英译；《社会主义史》，柯卡普著。”中国革命者从此书内容开始明确：要改造中国必须进行阶级斗争，从根本上改变社会制度。

善歌者使人继其声，善教者使人继其志。恽代英烈士在 1917 年前后创建进步青年团体，1919 年前后与李大钊、毛泽东、邓中夏等著名革命活动家，举起马列主义旗帜，积极传播马列主义火种，得天下英才而育之。在恽代英的影响和指引下，无数优秀青年投入大革命洪流，走上革命道路，其中包括：林育南、李硕勋、薄一波、刘瑞龙等共产主义战士和无产阶级革命家。

1923 年 8 月，在中国社会主义青年团第二次全国代表大会上，恽代英当选为团中央候补委员，不久被增补为中央委员，负责团中央的宣传工作，任团中央机关刊物《中国青年》的主编。他在担任《中国青年》首任主编期间，组织了一批强有力的作者队伍：陈独秀、瞿秋白、毛泽东、邓中夏、任弼时、陈潭秋、沈雁冰、张太雷、林育南、李秋实、刘仁静等中共著名活动家，都是《中国青年》经常作者，成为中国革命青年的指路明灯。他在任主编期间，除了做好繁重的事务性工作，还在《中国青年》上发表了 130 多篇理论文章和近 40 篇通信，热情宣传马克思主义基本理论和中国共产党的政治纲领以及各项方针政策。特别是恽代英在 1924 年 11 月 22 日《中国青年》第 54 期撰写的《怎样进行革命运动》一文中，明确地提出了“帝国主义是一戳便穿的纸老虎”的论点，意义深远。他指出，外国势力并非不可战胜，因为帝国主义各国间“意见还十分分歧，他们不但不易于各国联合起来以压迫我们，便是任何一国亦不能拿全力来压迫我们”各国人民“只要团结国民，与外人抵御，外国劳动阶级会不愿意担负战争的损失，国际间利害冲突的国家会发生各种纷议，东洋被压迫民族的革命潮流也会激动起来”，恽代英根据帝国主义间的矛盾，预见到“中国的革命一定在世界中间完全可以成功”。他的思想和著作，对革命青年影响很大，许多当时的进步青年都说：读他的著作，譬如登高而招，臂非加长而见者远，又如顺风而呼，声非加疾而闻者彰。教育影响了整整一代人。郭沫若曾回忆说：“在大革命前后的青年学生们，凡是稍微有些进步思想的，不知道恽代英，没有受他的影响的人，可以说是没有。”

求木之长者，必固其根本；欲流之远者，必浚其泉涌；思国之安者，必积其德义。1928 年 7 月，中国共产党第六次代表大会后，恽代英到了上海，他先后担任了中央组织部秘书、宣传部秘书、中央机关刊物《红旗》的编辑。他的一生虽极其短暂，却奇迹般地留下著作 300 多万字，蕴涵了极为丰富的哲学和革命思想。他和李大钊、瞿秋白、毛泽东等老一辈革命家，把马克思主义与中国革命实际相结合，对中国革命的性质、革命动力、革命对象和任务，都作了深入科学的分析，为中国新民主主义革命思想的形成，作出了巨大的理论贡献！

2005 年 5 月 1 日，已 98 岁高龄的薄一波同志，为预祝华中师范大学召开纪念恽代英诞辰 110 周年学术讨论会圆满成功，给该校写了一封信，信中深情地写道："恽代英同志在早期共产党人中颇负盛名。他的坚定的革命信念、热烈的革命精神、高尚的道德情操，在当时的革命青年中有口皆碑，一时为之传唱。我就是深受恽代英思想影响的一个人。《向导》周刊、《中国青年》，是当时我们最爱读的刊物。"

卓越的政治家

恽代英是我国著名的中共党史人物，是我党早期杰出的政治家和青年运动的领袖。他为实现祖国的独立和人民的解放，为实现共产主义献出了自己壮丽的一生。

恽代英很早就投身革命。据老一辈革命家董必武回忆说：1920 年武汉有一个革命的青年团体，他们的领导人是一个卓越的青年叫恽代英。1923 年 8 月他出席中国社会主义青年团第二次全国代表大会，当选为候补中央委员。1924 年，国民党召开中国国民党第一次全国代表大会，成立国民党上海执行部，恽代英与毛泽东、邓中夏、向警予等参加领导工作。1925 年成为中国社会主义青年团第三次全国代表大会五人主席团成员之一，并成为中国共产主义青年团的中央委员；之后出任团中央宣传部主任。同年中共中央召开紧急会议通过了恽代英提出的《扩大反帝运动和组织五卅大示威》的决议，把工人的经济斗争发展成为反帝国主义的政治斗争。"五・卅"运动爆发后，恽代英按党的指示，向国民党上海执行部提出将该部作为反帝示威运动的总指挥部，但遭到反对。这时他当机立断，决定以上海学联作为指挥部，并亲自任总指挥，从而成功领导了轰轰烈烈的反帝示威运动。

1926 年 1 月，恽代英在广州出席了国民党第二次全国代表大会，当选为国民党中央执行委员。1927 年 10 月国民党二届三中全会上，恽代英站在反蒋斗争的前列，为大会的圆满成功作出了贡献。4 月 12 日，蒋介石在上海发动反革命政变，恽代英与宋庆龄、林伯渠、毛泽东等人联名通电讨蒋。同年 4 月在中国共产党第五次全国代表大会上，当选为中央委员，与瞿秋白、毛泽东等一起批评了陈独秀的右倾投降错误。12 月广州苏维埃政府诞生，恽代英出任秘书长。后协助周恩来同志工作，与周恩来、李立三等领导培养和训练了大批党的干部，极大地推动了各级党组织的恢复和发展。

老一辈革命家董必武在向恽代英纪念馆题词时讲："恽代英同志是我党最善于组织青年和劳动大众的领导人之一。他经常正确地反映青年和劳动大众的意见，引导他们前进同时不断地向他们学会了许多东西。"宋庆龄同志评价他："在伟大地革命中光荣地献身，他给青年们江流那样不断地追思。"

2006 年 3 月 4 日，胡锦涛同志在看望出席全国政协十届四次会议的委员时指出：在我们的社会主义社会里，要引导广大干部群众特别是青少年树立"八荣八耻"为主要内容的社会主义荣辱观。恽代英等老一辈无产阶级革命家的精神和思想是我党坚持先进文化方向的光辉体现，为我们当前践行"八荣八耻"树立了榜样。先烈们为之奋斗和献身的理想和事业就是中华民族的繁荣富强！

杰出的军事家

1926 年 5 月，恽代英担任了黄埔军校第四期的政治总教官，并任黄埔军校中共党团领导成员。恽代英和周恩来等同志是我们党内最早认识到武装斗争重要性的领导人，在黄埔军校期间，他们奠定了中国共产党和人民军队政治思想工作的理论基础。正如朱德同志所说，研究中国共产党和人民军队的政治思想工作，"要从黄埔军校这个老根挖起"。

1927 年 1 月，恽代英从广州抵达武汉，实际主持了中央军校武汉分校的工作。此前的黄埔军校不招女生，这时为了满足广大革命女青年的要求，武汉军校专门设立了女生队，培养出了赵一曼、胡筠、陈觉吾等一批著名的巾帼英雄。5 月中旬，夏斗寅的独立 14 师叛变，形势危急，武汉军校学员组成了独立师，恽代英任党代表，与叶挺主力出征。万鼓雷股地，千旗火生风，击溃了夏斗寅部，使武汉形势转危为安。6 月主持国民革命军总政治部工作。

郭沫若同志曾深情地回忆说："世纪之实，代英在四川泸州等地传播革命思想，四川青年受他影响特别多，如果我们调查一下，那时从四川那样的山坳里远远跑到广东投考黄埔军校的青年，恐怕十个有九个是受代英影响的！"

蒋汪宁汉合流后，他到达南昌，与周恩来等 5 人组成前敌委员会，参加领导了著名的南昌起义。1927 年 8 月 1 日，南昌起义打响了武装反对国民党的第一枪。次日，恽代英在南昌市军民庆祝革命委员会和军民联欢大会上发表演说，深深地鼓舞了广大军民。不久，他随起义军南征。12 月，他与张太雷等领导了广州起义，被推为广州苏维埃政府红军党代表，叶挺任红军总司令。1929 年 3 月，红四军在湘鄂西成立，恽代英被任命为红四军党代表（军长贺龙，后改红二军）。4 月 5 日，毛泽东代表红四军前委在致中央的信中说："现在党的指挥机关是前委，毛泽东为书记，军事指挥机关是司令部，朱德为军长。中央若因别的需要朱、毛二人改换工作，望即派遣得力人来。我们的意见，刘伯承同志可以任军事，恽代英可以任党及政治，两（人）如能派得来，那是胜过我们的。"

恽代英为缔造和建立一支人民的军队建立了不朽的历史功勋。

出师未捷身先死，常使英雄泪满巾。1930 年 5 月 6 日，恽代英不幸被捕。1931 年春，恽代英被押到了南京江东门外的国民党"中央军人监狱"，在狱中秘密编写了解释共产党十大政纲的工人通俗读本，并留下了一首教育和影响了几代人的豪情绝唱。4 月 25 日，由于顾顺章在汉口叛变并出卖了恽代英，使得党对恽代英即将成功的营救工作前功尽弃。4 月 29 日中午，恽代英高唱《国际歌》走向刑场，高呼"中国共产党万岁！"口号英勇就义。

新中国成立之后，许多老一辈无产阶级革命家深切怀念恽代英烈士，叶剑英同志称其是："青年模范，人民英雄！"

周恩来同志自 1926 年在黄埔军校担任军事总教官期间就与恽代英共事，并从此共同出生入死。在恽代英牺牲十九周年时对烈士的一生作了崇高评价："中国青年热爱的领袖恽代英同志牺牲已经十九年了，他的无产阶级意识，工作热情，坚强意志，朴素作风，牺牲精神，群众化的品质，感人的说服力应永远成为中国革命青年的楷模！"

恽代英同志，功丰绩伟，彪炳千秋！

"浪迹江湖忆旧游，故人生死各千秋，已摒忧患寻常事，留得豪情作楚囚。"吟咏流千古，声名动四夷。

云山苍苍，江水泱泱，代英之风，山高水长……

是为序。

阎雪君

2005 年 5 月

于北京

小说的信天游气质

——邱华栋先生谈阎雪君长篇小说《天是爹来地是娘》

“一朵朵白云天上飘 / 一群群绵羊青草湾湾里跑……”

伴随着悠扬高亢的信天游，中国金融作协主席阎雪君先生的第六部长篇小说《天是爹来地是娘》横空出世了。这部以金融扶贫为题材的作品有多好看？反正我听说，一经问世就被盗版，既在想象之中，又实属郁闷而无奈。

小说的故事情节发生在黄土高原的清河县香水沟乡香水沟村。金炜明从京城到清河县挂职扶贫，任分管金融的副县长。到香水沟的第一天，还没进村，就遇到了惊跌眼珠子的怪事。一个年轻美貌的妇女在村外玉米地里，被歹徒打懵。歹徒们既没劫财，也没有劫色，却做了一件吓死人也羞死人的事情，把女人生孩子的地方密密麻麻缝了起来……

金炜明坐的面包车，在坑洼不平的乡村土路上，被开着大悍马，带着一拖拉机上访人群的富豪郝利仁逼得无法通过。到村后，他没有住乡政府，而是住在建于明代，几经变迁早已破败的老院子——明登天府。院子里有田守义一家、老知青魏仁、李亮和李胜利光棍父子、佛教徒陈仙、死了儿子的刘告状、贫困户燕百合、大学生村官何晓娜。旁边的大街上有村支书贾英才兄弟四户，包工发了财的池连泉兄弟。

故事就此展开，这条破破烂烂的老街上，形形色色的人物，在乡村大舞台上，演出了一代又一代的戏，幕幕惊险，场场精彩……

燕百合和宋小蝶是“串亲”的姑嫂。还在读书做梦的百合，退学嫁给小蝶拄拐架的哥哥宋根红，小蝶嫁给百合有点傻哥哥燕忠。两个女人都有一颗不安分的心。百合通过信用社贷款在香水村破天荒地开了一家澡堂，刚被乡里树为致富典型，却有人举报无照经营被查。又开了一家车马店，生意红火，因为住宿的货车司机带“女人”被人举报，贴了封条。几番创业，皆因不向村霸低头而负债返贫。宋小蝶在矿区开“小媳妇”凉粉店发了财，在村里盖起六间大瓦房，“致富”背后有与“廖队长”的婚外情，暗中为“方便矿工”组织卖淫，最终倾家荡产变得痴呆。

极度贫穷使人精神麻木，因为一个穷字，为了一个钱字，田改兰用那一拇手宽的田地“种人”，生下孩子送给城里人赚钱，招致下面被缝，羞愧而死。

优秀的小说家，首先是超前的思想家，他们为家乡故土传，为一个个小人物传。阎雪君先生在这部长篇小说中塑造了几十个各色人物。田守义是传统的土地守护者，一辈子就爱种地，认为农民种地天经地义，其他都是歪门邪道，一个土地的忠实守护者，却因为不愿意跟众人进行流转土地种菜，却成了大农业发展的阻力。陈仙信佛，也是个“半仙”，与信用社主任石头处处作对，后来被事实感化，挺身而出，用生命阻止了郝利仁向水井投毒，成了石头遇害破案的关键。瞎子李亮，看不见白，却知道黑，是个黑白分明的知者。

作者用神来之笔，塑造了一个标志性人物李胜利。他头戴绿军帽，身穿绿军装，胸前挂满各种式样的毛主席像章，推着一辆红旗牌老式自行车，车把前托着一幅毛主席的大照片，车把左右各插一面红旗，迎风招展。那里有不平，那里有歪风，那里出现伤风败俗的事，他就出现在那里“治理整顿”。终身未娶，坚守着心中的爱情，只种不施农药化肥的纯绿色蔬菜，低价出售。面对郝利仁等黑恶势力，也正气凛然地去“治理整顿”，即使被打成重伤，还在站起来。县里召开人民代表大会，他说自己不用选就代表人民，拿着详细的证据材料，要去会场外“治理整顿”，半路又被打成重伤，那辆具有象征意义的自行车也被拧成“麻花”。那些人还惦记着他珍藏的价值高昂的毛主席像章，入室抢劫，对身负重伤仍死抱着毛主席塑像不放的他，进行了残忍的精神打击和灵魂折磨。这个看似与时代格格不入的唐吉珂德式的人物，贯穿全书，成为见脓包就挑的一根硬刺，他的残忍死去，可以理解为用生命放出的最后一刺。他也是混沌世界里一束刺目的亮光。

所有的人物，都是活生生的立体形象，没有完美，只有真实。小说把农村的悲苦与麻木挖掘到了极致。换亲，生孩子致富，拉边套……哀其不幸，却没有简单地“怒其不争”，每个人物都有悲壮或合理的归宿。

群众心中的英雄，信用社主任石头，同样是一个矛盾的多面体。他与田改梅是上学路上形影不离的小伙伴，两人的感情像树上的青苹果，酸里透着香。田改梅的哥哥四十岁了没对象，他爹为收彩礼钱给哥哥娶媳妇，把他嫁给三十大几的男人。“人有小九九，天有大算盘。”田改梅认了命，石头却痴情不改。改梅的男人为还结婚欠下的高利贷，到小煤窑像条肉虫在四块石头间爬行，不幸被砸致残。石头把自己准备结婚的钱，全部花在医院，救了改梅男人的命，又借钱为改梅还了逼命的高利贷。放弃了与公社书记女儿“胖妞”的婚姻，顶着世俗骂名，甘心一辈子和改梅过“拉边套”的畸形婚姻生活。他想着法子，绕着制度给农民发放创业贷款，与农民同喜同悲，曲曲折折，艰难地走上种植大棚蔬菜销往北京的良性致富道路。在一个大雨夜，他被歹徒抢劫杀害。公家因为他有违规行为不批准为英雄，老百姓给他集体送葬，集资配阴婚，因为配的女尸是盗挖来的，又惹上官司，女尸竟然是偷盗者车祸的牺牲品。

金炜明从京城到清河县扶贫，他还有另外一个身份，是香水沟的儿子。养父母通过知青，把他从清河县带到北京，香水沟村是他梦中寻找的故乡。这层关系，让故事变得玄妙，暗含了世事因果，人心感恩。

现实主义的优秀作品，往往具对人性的丰富体察。两两相对的善恶矛盾，让小说有了强大的震撼力。贾英才、池连泉、陆占春本是一起长大的小伙伴，在社会转型中，利益趋动，人性分野。当上支书的贾英才利用背后势力，四兄弟在村里巧取豪夺，几乎无所不能，老百姓敢怒不敢言；当兵复员的陆占春团结村民，与池连泉联手竞拍到了全村的机井水渠使用权，让贾家暗箱操作，低价得手，再盘剥村民的阴谋破产。城关信用社主任凌志与不法商人贺富贵内外勾结，损害银行和群众利益，沦为犯罪；香水沟乡信用社主任石头则一心为民。有以承包荒山为名，私自挖煤，非法集资，杀人越货的郝利仁；又有合法经营富民煤矿，解决几百名农民就业的罗亮。有众多农民创业失败的悲剧；也有赵壮、罗山桃、田改竹等踏踏实实靠技术创新、勤劳致富的成功者。

农村转型期的躁动与不安，挣扎与救赎，善良与扭曲，在矛盾中放大，在纠结中前行。人与土地，生存与欲望，人性与信仰，尽显其中。

这是一部“金融扶贫脱贫攻坚”小说。从黑窑主倒下，各种“歪门邪道”的致富纷纷失败，到贫苦百姓走出一条正当致富的路子，两相对应，一条主线，就是人性中恶的泯灭和善的成长。作者笔下，扶贫不再是“送米送油”式的面子扶物，也不是简而言之的“授之以渔”，而是在反反复复的奋争中，实现人性的成长，从而走出自主发展的生活之路。贫困的人们只有真正把握了自己的命运，有了觉醒和自强，才是真正长大。

《天是爹来地是娘》，展示的是作者深深的故土情结。阎雪君作者曾长期任职于县乡基层金融机构，现任职中国金融作协主席。身居京城，却经常像钟摆一样，往返家乡，只要有时间，就回到农村，抡抡镢头，伺弄庄稼，与家乡亲人啦啦呱，唱上一阵子信天游。

黄土地上挣扎的人们，自古以来，把天当爹地当娘，隐忍奋发，不屈抗争。敬天敬地，悲欢离合，生生死死，都是一曲曲信天游。起起伏伏的黄土丘陵，铺满绿绿黄黄的庄稼，远望就像一个个戴着黄绿色乳罩饱满挺拔的乳房，肥沃甘甜的乳汁，滋润着一辈又一辈农民。这部小说，带着土地湿漉漉的香味。这里人人都是艺术家，人人开口能唱曲。生来唱，死来唱，快乐唱，悲苦唱，生活有酸甜苦辣，也有歌声顺气舒心。这块土地长出的爱原始而粗犷，场地也发挥到了极致，高粱地、豆腐坊、粮食仓、山药窖、小煤窑、绿菜地……玉米地奇案、惊世骇俗的生财之道、农村女和男博士、风雨夜血案、夜幕下的生死搏斗……

“深不过那黄土地 / 高不过那个天 / 吼上一嗓子信天游 / 唱唱咱庄稼汉 / 水格灵灵的女子 / 虎格生生的汉 / 人尖尖就出在这九曲黄河湾……”

从信天游起，到信天游落，整部作品读完，如喝一碗晋北高原的羊汤，荤而不腥，肥而不膻，味道十足。犹如一曲惊天动地的信天游，一首黄土地上的生命之歌。让小说具有了信天游的歌唱气质和韵味，阎雪君这部小说是做了开创性的努力。让我们为这部杰作的出笼而喝彩吧！

邱华栋
2017 年 7 月 13 日
于鲁迅文学院

乡　恋

——王张应散文集《一个人和他的乡恋》序

最近，我发现安徽作家王张应是一位热衷并擅长于书写乡愁的作家。在他已经出版的两本诗集、两本散文随笔集和一本中短篇小说集一共五本书中，没有哪一本书里没有写到乡愁，这就深深地打动和感染了我。

这个生在乡村，后来走出了乡村的人，人是早已离开了乡村，心却依然留在乡村，生命和情感的根系仍旧深扎在乡土之中。有人说爱情是文学的永恒的主题，其实，乡愁也一样，被诗人作家们从古写到今，常写常新。王张应这个选择了与文学为伴的人，同时又是如此迷恋他的乡土，或许，命中注定，他的一生都走不出他那浓浓的乡愁。

王张应出生在皖西南潜山县的一个名叫“黄土岭”的村子里。他的家乡真是一块富于灵性的乡土，在现代，在当代，那地方曾经产生过好多位颇具影响力的作家。王张应说，他在他们那个村子里所产生的作家当中，还不算最有名气的。最有名气的作家是大约在一百年前从这个村子里走出去的，写过《啼笑因缘》《金粉世家》《八十一梦》等脍炙人口的小说作品的那位通俗小说大师，他叫张恨水。王张应上的小学校，就是张恨水当年在老家念私塾的那间旧祠堂。

王张应家乡的那块土地，的确是一块最适宜耕种文学的沃土。如果以张恨水当年念私塾的那间祠堂，也就是后来王张应上过的小学校为圆点来画圆，把半径定在 20 公里上，在这个圆圈里面，就可以找到好多位现当代著名作家的出生地，包括诗人海子的家乡高河镇查湾村。再把半径拉长一点，扩大到 30 公里，在这个圆圈里，也许人们会在不经意间发现朱湘、朱光潜等文化名人的童年足迹，甚至，还可以觅到当年“桐城派”的代表人物方苞、姚鼐、刘大魁等人活动的踪迹呢。

一方水土养一方人，一方水土当然也养育了热爱这方水土的作家。王张应就是这方水土养育出来的又一位作家，他深爱着这方水土。王张应直言，他的文学基因来自这方水土，没有这方水土，也就没有他的文学创作。有人说，有故乡的人回到故乡，没有故乡的人寻找天堂。有道理。

如今的王张应，早已离开了他心目中那块神圣的乡土，生活和工作在安徽省会合肥，在一家银行业金融机构从事着高管工作。进入银行业之前，王张应做过几年中学语文教师。他的文学创作起步很早，但中间有过一段漫长的停顿。在那种看似休眠的状态中，王张应一直在对生活、对人生保持着冷静的观察和思考。直到两年前，他才卷土重来。不过，这次起身，比他早年的起步，势头凶猛多了。

听说王张应的名字，其实很早。认识王张应本人，却是很晚了。早晚之间，几乎相隔了二十几年。我是从报刊上认识王张应的名字的，最早是在20世纪八九十年代。那时，王张应在安徽已是一名十分活跃的青年作家。他从1984年开始，陆续在省级以上文学期刊上发表作品。当时他还很年轻，才二十出头。早期，他以写诗为主，也写散文和小说。90年代的《诗刊》，多次发表过他的诗歌。全国金融系统最有权威的报纸《金融时报》的“银河”副刊，在20世纪90年代曾经发表过王张应大量富于乡土气息的诗歌，还有小说。

真正见到王张应本人，时间并不久，是在去年的秋天。在北京小汤山，中国金融作家协会举办的一次培训研讨会上，我们见面了。会前，在作协秘书处提交的与会人员名单上，一共50名参会人员中，我对王张应的名字感到了似曾相识，但不敢确定他是不是记忆中的那位“青年作家”。一问，终于对上号了，还真的是他，全国金融系统一位“资深”的“新作家”。

说他“资深”，自有“资深”的道理。他在20世纪90年代初就是安徽省作家协会的会员，是当时的全国金融系统为数不多的几位“金融作家”之一。说他是“新作家”，似乎也有理由。他在默默无闻地沉寂了二十年之后，突然以井喷的态势重新亮相在文坛上，会让人误以为又一颗金融文学的新星正在冉冉升起。2015年，他一次推出了80万字的《一个人的乡音》（系列作品集），包括诗集《那个时候》、散文集《祖母的村庄》和中短篇小说集《河街人家》。无论在安徽文学界，还是在中国金融文学界，均引起了十分强烈的反响。安徽省作家协会曾经联袂《清明》杂志社、《安徽文学》杂志社、合肥工业大学出版社，四家单位共同举办了“王张应作品研讨会”，安徽省文联名誉主席季宇、安徽省作协秘书长兼副主席及《安徽文学》主编潘小平、《清明》主编舟扬帆等多位著名作家、评论家，对王张应的作品给予了很高的评价。中国金融作家协会也在会刊《中国金融文学》杂志上对王张应做了重点推介，发表了著名作家徐迅为他的作品写出的评论。

在北京小汤山的金融作协培训研讨会上，见到王张应时，他让我想起了一句话，文如其人。王张应给我的印象是，既有乡土的率真和朴实，又有乡愁的深刻和悠远。是他提醒了我，乡土和乡愁，这东西并不是挂在人的嘴上，写在人的脸上，它是流淌在人的血液里，是镌刻在人的骨子上的。无论在时间上过去了多久，还是在空间上走出了多远，人都不会真正离开他的乡土，人也永远走不出他的乡愁。

在北京小汤山见面之后，不到一年时间，王张应告诉我他又有新作出版。新书是一本散文随笔集，而且旗帜鲜明地以“乡愁”作为主题，书名就是《一个人的乡愁》。王张应嘱我作序时，我没有推辞，也没有犹豫，欣然应承了他，就因为我俩有着相似的乡愁情结。

我和王张应一样，都在金融系统工作，文学创作只是在我们的业余活动。我是利用了两个星期的休息时间，才看完王张应通过电子邮件发来的书稿。看稿的过程中，我多次发觉我的眼窝子湿润了。是王张应洋溢于字里行间的对家乡、对亲人、对朋友，对好人、对好景、对好书那种真挚的、浓烈的情感，深深地打动了我。

作家书写乡愁，自然离不开书写乡土。乡愁是什么？在王张应看来，有时候，乡愁也许就是乡土之上的一条路。那是一条通往家乡的路，明明看得见在路的尽头就是自己的家乡，可偏偏这是一条走不通的路。家乡在那头，你只能看得见，却怎么也回不去。王张应在《一个人的乡愁》中，花了大量的篇幅，书写了这种“回不去”的愁绪。

在书中的第一篇《对一块土地的忏悔》，作者回忆了儿时的天真与顽劣，回望了少年时代面对成长的渴望与艰难，回想了对于乡土的逃离与牵挂，最终写出了回归乡土的愿望与忏悔。“不知道从什么时候开始，我对那块土地，心里怀有一种深深的愧疚之意。”

这是《对一块土地的忏悔》的开篇第一句。“那块土地”当然就是作者的家乡，“深深的愧疚之意”是作者所说的那种“忏悔”，更是一种抹不去的乡愁。这样的开头，是一篇文章的开头，也是一本书的开头，给人一种感觉，乡愁扑面而来。阅读《一个人的乡愁》这本书，就是在阅读乡愁。

对童年生活的回忆，往往被作家们拿来作为对于乡愁的一种寄托。王张应在《回忆一口池塘》里这样写道：“回想童年时光，总是怀念一口池塘。很近的一口池塘，就在老宅的门前。它曾经是一个村庄的饮水之源，一口池塘滋养了一个村庄。也曾是一个童年快乐的天堂，池塘里盛满了一段悠远的记忆。”借着对于童年时光的回忆，作者怀念了一口池塘。对于一口池塘，为什么需要怀念？那是因为如今的池塘，已经不是当年的池塘了。当年的池塘，早已逝去，不见踪影。近几十年来，随着时间的推移，乡村里的人们，生活也许越来越富裕，但生存的环境却越来越糟糕，甚至很恶劣，就连过去随处可取的饮用水，现在都来之不易了。水是生命之源，没有水，人就无法生存。有水的地方，水都不能为人所用了，这难道不是一个重大的命题吗？看似作者在写童趣，在写乡情，在写乡愁，实际上写的也是对整个人类生存环境的忧虑，这种忧虑，恰是一种更高层次上的乡愁。

类似的忧虑，还体现在作者对于乡土之上生物多样性变化情况的追踪上。在《儿时的鱼》中，王张应这样写道："有时，我也曾傻傻地反问自己，儿时的鱼，那么多的鱼，没有流向今天，它们都是因为什么原因流到哪里去了？或许，鱼，原本就是一种喜欢逆流而上的物类，它们不喜欢顺流而下！所以，在我们的眼前难得一见它们的身影，它们都游弋到了河流的上游，藏匿在岁月的深处。"在作者儿时的记忆里，家乡的鱼是很多的，在春、夏两季，只要天一下雨，雨水在田畈上横流的时候，有水的地方都会有鱼，人走在田间小路上，小路突然浸泡在水里，一不留神就有可能踢翻正在水里游动的一条鱼。也只是几十年时间，变化竟然如此之大，原先到处是鱼的地方，现在，连鱼的影子也见不着了。人类生存的这个世界，其实也是多种生物的共同家园。尤其是鱼类，它们算是人类最亲密的朋友了，无私地为人类奉献了许多美味的食物，使得人类的生活更加有滋有味。现在，在这片乡土上，鱼的家园倾覆了，鱼儿遭遇了灭顶之灾，作为鱼类的朋友，人类真的能够袖手旁观吗？作者想说的该是一个重大的话题，鱼类的灾难，也许就是人类的灾难！希望鱼类的今天，不要成为人类的明天！作者通过写儿时的鱼，表达了如此深层次的忧虑，这是对整个人类共同的家园面临生死存亡的忧虑，这难道不是一种更大情怀上的乡愁吗？

王张应笔下的乡愁，绝不是那种搔首弄耳无病呻吟式的小情小调，而是一种切身贴心、一针见血的真实体验。在回忆家乡的风物时，王张应会"忽然想起牛"。在《忽然想起牛》中，作者是这样来写那头曾经是他的亲密伙伴的牛的："我曾经十分痴迷于牛迈步行走的姿态，我认为，那是一种大智若愚、大音希声、大象无形的气派和气质，我对牛特别崇拜。你看，牛的体格硕大，腿壮腰圆。

牛，立如一座山，卧如一磐石，行如一艘船。牛的行为举止，向来稳重从容，它不急不躁，不紧不慢，走起路来，一步一个脚印，稳稳实实，从不轻佻，从不虚踏一脚。人，难道不该从牛的行为举止上学点什么？"这哪里是写牛，分明是在写作者的人生体悟。

这些年来，在我们这个世界上正在丢失的不仅仅是牛，更多的还是寄托在牛身上的那样一些美好的品质。

乡愁有时候也会是一抹云彩，来无影去无踪，它不会仅仅停留在乡土之上。飘忽不定的乡愁，常常陪伴着人们的行走，在行走的途中时有时无，若隐若现。人生，其实也是一次行走。这种行走，总是从家乡出发，最后又回到了家乡。即便人回不了家乡，他的心也一定回到了家乡。人们总是这样，待在家乡的时候，并不一定能够体会得到家乡的好。甚至还会万般的牢骚，埋怨家乡的种种不好来。一旦走出了家乡，离家乡越来越远了，人们就会想到家乡的种种好处来。人们行走的过程，始终会有乡愁相伴，即便走到了天涯海角，也有可能在那里与乡愁不期而遇。所以说，一个人的远行，不是为了走得更远，而是为了更好地回归。

在王张应的《一个人的乡愁》中，有一组书写行走的篇目，看起来只是写一些所见所闻、所感所悟，实际上写的还是乡愁。

在《懵懂少年的一次远行》中，作者写出了一对少年兄弟对远行的渴望，以及远行给这对少年兄弟所带来的快乐："走出家门，这一对小兄弟，简直如同久居笼中的小鸟，突然被人给放了出来，一时间天高地远，世界空旷无边，两个少年的心里都有说不出的快乐。"然而，这种快乐只是短暂的。行走的途中，饥饿、寒冷还有恐惧，会轮番来袭，一次次考验着这两个涉世未深的少年。在黑夜里，这对少年兄弟看到了一点微弱的亮光，既欣喜又害怕。欣喜的是认为那里有一户人家，他们于无助中觉得有助了。害怕的是担心那不是人家的灯光，那会不会是狼的眼睛。"我发现，到了关键的时候，总是老天爷在暗中助人。就在我们兄弟俩四顾茫然一筹莫展，不知道该去哪儿找谁的时候，在东边不远处，突然亮起了一小点微弱的亮光。起先，我们兄弟俩对着那个豆大的光亮，还有些怀疑，担心它会是狼的眼睛。因为我们从小听说过许许多多有关狼的故事，知道狼的眼睛在夜间是会发光的。"文章写的是远行，落脚点还在"家"字上。这对少年兄弟就是在这样一次行走的艰难过程中，体会到了人出门在外的种种不易，从而反衬出家的温暖，在家就是幸福。

在《在青海邂逅油菜花》一文中，作者看到了青海的油菜花，他就想到了自己家乡的油菜花。他是这样写的："在青海的门源县，我看到了大片的油菜花。那种熟悉的花色和花香，让我感到了格外的亲切。那里的油菜花就好像我的一位亲戚，或者是邻家的一个女儿，她已经嫁了远方，我和她，在这个异地他乡很意外地相遇了。她突然出现在我的面前，让我吃惊，让我欣喜。那里的油菜花，让我看到了一种来之不易的美丽，那种楚楚动人，让人感动不已。"在作者的眼里，他乡的油菜花，也是家乡的油菜花。油菜花已经不仅仅是油菜花了，油菜花还可能是人，是家乡的人，是邻居，是亲戚。一个在旅途中看风景的人，他把他乡的风景看成了自己的家乡人，这不是乡愁又是什么？

在《长寿村的空气》一文中，作者写出了久居城市的人，对于城市空气混浊的一种无奈，也表达出对于蓝天白云的向往："蓝蓝的天空下飘着几朵白云，风吹过，白云缓缓飘移，宛如天边雪白的羊群。儿时常见的情景，现在已经成为遥远的记忆。头顶一块干净的天空，呼吸几口清洁的空气，如今真的不是一件容易事，显得很奢侈。"其实，这种无奈和向往，又何尝不是乡愁！

乡愁无言，乡音有声，乡音最是引发乡愁。"乡音无改鬓毛衰"。王张应说这句话用在他的身上还是蛮贴切的。在《一个人的乡音》中，作者写道，"所以，从骨子里面我就从来没有想过要把乡音抹除。在很多场合，我还是自觉不自觉地说起了乡音，特别是到了那个名叫黄岭的村子里，我就从来不说普通话，只说乡音。比如，在黄岭村说吃饭，我从来不说吃饭，说'七饭'。"这个迷恋乡土的人，他真的做到了乡音不改，乡愁不忘。

乡愁不只栖身在乡土，乡愁只行走在路上，乡愁，也常常隐居在书本之中、被收纳于文字之中。人在读书的过程中，其实，也是在阅读乡愁，品味乡愁。在王张应的散文随笔集《一个人的乡愁》里，有一组文章与读书直接相关。不过，看起来写的是读书，实际上还是在写乡愁。

其中的《乡贤张恨水》，是一组以著名小说家张恨水为对象的文化随笔。作者从张恨水家乡人的角度，对张恨水做了一次多方位、多维度的阅读，写出了《恨水老书房》《恨水何以恨水》《张恨水的处女作》《张恨水第一次投稿》《张恨水其实就是一座山》以及《婚姻里的张恨水》六篇随笔。相信通过阅读这样一组随笔，人们便可以对于从黄岭村走出去的张恨水这位誉满民国的通俗小说大师，有一个鸟瞰式的了解。文章写的是名人，实际上写的也是家乡。家乡既是笔下名人的家乡，也是作者王张应的家乡。在《恨水老书房》中，王张应说，"恨水老书房，又名'黄土书屋'。那地方，我太熟悉了。不过，虽然我早就熟悉那地方，但原先我并不知道，那地方就是恨水老书房，或者叫作'黄土书屋'。熟悉那地方，是因为那是我的家乡，我的出生地就在那里，当年的潜山县岭头乡黄岭村。"在《恨水何以恨水》中，王张应说，"作为张恨水的同乡人，了解乡贤张恨水，我是从他的名字'恨水'二字开始的。在我的家乡黄岭村，从我这一代往上连续三代，几乎很少有人不知道张恨水。"在《张恨水第一次投稿》中，王张应说，"在恨水的家乡，当然，也是我的家乡，在众多的有关张恨水的传说中，我从来就没有听见过乡亲们谈论过张恨水的第一次投稿的经历。也许，乡党们看到的只是张恨水后来的光鲜，却没有看到他那光鲜背后的艰辛。”在《张恨水其实就是一座山》中，王张应是这样说的，“每次走在家乡崎岖的山路上，抬头仰望巍巍的大别山脉时，我总是不免想到，巍巍的群山当中，哪一座山，才是张恨水的那座山呢？”在《婚姻中的张恨水》一文里，末尾写道：“从他的婚姻生活里，我看到了一个仁慈、敦厚、温和、善良的张恨水。”诸如此类，文章写的是乡贤张恨水，写的也是作者的家乡，于字里行间似有一股淡淡的乡愁，如烟如雾，飘忽不定，经久不息。

一个心怀乡愁的人，他注定就是一个热爱读书的人。想往家乡，而又不能回到家乡的时候，唯有读书，读书方能消解乡愁。从《一个人的乡愁》里，发现王张应近期除了阅读乡贤张恨水，还在阅读《闲情偶寄》《浮生六记》以及《山居杂记》，还有美国人写的《瓦尔登湖》，且都写出了很好的读书随笔。这些随笔在落笔之处，总能让人看得出来王张应是个心怀乡愁的人，他在阅读中寄托乡愁，他让那些笼罩着乡愁的日子同时又充满了书香味。

他就是这样一个人，乡愁和书香不离他的左右，他喜欢与书香和乡愁一起结伴而行。

写到这里，我忽然想到了另外一个问题。在短短的两年多时间里，安徽作家王张应以“乡音”“乡愁”为主题，相继推出了四本书，累计超过一百万字。而且，文体的种类相当丰富，有小说，有散文、随笔，还有诗歌。足见，王张应在文学创作上的准备是非常充分的，他为此足足准备了二十年。同时，也说明他是一个多面手，一位十分勤勉的作家。因此，我要说，他的强项是写作，其核心竞争力是写作的“全面性”。他勤于创作，广泛涉猎，并不局限于单个文体的写作，他在不同的文体领域内努力地探索着，并且收获了丰硕的成果。

目前，王张应在全国金融系统的作家群里已是颇具实力的骨干作家，创作成果丰硕，在社会各界也具有较强的影响力。由于具备了这样一种大精神、大气象，又有了非常充分的文学创作准备，我们完全有理由相信，处于创作爆发期的作家王张应在不久的将来，会写出更多、更好的作品，在文学创作上将会产生一个新的高潮，到达一个新的高度！

是为序。

2016 年 6 月 20 日

于北京金融街金融作协办公室

绿叶对根的情意

——武举先生诗集《雨枫诗选》序

好雨知时节，春路雨添花。知悉一代名师、我们十分敬仰的恩师武举先生的诗歌大作《雨枫诗选》就要问世，心中甚喜！这是阳高文艺界的一件大好事，也是我们所有师生多年的心愿。际此，我代表武老师向倾情资书的兄弟姐妹、向所有关爱此书的同学及同仁，表示诚挚的感谢！在此鞠躬。

实际上，多年以前，武老师就印制出过一本小诗集，书名也是《雨枫诗选》，这就足见武老师对这个名字的偏爱。记得当时先生就让我作序，我虽受宠若惊，却也未敢承命。作为先生多年栽培的弟子，实在不敢“造次”。因为在我心目中，先生桃李满天下，他的学生、我的同学，许许多多，都比我优秀。且因我当年名落孙山，且屡战屡败，给武老师丢脸，我一直自行惭愧。先生虽经常跟人夸奖自己的弟子是青出于蓝而胜于蓝，但我始终觉得自己远远未能达到青的纯度，反而坚信蓝永远是青之母，蓝的博大和深邃永远是青所未能企及的。于是我就请托大同市著名诗人、市文联聂还贵主席为先生作序。

这次《雨枫诗选》脱稿前先生就安排让我写序，尽管我还是心存敬畏，但再也无辞可托，更多的是确实有许多的心里话要倾述，便不再顾忌师生身份，只蒙受师生之谊了。觉得老师出了本书，譬如一篇文章，三十年前打了伏笔，三十年后的今天有了照应，这不富有传奇色彩吗？加上恭敬不如从命的古训，再辞便觉不敬，于是我就欣然献丑，倾情作“序”了。

我曾为全国不少的作家、诗人等作序，但对书对人，特别是对人远没有对先生理解得深刻！少壮功夫老始成，先生著书凭的是少壮功夫；夫感人心者莫过乎情。二者有机结合，导致了作品句句珠玑，字字真情。就我个人切身感受而言（或许大家也有类似的感受），先生的情体现在生活中爱才、励志上。先生普惠、喜爱他的所有学生，为切实体会和表达，我只能仅以自己为例。

先说爱才。记得 1981 年，我勉勉强强上了马家皂乡的重点初中，当时是全乡语文第一名，但数学不及格。我分在了先生的四班（当时只有 4 个班）。真是天缘巧合！开学典礼上班主任武老师那极富诱惑力的开班（场）白，就征服了有点调皮的我，我暗下决心，一定要跟着这位老师学出个名堂。于是，我就在第一篇作文中用心表现自己。果然，武老师慧眼识人，我的初中开山之作《开学第一天》就得到了老师的表扬！再后来，我有点沾沾自喜了，有了写小说的野心，每周一厚叠给老师看。一天，老师把我叫到他宿舍，先是鼓励了我，后又讲了些道理，告诉我写作和做事成功的“三大秘诀”，那就是：背古诗、写日记、练书法。他特别要我从写日记做起，每天一篇，绝对要真人真事，真情真感。再后来他发现我语文越来越好，数学越来越差，又找我谈话，担心我偏科无法发展和生存。当得知我决定破釜沉舟，执意冒险作家梦，也就支持了我的选择，并且亲自把我安排到他的宿舍住校，每当夜深人静时，他还手把一本《古文观止》，摇头晃脑逐字逐句念给我听，苦口婆心，悉心栽培。后来每年中考（我的上几届校友），武老师和全校的语文老师一起猜测中考作文题，并安排我写出来再油印成册，发给准备参加中考的校友们学习，使得我当时尽管数理化全是零分而赖名远扬，也在同学们面前挽回一丝丝活下去与坚持创作的勇气和尊严。1985 年，我终于经过在乡中学 6 年的“修炼”，参加了初中毕业考试，当年中考的作文题是《献给老师的一束鲜花》，我赢得了全县唯一的满分，并且获得全县语文第一名，最终朱衣点头，被县教育局破格录取，我觉得这也算是我献给武老师的一束鲜花吧！记得那时先生已应聘大同新荣区，一时两地茫然，后经我四处打听，终于知道了先生下落。先生得知我升上高中也为我长出了一口气！现在想来，当年要不是武老师和其他老师的关心，我是断然升不上高中的，也就拿不到我的最高学历（高中毕业），尽管后来我也算读了个北大研究生，但终归不是全日制的，呵呵。正是凭着武老师授予我的写作才能，我才能从村、乡、县、市、省，一直走到了国务院的直属机构：中国人民银行总行；从一个“三无”（无文凭、无非农户口、无工作）人员，成为一名银行高管，成为中国金融界的作家协会主席、中国作家协会全国委员会委员。所以说，是武老师造就了我！当然，武老师培育的更多的还是文武双全、德才双馨的学生们，如今他门生遍地，名满天下。

关于励志，我们之间也是有故事的。惊蛰一声新雷起，诗选万象故人观。丹心终不改，白发为谁新。转眼间，武老师临近花甲，日子过得好快。没有想到，武老师在退休后，居然又创作了一部诗集。我便从武老师的身上深刻理解到了什么是功崇惟志，什么是业广惟勤。体现了武老师心随朗月高、志与秋霜洁的理想；更凸显了武老师直如朱丝绳、清如玉壶冰的品格。我想当《雨枫诗选》伴着繁花似锦的春天送到各位手中时，大家是否觉得先生至情大爱的为人？是否觉得这就是当今最时兴的正能量？还是原县教育局高贵德局长说得好：武老师活出了人生大境界！遍览诗选，洋洋洒，一路风流。仔细剖析，我认为，其真髓有两点：一是志存高远，不知老之将至，红枫傲秋，他激情高唱："人在低处心在远，三秋枫叶傲深秋！"二是热心爱护文学新人。在赠满林建英诗中，先生深情鼓励：到此已穷千里目，谁知才上一层楼"。因此我认为，如果把整部诗选比作一条神采飞扬的龙，那么这就是这条龙的两颗威光闪耀的眼睛！

武老师无疑是成功的，他教书育人桃李满天下，他酷爱文艺硕果累累。朗朗日月，耿耿情怀，彰显了武老师不忘初心，玉洁明清，十分难得。究其缘由，还有一点，很重要，那就是武老师对生活的无比热爱。诚如市文联主席聂还贵所言，人常说越是世俗的，越是生动的和美丽的。芳香莫过泥土味，多彩最是田野礼——这是品读武老师诗歌时，我感觉脑海里清晰映现出的一行字幕。目前许多的诗歌越来越像凌霄花、紫罗兰之类的藤蔓花木，一味向高处攀援。就像日光大棚里的蔬菜水果，就像琳琅满目的转基因食品，光鲜妖艳，却味道愈来愈淡。"堡里小学堂，一株老树枝桠劲，四合瓦房古韵长"。一株老树，一处古旧的四合院，就是武老师童年时的小学堂。"曾经孩童时，和泥捏哨炉……捏好唾液抿，通体光溜溜，晒干待日落，燃火沿街跑。无边夜色里，小村火龙游"。这"哨炉"我没有见过，想必是武老师当年孩童们十分喜爱的"土玩具"。哨炉捏好后，用唾液一抿，晒干后举在手里，夜色浓淡，满街奔跑追逐，闪闪烁烁，明明灭灭，俨然一条火龙舞动。一幅乡村夜晚童趣烂漫的游戏画面。"雪野云闲兄和弟，泥炉火暖菜与粥""古树村南啼鸦老，白羊坡北响轻鞭"意象鲜明对比中，村野气息袅袅如烟。"遥怀父母烛风年，多少苦辛多少酸。月影慢移浇菜韭，油灯频挑做衣衫。"父亲月下浇菜，母亲灯下做衣，可怜天下父母心，养儿方知父母恩。而"几株老树啼早鸟，一辆轻骑送粉娘。乡野之春多异趣，亲临胜过读斯章"。恰是乡村故事里一页农家姑娘出嫁的白描插图。

武老师为人师表，传道授业，职业常使他把从生活中悟出的人生道理，通过诗歌的形式，传导给学生。"粥饭养人惟应饱，诗章怡性但求严""谷里花萌知地暖，林间鸟叫作春声""一体师生今日事，醉人何须酒千杯"。给我们吹来一股清新的田野之风"五十年前七龄童"。作为一名语文老师，素养了较深的古文古诗积淀，他讲求诗句对仗工整，颇得古诗风韵，如"和风拂垄似有诉，疏雨沾衣却无言""叶落烟凉雨未收，萧条风物正堪愁""愿君离后多珍重，绿水荷花承露红。"追求"诗意的栖居"，是人类共同的梦想，生活不能缺少诗歌，就像田野不能缺少春色，或许生活的原态还不等于诗，但却是诗意氤氲的辽阔原野，诗歌可以提纯生活，观照生活，但不可切断生活，抛离生活。塑料制作的花朵如何艳丽，终究骗不过蜜蜂的眼睛，不会落下蝴蝶的翅膀。这情景端端地应了那句古诗：问渠那得清如许，为有源头活水来。即事即兴，信手拈来，以诗作记，抒情咏怀，构成武先生生活的一种状态，这一方面体现了他对诗歌的热爱，一方面却使一些作品流于疏淡。他用纯净的心，用干净的笔，写纯粹的诗歌、散文和小说，需要热爱、勇气、执着和痴迷，武老师无疑是这为数不多的执着者和守望者之一。

他说过，写作是他内心的需要，也是他超脱人生困惑的自我救助。从他的文字中，我读出了他对生命的热爱、对人性的善意、对社会的责任，这是一个成熟诗人的素养与担当。

古老的乡村，教学的阅历，诗意的生活，时时有武老师的沉思与吟咏，到处有武老师的身影和足迹。武老师文若春华，必将有更加丰硕的成果！武举先生，永远是我们众弟子眼里的“蓝”、心中的“青”！

是为序。

2016 年 9 月 10 日

于北京金融街金融作协办公室

新华社对《今年村里唱大戏》的评论

新华社评论："新华网北京2003年9月30日电（记者王思海）近日，国内首部反映农村集体资产流失问题的长篇小说——《今年村里唱大戏》，引起了国家有关部门及社会各界的重视和关注。这部由青年作家阎雪君著作的小说，在全国首次提出和揭示了农村集体资产流失严重的问题及隐患。整部作品详尽地描述了资产流失的方式及特点：如先包（租）后买，转移债务，通过更换企业名称、法人营业执照、进行所谓的股份制改造等方式，把原企业的债务甩给村集体，则把企业资产转到个人名下；侵吞集体耕地的补偿金，变相侵吞集体资产等。作品同时还指出了集体资产流失带来的隐患和严重后果：一是进一步侵吞集体、国家资产，牵制、抗衡集体经济发展；二是盘剥农民，打击了农民种地的积极性；三是扰乱农村金融秩序，造成金融隐患；四是加剧农村社会矛盾，造成党群、干群关系紧张，导致了农村社会秩序不稳定。整部作品紧扣集体资产严重流失这一主题，字里行间充满了强烈的社会责任感，情系国计民生。作者提出，农村集体资产因分布广、分散面积大，表面上单件数额较小，但全国农村两千多个县，几十万个乡村，集体资产汇总起来数额惊人，应该引起国家有关部门的重视和关注。这部小说由中国文联出版社出版。有关专家阅读后预言，这部作品将引发中国农村改革发展的新思路。"

因为性命攸关　所以生生不息

——阎雪君长篇小说《性命攸关》创作谈

（一）

经过十几年的努力，尽管显得有些笨拙，很荣幸，我的长篇小说《性命攸关》第一次在《中国作家》杂志上发表。据说也是我们金融系统的作家首次在这个名刊发表长篇小说。更荣幸的是，近日又接到《长篇小说选刊》编辑部的通知，说准备选发我的这部长篇小说时，我幸福的有点眩晕了。说实在话，能够得到《长篇小说选刊》这样的名刊青睐，那是何等的不易和荣耀呵。编辑约我创作谈，更是不知道说什么好了。如果要谈谈自己的创作感想，那就先得交代一下自己的经历，尽管我的经历有点可笑。

我是大同马家皂村人，1968 年出生，情人节生日，情感比较丰富，适合做文学。我觉得一个人的成长，主要有两个基因：一个是健康基因，一个是文化基因。所谓文化基因，就是祖祖辈辈居住地所形成的历史传统和文化积淀。我们那个村历史悠久，是唐朝建的，风水很好，也很有文化底蕴。目前我所写的 5 部长篇小说，没有一部是离开我们村的，小村庄大社会，有取之不竭的宝藏。

有位记者曾采访我："阎主席，你对自己是如何定位的？"我说："其实我就是个四不像。"为什么呢？因为我在中国作协参加活动时，他们都说我是银行人，但金融系统里的人都说我是个作家；回到村里，乡亲们说我是在城里上班的人，而北京城里的同事又都经常说我是村里人。那我究竟是个什么东西？所以我给自己定位是"四不像"，什么都像就什么都不像，什么都不像就什么都像。其实，恰恰就是这"四不像"给了我更广阔的空间和机遇。

从小到大，我的成长历程告诉我：因爱而生害，文学是害人的。怎么说呢？因为我从小学到高中一直是个偏科的"怪物"。因为偏科，数理化几乎都是零分，导致我初中念了 6 年，高中念了 6 年，且屡战屡败，但脸皮甚厚，每天还偷偷看文学书，作着一个当作家的梦。后来因为我的同班同学都师范毕业当我的班主任了，学校才让我毕的业。因此许多人都戏谑地说：阎雪君是中学生里基本功最

“扎实的”。我是从初二开始写小说，高二开始发表小说。高中毕业名落孙山、毫无悬念地就当农民了，后来找了点临时活儿，在县制药厂一边烧茶炉一边坚持写作。成了一个地地道道的“三无”人员，就是：没户口、没文凭、没工作。

当然，因爱而得救，文学也救了我。我从制药厂的临时工，到乡信用社、阳高县农行、大同市农行、山西省农行、大同市人民银行、中国人民银行总行、华夏银行总行，再到中国金融工会金融作协，十年实现了九级跳，从村、乡、县、市、省、到北京，一个台阶没落下。自觉就像一条鱼，从海底深处一层层跳出水平面，历经各个生活层面。因为文学，我的生活里发生了许多笑话和传说，生命里充满浪漫和奇遇。最后文学使我拥有了一份职业（银行高管）、一份事业（文学创作）。我目前已经先后创作了360多万字的文学作品，同时还发表了200多万字的报告文学和调研类作品。经过10年艰苦奋斗，终于把自己从“三无”人员变成了“三有”人员。所以我经常鼓励年轻的作者说：记住，写作是一条通天的大道！

（二）

因为我没有考上大学，所以坦白地说，我读书甚少，文学理论更是一无所知。那么我写小说，几乎就是全靠自己瞎琢磨，就像唱歌一样，完全是原生态。其实我的职业是金融文秘，主要是写文字材料，文学创作是业余。通过多年摸索，我独创出了“一个土豆”能够“烹饪”出“七道菜”的本领，也就是给我同样一份简短的资料，我就能分别写出：新闻、通讯、调查研究、领导讲话、报告文学、戏曲剧本、长篇小说。因此有人评价我说，阎雪君的竞争力是写作，其核心竞争力是写作的全面性。其实这些都是生活逼的，人要生存就得学会两条腿走路呵。

这里单说文学。我自己琢磨了，悟出了一个文学创作的规律，那就是小说一定要写故事。当然许多人也都这么讲。但是故事怎么写？大学教授们也许能够讲出许许多多的文学概论和创作理论，这些我都不懂。但是我自己觉得，其实很简单，那就是把故事这两个字颠倒一下，即故事就是事故！看看世界名著，读读中国四大名著、四大传说，哪一个不是写事故。《梁祝》就是想姻缘成就却命丧黄泉，《天仙配》就是要夫妻团圆却天各一方，《白蛇传》就是想婚姻幸福却被压在塔下。所以，我的小说创作理念就是：小说就是描写制造事故的人。

那么我的长篇小说《性命攸关》的整体事故就是：农民们应该富裕，却发生了事故，那就是贫困。扶贫本来应该得民心顺风顺水，故事的主线偏偏发生了一连串的事故：思想懒散、资金短缺、土地流转、水利匮乏、市场制约、电力薄弱、文化阻碍、非法集资等等一系列的事故。

先简单说说目前我们西北农村发生的各种事故及因果：

——性命与土地及政策发生的事故。性命，有性才有命，古人说性命攸关，说明天底下最重要的就是生命。人的生死跟土地有着极大的关系：土地少养不起就少生，土地多养得起就多生，以地养人；孩子多利大，以人养地；人的死与土地也有很大的关系：无地活不了，地少活不好，地多活得累，无地死不了，死了也无葬身之地；男女的性生活与土地的关系：地多，男女在家，性生活多，地少，男女外出，性生活少，无地，留守女人多村里男人少，偷情多。体现了贫困给人带来的生存与繁衍的纠结。近年来村里的男人们绝大多数到城里打工去了，留守后方的村里只有番号为“386199 部队”驻扎，也就是社会上人们流传的 38 妇女、61 儿童、99 老人。其实农民真正的前线是在村里，而不是城里。人们都搞错了，事故发生了，让“386199 部队”驻扎在了前线，而让村里的“精锐部队”留守在了后方。特别是一部分男女外出打工，另一部分男女留守种地，这样的男女结构、城乡分离就给复杂的两性关系事故埋下了伏笔。发财梦，暴露了人的劣根性，穷怕了的村民不惜交换肉体，跌落到无奈而又必需的困境。

——人类生存的吃饭问题发生了事故。人类依靠土地粮食来生存发展。中国人一般都按照金木水火土五行运行，五行齐运行顺。可现在成了为了金、伐了木、缺了水、失了火、毁了土，风水坏了啊！就是说，为了金钱，人们砍光了树木，导致水源缺乏，掏空了煤炭（火），毁坏了土地。当一个社会把价值尺度设定为“赚钱”时，人和金钱的疯狂也就不可避免。为了赚钱，不择手段铤而走险者可谓比比皆是。当人沦为金钱的奴隶，人性的尊严便荡然无存，可悲可叹。

——大农业发展发生了事故。庄稼人种地靠天吃饭，但收入还得看政策和市场的脸色，谷贱伤农的事情经常发生。特别是实行生产承包责任制后，村里把原来大集体的大片良田按照家庭户数，切割成了无数的小条条、小块块，原来上千亩的大田，现在成了一家几分地，一家几亩地，犹如麻雀虽小却五脏俱全。原来的集体大农业用的大型拖拉机、播种机、收割机、脱粒机等等都不能用了，绝大多数被村干部们贱卖了。有的村民在自己的小田地里，只能自己脖子上挂个种子包，手持铁锹，一边刨坑儿，一边点种子，几乎返回到原始社会后期人们刀耕火种的模式，各家各户各干各的，一盘散沙。前些天有个微信段子，就是有个女人看到自己的男人持锹点种辛苦，就纵身一跃用自己的两个乳房砸出两个坑，让男人点种子。虽然是个笑话，可也说明了一个农业原始落后的现实情况。

——农民的信仰发生了事故。当今社会，许多人都不愿意或不敢管闲事，绝大多数人都是事不关己高高挂起。有人跌倒了不敢扶，小孩子被抢不敢管，看见小偷下手没人喊，人被车撞了不敢救，怕被讹、怕报复，人情冷暖，信仰缺失。这些年村里人们经济上确实收入多了，但人们的文化思想却有点混乱，甚至是后退了。许多村民都信佛、拜基督教和天主教，前些年还有被蒙蔽的村民参加了邪教。许多人的信奉都是有目的的，而信仰应该是自我修行寻求解脱、无私奉献的。但是人们的信仰发生了偏差，有的人拜观音是为了求子的，有的人拜关公是为了发财的，有的人拜佛祖是为了升官的，有的人信奉耶稣是做了坏事求心安。

——农村集体资产流失发生了事故。有的人通过先包后买、先租后买、转移债务、侵吞集体耕地等方式侵吞农村集体资产。带来了严重后果：反过来进一步侵吞集体资产，牵制、抗衡集体经济发展；部分个人掌握了原属集体的生产资料，便有了进一步盘剥农民的资本。扰乱农村金融秩序；占据了农村集体资产的人，通过发放高利贷的形式来牟取暴利，造成金融隐患，严重扰乱了农村金融秩序；操纵农村政权，加剧农村社会矛盾。集体解散与分田到户对农村社会产生了重大影响，从集体的社员重新变成一盘散沙，回到原子化状态，重新变得“无依无靠”。这是一种史无前例的巨大“幻灭”，给两三代农民的内心留下了巨大的阴影。

（三）

民以食为天，为了生存，形形色色的人在这片黄土地上各显“神通”：有的人依靠种地。如田守义爱地如命。其实老人的种田也是一种修养，他对土地的敬畏和执着热爱，这就是一种修行。但人们万万没想到，就是这么一个土地的挚爱者和守护者，后来却成了一个大农业发展的阻挠者。他认为既然是农民，就首先应该把地种好，这是农民的本分，其他的都是歪门邪道。所以当人们动员田守义进行土地流转。他一口回绝了，就种粮食。

有的人依靠种菜。如田改竹，通过种菜卖菜，学习技术文化闯市场，勤勤恳恳，发家致富。

有的人依靠经商。如燕百合，破天荒地开了一家澡堂，结果遭到工商税务部门的检查，接着她又开了一家车马大店，结果又遭到“容留卖淫”的处罚；宋晓蝶，矿区开了一个凉皮店，却卷入了一场说不清、道不明的爱情漩涡之中。

有的人依靠权力。如贾英才兄弟，他们仗着兄弟人多势众，有权有势的优势，在村里巧取豪夺，老百姓敢怒不敢言。

有的人依靠种人。如田改兰发现种人跟种地其实一个样，打下粮食人人都能吃，生下孩子人人都能养。种地不如养猪，养猪不如养孩子。公公何百世信奉“啥事都有定数！”一个家族的后代也是有定数的。田改兰把何氏家族的后人都卖光了。最终做出了让他自己都不敢想的举动。丈夫何耿红因为把她卖孩子的钱参与了非法集资而血本无归，疯了却还活着。田改兰没疯却懂得痛苦，死了。

有的人依靠种情。石头是一个值得农民信赖的、具有干劲和爱心的年轻基层金融干部，他为带领村民脱贫致富，得罪了一些恶势力，被人诬告陷害。他为了帮助青梅竹马的恋人摆脱困境，竟然顶着压力到田改梅的窑洞拉边套。为扶助受灾群众在送款的路上遇害，却不能被盖棺论定。

有的人依靠种义。田春燕是一个非常复杂的女人。她是村委会妇联主任，负责计划生育工作，她还是个很好的义务接生婆。许多人认为这与她负责的计划生育工作很矛盾。其实不然，因为她永远把人的生命摆在第一位。反正孩子不能扼杀，计划生育人数不能超。这就是她的原则和底线。

有的人依靠种钱。如借承包荒山之名，行私挖煤矿为实的郝利仁，发放高利贷，加大了对村民的盘剥。许多村民在他们的蒙蔽下，参与非法集资，导致非法集资风险爆发，许多村民的血汗钱甚至是一辈子的积蓄血本无归，引发了许多讨还血债的过激行动。

有的人依靠种思想。当今社会，李胜利就是一个另类，像唐吉可德一样，一个人挺着一支矛，到处戳着别人的痛处。他一辈子忠于毛主席，每天坚持义务扫大街做好事。穿上军装，戴上毛主席像章，进行治理整顿，运用毛主席语录，针砭时弊。他治理整顿从来不依靠任何组织和其他人，他认为，世界上的事情，只要是正义的就可以做，只要是为人民服务的，都应该义无反顾。失去了李胜利，这个世界仿佛少了一角风景。

（四）

金融扶贫是当前的热点问题，也是能唱大的戏，然而如何唱好这出戏不是一件容易的事。许多人说；贫困就是缺钱，最好、最实惠的方法就是给钱给物，银行扶贫，更是专业对口，多放贷款就会大功告成。一些地方干部也觉得靠着银行这棵大树好乘凉。作品以金融扶贫为主线，通过一个乡村、一群村民在灵与肉的交织中，深刻揭示了社会转型时期的美丽与丑陋、失落与救赎、激情与坚守。在精准扶贫的现实语境下，弘扬了以民为本的主旋律。深刻反映了人类与土地的生存关系，欲望与人性的博弈，人生与信仰的纠结。

确定扶贫项目。有人建议每家给几个贷款，让他们自己搞项目，也算是扶贫成绩，既方便又省事。有人认为其实如今的扶贫也应跟上当前的形势，当地煤炭资源丰富，可以引导村民们积极投资入股煤矿，提高投资回报率赚钱容易，也来得快。有的干部认为现在国家提倡搞城镇化发展，就统一资金安排，统一规划设计，把村里的农民全部住进新农村，再把腾出来的土地盖厂房，大力发展城镇小微企业。也有的干部认为不能赶时髦投机取巧，输血不如造血，扶贫就要扶根，从根本上长远上支持农民脱贫致富。

帮助村民解决扶贫路上的各种问题。金融系统干部帮助村民解决了思想观念问题，进行了流转土地，种植绿色大棚，形成规模优势；通过拍卖赢得水利资源，通过组织集团化经营，形成市场优势。菜农的资金、土地和用水用电及市场问题都得以解决。大农业发展改变了土地的种植格局，形成了“传统杂粮农业”和“特色蔬菜产业”“二龙戏珠”的格局。

让群众真正成为脱贫致富的主角。以金融扶贫挂职干部金炜民为主线贯穿始终，但却没有真正意义上的男女主角，而是描绘了这片土地上的众生相，是为大地上的小人物立传。这些小人物的人生充满辛酸、悲苦、艰难与血泪，却又是一群生动而有趣、有血有肉的人。并通过不同人物之口表达了“性命攸关生生不息”的主题，这是对自然的敬畏和对土地的礼赞。指明了扶贫的关键是扶人，当地人觉醒了，扶贫就真的看到希望了。

2017 年 12 月 14 日

于北京金融街金融作协办公室

发表于《长篇小说选刊》(2017 年秋季卷)

为农民而活得有滋有味的信合人

——王祁先生为阎雪君长篇小说《原上草》作序

去年十月初，张功平司长将一摞厚厚的书稿交给我，说是山西大同一个叫阎雪君的信用社干部写了一部反映信合人题材的长篇小说，让我给看看，书名是《真魂魂跟上你走了》。当时也没太在意。从心里说，当代文坛上能有一部反映信合人的长篇小说，确是搞信用社的人（简称“信合人”）祈盼已久，千呼万唤的好事，但却又是可望而不可即的，因为这本书实在不好写。那其中的难处，除了文学，还有政治，还有敏感的神经和心底的震痛。现在有人写了，大概也是图解之作。但当我将书稿一页一页看下去，心情却逐渐振奋起来，继而有些惊叹了。觉得作者能够在充满原始野性与生命欲望的西部大背景中，刻画出一组浮雕般的信合人的群像实属不易。在作者笔下，那群信合人衣上沾着田里的泥巴，身上浸着农民的汗味和羊膻，眼里眨着朴实的智慧，嘴里甚至哼着地道的情歌。他们的身影总是融化在田野和农民之中，他们是为农民而活得有滋有味的信合人。这群人在中国广袤的农村已默默工作了五十年，他们的功绩，像种子一样被深埋在土地里，人们端起饭碗的时候，很难想到“粒粒皆辛苦”里面也有他们的汗水。记得罗中立那幅著名的油画《父亲》吗？其实那些贫困山区的老信用社主任和老信贷员的脸孔，也同《父亲》一样沟壑纵横、历尽沧桑，同样记载着丰碑一样的奉献。中国农村信用社现有十万多个机构网点，服务广大农村的乡镇村寨，有七十万信合人奔波在田野农家，有一万三千多亿元的存款货币支持着农村经济的发展，仅改革开放二十年来，累计投放的支农贷款就高达几万亿元，农村信用社多年来为我国农村经济的发展作出了巨大的贡献。可是在林林总总的文学画廊中，很少见到信合人的身影，这实在难说公平。而如今，西北汉子阎雪君不声不响地抹了一笔，通过描述三代信合人的生活和情感经历，全景式地反映了当代信合事业改革、发展和奉献的历程。差不多是填补了一个空白，因而我说阎雪君是个有责任感的青年作家。

自古西北多慷慨悲歌之士，作为在大同生活了三十多年的阎雪君，自参加工作就在信用社当信贷员。他对大同的风土人情和父老乡亲，有着血肉、情感和灵魂的相濡相融。他极有灵性，甚至相信家乡那经历 2400 年风霜雨雪仍默默无语的五万一千多座大小石佛，千百年来不知向人们诉说了多少言语。“沉默是金”，恰恰是无言的至语。这些年他看惯了黄土高原的贫困和农民的贫穷；看惯了信用社的弱小和大银行的强威；看惯了农民的渴望和土地的焦虑；看惯了金融黑洞和腐败现象的蔓延；更看懂了信合人的眼泪和不屈的脊梁……他看到的太多太多了，但他沉默不言。他自知一个布衣，声如毫末，言若芥微。他在寻找一种倾吐的方式。于是，想到了：“藏于名山，著书立说”。于是，这部令世人陌生的长篇小说便怆然问世了。

小说以我国西北地区某城乡交界处为背景，通过对清水县信用社主任陆伟明、香水沟乡信用社主任石柱、地区人行合作处处长女儿田晓华（到清水县联社锻炼）等一批信合基层干部的刻画，比较生动地反映了信合干部职责的光荣、工作的艰辛和个人感情生活的苦辣酸甜，人物是真实可信的，特别是对信用社主任石柱的描写（后被歹徒杀害）很感人。作品对对立面人物香水沟乡马乡长、城关信用社主任凌志以及原县农行凌行长的描写，是辛辣、真实和深刻的，无情地揭露和鞭挞了一些基层政府干部干预金融工作，一些基层金融干部搞权钱权色交易且约束乏力等丑恶行为。作品还写了一些环节人物，如信用社干部郭叫驴、陆伟明妻子凌兰，都是有血有肉的，不是概念化或符号化的粘贴。作品有较强的时代感和行业特色，描写了诸如合作制改革、打机井扶贫、支持种菜大户和帮助推销、企业转制甩债、信用社挤兑风波、抗灾救灾、信用社职工下岗、对赖债企业提起法律诉讼等。作者生活积累厚实，对西北城乡交界地域的风土人情、乡言俚语以及独特粗野的男女感情纠葛和性爱方式，描写得大胆、泼辣、浑厚，甚至很新鲜。如石柱进蔬菜大棚被女人捉弄、陆伟明与上官云的感情升华、凌志在大款贺富贵的诱惑下“又当强奸犯，又当土匪”的刺激和宣泄、马乡长在日本考察时的丑行，以及信用社主任石柱被杀后，乡亲们给完阴婚等，都光怪陆离且不失真实之笔。主人公陆伟明等信合干部就是在这样的西北县、乡现代社会风情画中，时隐时现，与农民融为一体。可以说这个作品是行业文学，但更是社会文学，很耐读。特别值得肯定的是，作品能够把握主旋律，突出生活的亮色，体现了农村信用社的办社宗旨，给人以信心和追求的力量。

作为初写长篇，作品中的不足之处在所难免。作者在驾驭长篇小说的功力上还显乏力，框架坚实与血肉丰满之间尚有距离，文笔中间也有粗疏之处等等，但总体上，不失为是一部描写“信合人”的、真实而可信的长篇画卷。为此，应祝贺他以文学方式反映信用合作事业迈出了坚实的一步。

在我的这篇序言接近尾声的时候，各方面关心和支持农村信用社改革发展的信息不断传来。中央领导同志关于“农村信用社是最好的联系农民的金融纽带”和要使农村信用社成为“新形势下农村金融的主力军”的重要讲话精神，正在社会各界广为宣传、贯彻。信合人的心态振奋而明亮。也就在这个时候，阎雪君终于作出决定，给他的这部长篇定名为寓意隽永的《原上草》。据说在这之前他还起了个《祭坛上的圣火》，同样寓意深长。这个深沉的信合人，在《原上草》的书里书外，又在思考什么呢？是否他想告诉人们，农村信用社永远会像原上草一样，不管社会是否理解它的价值，不管经受多少磨难，它的生命永远是充满追求和活力的。这是一种十分可贵的“积极的心态”写照。正和现代管理学那条叫作“积极的心态”的黄金定律（PMA 定律）相吻合。那条黄金定律揭示人与人之间只有很小的差异，但这种很小的差异往往造成巨大的差异。很小的差异就是所具备的心态是积极的还是消极的，巨大的差异就是成功与失败。

愿以此与信合战线上的新老朋友共勉。

愿积极进取和成功永远与你相伴。

以上是为序。

王　祁

2000 年 6 月 19 日

于亚运村八觉斋

神州戏台上的主角

——马骏先生为阎雪君长篇小说《今年村里唱大戏》作序

癸未年春夏之交，“非典”肆虐，华北尤盛，北京传来的消息往往令人忧心如焚。忽一日，接到个电话，阎雪君告知他又创作了一部长篇小说，约我作序。作序不敢当——本人对文学评论实在没有研究，但是写一点儿文字却是应该的。两日后，特快专递送到手里，是《今年村里唱大戏》书稿，200 页码。笔者把一切都抛到脑后，包括“非典”在内，急切地阅读开来。在阅读的整个过程中，不禁忆起了一幕幕逝去的岁月，油然生发了若干思考。

一

公元 1984 年冬，我在雁门关外的阳高县挂职深入生活。记得是翌年春夏的某天，一个年轻的中学生敲开了我的办公室，他敦实机灵，难免夹杂着些许腼腆。他就是阎雪君，带了自己的小说习作。后来我才得知，第一次他被县委传达室的同志呵斥出去，第二次谎称“马书记约我来的”，传达员满脸堆笑告诉他“马书记在三楼紧西头那个办公室”。每每回忆当年的情景，雪君都为他少年时的狡黠而笑逐颜开。

阎雪君 1968 年出生在阳高县马家皂村——那一年恰恰是我刚从山西财经学院毕业到塞上的右玉县“插队”，“接受贫下中农的再教育”。一个十几岁的中学生便做起了作家梦，总觉得有些不现实。我例行公事般地说了一番正统的话，中心意思是要好好学习，绝不可偏废了学业，写小说对你的前程大抵是不顶用的。

雪君因为偏科，最终没有考上大学，走上了另外一条坎坷的人生道路。

是的，我承认，雪君是有一定文学天赋的，中学时代就发表了几个短篇小说，《田埂上的笑声》《父子打擂》《隔墙水》《好闺女能姑娘坏女人》。其最后一篇发表在《山西日报》农民版上。

中学毕业后，他犹如蒲公英的小花伞开始了随风飘荡的生活，先到阳高县制药厂办公室写材料，后来到阳高县农业银行办公室写材料。他开始接触农村金融工作，并且写了许多新闻报道。与此同时，他创作了一批反映农村金融生活的报告文学和短篇小说，诸如《老豆腐店的故事》《风景这边独好》《山花》《白老婆子和她的狗》《七旬老人诉新婚》《三角沼泽讨债记》发表在《山西经济报》的头版头条，《吃着碗里的看着锅里的》《他创造了寒冬里的春》等分别发表在《农民日报》《工人日报》《法制日报》上，《石行长巧念市场经》在《人民日报》上发表，并且配发了编者按。

1995 年，雪君被山西省农业银行慧眼所识，调去工作。他视线一下子开阔了许多，创作也有了新的开端。报告文学《“财神”扶贫不凭钱》，记叙省农行机关到黄河边儿的河曲县扶贫，发表在《金融时报》上，并获得该年度一等奖。它标志着雪君的文学创作登上了一个新台阶！

两年后雪君返回雁门关外，担任大同市农业银行信合处文秘科长。此间到山西党校进修，获得大专学历。取得文凭是一码事，系统地学习政治经济理论是另外一码事。对于文学创作来说，阅读文学类书籍是应该的，阅读其他类书籍也是必需的，雪君走的路证实了这一点。比如报告文学《“财神”扶贫不凭钱》，显然这需要哲学的思考，同时还需要社会学的思考。一般来说，银行下去扶贫不凭钱凭什么？文章讲了四条，一是“与农民鱼水相依的感情”，二是“帮农民树立自立自强的精神”，三是“瞄准市场谋出路”，四是“帮助农民增长科学文化知识”。作品比较早地印证了从“输血”变“造血”的战略，由此获得高水准的成功。

1996 年山西的大型文学期刊《黄河》发表了雪君的中篇小说《土财神》，应该说这是他文学创作道路上的一部重要作品。小说中的信用社邢主任，正直豪爽，情如烈火，粗如大山，细如抽丝，开玩笑，唱山歌，喝烧酒，发牢骚，讲良心，重义气，一个丰满的艺术形象跃然纸上。他为了保护国家的财产，义无反顾地贡献了宝贵的生命。一曲山歌表达了人们浓烈的独特的情感：“吃一次豆角抽一次筋，交一回朋友伤一回心。羊羔羔吃奶双膝膝跪，咱俩结成了干兄弟。苦菜开花黄蜡蜡，你走了我心灰塌塌……”这个人物显然是长篇小说《原上草》中石的雏形，也是作者最初把小说定名为《真魂魂跟上你走了》的缘故。

1998 年雪君从大同市农业银行调到大同市人民银行体改办，参与农村信用合作事业的改革。《原上草》也开始了构思和写作。

从 1989 年高中毕业算起，雪君开始走上社会，整整十个年头，十年的辛苦，十年的坎坷，十年的奋斗，十年的攀登。他终于成熟了起来，命运也给了他又一次成功的机会。

1999 年，雪君调到中国人民银行总行合作司工作。他从最基层的农村攀上中国最高层的金融大厦。2000 年《原上草》终于出版了，这无疑是雪君文学创作道路上的一块里程碑。

辛巳新春见到雪君时，他已调到华夏银行总行担任行领导秘书。在新世纪的第一个春天开始了新的生活。

二

《今年村里唱大戏》是雪君的第二部长篇小说。小说开宗明义，在题记中写道："一段时期以来，人们从上到下，都在关注国有资产严重流失的问题，然而，很少有人能想到农村集体资产的严重流失以及对农民造成的灾难……"

小说还以《原上草》的香水沟村为背景，围绕集体机井的拍卖，表现了以贾英才、叶占春、池连泉为代表的三种势力展开的此消彼长、错综复杂的争斗。贾英才是一村之长，他弟兄四人，而且老四又身居县委办公室主任的要职，无论从哪方面考量，贾家都是胜券在握。池家本来与兄弟也是财大气粗、志在必得。复员军人叶占春，无职无权也无钱，然而他有良知、有群众、有信念、有魄力。最终，池家向群众靠拢，叶占春牵头，带领众人在农村金融机构的支持下，夺得胜利。

作者在整个创作过程中，从始至终紧紧围绕着集体财产流失这样一个主题，字里行间充满了强烈的社会责任感。作者在"后记"中特别详尽地叙述了集体资产流失的主要方式："先包后买""先租后买""转移债务""侵吞集体耕地的补偿金""哄抢偷盗"等；总结了几个特点："流失早""种类多""分布广""数量大"，同时，历数了造成的种种危害。作者大声疾呼："农村集体资产就像天上的繁星，肉眼看上去虽不大，却密密麻麻，星罗棋布……数目是庞大的，惊人的……早就该引起国家有关部门的重视和关注。"

雪君生在农村、长在农村，他的身上流淌着农民的血液，他对"三农"问题关注有加，对集体财产的流失痛心疾首，无论是作为一个金融工作者，还是作为一个文学工作者，这都是很宝贵的品格。

笔者认为，对农村集体资产的流失应该有理性的认识。改革开放，农村到底有多少集体资产流失了，这显然需要统计学的支持。中共中央 1979 年 9 月在十一届四中全会上所作的《关于加快农业发展若干问题的决定》指出："一九七八年全国平均每人占有的粮食大体上只相当于一九五七年，全国农业人口平均每人全年的收入只有七十多元，有近四分之一的生产队社员收入在五十元以下，平均每个生产大队的集体积累不到一万元，有的地方甚至不能维持简单再生产。”正因为如此，中国才有了改革开放之说。后来的乡镇企业倒是农村一笔不小的财产，起起落落，变化颇大，到底流失了多少呢？在黄土高原，机井确实是村庄里的关系农民命运的一笔财产，所以叶占春们冒着风险、不惜代价地要夺到自己手里。

农村集体资产的流失的确是个严重的问题，然而，笔者阅读《今年村里唱大戏》，更强烈地感受到另外一个致命的问题，那就是农村政权。前不久，本人读过另外一篇小说之后写了篇短文：《文学如何关照农村政权》。

《今年村里唱大戏》卷首的画面就是村长贾英才调戏农妇白雪梅，而且是当着雪梅丈夫吴富的面。村长是农村基层政权的核心人物，是政权的标志。在新世纪开端的今天，在中国北方农村，贾英才这个村长居然如此的横行霸道，如此的胡作非为，如此的肆无忌惮——简直就是肆虐乡村的非典型肺炎（SARS）瘟神，真是让人触目惊心！

文学究竟如何关照农村的基层政权呢？这实在是一个值得文学界和社会各界都思索的问题。

改革开放的历史新时期，农村题材的小说数量不少，但是真正有分量的长篇小说不算很多。20世纪80年代的《新星》、90年代的《白鹿原》可以作为代表。而前者的潘苟世和后者的鹿子霖，作为乡村政权的代表人物，或无知下作，或诡诈阴险，没一个好东西。我们读到许许多多的小说里，村长多是作为反面形象出现的。《今年村里唱大戏》中的贾英才，生活中是有可能存在的，在笔者的阅历中，如此的人物也听见过。20世纪70年代，笔者工作的那个小县，曾有一个村支书信奉所谓“好汉占百妻”的歪理邪说，并且疯狂实践之，最后被处以极刑！笔者熟识的一个村支书，竟然奸污一个“专政对象”的儿媳妇。诸如此类的生活事实令一切有良知的人听后扼腕慨叹！

但是，生活中农村基层政权里也确实不乏好人。20世纪80年代末，笔者参加抗震救灾，村长在分配木材时挨了某村民的打，依然忍气吞声地救灾。“98抗洪”，乡村政权中的干部们舍生忘死，甚至立下了生死牌。今春媒体报道，新疆一村长，家中五口人在地震中罹难，这位少数民族兄弟依然带领乡亲们抗震救灾。内蒙古某村长为了预防“非典”，隔离村庄，三天只吃方便面、喝冷水……。诸如此类的事情让人怦然心动，感慨万分。而我们的文学作品，特别是小说，尤其是长篇小说，却很少看到这样的艺术形象。

农村政权的发展变化是一个历史进程。在20世纪90年代末全国陆续实施的村民自治，是农村政权建设的一项伟大变革。村民委员会由全体村民选举产生。用老百姓的话说，即由村民“海选”村长。村委会向村民负责，村民对政权机构有选举权、监督权和罢免权。这是现代历史上中国农民所获得的一项特别有意义的权利。从五四运动至今，八十多年的时间，剪掉辫子的阿Q、闰土的后代们有了直接决定自己命运的权利，这是怎样的一种政治权利呢？村委会直接选举的现实意义和历史意义必将逐渐显示出来。香水沟村集体机井的公开拍卖也是一种民主。既然叶占春们可以在拍卖机井中战胜贾英才，那么，我们有理由预见叶占春在村委会的换届选举中同样有可能击败贾英才，而当选村长。那当然是香水沟人一件幸事了！是啊，就连那个特别窝囊的吴富，在小说结尾的时候不是居然对贾英才的权威发起了挑战吗？！

三

《今年村里唱大戏》是一部现实主义的作品。

作品敢于直面农村的尖锐矛盾，把贾英才等送上文学的被告席，这是值得称赞的。作品对代表农村正义力量的叶占春们给予热情的描述与礼赞，同样是值得称赞的。这几乎是雪君多年来的创作准则，对一个年轻的业余文学工作者来说实属可贵。

雪君对生他养他的故乡有着深厚的感情。作品给人展现的是一幅中国北方农村的浓艳画图，山山水水、草草木木散发着扑面的气息。作品处处表现了农民的智慧和乐趣，诸如叶占春的“送麻雀”、陆顺的“不点灯”、王艺的“有啥吃啥”以及“按电铃”“两下就猜中了”等，读着读着令人忍俊不禁，虽然里边夹杂着一些俚俗情色，却散发着桑干河中游一带的独特的文化气息。

小说的语言朴实流畅，时不时地有一朵朵野玫瑰、山丹丹花点缀其间，让人耳目一新。贾英才的“好事”被郭叫驴冲散后，出了雪梅家“一前一后走在雪地上……只听雪在脚下咯吱咯吱响，似乎在抗议人的大脚踩痛了它”，隐喻着雪梅遭受了蹂躏，纯洁的白雪在贾英才的“大脚”下呻吟。叶占春参军走前的夜晚，与心上人池莲花难舍难分——池莲花日后不得不嫁给了贾英才——在“小树林里依偎了大半夜……悄悄话一直说得把太阳都吵醒了，睁开惺忪的睡眼从东边摇晃出来。”这样一幅销魂的情景，叶占春肯定是终生难忘，也为日后与贾英才争夺机井奠定了又一块基石。

作品另外一个突出的特点是叙述中添加了若干民歌、信天游，增加了感染力。有些词句可说是神来之笔。比如叶占春远离家乡，思念心上人，耳边仿佛常常听见老人唱起的信天游：“……墙头上画马不能骑，小妹妹怎好也是人家的妻。

人家的老婆人家的妻，扔下个哥哥没人疼。泪蛋蛋是俺心中的油，俺不难活呀它不流……”声声唱得人心灵震颤。有些顺口溜也往往起到画龙点睛的作用。郭叫驴戏谑梅枝俏：“你是一条鱼儿，俺就是一只鱼钩俺钩你；你是一座小山儿，俺就是山边的小河，俺绕你；你是一个馍，俺就是一碗羊肉汤，俺泡你……”形象逼真，妙趣横生。

《今年村里唱大戏》统观起来，犹如陕西户县的农民画，好像天津杨柳青的年画，稚拙、古朴、憨实、厚道，只是画面里人物多了些，甚至有拥挤的感觉，中国的人口太多了，尤其农村。

作者在后记中写明，是秋天萌发的创作意图，春节前后居然就拿出了初稿。创作是不是显得急了点儿。根源之一是作者对农村集体资产的流失感受太强烈，到了痛心疾首的地步，急于用这部小说诉求于世，以期引起社会的关注。正因为如此，在写作的过程中，作者迫不及待地也是迫不得已地公开“跳”出来大声疾呼。那就是作品里引用的三篇文章：一是何伟关于银行支持水利建设的书稿，二是杨涛的银行业支持农村发展水利事业的稿子，三是何伟和叶占春合作的大力支持菜篮子丰富农民钱袋子。这纵然是小说创作的一种尝试，然而总觉得如同一盘桑干河岸边的“小媳妇凉粉”里夹杂进三片“北京烤鸭”，显得不协调。前文写到，小说中的人物是多了些。画面中人头多了，自然其所占的空间就有限了，着笔必然有不足者。

诚如作者自己所言，“有意识地勾勒了一幅幅当地的风土人情民俗画卷，如刀削面、擀汤面、盘土炕、挖窑洞、迎喜神、驴配种、阉猪仔、灌黄鼠、老油坊、祈雨仪式、叫魂、青石碾、剪窗花、炸油糕、包饺子、写春联、同说等等。这些风俗民情，具有浓郁的民族特色和地方特点：如一首首歌谣，让人百听不倦；像一幅幅图画，让人百看不厌；似一杯杯清茶，使人回味悠长……”这些画面肯定是不错的，不仅增添了作品的艺术色彩，而且显示了雁门关外黄土高原的深厚广博的民族文化。小说的主线是香水沟村拍卖集体机井，这犹如一棵树的主干。稍觉遗憾的是主干上挂的果子嫌少了些。

如何用纯粹的文学评论客观估价《今年村里唱大戏》的艺术得失，这对于一个文学评论的门外汉来说，实在是一件难事。有待将来名家高手能给雪君以点拨。

四

《今年村里唱大戏》书写了两场戏：文艺汇演的戏和拍卖机井的戏。两台戏交织在一起，虚虚实实、真真假假，但是，有形戏台的戏远远没有生活大戏台上的戏惊心动魄。

作者在“后记”中写道，“在这两台戏里，主角也好，配角也罢，跑龙套也可，他们都是农民，也都是这台大戏的角儿。”

在古老的中国大地上，农业文明从诞生至今走过了几千年漫长的路程。早在公元前 4 世纪到 2 世纪的战国时期，中原大地上就出现了用牛耕地的技术，而且大量用上木犁铁铧头。大约从这个时代起，农民便成为社会戏台上的主角。

如此说下来，农民在神州大地的戏台上演戏已经数千年了。公元 1978 年，改革开放的大潮席卷神州大地，农业文明开始被工业文明所取代。中国发生着伟大的历史性翕变。这台千百年大戏接近尾声了，而愈到尾声便愈激烈起来。

站到这样一个历史的平台上观看《今年村里唱大戏》，我们就会读出若干比较沉重的东西。

说到底，农业、农村、农民等“三农”问题，是中国全部问题的根基。“三农”问题不解决，中国的经济和社会决难发展。

综观 20 世纪，以毛泽东为代表的中国共产党人带领农民推翻三座大山、翻身得解放，以邓小平为代表的中国共产党人带领农民走向脱贫致富的康庄大道。农民为推动中华民族历史车轮作出了名垂青史的伟大贡献！

小说中的人物叶占春说得好：“农民自己的事情自己办！”是的，从来就没有什么救世主，一切的一切“全靠我们自己”！

当笔者有理由期望叶占春在村民自治的过程中当选香水沟村长的时候，忽然想起北京大学一位教授说过的话：“村民自治是个权宜之计，如果我国的农业人口减少到总人口的 10%，我们的农业问题就解决了，我们的农村问题也就解决了，就可以依法治村了。”用雪君家乡的话说，这是“天上下雨地下流”的大实话，却也是毫无意义的话语。确实，我们没有听到美国有什么这类问题，美国以农业为生的人到 20 世纪 80 年代末已经降到总人口的 2%，那里当然不存在所谓的“三农”问题了。关键在于农业人口如何减少。欧美各国投入农业的劳动力在上世纪 80 年代就降到了 10%以下，而中国的农业劳动力仍然在 70% 左右。从世界发展史观察，从 70%降到 10%，多数国家花费了近百年时间。独联体国家从十月革命算起，经过七十年，农业劳动力仍占 20%。无论如何从产业劳动力分布衡量，中国要达到美国的水平，估计 21 世纪难以实现。这是另外的话题，就此打住。

笔者所要说的是，中华民族正在发生着真正意义上的翻天覆地的历史性变化，而农民在这场威武雄壮的大戏里扮演着举足轻重的主角。是否可以这样说：“三农”问题彻底消失之日，就是中国现代化全面实现之时。

雪君十几年来始终如一地关注“三农”，热情地讴歌“三农”，这是很值得称赞的。

五

阎雪君作为一个业余文学工作者，从笔者在阳高县认识他算起，也有十八个年头了。这多年来，他在事业的道路上追求不懈，近几年更是春风得意马蹄疾。与此同时，他的文学创作也跃上了一个新的层面。

雪君的成功却把我推进了一个迷茫中。

本人从 1980 年起就开始做文艺组织工作，也就在认识雪君的第二年，担任了地方文联的主要领导。我的迷茫在于，我应该如何“指导”文学青年?!

还是 2000 年，笔者在《大同日报》开辟的“新三家村”专栏撰写了一篇随笔《你是谁?》。一位步入不惑之年的业余作者，写了二十年小说却没有在像样的报刊上发表过一篇像样的作品。早在他还是小伙子的时候，我就直肠子不拐弯儿地告诉他，先好好谋划个饭碗，然后再去搞所谓的文学创作——文学是很不可依靠的。只可惜他没有认真听取，到如今儿女绕膝，生活困顿，几近潦倒。我不禁从心底发一声喊：你是谁？拙文认为，改革开放的历史新时期，给每个人提供了充分发挥才能的天地。重要的是自己要认识自己，扬长避短、事半功倍地实现自己的人生价值。该文提到“另外一位”与他有相似经历的文学爱好者，“十几年之后不仅在金融界立足，生活得光彩，而且文学创作也颇有成就，岂不美哉?!”这“另外一位”其实就是雪君。

拙文发表后引起了不大不小的争论，一家地方刊物还组织了讨论。反驳的意见核心是认为我作为文学艺术界的领导者，应该给文艺爱好者以热情的支持，不该泼冷水。是的，作为一个地方文学艺术界联合会的领导者，希望年轻人不仅爱好文艺，而且应该从事文艺，文艺事业越繁荣组织工作者的脸面不是越光彩吗?一位先生甚至在文章中忿忿地向我发问你是谁？是啊，我是谁？这些年我一直在反复地作着自我反省，并且准备撰文剖析一番。问题在于，文艺创作遵循着特殊的规律，无谓地原地踏步，无谓地白白付出，我再在一旁加油鼓劲儿于心不忍啊!

文学的路到底应该怎么走？本人是学财经的，如果不是“十年浩劫”，我可能从事了经济工作，甚至有可能从事经济理论的研究。文学界认为拙作《丰收不在田野》和《土地无姓氏》有一定的社会价值和认识价值，大约与我的学历有关。您不是质问我“你是谁”吗？我其实是坎坷漫长的文学道路上一颗极为平凡的不起眼儿的铺路石子！雪君是从这颗石子踏过去的文学青年之一。到了笔者这种年龄，从事文艺创作三十多年，这是我的业余，而从事文艺组织工作二十四年，这是我的事业。笔者绝不敢说，雪君是鄙人培养出来的青年作家。雪君供职机关的领导周英同志说笔者是雪君的“恩师”——这个词太重了，难以承受的。但是，毕竟到了成熟的季节，看着满园红红绿绿的果树压弯了枝头，那心里自然是甜蜜蜜的，虽然不敢以“园丁”自称，然而的确是浇过水的。

多年前，我从自己走过的道路和一些熟悉的朋友的经历中就认识到，文学创作以不走“专业作家”的道路为好，尤其是年轻的时候。有一些作家，曾经创作过许多虎虎有生气的文学作品，但是当他们“专业”之后，或越来越默默无闻，或越来越在作品中透出暮气，甚至于酸气、迂腐气。假如阎雪君从学校大门一出来，有机会到文化部门，或者文联部门从事文学创作，那他决然写不出《原上草》《今年村里唱大戏》的。

说到底，文学是生活的感悟、人生的况味和生命的体验。作家深入生活肯定是对的，但是虽然有种种深入，到底那生活难以成为自己生命的一部分。雪君离开学校的十几年社会生活，是他生命的组成部分，他的作品就是他生命的组成部分，所以他作品里的艺术形象是有生命的。

如果从 1986 年雪君发表处女作算起，十几年来，他与文学同行，在完成新闻调研 100 多万字材料的同时，创作了 150 多万字的小说和报告文学。他没有“专业”从事文学创作，他与文学携手同行，这大约是文学创作真正意义上的正确道路，雪君的实践应该是一个有力的佐证。

雪君而立之年，已经是事业有成，去年，他又被中国作家协会吸收为会员。中国金融界随着经济和社会的发展肯定是愈来愈活跃，愈来愈重要。雪君在这方独特的水域游弋，我们有理由企盼若干年之后他能创作出更加厚重的文学作品。

拖拖沓沓写下以上文字，多不是关于《今年村里唱大戏》的评论。

本文实在算不上序言的。

马　骏

2003 年仲夏，在大同柳航新村居住

提前预演的颠覆

——吴言评阎雪君科幻中篇小说《颠覆》

这是一个颠覆的时代。进入 21 世纪，随着信息技术的飞跃发展，人类社会正加速经历着对既定社会秩序的颠覆。在很多最前沿的技术领域，都能看到埃隆·马斯克以引领者的身姿屹立潮头：电动汽车只是他的最低配置，他麾下的 SPACE X 研发可回收火箭，将实现人类登陆火星的梦想；他还建成了卫星星链，覆盖到全球最偏远的地区，还影响着俄乌战争的走向；今年 8 月，他旗下的 Neuralink 公司成功在人脑中植入芯片，原来脑机接口也是他致力突破的方向。植入芯片后的一位高位截瘫人士，可以用意念移动鼠标，自助完成电脑游戏操作。马斯克总是能把科幻变为现实，颠覆着人们的想象和认知。

还有一件堪称颠覆的事件，是金融作家阎雪君写于 2011 年的中篇小说《颠覆》，在十几年前就对人脑植入芯片展开了科幻的、文学的想象，颠覆了人们对他惯常写金融、写农村的认知。他完全称得上是跨界小说家。阎雪君总是自谦为数学极差的文科生，这篇小说写科学的部分既专业又严谨，完全超出了文科生的知识范畴，可见他对不同题材的驾驭能力。

《颠覆》在最初发表时，有一个非常奇幻的题目《真页西双人复》，出自他小学老师给他们出的谜语，谜底就是“颠覆”二字。在《颠覆》的开篇，贯彻了阎雪君一直坚持的文学观点，即“事故就是故事”，一场有预谋的医疗事故，引出一起惊天大案。小说充满悬疑色彩，在开头就设足了悬念。四季不再按“春夏秋冬”顺序推进，而是发生了逆转，按照“冬秋春夏”运行，再接续“夏秋冬”，完成了从冬天到冬天的一个轮回。在这个闭环里，随着季节的迁移，是惊天大逆转、乾坤倒置、天旋地转、情伦突变、月转星移等章节，对应的情节是祖孙智力互换，灵魂错位，再到灵魂互换，智力归位。作者用这种科幻加玄幻的方法，将这一故事演绎得惊心动魄。

科幻这部分是祖孙俩通过芯片拷贝，实现智力互换。智力互换的结果是孙子司徒龙在原子能研究领域取代爷爷司徒梦，成为业界翘楚。作者对原子能的描述令人信服，从核裂变到核聚变，到原子弹爆炸的威力同化学武器的比较，杀伤力、杀伤面积均用科学数字说话，再到整个原子能的发展历程和原子弹的制造过程，都是以精准的科学史为依据。成为物理学家的司徒龙桀骜不驯，口出狂言，情商极低，未成年是一个原因，但青年才俊藐视世俗也很司空见惯。于是才触发了灵魂互换。这样爷爷司徒梦的智力和灵魂同时迁移到孙子司徒龙身上，借助青春活力的身体实现科研上的飞跃和突破，发明了第四代核武器：核定向能武器。这样的武器足以使地球毁灭，令所有物种灭绝。这一科幻创意是在刘慈欣的科幻作品中也没有出现过的，可见作者对原子能领域做了深入的了解。

祖孙互换后又引发了人伦危机，孙子恋上了爷爷的初恋爱人，触碰道德底线。于是只能将智力重新迁移回去，但孙子曾取得的科技突破，却没能回到爷爷身上，爷爷拥有的还是老旧的、过时的知识结构。科研成果的遗失涉及国家机密，又引发了间谍战。爷爷的灵魂没赶上他的脚步，还停留在孩童时期。最终只得再让爷孙俩再度互换灵魂，重新做回原初的自己。

灵魂互换部分应属于玄幻文学。科幻和玄幻的区别是科幻以科学定律为基础，玄幻则引入了超自然力。因此小说中引入了吴法道这样一个类似巫师的人物，可以借助道法将人的灵魂互换。这部分应该来自作者的乡村生活经验。在乡村文化中，神灵、鬼魂、人世并存，有丰厚的神秘主义土壤，很自然地会出现在作家笔下。这样科幻不能实现的，玄幻加以补充，将人脑植入芯片的创意演绎到让人信以为真的地步。

正当人们沉浸其中的时候，作者在结尾处又回到了冬天，枪战就要发生的一刻，爷爷司徒梦如梦方醒，原来是自己做了一个梦。但这个梦如此逼真，读者真不愿意走出这样的梦境。

此外，这篇小说还加入了情仇、谍战等戏剧性因素。还关注到了现实中的小升初等教育难题。科幻、玄幻、情仇、谍战、现实、幻想糅杂在一起，像多棱镜一样发射出一道道七彩光，逻辑严密，情节生动，手法多样，构成了一部奇特的跨界别的中篇小说。

2023 年初 CHATGPT3 发布，2024 年初文生视频 SORA 发布，人工智能已经跑步入场，正准备全方位渗透进我们的生活。AI 会颠覆哪些传统行业，人们正在极力想象。阎雪君的这篇《颠覆》做了很好的预言，也为即将到来的颠覆做了提前预演。如果对科学技术使用不当，人类有可能自取灭亡，也可能颠覆人类社会的道德伦理框架。人类经历了一次又一次的危机，总能化危为机谋求生存和发展。这一次，在科技这把双刃剑再次握在手中之时，不知人类还会不会被幸运之神再度光顾，让科技造福人类而不是走向毁灭？这是《颠覆》这篇小说引发的思考。

在繁重的金融工作之余，阎雪君多年来笔耕不辍，在读者印象里他以创作长篇小说见长，二十年的时间创作了多部农村题材和金融题材的小说。实际上他在长篇创作的间隙，从未停止其他题材的文学创作，特别是在中篇小说领域，迄今还不断有作品发表。《颠覆》这篇小说，更让我们看到了他创作的多样性，在科幻领域也敢于一试身手，并且表现不俗。普通人可以泛泛而谈的事物，出现在小说家笔下必定需要了解更深层的内核。阎雪君没有停留在自己熟悉的领域，而是勇于在深奥的原子能领域探索，才有了《颠覆》这样的小说。这是一位优秀的小说家所具备的素养。

吴　言

发表于《金融时报》(2024 年 10 月 12 日)

《原上草》读后

——王祥夫先生评阎雪君长篇小说《原上草》

这是一本很好看的书。

读这本书让我想起了《金融家》，因为这本书名为《原上草》（作者阎雪君）的书是写金融业的长篇小说，是中国金融出版社出版的首部长篇小说。新时期以来，长篇小说如过江之鲫从出版业的彼岸涌到读者的此岸让人目不暇接。长篇小说虽多，但写金融业的作品却不多，从侧面写金融业的小说较多，从正面写金融业的小说却不多。这部小说之所以好看就在于他从金融业的最底层写起，如果把金融业比做是一株树的话，别的小说给这株树的树冠画了一幅幅素描，而这部长篇却接触到了树的根，最最基层的根，最最复杂的根，和各种各样人物接触的信用社。这就让这部长篇小说脱离了枯燥的机关生活，因为写到了和金钱发生关系的底层，这部小说便有了格外生动的一面。在我们这个世界上，围绕金钱发生的事还少吗？最最精彩的人性表演也许只有金钱才可以导演得出，而这部长篇正是这样的一部作品。

这是一部复杂的小说，人物关系的复杂性从金钱演绎而出，底层生活的困境、金融业的放贷与还贷组成了这部小说的结构框架。这部小说是描写本世纪末的一部世相画卷，不是昨天，也不是更早更早的从前，是今天的故事，通过这本小说，我们可以看到金融业根部那一根根触须是怎样在中国的土地下伸展，也可以看到那各种各样的蛀虫是怎样吸附寄生在这金融之根上。

这又是一部以农村生活为基调的小说，一首首北方的民歌似乎给这部小说定了调，当我们一打开这部长篇，便好像吹到了北方黄土高原的风，风里没有花香和水的潮湿气息，更多的是牛羊的腥臊，这么说好像是不太富有诗意，而我们的落后而贫穷的北方农村生活又让人到哪里去寻找诗意，更多的是为了生活而谋略，而奋争，而无奈，而叹息。这才是真正的生活，《原上草》给读者提供了这些。

这是一部很怪的小说，之所以怪就在于这部小说把农村生活和金融业糅合到了一处，把它归之为农村小说，而它恰恰好看在金融二字之上，把它归之为金融小说，人们又分明在这部小说里看到的更多的农村生活。也正是由于这一点，这部小说才可以说是一部很特殊的小说。

小说塑造了许多生动的底层人物形象，陆伟明是个什么样的人物？在这个人物身上我们可以更多揣摩到的是现实中活生生的东西，这个人物的塑造不是平面的，也很难说他是一个正面还是反面，活生生的人如果全面地站在我们面前，更可能的是我们一下子很难说他是一个“好人”还是一个“坏人”，我们只能说他是一个人，是因为现实生活的复杂性和多变性让一个人多侧面。陆伟明这个人物是复杂的，从工作上讲他是出色的金融人，从生活上讲他又有着许多“出格”的地方。这是真实而可信的，所以，就人物塑造而言是成功的。我们通过《原上草》这部长篇可以真切地感到些什么？感到的是本世纪末真实的生活。但理想呢？我们总是在理想的鼓舞下生活着，而这部小说却没有给我们提供这些，也许严酷的现实生活让人来不及去理想，是不是更可以说我们这个时代是失去理想的时代？因为现实问题太多太多了。这是这部长篇的重要韵味所在，读懂了这一点，你就读懂了这部长篇。在这部长篇里，作者写到的人物似乎太多了，太多就往往让人照顾不过来，就好像你的家里忽然来了满屋子的人，你很难面面俱到地把每一个客人招呼好。

在这部长篇里，三教九流的人物都有，跳大神的“大仙”和歌厅的“小姐”，还有变态的嫖客，要追着小姐满山跑才可激发他欲望的灰色人物。这形形色色的人物在这部长篇里嬉笑着，怒骂着，光明着，晦暗着，希望着和绝望着，给城市读者一种新鲜和了解我们这个时代的金融业最底层的可能。这就是这部书的价值所在，和名著《金融家》对读一下，可以给你一个很好的阅读体验，从文本到对金融业的了解想必都会有所获益。

《原上草》是一部很好看的小说，虽然这部书在写作上“太挤”，就内容和篇幅而言，篇幅好像是短了些，内容好像是多了些，但这部长篇仍不失为一部好看的描写金融业的小说。正因为好看才又有了今年四月的二版二次印刷（一版一次印刷于二〇〇〇年十月）。阎雪君是近年来金融系统培养造就的青年作家。我们期待他能写出更好看厚重的作品。

王祥夫

发表于《火花》杂志（2001 年 9 期）、

《作家文摘》2001 年 12 月 21 日

一篇有趣味的小说

——谢泳先生评阎雪君中篇小说《土财神》

中篇小说《土财神》发表在今年第3期《黄河》杂志上。作者阎雪君是一个年轻人，这篇小说是他在省级刊物上发的第一个中篇，显示了作者一定的写作才华，是一个有希望的作者。

这部小说的故事很简单，写了一个农村信用社的主任。这个姓邢的主任是典型的农村干部形象，精明能干，他懂得政策，但更懂得人情，懂得农民之间的各种关系。他的言行很粗俗，但在这粗俗之中，又体现了某种亲切感。邢主任是乡间出生的干部，对农民有感情，他非常了解农民的生活习惯，所以在看似粗俗和办事不讲章法的表面现象中，作者将乡村干部写活了，写得非常生动和富有个性。最后，这位平时生活不拘小节的"土财神"，在一次与抢劫银行的歹徒搏斗中献出了生命。

闫雪君过去也写过一些短篇小说，我没注意过，这次他把这部中篇小说交给《黄河》时，先是副主编张发看了，觉得作者观察生活很仔细，刻画人物、捕捉细节等方面均有特色，我在编发这篇小说时，除了觉得作者具有较强的刻画人物的能力外，更感到他能把一些常见的生活写得有趣味，我想这也许对写作是更重要的。

小说要写得有趣味是很不容易的，这趣味需要很厚的生活积累，也需要作者有好的表现力，我们过去常说作家要有一双发现生活的眼睛，我理解就是说作家要能在平常的生活中发现有趣味的东西，当然发现是一回事、真正表达出来又是一回事。闫雪君的《土财神》虽不是做得很好，但他有这方面的素质，这就很不容易，这是写小说的基本素养。汪曾祺的小说在艺术上有很高的成就，其中写得有趣味就是很重要的一点。

闫雪君是一个新作者，他的这个中篇小说从题材上看，也没有什么特别的地方，写乡村干部的生活，这类小说，我们见得很多了，从小说的主题上看，作者好像也不是为了写一个见义勇为的好干部，只是想把一个乡村干部的日常生活表现出来，他找到了“土财神”这个形象，写得活灵活现，写得很有趣味，我以为有趣味的小说都是好小说，哪怕主题不够深刻不够宏大。希望雪君能意识到自己写作的长处，努力写出更多耐读、有趣味的好小说来。

谢　泳

发表于《山西日报》(1996 年 6 月)

晔如蓝天散彩虹

——蓝虹散文集《山有木兮木有枝》序

不得不承认，我被她惊艳到了。虽然目前还没有见过蓝虹教授本人，但当她身着畲族服饰的照片和她的散文出现在我的眼前时，我的脑海里一下子涌出了李白的诗句：粉图珍裘五云色，晔如晴天散彩虹！是啊，蓝虹教授仿佛一道虹，驾天作长桥，带我们来到那五彩斑斓的深处。用五彩斑斓来形容蓝虹教授，一点都不为过。在她众多的色彩里，最先落入眼帘的，是绿色。

绿色是她生命的本色。没错，她是从事绿色金融研究的。她把这生命的张力，全部倾注到她的事业中。作为经济学博士、中国人民大学经济学博士后、美国纽约大学绿色金融博士后、中国人民大学生态金融研究中心副主任、中国人民大学环境学院环境经济学和财政金融学院金融学教授、绿色金融博士生导师，她的贡献有目共睹。

读到这里，也许有人就明白了，为什么我要为蓝虹教授作序。就是因为她是从事绿色金融研究和推广的专家和作家，我恰恰也是中国金融作协的主席，有责任也有义务服务好记载和讴歌金融事业的作家。所以说，是绿色和金融把我们维系在一起的，套用一句名言，虽然我们来自五湖四海，但是为了一个共同目标，我们走到一起来了。其实，蓝虹教授请我作序，我是推辞了两回的。不是别的原因，就是我的自卑。大家知道，蓝虹教授是中国人民大学赫赫有名的博导，而我对博导是视若神明的。因为了解我的人都知道，我就是一个地地道道的高中毕业生，连个中专都考不上的人，如果敢为人大博导作序，那是多么的胆大妄为，多么的不自量力，多么大的笑谈啊。可后来架不住蓝虹教授的谦逊和诚恳，也是被蓝虹教授为绿色金融奉献精神所打动，也就抛开种种顾虑，权当提前拜读和学习蓝虹教授的美文，抒发一下心中的读后感罢了。

究竟什么是绿色金融，记得她在散文《佩玉》里向我们做了很好的解释："我们做绿色金融的，其实也是一门技术，通过各种绿色金融技术来帮助绿色项目提高收益，以增加资本的可获得性。"

在这里我有必要给非金融领域的读者科普一下：早在第八届全国生态环境保护大会上，我们国家就提出生态文明建设是关系中华民族永续发展的根本大计。生态环境是关系党的使命宗旨的重大政治问题，也是关系民生的重大社会问题。2017 年 6 月 14 日，国务院决定在江西、贵州、新疆、广东和浙江五省区部分地区建设绿色金融改革创新试验区，探索符合地方特色和实际需求的绿色金融体制机制创新。蓝虹教授挂职的贵州省贵安新区，就成为了第一批 8 个试验区之一。

作为中国最早从事绿色金融研究与实践的学者、业内公认的绿色金融领军人物，蓝虹教授先后担任了国家生态环境保护部主管的中国环境科学学会绿色金融分会副主任，中国人民银行主管的国际经济学会理事，亚洲开发银行绿色金融专家、美国纽约大学客座研究员，中英“一带一路”绿色金融倡议中方主席，曾任联合国环境署可持续金融行动机构高级技术顾问，世界银行华盛顿总部绿色金融技术专家，在美国纽约大学从事绿色金融博士后研究工作。

目前蓝虹教授在贵安新区挂职，担任贵安新区绿色金融管委会副主任，主持绿色金融工作，取得了显著工作业绩，推动贵安新区绿色金融创新发展取得长足进步，受到中国人民银行主管绿色金融部门的充分肯定，部分绿色金融项目案例在全国推广。

蓝虹教授长期在联合国环境署和世界银行从事绿色金融工作，积累了丰富的国际绿色金融实践经验，参加了大量绿色项目的投融资方案设计和实操工作。蓝虹教授不仅具有较高的绿色金融理论研究造诣，取得了大量高质量研究成果，许多研究成果被中国人民银行、国家生态环境保护部等国家部委和商业银行采纳，转变为具体政策规章，而且主持、参与了大量的绿色金融项目设计和实施，积累了丰富的绿色金融实践操作经验。所以，如果说绿色是她作为教授学者的颜色，那么蓝色就是她作为作家文人的颜色了。

是的，蓝色是神秘的，一如她的民族——畲族。关于畲族的来源众说纷纭，我更愿意相信畲族是古越人的后裔。山有木兮木有枝，这么美好的越人词，仿佛就是蓝虹散文集的写照。她的文字娓娓道来，绵柔细腻，仿佛畲寨的米酒，不知不觉间，就让人醉了。畲寨的春天是满含着爱情的期待的；畲寨的犬神是让人敬畏的；畲寨的竹笼蒸饭是充满山水灵气的；畲寨的鸭子是让人心动的。山风微拂，芭蕉正绿，山泉涌动，当一幅幅淳朴的画卷向我们徐徐展开，古老而神秘的畲族就带给我们太多的意外和惊喜。

除了神秘，蓝色又是深邃的。在“千山万水的跋涉与感悟”中，蓝虹教授向我们发出了灵魂的拷问：朋友，你幸福吗？

“幸福是一些片段”，她告诉我们：“到你真正成熟，一盏孤灯下，一卷诗书中，你可以体会更多的东西。外面是熙熙攘攘的世界，滚滚红尘，你的心在大街上行走，在闹市里徘徊，在职场奋斗煎熬。那么，寂静的夜，一盏孤灯，一卷诗书，就是给自己的一种心灵理疗了。当深深的帷幕把一切喧闹都挡在外面，当你沐浴更衣后，面对一盏孤灯，轻轻翻开一卷诗书，你的心一点点沉静下来。如果再有一胧明月，一杯香茶，你说，幸福是什么，就是这些许多寂静的月夜。”

她的文字是如此宁静，又是如此深邃，春日的午后，找一个安静的小花园，阳光暖暖，我们疲惫的心，也在她文字的安然中，静静地痊愈。

如果你以为这片深邃的虹只是高高地挂在天上，就错了。从她的笔端，流淌出许多的烟火气息，那是爱的颜色啊！因为对生活的爱，烤西兰花、西红柿炖土豆，那些再平常不过的美食，在她的文字里都有了一种别样的意境；因为对亲人、友人的爱，在诗一般的文字下，她柔美、坚韧、慈爱、悲悯的品格，都跃然纸上。

她说，女人是糖果做的。我忽然觉得这位有着彩虹糖一样斑斓色彩的糖果色女人本身，就是一部散文诗。清晨的风，拂过山岗，温柔着畲乡，露珠滴满翠谷，挂上竹梢。蓝虹教授从她的美文中款款走来。

最后，我有一个心愿。我这辈子没有读过大学，心里一直对大学有种渴求和神往，有心想成为蓝虹教授的一名学生，就是不知蓝虹教授收不收？不管教授收不收，反正我这人脸皮厚，今后就往这方面努力吧。

祝愿蓝虹教授，在中国的金融里描绘绿色美景，在民族的长河里书写壮丽岁月，成为一代宗师，虹漫蓝天。

是为序。

2020 年 3 月 3 日
于北京金融街中国银保监会大厦

最是此菊吐芬芳

——王松先生品阎雪君长篇小说《天是爹来地是娘》

犹如一束珍珠菊，无声且生动地绽放开来。

这部名为《天是爹来地是娘》的长篇小说，我读到最后一章，就是这样的感觉。它的根系似乎深深扎进松软的泥土，虽不娇艳，却可以感觉到一种饱满和茁壮的自信。《本草》对珍珠菊的记述，概括起来就是四句话：形如珍珠、色似翡翠、花香持久、味爽耐泡。如果用这四句话形容阎雪君的这部长篇小说，应该说，同样很贴切。

“形如珍珠”，恰好是这部作品的结构。

阎雪君的这部作品，结构很有特点。我们写长篇小说都有这个经验，整体的谋篇和布局，在叙事策略上往往是首先要解决的问题。面对一个故事，它的整体叙事空间如何开辟，开辟了，又如何分布。如果是正态分布，也就是所谓的常态分布，就会使故事在开辟的空间里过于均匀。这种均匀的分布自然可以使读者感到顺畅，不会有阅读障碍。但同时也带来一个问题，倘把叙事空间分布得过于均匀了，就会失去随机性。这种随机性的丧失，产生的直接后果，就是让读者有一种四平八稳的阅读感，或者说，是阅读的按部就班，无法产生意料之外的惊喜和快感。显然，这种没有惊喜的阅读即使不枯燥，也有乏味之嫌。而阎雪君这部小说，故事在叙事空间中的分布随机性很强。整体叙事空间开辟之后，随之而来的就是一个个的子空间。在这些子空间里，小说中的每一个人物，他们的故事就如同珍珠菊的一个个花朵，从容地逐一绽放。这种主空间包含子空间的结构，也就使作者在叙事上获得了更大的自由。同时，既写出了香水沟村这个古老村庄里人们的众生相，又没有“人物谱”的感觉。每个人物，都在属于自己的子空间里，随着作者的娓娓道来，鲜活的形象和性格得以展现。而这些子空间又是相互关连的，不仅相互关连，又同时都通向主空间。应该说，这样的结构看似平常，其实并不好写，操作起来也有一定的难度，作者须有很深的功力。

如果说这部作品“色似翡翠”，其实也就是绿色。

无疑，这部小说是“绿色”的。说它绿色，是因为它虽有别于生活的原生态，却可以感觉到，是直接来自生活本身，且逼近生活的真相。用一句当下时髦的话说，也就是很接地气。从这部小说可以看出，阎雪君是一个地道的山西人，且不仅熟悉，也非常热爱他的故土。一个作家对一片土地是真熟悉还是假熟悉，在作品中是骗不了人的。当然，对一片土地的熟悉也有两种。一种是直接熟悉，另一种是间接熟悉。直接的熟悉，是生于斯，长于斯，可以说对这片土地的一山一水，乃至一草一木都烂熟于心。而间接熟悉，则是或长或短地在一个地方生活过，之后再从资料中得到经验。这后一种的熟悉，是将记忆中的经验激活，又与现实经验融为一体。显然，这两种熟悉并没有高下之分。就算是一个专搞行走的作家，在他的一生里也不可能走遍所有的地方。因此，对每个作家来说，间接经验也是重要且必需的。

但就这部《天是爹来地是娘》的作品而言，香水沟村之于阎雪君，显然属于前者。可以说，阎雪君对这个村庄太熟悉了。虽然这个村庄，他是让一个叫金炜明的主要人物带入的，但是，当读者随着金炜明走进这个村庄，一幅具有浓郁山西民风特色的乡村图景，也就有声有色地展现在读者面前。阎雪君对这个村庄以及这个村庄里的人们的把握，甚至让人怀疑，他是不是就生在这里。也正因如此，他所刻画的，这村庄里的一个个人物也才鲜活地跃然纸上。我们写小说，最常说的一句话就是如何“塑造人物”。但阎雪君这部作品中的每个人物都不是“塑造”出来的，似乎就是现实生活中的一个个活生生的人。他们的所言所行，作者只要跟在旁边，一一记录下来就是了。也就是说，似乎在有这部作品之前，这些人物就已经存在了。应该说，这也正是这部小说的绿色所在。

绿色而又有别于原生态。这个从原生态到绿色的过程，使故事和故事中的人物真实而又不失传奇，现实而又不失浪漫，也就显得很好看。

如果用《本草》中所说的“花香持久”来形容这篇小说，就更是有点意思了。

花香，虽然指的是气味，但这种叫“花香”的气味也有讲究。气味的真实与否，与散发这种气味的花朵有直接关系。只有这个花朵是真实的，有生命的，它所散发出的气味也才会是真实的。气味的本身，也可以意味着生命的真实存在与否。可以想象，如果是一株经过处理的绢花或别的什么人工材质的花，它同样也可以散发出花香，只要喷一些香水或加一些香精、香料就可以了。但这种花香和路边卖的“十三香”又有什么区别呢？或者干脆说，这种人为制造出来的气味是没有任何生命意义的。阎雪君的这部小说，它的香气，也正是取决于这部作品本身。这部作品的叙事语言，有一种不动声色的韵律感，从头到尾就像是一首民歌，是山西民歌。这还不仅是因为小说每一章的题目。小说每一章的题目，都取的极有山西民歌特色，有的甚至就是山西民歌歌词的变体；阎雪君在这部小说里的叙事腔调，从节奏、速度、走向、变化，都可以感觉到鲜明的山西民歌的特点和风格。我们经常说文如其人。其实真正把文写到如其人的程度，也是一种境界。装腔作势、文过饰非是人的本能，只有投注了真正的感情，也才能拿出自己真正的腔调，这也才是属于自己的生命腔调。

熟悉阎雪君的朋友都知道，他很喜欢唱歌。平时有什么文学活动，所到之处，只要有阎雪君在，总能听到他悠扬的歌声。而且，他尤其喜欢唱山西民歌。但喜欢唱山西民歌的人很多，却不一定都能把山西民歌的神韵用到小说的叙事语言里。应该只有一种解释，阎雪君这样做，还不仅是一种叙事策略。他在写这部小说时，已经投入了自己对家乡的全部情感。这也就使他真正进入了所谓的文如其人的境界。这是非常难得的。

其实珍珠菊也是一种茶。茶，首先具有的品质不仅味爽，也要耐泡。只有耐泡，也才有回味，且可以回味。阎雪君的这部作品，应该说，就具有这样的品质。当然，正如前面所言，一部文学作品的绿色和味爽，会使故事很好看。但同时，也要节制。

这也如同珍珠菊。

王　松

发表于《长篇小说选刊》(2017年秋季卷)

花开两重山

——王新荣诗集《点燃》序

枫染九州彤彤，盛世欣欣向荣。在喜庆党的二十大胜利召开的日子，我收到了王新荣厚厚的书稿《点燃》。翻开书稿，看到了“国泰民安”下的“春夏秋冬”美景，我一下子就明白了，她为什么要在今天这个特殊的日子把书稿送给我。她就是想在这喜庆的日子，为党和祖国送上一份自己独有的贺礼，向金融文学事业贡献自己的一份力量，给自己30年职业生涯交上一份答卷。

我与新荣相识多年。我们同年加入金融工会这个“娘家人”的大家庭，2018年她被选举为金融作协副主席，2021年又荣任中国文联全国委员会委员，同时我也荣任中国作协全国委员会委员。因工作关系我们相处的时间较多，又有共同的创作爱好，相互交流就多些。可以说，我见证了她的文学成长之路。

其实，新荣的文学创作有个特点，那就是起步晚、进步快。她早年在部队服役，医学毕业后又改学财务管理。转业到金融系统后，从事办公室、组织人事、宣传等工作。也就是说，她从事的工作都跟文学创作不沾边，平时最接近文字工作的也就是起草一些公文材料。自从她加入金融作协后，她才逐步有了一些创作的愿望和触动，不时写出一些令人耳目一新的作品，有诗词，也有散文，这就令我们刮目相看。我有时候也琢磨，新荣没有学过文学专业的基础，也没有从事文学创作的机遇，现在能够创作出这么好的作品，还是归根于她对生活的感悟、对文学创作的热爱，其中也不乏她的天资聪颖。我觉得，新荣的创作高峰期，应该是2017年和2018年，在这两年，她和爱人因工作两地分居，她的大量诗歌是在那时候完成的。她也让我们明白了，以前人们常说愤怒出诗人，原来思念更能造就诗人。所以，我和同事们都戏称她“王清照”。

法国文学社会学家吕西安·戈德曼说过，“当生活中出现断裂而这种断裂是不可弥合时，一个人就会倾向于写诗。断裂创造了诗人的敏感，并用歌唱把不可弥合的断裂表达出来”。新荣就是因生活的改变而发生了人生的蜕变，在不惑之年后越来越显现文学的气质和生活的魄力。

功崇惟志，业广惟勤。不经一番寒彻骨，怎得梅花扑鼻香。新荣和其他作家不同，虽没有深厚的文学理论功底，也不是所谓的文学天才，但她谦虚好学、勤奋努力、孜孜以求、笔耕不辍。为了弥补文学创作专业素养，她坚持读书学习，经常用墙上贴便签条的方法，来激励自己多读书，读完一本书就贴上一个不同颜色的便签条，用白墙空间和便签条数量对比，以此督促自己不断努力向前。她喜欢梅花，常常以梅花的品格对照和要求自己。工作中，她从不怕苦怕累，如梅花的气质独立而坚强；学习中，她拥有一种勃发向上的力量，似梅花的品格纯洁而高雅；生活中，她越是困难越向前，更像梅花的精神不惧风霜。为了完成一篇主持稿件她可以忘记吃饭，反复修改几十次；为了学习古体诗，她可以一坐半天，在诗词的海洋中尽情徜徉。就是这种执着向上和勤奋努力，在短短的几年时间里，她从一个文学的仰望者成为建设者，从学习到创作，再到今天的大作即将付梓，真是“千淘万漉虽辛苦，吹尽狂沙始到金”。

诗歌是一种意象情感的表达，摄影是一门意象和具象的艺术。当情感遇上艺术是怎样的一种情怀？《点燃》就是诗歌和艺术的碰撞，艺术需要深情，深情产生艺术，这本身就是一种情怀的体现。

《点燃》是第一首诗名也是书名，作者借诗名为书名，是她的用心之选。她想借诗意来表达自己的情思，点燃起当代青年的理想和激情，感染和号召读者，引起他们的共鸣共情。书中的章节作者更是别具用心，她用了自己父辈的名讳作为前四章的题目，用四季作为后四章题目，是敬仰、是大爱、是真情。作者的父辈四个人的名讳正好是“国泰民安”，作者用这四个字作为章题，能够感受到她对父辈的敬仰和尊重。同时，从名字中也能感受到一个家庭的淳厚家风和对国家的热爱和期许，更是优秀家风的一脉传承。后四章分别用“春夏秋冬”四季命名，反映了作者热爱生活和自然的情怀。世间万物无论四季如何变换，在她的眼中都是美好而多彩的。作者用一种意向的美、含蓄的情和富有哲思的爱，通过自然万物传递爱心，感染读者。此书诗作中辅以作者的摄影作品，彼此间相辅相成、相得益彰，在诗情中寻找画意，在画意中寻找诗情，诗画一律、共生共融，为读者描绘了一幅幅“五彩斑斓”的生动画卷。

她的诗情是红色的。经历是人生最大的财富，而立之年的她从部队转业到地方，从事过财务、纪检、监管、人事、宣传等工作。丰厚的人生经历让她的人生丰盈，也给她的诗歌提供了更多素材，她的诗歌或豪放，或婉约，或激情，或忧伤，诗情自然流畅、气势如虹。在军队大熔炉锤炼 12 年的她，骨子里军人的气质和爱国情怀，在诗句中扑面而来，如第一首《点燃》，诗云：我想点燃智慧的

你 / 点燃奋斗的你 / 点燃自信的你 / 我还想 / 点燃平淡的你 / 点燃无为的你 / 点燃盲从的你……

这首诗是作者在一次偶然的事件中领悟完成的，她想用点燃呼唤青年拒绝沉沦和躺平，期待他们用火热的激情投身新时代、奋进新征程。又如《我深深爱恋的祖国》，诗云：我深深爱恋的祖国 / 你的品格挺拔起泰山的巍峨 / 你的海疆誉满无限的寄托 / 火热的太阳诉说着你的波澜壮阔 / 满天的繁星闪烁着社会的祥和 / 博大的胸怀撑起你的豪迈气魄……

又如她在慰问时代楷模张富清后，激情创作的《满江红·时代楷模张富清颂》这首词，既是真情的流露又是对革命英雄的敬佩和崇敬。还有《点醒》《点亮》等，这些诗充分体现了作者对祖国和人民的热爱和赞美，她时刻在用手中的笔书写人间的大爱和她心中的美好。

她的诗情是绿色的。作为曾经的军人，那绿色的情怀已融入血液中，奔腾在诗词中。如《八月的情怀》《军人》《您好，八一》《你是否记得》《力量》《军校六队之歌》等，都是作者、军人的，她诗句中豪放的情怀就是诗人跨越时空的对白和内心的情寄。从她的身上能感受到她对军人、军队的特殊之情，对绿色的情有独钟，那是融化在她血液里的颜色，也是她干事创业的自信和文学笔下的力量。在春、夏章节，作者古体诗歌较多，多以节气和气候为主题来抒发自己对春、夏的喜爱，如《七律·春分》《七律·谷雨》《雨水》等。在春的章节中《七绝·兰花颂》和夏的章节中《七绝·咏楸》，这两首诗被《中华辞赋》刊发。《中华辞赋》是中国作家协会主管、中国作家出版集团主办的月刊，是国内唯一公开出版发行的辞赋。能在这个期刊上发表诗词，说明了她的诗词创作水平进步非凡。

她的诗情是紫色的。紫色具有神秘、浪漫、大气之意。在她的诗歌中浪漫气息非常浓厚，有“盈盈一水间，脉脉不得语”的浪漫，如她写给爱人的《跨越印度洋送一缕清凉给你》《七律·佳节思亲》《七律·香炉情》等；有“花褪残红青杏小，燕子飞时，绿水人家绕”的美景，如《七律·春日晚霞》《春季的美好》《七律·恋春惜夏》等；有“万里浮云卷碧山，青天中道流孤月”的神秘，如《一棵大树》《太阳雨》《雾》《逆光》等；有“白日放歌须纵酒，青春作伴好还乡”的浪漫，如《快乐七夕》《绿叶对根的情意》《七律·与友小聚有怀》等；有雾里看花的神秘，如《南城花已开》《幸福都是奋斗出来的》《爱在湘江沸腾》等；有志当存高远的大气，如《同唱一首歌》《抚摸爱心的人》《贴心的“娘家人”》等，这些诗词都是作者在工作生活中用自己独特的视角，定格瞬间，在心中发酵而成的唯美和浪漫，再流入笔端，用真情描绘。

她的诗情是金色的。从书中能看出作者对金色的偏爱。是啊！作者是金牛座人，踏实稳重，又是金融工作者，服务千万金融职工。

金色不仅代表高贵、光荣、华贵和辉煌，更代表梦想，这既是她的气质又是她的追求，她怎能不偏爱这金色呢？金色在作者的笔端就是秋色，她用大量的笔触写秋，几乎把整个秋天一网打尽，有现代诗《秋色》《秋恋》《秋约》《秋风》《秋雨》《秋韵》《秋殇》《秋思》《秋华》等，有古体诗《七绝·秋韵》《七律·玉泉秋色》《七绝·秋思》《七绝·秋菊》《七绝·秋蝶》等，这些诗从多个角度对秋进行感悟抒怀，如《秋情》诗句中，她把从开花到结果，再到饱满成熟，寓意人到中年一路经风沐雨，力量增强，涵养风骨，如今彰显的是淡定和从容。如《秋殇》中，她写道：不要为别离忧伤 / 收拾好行装吧 / 带着春的美好，夏的炽热 / 把自己奉送给时光 / 记住，别离是归期的开启……

《秋韵》中，她最后写道：努力奔跑 / 一路向前 / 沿着风的方向……《秋华》中有：为一季的繁华 / 终将成蜜 / 走入心房……《七律·玉泉秋色》中既有人生的哲思、景物的描写，又有对美好生活的憧憬和赞美。这些有情有理的诗句，不仅启迪智慧，更丰富思想、陶冶情操，自然融入心灵。这是诗人创作的初衷，更是作者情怀的体现。她的诗情是白色的。作者在最后一章用代表纯洁、吉祥、祝福之意的冬日之阳篇章结尾，是寓意深远的。在这个章节，作者紧紧围绕国家大事和季节变化，抒发自己的内心情感，如现代诗《圣洁之歌》，是对北京 2022 年冬奥会的祝福和感动《春雪寄怀》《等你》《初雪》表达人们对冬雪的期待和到来时的那种爱恨情暖；古体诗《七绝·雪花》《七律·阡陌峥嵘》都是将雪拟人化，描写它的到来让大地、树木、城市别有一番美丽的景色。诗人是多情的，往往寄情于山水或景物，可见内心，可见禅意，可纵豪情。她想寄情于这个十月风光正好、冬景似春华的美好季节，用繁华和圣洁拂去往日的阴霾，用饱满的热情和纯净的心情，迎接党的二十大胜利召开，祝福伟大的祖国欣欣向荣、繁荣富强，用吉祥如意祝福所有的读者朋友们，心中始终拥有一片艳阳天。

读完新荣的书稿，我不禁惊叹她平时的努力和辛勤的耕耘，更惊讶于她的摄影艺术水平也非同一般，她如诗如画的生活，正是当今社会需要的一种宁静、一种豁达、一种温暖、一种向上的生活态度。说实在话，新荣的工作和家庭条件都非常好，她也完全可以过上一种舒适自在的生活，但她还是选择了一种积极向上、刻苦创作的生活状态。目前，她已在中央、省部级文学报刊发表了许多作品，已是一位在全国金融系统及社会各界享有声誉的知名诗人，但她还是谦虚好学，不断历练心智，执着追求诗意人生，读一诗、赏一画，在平凡中感悟伟大，在朴素中感受真诚，在简单中感知哲理，这是作者的生活态度和处世哲学，更是她带给我们的一份向上的力量。

人生如诗，珍藏真谛；人生如画，美好于心。祝福她在诗与画、工作与生活、职业与事业等两重山中继续向顶峰攀登，繁花似锦，欣欣向荣。

是为序。

2022 年 10 月 16 日

于北京金融街中国银保监会大厦

一晌青春见诗情

——朱承彧新作《青春都一晌》浅评

书籍是人类进步的阶梯。写书的人，就是那个为人类进步甘当人梯的人。我非常喜欢从文学作品中感受人梯的高度和温度，作者通过作品表现的高度是相对的，有高有低，有暖有冷。

当散发着油墨香的《青春都一晌》捧在手里的时候，沁入心脾的不仅仅是书香，更有渗入心灵的震动。“二八妙龄”的女孩，正处于眉目传情、顾盼神飞的年纪，这是人生最好的韶华，大多数人，白天在校寒窗苦读，夜晚独自莺歌燕舞。一晌青春，一晌贪欢，远望浮名，暂可以浅斟低唱。在一群青春美少女中，朱承彧独树一帜，将自己的岁月情话，转变成律动的诗行。

读完《青春都一晌》，心里瞬间有了写评论的冲动。不有评者，无以图将来；不有文字，无以知臧否。对于一个中学生，她的文学之旅刚刚开启，需要我们这辈人小心呵护和密切关注，以便这朵文学花蕾将来能绚丽盛开。

认识朱承彧是因为朱晔，朱晔是她父亲。现在反过来，通过朱承彧我又进一步了解了朱晔。

朱承彧现在是北京二十中高二的学生，三年前就听过她的名字。她读初二的时候，学校为她举办了个人文学展。记得朱承彧这个名字早先是因为她父亲朱晔是金融作家。又因为 2 年前的中考，朱承彧语文获得了单科满分。随后，在朱晔的公众号里，我开始密切关注朱承彧不断发布的诗词和散文。我听说朱晔的名字许久，也知道他有才，就是没有见过面。尽管我能够想到朱晔应该听说过我，毕竟都是金融系统的作家，况且我还是金融作协主席，可朱晔就是一直没有主动联系过我。这是他的性格，后来熟悉了，我也就了解了。一次偶遇，跟朱晔第一次见面，是在北京鲁迅文学院附近的一家茶馆，从此便相识相知，一路携手走来。

朱晔是我们中国金融作协的骨干作家，也是中国作协会员，创作勤奋，硕果累累。我尤其喜欢他的长篇力作《银圈子》，获得了中国金融文学大奖，后来还被中国人民银行总行的名刊《金融博览》全年连载，这可不易，毕竟杂志一年就选载一部长篇小说。朱晔是中国工商银行总行处级干部，工作任务自然重要且繁多；同时他又是金融作协的理事兼秘书处负责人。他的创作精神和工作热情，在我们金融作协系统内外有口皆碑。有时，我经常在想，朱晔的本职工作那么忙，作品却是一部又一部，秘书处工作一件又一件，哪来的精力，哪来的才情？

这次通过阅读朱承彧的新作，我又对朱晔有了进一步的理解。人常说，有其父必有其女。这里，我想说的是，有其女也必有其父。

读着朱承彧的作品，不由得想起我的中学时代。我自幼喜欢文学，却是坎坎坷坷，由于严重偏科，我初中读了六年、高中读了六年，最后还是沦落为“三无人员”。朱承彧也是打小喜爱文学，跟我不同的是，她天资聪慧，学习优秀，全面发展，并且在文学创作上独占同龄鳌头。我们同在中学时期，当时我还在泥泞中苦苦追寻迷茫失望时，朱承彧已经像一颗冉冉升起的新星，脱颖而出，著书立说，名震校园，声扬社会。所以说，朱承彧是非凡的，也是幸运的。当然，也跟作家父亲朱晔的言传身教是分不开的。

看着这一对父女作家的创作成就，我虽清楚他们的成长发展历程，但有时还是常常不由的想：这对父女如此有才，如此优秀，原因究竟在哪儿呢？

文学馆里见文学

现代文学馆是中国当代文学的圣地，每年慕名朝圣的作家和写作爱好者数以万计，他们怀揣对文学的美好梦想，希冀在这片神圣的所在获取创作的灵感。

去文学馆取经的人很多，为文学馆创作并能付诸文字的寥寥无几，我第一次读朱承彧的文章就是她的《现代文学馆赋》。读完之后，我不仅佩服作者的奇妙构思，而且佩服她的知识灵活应用能力。

《现代文学馆赋》仿唐代王勃的“滕王阁序”体例，将文学馆纪念的“鲁郭毛巴老曹”六位大师的作品，以古赋的形式展现了出来。

纪念鲁迅的句子是“时光惟复，百草奇园，忆里空余，三味书屋。”接着她又设计了两个对仗句“人心不复，热血心中众呐喊，世态炎凉，孤寂月下独彷徨。”以及“十载寒窗不易随，千夫怒指，一代豪杰终难负，横眉冷对。”段末，她给鲁迅先生作了一个总结“十年树木，风吹不朽，百年树人，经难犹存。”该句起到了画龙点睛的作用。不到200字的段落，鲁迅先生的经典作品和铮铮铁骨的人品通过简单的勾勒，瞬间跃然纸上。这不仅是写作的功夫，更是创作上的功夫。

郭沫若先生的文字:“即即之凤,足足之凰,浴烈火而终涅槃,磬寒岩而得复生。”说的是郭沫若先生的诗集《凤凰涅槃》,这是先生的代表作。“初临子夜,尘世幻灭。林家铺子蚀三部,霜叶红似二月花。”茅盾先生的代表作以不经意的方式展现了出来。“霜叶红似二月花”不仅是作品名称,在文章中还能成为艳丽的一景,这个巧思确实叹为观止。大部分读者知道茅盾先生的大作:《子夜》《林家铺子》和《霜叶红于二月花》,知道《蚀》三部曲的应当寥寥,由此,我非常佩服作者的博学和敏思。

“家春秋难诉爱情,雾雨电方显激流。”巴金的爱情三部曲和激流三部曲在中学时我们都背过书单,“时光如水,追忆往随想录,举重若轻,病时作无题集。”将巴金三部曲外的作品尽入彀中。“冬日追忆济南,流华不复,梦中昔时草原,惟余哀叹。”济南的冬天好像就是老舍先生的名片,老舍先生的《草原》入选中学课本,后续有龙须沟、茶馆的介绍,最后以“满腹思愁,犹悲骆驼祥子,荡胸情怀,不念四世同堂”收场。很多人都知道曹禺先生的成名作是话剧《雷雨》,“雷雨中忆财狂,原野上望日出。”不仅点出了《雷雨》,且巧妙地引出了先生的另外两部作品:《原野》和《日出》。

800 多字字字玑珠,真的难以想象这样的文字竟然出自一个中学生之手。恍惚间,在我眼前浮现的好像不是一个 14 岁的少女,而是唐高宗上元二年(675 年),那个年仅 25 岁的白衣蹁跹的青年,在洪都滕王阁上与群贤显贵把酒言欢、挥毫泼墨。

朱承彧得到了王勃的“真传”,她用“滕王阁序”体例还写了《伊人赋》和《工匠精神赋》。《伊人赋》是给她心中的女神——初中语文老师画像,《工匠精神赋》颂扬的是爸妈的同学,他一边教书育人,一边醉心于古典工艺的传承,他用纯手工的方式给朱承彧制作了一把木剑,原本该“宝剑赠侠士,诗词歌美人。”结果“词赋敬工匠,宝剑酬诗情”。对文学馆最好的纪录就是为它写有品位的文字,《现代文学馆赋》值得现代文学馆所有。

典故丛中成经典

《青春都一晌》由词部、诗部、散文三个部分组成:词部有词 74 首,用了 30 个词牌;诗部有诗 28 首,均为古体诗;散文有 32 篇,创作涉及的题材非常广泛,从先秦孔孟等历史人物,写到当今身边的老师同学。语言表达大多是白话文,也有“古赋体”散文,全书 12 万余字。

朱承彧创作的诗词为古体诗,古体诗词除了讲究格律之外,更重要的是诗心、词情；古体诗词的内涵不仅要通过优美的词句和对仗的工整，而且要引经据典、旁征博引。通过阅读书中的诗词，很容易发现作者的古典知识储备非常丰富，引用手到擒来。

《蝶恋花·慕东坡》中“松冈月映若还乡”，引用了苏轼的《江城子·乙卯正月二十日夜记梦》中“明月夜，短松冈。”《木兰花·回文》中有句“落花梦去复南宫”，“南宫”在古代是八月的雅称，同时一语双关，“南宫”指河北邢台，历史上曾四次建国、五次定都，素有“襄国故都、邢国故地、五朝古都、十朝雄郡”之誉。这首词写于河北邢台游玩途中，“南宫”的借用真是精妙绝伦。

在《秋风词·春景》中，她写道：追梦天人惊涛里，闻语海客天姥间。庭前飞翠染青杏，墙里乱红过秋千。前面两句用典来自李白的《梦游天姥吟留别》，后面两句用典欧阳修《蝶恋花·庭院深深深几许》，这样一词两用和多次用典的还有很多，如《雨霖铃·临窗吟语》中，上阕用典李清照《点绛唇·蹴罢秋千》，下阕用典李煜与小周后的爱情故事《菩萨蛮·花明月暗笼轻雾》，“刬袜步香阶，手提金缕鞋”。再如《雨霖铃·秋感》中的最后一句“无赖是清秋”，“无赖”其实大有深意，古意是“可爱”，又有怜爱的意思，如“天下三分明月夜，二分无赖是扬州”。“最喜小儿无赖，溪头卧剥莲蓬”等。这个词古今异义，假如不知道这个典故，就无法理解此中的真意。

朱承彧用典的范围非常广泛，如《文人风骨，〈楚辞〉遗韵》中，“赏屈平”两句和“吟楚王两句”，用典来自李白的《江上吟》“屈平辞赋悬日月，楚王台榭空山丘”；“弥章”出自屈原《离骚》“芳菲菲其弥章”。《渔家傲·羞昨夜》中，“笑怪今夜赌书人”，“赌书人”用典出自纳兰性德词，写李清照与赵明诚“赌书消得泼茶香，当时只道是寻常”。

用俯拾皆是来形容《青春都一晌》中的引经据典，将自己的作品写成经典的最好办法，就是以经典来充实作品的内涵，这是本书给读者的又一个重要启示。

诗词集中见诗情

与大多数作者的创作方式不同，朱承彧的诗词明显是随性而作、随性而为，她没有为了迎合什么场景或者什么人物去创作，她也没有为参与什么竞赛或者带着什么目的去创作。她的诗词为身边人而作，对象有老师、同学、朋友、熟人，她可以触景生情地创作，经过的地方、看见的物事都可能是她创作的素材。

诗部有篇小诗名为《戏同窗》：言行常若男儿郎，娇态恰似锦绣娘。闲来谈及东坡事，只恨平生不姓王。这首小诗充分暴露了小姑娘幽默风趣的天性，看似平常的小诗里，其实大有名堂。苏轼的两任妻子及侍妾朝云都姓王，小诗以率性的口吻匆匆勾勒出同窗的形象特征及行为偏好。哪个姑娘不怀春，可惜奴家生错门。读到此处，真的让人不禁莞尔。

《青春都一晌》的副标题是“朱承彧诗词散文集”，本书由诗部、词部、散文三部分组成。如果说，诗词部分因为引经据典显得隐晦之外，散文部分作者给予了自己创作上广阔的自由度。虽然三个部分是独立的，但是从入选的作品来看，散文部分好像是前面诗词的一个补充说明或演绎。

散文部分涉猎非常广泛，但是整体围绕着三个题材：诗词的理解、历史人物、诗人和词人。

散文第一篇选择的非常好，《诗词如烟亦如画》，这好像是三个部分的桥段，有这篇文章过渡，三个部分就形成了一个有机的整体。散文大幕拉开，首先进入眼帘的就是《诗词贵在真》，这篇文章是作者当年中考的满分作文，有理有据有论，用词丰富、语言优美，真的是一篇精美的文章。

随后的《现代文学馆赋》《伊人赋》《工匠精神赋》将散文推向了高潮，但是，散文大幕拉开与降落不可能一蹴而就，后续就是从孔孟思想的演绎，到荆轲等侠义精神的讴歌，重点还是抒写她喜欢的诗人、词人。如《浪漫的李白》《现实主义的杜甫》《挑灯看尽平生事》《我心中的毛泽东》等，对历史人物，尤其是诗词大家的记叙，不仅仅是讲故事、说史料，更为重要的是，通过作者的描写，可以感知她对诗词大家的认知，以及她对名家诗词作品、人品的理解。

作为一个中学生，她能对自己阅读过的《故乡》《呐喊》《红楼梦》《三国演义》，在自己理解的基础上进行再创作，这样的学习和领悟能力，真的值得全体中学生学习和借鉴。

当然，本书最值得学习和借鉴的，还是流淌于作者文字间的诗情，让人感觉她做文学创作，像是在过着悠闲自在的诗情画意的生活。这样的诗情我不知道是经历多少典籍熏陶出来的，不知道是多少文字打磨出来的，更不知道这是多少才情烘托出来的。

诗词集中见诗情，这是我对本书又一个重大感受。诗情与才情完美结合，才诞生了《青春都一晌》这么精彩的作品。顺带说一句，本书还有一个热点是金融作家朱晔作的序《今天你是我女儿，明天我是你爸爸》，值得全天下的父亲认真思索。

今年3月下旬，我有幸随同《中国作家》主编陈绍武先生等一行，深入安徽安庆地区创作采风。当我来到安庆桐城时，被桐城文化桐城派文学深深地震撼了。小时候读过桐城派代表作家戴名世、方苞、姚鼐和刘大櫆等名家的作品，可我没想到的是一个小小的桐城文学，培养出作家1200多名、流传后世作品2000多部（篇），竟然引领了当时的中国文坛200多年，奇迹呵。后来我又陆续参观拜访了当地的政治、文化、科技巨匠故居，两弹元勋邓稼先、政治家陈独秀、文化名人胡适、美学家朱光潜、艺术家严凤英、计算机大师慈云桂、诗人海子，等等，我才明白这是一方什么样的土地啊！我自己有个观点，那就是一个人的成长发展有两个基因，一个是健康基因，另一个就是文化基因，这是非常重要的。所谓的文化基因，就是我们祖祖辈辈、世世代代居住的那个地方的文化积淀和历史传承。后来在一次交谈中，我才得知朱晔就是土生土长、地地道道的桐城人，那朱承彧不用说，更是实实在在的桐城人后代了。我终于明白，这对父女如此优秀的源头和基因了。

能将一晌的精彩定格为生命的永恒的人不多，朱承彧可以凭借《青春都一晌》开始自己文学江湖的旅程。如今的朱承彧不论在教育界、金融界还是社会各界，已经是小荷初露尖尖角，名气不小了，可她毕竟还是个学生，前方的路还很长很远，祝愿她再接再厉，继续努力，在今后的旅程中创作出更多、更精彩的作品。

祝愿在不久的将来，我们再到桐城拜访采风时，看到桐城文学名人榜上，有作家朱晔、朱承彧的名字。

是为序。

2019年6月17日

于北京金融街中国银保监会大厦

笃静守真　不忘初心

——王炜炜长篇小说《黑白蝶》序

春江水暖鸭先知。经济对一个国家与个人来说都是举足轻重的大事，经济工作的从业人员是社会经济生活的直接参与者，金融行业的作家们与一般作家相比，更直接地触摸到国家经济脉搏的跳动，若能把自己在经济工作中遇到的、看到的、听到的诉于笔端，那将是文学界巨大的一笔财富。目前，中国金融系统从业人员近千万人，在社会经济工作中扮演着十分重要的角色，他们中间涌现出许多文学爱好者。中国金融作家协会成立以来，引导广大金融界的文学爱好者积极创作，为我国金融事业发展提供强大的精神动力，强化对金融文学作品推介力度，几经风雨洗礼，王炜炜犹如一道靓丽的雨后彩虹，脱颖而出，成为全国金融作家的佼佼者，成就显著，独领风骚。由于她创作勤奋，成就突出，很快就成为了中国作家协会会员、金融作家协会理事，并且成为中国金融作家协会首位推荐到鲁迅文学院中青年高研班的学员。我们欣喜地看到她从鲁院学习归来，佳作不断，继去年在中国言实出版社出版了散文集《素简清欢》，又将出版她的第一部金融体裁的长篇小说《黑白蝶》，她希望我能为这本书写个序，我欣然应允。

许多人不敢写金融小说，怕它枯燥无味，确实有些金融小说被写成了金融知识的教科书。而王炜炜所写的《黑白蝶》足以吸引人、打动人，情节安排曲折动人，百转千回，让人看了放不下。主要是因为小说有故事、有情节、有生活、有味道。《黑白蝶》全书分明暗两条线索进行叙事。明线是寻找失踪的女富豪赵梦蝶，暗线是两代人的情感纠葛及近几十年社会经济的发展变迁。故事发生在东南沿海城市云海市，2011 年 3 月的一天，云海网新闻早播报上一条消息引起了云海市商界的巨大反响，也引起了当地金融界甚至于是政界的巨大震动。赵梦蝶，一名不到三十岁的女子，有着云海市的形象代言人、云海市最年轻的慈善家、亿万富姐的多个标签，网传她因资金链断裂跑路，是真是假？这个网名“黑白蝶”的商界女汉子的真实身份是什么？为何拥有如此巨大的财富，她究竟是“善之白蝶”还是“恶之黑蝶”，她与云海市龙头企业云宇集团最终的命运又会如何？小说通过一环扣一环的诸如“脚踏两只船”“为爱走险”“认亲盛宴”“金钱博弈”“离奇车祸”“金牌掮客”“致富梦碎”等生动的情节与富有生活气息的细节，讲述了两代人在社会经济变革生活中的巨大而细微的变迁和发展，展现了闽南地区人们生活的原貌，描绘了经济社会中的各个阶层的人物脸谱及由金钱、权力、美色、智慧、阴谋构建的浮华世界，展示在追逐权力与财富的背后，丑陋与美好、善良与邪恶、忠诚与背叛的各种力量的较量，揭开了民间融资的冰山一角，对当前中国正势图突破、但困难重重的金融体制改革进行了深层次的思考与探讨。鲁迅先生说：“写小说，说到底，就是写人物。小说艺术的精髓就是创造人物的艺术。”《黑白蝶》笔触细腻，手法娴熟，成功地塑造企业家安振宇、赵梦蝶、海归博士阳光、银行行长阳卓成、周凯、女市长施惠、电视台主持人肖芳芳、中学教师安振国、农民工赵建设等社会不同阶层的人物形象，深度反映在时代潮流中的人物的性格的发展变化及命运的跌宕起伏。《黑白蝶》既有小说的悬念丛生，又有现实的“血淋淋的人生”和“金钱博弈”的虚幻世界，可读性极强，是一部不可多得的金融题材的小说力作。

不忘初心，方得始终。从《金融时报》首席记者唐小惠对王炜炜的专访中得知，王炜炜从小就有一个作家梦，她在大学学的是英语专业，毕业后曾当过中学英语教师，后改行到银行工作，工作岗位与地点多次变动，她始终没有放弃自己的文学梦，长期坚持文学创作，取得了可喜的成绩。早在 2004 年，由花城出版社国家计划内出版发行长篇小说《漂亮不等式》，随后由《中国图书商报》重点推介，参加海峡两岸优秀图书展并被复旦大学等多家大学图书馆收藏，当年获得刺桐文艺奖小说二等奖。王炜炜对多种文体都有涉猎，短篇小说及散文在全国各种文学比赛中获奖数十次，作品入选多种文学选本。我看过她编剧的在中国金融工会第二届“金融人、金融事”微电影的大赛获奖的微电影《爱到花开》，故事表现的是金融服务创新期，在领导、同事的共同努力下，银行员工成功化解了一笔风险贷款的故事，表现了农发行人爱岗敬业的精神，为人们打开了一扇了解农发行“服务三农”的窗口。她写的《巧巧的选择》《裸婚》等微电影在厦门卫视播出并在网上热播，有一定的社会影响力。

王炜炜作为银行的一线员工，平时工作十分繁忙，所有的创作都是利用业余时间完成的。不仅如此，她在泉州市作协还担任了职务，还是《中国金融文学》的编辑，她负责编发的“中国金融文学公众号”，编辑发表了全国金融作家的许多作品，为繁荣和发展我国的金融文学做出突出贡献。最近，她又参与了泉州市文联及陕西金融文学一个合作项目“丝路金融文学双城记”。众所周知，“一带一路"是中国新一轮开放和走出去的战略重点。陕西、泉州两地作家联手在《丝路金融文学》杂志、《泉州广播电视报》开设专栏，立足文学，兼顾金融；立足陕西、泉州，放眼全国。两地作家将组织"丝路金融文学之旅"采访采风活动，两城金融文学"高峰论坛等，前景看好。

清泉如许为有源头活水。用纯净的心，用干净的笔，写纯粹的诗歌、散文和小说，需要热爱、勇气、执着和痴迷，王炜炜无疑是这为数不多的执着者和守望者之一。她说，写作是她内心的需要，也是她超脱人生困惑的自我救助。写作记录了她对生活、生命的体验，丰富了她的内心生活，使她不沉沦于平凡与琐碎，促使她对生活进行了深层次的思考，追求探索生命的意义。她继承传统又独具创新，形成了自己质朴、洗练干净的特有文风，其孜孜不倦的人文思考，如行云流水、思潮起伏、吟咏不绝，沉浸于人生与文化苦旅之中，或大言炎炎，或细语絮絮，寸楮片纸，感而后思，思而薄发，道不尽人生百态，写不完世间真情。从她的文字中，我读出了她对生命的热爱、对人性的善意、对社会的责任，这是一个成熟作家的素养与担当。

路漫漫其修远兮，在金融文学这块土地上，需要更多的作家去探索，去努力。我相信，笃静守真、不忘初心的王炜炜在她坚持不懈的艺术实践和艺术积累中，一定会带给我们新的审美创造的惊喜。

是为序。

2016 年 6 月 26 日

于北京市金融街作协办公室

谁家“雏燕”衔“樊花”

——樊艳萍诗词集《雏燕集》、散文集《一树繁花》序

说起樊艳萍，就必须说起山西，说起文水。

我和艳萍是山西老乡。只不过一个在晋北大同，一个在吕梁文水。虽说中间隔了座雄伟的雁门关，也挡不住亲不亲故乡人的情感流淌。

艳萍出生在文水县。提起山西文水县，可以说天下闻名。古有风华绝代的中国唯一女皇武则天；今有毛主席亲笔称颂的女英雄刘胡兰，“生的伟大，死的光荣”，彪炳千古。

艳萍也是位女作家。她出生于文水县一个传统的知识分子家庭，虽然家境不是富裕，但父母亲竭尽所能供养孩子读书，父母的勤劳、朴实、智慧、坚韧，种种优秀品质的言传身教，使她从小耳濡目染受到良好的教育，家里姊妹们多，也培养了她善良、忍让的品格。童年幼年成长的环境，她比别人更多地体味到生活的艰辛不易，体会到父母亲的辛苦，眼睛观察着生活中种种的情景，幼小的心灵里也储备了诸多感人的故事，这也成为她日后走上创作道路的丰富素材。

说起樊艳萍，还得一定要说起农行。我俩都是农业银行培育成长起来的金融作家。我从阳高县最基层的信用社起步，一直到阳高县支行、大同市分行、山西省农行。艳萍也是从基层一步一步到省分行。山西自古就是文化历史的皇天后土，农业银行从来就是紧贴大地的“土财神”，接地气，可以深入品味农金生活，抒发人间大爱真情。所以说，中国农业银行培养出来一代又一代、一批又一批的优秀作家，成为中国金融作家队伍的主力军。

就是挺“有意思”的是，虽说艳萍跟我都是来自山西省农行一个单位，她也一定知道我担任着金融作协的领导职务，可她跟我几乎没有什么联系和往来，也从来没跟我提过什么要求，仿佛在她眼里，就是“目中无我”。只是勤勤恳恳在平凡的岗位上工作，业余时间默默无闻坚持文学创作。也许在别人眼里她有点“情商不高”，但在我眼里，艳萍恰恰就是一个文学的“殉道者”，朴实真诚，痴心不改。

直至她加入中国金融作协后，我才更多得见她的诗词和散文作品，对她的写作态度有了更进一步的了解，对她的古典诗词以及散文等作品有了更多的认知。尤其是 2020 年元月，中国金融工会余洁主任一行赴山西开展送温暖活动，金融作协安排山西的两位作协会员全程随同采访，其中就有艳萍，还有一位也是我们山西省农行的丁丽君老师。她们在数九寒天顶风冒雪，出色地完成了金融作协交给的采访任务。我在负责活动总撰稿时，明显地感受到了她们深厚的文学功底，感情真挚，生动感人。我对艳萍的好感进一步加深。

直到抗疫期间，艳萍电话联系我，我才知道她的诗词集《雏燕集》和散文集《一树繁花》即将付梓，邀我作序。这就令我吃惊，我为不少的金融作家们作序鼓励，但为一位作家同时出版两部作品作序，还是第一次。这就让我不由得想起山西的一首民歌：左手一指太行山，右手一指是吕梁。同时创作两部作品，犹如两只手弹钢琴，不容易。两只手弹钢琴还是一只手弹主旋律，一只手弹和弦，有主有次，容易搭配。但是同时创作两部作品，一部是诗词，一部是散文，都是主，没有次，那就实在是不易。于是，敬佩之情便油然而生。

通过交流，我知道艳萍幼时好学，尤喜诗文。虽然参加工作后所从事的职业与文学相去甚远，但这不妨碍她成为作家、成为诗人，金融的沃土滋养着她，让她浪漫感性之时还比旁人多了一些理性。文学艺术需要丰厚的文化土壤。根植于丰蕴文化土壤中的文学作品才具有更高的艺术价值和现实意义。我们从艳萍的作品中能够品味出其文化积淀、文学修养、金融专业素养、积极乐观的精神气质……

眼睛里的世界分明是心里的世界。我看过她在大同出差时的诗词作品，寓情于景，“秋风瑟瑟，几许寒凉。山隐隐、芦荻飘黄。雾锁长亭柳，风催古城杨。天池秀，灵水碧，化民殇。”（《行香子·边塞怀古》）“心事邃深兴永叹。问我苍生游浩瀚。而今迈步向前延，容已换。邈河汉。痴立大同谁与看。”（《天仙子·大同火山群印象》）“九月秋阳照险峰。闻风丝柳绿荫浓。晨借韶光离念远，喜从容。燕晋蒙回旋宝地。倚长城北面留踪。看雁舞弯弓射日，啸苍穹。”（《山花子·大同阳高印象》）都是借景抒情，自然生发，功底颇为深厚。

有的诗词作品语言自然清新，灵动飘逸，极有画面感。“夏初梅雨骤，天如注、透窗凉。未曾阻归期，犬迎花笑，农舍忧忘。”（《木兰花慢·农舍忆趣》）“犬迎花笑”妙极！多么形象生动。“三八犹思，皆喜春光。似东风又裹微霜。机关团队，热撵寒凉。见男儿强，女儿俏，笑声翔。”（《行香子·记省农行机关“三八”趣味运动会》）一个“撵”字相当传神，活灵活现地状写了热气腾腾的活动场景，让人顿生身临其境之感。且婉约与豪放兼具，颇具自己的风格。但看到全部诗词、散文文稿时，我还是颇为惊讶。讶异于诗词作品之多，体裁之丰富，题材之广泛，词牌名所运用之娴熟。《雏燕集》全书共收录近两年来艳萍创作的古典诗词曲 253 首（阙）作品。涉及诗（五绝、七绝、七律）、词、散曲、现代诗等；涉猎春夏秋冬四季更替；亲情、友情、爱情等情缘抒发；国家大事抒怀，“两弹一新星。石破天惊。九天漫步月中行，远海近洋驱敌寇。”（《浪淘沙令·七十年》）“云端天路罕。世界正惊嗟，哪个深叹。天堑通途，窗外谁家仙苑。”（《应天长·雅康高速》）；疫情防控感想，“每念新冠去、谢忠魂，史书留经典。”（《连理枝·春分闻捷报》）等等大事皆入怀。我们从诗篇中，能够感受到诗人的赤子之心、家国情怀。也有个别针砭时弊之散曲，也是曲语绵绵，值得一读。涉及词牌名 79 个、曲牌名 8 个，共运用 87 个之多。《一树繁花》散文集中收录人物故事、读书心得、故园往事多篇，不乏佳作。

走在时光的流里，她用心感触走过的四季风景，一颗朴素的心，盛满了生活的烟火，岁月的沉香，根植于心灵深处，她在光阴深处过着每一个属于自己内心欢喜的日子。不为世间名望所累，不为尘世利益所苦，用一颗素淡芬芳的心，用一颗积极奋进的心，怀着感恩、善良的小美好，淡然自若地行走在岁月的阡陌上，做着自己喜欢的每一份工作，体味着忙忙碌碌的工作带给自己的诸多感悟。那些时间积累下来的财富，千锤百炼的生活中保存下来的精华，都变成她笔下一个个生动的故事，一首首别有韵味的诗词，或者一段段意味深长的文字。

诗文流出的都是心底的歌。生活其实充满了不确定性，也常常让我们不得不面对内心的挣扎。有时候，也许一句话一件事，就会让心情跌至谷底。这时候，内心笃定的人，不会放任不良的情绪四处发泄，不会为了追逐名利而失去自我。世界太复杂，只有让心沉静下来，让灵魂含着简静，才有从容优雅的淡定和大气。不屈的意志，淡泊的心境就是如此和谐地统一在她身上。“一夜东风色渐新，石间孕绿暗求伸。莫愁寂寂寻芳少，寸草无声又一春。”（《八九寻春》）写的是还在严寒中的小草，又何尝不是对命运不甘的她自己？

她经济独立，精神独立，徜徉在文学的海洋里，一直追求着内心自由的生活。她无疑在精神上是富有的，她不断利用业余时间学习新知识，开阔视野，而且喜欢唱歌、跳舞、瑜伽等释放负面情绪，精力充沛又乐观开朗，能放下内心的欲望，洞察人生冷暖，用乐观淡然的态度笑对一切困境，用童真趣味点缀平和，“人小辕高奈我何？驾云得意展腾挪。此间醉舞谁能替，一沓欢娱一沓歌。”（《童年驾云》）“偷找平台，钻麦秸、悄编蛐笼，歌鸣苦乐和谐。”（《汉宫春·六一忆童年》）她追求所有善的、美的、有趣味的知识，不断充实提升自己，让自己从内而外自然流露出乐观自信之美。面对快速的生活节奏依旧保持着优雅从容以及不凡的气质，美在自己，也感染别人。浸透于文章细节中的独特品味处处足够用心，完全能感受到她对文学、诗词艺术执着追求和深深的热忱。

一切景语皆情语。内心不宽广的人无法写诗词，没有格局的人写不出好诗词。一个真正的诗人，必定是有格局有境界的。“有境界自成高格，自有名句”。词，自古以来就是一种文化的诠释，和诗歌一样，它是我们华夏文化中的一颗璀璨的明珠。在她的作品中，词的作品数量占到大多数，她似乎更善于使用这种文学形式表达生活中的一切，更以填词为乐事。毋宁说是写诗填词，不如说她是言说着一种人生态度和生活方式。“枯柳与风残，冰霜浸月欢。常怀松竹志，耐岁不知寒。”（《冬日咏怀》）“漾漾酣沉雪，红梅倚醉吟。由来天地造，共拥岁寒心。”（《红梅映雪》）“东风料峭寒意浸，含苞带笑迎风。急来喜报浅春踪。轻漫冬雪，冷处独融融。”（《临江仙·迎春花》）她还诉说对被懂得、被肯定、被欣赏的渴望。“依依眷瀑增遐慕，倩影灵踪梦可寻。无限情思何处寄，轻弹焦尾对卿吟。”（《眷瀑》）“敢问梦中谁共赏，春风一夜化甘霖。细雨多情添瑞气，更待晨曦，迷醉恋知音。”（《行香子·晨思》）。“恍惚。心忽突。胸壑涛怎遏？自古知音欣悦。捧玉玦、唯恐裂。”（《霜天晓角·问月》）她还表达着对光阴的无限珍惜，“岁月莫从闲里过，诗章试向淡中寻。”“芳时误，休把得闲依恋，且惜光阴。”（《昼锦堂·秋叶》）她还回望着童年生活的趣事，“五月花香。蝴蝶舞、蜜蜂忙。盼枣红、你抢她争甚乱，悄悄私藏。谐长。几番趣事，梦中回旋岁月何伤。”（《木兰花慢·农舍忆趣》）她还叙述着自己的志向，“自古世多艰。志业无成久久攀。不肯媚谀，清风雅意，欢颜。谁念乾坤自往还。”（《南乡子·秋夜抒怀》）“直上层楼舒望眼，遥看绝顶展愁颜，气定心宽皆可解。”（《定风波·赠友人》）她还刻画她淡泊的心境，“春风一醉，相逢难忘，叹人生往事多艰。韶华已邈，不必追攀。智者握当时，肯舍名利，喜得心闲。”（《行香子·晨思》）“雪纷纷静气心和。冬来宜蓄势，名利拂云过。仰东坡。梦里吟赤壁、独高歌。”（《拂霓裳·大雪随感》）她还描摹她创作的状态，“每临日暮。月波浮镜，飞情张绪。雅意诗心，通通涌向，荧屏祥所。谁言创作辛劳，那肯负、春光无数。闲咏填词，渐趋佳境，难忘神助。”其实是哪里来得神助，没有勤奋何来神助？至此我们也明白了她何以创作之多，唯勤奋是也，唯热爱是也，唯执着是也。

生活才是取之不竭用之不尽的创作源泉。她是热爱生活的诗人，她热爱朝阳、热爱晚霞、热爱清晨、热爱黄昏、热爱花草树木、热爱春夏秋冬。在乡间小路、在城市街道、在上下班途中，随处都能读到她充满激情的诗句。她的心是纯净的，她的情是热烈的，她的诗词正是从她心田里长出的艺术之花，具有浓郁生活气息，颇接地气，又引人深思，发人深省。虽不娇艳，但印证了其诗根情源，印证了其发自心底对文学事业的热爱、钟情、执着和对文化的敬仰。

她的外表朴实，内心丰富，感情细腻真挚，充满张力，描写亲情，深情透骨，催人泪下。多篇文章让人情不自禁，潸然落泪，与亲人深情溢于言表，跃然纸上，如《梦碎清明雨》《西北情缘》等。纪实散文《巍巍吕梁可作证》，描写了在隐蔽战线上的共产党人在抗日战争期间机智勇敢、舍生忘死，深入敌后获取情报，危难时刻挺身而出，救了一村的百姓，故事跌宕起伏，荡气回肠，弘扬正气，曾在百姓当中引起无数共鸣。纪实散文《上帝派来的天使》，描写最美乡村医生，44 年如一日，春风化雨，救死扶伤，不管如何艰难，他一直坚持善良，坚持行医；不管多么失落，多么孤独，他仍然坚守人格的高尚。报告文学《鹤山上的鹤仙草》，讴歌了农行驻村扶贫第一书记的感人事迹。“捧着一颗心来，不衔半根草去。”扎根在扶贫第一线，为贫困农村送去了温暖和最需要的良药，扶贫书记以文化促脱贫，扶贫与扶志、扶智、扶德相结合，在老百姓心中树立了金融人的光辉形象。

不再一一点评，还是留给读者更多体味的空间。

中华优秀传统文化源远流长、博大精深。积淀着中华民族最深层的精神追求，包含着中华民族最根本的精神基因。传承古典文化要求与历史文化相契合，与正在进行的奋斗相结合，与需要解决的时代问题相适应。善于继承才能更好创新。传承、创新，努力做担当民族复兴大任的时代新人任重而道远，我们希望艳萍勇敢做有自信、尊道德、讲奉献、重实干、求进取的时代新人，也更希望更多的金融作家、诗人做这样的时代新人，着眼于细微、着手于细节、着力于细致，进行无愧于时代的文艺创造，坚持以人民为中心的创作导向，在深入生活方面不仅要“身入”，更要“心入”“情入”。

在春末夏初，在百叶窗创造的光与影的朦胧之美里，跳动的光影节律瞬间唤醒空间的自然诗意，我邀清风穿堂而过，坐在沙发上，沏一壶香茗，品读着艳萍纯净的文字，让身体和心灵在自然光的投影中愉悦共舞，将生活本该有的诗情画意还原，感受诗意的优美带来的美好享受，自然、惬意，时光似乎变得缓慢而从容。明显多了一份值得细细品味的艺术气息，让人沉醉，身处其中，心也不由得纯净下来了。

作品无声地诉说着那些或过往、或现在、或善良、或温暖、或美好、或催人奋进、或发人深思的故事，将生活的智慧、做人的良知缓缓道出，内心的喜悦和欢愉、感动与唏嘘油然而生。

艳萍在全省乃至全国金融界已经是知名度很高的作家、诗人，艳萍的作品也深受全国广大读者的喜爱。她仍然初心不忘，谦逊好学，潜心创作，孜孜以求。我们期盼艳萍在拓展题材、内容、形式、手法上下功夫，再创新，提高作品的精神高度、文化内涵、艺术价值。

窗外一树繁花正灿烂多姿，听得见雏燕在树上呢呢喃喃，勤啄春泥。春夏，万物萌生成长的季节，期待艳萍的文学创作硕果累累，一树“樊”花。

是为序。

2020 年 5 月 1 日

于北京金融街中国银保监会大厦

小背包里有“乾坤”

——周邦彦先生纪实文学集《背包银行》序

流火七月，溽暑难熬。幸而好雨知时节，立秋一过，就迎来了凉爽的阴雨绵绵。秋路雨添花，还迎来了千里之外古都夏县农信社退休老干部周邦彦老先生的《背包银行》书稿。

其实，我跟周邦彦老先生初识在2014年7月。当时周老先生的纪实文学集《信合集》出版发行，邀我作序。后来经过攀谈，才得知，原来是周老先生于2000年读了我的长篇小说《原上草》，心潮澎湃，感慨万千，于是记住了我这个第一个为全国农村信用社树碑立传的作家。

周邦彦老先生今年八十有六。1954年参加农信工作，一生奉献和讴歌农信事业。1997年退休后，从夏县信用联社主任岗位退休后，他没有选择含饴弄孙、颐养天年，而是人虽离岗，情系信合，先后应邀编修《运城地区金融志》《运城市信用合作志》《夏县农商行志》等系列丛书。主笔编著了《农信得失五十年》《信合六十年》《“背包银行”精英谱》等书籍。1991年被评为高级经济师。时任山西省农行信合处处长王振家在《农信得失五十年》一书序中写道：“周邦彦同志被农总行高级职称评审委员会评为全国信合系统第一个高级经济师，为全国信用社干部职工评审高级职称开创了先河。”看得出他是新中国成立后第一代“背包银行”的最初经历者和模范践行者，是山西夏县信用社的主要创办者和发展见证者，是全国信合系统荣获中国人民银行、全国金融工会、中国农业银行联合颁发的“优秀思想政治工作者”；他主笔编著的《信合六十年》，荣获北京文化出版社夏季图书展“优秀图书奖”；原中国银监会主席刘明康先生专门写信，祝贺和称赞周邦彦老先生的杰出贡献；2014年7月运城市工会、人民银行、银监局、金融办、信用联社等单位联合授予他“信合功臣”。

记得我在周邦彦老先生《信合集》序言中讲到，几十年来，中国的信合行业为我国经济和社会的发展作出了巨大的贡献。可是在全国林林总总的文学画廊、光辉典范中，很少见到信合系统的荣誉和光辉形象，这实在难说公平。周邦彦先生自参加工作就在信用社当最基层的信贷员，他与信合事业相濡以沫。他极有才情、责任感，他甚至相信家乡运城故里那历经风霜雪雨的山山水水，千百年来不知向人们诉说了多少心语……

周邦彦先生出生在古都夏县。夏县古称安邑，是中华民族的发祥地之一，因奴隶社会第一个王朝——夏朝建都于此而得名，地处华北、西北、中原三大地域连接处的山西省西南端。夏县历史悠久，人文荟萃，人杰地灵，有古文化和革命遗址共 201 处。一代名相司马光所著《资治通鉴》为政治通史，治国安邦，警诫后世；黄帝元妃嫘祖植桑养蚕，始于夏县西阴；东晋书法大师卫夫人，传技授道王羲之；唐代威震边关的名将薛嵩、谏官阳城，元朝教育家归阳、明代诗人王翰等长留史册。多年来，在夏县农村信用社“背包银行”等金融活水的浇灌下，夏县“三农”经济文化长足发展，先后荣获“国家商品粮基地县”“国家优质棉基地县”“全国平原绿化先进县”“国家蔬菜基地县”等称号。

山川灵秀，钟于邦彦。多年的金融实践，使他有跋山涉水的亲身体验，更有刻骨铭心的切身感悟。他先后主笔编著的几部作品，既有史实，又有人物，构成了一部完整的“信合史”。以夏县联社为主线，全面总结了农信社在各个历史时期的机构沿革，班子建设、企业文化、人事劳资、存贷业务、财务管理、稽核监察、安全保卫以及党团工妇组织的发展历程。同时，挖掘出各个时期涌现的以“背包银行”精神为内容的英雄模范人物的先进事迹。这一个个尘封已久的事例在他的笔下绽放鲜活，一张张几乎已被忘却的面孔，在他的心血中变得清晰。数百万字的背后，是他常年泡在档案室里用坏了一个又一个老花镜，是他常年奔波于农村、走访老干部、老员工的风尘面容，是深夜人静时窗棂上那幅躬身笔耕的剪影，是一个老信合人对农信事业的意领深情。

在每个人的内心深处，都有一个隐秘世界，只不过更多的人受到环境和自我压力，最终将这个隐秘世界与自己一起带进坟墓。作者到人生暮年对其一生经历是非进行了一番梳理，无论对其本体生命的终结，还是新的生命成长都是一种必要，而且又能够以文字影响的形式公诸于众，就更是幸福的、有价值的，无疑将对新一代“农信人”产生积极的影响。农村信用社扎根农村，贴近农民，绝大多数员工战斗在农业第一线。而周邦彦老先生的作品正好反映了基层农村信用社的人和事，这些鲜活的事例，也是全国县级联社七十多年来活动的一个缩影，为战斗在第一线员工，发展农信事业提供了参考和借鉴，提供了一部很好的教科书，也为从事金融理论工作者提供了丰富的史料和素材。他的几部力作问世，填补了我国县级联社史书的空白，功勋卓著！

特别令我感动的是，周邦彦老先生在耄耋之年，不顾体弱多病，依然笔耕不辍，又整理出了十多万字的《背包银行》一书，情怀让人动容，精神令人钦佩，崇敬有加。

“背包”精神诞生于20世纪50年代，当时老一辈农信人身背帆布包，包里装着算盘、公章、票据、复写纸，上门服务，就地办公，被群众称为“背包银行”。这种主动上门的服务精神被农信人称为“背包精神”，代代传承。背包银行其实就是背包精神的载体，是几代农信人历经苦难与辉煌，在持续奋斗中，始终坚持着的一种精神。在这种精神的背后，蕴藏着七十多年绵延不绝的“三农”情怀，折射着内心深处血浓于水的“命运共同体”意识，也凝聚着“强社富民”的探索与奋斗。为了壮丽的事业和美好的梦想，一代又一代农信人魂牵梦萦，矢志不渝，把背包精神不断发扬光大。

背包精神形成于百废待兴的新中国成立初期，是农信人积极投身于社会主义新农村建设，以服务“三农”为己任，对党忠诚、信念坚定，百折不挠、艰苦奋斗，服务三农、奉献社会的真实写照，也是农信人支持社会主义建设服务精神的集中反映。背包精神历久弥新、赓续发展，在社会主义革命和建设时期得到新的升华，在改革开放新时期得到新的发扬，在农信的精神谱系中占据着不可替代的重要位置。

忆往昔，几代农信先辈忠诚于党和人民，心怀梦想，自力更生，艰苦奋斗，勤俭办社，他们筚路蓝缕、斩荆前行，呕心沥血、克己奉公，用一只只背包承载着服务“三农”的神圣使命，坚定信念、继往开来，将星星之火燃烧成全国农信的燎原之势，开启了波澜壮阔的农信之路。他们勇于探索、勇毅前行，心系群众、热忱服务，真正把农信社办成了“农民自己的银行”。

改革开放以来，以原夏县联社为代表的山西农信人，继续传承和发扬“背包精神”，奔波于村庄、农户和田间地头，问农情、访民需、解民困，成为百姓贴心人和新时代“背包精神”的生动实践。一代代山西农信人立足“三农”、默默奉献，不畏艰难、奋力拼搏，不断为背包精神注入新的时代内涵。

背包精神，闪耀农信。一代代农信人用汗水和辛劳铸就的背包精神，在当今新时代下依然具有极其重要的价值和意义。《背包银行》一书通过“背包银行”奠基人裴介乡首任信用社主任石学增、传承人筹建县信用联社领头人周邦彦、新传人夏县信用联社理事长冯玉锁为代表人物，遵循习近平总书记“不忘初心、牢记使命”的指示，以翔实朴素的文字讲述了几代夏县农信人传承背包精神走村串户，赶集上会，跟踪服务，支持生产的先进事例，镌刻出了一组可亲可爱更加可敬的信合群体浮雕像，感染着新时代下的每一个农信员工对美好的生活充满激情，对农信事业的蓬勃发展滋生出无限追求的力量，同时为农信事业留下了宝贵的精神财富。

情到深处不言苦。背包银行是农信的精神脊梁，也是农信人的博大情怀，这种情怀重于泰山。那么，他们的无私奉献又情为谁苦呢？日月可鉴，他们为的是心中那神圣的事业，为的是与他们的血脉相连、鱼水情深的农民父老兄弟。然而他们索图回报的又是什么呢？只是像鞭炮，炸响自己，却为许多人传来了春的喜讯。

榜样的力量是无穷的。播撒一种思想收获一种行为，播撒一种行为收获一种习惯，播撒一种习惯收获一种性格，播撒一种性格收获一种命运。是啊，“背包银行”就是一种崇高的榜样。播撒一种榜样，我们能够时时看到奋斗的目标和参照物。榜样是一种向上的力量，是一面镜子，更是一面旗帜。岁月里，总有那么一群人在鼓舞着我们，激励着我们；总有那么一种精神，引领我们奋发图强；总有那么一种力量让我们信心倍增，驱使我们不断前进。

榜样的力量源于信仰。习近平总书记说，心中有信仰，脚下有力量。党员干部只有坚定马克思主义信仰，永远信党爱党为党，才能在各自岗位上顽强拼搏，推动高质量发展。我多次见证过“不忘初心、牢记使命”主题演讲比赛，演讲者讲“坚持”，讲“坚守”，讲“担当”，其实这些都是“背包精神”的一种传承。就是这样一种坚持、坚守和担当，从办社之初一直延续至今，他们是山西农信的脊梁，是山西农信梦得以实现的依靠和凭仗。为有牺牲多壮志，敢教日月换新天。近年来，山西农信社在省联社党委的正确引领下，历经风雨，立志弥坚，改革化险提质增效取得了巨大的成就，各项存款在全省率先突破一万亿大关，就是离不开一代又一代山西农信人“背包银行”精神激励，砥砺前行。

我经常说，壮丽的中国金融事业需要记载和讴歌。衷心祝贺周邦彦老先生再接再厉，继续发挥余热，创作出更优秀的农信文学作品，鼓舞激励广大农信员工爱岗敬业，全心全意为“三农”服务，真正发挥出新形势下农村金融主力军的作用，为乡村振兴作出更多更大的贡献。此时此刻，忽然想起我在大同农信社工作时，创作的一首歌曲《小小背包寄深情》，就歌以咏志，作为对周邦彦老先生力作《背包银行》的肯定与赞美：

小时候就听传说有一只神奇的百宝小囊，
长大后才知道那就是农信社的背包银行。

油灯下，手把手书写鱼水情深，
家门口，面对面送上玉壶冰心。
小时候常看见神坛上
有一张高高在上的财神大像，
现如今却发现
小背包竟把大银行搬到了农家炕上。
田野中，肩并肩教乡亲将网银玩弄于掌上，
阳光里，心贴心把最后一公里距离变成零。
啊，你从沟壑险滩中走过春夏秋冬，
啊，你从严寒酷暑里走过雪雨风霜。
当乡亲心里无助时，
背包里送来妙计锦囊；
当农田焦渴难耐时，
背包里送来滋润甘霖；
当窑洞寒意渐生时，
背包里送来雪中火炭。
啊，农信沧桑七十载，
扶贫大爱痴心永不改；
啊，背包精神永不衰，
振兴乡村走进新时代！

是为序。

2022 年 8 月 1 日
于北京金融街中国银保监会大厦

乡村，或者与乡村有关

——鲁顺民先生评阎雪君长篇小说《桃花红杏花白》

“桃花红，杏花白”，是一句山西民歌，歌词本来是这样的，“桃花你就红来杏花你就白”，中间衬上一个“你就”，跟乡土有关的意境马上就出来了，这是关于山野春天的一个意象，意味当然深远。

《桃花红杏花白》是阎雪君的第三部长篇小说，较之他的前两部长篇《原上草》和《今年村里唱大戏》，这部就显得成熟了许多，结构的铺排与情节推进有张有弛，从容了许多。诚然，在小说观念已发生了巨大变化且佳作迭出的今天，《桃花红杏花白》无论是人物塑造与叙述控制上都有其粗糙之处，欠火候的地方甚多，但它却是一部力作。在农村问题，抑或“三农”问题显得日益突出的今天，这部小说显示出了它独特的意义。

《桃花红杏花白》的主人公是一位名叫百合的农村妇女，所有故事都围绕这位命运有点奇特的妇女展开。她的出身不明不白，母亲是村里美人，丈夫因偷粮入狱，自己在那个贫困的环境里要拉扯这一个破碎的家，仅仅为了填饱肚子，不得不沿袭古老而愚昧的“拉边套”风俗，在丈夫之外另找了一个男人生活在一起。后来丈夫出狱，居然默认了这样一种奇特而有违伦常的家庭结构。这一切，都是因为贫穷。谁知道，百合先是换亲，后是组建了一个“拉边套”家庭，把母亲的命运在自己的身上复制了一遍。

然而和母亲相比，百合具备农村妇女美德与善良的同时，有着母亲所不具备的抗争精神，体现在她屈从命运安排的同时，从来没有放弃为争取幸福所做的努力。尽管这种努力较之男人，较之城市人要艰难许多，甚至注定枉然，但她从来没有放弃过。几番拼搏，几番失败，几番重新爬起来。正因此，百合的命运与遭际就比她母亲要麻烦得多。母亲一生都挣扎在道德与良心的纠缠之中，最后郁郁而终。而百合却坦然面对命运，道德与现实、责任与情爱，在她的心里始终有一个恒久不变的标尺，进而奇异地体现出一种平衡。她的性格里既有着现代女性开放的一面，同时也具备传统女性保守的一端，她的形象也因这些复杂因素的并存而显出另一种光彩。百合的奋斗史是结构小说的一条主线，划出的是一个农村妇女致富的奋斗轨迹。

与百合相比，她的小姑子宋小蝶同样不幸。小蝶嫁给百合的弱智哥哥，心性高傲的她从农村来到矿区，意外地找到自己梦中企盼的感情归宿。或许是命中安排，更多的则是性格使然，意外得到的幸福，也将得到一个意料中的结局，有不正常的开端，也将有不正常的结束。小蝶在情人帮助下得到了梦寐以求的大瓦房、城市户口，出门有车，风光一时，但她后来却组织、容留卖淫从中取利，走入了歧途。小蝶与百合，一个为生存奔波，一个被欲望左右；一个坦然面对命运安排而对生活充满热爱之情；一个对贫困乡村心存怨怼，滋生强烈的报复欲念。她们共同构成全书的人物“双璧”，是乡村现实中女性生存状态的真实写照，由此看出乡村女性面对现代冲击时的矛盾情绪。

显然作者把力气全部集中到了乡俗、乡情的描摹刻画上面，甚至不忍心删掉不必要出现的场景与人物，小说围绕两个女主人公命运悲欢还有一些其他内容与人物出场，比如百合、小蝶上代人的情仇，比如城市对乡村的诱惑，这些固然构成全书展开的背景性环境，对人物性格与小说情节的推进起着不可或缺的作用，但用力过多，有些显得芜杂了一些。但是，也许正因如此，作者在为读者提供当下乡村社会现实的同时，他的笔触也延伸到了对乡村形成包围之势的城市社会，林林总总、各色人等，共同构成了一幅与乡村有关的社会画卷。显然，作者将乡村与城市共同描摹刻画，隐含着作者殷忧至切的思考，他的思考已远远不是局限于农村女性的命运，而是通过女性命运延伸到整个乡村社会，以及千百万农民身上。

百合、小蝶两个人都是用改变经济状况来改善其生存环境，在她们身上既有着觉醒了的经济意识和市场意识，又有着敢闯敢干的实干精神，但是，市场离他们似乎是越做越遥远。百合先是开澡堂、小卖铺，又开车马大店，再贩化肥，然后种苜蓿，还养肉鸡，几次创业，几次都以惨败告终，尽管最后进城卖野菜看到了希望的曙光。小蝶先做小本生意，后依傍权贵，再后来竟走上犯罪道路。诚然市场经济在操作过程中，必须有一个摸索的过程，今天的市场经济已远远不是依附于传统农业社会简单的倒买倒卖。改造传统的乡村社会，改变农民的命运，建设社会主义新农村，市场经济是有效的也是最根本的手段。中国近 30 年的市场经济发展，虽然愈来愈成熟，愈来愈规范，但对农民来说，其门槛也愈来愈高了。

《桃花红杏花白》所写的乡村社会与乡村事件也许并不典型，可它却是实实在在的真实。在计划经济体制下，农村和城市同在贫穷的环境中，但一进入市场，问题马上就凸显出来，他们收入不等，却面临着同样的市场：子女入学、养老奉亲、日常消费等等与城市别无二致。“三农”问题的核心不在于其他，还在于市场，农民最缺的就是市场。这是小说最后点题的精髓，也是这部小说的社会意义所在。小说也因此显得厚重起来，庄重起来。

鲁顺民

发表于《光明日报》（2025 年 6 月 3 日）

盐做的箭也能射中诗歌的“太阳”

——张国庆诗集《飞翔的盐》序

中国是一个诗的国度，诗歌是中国文学殿堂中的“太阳”。

一个人爱诗、读诗、写诗是一种才华体现，也是一种生活态度和精神境界，张国庆就是这样。

我和国庆初识，是在 2017 年 8 月中国金融文学创作培训暨金融文学理论研讨会上，他对金融文学的认知和理解，深刻、独特，给我留下了很好的印象。同年底在中国金融作协第二届第二次全体理事会议上，我们俩又一次见面。他高挑的身材，魁梧结实，明亮有神的大眼，清澈见底，一对深深的酒窝盛满阳光与喜悦，即便是一身工装，也显得风流韵致。

经常的接触和交流，我对国庆的创作经历和成果，也逐渐了解深入。张国庆是中国金融作协这些年在文化建设中培养出的生力军，也是金融文学领域里闪亮的星星。他的作品就像他的人一样，朴实而又真挚。

河流总是文明的摇篮、文化的温床，她的乳液滋润着一方水土，更滋养着一方英才。射阳河是射阳县的母亲河。张国庆很荣幸，从小出生和生活在射阳河边，射阳河的水洗涤着他的灵魂，古老美丽的传说激励着他立志成才的小小心愿。从小到大，“后羿射日”的传说，就在国庆的幼小心灵生根发芽，激励着他的理想和成长。

国庆生活在农村，童年生活的困窘，让张国庆倍加珍惜学习的机会。为了减轻家里的负担，1982 年他报考了阜宁师范学校，并以优异的成绩被学校录取。1985 年师范毕业的张国庆被分配到响水县实验小学，走上三尺讲台，成为一名光荣的人民教师。1988 年，银行业正处于起步扩张阶段，一个偶然的机会，组织上同意张国庆调回老家射阳县城工作，从此，他与建行结缘。从最初的普通柜员到综合柜员，再到支行部门负责人，在银行发展壮大的同时，张国庆的业务水平也不断提升，很快成为射阳支行的业务骨干。在他的带领下，射阳支行营业部被共青团中央和中国人民银行授予“全国青年文明号”称号，成为当时盐城金融系统唯一获此殊荣的单位。国庆先后在射阳支行、阜宁支行和市分行工作和生活过。作为改革开放的亲历者、参与者和受益者，他对这片土地爱得深沉；作为一位金融作家，他用文字记录下家乡的变化，在自己耕耘的金融园地里留下一行行青春的足迹。

从教师到银行职员，张国庆经历了从乡村到城市、从三尺讲台到三尺柜台、从银行高管到金融作家，于繁忙公务间隙坚持笔耕不辍，坚守诗歌的神圣阵地，不断向新的领域突破，向新的高度攀登。他用自己最真挚情感和精彩笔触，讴歌伟大的祖国和人民，讴歌中国壮丽的金融事业，作为一名金融作家他无疑是一位成功的探索者和践行者。

盐城拥有江苏省最长的海岸线、最大的沿海滩涂、最广的海域面积，被誉为“东方湿地之都，仙鹤神鹿世界”。当年这里遍地皆为煮盐场，到处是盐河，盐城，以“环城皆盐场”而得名。盐城历史悠久，物产富饶，风景如画，民风淳朴，素有“鱼米之乡”“金滩银荡”的美称。其中海盐博物馆就很好地展现了古代“炼卤煎盐”“晒海为盐”等海盐生产和盐民生活的多层文化场景。所以说，国庆生活工作的环境，总是围绕着天上的“日”和海里的“盐”。那么，他的诗集题目取名《飞翔的盐》，那就一点也不足为奇了。

盐做的“箭”也能射中天上的“太阳”。打开《飞翔的盐》诗稿，一首首“沾泥土”“带露珠”“冒热气”的诗作跃然纸上，字里行间，直击心灵。诗人以敏锐的视觉、细腻的笔触，将 20 世纪 60 年代以来的个人际遇及所见、所闻、所思，诗意地抒写了人生在场的生命体验，这些文字是他一路走来，且思且索、且歌且咏、且记且载，发自心灵深处的“颤音”。

这是一部充满家国情怀的颂歌。国庆年长我两岁，生于 1966 年 10 月 1 日，父亲给他起了个响亮的名字“国庆”，祖国母亲携着他一路走来。国庆经常说，每当“国庆”这个名字响起来的时候，他心中就有一种满满的自豪感，一直以来他始终觉得自己和祖国的命运是紧密相连的。既然冠以“国庆”这个名字，那就要不负国家，不负家人的期盼，把这种自豪化作责任感，努力工作。从书香建行、铁军红志愿者团队到劳动者港湾的建设，张国庆为建行的企业文化作出了很大的贡献。他用自己的诗歌、巨大的热情，去讴歌家乡，讴歌生活，讴歌伟大的时代。从业三十多年，国庆见证了祖国日益繁荣富强和伟大变革，经历了金融业从探索图存到变革强盛的发展过程，这为他诗歌创作提供了丰富营养和素材。他用手中的笔，担当使命、秉笔直抒。如《延安》《长征》《红旗渠》《雷锋》《雨花祭》《行者》《窗口》《大堂经理》《相约建行》等，这些作品从不同角度歌颂伟大的祖国与勤劳的人民，反映波澜壮阔的金融改革进程、社会发展成就和金融行业时代风貌，歌咏金融人为了国家富强、人民幸福，勇于拼搏奉献的爱国情怀，记载和讴歌壮丽的金融事业。

这是一部饱含人民情怀的恋曲。脚下沾有多少泥土，心中就沉淀多少真情。一个写作者，唯有坚守精神的守望，行吟故乡的田埂，凝视职场的光芒，寻找生命的真正价值，以大爱行吟于大地，方能称为诗人。张国庆的诗歌不仅打上了现实的烙印，而且体现了一种家乡情结、金融情结，他将巨大的热情化作一首首诗歌，去讴歌家乡，讴歌生活，讴歌壮丽的金融事业，讴歌伟大的时代。《六月的田野》《煤油灯》《祖母的眼》《哑叔》这几首诗，两首状物，两首写人，皆清新淡雅，不事雕饰，可谓自然天成。通过朴实的文字，经由柔软的赤子之心，诗人在文字间建立了自己故土的隐秘版图。

这是一部浸染人文情怀的画卷。诗人生活在盐阜这片沃土，浸润着传承千年的白色海盐文化、化作基因的红色铁军文化、坚守生态的绿色湿地文化、面向大海的蓝色海洋文化，纵观他的诗作，充满四季轮回的生命体悟与沧桑。《大洋湾》《西溪古镇》《射阳河我的母亲河》等，没有花里胡哨不着边际的凭空吟哦，而是将笔触下压，再下压，紧紧贴近脚下的土地，以地作纸，由此，油画般现存的和谐景象，村民家庭的温暖氛围，在诗人笔下自然流出，无矫揉造作，非常接地气。《梦回婺源》《扬州散记》《金陵杂咏》等，贴近旷阔的社会生活，让改变悄然发生，使温暖自然传递。《又见桃花》《如你所愿》《老鞋匠》，于微末中寻真章，在朴素中见真情。

旷达开明的意境，字斟句酌的内涵，浅唱低吟的韵律，既陶冶了人文素养，又提升了人生境界。

这是一部深藏哲学情怀的咏叹。文学与哲学是相互融合的。文学是哲学的载体，哲学是文学的骨架。诗歌是诗人最好的解密自然、社会、哲学疑云的精神钥匙。张国庆的诗歌既有赤子的呐喊，又有哲人般的思辨。在他那里，生活中平凡琐碎的场景，皆被诗化和风情，启发人思考。在《大港村素描》《和弦七声》《乡村童话》里的田园风景，既是想象的产物，也是经验的延伸。与乡土人生隐秘的对话性，构成了张国庆诗作重要美学维度。这一逻辑，是基于最直观的体验和感受，而且朝向了诗歌的内部寻求创新。无论他的《飞翔的盐》《先锋书店》《雪之歌》，还是《生命的灯盏》《最好的姿态》，都是将生活的七彩元素，纳入自己的感悟，升华为一种哲学层面的思考，有深刻的思想内涵，读完让人回味无穷。

音乐是诗歌的灵魂，诗的发展自然离不开音乐。音乐之美赋予诗歌之美，诗歌之美赋予金融之美。作为一名金融音乐家，音乐真情流动、无孔不入的艺术特质早已融进了血脉和诗行。《丹顶鹤的思念》《铁军红志愿者之歌》《劳动者港湾之歌》这几首歌词皆是诗人的得意之作，作者善于捕捉平凡生活里的细微，将此化作动人的旋律。“静静的港湾，一抹抹的蓝，那是户外劳动者温馨的家园……”温暖、抒情、悦耳的歌声从建设银行的窗口，飞向广袤的大江南北，飞进千千万万个劳动者的心田。

纵观文学长河，有浪峰也有波谷。中国金融文学是中国文学长河里的一叶扁舟，它根植于生活的土壤，萌芽于生命的雨露，穿越中国金融的历史长河，洞观古今，行稳致远。

近年来，国庆笔耕不断，在当地及全国金融系统，已是成就非凡的知名优秀作家。但他仍初心不改，以笔为犁，辛勤耕耘，笔锋过处，留下一串或深或浅的岁月印痕。《飞翔的盐》所展现的思想艺术品格，是纯正的、真诚的、美好的，既彰显时代风貌又富有个性色彩，很好地体现了文学的美学意蕴、思想深度和精神高度。正如多年蕴藏在张国庆心中的梦：张开理想的弓，搭上盐铸的箭，飞向天上的“太阳”，以此为新中国母亲的生日献礼！

是为序。

2022 年 7 月 17 日

于北京金融街中国银保监会大厦

小“三件”套着大情怀

——陈益鹏文集（三卷）总序

世上的好有许多，秦晋之好，确实好。说来也怪，我一个晋人，他一个陕人，却一见就熟，就像叼在黄河母亲两个乳房上的孩子，像兄弟，亲切。

初闻陈益鹏，是在 2014 年审批中国金融作协会员名单时，得知陕西有个金融作家陈益鹏，创作水平蛮高。还了解到他于 2013 年就出版了两部作品，一部是长篇小说《恍然如梦》，另一部是诗歌散文集《激情岁月》。初识益鹏，是在中国金融作协郑州首届文学创作培训班上。他个子不高，面目清俊，戴副眼镜，话语不多，一副文人书生憨厚模样，甚至觉得他的长相竟然有点像兵马俑里秦人头像。

2015 年，陕西金融作协成立，开启了创建丝路金融文学品牌的征程。陈益鹏担任首届协会秘书长。给我留下较深印象的，是 2016 年中国金融文联和中国金融作协在陕西举办的纪念抗战胜利 70 周年座谈会暨赴延安采风活动。陕西金融作协是此次活动的具体承办方，益鹏是活动的组织成员之一。他跑前忙后，忙于会务工作。会上，他一会儿坐下记录，一会儿站起调整摄像机角度，就像他作品中的细节描写，细致入微；去延安，协助安排食宿和参观，热心厚道；会议结束回到西安，还亲自驾车，送我到机场。一路上，我俩聊文学聊工作、聊家庭聊生活，我觉得益鹏是位性情耿直，有主见有个性的一位作家。临别时，他还送我一本书，是他担任副主编的《碑林作家文集》诗歌卷。从该书主编、同时也是碑林作协主席的夏坚德女士所写的序言中，知道了益鹏同时也是碑林作协的一名会员，夏主席在序中对他多有褒词，赞赏有加。

益鹏对文学很热心，在担任协会秘书长期间，除了组织参加陕西金融作协举办的各种活动，还参与了陕西散文学会、碑林作协等其他文学团体活动。常能从他的朋友圈里看到他展示自己文学活动、发表或获奖的信息。他负责编发的“丝路金融文学”“三秦散文家”“静虚村笔记”等各种微公号也不少，有别人的作品，也有他自己的作品。他涉笔范围很广，诗歌、散文、小说、评论，都有介入。感觉他很勤奋，出手也快，到一地采风，别人都是一把“刷子”，要么写诗歌，要么写散文，他却是地地道道的“几把刷子”。不同的视角，不同的表现手法，聚焦于同一事物，产生出了不同的审美效果。

益鹏确实是写作的多面手。相比其他文体，我对益鹏的诗歌印象更深一些。他赠我的那本《碑林作家文集》（诗歌卷）中，就收有他本人的一组名为《文学陕军再出征：沙场秋点兵》的诗作，一共十首，洋洋洒洒，豪迈大气，得了全国诗歌征文大赛二等奖。去年，我在主编《当代金融文学精选》丛书（12 卷）时，诗歌编选组的编辑重点推选了他的组诗《触摸延安》，我觉得这几首诗写得很好，情感饱满，运笔从容。如《登宝塔山》一诗，开篇即道：知我要来，天气十分配合 / 让那天的蓝，比历史更蓝 / 白云是隐约的记忆 / 看过去，不像有七十年 / 那么遥远。

将历史的深远与现实情景交融于笔端，令人产生丰富的联想。在诗人自况为何要来“朝拜”延安宝塔，以及这座宝塔为何会被大诗人贺敬之“搂在怀中，恋恋不舍”之后，在诗歌的结尾部分又写道：登山远眺，心净如洗 / 总觉得，这宝塔过于仁慈 / 不该把这么蓝的天空 / 赐予一个，掀不起半点波澜的 / 三流诗人。读罢这组诗，胸中会油然涌起一股情感的激流，升腾起对延安过去那段光辉历史的深切缅怀和无限崇敬。

去年，益鹏的一篇名为《寻访，遗失在唐朝的那一缕香魂》的散文还获得了“美丽西咸”全国征文大赛一等奖，说明他在散文创作上也有了不小的进步。我是通过天津薇电台林平先生的配乐朗诵听完全文的。不愧是“美文美声”，文章听罢，意犹未尽，不禁对唐朝才女上官婉儿产生了浓厚的探究兴趣。益鹏的散文题材涉猎较广，信手拈来，均能入文。文笔放得开，行文明快晓畅，不拖沓拘泥。在文体上也敢于打破常规，做新的尝试。如《锻造新中国，少儿没有缺席》本应是一篇儿童剧观后感，却用诗歌来表达，颇为罕见；《如花盛开的“绿野之城”》则是用一组诗歌写王晓云作品研讨会实况（花絮），看上去也比较另类，令人耳目一新。

陈益鹏的杂评也有自己的个性和见解，常常融评于述，人文兼顾。从收入《天蓝草碧》中的文章来看，文法上，既有相对严谨的文学批评，如第三辑“文章小评”中的篇什；也有看上去不那么“规范”的随笔式的言说，如第一辑“文人相亲”和第二辑“文坛杂议”中的某些文章。虽非正统，却也是自成体系，于平实中见真情，于轻灵中见真知。

作为一名作家，陈益鹏有较强的观察力。2017 年 1 月 14 日，在北京鲁院旁边的一家餐馆，我、益鹏与几位金融作家小聚，过后竟被他写成一篇名为《主席与我抢着买单》的文章，几个动情点及细节描写抓得很好，一个看似平实的小场面，在他的笔下，却烟火气缭绕，饶有情趣，温暖洋溢，令我感动、佩服。他写故乡、写父母兄弟、写朋友之情的文章，也颇能令人动心。此外，陈益鹏还是一个品行正直、嫉恶扬善、充满正能量的人，这从他文集中的一些篇章中也能看出来。所以，我要说益鹏是一位重视亲情和友情，有着强烈生命意识的作家，同时，也是一位有着社会责任感和担当精神的作家。这几点，在文集中都有非常突出的表现。

光阴荏苒。时过七年之后，陈益鹏终于又有了自己的新书，而且不出则已，一出就是“三连套”，套套精彩；唰唰唰，诗歌、散文、杂评“三连发”，发发直击人心。且不论诗文质量如何，是否篇篇珠玑，单就始终葆有对文学的这份满腔热情，恪守对文学的这份苦心坚守，就已经相当不易。业余作家有很多不为人所知的甘苦，正如益鹏写过的一篇题为《行业作家的创作困境与出路》的文章所说的那样，没有身在其中，是体会不到的。益鹏已经在全国金融系统及当地文学界享有一定的声誉，其实他可以不用如此呕心沥血，躺在已有的创作成就上“吃吃老本、享享清福”，但他还是痴心不改，苦心以求，才有今天的“硕果压枝”。人勤时短，益鹏也快到退休的年龄了。这套厚重的新书，应该是他对自己在职期间业余文学创作的一个阶段性总结和成果展示。凭着我对益鹏的认识和了解，他不会就此停步，肯定不会。在可预见的将来，相信他还会有更出色的力作，奉献给这个社会。天空愈来愈高，益鹏越飞越远。

是为序。

2020 年 12 月 19 日

于北京金融街中国银保监会大厦

了然于心的农信情怀

——阮了然微电影文学剧本《我们的故事》序

早在去年深秋，我在湖南金融作协参加会议时，了然兄说明年准备出版一部剧本集并请我作序，我不由得踌躇了。按照不成文的规矩，作序者应该是作者的文学前辈，或者是这种文体的专家，如果是散文小说还罢，但影视文学剧本并非我的强项。了然兄为何要我作序呢？我琢磨了半天，应该是友谊，那种穿越时空既不过旧也不褪色的诚挚友情。

最初熟悉了然兄的名字，早在20世纪90年代中期，我在山西大同阳高县信用联社，他在湖南安化县信用联社，千里相遥，缘于文字的共同爱好，我们彼此熟悉对方的名字与文风。后来，他喜欢影视，1998年与2000年，相继和文友杨文辉等作家共同创作了电视连续剧《捧起太阳的人》《让我们彼此珍重》，先后在中央电视台播放，在全国金融界及社会各界引起反响。这就让我这个当时蜗居塞外黄土高原的信用社临时工敬慕不已。再后来，他调进了省联社，并提拔到了处长的职位。尽管工作繁忙，但他初心不改，激情喷薄，在文学艺术路上勤奋笔耕，尤其是他成为中国金融作协会员并担任湖南金融作协副主席后，才有我们经常见面的机会，既增进了我们的友谊，也让我更多地走近了他的工作、文艺与生活。

《我们的故事》是由六部微电影文学剧本凝成的集子。这是阮了然先生继散文集《细心读你》后出版的第二部文学作品。读罢《我们的故事》，让我又一次沉浸在农村信用社的时空里，也让我又一次想起了自己为农村信合事业树碑立传的长篇处女作《原上草》。

同样流逝的岁月，同样沧桑的农信情怀，越读越倍感亲切，越读越充满无限的回味与记忆。了然兄的六部微电影，每一个故事构思新颖，每一个人物鲜活入画，每一场景设置自然，可以肯定地说，了然兄用自己几十载扎根农信的风雨人生，将最具记忆，最具代表性的文字搬上荧屏，这是他对农信无比的忠诚与热爱，这是他对农信与“三农”情感交织的凝聚，这是他对广大员工与农民兄弟流淌的真情实感。

读完这六个故事，内心深处体会到了然兄的情感世界与良苦用心。每个故事站在不同的角度，不同的岗位，不同的责任，抒写不同的内容。如《无悔的选择》以内控管理的形式，抒写了员工对事业无比的忠诚；《收获》用新时代的笔墨，颂扬了省联社招聘员工给农信带来的新面貌与新气象；《大爱无言》则以农信支持“三农”为背景，将农信人的沧桑与感动留给了一方山水，留给了大地母亲，留给了农信事业的发展与繁荣；《刘老板的尴尬幸福事儿》通过客户经理强烈的事业心和责任感，抒写了农信员工尽职尽责的职业情操；《我的强势老婆》刻画了农信员工舍小家为大家的鲜活形象，以及为了事业而承受的责难与辛酸；而最后一个故事《公平财神爷》，在天平与泪花的故事里，将理性与现实的抉择融合一起，非常巧妙地塑造了信用联社理事长关心员工、钟爱事业的美好形象，读之无不令人感动。正如了然兄自己说的：“这六个故事，抒发了我的农信情怀，开掘了农信员工对事业的情感宝藏！”读完这卷书，我深切地感受到，如果说了然兄过去的作品写得“单纯”、写得色彩分明的话，那么《我们的故事》中人物的设置与故事的叙说在思想与情感上就复杂多了，展示的矛盾也相对曲折多了。我特别喜欢的是《收获》《我的强势老婆》《公平财神爷》等剧本的创作，将事业与爱情相互衬托，刻画得有声有色、有血有肉、有情有韵、有思有味。我最喜欢的如李真、刘玉、阳晨等人物，他们的思想情感和行动方式，具有农信人独特的生活轨迹，同时我也认为，了然兄刻画的故事与人物，他们的形象基本属于农信人，属于农信大家庭，创作中运用了发生在身边真实的故事，给人以深思、给人以启迪。厚厚的一本书，每个人都有自己的观点与评价，真正的评论留给评论家与所有喜欢了然兄的读者。

借此机会，我想说说了然兄。了然兄文如其人，简单透明，许多人都说，阮了然，不用多看，一目了然：

一目了然的质朴。如果你见过了然兄，你的感觉与所有见过他的人一样，为人谦和低调，满脸微笑，从来就不摆谱，也没架子。用他自己的话说：“我是从乡里出来的，虽然出来了三十多年，但至今仍是满身的泥土味。”的确如此，他在县城工作多年，乡音未改。他在省城工作多年，仍然是满口的乡音。大山与乡土的情结，看来与了然兄永远也分不开。他的乡音有时别人听不懂，别人笑话时，他只是微笑，从不生气，而且越发体现他的可爱。

一目了然的忠诚。他永远记得，十八岁那年，当他在人生的十字路口徘徊时，是农村信用社敞开温暖的怀抱接纳了他。从此，他像一头累不翻的牛，耕耘在农信这片广阔的天地里，从一名普通的信贷员到信用社主任，再到县联社办公室主任、联社副主任、主任、省联社科长、副处长、处长等，他总是一步一个脚印，走得非常扎实，走得非常稳重。正因为这样，他所工作的岗位，时刻绽放着动人的芬芳与激情的掌声，时刻洋溢着大家欢乐的表情与笑声。在我们每次交往中，得知了然兄对单位和个人荣誉非常看重，而且倍感珍惜。可以说，他珍惜来之不易的事业，珍惜来之不易的每一项荣誉，所以他对工作极其负责，从不粗心，而是以高度的责任感与事业心去对待去完成。

一目了然的清正。认识这么多年，从没看他对组织抱怨过，也没看他跟哪个朋友生过气，即使他心情不愉快，也不会争吵，而是一笑了之。据一位好友介绍，他在担任联社与办事处一把手期间，很多工作需要得罪人，而他总是把思想政治工作做在前面，在沟通中化解矛盾，在交友中得以理解，在理解中实现和谐。也许有人认为他这是做好人，这就想错了，他在坚持原则上从不让步，面对一次又一次的信贷、财务与人事管理等方面的矛盾，就连擦边球也从没打过，不是人家没意见，而是他硬是通过反复讲清政策讲清道理让人心服口服。他就是这样一个忠诚、沉稳、扎实、廉洁、清明、品德高尚的人。这不仅是我对他的评价，如果你认识了然兄，也许你的评价比我更准、更贴切。

一目了然的善良。“文如其人”虽不是绝对，但对了然兄而言恰如其分。无论是他的散文剧本，始终没有跳出质朴的本色，而且写得很形象、很直率、很率真，以致缺少浓烈的、触目的、激情的描叙与画面。如写到事件的矛盾展开时，就缺乏那种紧张的渲染，写到人物的冲突时，突然在平和中戛然而止，写到情感时，该拉手的很难拉，该拥抱的难得抱，该接吻的地方突然调了频，很多东西只能在理解中翻过。这种情形的创作，与他的为人息息相关，与他的性格紧紧融合，不仅是这部微电影，在他其余的作品中，也是同出一辙。

时下文艺创作花样繁多，了然兄的写作状态如果要走向市场还需进一步深耕细作，但作为一位优秀的金融作家，他的作品完全可以保持这种质朴的、率真的风格，尤其对每一位农信员工而言，也许从他的作品中能够找回那种永不褪色的农信情怀。

壮丽的金融事业需要记载和讴歌，真诚希望了然兄坚守农信文艺家园，创作更加丰富的成果，抒写更加动人的农信故事，了然于心。

是为序。

2020 年 9 月 9 日

于北京金融街中国银保监会大厦

原来，红楼竟是一场“金”梦

——杨正华杂文集《红楼一枕金融梦》序

对于《红楼梦》，大家都熟悉得不能再熟悉了。研究《红楼梦》的评论家，也是一代又一代，名家辈出，灿若繁星。

红学家很多，大家研究的方向和内容，大都一致，其中虽有不同认识和见解，但大体都能求同存异，没有太大太多的争议。没想到，从名著诞生，时至今日，竟然杀出一匹另类的“红马”——杨正华。他蹊径独辟，从“梦”里的“红”色，竟然又挖掘出了“金”色，实实在在的冒了天下之大不“韪”，成为全国“红学”里研究“金学”第一人。

我和杨正华初识，是在我到湖南金融作协培训讲座上。后来我们又一起去安化采访。杨正华给我的第一印象是名如其人：四方脸，周周正正；能写作会摄影，有才华。

杨正华说过，对于红楼梦的研究，既是偶然，也许更多的是喜欢。几十年来，他与文学，是有缘分的。那是 1987 年，刚刚参加工作，和一帮文友，打得火热。自然，在文学上，有过浪漫，有过幻想，有过憧憬。

年轻的时候，杨正华是自由诗发烧友。当然，也受到了打油诗的影响，有过一段癫狂时期。当时，发表有一定的难度，偶尔有一首短诗发到小报纸，感觉文学梦，已经到了自家门口。后来，甚至还把一些所谓的自由诗，整理出来，找到印刷厂的朋友帮忙，印了 100 本，在熟人圈子里送。现在想起来，还会暗自笑一笑，自己把自己当诗人。诗人梦没做几年，随着工作环境的改变，主要精力放到工作上了。由于背后他有诗人的名头，单位上要动笔的，基本上都交给他了。新闻报道、公文写作、工作计划、总结、活动方案等等，与文字有关的，写了不少。诗人终究没当成，但他的写作仍在偷偷进行。

红楼梦进入杨正华的学习内容，也有偶然的成分。记得有一个报社的编辑，与他交流的时候，特意嘱咐，在文学上要有点成绩，读书是必不可少的基本功。他也只是顺便说了几本古典名著，其中就有红楼梦。

或许是真与红楼梦有前世之缘，杨正华通过朋友关系，认识了当地喜欢收藏的图书馆朋友，他大方地借给杨正华好几个版本的红楼梦，其中，还有繁体字的版本。当时，还顺便学习了繁体字，这是一个意外的收获。

20 世纪 90 年代，在杨正华周边，没有人研究什么古典文学，他算是一个另类。读了不少的古典文学书，最爱最喜欢的，当然是红楼梦了。真正对红楼梦进行系统的研读，应该是 2003 年前后。杨正华从县里调到长沙，家人都在老家，一个人在长沙，消磨时光，主要靠读书打发。读书专一专心了，留下了不少的随笔。也有与红楼梦无关的，游记、散文一类，整理成了两本散文集，算得上读书的副产品。

与红楼梦有关的，很长一段时间，都是十分零散的感悟，随手记来，杨正华并没有当真。随着时间的推移，渐渐地看出了一点门道，慢慢地有了针对性。把红楼梦中的贾府，看成是商场，应该是四五年前的事，后来，经过整理发现，更像是古代金融业——钱庄当铺。3 年前，干脆试图从古代金融业入手，竟然，有了系统的观点。经过近 3 年来的不断完善，终于有完整的思想体系。

大家知道，《红楼梦》（又名《石头记》）是清代作家曹雪芹创作的章回体长篇小说，被誉为中国古典四大名著之首。该小说通行本共 120 回，以贾、史、王、薛四大家族的兴衰为背景，以贾宝玉、林黛玉、薛宝钗之间的恋爱和婚姻悲剧为主线，刻画了以金陵十二钗为代表的闺阁佳人的人生百态，展现了真正的人性美和悲剧美，描绘出 18 世纪中国封建社会的方方面面，以及封建专制下新兴资本主义民主思想的萌动。该小说对腐朽的封建统治阶级和行将崩溃的封建制度作了有力的批判，通过对贵族叛逆者的歌颂，表达了新的朦胧的理想，小说堪称中国古代小说中的经典。

杨正华从《红楼梦》里读出了“金融”的味道，我觉得既在意料之外，其实也在想象之内。因为杨正华首先就是一个金融人，尽管是金融监管行业的专家，但对中国的金融业务，从古到今，都是熟烂于心的。他从贾府的地名、人名、辈分字派、语言、行为，各个方面，尽量地深挖，看到了古代金融业完整的脉络。他自己也感觉，这是一个惊奇的发现，红楼梦中的所谓隐，竟然是隐藏了古代金融业。

确实，这是一个很大的发现。很多人鼓励杨正华说，他是金融红学研究第一人。我觉得也不为过。事实上，第一第二，对于他来说，是没有什么意义的。作为金融人，他对金融事业的热爱，绝对是肯定的。因为热爱，才有了对红楼梦隐的巨大兴趣，才有了今天的一点成绩。

杨正华从事金融业监管工作三十余年，从基层到省级机构，有着丰富的从业经验。业余时间，致力于《红楼梦》的研读，有自己独特的见解和观点。尤其是能够从《红楼梦》中，发现贾府经营金融业的隐情，可以说，是红学研究中的新颖、独特的观点。杨正华对红楼梦隐的发现，可能是千百个隐中的一个。以后，会有更多的发现。他的研究，是对红楼梦研究的补充和完善，自然，对提高金融人研究金融历史兴衰的兴趣，是有裨益的。在文化自信的大环境下，杨正华的研究，可能说明，金融作家、金融作品，也可以登大雅之堂。

杨正华从《红楼梦》原著中，寻找到难以发现的蛛丝马迹，联想到贾府庞大的金融业务，并加以阐释、证明。从而发现，贾府的衰落，是因为其金融业的衰落引发的，他以自身熟悉的金融业务为起点，探索《红楼梦》里面的“真事隐”隐情，形成了比较完整的体系，独辟蹊径，确实了得。

首先，杨正华给了古代金融一个明确的界定。在本文中提到的古代金融，是指金融业的古代雏形——钱庄、当铺。《红楼一枕金融梦》就是在《红楼泉梦》的基础上，进一步深入和细化，并增加了许多确证。同时，对贾府金融业兴衰，进行了认真地解读和论证。

《红楼梦》开篇，明确提示到，这本书大有隐情，人物中出现了甄士隐、贾雨村。《红楼梦》大旨谈情，其实，是要说出其中的隐情。到底什么是该著作要表露的隐情？索隐派应运而生，“公说公有理，婆说婆有理”，百花盛开，迷了春光眼，莫衷一是。

作为中华文化的瑰宝，文学作品的经典，自然有难以企及的深度和广度。当今，留存的有限信息资源，想要完整地展开隐情，难度可想而知。尤其是，作者、创作年代、原型，这些都有不同见解和较大争议的情况下，想要找到有说服力的真相，难度更大。虽然，杨正华也是年过半百，但对于红楼梦而言，他仍是“初生牛犊”。他在想，是否可以从金融的角度，打开一扇隐情之窗？

《红楼梦》隐情，肯定不止一处。杨正华在金融业从业三十多年，读《红楼梦》也有四十多年，总感觉到《红楼梦》中的情节，是那么的熟悉。原来，红楼深处，晃动着金融的影子。

《红楼一枕金融梦》试图用金融的眼光，撸出《红楼梦》中的金融信息，编撰成文，供读者鉴赏。有诗记曰：绿野何妨多一客，径长曲步向山巅。殊途自有同归日，今解红楼梦里缘。

杨正华跟我说过，他记得读书，不一定要一章一节地，按照顺序来读。要读明白，自然要反复，熟读得真意。很多时候，要读多本书，尤其是同时期的作品，时间前后衔接的作品，对于深入理解，可以得到帮助。

文学作品，是用文字表述，文字讲话。文字要表达出，语言的意境，是要相当功底的。一个人说话，有表情，有肢体语言，还有言外之意，说话的对象，说话的环境，都会有不同的效果。这些，文字是难以完全描述出来的，只能是近似。用文字讲话，为了增加趣味性，当然离不开三大基本语种：神话（鬼话）、笑话、闲话。

神话当然来自远古的神话故事，也包含许多鬼话故事。什么《山海经》《搜神记》《圣经故事》《聊斋》，属于神话（鬼话）一类；笑话，当然是指那些茶余饭后，讲出来开心的小故事。流传在社会底层，那些带色的笑话，与性有关的题材，“情色”和“色情”相关的，更易于传播。《金瓶梅》《废都》《洛丽塔》《卧房里的哲学》等等，属于收录笑话多的这一类；闲话，其实就是闲聊。很多时候，闲聊，肯定要说说身边的人和事。“谁人背后无人说，哪个人前不说人”，谁也逃不脱，说人和被说的圈子。“静坐常思己过，闲谈不论人非”。现实社会中，人们最热衷于，搬弄是非。尤其是，站在道德的制高点，拿道德当令旗，指手画脚。闲话，有群体的特征，有阶层的印记，“语言保留了阶级的烙印”。通过闲话，作者的笔下，可以清楚地看到，不同的每一个人，他的知识、见识、职业、年龄、家庭家族、地域，这一切，都可以得到完美的体现。文学作品，其实就是闲话的完美、完整体现。《红楼梦》的作者，肯定懂这些小道理。社会的各个方面，已经被洞悉。在他们的笔下，稀奇古怪的鬼神、形形色色的人物，稍加雕饰，依次有序出场。这部旷世作品，就是从小而大，由大而巨。通读杨正华的《红楼一枕金融梦》，我们从中领略到了主要的“奇思妙想”和“真凭实据”：

要讲清楚贾府的金融业，必须从多个层面来解读。杨正华先从第一个层面开始，找出贾府的“贾”字、贾府姓名里隐藏的秘密。

自从《红楼梦》问世以来，人们对书中的“贾”这个字，一直理解为姓，读jiǎ，也没有人对这个姓的读音，有什么不同的意见。如果，我们不把这个字理解为姓，把它读成gǔ，对于我们理解《红楼梦》，必将出现一个全新的视角，解读出一个全新的世界。我找到了一个钥匙，这个钥匙是“贾”字，这个字，是一把最简单的钥匙，可能是打开隐情第一扇门的钥匙。

贾，作为姓，读jiǎ。但作为文学作品，可以是一种职业，比如屠夫、小贩，用所从事的职业来称呼。《红楼梦》里面的贾，理解为一种职业，就不应该读jiǎ，应该读gǔ。贾（gǔ）主要的意思是商人、从事商业，与经商有关。古时特指囤积营利的坐商，有称行商为“商”，坐商为“贾”，后泛指商人。如贾田（商贾人家所受的田）、贾胡（指古代西域的商人）、贾竖（商人奴才）、贾侩（商人、市侩）等。还可以是古官名，如，贾正（古官名，掌管城市商业，调节物价）。如果把贾，读成贾（gǔ）府，就是商铺、商场，经商的地方。在贾府，可以找到商人和经商，经营金融业务的信息。

解读《红楼梦》，怎么样发现，贾府金融业隐在哪里？贾府表面上是一个官家的样子，其实，就是一个打扮成官家气派的商人家族，而且，不是一般的商人，是金融业商人，有钱有底气。贾府经营金融业务，大体可以分为三个阶段。贾母和以前阶段；王夫人阶段；王熙凤阶段。贾母和以前阶段，应该是贾府金融业兴起到兴旺的阶段；王夫人阶段，是贾府金融业维持阶段；到了王熙凤阶段，贾府金融业，日渐萧条衰落，直至关门倒闭。这是大致的发展路径，从兴起到消亡，涉及五代人，牵扯到了有姻亲关系的贾王史薛，甄家、林家，还有王公贵族等友好关系，形成了一张无形的金融网络，经营金融业务，不足一百年。从贾府金融业务的兴亡这一过程，我们不难发现，单一的金融业务，单个的金融机构，是很难在市场立于不败之地的，必须要有完善的公司治理，行业自律，强有力的外部监管（信用体系的完备和持续），加上，实体经济规范的经营行为（交易正常和持续），金融业才能走上正轨，才能蓬勃发展。

我们知道，规模较小的单体金融机构，抗风险能力弱。规模较小的单体金融机构，如果没有足够的资本，对抗市场风险的能力，终归是有限的。可以考虑，适时地根据风险实际情况，提高资本金比率。如果遭遇市场波动，单体金融机构，很容易陷入资金困境，出现资金链断裂，导致无法支付，失去市场信誉，走向关门破产。贾府的金融业，属于家族式企业，一般情况下，根本无法进行增资扩股，出现风险，自然难以自救。不同金融机构之间，资金互相流动，要进行日常管控，经理人要对资金流动的风险，做到心中有数。出现风险苗头，要立即启动资金防火墙，防止出现，一损俱损的状况，波及整个市场正常运行。贾府的钱庄当铺，管理权属于同一管理人，资金混用，没有进行有效的风险控制。一个经营单位出现风险，立即波及所有的业务，引发全面崩溃。金融机构，要有前瞻性。对政策、市场、人才，要有适度的研究和布局。同时，要建立风险补偿机制，出现风险，要有补偿途径。贾府的金融管理者，一门心思结交权贵，风险相当集中。由于当时的统治者，根本没有顾及金融市场风险，把金融机构完全等同一个平常的杂货店，没有及时进行干预和救助，贾府的金融业，自然不能得到外部救助，无法自行抵挡和消除风险，不能继续经营，只能被迫关门了事。

当今社会，金融已经成为经济的核心。人们经常说，经济是肌体，金融是血脉。中国的金融事业已经在革命战争年代和社会主义建设及改革开放时期作出了不可替代的巨大贡献。特别是在当前，中国金融事业在服务经济实体、防化金融风险、实现乡村振兴等方面，已经做出了不可磨灭的成就。杨正华作为金融业的一份子、金融作家，他既脚踏实地，又异想天开，既能从文学作品《红楼梦》里解剖出金融基因，又能从金融现象里读懂《红楼梦》文学价值。我们不能不佩服他的眼光独到，思维独特。愿杨正华继续努力，在《红楼梦》的“红色”与“金色”时空里，天马行空，恣意徜徉，游刃有余，为我们揭开更大更深更加神秘的“红楼金梦”，为广大读者奉献上一场色香味俱全的“金色盛宴”！

是为序。

2023 年 3 月 3 日

于北京金融街中国银保监会大厦

龙驹追梦

——张奎纪实文学集《爱倾扶贫路》序

为彰显奋发有为的龙马精神，取《尚书·顾命》伪孔安国传“伏羲王天下，龙马出河，遂则其文以画八卦”的吉祥之意，遂添雅致，把马改为驹，龙驹因此而得名。

龙驹是川东门户，有“皇王劈议川湖界，四海立定楚雄关”的隘口卡门作证。龙驹是边贸往来之重镇，有“阜通南北兴商贸，物集东西冠江南”的诗句作证。汉史记载，蜀汉公元230年，这里就设立起南浦县台，宋代设过南滨慰司，公元1279年设龙渠县，明清时乡镇更叠，及至今时设为龙驹镇。

千余年的历史，在这块土地上沉淀下无数沧桑的斑驳痕迹。茶马古道上的吆喝，演绎出的山里情歌，至今传唱不息。兵家要塞之重镇，留下许多刀光剑影的故事，特别是刘伯承和贺龙两位元帅统军过往留下的战斗诗篇，为这块土地更加添上浓墨重彩的一笔，革命火种传遍这块土地的旮旯角角。由陈正南、刘孟亢和高天柱领导的地下党支部、川东区委及游击队，活跃在七岳山的山山岭岭和村村寨寨，为此播种下的红色基因，闪耀着绚丽的历史光辉。新中国成立后，龙驹无不为此感到骄傲与自豪。

时代的潮流滚滚向前，伴着改革开放的步履，龙驹镇便在争先恐后的拼搏中，带领人民群众奉献激情，消灭贫困，持续改变着山乡的模样。由于地处大山深处，自然环境严重受限，产业经济发展滞后，传统的刀耕火种很难有效铺筑起脱贫致富奔小康的通途。于是，龙驹追梦的身影就落后了下来，甚至在重庆市的18个重点深度贫困乡镇名单中榜上有名。摆脱贫困的愿望，就成全镇人民对美好生活向往的铮铮呐喊。

在这块幅员面积为247.9平方公里的土地上，共有16个行政村，5个社区，112个小组，14893户，5.13万人。其中，贫困户2352户，贫困人口7796人。脱贫攻坚的担子，何止千斤万斤那么重。但党委政府坚强地带领人民群众，发扬龙马精神，在脱贫致富奔小康的道路上，殚精竭虑奋进着，克难破阻拼搏着。

2015年11月29日，中共中央做出了《关于打赢脱贫攻坚战的决定》，乘此东风，重庆市科技局牵头的市区两级31个部门单位组成扶贫帮扶集团，派出扶贫第一书记和扶贫队员130人，进镇驻村入户开展扶贫工作。积极以党建为统领，创新模式，采取一村一品牌，一镇一特色，探索实施了“在乡能人创业，外出返乡创业、市民下乡创业”的“三乡归雁工程”，全力推出主导产业“一个标准园区，一片规模基地，一个加工车间，一个电商平台”的“四个一”发展体系，形成了“果菌药茶椒+生态畜禽”的产业格局，培育发展新型农业主体114个，解决群众就地就业岗位2500多个，实现年劳务收入3000余万元。特别是在“资源变股权、资金变股金、农民变股民”的“三变”改革中，贫困户入股产业基地分红500余万元，空化的村集体经济增收200余万元。2019年10月，龙溪村被农业农村部评为第九批全国“一村一品”示范村，梧桐村被重庆市评为“一村一品”示范村。11月，龙驹镇喜获“全国十佳科技助力精准扶贫示范点”的光荣称号。

在全面决战决胜2020脱贫攻坚的收官之年，回眸过往，有党政领导身先士卒的积极作为，有第一书记发展产业殚精竭虑的挥汗担当，有扶贫队员谋划脱贫的操劳身影，更有身残志坚敢向脱贫宣战的不屈典型……为把这些故事记录下来，中国农业银行重庆分行派驻龙驹镇的扶贫队员张奎同志，深入每个村和社区进行采访。张奎同志是银行专家，更是知名作家，在全国金融界及社会各界享有很高的声誉。他写成爱倾扶贫路上的系列故事，由驻镇扶贫工作队队员骆孟鑫、周帆和杨帆共同整理，典型推出50个扶贫攻坚故事。通过故事的点点滴滴和方方面面，由小见大全画幅地把奋斗不息的龙马拼搏精神展现了出来，以铭刻这段辉光灿烂的历史，彪炳千秋万世的壮丽丰碑。

手捧50个感人至深的扶贫故事，品之成诗！赋之成颂！

是为序。

2020年9月9日

于北京金融街中国银保监会大厦

十载清诗踱人生

——李玉伟诗集《微尘痕迹》总序

2018 年初，在京都，我与金融作家玉伟兄有幸相见。

当时他一下子就拿出了自己近十年间创作的诗作，自谦是“顺口溜”，请我“斧正”。我笑言之，对诗词研究不多，可以拜读学习。而后拿出我新作刚刚在《中国作家》和《长篇小说选刊》发表的长篇小说《性命攸关》签名相赠。言谈间，似乎他健忘了曾经我们的初见——只是久已“神交”。

实际上，我与玉伟兄有缘，相识甚早。记得 2000 年，我的第一部长篇小说，也是新中国成立以来第一部描写农村信用社的长篇小说《原上草》，刚刚由中国金融出版社付梓。这部书由我当时工作的中国人民银行总行合作司张功平司长推荐、王祁主席作序，在当时中国金融界和文学界都引起了不小的反响。当时玉伟去北京办事，匆匆一晤，取书相赠。孰知玉伟阅后大为赞叹，褒誉有加，以此结缘。后来在 2003 年，我的长篇小说《原上草》筹备改编拍摄电视剧，当时有关演职员已经在玉伟的帮助下，在他所辖的农村信用社开始体验生活了，但突如其来的一场非典，把剧组遣散了。但自此之后，时光历历，忽忽已近二十载未再联系。直到去岁我通过一多年老友，方知其所至，又开始微信联络。

微信上，玉伟经常发一些诗作，配上一些拍摄的照片，读来朗朗上口，意境深远。于是，对于有些佳句好词我不吝点赞，予以支持表扬认可。但他一下子拿出五百余首诗作，感觉仍出乎意料——玉伟一直在金融文化和农村金融部门担任要职，业务工作比较繁忙，但仍能一如既往不忘初衷坚持写作，且创作硕果累累，像他这样热衷文学的人，在当今社会还是不多了。我觉得玉伟能够有今天的创作成就，是他多年对文学的挚爱和持之以恒的结果。所以，我要说，李玉伟是一位对文学有情怀有大爱的优秀作家和诗人。

细看玉伟的诗作，一个特点是清新怡人诗词与画面交融。诗词，尤其是五言、七言诗，大多用典浩繁多多益善，以至于读起来佶屈聱牙，乍一看莫测高深，貌似“阳春白雪”，很难让人一眼看懂，更遑论普及，往往一首七言二十八字小诗，要数百字甚至更多注释且反复对照才能明白。而玉伟的诗作，平铺素描直抒胸臆，让人身临其境，感同身受。他在《健步古运》中说，“清凉抚面颊，甩步跨堤岸。一池浩荡水，万里朗青天。旭日喷薄起，鸽啸盘空旋。涤阴濯暗影，染河映山川。愉畅心胸广，千城尽开颜。”读者直临观景，但见旭日东升，天地开阔，于是心胸一同与作者扩展起来，精神勃发，迎接又一个崭新清晨的来到；而“河阔北风轻，水天日更红。林疏雀懒睡，落叶大地情”，初冬的景象扑面而来；“七彩流穹虹，风微丝柳轻。健行人鼎沸，秋抚不夜城”，古城美景跃然纸上。另一个特点是感今咏史现实与历史交融。一个景点、一处古迹，往往引起作者的共鸣。曾刊载于《金融时报》的诗作《秋游莫愁湖》二十三句长诗，既写出莫愁湖的秋日美景，也结合莫愁的千古传说，把眼前景与过往史有机结合，让人品读之余，心生感慨；《夜雨山塘街听苏州评弹》，夜雨，江南，古味，雅弹，述史，扬今，名曲，佳韵，让人身入其间，心生赞叹；《游枫桥张继作诗处》，面对张继《枫桥夜泊》千古名句作诗处，滔滔运河纵贯南北，港汊一隅小舟横陈，抚今追昔，写景叙状，而后“扶拐闻得梵音唱，竹林径畔坐听禅”，让人魂归大唐，心生怅然。

古体诗与近体诗交融是又一个特点。作者古体诗多用五言、七言，间用三言、四言、六言、杂言，古风较多。而部分近体诗词，也可圈点。特别是其发表于《人民日报》的《忆秦娥・暮春》，“春风烈，夜浸衮原衡湖月。衡湖月，人勤履轻，落花如雪”，衡水湖暮春镜像翩然若见，令人神往；其在《踏莎行・暮秋月季》中，深情赞美这平民百姓之花“万物萧索，丛花仍怒，盛开月月无重数。不言荷尽墨菊残，留得人世清芳驻”，令人称许；《行香子・春意》中说，“何妨万念，尽融千盅。换桃花酣，梨花闹，杏花朦”，春的浓让人似饮甘醇，如醉如痴。

大气磅礴与细致入微交融是再一个特点。其写滏阳河之春“恰似巨龙平地舞，堪如彩凤昊天歌”；咏古运之夏“绵延万里远，悠悠千载河。锦色铺翠堤，水静映婆娑”；赞平原之秋“花影树荫斑驳径，湖泊水漾粼洵光。玉宇澄清万里沐，金风乍起百国爽”；歌北国之冬“雾霜雕碧叶，凄风揉鳞波。虬枝绘天蓝，旭彩散城郭”……

诗虽小道，品触亦深。

玉伟的诗作，大多作于业余时间，好多看似信手拈来，实则饱含人生感悟。其在基层农村信用社工作的经历，在《中国农村信用合作》杂志任编辑部主任的阅历，在人生旅途中的丰富游历，为其积淀了充足的“营养”。其诗作于写景、描物、述史等等中，饱含着敏锐的感觉、深厚的感悟、浓重的感情。

莫道人生无知己，一诗一句总关情。玉伟兄虽创作成就斐然，在中国金融文学界和社会上享有很高的知名度，但他还是那么谦虚好学，是我们学习的榜样。祝愿他伟业玉成，写出更多佳作。

是为序。

2019 年 1 月 7 日
于北京金融街中国银保监会大厦

她在美丽的翠海边寻梦

——陶化玺散文集《翠海拾梦》序

陶子自己经常跟我说，她与我的交情其实也就是两张照片的交情，因为前不久又见了一次面，又合照了一张照片，所以又开玩笑的说就是三张照片的交情。三次见面都是因为金融系统相关文学活动，但是初次见面我就对这个 80 后的青年作家印象深刻。随着交流的日益增多，我对这位年轻的作家十分的喜爱，欣闻她的新作《翠海拾梦》梦幻成真，便情不自禁，欣然作序！

陶化玺，笔名陶子。人如其名，初见陶化玺这个女子，并不觉得她有多漂亮，她也不是平常意义上那种美女作家，柳叶眉杏壳眼什么的。吸引人的恰恰是她身上由内到外渗透出来的那种聪慧和沉静，就像一个陶子，猛看上去有点质朴，细品，却是一种温玉的雅致。这就不由使我想起了古代《吕氏春秋·仲冬纪》里的名句“陶器必良火齐必得”，范景文的“延师择友，陶成佳士”，还有谢灵运的“共陶暮春时”。突然间，我觉得陶子其实就像一个美丽的匠人，在黑土地上的翠海边，以土作陶，像匠人烧制土陶一样，同时也在用淬火锻造着自己，在金融这片热土上，成长为一名优秀的作家，化蛹成蝶，化土成玉！

后来，跟陶子交流多了，才知道，陶子祖籍江苏，身上难怪有江南女子的幽静和温柔，出生于东北，又有北方女子的大气和幽默，是典型的外柔内刚的女子。所以她给人的最初印象娴静犹如花照水，但接触久了发现行动好比风扫春，是一个行动力、执行力比较强，工作有思想、有能力、有方法的人。她是我们金融作协系统比较年轻的管理者，特别是作为黑龙江金融作协的秘书长，从黑龙江金融作协的组建至今良好的发展，做了较大的贡献，是难得的又有才华又有组织能力的青年才俊。

陶子的新作《翠海拾梦》，纵观共分为四个部分：《踏浪归来》《扬梦远航》《朝夕拾贝》《初入沧海》。陶子说她从小的梦想是当一名作家，并且对大海有独特的情怀，希望住在海边有落地窗的房子里创作……春暖花开、面朝大海是许多文人墨客的情怀。

梦想都是美好的，但真正敢于追梦实现梦想的人并不多，文学创作是一件苦差事，但是她却能一直坚持在路上。作为一名业余文学爱好者，她大学期间就开始在报纸、杂志发表文章，2011 年还出版了处女作长篇小说《开在象牙塔的玫瑰》。一路走来，她现在已经是哈尔滨市作家协会会员，黑龙江省作家协会会员，黑龙江金融作家协会秘书长、常务理事、编辑部主任，中国金融系统里出类拔萃的知名作家。

听陶子说过，因为受祖父的熏陶，她对文字有着一种天生的钟情和挚爱。她大学毕业本来有进入某报社集团工作的机会，但是遭到了全家人的极力反对，后投身金融系统仍初衷不改，热爱有加，笔耕不辍，创作硕果压枝。

根据她的成长历程，咱们就从后往前说，该书的第四部分《初入沧海》主要收录她早年在银行系统内刊发表的工作随笔二十余篇，《搬家》《交行咋能正常开门》《不会签名的阔佬》《一个道歉值多少钱》，这些都是基层银行网点的日常和写照，形象、生动而真实。我问她，你做了信贷以后的工作怎么只字未提，她神秘地说积蓄力量，留给以后的长篇。

同时她作为单位著名的笔杆子，她还监管单位的党务和监察工作，加之本职做信贷工作，为单位撰写了大量的工作材料。基层工作是繁忙的，可想而知她常常是放弃了很多个人的休息时间，尤其作为一名年轻的母亲，爱人因为做工程常常出差，很多材料和文章都是她哄睡孩子之后半夜进行的创作。这种坚持、韧劲、耐得住寂寞的精神在年轻人里是少见的，所以说文学是苦差事不是假的，但是文学也是成就人的，她的努力付出和汗水取得了现在的成绩，实现了她现在的文学梦想。

她说自己也曾有过迷蒙和彷徨。记得过去一段时期找不到组织，靠文学发展个人发展比较缓慢，她也曾一度徘徊想放弃文学梦，但庆幸她一直难以割舍，没有搁笔。该书的第三部分《朝夕拾贝》主要是她早期创作未公开发表的作品，主要是描写青年的爱情和感悟，《林叶》《流星》《一针一线织起的爱情》等描写的都是校园爱情，该部分略显稚嫩和青涩，但是文学需要这种成长的过程。因此，陶子对中国金融作协的成立自然是欢呼雀跃的，有种找到组织找到家的感觉。我也跟着金融作协沾光，陶子当时虽然一直未能跟我谋面，对我也是心存感激。后来黑龙江金融作协成立时，她当然不甘落后了，像一只蹦蹦跳跳的小鹿，在金融这片热土上跳跃着成长着，直至成为作协的骨干和主力军。

该书第二部分《扬梦远航》主要是陶子为其女儿所写的日记及文章；至情至理、至真至纯，就像她在首篇文章《女儿》描述的那样，陪伴女儿的成长是幸福而快乐的："我们还一起看过很多的风景……春天我们一起到野外去等待小草发芽，夏天我们一起穿着花裙子去捉蝴蝶，秋天我们一起采摘金色的树叶和果实，冬天我们一起堆过很多个雪人……生活不可能都是一直风景如画，但我坚信有我的陪伴女儿必将用自己的方式惊艳了时光，惊艳了岁月！"用浓浓的深情表达了一名年轻母亲对孩子和现实美好生活的热爱！

此书第一部分《踏浪归来》是她经过一段时间的沉淀，于近期在媒体、自媒体发表的作品，部分作品之前我都已经读过。笔端藏秀气，意蕴藏哲理，陶子文笔时而俏丽若三春之桃，譬如《亲爱的闺蜜》《梦江南》《学画》《萧红印象》等，写得比较灵动、俏丽而有生机！《萧红印象》中说："萧红笔下有一片神奇的后花园，伴着翠绿的黄瓜，艳红的倭瓜，也结出了一个天才作家。"《亲爱的闺蜜》中说："谁的青春没失恋过，谁的青春不干点坏事，谁的青春没'同居'过，谁的青春没做过学霸。"文笔时而清素若九秋之菊，如《一封家书》《爷爷》《婆婆》等，写得质朴、清新，部分话语感人至深，例如《一封家书》里的"敬爱的祖父，已经不能见字如面，但我相信思念是一种力量，在相隔的岁月中可以穿越时空带到亲人的身边"。文笔时而又凡心禅语悟人生，例如《对不起竹》中说："花都如此何况人呢？"《也谈美女是怎样炼成的》中说："我不仅是花瓶，我这里还装着一汪清泉足可以养花！"《愿你的心中有一片乐耕园》中说："有一片静心的园子，内心应该是波澜不惊的吧？"《谁的男人谁负责》里说："不要再相信'嫁鸡随鸡，嫁狗随狗'这句老话，女人应该像男人一样大胆地说谁的男人谁负责，从此彼此影响，共同遇见最好的自己！"

这里我不得不着重提一下，此书其中还收录了对我的书评《黄土地里长出来的〈天是爹来地是娘〉》。她说："《天是爹来地是娘》文章一开头就被作者丢到了一个黄土高原贫穷的村落里，黄土高原卷起的浓重泥土气息呛得我瞠目结舌，但似乎又有一点熟悉的味道，仿佛嗅到了诺贝尔得主莫大爷的味道，所以我好奇地问主席你俩是一个村的不？"

闻过了泥土的气息，大地本来的面貌便扑面而来，丰沃的土地像健硕的女人臀部，带着一点招摇孕育着一代又一代的生命，黄土的丘陵像女人的胸脯，用波涛汹涌的乳房和甘甜的乳汁哺育了一辈又一辈的农民。此书立足于这样一片土地之上，讲述了一片土地与一群人的故事，在这片独特而神奇的土地，你无须停顿与思考，除了像庄稼或者野草一样勃勃生长之外，任何的小资小调、山水田园在这片土地之上都显得苍白和多余……看到开头我突然就调皮地想，如果张爱玲站到了这片土地，会不会也像我们这片土地之上的农民兄弟一样，放两个响屁才会觉得酣畅淋漓。

“黄河的水生生不息地流过这片土地，作者说庄稼汉的信天游唱也唱不完，而我说这本书的意义还真需要再研究研究……”

当时我看见这篇书评时比较震惊，她不但敢写，而且写得相当的不错，有理有据，头头是道，部分章节在网上还被一些著名评论家借用。这就是陶子性格的真实写照，她在评论中，慧眼识金，针砭时弊，大胆泼辣，风趣幽默，极尽调侃。这篇书评让我更加认识了这个蕙质兰心的年轻作家，也让大家领略了她的多才多艺，秀外慧中。

还有，大家看她的书，不仅描写文学，还描写了日常生活、工作、家庭、美食、绘画、旅游……。心随朗月高、志与秋霜洁，直如朱丝绳、清如玉壶冰。她在生活中，有心有情，心细如发，爱心如水，能将这日常的关系处理得如此和谐，描述得真实自然，如诗如画！这是一位真正把生活过成诗一般精致的女子！

“挂帆寻梦济沧海，如椽巨笔绘蓝图”。陶子作为一名出色的金融作家，已经在全国金融界及社会上享有很高的知名度，她仍然用两只手在肥沃的黑土地上，刨土制陶，化土为玺。愿陶子扎实创作，快乐生活，实现心中更美的文学梦，为中国金融文坛献上一只更加美丽精致的玉陶重器！

是为序。

2018 年 3 月 5 日

于北京金融街金融作协办公室

美好的江南音符

——昔月诗集《自己的时光》序

人说，上有天堂、下有苏杭。苏杭景美，人也美，当然，诗更美。

昔月就是这样。昔月是一个柔柔的杭州女子。2017 年，因为一次偶然的活动，我认识了昔月，她恬淡美丽。交谈中，得知我是作家，她说她也偶尔喜欢写写诗，好像还写了不少，但鲜有去发表。当时有个著名作家鼓励她去出版，她说有些心动，但仅作爱好而已，没有真正去行动。这次她和同事合作的《自己的时光》要出版了，我既有点欣喜，也有些好奇和期待。

这本《自己的时光》中的诗，是她 2019 年度创作的。她用 300 余首诗，解读她同事的 300 余幅摄影作品，以诗解图，相得益彰。从农历一月到十二月，以农历的别称正月、杏月、桃月、麦月、榴月、荷月、兰月、桂月、菊月、露月、葭月、腊月分辑，短的几行，多的也不过 20 行，没有阅读负担，看着也很美好，令人耳目一新。

诗歌艺术的创造，展示的是一种无可替代的个人情感和灵性。这一点，昔月无疑是非常有天赋和灵气的。特别是她在繁重的工作之余，能够坚持每天一首，这就很不容易。这个时代，有浮躁，也有坚守，昔月为诗坚守，为时光歌唱。昔月的这些小诗，是对着花鸟风景图片写的，通过解读一张张图片，并设定一种或多种情感，渲染一种氛围，来演绎那些诗意盎然的场景，就像电影《纳尼亚传奇》中墙上那幅有帆船的画，将你带入另外一种境界。

人生能够感同身受的时候不多，如果有，哪怕只是一瞬，那就是值得的。有感动，有共鸣，那就是收获。这些小诗，我读到的，有的是少女的隐秘心事，或欢喜或忧伤；有的是职场的一腔热忱，或感慨或希冀；有的是美好时光，有花开花谢、候鸟迁徙的四季更迭，有繁华流年、千帆过尽的岁月交替，有那些风也轻，云也淡的安静日子。细腻的她，把点点柔软的时光，写进了她的诗里，写的是她，是你，也是我，让每一个看过的人，都解读出属于自己的不同的意境。

读了昔月的小诗，我觉得处处洋溢着两个字：美好！美好可以是愉悦、恬淡、勇敢、热情。美好可以是愉悦。“风在高处 / 而我在走 / 心绪满满的初夏 / 元气满满的榴花……那洒满的人间至味 / 是对美好日子的祈愿”。美好可以是恬淡。“期待一种距离 / 叫作恰好舒适……在适当的季节 / 你兀自花开 / 兀自结果 / 兀自温暖在青色的天”。美好可以是勇敢。“总有一些深情的东西 / 只有你才懂得……我知道我要去哪里 / 也明白你的期待 / 用一种方式做我自己 / 用一种方式成全你”。羞怯，仓皇，试探和想象，长成了参天大树。美好也可以是热情。“以一骑红尘 / 拼出想见你的决心 / 以一羽翠鸟 / 寄情想倾诉的欢愉 / 你举起一树的热情 / 摇曳在乍暖还寒的春天里 / 不管是相见还是不见 / 沉浸在宁静喜悦的清风里”。

美好可以是童心、亲情、爱情、友情。美好可以是童心。“是那样一场冬雪 / 惊喜地出现 / 安静地离开 / 满世界的童心 / 刷屏……纯白的大地 / 嫣红的梦想 / 容我 / 有一点点的疯狂”。

美好可以是亲情。“多少次瞬间梦回 / 仿佛看到了你 / 带着光晕站在晨曦里 / 从未曾留意 / 你落寞的眼神 / 孤独地等待回应 / 你转瞬即逝的童年 / 你热情奋发的青春”。

美好可以是爱情。“愿意与你对换 / 食物链的两端 / 与是不是对手 / 全然无关 / 情感的土豪 / 行动的乞丐 / 纠结了一颗颗 / 无所适从的心”。

美好也可以是友情。“忘了的那些记忆 / 总有你来提醒 / 一起慢慢成长 / 一起慢慢白发 / 不一样的时间烟火 / 有一样的雨雪风霜”。

美好可以是浪漫、哲思、励志和无奈。

美好可以是浪漫。“期盼好看的你 / 和倚窗一望的碎花裙……以为那被风梳理的长发 / 是轻盈走过的背影”。

美好可以是哲思。“穿梭在水流间 / 越是拥挤越是孤单 / 人世间的路过 / 想来大都是偶然……这一次遇见的 / 未必能坚持到下一站”。

美好可以是励志。“谁都曾懵懂年轻 / 没有人天生就是雄鹰 / 勇往直前的尝试 / 才能轻而易举地高飞……”

美好也可以是无奈。“走了就走了 / 等下一次列车 / 你我都是匆匆过客 / 迟到和早到都是错”。

美好可以是喜怒哀乐。

不管是喜怒，还是哀乐，好像都带着点淡淡的忧伤，淡淡的，就很美好。“你说你已没有忧伤 / 没有你的惦记与盼望 / 我来得早或者来得迟 / 都无须事先商量……你若愿意带我一程 / 我便陪你，下半场”。

昔月笔下的喜怒哀乐是这样的。比如喜，“喜欢像向日葵那样……以自己的热度 / 去温暖人间的悲凉”；比如怒，“就这一堵墙 / 突然倒下 / 原来一直以来 / 是它的存在 / 挡住了眼前光明”；比如哀，“美霞里的朝日 / 望向西斜的晚月 / 那里是天地玄黄 / 这里有日月同辉……”；比如乐，“多少次摇曳花瓣 / 是我挥手致意 / 多少次翘首以盼 / 是你陌上花开 / 花开，一片馨香如海 / 花开，等你凯旋而归”。

昔月在小诗文字内容排布上，很独特。因为以月份分辑，所以自然也考虑了一些特殊时节，比如开篇大年初一用了《大地苏醒》，中秋节写了《月亮》等，表达了对年年岁岁的美好期许。

昔月的小诗，像泉水，灵动而叮咚作响。写法上有些也采用了《诗经》中的重章叠唱手法，反复咏叹、渲染氛围，富有节奏感，仿佛谱上曲，就应该是一首可以吟唱的歌。“我在这里等你 / 你知道吗 / 等到春风拂面 / 等到杨柳依依 / 我在这里等你 / 你知道吗 / 等到青山隐隐 / 等到明月千里 /……”，也让我读到了《诗经》中一些朴实而美好的咏叹，很难得在当下浮躁世界里做这样安静的自己。

用美好的江南音符，来描述昔月《自己的时光》，我认为是贴切的，不仅是评价，也是给我的感受。这里的“自己”，是诗人昔月，还是读者，也是每个愿意静静安放灵魂的人。愿我们每个人，都珍爱和安度自己的时光！

《自己的时光》诗作者昔月，本名范伟珍，供职于中国银行浙江省分行，中国金融作家协会会员，多年坚持金融文学创作，发表作品多篇；摄影鸿影，本名方涛，供职于中国银行浙江省分行，中国金融摄影家协会会员，浙江金融摄影家协会副主席。两个金融人，以诗以摄影向时光致敬，向文学致敬！

是为序。

2023 年 1 月 5 日

于北京金融街中国银保监会大厦

那秦岭绿海上漂来的一叶小舟

——赵晓舟文集《风自秦岭来》序

你从哪里来，我的朋友，好像一只蝴蝶飞进我的窗口。你从哪里来，我的朋友，似乎一缕清风飘自巍峨秦岭。

记得佛经上有句话，山主人、水主财。大意是靠山的地方出人才，近水的地方有财富。自古以来，大秦岭、古长安，名人辈出，人才济济。就拿我们熟悉的金融系统，各类业务专家、文化名流，藏龙卧虎，层出不穷。要说起金融文化名家，我觉得赵晓舟先生算一个，且名副其实，众望所归。我觉得，他是一名金融家，还是一名作家，更是一名文化学者，学识渊博，著作等身，全国读者粉丝遍地。

今年秋天，我有幸应邀到西安培华学院讲座。晚餐时，晓舟先生说最近他又准备出版一部新作《风自秦岭来》，想请我作序。当时我就惊得差点掉了筷子，啥？前些日子刚出作品，现在又要发行新作，这速度，这水平，他是如何做到的？叫我们这些同业同行，情何以堪哪。带着崇拜，掺着羡慕，还有丝丝疑虑，我很快就读完了那秦岭的美景，捕捉到了那一缕缕来自秦岭的风采。

“文章合为时而著，歌诗合为事而作”，是唐代伟大的现实主义诗人白居易的名言，我觉得这句话用来评价陕西金融作家协会副主席赵晓舟先生很恰当。

晓舟先生是一位从金融系统成长起来的文化学者，他长期从事企业文化、金融文化理论研究，积极推动新时代先进文化传播和金融文学创作活动，在业界享有很高的威望和影响力，曾被誉为“传播优秀文化的轻骑兵”，是中国金融作家协会首届“德艺双馨”会员，先后多次荣获中国企业文化模范人物、典范人物、杰出人物，并参与了多项中国企业文化标准的起草制定，其代表作有《银海拾取》（三卷）荣获中国文化管理协会企业文化管理专业委员会“2017 年度企业文化建设优秀成果”；散文集《撞钟自闻》荣获首届（2015–2019）“陕西金融文学奖”；学术专著《当代中国金融文化研究》荣获“培华杯”第二届金融文化节

“优秀金融文化成果奖”。

近年来，晓舟先生在从事金融文化理论研究之余，发表了百余篇涉及经济、政治、文化、社会和生态方面的评论、随笔、散文，产生了良好的社会反响，引起了金融同行多方关注，赢得了专业人士高度赞誉。此次即将出版的《风自秦岭来》一书，是其在这一领域笔耕成果的集中展示。

该书分为“人间烟火、家国情怀、名人逸事”三部分，洋洋洒洒二十余万字，从历史和现实、宏观与微观、自然与人文等多维度，把自己平时观察之所见、研究之所得结集成文。该书所列文章，灿若星河，皎似明月，立意高远，构思新颖，段落清晰，主线分明，处处真知灼见，字字暗藏珠玑，每一句话都包含着对生活、社会和人性的深刻思考。

读他的文章，总能让人如沐春风、开卷受益。开篇《春满培华》《风从秦岭吹过》《沣水凝辉》《难忘那一抹军绿》《西望秦渡是故乡》《我拿什么献给党》等散文，充满浓浓的文学色彩、深深的家国情怀。中篇《自然辩证法给我们的启示——纪念恩格斯诞辰200周年》《问苍茫大地，谁主沉浮》《风自东方起》《2020，只待新雷第一声》《不负春光在出发》《没有一个冬天不可逾越》《开启思想的春天》等随笔，不但超凡脱俗、清新隽永，而且引人入胜、发人深省，恰如文坛的空谷足音，令人回味无穷。末篇文章不多，用墨很足，如《丹心育桃李热血铸师魂——著名教育家姜维之先生的教育情怀》《暮色苍茫看劲松——对话张岂之先生》《田东海：青山不老绿水长流》《千秋立言万世不朽—纪念大儒张载1000年》《怀念著名文化学者李健教授》等叙事，字里行间皆为真情流露，一枝一叶都是心灵呼唤。人生乐章里，爱岗是最动人的音符；逐梦征程上，报国是最鲜艳的色彩。拳拳赤子心、殷殷报国情，构成了一个人养浩然之气、立鸿鹄之志、成不朽之业的精神源泉，这些都浓缩在他的文章里。他把高尚的品德、深邃的思想、卓越的才华融进自己的文章中，积极引导人们走向精神的自由和完美。如果问：“谁能养气塞天地，吐出自足成虹霓”，我觉得，这位晓舟先生深谙此理。

马克思说：“历史把那些为了广大的目标而工作，因而使自己变得高尚的人看作是伟大的人。”晓舟先生把自己多半生的时间和精力用在了传播先进文化上，因此也成就了自己在企业文化、金融文化研究领域的学术地位。在职场同事印象中，他是一位金融从业者。熟悉他的人都知道，他还是知名文化学者、多所高校教授，是企业文化，尤其是金融文化领域的风云人物。曾先后荣获中国企业文化突出贡献人物、中国企业文化领军人物、中国品牌文化建设杰出人物、企业文化实践教学荣誉学者、企业党建实践创新典范人物等多项殊荣。同时，他还获得中国讲师网“金话筒奖”。由他撰稿并担任主讲的“新时代企业文化建设的方向与路径”论题，先后被中宣部党建网、光明网、中国前沿资讯网等发表。“一带一路背景下的金融文化融合与创新”等课题先后在西安交通大学、西北政法大学、长安大学、西安外国语大学、西安培华学院等多所大学主讲，并收编入长安大学优秀论文集。“中国金融之治：清廉金融文化”课题，先后在陕西银行业、保险业及二十余家省级金融机构宣讲，被《中国金融文化》等十余家省级媒体报道。面对这一个个耀眼的光环，我们不难发现，晓舟先生是一位横跨多界，且成绩卓著的文化行者。

写作是思想的舞台，文字是思想的翅膀。晓舟先生曾做过十余年企业内刊主编，与文字结缘，磨炼出了一双洞悉世间风情、了悟人生风雨的慧眼。他的写作题材涉及领域很广，但凡入得法眼，笔底总能卷起波澜。他捕捉灵感的能力特别强，一次普通会议、一个偶然事件、甚至于某人的一首诗、一句话，都能激发他的创作灵感。不用多时，就能速成一文，字字珠玑，无可挑剔。如此高效快捷的出产作品，也印证了“处处留心皆学问”“人情练达即文章”的老话，同时也反映出他的写作之勤奋、功力之老到。相比他的纯文学作品如诗歌散文，他的时评类杂文、随笔更胜人一筹。在他的这类作品中，总能看到他站立的高度、思想的深度以及驾驭这类文字的从容与自信。值得一提的是，作为陕西金融作协副主席，他不仅不遗余力策划、推介“丝路金融文学”项目品牌，还多次发文为“陕西金融作协”和“丝路金融文学”鼓与呼。他主笔撰写的多篇综评，都是对协会各个关键时刻的文学式总结，见证了陕西金融作协的坚守与成长。晓舟先生的文章始终充盈着一股浩然正气和儒雅之风，传递的都是积极向上的正能量。在他的众多文章中，一些古诗名句，常被他左右逢源，引用得恰到好处，给文章增色不少，可见他是有着深厚的学养积淀。

古诗曰：“世事洞明皆学问，人情练达即文章。”一部优秀的文学作品，必有震撼人心的精神力量。晓舟先生最新所著《风自秦岭来》一书，汇聚了他近年来辛勤笔耕并公开发表的大部分作品。该书彰显了他深厚的历史人文底蕴和扎实严谨的理论研究学养。他的文章，有哲学家的视野、思想家的情怀、文学家的浪漫，无不向读者传达着“位卑未敢忘忧国，事定犹须待阖棺”的历史观、唯物观、文化观，这是他著文不同于他人的闪光之处。对此，我仅从文化与文学、做人与做事的视角，对其表示由衷的敬佩和衷心的祝贺。

“秦川朝望迥，日出正东峰。”我相信，以此书的出版发行为契机，晓舟先生一定会在传承传播传教中华优秀文化的征途上深耕远行，在中国金融文化探索的道路上，独辟出一条“特色”蹊径，舟行雨添花，花动秦岭春色，漫山遍野，绵绵不绝……

是为序。

2024 年 12 月 19 日

于北京金融街国家金融监督管理总局

中国金融工会金融作协办公室

为什么他手捧黑土常含着泪水

——吕维彬随笔集《黑土恋——第一书记驻村记》序

在沃野茫茫的黑土地上，有许多黑土金融文学作家脚踏黑土，扎根农村。厚重的黑土地，为这些黑土文学作家提供了博大的创作源泉，他们靠自己的大脚板丈量着黑黑的土地，用手中的笔启迪和影响人们文化和精神，再现波澜壮阔的生活，书写属于人民的人生乐章，讴歌时代的主旋律。黑龙江省金融作家协会副主席吕维彬就是其中的典型代表。

我记得那是一个冬天，东北的天空飘着飞舞的雪花，大地上覆盖着一层厚厚的白纱。我尽管也生长在北方，对这样的气候环境并不陌生，但呼号的寒风已让我浑身瑟瑟颤抖，这也是我多年没有遇到过的天气。就在这个日子，也就是黑龙江省金融作家协会成立不久，我应邀到黑龙江金融作家协会举办的第一次培训班上作创作知识讲座。在这次培训班上，我结识了吕维彬，当时他是黑龙江省金融作家协会常务副主席，负责培训班的筹备、组织、协调等工作。他虽然是土生土长的北方人，在外形上我倒觉得有南方人的特征，一米七十高的个子，瘦瘦的身材，戴着一副金丝边儿的眼镜，脸上始终挂着笑容，性格比较直率，谈吐诙谐幽默，办事缜密利索，透着一股灵气和按捺不住的朝气。也许是两人三观相近或者磁场相通，反正我和他一见如故。随着交流的日益增多，我对他的了解就更多更深。

维彬是一名生活底蕴深厚的小说作家，在黑土地上的许多部门、单位和岗位都留下了他深深的足迹，可谓生活阅历丰富。他当过中学教师和团委书记，在县政府从事过调研秘书、文教秘书、文教组长、综合组长、经济委员会副主任、项目办主任等工作。他有黑龙江省委政策研究室政策研究和为省委书记撰写讲话的五年经历，到中国农业发展银行黑龙江省分行担任过宣传处长、信息技术处长、调研处长、办公室主任、客户二处处长、二级分行党委书记兼行长，也在中国农业发展银行总行第一巡视组任过巡视员、办公室和政策研究室资深行政副经理。这些履职经历在金融作家中可谓凤毛麟角，少之又少。正是他有了在不同领域工作、生活和奋斗的基础，才使他在文学道路上有了取之不尽的生活素材，攫取了用之不竭的创作营养，更让他以独特的视角、多维的视野、高远的视觉，义无反顾地去拥抱黑土，体味生活，驾驭创作。加之他对生活的热爱，对文学创作的钟情，以及对社会的责任感，他仅用 4 年业余时间，伏案夜幕下，挥笔写人生，硕果累累。他勤奋地耕耘在文学的土壤里，用绣花功夫绣出了一个属于黑土地文学精神的精彩世界。在金融文学创作队伍里他是一名高产作家，创作了近 200 篇短篇小说，1000 多篇散文、随笔，其中有许多作品在全国获奖，短篇小说《这个夜》荣获“第三届中国金融文学奖”最高奖，《石漠山里的人》获得“金融人写金融事”征文小说奖，《古董的传说》《难》分别荣获金融文坛优秀作品大奖，他的作品受到了金融文学界的瞩目和社会各界的关注。所有这些都给了他在文学这条“通天大道”上越走越宽广、越走越久远的源泉和力量。

多年的生活阅历，多部门的工作经历，为维彬铸造了文学创作的“蓄水池”。黑土地及生活战斗在黑土地上的人们，构成了他笔下用之不竭的一个个动人心弦的故事，他用典型的生活来再现辽阔空旷的黑土之歌，记录生活在那片黑土地上的人们的发展史、奋斗史。他用清新的文字、个性的方言、细腻的笔法、多样的表现方式和有温度的意境，栩栩如生地刻画依靠黑土生存的众多典型人物形象，大跨度地书写每个人心灵里都忘却不掉的典型事件。他善于在描写自然、借力环境、搭建场面、烘托氛围和人物对话中把有血有肉的人物活灵活现地展现在人们眼前。经过黑土地洗礼的一群人，抑或是几代人，那善良、那开朗、那热情、那智慧、那勇敢、那执着、那豪迈，都流露在他的小说中，包含在他的作品里。他的每一篇作品，无论是小说还是随笔，读了以后都给我留下了对生活的回味和深刻的记忆，体现着斑斓的色彩和无穷的张力。

2018 年初，北方文艺出版社出版了他的短篇小说集《黑土情》，带着浓郁的黑土芳香，走向了市场，也走进了广大读者。在这部短篇小说集中精选收录了他 61 篇短篇小说，他的小说创作善于以小人物反映大事件，以精致的细节描写烘托大场面。有的书写了“闯关东”年代的悲壮历史，有的描绘了抗日战争时期黑土地上的百姓为民族事业而奋起抗争的感人画卷，有的再现了轰轰烈烈且又自强不息的垦荒岁月，有的彰显了人间纯净唯美的爱情故事，也有的揭示了与现代社会先进理念格格不入的社会现象，也有的反映了形形色色的百态官场。不管小说属于哪一类题材，在他的作品里始终站着一个具有时代特征的作者的影子。他用科学的、接地气的创作态度，对人格、人生、人性进行剖析和评判，这是一名具有正义感和责任感的作家必须具备的境界和精神。

众所周知，生活在大千世界，每个人都离不开自然和社会。作为金融工作者，重要的是要敢于承担社会责任。在举国上下开展轰轰烈烈的脱贫攻坚战这个重要的历史时期，维彬毅然决然地站在了这场输不起的“无烟战役”最前沿，深入到黑龙江省桦川县悦来镇苏苏村任驻村第一书记。他在脱贫攻坚一线开始了新的战斗，他所定点扶贫的苏苏村是一个让人头疼的软弱涣散村、贫困村、难点村、上访村，历史上曾经有过“血泪汗”三大教训。他和他的战友结合村情民情实际，探索实践了“抓党建促扶贫”的路子，提出了“扶心扶志扶风气，扶业扶才扶精神”，在抓班子、带队伍、扶志气、上产业、搞建设等诸多方面作出了卓越的成绩。通过他的苦心奋斗，彻底改变了苏苏村老百姓“等靠要”的思想，改变了苏苏村落后的面貌。他的扶贫事迹在黑土地上广为传颂，也得到了各级党组织的充分肯定，维彬在扶贫期间被评为龙江最美人物、最美农发行人、黑龙江省百名优秀驻村第一书记、黑龙江省分行文明家庭、佳木斯市“双十佳”书记，桦川县优秀驻村干部和优秀共产党员。可以说，他始终以一种积极、阳光的心态，如醉如痴地沉迷于扶贫大业，为壮丽的脱贫攻坚事业作出了突出贡献。

读了吕维彬的作品，我深深地感受到了，是人格的魅力赋予了他作品的感召力和生命力。他在驻村扶贫期间，利用业余时间创作了大量的驻村随笔，他把这些随笔汇集成《黑土恋——第一书记驻村记》一书，这是全国第一部由驻村第一书记亲笔创作的现实题材的纪实文学集。书中分为四大板块：驻村随笔、驻村日记、驻村专访、驻村经验。我看了这部随笔集以后，为维彬激情飞扬的文采所感动，为他的文学创作精神所感动，更为他追求扶危解困的意志和能力所感动。他新作中的随笔和日记，因为容量和含量都特别大，我不能逐篇进行品评，但每篇作品印在我脑海里的都是真实的画面、生动的场面。这本新书记录了吕维彬等扶贫干部辉煌战斗的“烽火”历程，通过苏苏村一个扶贫点，从深度贫困、艰难起步到脱贫致富，从党建统领到思想扶贫、健康扶贫、教育扶贫、金融扶贫、产业扶贫，从“两不愁”到“三保障”，从一个小村落发生的点点滴滴的小事情到中央实施的大决策，反映了脱贫攻坚战的全部概貌，体现了每一名驻村扶贫干部扛得住使命、担得起责任的品质和韧劲，也足见吕维彬在精准扶贫过程中付出的心血和汗水。正如他所说：打好脱贫攻坚战是党之大计、国之大策、民之大事，只能打赢，不能失败。他用洒脱靓丽、柔情似水的文字，记下了他对苏苏村贫困民众浓浓的爱、深深的情。

在这部新作中，他为作品配制了真实的照片、人物索引和苏苏村精准扶贫大事记，图文并茂，更使作品陡然增色。

金融扶贫是当前的热点问题，也是能唱大的戏，然而唱好这出戏不是一件容易的事。说实话，一名作家写好历史并不难，写好小说也不难，难的是如何写好当下，如何写好扶贫的精神境界，这需要作家拿出勇气和毅力，更需要作家的创作功底和赤诚情怀。维彬虽然在当地金融界和文学界已是颇具实力和颇有名气的作家了，但他在艰辛的脱贫攻坚战仍然不顾疲倦地笔耕于现实题材，在战斗中唱响伟大的时代赞歌，从中收获沉甸甸的果实，给人们留下了深思和启迪，这种在“火线”上坚持创作的精神值得推崇，更值得发扬光大。

说起金融扶贫，我和维彬可是相知相识，感同身受。我的长篇小说《天是爹来地是娘》，是目前全国最早反映金融扶贫的长篇小说。先是以《性命攸关》为题，在《中国作家》杂志发表，接着又被《长篇小说选刊》转载。许多人都认为贫困就是缺钱，最好、最实惠的方法就是给钱给物，银行扶贫，更是专业对口，多放贷款就会大功告成。一些地方干部也觉得靠着银行这棵大树好乘凉。作品以金融扶贫为主线，在灵与肉的交织中，深刻揭示了社会转型时期的美丽与丑陋、失落与救赎、激情与坚守。在精准扶贫的现实语境下，弘扬了以民为本的主旋律。深刻反映了人类与土地的生存关系，欲望与人性的博弈，人生与信仰的纠结，描绘了这片土地上的众生相，是为大地上的小人物立传。这些小人物的人生充满辛酸、悲苦、艰难，却又是一群生动而有趣、有血有肉的人。这是对自然的敬畏和对土地的礼赞。作品指明了扶贫的关键是扶人，当人觉醒了，扶贫就真的看到希望了。

“万山磅礴必有主峰，龙衮九章但挈一领”。习近平新时代中国特色社会主义思想，是立足时代之基、回答时代之问的科学理论，是我们金融作家们在新时代统一思想认识、凝聚意志力量、牢牢把握正确舆论的导向，唱响主旋律，壮大正能量，做大做强金融主流思想舆论和金融文学创作发展，提高金融文化软实力和影响力。我们的金融作家就是要以社会主义核心价值体系引领金融文化建设，带头讲正气、走正道、树正风。自觉承担起以文化人、以文育人的神圣职责，举旗帜、聚民心、育新人、兴文化、展形象，为服务党和国家金融事业作出更大贡献。长期以来，譬如吕维彬一样的广大金融作家积极投身金融事业，直如朱丝绳，清如玉壶冰，扎根基层，辛勤劳作；他们守德而忘势，行义而忘利，修行而忘名，赢得点赞；他们激浊扬清、大爱无疆。用情感抵挡岁月风尘、抵达心灵圣殿，将金融人生的起起落落付诸笔端，用笔墨的芬芳，丰润的情思书写着金融人的酸甜苦乐，对金融事业进行着深层次的思考，追求探索生命的意义。

风雨砥砺，岁月如歌。文变染乎世情，兴废系乎时序。广大金融作家要紧扣金融行业特点，丰富创作内容与成果，进一步提升金融文艺作品的感召力和影响力。诚如维彬，不仅要做好金融事业现代化建设的建设者、见证者，还要做好金融时代精神的倡导者、宣传者，向社会传递金融事业的正能量，为金融事业举精神之旗、立精神之柱、建精神家园，更好地传递金融事业工作生活的真善美。

就在我作序快要结束的时候，忽然耳边回响起一曲感人肺腑的歌谣，听来使人禁不住热泪盈眶：

嫂子，借你一双小手，捧一把黑土先把贫穷埋掉；嫂子，借你一对大脚，踩一溜山道再把富裕送到；嫂子，借你一副身板，挡一挡太阳我们好打胜仗；噢，憨憨的嫂子，亲亲的嫂子，我们用鲜血供奉你；噢，黑黑的嫂子，噢，黑黑的嫂子，黑黑的你……

是为序。

2018 年 12 月 19 日
于北京金融街中国银保监会大厦

梦远，脚步就会行得更远

——邓德林诗集《梦远行舟》序

——梦远，脚步就会行得更远“荷风送香气，竹露滴清响。”在这深秋时节，我收到了邓德林先生的诗词稿件《梦远行舟》，这是他即将付梓的一部格律诗词集，按主题分为人间情暖、时代颂歌、深厉感悟、品味风情、生活物语五个篇章。

细品诗词，一股浓郁的故乡情怀萦绕心头，将我的思绪牵引到了他的家乡洞庭湖畔，字里行间充盈着他对乡土、对乡亲无比的热爱；在讴歌时代的篇章里，处处充满了强大的正能量，让我感受到他对党无比的忠诚与对组织无比的热爱；在后面三个篇章，他以生花的妙笔，用心记录工作与生活的轨迹，用情抒写对事业对同事率真的性格与心灵，使我领略到他心中的另一片苍穹，让我感叹他功夫在诗外的独特风景。

时至今日，我与德林先生未曾谋面，但我从金融作协众多文友的仰慕与推荐中，早已知晓德林先生既是湖南农信系统的主要领导，还是金融文艺界的诗词名家。我们神交已久。还有一点更重要，我曾经在山西大同信用社工作多年，“三农”的热土和信用社的工作与生活是最接地气、有人气的，也是最有人文情怀和朴实情感的，2000年我创作出版的长篇小说《原上草》，就是全国第一部为农村信用社树碑立传的作品。前些日子，我在安徽合肥参加了《中国农村金融》杂志社的表彰和培训活动，亲自为湖南农村信用社的获奖单位和先进个人颁奖，也深知一直以来湖南农村信用社系统是全国农村金融先进文化和文学创作的繁荣之地和杰出代表。早在二十多年前，湖南农村信用社就创作拍摄出了全国第一部反映农村信用社改革发展恢宏历程的电视剧《捧起太阳的人》。这样一来，我与德林先生有着同样的农信情缘、同样的文学情怀。无论是站在金融作协负责人的角度，还是我们共同拥有的农信情怀，我都应该为德林先生诗词集出版增添馨香一瓣。

细品呈现在面前的这部诗词集，每首作品既是德林先生人生追求轨迹的展示，也是他品读人生的心得体会，还是他对社会景象的思索与感悟。他作为省级大型金融企业的负责人，又非文学专业科班出身，却对诗词有如此深厚的功底与造诣，还能积攒下这么多诗词作品，实属难得。

透过德林先生的作品，得知他和我一样，都是一个地地道道的农家子弟。大学毕业后，他在共青团、地方党委政府、企业多个岗位历练，凭借勤劳、实干、智慧，他走上领导岗位。由于经历的事较多，所以他的作品在题材上选择甚广，既有与人唱和的，有托物言志的，有感事抒怀的，有咏史说今的；也有回乡行、新人赋、离别情、边关韵；还有对祖国繁荣昌盛的欣喜和面对复杂时事的沉吟低回，可谓题材多样，风格迥异。诚如古人所说：“诗有史，词亦有史，庶乎自树一帜矣。”

德林先生的诗词来源生活。在百多首诗词里，没有无病呻吟，没有矫揉造作，没有空洞编造，每首都来得自然，来得真切，来得饱满，在自然中抒写情怀，在激情中讴歌时代，在炽热中品味生活。如《渔家傲·再别康桥》：“轻轻走来轻轻了，彩云招手柳含笑。青荇水柔波影照。康河道，撑支长篙渔家傲。悄悄别离笙不啸，夏虫沉默伏浮藻。夕照彩虹无限好。康桥杳，海枯石烂心不老。”即便是客观的事物，在他主观情绪的意境里，也变得如此美好，如此韵味十足。

德林先生的诗词在艺术格调上清新而脱俗。无论是诗还是词，无论是写景还是写事，总给人一种春风拂面的感觉。如《定风波·挂职千山红》：“春夏潇潇雷雨声，崎岖曲折乃前行。轱辘四轮不胜马，谁怕？康庄大道有新生。万顷蔗田添嫩叶，甘洌！葡萄花盛溢香迎。碧血丹心时警醒，坚定！不经风雨怎还晴？”原本是前往路途遥远的地方挂职，但其心境却在使命中豁然开朗，随之而来的是在坚定中充满新生的力量，这种力量既有组织对他的培养，也有他发自心底不负组织栽培的强大动力。在《五绝·农趣十首》诗作中，通过对插秧、扮禾、煮饭、酿米酒等场景的描写，真实而又自然地反映了农家生活，其情感鲜明，诗意深远，一句“醉美在家乡”，表达了德林先生浓浓的怀乡之情，同时通过这些场景的描写，将农民群众的生产生活刻画得栩栩如生、淋漓尽致。尽管描写的事物与场景非常细小，但从诗句中可以读出他不忘初心、永葆本色的精神品质。

德林先生的诗词背后还融入了生动的故事。如《忆江南·踏征程》《霜天晓角·家乡的油菜花》《鹧鸪天·大干冬修水利》《武陵春·芙蓉镇》等诗词，既抒写了诗词的创作背景，又写清了内心深处的那片天空。“青石板街百回转，豆腐米香留。小小背篓笑晃悠，木叶传情柔。”短短一行字，既展现了场景，又反映了民俗风情，尤其是背篓的故事引人入胜，木叶传情柔的意境令人回味无穷。

最为可贵的是，德林先生的诗词饱含深情。这一点，缘于他对生活的无比热爱。因此，他写的每一首诗词，字里行间蕴含深情，读来让人感慨万千。《点绛唇·航天英雄》《蝶恋花·惊闻汶川噩耗》等，这些诗词，他站在一定的高度来审视、抒写，表现了改革开放以来的丰功伟绩，同时又通过对人物与事件的描写，表现了祖国的繁荣富强。在题材的选择上，抓住了关键的人和事，以对人对事的深度刻画与抒怀，将时代情怀与时代精神浓缩于笔下，让波涛汹涌的改革在诗词中绽放光芒，让遨游太空的壮举在情感中豪唱，让十亿人民对汶川的悲伤留下永恒的记忆。这些诗词，敞开心扉表达情怀，具有极强的感染力和强烈的现实意义。

值得一提的是，德林先生的诗词是很有个性的。他诗词中的每一首游记，都融入了他对大自然、对祖国大好河山的赞美。大千世界，纷繁复杂；文化经典，灿若星河。泱泱中华是诗词的国度，古典诗词是中华传统文明的瑰宝与文化的结晶，德林先生的诗词就是百花园中最具特色的一朵花。真心期待德林先生的诗词集《梦远行舟》散发芬芳，清香远溢。祝福德林先生，他的梦远，他的诗词小舟定会行得更远……

是为序。

2021 年 10 月 19 日

于北京金融街中国银保监会大厦

精美的石头会唱歌

——石会文先生长篇小说《风云劫》序

石会文先生给我的最早印象，就是一位银行家。认识时间久了，才发现，石会文行长原来还是一位作家。

从石先生的网名石头，让我不由得想起了一个电视剧的主题歌《有一个美丽的传说》，精美的石头会唱歌。对于石会文先生来说，应该是，精美的石头会作文，只要你把它记在心上啊，山高那个路远也能获得。

文学创作，对石先生而言，是一个年轻的词汇，因为他的文学创作之路仅只八年。八年，在历史的长河中只是眨眼之间，短得连身影都看不见。

石先生谦虚低调，深藏不露。在职期间，一门心思都扑在银行工作上，退休了，他却是厚积薄发，力作如波，一浪高过一浪。记得有一次我们聊天，我很好奇，问起他多年坚持创作的缘由，才得知，点燃他文学创作之光的仅是一次不经意的冲动。2017 年，他的家乡小镇环境污染严重，民怨沸腾，先生虽久离故乡，但家乡情节未了，也想为民鼓呼，便写了一篇散文《沙湖散记》，文章很长，4000 多字，仅在网上发表了。让先生没有想到的是，不到二十天文章的阅读量竟有数万之多，先生格外兴奋。先生说，当时他像范进中举一样的意外与惊喜。第一篇文学作品就获得了满满的收获，不禁增强先生从事文学创作的兴趣与勇气。

于是，他开始了学习文学创作，学写散文。没有想到，从此一发不可收拾，一篇一篇的散文在网络平台上发表，有的还刊登在省级以上报刊上，有的文章还获得一、二、三等奖。连他自己都不相信，他的散文如此受读者欢迎。

2022 年先生的散文集《那是白鹭飞翔的地方》由武汉出版社出版发行了，28 万余字，60 余篇，几乎都是描写家乡的一街一阁，一水一滩，他写乡景、乡物、乡韵、乡史、乡俗、乡事、乡人、乡贤。先生在武汉生活工作了四十余年，武汉算是他的第二故乡，所以写了很多关于武汉的散文，深得专业人士的好评与赞誉。先生却笑言，这是瞎猫碰上了死老鼠。

先生从事文字工作大半辈子，虽然从来没有涉足过文学创作，但他厚重的驾驭文字的能力，为他的文学创作奠定了坚实的基础，这是不言而喻的。

先生说他的成功是家乡情怀之使然，他是怀着一颗虔诚的、挚爱的心写家乡的，把自己的心路融入家乡的景和物、人与事，与家乡共鸣，叙说衷肠，岂有不感动乡人的。

前几年，先生又开始学习古典诗词和现代诗歌的创作，从2020年到2024年的四年间，他创作了近1000首古曲诗词和300余首现代诗，其中的艰辛是可想而知的。先生从中选择近500首古曲诗词，由中华文化书局出版了诗词集《溪客诗语》并选择了200余首现代诗由中国现代出版社出版了现代诗集《微尘》。时下又由中国文化出版社出版的30万字的长篇小说《风云劫》即将面市。

先生在近八年的时间里，完成了四个第一部，第一部散文集，第一部诗词集，第一部现代诗集，第一部长篇小说，足见先生文学修养的广阔与丰厚。一个年近八十的老人，在这么短的时间里，先生像一头不知疲惫的老牛，在文学创作的泥土里默默耕耘，完成这么多的创作成果，着实令人感动和敬佩。

《风云劫》这部小说全景式地展现旧中国民族工业发展的艰难与辛酸。小说的主人公马成，是从农村放牛娃成长起来的20世纪30年代汉口的船业大亨，他的传奇人生，折射了当时社会的黑暗与畸形，导致马成的悲壮人生。小说50节，三十余万字，故事情节曲折，可谓九曲回肠，峰回路转，柳岸花明。其情节如刀尖起舞，险象环生，令读者难以释卷。小说描写了主人公马成久经磨难，虽九死一生，仍百折不挠，愈战愈勇，不改初衷。主人公的智慧、胆略、忠诚、宽厚与善良令人敬佩。

马成为了他的事业，吃尽千辛万苦，忍辱负重，笃定励志。为了民族和国家的复兴，不惜抛尽家产甚至生命，体现了一个中国的红色商人的高贵品质。其中不少可歌可泣的情节，令人肝肠寸断，悲叹不已。

同时，小说通过错综复杂的矛盾纠葛的描述，深刻地刻画了当时社会芸芸众生的不同心理、思想和利益冲突与交锋，展现了爱情与仇恨、欢乐与悲伤、国家与事业家庭的情感纠葛的社会现象。正如中国文化出版社评价先生的《风云劫》所说的，《风云劫》是一部商战与革命的交响曲，不仅剧情紧凑、引人入胜，人物形象也非常鲜明，情感纠葛真挚动人。作者巧妙地将个人命运与国家兴亡紧密相连，多线叙事与历史齿轮的精密咬合，历史大事件与个人命运的同频共振，让读者在追寻马成成长的同时，也深刻地感受到那个时代国家的苦难与希望。这是一部跨越历史洪流、深刻描绘国家情怀的优秀作品。

《风云劫》这部小说，有三个显著的特点，也是先生写作风格的标新立异之处。

一是小说尤其注重主人公马成成长过程的时代背景的交代与思考。先生所写的不是一般的、较小的时代背景，而是一个宏大的、广阔的历史时代背景。将主人公马成放在这样的时代背景下，展现了马成成长的大格局、大视野，有利于马成社会地位、社会形象的显现和提升，是一种大格局、大智慧的展现，并非一个普通的商人，仅仅拘于商业，从而使主人公的成长更契合时代发展的齿轮。

如马成年纪轻轻便参与了康有为东渡日本的逃亡事件，他的机智、沉着和从容让康有为刮目相看。在收购汉口轮船局的过程中，马成审时度势，正是抓住了晚清财政枯竭、被迫廉价出让国有资产的机遇，才以较小的自有资本获取数倍投资的收益，这不能不说马成是一个商业奇才，真应了乱世出英雄的道理。倘若没有对当时清政府腐败羸弱，朝廷财政枯竭时代背景的交代，哪有国有资产半价出售的乱政，马成就没有合理合法发国难财的机会。也许，时势造英雄就是这个道理吧。我经常说，写人物，不管大小，都要放在时代的大背景下。小说中对时局的陈说并非多余，是为马成的成长作铺垫的。所以小说中多次出现一些大的政治背景和事件，都是为描写马成成长服务的。如八国联军侵占北京，光绪、康有为的戊戌变法，抗日战争爆发及武汉保卫战等，都让马成参与其中，在血与火的战斗中成长，大大提高和丰富了马成的人物形象。

二是虚实结合，虚虚实实，实中有虚，虚中见实。先生运用这种手法，主要是增强小说的真实感、可读性，以乡情为线，尽量将读者带入书中，让书中的故事去感动读者。

马成的原型就是曾经汉口轮船大亨江秉诚。江秉诚出生于湖北沔阳沙湖余家场，读过私塾，放过牛，当过学徒，与小说中的马成描写的经历基本一致。马成跟随舅舅王洪盛在汉口轮船局从水手做起，直到轮船公司总经理的经历，也与江秉诚的经历基本一致。王洪盛确系江秉诚的舅舅，也是汉口轮船局局长，江秉诚就是在王洪盛的培养下从水手到局长的。小说中的王洪盛真有其人，包括翰林李跛藻、湖广总督张之洞、汉口市长刘文义、汉口洪门帮主杨庆生等，小说中出现的很多人都是当时真实的历史人物。这些真实人物的出现在小说里，可以很好地衬托小说故事的真实性和感染力。这是先生创作手法大胆与灵动，给读者一种醉于真实的情感体验。

除了人物的真实性以外，小说中还尽量做到地名的真实性，这些真实的地名很快将读者的情感带入小说的环境中来。如沙湖镇、余家场、积家嘴、四官殿、汉正街以及歆生路、昌阜路、汉阳门、户部巷、黄鹤楼、巴公房子等，都是真实的历史地名与记忆，小说会一幕幕地带着读者，出现在他们熟悉的地方，寻找家乡的故事与情怀。这是将读者与小说紧密融合的有效方式，也是先生的初衷，让小说拉近家乡，让家乡记住小说。

三是小说在制造矛盾时，尽量避免了平铺直叙，一个回合解决“战斗”的单调。

文似观山不喜平。小说总以九曲回肠、峰回路转、柳岸花明的方式呈现。时常把情节推向高潮，接着又跌入谷底，绝望之中又展现新的生机，让读者回味无穷。如马成去嘉鱼收款途中，化解土匪打劫的危难，竟是一块黄巾，这给读者留下悬念。马成刚刚从土匪那里劫后余生，又遭到官兵以乱党分子追杀，迫使马成两天四渡长江。在被官兵砍头的绝望之际，却被分别多年的哥哥相救，这些传奇让读者提心吊胆，欲罢不能。

在马成收购汉口轮船局的过程中，更是险象环生，一波三折，令人窒息揪心。马成费了九牛二虎之力，用尽心机，以空间换时间的手法，好不容易筹齐了收购资金，却遭到同行李德隆的搅局，结果让马成的资金再次出现缺口，于是引出了马成黄州筹款的故事。资金缺口刚刚筹齐，却又遭到汉口知会大人儿子倚仗权势，横刀夺爱，强迫马成退出，幸得张之洞秉公执法事情才得以平息。当正式进入拍卖之际，同行李德隆与警察勾结，制造了一起车祸，致使马成错过拍卖会。正当马成绝望的时候，由于拍卖师突发疾病，拍卖会因故推迟，马成又重获机会。拍卖成功后马成在办理财产转让手续时，又遭到办事人陈金华的刁难吃黑，幸好马成早有准备，以其贪腐之嫌制服了对手，最终转让得以成功。

所以小说中马成的每一个成功，都是他以惊人的胆略、智慧与坚韧获得的，让马成的人物形象更加丰满。

退休后的石会文先生身体一直不太好，十年的病魔让他耽误了很多宝贵的时间，可他初心如磐，意志如钢，把文学创作当作自己的精神支柱。精诚所至，金“石”为开，他让石头唱歌、让石头开花、让石头书文，成为一名勤奋真诚的作家，站在时代潮头，回应人民期待，书写家国情怀，赞颂人间大爱，以“石”为笔，书写新时代更加美丽的传说。

是为序。

2025 年 3 月 27 日

于北京金融大街办公室

故土里面有文章

——许会斌文学作品集《神秘的故乡》序

《神秘的故乡》，确实很神秘。因为是一部涵盖作者散文和诗歌的文学作品集锦，也是一部涉足历史、生活、名胜古迹和自然景色等领域的知识大餐，更是一部极具家国情怀的系列美篇。该书的出版，对丰富社会认知、增进文学修养、快乐旅游生活、热爱美丽故乡、开阔知识视野等，都将是一部很好的课外学习教材，也会对普通劳动者的健康快乐生活方式产生积极的示范效应。

该书的作者许会斌先生，他是我的师长，更是银行界的元老和专家。我与会斌先生接触也有五六年的时间了，他给我的深刻印象是，经济金融理论功底深厚，经营管理经验丰富，文字综合能力极强，善于捕捉新生事物。他思想敏锐，学识渊博，爱好广泛，多才多艺，特别具有较高的政策理论水平、工作实践经验、厚实的文学基础和精湛的写作水平。据了解，他在中央、国家级报刊和媒体上发表了数百篇专业论文，出版了十数部专业著作，他很早就获得了国务院政府特殊津贴专家称号，在银行系统享有名气。不仅如此，他在文学研究上狠下功夫，也有一定的造诣。仅退休后，就在各种报刊和微刊上发表了上百篇散文和诗歌；还著有《甲子往事》和《说商道帮》等文学专著，是个不可多得的金融和文学奇才！

《神秘的故乡》一书，收录了会斌先生80多篇文学作品，包括散文、诗歌和文化综论。他虽然退休了，但笔耕不辍，坚持每天写作，既锻炼思维，又丰富生活，日夜活跃在文坛上。他撰写的文学作品，深受广大读者的青睐，我隔三差五都会收到和看到他发表的新作品，我为他在文学上的勤学苦练、不懈努力、脚踏实地的追梦精神所感动！

看了会斌先生许多作品，我有一个深刻的感悟，就是他无比热爱生活，热爱家乡，拥抱大自然，酷好文学研究和探索，更用他孜孜不倦的笔头，讴歌着社会生活的各个方面，得到了文学爱好者和广大读者的一致好评。俗话说，“功夫不负有心人”，去年，他被《当代文学家》杂志社评为“2024年度优秀作家”；诗歌“我站在宝塔山前仿佛看见”，获得了“朱自清新文学奖全国文学作品大赛”特等奖，鹤立群雄；还有散文“神秘的故乡”，被《当代文学家》杂志总第 18 期收录；诗歌“我爱这神魂颠倒的大海”，被《中国诗刊》收录。他写的作品，无论是散文还是诗歌，都散发着泥土气息，与社会生活实践密切相连，粘泥土、带露珠、冒热气、接地气、有人气。

这次出版的《神秘的故乡》，绝大部分作品是会斌先生退休后写的，所以他的退休生活十分丰富和快乐。从他写的散文作品来看，这次收录了 60 多篇，不难看出，他兴趣广泛，既有对往事的回忆、故乡亲人的眷恋，也有对职业生涯的感悟；既有对大好河山的钟情倾诉，也有对新事、新词、新市场的初步鉴赏。从他写的诗歌来看，这次收录了 18 篇，丰富多彩，豪情满怀，既有对红色景区和革命先烈的讴歌，又有对名胜古迹的叫唱；既有对大自然美景的欣赏，又有对现实生活中普通一兵的追忆，很好地实践了习近平总书记“以人民为中心”的思想要求。可以说，这本书集思想性、文学性、生活性和现实性等为一体，是一部难得的文学作品套餐。

我经常跟许会斌先生说，许会斌，就是许先生会文能武。确实，现在的许会斌先生已是金融界乃至文学界的知名作家、诗人，但他还是老当益壮、孜孜以求。祝福会斌先生持续努力，不断进取，写出更多更好的作品。

每个人都有故乡，许会斌先生的故乡神秘有趣，究竟有什么秘密，谁看谁知道。

是为序。

2025 年 5 月 1 日

于北京金融街国家金融监督管理总局

中国金融工会金融文联办公室

刺桐花开灿若霞

——王炜炜长篇小说《绽放》序

去年年底的北京，虽说天寒加疫情，但中国的作家们心里都燃着一团团火热，中国作家协会第十届全国代表大会胜利召开，习近平总书记亲临大会作的重要讲话，让作家们精神振奋，信心倍增。会议期间，参加讨论的王炜炜和我谈起她的创作计划，说她的长篇新作《绽放》已近完稿，有家出版社也支持出版发行，希望我届时给她的新书写个序。我当时就建议她找个名家大家作序，因为我觉得她已经不是当年的“丑小鸭”了，这些年的学习历练和创作成果，她已经成为一名很优秀的作家了。记得多年前，我为她的长篇小说《黑白蝶》作过序，但她现在已经从过去的“稚嫩小苗”蜕变成了“满树繁花”，正在迎风摇曳，绚丽“绽放”。但她还是坚持要我来作这个序，她说，首先这本书是金融题材，其二她是金融系统扶持培养起来的作家，这个序还是由我来写合适。看她满是真诚，我也不好再推辞，应下了。

翻开这本近三十万字的长篇小说，我满目惊喜，眼前下意识地摇晃起了泉州的刺桐花。记得炜炜是在泉州出生成长的。有一年，我随中国作家协会采风团到泉州，就看见过作者在小说中多处提到的刺桐花。刺桐花花形硕大，花红似火，灿若朝霞。作者将金融人喻为绽放在“国之大业”——中国金融事业的大树上的刺桐花，正是有了无数努力奋斗的金融人，中国的金融事业才会蒸蒸日上，蓬勃发展。看着迎风绽放的刺桐花，我的眼前满是美景……

美景之一：这是一本金融人写金融事的现实主义长篇力作。

习近平总书记在中国文学艺术界联合会第十一届全国代表大会、中国作家协会第十届全国代表大会上的讲话中指出，文艺事业是党和人民的重要事业，文艺战线是党和人民的重要战线。金融是经济的核心，也是文学创作的重点领域和不竭的创作源泉。尤其是在当前如此重大、深刻的社会变革中，如何讲述中国金融故事，发出富于影响力和感染力的中国声音，是当代中国金融作家面临的巨大的机遇和挑战，也是当代中国金融作家的光荣所在。我们欣喜地看到作为金融行业的作家，王炜炜正用自己的努力用情用力讲述着精彩的中国金融好故事。

王炜炜有着20多年的银行工作经历，《绽放》一书所写的人与事都是每个银行工作者所遇到的或正在经历的事。因此，小说中的场景和事件都是金融人所熟知的，既有一个银行人日常工作的平凡与琐碎，也有金融助力乡村振兴等重大题材的展现。作者塑造了一群有血有肉，丰富饱满的金融人，她写出了金融人们锐意进取、努力向上的工作状态，也写出了他们失意时的痛苦和烦恼，成功时的幸福和喜悦。在书中，我们看到老一代金融人的担当与付出，也看到新一代金融人的聪慧与不凡。

美景之二：这是一部很好看的长篇佳作。

大家知道，故事是一切小说不可或缺的最高因素。英国著名的小说家、散文家和文艺评论家爱·摩·福斯特说："小说就是讲故事。故事是小说的基本面，没有故事就不成为小说了。"莫言也说，他的小说就是讲好故事。小说的故事性，不是浮在生活表层，对生活缺少感悟的俗套故事，它应该有着深广的社会人性内涵和揭示的力量。我也曾多次在文学培训讲座上强调，小说就是故事，故事就是事故。王炜炜的这部长篇小说，就很好地践行了这一点。

许多人都清楚，金融题材的小说不好写，一不小心就会写成了金融知识的教科书。而王炜炜笔下的金融故事以现实为基础，有情节、有生活、有味道，人物形象饱满、性格鲜明——让人读后难以忘怀，属于好看的小说。许多人不敢写金融小说，怕它枯燥无味，确实有些金融小说被写成了金融知识的"教学流程"。炜炜的小说就善于讲故事，记得当年她所写的《黑白蝶》，足以吸引人、打动人，情节安排曲折动人，百转千回，让人看了放不下。

《绽放》的小说结构是大故事套着小故事，每个事件或人物甚至都可以独立为一个中、短篇小说。大故事从吕清由惠民银行省分行人事处处长调任云海分行行长开始，一个漂亮的女行长本身就是故事。作为一名"金融卫士"的女儿，吕清有着对金融事业的热爱、对工作的勤勉，也有着面对困境时的疑惑与抗争。吕清无疑是作者笔下的最完美的人物形象，她外形美好，心灵更美好，无论在什么样的环境中，她始终善良正直，初心不改，"出淤泥而不染，濯清涟而不妖"。吕清是作者精心塑造的人格的标杆，当人们在人生旅途中载浮载沉的时候，她的存在，就是在提醒人们，任何时候，尊严不可丢，底线不可丢。

大故事中串着许多金融人的小故事。无论是"海归博士""字画之迷""消失的存款"，每个故事都以活生生的现实为依据，加上丰富合理的想象，将矛盾冲突写得真实生动，人物性格饱满，可信可亲，加上闽南风土人情的烘托，让人感受到了文本的真实性与小说的可读性。小说中人物对话符合人物身份与时代背景，人物和场景的设置都显示作者扎实的文字功底与创作实力。

美景之三：这部小说写出了人性之美。

作者身处金融系统，却不被金融系统所囿，而是通过自己的方式写出了现代人共通的深层的人性质地。

早些年，《金融时报》给王炜炜写过一篇专访，我记得专访的题目是《愿文字给人温暖与希望》，我的解读是，这也是她的文学理想。其实，我们从她的已往发表过的文字中不难看出，她对生活的切入方式，始终带着一种悲悯，也带着一种面对自我的自省。在她的新作《绽放》中，这种悲悯情怀更为明显。读完整部小说，发现数十人小说人物个性鲜明，有张力，却没有一个“坏人”，这才是生活本来的面目，生活中极端恶的人有，但绝大多数的人都是平平凡凡的普通人。拿金融系统来说，贪腐的领导有没有，肯定是有，但那是个别现象，不代表普遍性。在现实生活的金融人，无论是手握重权的行长，还是普通的柜员，他们都是在努力地工作，为社会奉献自己才华与精力的同时，为自己和家人谋得一份安稳与体面。

当然，作为一个好看的小说，不可避免地要写到矛盾与冲突，《绽放》中也有这样的“负面人”，比如，把手伸向客户存款的关红，是全书中唯一走向犯罪的人物。在作者笔下，关红的人物性格极为复杂，既有在困境中的坚忍，对爱情的坚贞，也有突破底线，贪污公款不良之举，但作者通过吕清对她人道主义的帮助来表现对她所作所为的谅解；比如，喜欢向领导当面挑战的李智，在所有人眼里就是一个爱发牢骚的“刺儿头”，然而，吕清却发现了他的长处并很好地激发了他的上进心，最终李智靠自己的努力赢得了大家的认可。从小说中，我们读出了作者对金融事业及金融人的热爱，读到了人性温暖与良善，所以她必然打动读者，从而也成就了作者自身的小说艺术。

不忘初心，方得始终。王炜炜作为中国金融作家协会第一批会员，第一位鲁迅文学院高级研究生班的作家，中国金融作协较早加入中国作协的会员，中国金融作家协会第一届、第二届的副秘书长，她在努力成就自己的作家梦的同时，利用自己的写作才华，也在积极参与她任职的农发行的企业文化工作。她编剧的在中国金融工会第二届“金融人、金融事”微电影的大赛获奖的微电影《爱到花开》，在全国金融系统和社会各界引起很大反响。故事表现的是金融服务创新期，在领导、同事的共同努力下，银行员工成功化解了一笔风险贷款的故事，较好地诠释了农发行人爱岗敬业的精神，为人们打开了一扇了解农发行“服务三农”的窗口；她撰写的“第二届全国金融道德模范”袁文华的长篇报告文学《一盏明亮的灯》在全国多家媒体发表，弘扬了先进精神和时代主旋律，得到了广泛的好评。

与此同时，王炜炜积极参与中国金融作家协会的领导和服务工作，还在泉州市作协担任了职务。她是《中国金融文学》的编辑，参与编辑中国金融作协的大型文学丛书《当代金融文学精选》；从 2015 年 5 月起，她负责主编的“中国金融文学公众号”，每年编辑发表了全国数百名金融作家的数百篇作品，为繁荣和发展我国的金融文学做出突出贡献。近几年，她所负责的中国金融作家协会福建创联组，在中国金融文联、中国金融作家协会和福建金融文联的指导下，主动发现和培养福建金融界的文学爱好者，积极开展文学活动，向中国金融作协和上一级的地方作协推荐文学人才，主持编辑“闽金文苑”公众号，为福建金融作家营造和谐的创作家园。2021 年 12 月，她作为金融作家行业代表，参加了中国作家协会第十届代表大会。

清泉如许为有源头活水。用纯净的心，用干净的笔，写纯粹的诗歌、散文和小说，需要热爱、勇气、执着和痴迷，王炜炜无疑是这为数不多的执着者和守望者之一。她说，写作是她内心的需要，也是她超脱人生困惑的自我救助。写作记录了她对生活、生命的体验，丰富了她的内心生活，使她不沉沦于平凡与琐碎，促使她对生活进行了深层次的思考，追求探索生命的意义。小说《绽放》书本合上了，我的心底却仍然在绽放。我在想，王炜炜不也是一朵绽放在金融文学大树上的刺桐花吗？我相信，只要她立足金融文学的沃土，不懈努力、勤奋耕耘，这朵刺桐花一定会开得更加灿烂多彩。

是为序。

2022 年 3 月 4 日
于北京金融街中国银保监会大厦

大东乡涌起的齐天洪涛

——齐洪涛长篇历史小说《大东乡轶事》序

当我们打开长篇历史小说《大东乡轶事》，仿佛穿越时空，回到了那个激情燃烧的岁月，细细品读，从大东乡扑面而来的火热氛围，使人渐渐忘却了漫漫寒冬之萧瑟凄凉。我很惊讶一位长期工作在农村金融一线的人，能如此执着、如此坚定、写出如此宏大且荡气回肠的长篇小说。读过之后，你就明白了，他笔下生风、化雨，飞扬着一幕幕令人耳目一新、壮情怀、催奋进的美文华章，这是一位真正热爱文学、热爱生命、追求光明的作家所吟唱出的心中的歌。

齐洪涛的写作特点鲜明：文风正、格调高、立意深远；文学功底深厚，文字表达准确。他的文笔既有清若山泉的节奏，又有重如山石的气势。这些特质看似简单，实则难得。这些特点的养成，其实都跟他的生活和工作阅历密切相关。

我和洪涛相识较早，北京和天津尽管不远，但因各自工作繁忙，我俩见面不多，大都是电话和微信联系。通过多次相互交流，我得知，洪涛出生在天津市静海团泊洼地区，大东乡泛指天津以南到鲁北地区，渤海西海岸，解放前此区域土匪、海匪峰起，为害一时，这一时期的土匪、海匪，占据一方，形成了不可小视的武装力量，“羊三木、吕家桥，燕过也要拔根毛，爷们不在家，娘们也不饶，有心过河淌，还有周青庄，有心绕道走，还有马棚口”。意思是到处都是土匪，防不胜防，这是当年家喻户晓顺口溜。尽管团泊洼也属于东大乡，但没有土匪，却曾是被土匪祸害过的地方，这片土地辽阔而荒凉，盐碱滩上生长着黄须菜和红柳，前者是穷人的救命菜，后者则是农民的宝贝。红柳耐寒、耐碱、耐干旱，长在盐碱滩上一墩一墩的，每一墩都像一个巨大的伞。深秋柳条呈紫红色，长度1.5米左右，它是农民的宝贝，篾匠用红柳编织各种生活用品，如篮子、篓子、筐子、簸箕等。红柳是天然形成的，置身荒原，远远望去一墩墩红柳像一道亮丽的风景线，从近处看一条条红柳在微风中摇摆，从远处看像天边的火烧云。这种天然生长的红柳和大洼里的人一样朴实，人们下洼种地都会肩背着红柳编的筐，据说红柳有辟邪的作用，红柳成了大东乡人吃苦耐劳，坚毅的象征。

人吃苦多了，就会产生对美好的渴望，于是齐洪涛喜欢上写作。一个人在困苦的生活中需要精神层面的东西多，特别是正能量，只有正能量事物才能让人有活下去的勇气，这是他爱上写作的重要原因，写作能让他静下心来思考，思考人生价值和意义。洪涛是一个土生土长的团泊洼地区的人，对这里的一草一木都充满了深情，对这里过去发生的一切，都会牢牢地印在他的记忆里，他把一个个故事记录下来，每一个故事都像一个珍珠，再把每一个珍珠穿起来就成了他写的小说，他见证了这里人性的真善美，也见证了人性中的假恶丑，无论如何都不能影响对故乡的爱。正是这片土地孕育了洪涛的写作热情，带给他万般情愫，一纸灵气。

小说的主人公韩世元是大东乡的地主，他的地主武装完全是为了自保，华北沦陷后，打着各种抗日旗号的土匪武装，盘剥百姓、鱼肉乡里，韩世元成立了自卫队，逐渐成长为一支抗日的力量，从经济战和正面交锋中多次重创日伪军。这是一部反映地主武装抗日的故事，在我党的影响下觉悟进步，有一定的历史价值。展现了小人物在抗日斗争中波澜壮阔的历史画卷，从人性的角度揭示出真实自我。日本投降后，自卫队成员走向了不同的道路，他们的后人在不同的历史时期也命运各异。社会在发展，人类在进步，他们的命运与祖国的命运息息相通，融入了社会的大发展。文末《家乡的红柳》是小说的后继，作为后续仍耐人寻味。

洪涛从大东乡汲取的，显然不仅仅是这些有限的文字，而是大东乡的精神——美好、善良、宠辱不惊、威武不屈。他把故事写得风生水起、跌宕起伏、情真意切，通过他丰富而细腻的文字给予我们强烈的触动。我们常说，人情对镜自有悲喜，故事看似书写的是大东乡的烽火往事，实则写的是整个中国抗战时期人们的困境、期待与追求，是一个时代的缩影。当我读完这部小说时，中间数次泪目，感觉自己似乎已融化进大东乡，成为大东乡的一分子，而大东乡又化作一个精灵，融进灵魂，成为生命的一部分。

人生有不同的姿态，而不同的选择则让我们走上了不同的道路，走上了不同的归宿，也看到了不同的风景。如若想要看到这人世间与众不同的瑰丽风景，须得攀上常人不曾到过的高山，渡过常人不曾走过的险滩。洪涛与大东乡血脉相连、心心相通。他讲述的不只是那个久远的年代，更是一种人间大爱、人生应有的信仰和追求。书中的一切，人性的自尊、自强与自信，人生的苦难、拼搏、挫折与追求，甚至痛苦与欢乐都让人感同身受。我们不仅感受到了大东乡精神，更是深深触摸到了那跳动不止的大东乡之魂，这些都是洪涛的真性情和真灵性的显现。

清人方士庶在《天慵庵随笔》里说："山川草木，造化自然，此实境也。因心造景，以手运心，此虚境也。虚而为实，是在笔墨有无间。故古人笔墨据此山苍树秀，水活石润，于天地之外，别构一种灵奇。或率意挥洒，亦皆炼金成液，弃滓存精，曲尽蹈虚揖影之妙。"我想这话用在洪涛的小说创作上十分的贴切，他创作的过程，也是体味生命并与生命同行的状态，呈现出他充实的、内在的、浪漫的、自由的生命，也是他真善美性情的表露，也让人仿佛看到他焚膏继晷、伏案奋笔的样子。创作是孤独的坚持，但洪涛并不孤单，因为我们将与洪涛一路同行。

记得是大前年，齐洪涛老师因创作成绩突出，顺利加入了中国作协，成为当地及金融系统的知名作家。通过洪涛老师的创作速度和成果，可以看出，虽然他已退休，但文学创作的春天却仿佛才真正开始。当然洪涛老师的作品不会是完美无缺的，还有许多需要提升和进步的地方。如果把洪涛老师过去的作品比作涓涓细流，那《大东乡轶事》的出版发行，就恰似涌起的齐天洪涛，一浪更比一浪高，一浪更比一浪美，一浪更比一浪远……

是为序。

2025 年 3 月 1 日
于北京金融街

情满信合路

——周邦彦先生纪实文学《信合集》序

最近，翻阅了周邦彦先生送来的《信合集》三本书。看得出他是新中国成立后第一代“背包银行”的最初经历者和模范践行者；他是山西夏县信用社的主要创办者和发展见证者；他是全国信合系统第一位高级经济师；他是全国信合系统荣获中国人民银行、全国金融工会、中国农业银行联合颁发的“优秀思想政治工作者”之一；他主笔编著的《信合六十年》，2010 年 6 月再版，荣获北京文化出版社夏季图书展“优秀图书奖”；2014 年 7 月 1 日运城市工会、人民银行、银监局、金融办、信用联社等单位联合授予他“信合功臣”。

周邦彦先生 1997 年从夏县信用联社主任岗位退休后，他没有选择含饴弄孙、颐养天年，而是人虽离岗，情系信合，先后应邀编修《运城地区金融志》《运城市信用合作志》《运城市五千年文明河东人》系列丛书。他主笔编著了《农信得失五十年》《信合六十年》《“背包银行”》等书籍。

他主笔编著的三本书，既有史实，又有人物活动，构成了一部完整的《信合集》。该集在回顾农信社五十年得与失的基础上，以夏县联社为主线，全面总结了农信社在各个历史时期的机构沿革，班子建设、企业文化、人事劳资、存贷业务、财务管理、稽核监察、安全保卫以及党团工妇组织的发展历程。同时，挖掘出各个时期涌现的以“背包银行”精神为内容的英雄模范人物的先进事迹。这一个个尘封已久的事例在他的笔下绽放鲜活，一张张几乎已被忘却的面孔，在他的心血中变得清晰。数百万字的背后，是他常年泡在档案室里用坏了一个又一个老花镜，是他常年奔波于农村、走访老干部、老员工的风尘面容，是深夜人静时窗棂上那幅躬身笔耕的剪影，是一个老信合人对农信事业的意领深情。

在每个人的内心深处，都有一个隐秘世界，只不过更多的人受到环境和自我压力，最终将这个隐秘世界与自己一起带进坟墓。作者到人生暮年对其一生经历是非进行了一番梳理，无论对其本体生命的终结，还是新的生命成长都是一种必要，而且又能够以文字影响的形式公诸于众，就更是幸福的、有价值的。《信合集》无疑将对新一代“农信人”产生积极的影响。

农村信用社扎根农村，贴近农民，绝大多数员工战斗在农业第一线。而《信合集》正好反映了基层农村信用社的人和事，这些鲜活的事例，也是全国县级联社六十年来活动的一个缩影。

《信合集》为战斗在第一线员工，发展农信事业提供了参考和借鉴；为将要或已进入农商行、信用社的大中专学生提供了一部很好的教科书；也为从事金融理论工作者提供了丰富的史料和素材。《信合集》的问世，填补了我国县级联社史书的空白，为他喝彩！

周邦彦先生自参加工作就在信用社当最基层的信贷员，他对金融事业，有着血肉、情感和灵魂的相濡以沫。他极有才情、责任感，也极有灵性，他甚至相信家乡那历经风霜雪雨的山山水水，千百年来不知向人们诉说了多少心语。他凝视着默默不语的大地，历经苦难却痴心不改，心里一直在寻找着一种倾吐的方式。

繁华的都市，还有丰收的乡村，处处离不开金融的支持和资金的流动，这火热的生活、壮丽的金融画卷，需要更多的金融作家、文学爱好者去记录，去讴歌，描绘出一幅充满活力的金融文学蓝图。

是为序

2014 年 7 月 7 日

于北京金融街金融作协办公室

一个与书结缘的金融人

——毛志辉散文集《书旅屐痕》序

我跟毛志辉虽是文友，但一个在北京，一个在上海，见面机会并不多，两人多靠信息交流。交通银行作家协会徐建华主席经常跟我提起志辉，说志辉如何优秀。去年底，在中国金融作家协会新会员评审会议上，我注意到了志辉提交的入会材料。他的材料，是薄薄的一页申请表和厚厚的两本书，显得颇为与众不同。会后，我拿志辉的书来细细翻读，从字里行间，读到了一个不一样的金融人。

志辉是金融人中的爱书人。志辉的爱书是在成为金融人之前，由是可知爱书是他的本性。他因为爱书而入了做书的行当，后来又“因缘际会”进了金融圈。当然，金融圈里爱书人很多，但像他那样因为爱书而“囤了一堆书”的应该只是少数。据志辉说，他家里原有藏书三千册，可以堆满一个小房间，后来经历数次搬家后，终于觉得“心累”，终于下定决心忍痛割爱，也终于在经过一番努力后将藏书缩减到了五百册。但五百册也已经是一个不小的数目，我期待着有一天去他的书房看看，大浪淘沙后留下来的是哪些好书。

志辉是金融人中的读书人。得益于互联网的发展，买书已经越来越便利，尤其是网上的各种图书促销活动，很大程度上拉动了图书的消费。当然，买书的人并不一定就是读书人。有些人是只买不读，有些人是买了想读，奈何买书的速度远远超过了读书的速度，他们只能算是“囤书”而不是“读书”；还有一些人，买了也读了，才是真正拥有了书，也才是名副其实的读书人。志辉在过去的十多年中，买了不少书，也读了不少书，从他历年的文字中就可以显见他因为读书而取得的改变和飞跃，我想，他可以算一个真正的读书人。

志辉是金融人中的编书人。志辉现任交通银行办公室高级公共关系管理，此前曾在上海人民出版社任职，责编过一系列重大出版工程，多次荣获大奖。作为编书人，他早前就有过一段成功的经历。他还常在各类媒体发表个人作品，著有《让学术走向大众》《让金融回归本义》，作品被《新华文摘》《金融时报》等转载，可谓硕果累累。他的另一个身份，是担任交通银行作家协会副主席兼秘书长，组织和服务作家们记载、讴歌交行的发展和成就。交行作协成立时，我未能到现场，就写了一封贺信，委托志辉转达。记得贺信内容中有一段：“回首当年，创业艰难。一九零八，列强虎视。邮电轮路，分崩离析。交通银行，临危受命。官督商办，实业救国。经邦济世，天下通汇。中中交农，并驾齐驱。抗拒鲸吞，披坚执锐。一九八六，百业复兴。交通银行，浴火重生。”交通银行的百年历史和光明未来太需要讴歌。相信交行的作家们，一定会按照习近平总书记提出的“胸中有大义、心里有人民、肩头有责任、笔下有乾坤”要求，举旗帜、聚民心、育新人、兴文化、展形象。希望交行作家们兼顾写作的实用性、文体的多样性、参与的广泛性，做到无论齿序，无关职级，写人叙事，文体随意，信札公文，亦可荟萃，百花竞放，满园春色，开锦绣文章之先，为交通银行存史。这些年，交行作家们致力于讲好交行故事，创作出许多精品力作，跟志辉的努力是分不开的。他自己也如鱼得水，继续扮演好编书人的角色。他曾给我寄赠过两套《东写西读》，正是在他主导下编辑出版的交行作家们的优秀作品集。

志辉是金融人中的书评人。囤书、读书、编书多，知识增多，志辉得寸进尺，进而开始评书。我向来认为，读书而后写出自己的感悟，与他人分享自己的所得，这是一件虽费时费力但却可以让人感受到独特快乐的事。因为，在写作和分享的过程中，我们会与作者、与其他读者“故人相遇”，并且有一次心与心的对话，个中况味，读书人自能理解。志辉显然很享受这种乐趣。他沉浸其中，在过去的十多年中，读了一本又一本好书，“交”了一个又一个朋友，写了一篇又一篇书评，也就有了我们所见的他的这些作品。

跟他的前两本书一样，《书旅屐痕》也是一本值得一看的书。志辉作为一个书痴，第一能专心，第二能动笔，这是他的可贵与可爱之处。他与书结缘，孜孜爱书十余年，勤恳耕耘于书评的天地，终于结出了丰硕的果实。我们通过这本书，能够看到一个单纯、热情、深刻而又富有情怀的志辉，也通过他的热笔，进一步了解了他评的那些好书，有不少甚至是几乎没人注意的冷书——这些书不常被人提及，并不是因为不好或不重要，而是因为当下这个时代，不读书的人太多了。每个人都应该多读书。志辉有志于在“书旅”中继续探索，相信他一定会邂逅更多的精彩，祝福他！

是为序。

2020 年 9 月 9 日

于北京金融街中国银保监会大厦

“江山”代有才人出

——江山剧作《历史的天空》序

经常听金融作家江山说，革命人永远是年轻。一番考察下来，他还真是有年轻的心态，年轻的活力。

2022年，江山竟然出书三册，分别是《梦中的小岛》《历史的天空》《江山百谈》。这三本书加起来大约45万字，一边工作，一边著书，可见其文学的抱负和努力，也看到了他创作的魄力和体力。江山不仅在文学上加强创作，还热爱体育运动，经常参加马拉松比赛，这是金融界稀有的人才。特别令人感动的是，无论他到哪里参赛，都把中国金融作家协会的会旗带到那里，在朋友圈里看到他的照片：戴着刚刚获得的奖章，把中国金融作家协会会旗横在胸前；真正做到了参赛到哪儿宣传到哪儿。看着他如此昂扬的精神风貌，才能理解毛泽东主席所提倡的“欲文明其精神，先野蛮其体魄”的实质内涵。

这本书的书名是《历史的天空》，主要内容是《历史的天空》这部剧的文学剧本，其次还有这几年江山创作的6部舞台剧或短视频的剧本，内容丰富。6部舞台剧或短视频的剧本我就不谈了，主要谈谈《历史的天空》这部剧。

《历史的天空》描述的，是19世纪甲午战争起至20世纪初，台湾两个富商家庭联姻，以及在文化上如何爱国保种的感人故事。这是一部文学剧本，并不是一部拍摄剧本。它有完整的故事情节，但不作细节上的刻画。尽管如此，全篇依然有高度集中的矛盾冲突贯穿始终。爱国者、卖国者、侵略者，生与死之间的较量，刻画得鲜明到位，主题突出。难怪作者说，2013年这部文学作品上报中央电视台时，就拿到了当年央视的“剧审字”批文。该剧本7万多字，60集的内容也不算多，简洁明快。读后历史的沧桑感油然而生，给读者带来格外凝重的感觉。

剧本的思想性强，满满的正能量。剧本紧扣的主题是作为沦陷地的台湾文化人，如何不忘初心，牢记根在中华，冒着被杀头灭家的风险，通过艰苦卓绝的努力，传承中华文化。剧本描写了一位台湾著名爱国诗人及史学家，在日本人侵占台湾岛的大背景下，锲而不舍，反抗日本殖民文化，坚持发扬中华旧体诗的影响力，并运用各项资源在日本统治时期的台湾出版发行《台湾通史》的相关故事。20 世纪初的台湾文化界，受中国大陆新文化运用的影响，许多人摒弃旧体诗，而连雅堂先生却反其道而行，在台湾大量写作及带动旧体诗的发展，其做法显而易见受到了追求潮流的以张我军为代表的新一代台湾文化人的不满。时值台湾殖民当局鼓吹“汉文可废”，甘愿做亡国奴的卖国者在喧嚣中极力仿效日本文化，连雅堂先生在日本人高压政策之下，如何煞费苦心，通过巧妙运用讲解旧体诗，曲线救国，传承中华传统文化的故事。连雅堂先生在日本殖民统治台湾之际，通过一己之力完成《台湾通史》写作，并出版发行。记述了台湾自古以来属于中国的历史史实，令人敬仰，叹为观止。

剧本的艺术性强，穿越性恰到好处。该剧中的女一号沈筱云，是连雅堂先生的妻子，剧情上安排其为穿越时空而来的现代大学生。这番巧妙的构思，在剧情中起着推波助澜的作用，引人入胜，恰到好处。在台南赈灾、搜集《台湾通史》史料、北上台北、出版《台湾通史》等许多情节，既贴近自然、出神入化，又水到渠成、顺理成章，让读者体验到艺术升华的奇妙之处。

巧用雅堂研究项目，魔性贴近台湾文化。连雅堂先生自发性探求台语渊源，目的是从爱国保种出发，避免台湾被日本人同化，民族语言被消灭。此番初心难能可贵，剧本中多次完整展示雅堂开展台语研究场景。他利用报务、著史之余暇，浏览群书，以考台语之源。他咬文嚼字，印证古今书籍风俗习惯，每有所得，拍案自喜，亦颇能自得其乐。剧本中多篇幅描述，籍此表述台湾是中国一部分。剧本中还安排一条暗线描绘台湾人民的爱国之情，那就是朗诵杜甫《春望》诗作，并且朗诵时使用“台语”。使用“台语”发音的优势在于魔性贴近台湾文化。大陆北京方言是阴平、阳平、上声、去声四个声调，而台语则有阴平、阳平、上声、阴去、阳去、阴入、阳入七个声调。台语来自闽南方言，闽南方言源自唐代官方语言，因此用台语吟诵唐诗其实是用唐语吟诵唐诗，自然比如今的北京方言押韵得多。让台湾人看了，意识到自己的根原来在大陆。剧本中多处由不同人物出场以台语吟诵《春望》，通过杜甫诗作感染力渲染了家国情怀，充分表现出台湾诗人爱国之情，同时亦进一步强调台湾是中国一部分的历史史实。

剧本的史实性强，真实反映近代中国。作品有这么一段文字：张正亨一个人与日军多人拼刺刀，身负十六处重伤，杀死几个鬼子后，他昏死过去。张正亨的同学从尸堆下找到张正亨，把他送进缅甸后方医院。张正亨虽然被抢救过来，但他手上的筋断了，双手无法握拳，成了残疾，被送回云南休养。张正亨此时已是军队编外人员，没有人发工资给他。当今的年轻人对于这段文字可能难以理解，他在战场上奋勇拼杀的人，负重伤被抢救过来之后，当局军队就不管不顾了？史实确实如此。当时的国民政府只能尽力抢救重伤士兵，抢救结束后，如果士兵有体能或者愿意参战，那么归队；如果已经成为残疾，那么军方也不再给士兵工资了，士兵只能选择自觉离开，自生自灭，这就是历史的天空下笼罩的真实历史。据作者坦言，他查阅了北京、西安、厦门图书馆的大量资料，都有此方面的内容记载。剧本中还有国民党将官连震东穿草鞋上下班的故事，也是史实。战争是惨烈的、历史是凝重的、先驱们的牺牲是真实的，牢记血泪史，才能感知今日幸福生活来之不易。

江山如画，引无数英雄竞折腰。江山的文学创作成果丰硕，已是一位优秀作家。道阻且长，行将必至，愿江山在文学创作的“马拉松”跑道上，脚踏实地，越跑越远……

是为序。

2022 年 11 月 12 日

于北京金融街中国银保监会大厦

谁读谁就能感受到正能量

——高中自散文集《圆来如此》序

高中自先生不是“人”。读了他的新作《圆来如此》，才更加明白了：原来如此，中自，就是“高”！

我和中自先生很熟，相交很好。我俩都是来自一个“母行”：中国农业银行。我俩都在一个“锅里”搅饭：中国金融作协。刚认识时，我知道他是一个作家。后来还了解到，他其实是一名银行家、电脑科技专家。再后来，才搞清楚，他更是一名哲学家。禁不住感慨，中自先生真是一个人才，全才！

中自历来创作勤奋，硕果累累。读了他的长篇力作《辛亥功臣高振霄史迹录》《高振霄三部曲》，我才清楚，他还出身名门，祖父高振霄是赫赫有名的辛亥功臣，实实在在的名门之后。便觉得他的才，原来如此，是有渊源的。他的德，原来如此，是有传承的。

中自先生新作《圆来如此》，以身边生活琐事、人生感悟等碎片化信息为来源，以万物皆圆、人生亦圆为主线，进行科学论证、哲学思辨，彰显了宇宙万物、自然生命、历史人生的宏大叙事。本书是一本弘扬正能量、反省自律、人生励志的时代读本。

正能量颇受众人追捧、关注，2013 年当选国内字词。然而，过去我们大谈弘扬正能量，仅表现在“积极向上的精神状态、细致入微的贴心关怀、无私奉献的道德情怀”层面上。因此难免会有人质疑，认为它是一个用来说教的政治口号，甚至是一个不严谨的概念。

作者从物理学知识定义了什么是正能量，揭示了正能量的本质，为正能量溯本求源、正名定分，弘扬了一个具足正能量人的生命与社会意义。字里行间，犹如教科书科学严谨，宛若美文娓娓道来，令我耳目一新，尤为喜欢。

如果人与身心、人与人、人与自然、人与社会，彼此能量波频率相似、相近、相同，合成能量波振幅增大，能量增加，亦和谐，即获得正能量。中国古典哲学提出“身心合一”“天人合一”之境界，本质就是典型的“身、心、天”同频共振，和幅共鸣。这是我看到对正能量的最好正解。

010 定律，同样符合人生发展规律，亦作“人生过程控制定律”。人生是否归零，是检验我们人生成熟度，亦圆满人生的标准之一。人生怎样才能算得上是正确归零呢？作者给出了答案。一个健康成长、稳健发展、善始善终的人，必须要不断地学习，不断反思自律。只有经过“反省、补课、修正”三方相辅相成才能得以实现。反省是尊重与珍爱生命及人生的态度与追求，补课是启迪与提高反省的觉悟与能力，修正是反省与补课的践行，只有通过该路径，方能达到圆满人生。“千里之行止于足下”“允许不成功”“看电影是人生归零的最佳选项之一”等，都是值得我们认真阅读、静心思考的高质量作品。我认为这不仅是一个人之发展需要，乃至民族、国家、人类之发展正道。

中自先生不忘师恩，牢记使命，不仅勇于接受并肩负起世界上最伟大的物理学家爱因斯坦“第三代学生”美誉，还不负使命，传承数千名学子，成为爱因斯坦的“第四代学生”。

中自先生将鞭策、压力转换成为动力，通过长达十余年的不懈努力、坚持、追求，拥有了数学、物理、金融、中国通史，多专业知识学习与丰富的人生经历；经过十余年的悉心观察、思考、论证，发现了“万物皆圆 010”“010 定律”，并应用其定律，展开对人生的理解与思考；历经十余年的不断挖掘、采集、编写，创作了历史、哲学等 5 卷本 200 余万字作品——《辛亥功臣高振霄史迹录》《高振霄三部曲》《圆来如此》。

《圆来如此》是中自先生不负人生的一张精彩答卷，我们不仅看到了他一生中的高光时刻，同时为我们时代谱写了一篇最美丽、最生动、最感人的历史画卷，更是一部时代强者成长的励志篇。我仿佛已看到中自先生圆满的人生——010 圆。

《圆来如此》，原来如此……

是为序。

2021 年 9 月 6 日

于北京金融街中国银保监会大厦

英雄颂歌

——宋歌长篇小说《平津昼锦》序

《平津昼锦》是一部具有深厚历史背景的小说，它以 1948 年辽沈战役即将结束时的天津为背景，通过描绘学生地下党的英勇行动，展现了那个动荡年代的热血与牺牲，揭示了人性的光辉与阴暗。

第一次见宋歌，是我在天津的文学讲座上。当时宋歌已有 200 万字的创作经历。尽管她并非文学专业的科班出身，但那份对文学的热情与坚持却令人惊叹。听说有金融文学讲座，她特意请假来听。作为宋歌在文学方面的伯乐，天津金融作家协会的尹金丹主席向我推荐了她。金丹主席敏锐地察觉到了宋歌对文学的狂热与执着，推荐她作为天津金融作协的副主席，并推荐她加入了天津市作家协会。

再一次见面已是 4 年后。在金融作协举办的新作家培训班上，宋歌告诉我，她的《平津昼锦》即将出版，想邀我为其作序，她的创作勤奋和丰硕，让我惊叹不已。

翻看她发给我的文稿，一幅宏大的历史背景与细腻的日常生活相结合画面映入我的脑海。作者细腻的描写，让小说中的每一个细节都充满了张力，无论是紧张的政治斗争，还是家庭成员之间的温馨互动，都让人在阅读的同时不禁深思，如果自己身处那样的环境，又将如何生活?

为了进一步了解宋歌的创作初衷和经历，我多次跟她微信联系，逐渐了解到她的创作这部长篇小说的缘由和传奇。

2019 年宋歌的短篇小说《昼锦》荣获天津保险业“我爱我的祖国”文学作品“最具感染力奖”，原始稿通篇只有 6175 字。主角甚至没有名字，只有“小吴”和“小黄”。

2020 年，她偶然见到第十五届“夏衍杯”电影剧本征集大赛，从未写过剧本、也不知道剧本长什么样的她，抱着试一试的想法，将短篇小说拓展为电影剧本，共 206 场，4.2 万字。参赛后，她又一鼓作气将《昼锦》改写成了 15 万字的长篇小说。写完了，却发现她走不出来了，自己早已成为剧中的人物，活在剧中的世界里。

2021 年，宋歌的宝贝出生了，月子期间除了喂奶和康复之外，她又萌生了修改《昼锦》的想法。这次修改之一，是将书名《昼锦》改为《平津昼锦》。一来，故事发生在天津，又在平津战役期间；二来，四个字的书名比两个字的更厚重。

同年宋歌的小说《昼锦》在金融作协会刊《中国金融文学》杂志刊出，更让宋歌的内心热浪翻滚，更加坚定了创作《平津昼锦》的信心。作者宋歌以其深厚的文学功底和独到的历史洞察力，将那个年代的风云变幻、人民的生活百态以及人性的复杂多面展现得淋漓尽致。小说中的每一个场景、每一句对话都经过精心雕琢，仿佛一幅幅生动的画面跃然纸上，让人仿佛置身于那个战火纷飞而又充满希望的时代……

《平津昼锦》中的人物塑造极为成功，每个人物都有着鲜明的性格特点和独特的人生轨迹。主人公从吴正修到他的家人，再到身边出生入死志同道合的师生，每个人物都栩栩如生，仿佛他们就在我们的身边。作者通过对这些人物的细致描绘，展现了一个个鲜活的生命故事，让读者在阅读的过程中产生强烈的共鸣。小说的主角吴正修是一位典型的中国知识分子形象，他身上集中体现了那个时代人们的精神特质。吴正修在家庭与国家之间寻找平衡，他的抉择与牺牲，无不透露出对未来的美好憧憬与对当下的责任担当。在那个动荡不安的时期，吴正修和他的家人所面临的困境与挑战，不仅是对个人意志的考验，更是对人性极限的挑战。

《平津昼锦》是一段历史的再现，更是一次心灵的洗礼。在阅读这部作品的过程中，我们不仅可以了解到那个特殊年代的历史背景和社会风貌，更能够在人物的故事中找到共鸣，感受到人性中最真挚的情感。

宋歌是一名优秀的作家，《平津昼锦》是一部值得一读再读的小说。我相信宋歌能够再接再厉，为国家和民族再谱新时代的英雄“颂”歌！

是为序。

2024 年 5 月 26 日

于北京金融街中国金融工会金融作协办公室

乐见文学路上的华丽景色

——乐华丽散文集《忘路之远近》序

初见华丽，就被她惊艳到了。那是 2019 年的仲夏，金融作协组织全国新会员培训，我与华丽第一次相识。她给我的第一印象，除了金融白领丽人的靓丽形象，更多的还是一种知识女性的雅儒气质。虽是初次相遇，因相互早有耳闻，加上有文学的纽带，我俩心有灵犀，相谈甚好。

从聊天中得知，华丽的文学启蒙，竟是她的外婆。记得儿时，上学前外婆经常给她讲各种神话故事，内容生动有趣，那时候她还不识字，每天拉着外婆给讲故事，小小的心灵对故事里世界充满了好奇，这也算是她最早的文学老师。后来上了小学，那时候流行黑白小画书，华丽邻居一位姐姐家里有很多她没见过的书，华丽经常到她家玩，自然就接触了这些画书，主要是《西游记》《水浒传》《红楼梦》，还有很多英雄故事。华丽那时候才上一、二年级，不识多少字，但受这些小画书的图片吸引，几乎把人家里的书都读遍了。

华丽是一位懂得感恩的女子，她说这辈子她在文学创作的道路上一路前行，就是得益于她的几位好老师。在铁路子弟小学三年级时，她的班主任是一位中年男老师，郑老师对学生特别有耐心，课也上得非常好。郑老师发现华丽的作文写得不错，经常在班上表扬，还公开朗读并在年级展示。小小年纪的华丽从此爱上了写作，积极性很高。郑老师教了她两年左右时间就调到上海了，临走前特地找到华丽的父母，说华丽很有写作方面的天赋，要好好培养什么的。这就让华丽对写作增添了更多的兴趣。在小学期间，华丽还代表学校参加区和市的比赛，拿过许多奖。文学创作的种子在她幼小的心灵里扎根、发芽、成长。初中以后，华丽遇到了她的吴老师。吴老师是一位中年女性，她的语文课讲得非常生动有趣，除了常规的遣词造句、段落大意、中心思想，更多的是传授故事的美妙。很快，吴老师就发现了华丽在写作方面的天赋，有次在课上朗读了一篇华丽的作文，说她写得特别真实有细节，不像别的同学千篇一律的，华丽很受鼓舞。高中时，华丽的语文老师是一位肥西口音的陆全润老师，他的粉笔字特别好看，像书法一样。

陆老师自己也热爱写作，还在当地的纸媒发表作品。陆老师推荐华丽的一篇文章发表在《江淮晨报》副刊，这算是华丽的第一篇正式发表的文章。在整个高中阶段，华丽陆续在当地的纸媒发表过一些作品，享有了小作家的名分。上大学后，华丽参加了校学生会的记者团，还和同学一起编报纸什么的，同时也创作了一些散文、杂谈等作品。

时光荏苒。2007 年工作以后，由于在银行工作比较忙，华丽的写作曾经一度搁置了时日，直到她在支行柜台办业务时遇到了著名作家刘湘如老师。那大概是 2009 年，华丽还在交通银行安徽省分行东陈岗支行做柜员。关于她和刘老师的偶遇过程，被记载在《恩师刘湘如》这篇文章中了。可以说，遇见刘老师是华丽走上文学道路的关键。刘湘如老师又鼓励她重新拾起笔，她也变得更加勤奋和努力，终于越来越多的作品发表在当地的纸媒和公众号上，华丽在文学创作的路上开始了第一次转身。

时间到了 2019 年的夏天，当时华丽刚加入安徽金融作协，很幸运获得了去北京学习的机会。在培训中她结识了我，又结识了来自五湖四海的金融作家，很多日后都成为了好朋友。她说，这次的培训对她来说意义重大，有一种找到组织找到家的感觉，开阔了眼界，自觉成为了一名光荣的金融作家。此后她又陆续加入安徽省作家协会、合肥市作家协会，像一棵幼苗，小荷才露尖尖角，茁壮成长。

后来，金融作协主办了公众号，我专门通知华丽协助王炜炜主编，担任“金融作协”官方公众号的编辑。金融作协公众号编辑团队都是利用自己的业余时间在工作之余编辑金融作家和文学爱好者的稿件的，一篇篇稿件凝结了她们的心血和汗水，经过她们的稿件校对、润色，公众号发表后又被各大媒体和刊物转载的也数不胜数。2023 年 9 月，公众号“金融作协”改名“金潮文苑”，编辑团队人员也发生了变化，但初心不变，继续为全国的金融作家和写作者提供“阵地和舞台”。现在的乐华丽，已是民盟盟员、金融作协会员、中国散文学会会员、安徽省作协会员、安徽省文学学会会员、安徽金融作协副秘书长、合肥市作协会员、“金潮文苑”公众号副主编、《同步悦读 · 绿潮周刊》编辑。特别值得一提的是，华丽的部分散文作为安徽初中语文期末考试试题阅读理解题目，这是非常难得的，也是值得骄傲的。

这本散文集的书名叫《忘路之远近》，选自其中的一篇散文名，源自《桃花源记》，文中的那个打鱼的人可能本来想要打一条鱼到市场上去卖，可以赚点钱，可是因为风景太美了，他忽然看到一大片桃花，开得这么美，他有点“忘路之远近”。试想我们如果有一天忽逢桃花林，是因为我们的生命打开了，如果我们匆忙，是不可能看到桃花林的。我想，其实这条路，就是华丽的文学创作之路。

这本散文集是一名金融从业者、也是一名作家在工作之余创作的，是生活中点点滴滴的浓缩。不管是职业人还是普通人，作者觉得人必须艺术、温暖而高贵地活着。即使身处普通且平凡的生活中，也要找寻生活的点滴温暖和感动，这样内心才不空洞，生命的底色才有丰富的色彩。对于真善美的追求，才会让我们生活得更加明媚和多姿。虽然每个人从事的职业有限，但是可以通过文化的传播，了解不同的领域，拓展自身的局限性。通过学习和交流，方能在复杂多元的生命形态中，在五彩缤纷的专业领域中，在各色各样的生活场景中，在复杂微妙的人性纠结中，无限地丰富生命的经历和生活的感受，用文化滋养金融人精神，丰富金融人内在。

这本散文集全书分为四辑。

第一辑为“生活的点滴感悟”，主要写了在生活中的所思所想，对于悲欢离合的感悟。如曾作为安徽省初中语文期末考试“阅读理解”试题的《等待红梅开》一文中，谈到作者在春节前夕冒着大雪去聆听了著名作家李敬泽先生的讲座，其中写道:《咏而归》是李敬泽的最新作品集。“暮春者，春服既成，冠者五六人，童子六七人，浴乎沂，风乎舞雩，咏而归。”书名《咏而归》，便由此而来。这本书也是咏，所咏者，古人之志、古人之趣，是中国的传统文化。而归，是归家，是向可归处去。以春秋先秦为主，兴之所至，迤逦而下，至于现代乡野。谈经典，道古人之风，让我们烫一壶酒，在琉璃世界、白雪红梅中赏读，“咏而归”。这篇表达了作者热爱古典诗词，希望自己在写作中能表达出一种精神上的“古意”，能够传递出中国传统文化之美，古典与现代的融合，在艺术上追求一种“空灵”的美感。

第二辑为“行走的快乐”，主要写了旅游的所见所闻，遇到的美好，用脚步丈量祖国的大好河山。如散文《人远天涯近》中谈道：“经典作品，能够穿越时空，跋山涉水来与我们相见。我们历经了一段生活后，对生命有了自己的理解与感悟，然后在某个阳光明媚的午后或是阴雨绵绵的晚上，我们手握一杯茶或是疲惫地靠在沙发上，随意地翻开或是郑重地打开一本书，当目光与书中的文字相遇，那些文字走入了我们的内心。这个时刻，你会感觉那些文字从‘天涯’走到你的身边，幻化成一位智者。你会促膝而谈，对话且灵魂也随之深入交流，有时候会拍案而起，有时候会仰天大笑，有时候会泪流满面。许多年以后，你甚至记不住那些文字了，可是又有什么关系呢，你一定会记得你曾经读到这些文字时的美好与感动，那些抚慰你内心痛苦的温暖瞬间，那些激励你决定继续前行的力量源泉。”这篇文章中谈到了作者对于阅读文学作品尤其是经典作品的感悟，那种在读书时与作者心有灵犀，文字带给人的喜怒哀乐，甚至对于生活乃至生命的一种全新的体验。让暂时身处困境的人能够有依靠和寄托，好的作品可能是人一辈子的精神养分，滋养人的灵魂。读书看似无用，实则一辈子受用。

第三辑为“对艺术的思考与感悟”，主要写了对于读书、写作、文学赏析等方面的看法。如作者在《留白之美》一文中写到“留白，极致的静，空旷，无言的美，那一点白，留得恰到好处，令人无比神往，翩翩遐思。留白，是一种天马行空的游弋；留白，是一种鲲鹏展翅的淋漓；留白，是一种空谷幽兰的禅心；留白，是一种言有尽而意无穷的至高境界。于无画处观景，于无字处看书，于无声处听音，于无心处参禅。留白，是一种处处可见的智慧。无，即是有，空，即是色。留白不空，留白不白，以无胜有，以少胜多。这就是留白的真正意境所在，亦是留白之美”，表达了作者对于人生的想法。在如今的社会，竞争的激烈、人心的浮躁，作者看似不争不抢，学会留白，其实是一种处世哲学和对生活的智慧。面对繁杂的生命的历程，我们每一人都要学会静下心来思考，思考生命的意义和自己对于仅此一趟生命旅程的态度。

第四辑为“我的人物刻画以及别人对我的印象”，主要写了有关身边人的故事以及别人写我的故事。如在《文字的耕耘者——张建春老师印象》一文中，这样描写的：张建春老师善于观察生活，幽默风趣，也对生活积极向上。记得去年夏天，他被助力车撞到了，手受伤了还流了很多血。我很焦急问了他的情况，他回复了一句“还好，我是铁打的”。然后居然还写了一首诗歌《归于平静》记录他的感受：“感到疼痛时，伤口 / 已归于平静 / 一朵花正在开放，舔舐的蜂子 / 穿过云朵，撕去 / 蜡样的尘土，直奔 / 香气的跳动 / 此时，平静高于浮躁……”还有次，我们一起参加活动，张建春老师作为东道主很礼貌地介绍每位参加人员，什么职务、头衔之类的，轮到自己，却说“肥西出了名的瘦子张建春……”引得在场的所有人哄堂大笑，缓解了严肃紧张的氛围。后来，我跟他混熟了，调侃他为“有独特魅力和气质的瘦子”。语言风趣幽默，对于人物的刻画非常形象，特点和气质描写到位，人物的形象跃然纸上。

掩卷沉思，我觉得小乐已华丽转身，化茧成蝶，成长为一名优秀的作家，在全国金融系统乃至社会各界都享有很高的知名度，但她仍然谦逊好学，在文学百花园中流连忘返，辛勤酿蜜，以至忘了路之远近。道阻且长，行将则至，我们相信，不管这条路究竟有多远多难，都阻挡不了华丽前进的脚步。

是为序。

2025 年 1 月 1 日

于北京金融街国家金融监督管理总局

中国金融工会金融作协办公室

金融界的“巴山松”

——周依春散文集《流淌的心曲》序

读书是愉快的，读一本至情至性的书更是如此。依春的作品就像他的人一样，给人踏实真诚之感。他算是我们金融作协这些年在文化建设中培养出的生力军，也是金融文学领域里闪亮的星星。

我是在2018年中国金融作协创作培训暨创联工作会议上见到他的，他那双炯炯有神的大眼，俊目生辉让人印象深刻。要命的是他还有一对酒窝，在典型的国字脸上为美男子作了别样的注释，因此对养育和成长他的大巴山充满了好奇和向往。

依春在基层工作，勤勤恳恳二十多年，可以说在业务上节节拔高，管理上步步精进，从乡镇信用社到县、区、市，从普通柜员到行社的一把手，每一步都很艰难，但每一步都很踏实，也正是因此，才成就了他的事业，积累了许多管理智慧和人生感悟。这本《流淌的心曲》既是他的心路历程，也是他的领悟记录，我们从中可以看到改革开放后中国金融发展中的砥砺前行，以及一个金融人成长中的风雨兼程。

要说给依春的作品有个定位，不太容易。就像当年《人民日报》访谈我时，主持人问我对于自己的定位，我说也没什么准确的定位，充其量也就是个“四不像”：因为家乡人总喜欢说我是在北京工作的“公家人”，单位的同事老愿意称我是“村里人”，中国作协的作家们觉得我是“金融人”，金融界的朋友又看我是“写字人”，真是说不准。尽管依春经历过严酷的锻造，有过激情燃烧的岁月，但文字里的稳重和平静总是让人感叹他的胸襟和气度。这大概源于这么多年的地方领导风格，喜形不露于色，好恶不行于事。

从某种意义上来说，依春算一个“地域作家”。他的第一个篇章都与大巴山有关，你看《山路弯弯》里800米的高山，5公里的坦途，还下坡500米。这几个数据一下就让人知道，他是大山的孩子。“实在走不动了，我调皮、撒娇、掉眼泪，甚至索性停下来不走了”，这些描写让人想到了“看到屋走到哭”的大山布局，山路弯弯啊，好多人被弯在大山，走不出去。而他，当年那个又犟又蛮的小老虎，终于在《父亲的烟斗》教育下，“费”了老劲走出去，成为一个为人民谋利，为家乡谋福的金融人。多年以后他用自己的方式反哺家乡，《家乡那片赤芍花》里我们看到，他从“朋友满平”那里知道了种植赤芍的消息，把家乡土壤、气候等自然资源一合计，他就有些兴奋了。“我一吐为快，自觉酣畅淋漓。此时，人群中鸦雀无声，死一般寂静，仿佛连掉在地上的一根针都能听见，大家津津有有味，意犹未尽，思想的疙瘩渐渐解开了”。“盼星星盼月亮，盼望老乡奔小康……”终于看到赤芍在家乡妖艳绽放。“最美人间四月天，家乡那片赤芍开了，漫山遍野的赤芍花争奇斗艳……”这既可以招引游人做旅游，也可以收获根茎做药材。看到乡亲们喜悦的笑脸，他感到由衷的高兴，这是一个赤子的情怀，也是一个儿子的心愿。他与大巴山始终深情对视，又真诚相拥。

再说依春是一个“情感作家”。这情有对天地君亲师的忠诚，也有对世界万物的怜悯。你看他写父母、写妻子，尤其是写儿子的篇目中，从导航引路联系到人生规划，“记住自己走过的路和来时的路，坚持走自己的路，不用导航也不会迷路”。陪孩子成长是每个家庭现在最缺失的，他能在百忙中抽出时间，可见他不仅是一个好领导，好儿子，好丈夫，也是一个好父亲。他也因此收获到了人生该有的幸福和快乐，健康的双亲，贤惠的妻子和懂事的儿女，是他工作的后盾，也是他前行的动力。十一岁的儿子就能帮他解密码锁，何愁不能解人生路上的诸多新试题。

依春还是一个“行业作家”。你看他把一个金融人的情怀，金融人的担当，金融人的境界都写得那么真切，那么深刻。他把工作中从领导那里学来的真经认真吸收、消化，转化成自己工作中的智慧。把与同事相处中的点点滴滴铭记于心，用这些温暖转化成对抗工作压力的“抱枕”，一个有心人就是这样把工作和学习相互渗透，相互融合，形成自己人生的经验和工作的动力。在精准扶贫工作中，他既用了管理银行的方法，也用了纯朴的兄弟情谊，可谓是下足了绣花功夫。不仅带领了全体职工日夜奋战，更把帮扶人当作亲人来悉心照顾。《农信人的“绣花”功夫》里，他从“精准帮扶、贴心帮扶、真情帮扶、信用帮扶、智力帮扶、重点帮扶和定点帮扶”几个方面来诠释这一世纪工作。这是方法，是举措更是扶贫心血和脚印。“信用社这样帮我，如果我再不能富起来，那就真无脸见大家了！”“长期卧床不起的老娘开始靠着护甲在院坝里来回踱着步，周美儿坐在堂屋的轮椅上欣赏着门外的风景，第一次开口跟我说话打招呼，眼里泛出一束希望的光”。这是贫困户王元奎的肺腑之言，也是他在扶贫路上帮“穷亲戚”脱贫的成果之一。他在扶贫上所做的贡献和取得的成绩，感动的不仅是“穷亲戚”，还有当地的许多干部群众。他们说：一个外来干部，把扶贫工作做得这么扎实，为老百姓办这么多实事，这样的干部才是老百姓的贴心人。《门坎坡村没有坎》里，他的开篇很艺术："这是川东小平原上的一道低矮山梁，它就像一道厚实的门坎，横亘在小平原的边缘。"你看他把这个地名诠释得这么诗意，恐怕本地人都不知道还有这么个讲究，只晓得"一坡两边梭"。也就是这道低矮的山梁，让村民曾经只能"后边喝稀饭，前边敲铁锅"。幸好这坎不高，不能阻挡改革开放的春风，现在又欣喜地迎来了依春这位"财神爷"，门坎坡村就不会再有过不去的坎了。看着依春记述金融扶贫的真情实感，我又想起了我自己的金融扶贫长篇小说《天是爹来地是娘》，就觉得依春这些实实在在的工作和成绩，不仅提升了金融人的美誉度，拉近了与群众的距离，更彰显了金融人服务"三农"的决心和信心，为乡村振兴打下了坚实基础。

依春更是一位"良知作家"。你看他的文字，不矫情也不耍花腔，没有对华丽的沉溺，也不过于眷恋唯美。秉持着文字传递文明，传承文化，体现"真善美"的宗旨，严守一个写作者不煽动，不诋毁的良好品质。读他的作品让我想到白居易和汪曾祺，每一个字都掷地有声，每句话都朴实亲切。他的每篇文字，没有对生活的颓废，也没有对人生的怅然，就连对贫穷的回忆都充满了感激。这些是我们民族需要的养分，是青少年成长中不偏不倚的坐标。你看他笔下的母亲，一言一行那么像我们自己的母亲，那些旅途中的见闻和感受，仿佛就是我们自己去过的体会。捧读依春的这本心血结晶，我心里有莫大的安慰。他不是工作机器，不是烟酒俗夫，他是一个心里有爱，眼中有情，手上有劲的智识之士。一个工作做得很好，又能用静观世情，思考人生的方式充实业余时间的金融人，是行业之幸，社会之幸。这几年，依春笔耕不辍，成果丰硕，从一个普通会员成长为四川金融作家协会副主席，去年又取得四川省作家协会会员资格，成为全国金融系统及社会各界熟知的知名作家，并获得了四川作协 2019 年度全省文学扶贫"万千百十"活动先进个人。这是对他个人的肯定，也是对我们金融人的肯定。我相信无论是在工作中还是写作上，他将如他的家乡大巴山一样，苍劲挺拔，后劲扎实。他是金融界的巴山松，大巴山的金雀鸟。期待他写出更多真性情文字，在工作和写作上都取得长足发展。

依依不舍文学情，明年春色倍还人。

是为序。

2020 年 6 月 6 日

于北京金融街中国银保监会大厦

思路雨添花

——王树国散文集《职场思路花雨》序

有人说，书是一首催人奋进的歌，是一架让人登高的梯，是一条驶向成功的船。读完《职场思路花雨》一书，我深以为然。

作者王树国靠丰富的人生经历和深刻的思考能力，写出了这样一本非常有价值的书，非常实用。

我与树国都在大同农行工作。农行是一家文化底蕴非常丰厚的银行，培养了一大批文人墨客。尽管当时我还是临时工，但共同的爱好追求，让我俩成为文友。

我熟识的树国，从小爱看书，看的最多的是连环画册，俗称“小人书”。参加工作后爱转书店，几十年前，没有开放式书架，既不能拍照，也不能摘抄，只能让服务员从里边的书架上拿到柜台上翻翻。一旦发现书中有好话，不管贵贱，一定要把这本书揣到怀里，回去把书中所有的好话全部抄在笔记本上。到外地出差，别处去不去，书店是必去的地方。后来书店是开放式书架了，可尽情地翻阅，常常一头扎进去就是几个小时，很少有空手而归的时候。买回来就一本一本地认真看，摘抄里边的精彩语句。看影视作品，听歌曲，碰到好台词歌词，即刻凭记忆把它整理出来。长此以往，积累了较丰富的写作素材，提升了他的写作素养。

树国在学习写作上一直肯下功夫。他说，在学校读书的各个时期作文写得一直比较好，经常受到老师的点评。参加工作后从给县广播站和地方报纸写小稿开始，学习公文写作。那时候一有被采用的稿子，总要一字一句地和原件稿对一下，将编辑修改处用红笔勾画出来，好好研究为什么这样改，总能悟出点道道来。夜深人静的时候，一个人写材料，灵感一出来，写出自鸣得意的句子，就喘着粗气高兴地在屋里来回走动，真想与人分享。写作是一件辛苦的事，但如果爱好就是一件非常快乐的事。为了写出一篇精美的文章，他夜以继日，通宵达旦，是常有的事。

树国长期从事办公室文秘工作，曾多次参加各种写作培训班，学习写作技巧方法，一些热心的写作高手也为其传经送道，大力支持帮扶。通过理论联系实际多写勤练，经年累月地持续深耕，一点一点地进步，一点一点地收获，几十年下来，终成为系统内一个能写会写的人，我给他总结归纳，树国的人生职场竞争力是写作，其核心竞争力是：写作的全面性。

纵观《职场思路花雨》全书，印象深刻。

这是一本立意高远倡导正确发展方向的书。作者在办公室主任的位置上直接服务一把手，身近高层，深耕多年，深谙组织运作方法和领导思维。在高层思路的领悟和决策的落实上相当熟稔且专业。服务高层，协调中层，指导基层实践经验丰富，方法得当。本书从人一生长远发展的角度，讲出了应树立的主要工作理念，具备的基本工作能力，让人磨炼意志，厚实基础。又站在怎样符合组织标准要求的立场上，阐述了上中下各层次人员应掌握的一些重要观点和方法，强化全局观念、高层思维和一把手意识，围绕中心，向阳而生，向上发展。全书倡导的是一种向正、向上、向善、向美的工作理念，积极传递正能量，体现了一种非常正确的人生取向和价值导向。

这是一本观点新颖，改变传统思想认知的书。创新首先是观念上的创新，老观念解决不了新问题。作者书中提出的一些观点，都是在实践的基础上，面对新情况总结出来的，覆盖了一些传统认知，给人以启发和思考。比如，工作上没有兄弟关系，只有上下级关系和同事关系。正副职关系是上下级关系，不是合伙人之间的关系。人际关系的本质是交换。领导的本质是用人成事。上有政策需要下有顺策。只有与众不同的观念，才能有与众不同的行动，并取得与众不同的效果，成为与众不同的人。解决问题是一个以“德”把握方向，靠“才”突破阻力的过程。“德”好比枪的瞄准镜，“才”是消灭敌人的子弹。这些都总结得精辟而恰当，让人认识到职场经验的深刻和人生真谛的感悟。

这是一本方法独到解决职场痛点问题的书。做事要讲方法，方法不同效果肯定不同。重复旧的行为只能得到旧的结果。

作者书中介绍了好多在实际工作中卓有成效的方法。比如，清楚起点，瞄中终点，避开缺点，发挥优点，选好着力点。先做运动员，再做教练员，最后当裁判。这些话让人找到奋进的路子。世上的事，痛苦越深离成功越近。如果事与愿违，那么上天一定会另有安排。所有的失去，不久之后，会以另一种方式归来。前进的道路上并不平坦，要让人生充满阳光，去照亮前方的路。如果背对阳光，看到的永远是自己的影子，只有面对阳光，阴影都会被抛在后面。类似上述这些话，使人痛苦迷茫的心态得以宽慰。要立足实际，学会用自己独特的视角来处理现实问题。就像摄影师一样，在合适的时间，合适的地点，以合适的角度，合适的曝光方式，按下快门，拍出一幅大片。好的授权方法是，人与事匹配，刚与柔相济，高与低交叉，动与静结合。这些创造性的方法，打开人的思维空间，从而引导和改变自己的行为，取得工作上的满意效果。

这是一本文笔优美给人良好阅读体验的书。全书结构严谨，层次分明，语言流畅，妙语连珠，文采飞扬，许多段落读起来很有层次感和节奏感。比如，在每一个旭日东升充满生机和希望的早晨，要心怀梦想，向阳而生，去与美好倾心相遇，使每一天如诗如画，温暖而充实，精致而美丽；没有一个冬天不会过去，也没有一个春天不会来临。把行动交给现在，把结果交给时间，慢慢修炼，宛然绽放；时间以相同的方式流经每一个人，而每一个人以不同的方式度过时间。如果错过昨晚灿烂的星空，就赶紧调整自己，去迎接明天的朝阳。在人生的坐标系里，横坐标选对了，纵坐标才有意义。自变量做好了，因变量才有上升空间等。这些语句内容深刻，富含哲理，读后让人耳目一新，触动情感和心灵，引起共鸣。使人真正享受到文字语言的精美，像品尝了一桌职场慰籍心灵的大餐和人生奋进的盛宴。总之，这是一本职场人士非常值得读的好书。

登高使人心旷，临流使人意远。经过多年勤奋笔耕，树国的创作硕果累累，已经成为一名优秀的作家，他的文字材料写作与文学创作在山西金融系统和当地文坛小有名气，但他仍然谦虚好学、孜孜以求。春路雨添花，思路花增彩，祝愿树国的创作满树繁花，国色天香。

是为序。

2024 年 10 月 1 日

于北京金融大街

“剔骨刻肤”话投资

——吴跃《智慧价值投资》序

医学是一个伟大而神奇的行业。因为医学是研究人的身体、精神和智慧的，所以只要是跟人类沾边的事情，它都无所不能。特别有意思的是，许许多多医学专家，后来都成了作家、金融家，吴跃就是其中的一位。

我跟吴跃是古都大同老乡。山西人有种天然的金融和商业天赋和遗传，尤其是晋商及其票号，是中国金融和商业的开山鼻祖。我与吴跃相比，愧对山西。因为我虽然名义上是从事金融行业的，实际上是个“半瓶水”晃荡的层次。反观吴跃，虽然从事的医学专业，却蹊径独辟，成为了一位价值投资践行者和知名专家。

吴跃潜心研究中国资本市场 20 余年，他见证了改革开放后经济的大发展，也见证了经济衰退，金融危机，互联网泡沫崩溃，次贷危机，无数次穿越股市牛熊，见证了中国股市的大变革，做过短线炒股票、也做过长线投资股票，最后又转变为长期价值投资，并且深刻研究、不断学习、不断总结，曾著《投资基金——如何实现财富增值》一书并由中华联出版社出版，在投资过程中写了数百篇投资日记，写了数十篇感悟及论文，最后又将其汇集成这本书。该书内容通俗易懂，满满干货，非常实用，并没有像其他投资类书籍的内容里有那么高深的理论，也没有那么多华丽的语句，作者只是将 20 多年投资实践中的经验和教训，总结出一整套投资策略。非常适合于在投资过程中，出现亏损走入迷茫的投资者，也适合于新进股市的投资者。通过该书总结的经验、教训和策略，告诫普通人不要短线炒股做韭菜，告诉普通人长线投资股票并不易且风险也很大，告诉大家如何用智慧做价值投资，告诉大家如何使你的家庭财富增值！或许能帮助更多的投资者走出投资迷茫之路，获得投资收益！

吴跃是一位从事临床医学的主任医师。经历过严苛的临床医学学习，从事医院临床工作 30 余年，在国内著名的医学杂志上发表过数十篇医学论文，深厚的专业背景还养成了笔者在投资研究上认真、严谨、求实的态度。吴跃曾下海创业，在创业期间学习过企业管理、财务管理，经历过创业、发展、辉煌的历程，对企业的经营运作有一定的了解，为成为一名合格的投资者奠定了一些投资方面的基础知识。

《智慧价值投资》深刻揭示了，中国股市发展近30年来，千千万万对股票一无所知的投资者，承载着致富的梦想纷纷涌进市场，由于投资者对投资不专业，知识缺乏、经验不足，成为一茬又一茬被割的韭菜，他们对股市的贡献是巨大的。然而，自进入股市以来，真正赚钱的人并不多。这既说明了市场的风险所在，也说明了投资的专业性，更说明了市场的残酷性。

吴跃潜心研究中国资本市场20余年，见证了中国资本市场的发展、壮大、坎坷，他亲身经历过短线炒作股票的教训，也经历了长线投资的困惑，又经历了投资基金的甘甜，经历过多次大牛市及大熊市，《智慧价值投资》讲了五个部分，通过对股市风险的研究，短线炒股及长线价值投资的总结，总结出来三条经验："炒股者难致富、投股者并不易、通过基金投资是一条可选择的投资方法"。三条投资理念："价值投资、逆向投资、通过基金投资把专业的事交给专业的人去做"。三条投资策略："基金定投＋恐投，长期持有，跨境配置"。通俗一点讲，一是普通人最好不参与炒股，更不要短线炒股，股神巴菲特也曾经说过"不要在股市里赌博"。二是长期投资股票风险也非常大，要有足够的专业知识和经验教训及正确的方法才能控制风险获得收益，然而获得这些专业知识、取得这些经验、得到这些教训并不容易，说到底也很难。三是通过购买基金，把专业的事交给专业的人去做，从而间接参与权益类资产投资。

《智慧价值投资》告诉读者，价值投资，是选行业前景好的、具备非常强的盈利能力、适度稳定的增长率和长期的自由现金流，又被严重低估的全国乃至全球著名的公司长期持有做股东。逆向投资，是在别人恐惧的时候我们要贪婪，在别人贪婪的时候我们要恐惧，在市场提供安全边际时候介入，在市场疯狂时候退出。跨境投资，是通过购买QDII基金间接参与全球市场，分享全球经济增长的硕果，根据全球市场估值高低情况，选择更具有安全性的市场做配置。长期持有，就是选上伟大的公司或者是优秀的基金长期持有，如持有腾讯控股15年股价由最低涨到最高，上涨1000多倍。如持有富国天惠基金16年最大涨幅22倍。基金定投，实际上是用时间换空间，淡化择时摊低成本。

《智慧价值投资》重点介绍了投资基金，通过对各类基金的研究、对比、分析，总结出投资各类基金的特点、收益及风险，总结出投资各类基金的策略和投资各类基金的方法，也总结出长期投资各类基金的价值，愿改变千万股民的投资理念，愿帮助广大投资者在投资中获得正收益，愿铸造千万基民的财富增值，愿在长期主义的道路上前进，本书还对未来房地产的投资做了一些分析。

《智慧价值投资》是写给普通投资者的，告诉普通投资者不要参与股票投资，告诉你如果投资就应该通过由专业人士管理的公募基金进行投资。也是写给拥有一定资金量的投资者，告诉你如何进行权益性资产配置，告诉你如何使你的家庭资产保值和增值的方法，这就是笔者写本书的目的。

《智慧价值投资》本书的重点章节是第四章，关于如何用智慧做基金的长期价值投资的内容，值得大家好好领悟、细细品味。同时也告诉大家一生中要多读书、多读实用书、读好书、因为读书越多、读书越早一生中所走的弯路也就越少、弯路少走了通往成功的道路就越近，离成功的那天也就越近。

《智慧价值投资》一书通俗易懂，很接地气，都是干货。吴跃尽管已是一名在全国金融界享有名气的投资专家，但他仍然谦逊低调。他说通过自己投资总结了一定的成功经验和教训，尽管在写这本书的过程中付出了许多辛苦和汗水，用业余时间编写了五年之久，但由于能力和水平有限，本书中难免会有疏漏之处。所以，吴跃真诚地希望各位读者朋友及时给予批评指正，使他的水平不断改进和提高，帮助那些需要帮助的人取得投资成功，最终的目的是让投资者在股海中走出歧途，少栽跟头，早日在股海中获得心身解脱并早日取得投资上的丰厚收益，使大家的资产不断增值，成为物质和精神的双重“富翁”。

是为序。

2023 年 5 月 1 日

于北京金融街中国银保监会大厦

如花似水

——苏扬散文诗集《青鸟》序

跟苏扬的相识缘于金融，与苏扬的相知缘于文学。

我读苏扬的作品久了有种感觉：她的散文诗表现出很强的节奏感和音乐性。这或许跟她的天赋有关，跟她的素养有关，跟她的灵气与悟性有关。她能在冷静地观察、发现和思考之后，找到人与大地、社会与自然、历史与现实的恰当表达，弹奏出心灵深处最美妙动听的音律，揭示自然界与历史的大悲悯和大境界。

苏扬是扬州人，扬州是一个具有博大内涵的城市，是她的生命之根、诗歌之源。因此，苏扬几乎是用一个婴孩对母亲的眼光来赞美和讴歌她的家乡，就连她的笔名也印着扬州的符号。在苏扬看来，没有比散文诗更美的语言能表达这座历史文化名城了。于是，她选择了这个体裁写扬州的湖光园林，写扬州的风物人情，写扬州的老街古巷……

正是这种血脉相连、浸入骨髓的爱，才使她在散文诗的疆域纵横捭阖，透过历史的风尘，构筑出一幅幅轻盈与厚重并存、叙述与抒情交融的美丽诗画。

例如，《青鸟》第一辑：“你从广袤的澄明中诞生。/ 带着邗城的胎记和水的风韵，/ 流出‘天下三分明月夜，二分无赖是扬州’的洁白与窈窕。”“风景飘浮。目光飘浮。/ 你的身后，千年的旧日历，被流水翻阅。”“而你，始终用浪花濯洗的手掌，握住一朵民谣的澄明，/ 握住一首诗歌的古老和年轻。”（《扬州歌吟》）

“满岛的光明，满岛的生机，满岛的春情，满岛的诗意。许多植物仿佛刚来到人世，许多语言和色彩仿佛刚刚诞生。她们都朝茱萸湾涌来，朝灵魂的圣地涌来。”（《茱萸湾的春天》）

“渡江桥下，一艘古色古香的游船缓缓穿过，清越的扬州小调使波光粼粼的古运河生机无限、魅力无限……”（《扬州四季》）

苏扬在扬州烟雨的滋润下，作品意境空灵，轻盈洒脱，诗意充沛，清新唯美，很多诗句流淌着水的交响，洋溢着神性的光辉。从《青鸟》这部散文诗集可以觉察，苏扬对扬州的膜拜，是感激于水。你听她满怀深情地歌吟："水生的扬州，2500 年的波澜壮阔，啜饮苦难和沧桑，依然如此静美，如此纯粹。"（《扬州歌吟》）

然而，这些还不足以表现苏扬对水生的这座城市的崇奉，最具震撼力的是《我的母亲，我的运河》。运河篇是苏扬感情的一次喷涌，呈现出胸怀丘壑的气势，全诗一泻千里，磅礴豪迈，雷霆万钧，是一组壮阔的诗性浩荡的具有恢宏气度的水的诗章。此作登高望远，从古运河的源头出发，把一座城市的跌宕历史与一条河流的跌宕历史紧密融合在一起，使扬州与运河的命运浑然一体。这里不妨摘录几个句子：

"一排浪远去了，又一排浪赶过来。/ 兴盛的兴盛，覆灭的覆灭。/ 浪花前赴后继，涛声前赴后继，历史前赴后继。"

"你的帝王已不是夫差，已不是刘濞，已不是杨广。/ 你的时代已不是春秋，已不是西汉，已不是隋朝。/ 谁还会凿邗沟争霸中原？/ 谁还会拓运河走'海上丝绸之路'？""水，从长满青苔的河道向外延伸，淌过命运颠簸的民间，淌过生生灭灭的王朝；/ 孕育了两岸文化，孕育了一座城市，孕育了万千生灵。"

"谁能高过扬州的隽秀？谁能高过大运河的气度？/ 无法抵制你的诱惑，征劳役，斥巨资，造龙舟，三次南下。/ 而百姓已不堪重负，只能挣扎在风景之外，让命运在河水里沉浮。"

在苏扬的诗句里，运河翻滚着皇权、帆影、盐粒、铜器、骨器、丝绸、珠宝、歌舞，也翻滚着号子、灾难、劳役、风烟、战争、压迫、挣扎、反抗、呻吟、喘息、恐惧、死亡……

《我的母亲，我的运河》体现出历史的凝重和作者的悲悯情怀，在艺术结构上，节奏感很强，较多地运用了连排句，加强了韵律，看似减少了叙述的成分，但她深邃的立意和炽热的感情足以撼动读者的心灵。我认为，《我的母亲，我的运河》已跨越了性别界限，超出了一般女子的胸襟。

苏扬对水的感情是赤诚的，她除了讴歌家乡的水，也赞美天下的水。

例如，第二辑、第三辑："湘家荡，那些精灵的福祉都是你馈赠的吗？/ 鱼群在水草身上吐着透明的泡，水草的拖裙掩藏了乌龟交媾的秘密，天真的野鸭不时钻进水肚，打捞湖底的稀奇，漂亮的白鹭掠过摇曳多姿的芦苇，在波光上恣意歌舞……""当夜神的金辇离开的时候，我听到了音乐，那是湘家荡的水波和醒来的鱼群共同奏响的音乐。"（《翡翠色的湘家荡》）

“那是母亲永远美丽的哈达，那是母亲在遥远的甘南吟出的一首荡气回肠的长调！”(《黄河首曲》)

“身体里流淌的曲调刚柔相济，那是黄河的秉性。”(《黄河之夜》)

“钟灵毓秀的大湖啊，连接着古运河，连接着历代王朝深浅起伏的历史。/ 滔滔的湖水经历过悲喜，经历过荣辱，经历过清澈，经历过混浊。”(《微山湖情韵》)

“夏夜的荷香溢出了月河，一直弥漫到你的窗外。/ 相思堆成了岸。/ 斑驳的柳枝摇晃着你的面孔，希望能与你一起荡漾在月光中。”(《风吹月河》)

像这样诗性纯粹、飘逸空灵、细腻婉约、充满象征和隐喻的诗句在《青鸟》里俯拾皆是。正如苏扬自己所说：“身体里流淌的曲调刚柔相济。”当然，《青鸟》里最有苍凉和沉重感的是第四辑《汉曲》。《汉曲》共十一个章节，曲调如泣如诉，歌吟了中国古代丝绸之路上第一位远嫁西域的江都公主刘细君悲壮曲折的一生。刘细君是苏扬的家乡人，为促进民族文化交流和传播，抵御匈奴入侵，作出了重大贡献。《汉曲》不是简单地复述历史，而是以历史为背景，进行诗意的创造与表达，塑造了一个命运多舛的胸怀大义的西汉公主的形象。

《汉曲》有时空的转换、地点的转换和文化背景的转换，包括生活习俗、社会人情、自然生态、民族信仰等地域文化元素，反映了民族矛盾、阶级矛盾、婚姻制度、等级制度、统治制度，甚至涉及对人权、人性和社会的诘问。比如：

“我是谁？我对自己已没有了判断。/ 我的父王和母后都不停地变换面具，而那些面具的后面又藏着若干面具。/ 我是他们唯一的简洁。”“这是一个什么样的人间？我看到无限的光明，又看到无边的黑暗。/ 光明来自梦幻中一大片芦苇的光芒闪现，为了我的出生，一个新的生命。/ 而黑暗就是光明的反面。”

“西域有多远？乌孙有多远？国王什么模样？/ 不能问，不敢问。/ 我已是一个丢失出处的人。”

“目光渐行渐远，琴声滑进流水。远方，哪个枝头能承载一朵花羸弱的命运？”

《汉曲》是一曲悲歌，是历史的真实存在，她的厚重感、艺术感染力和有意味的生活呈现、心理活动描写不亚于一部长篇小说。这证明散文诗完全可以承载大题材，写出大气象。苏扬似乎正在往这方面努力，而她的一些关于现实主义批判的篇章更具有思辨性和哲学性。

据了解，苏扬的人生不容易，她勇于在逆境中崛起，追求执着。她的散文诗创作才短短三年，但作品已频频亮相在国内外文学报刊和各种年选，出了两部诗集，获得的成就让人刮目相看，在全国金融界已经崭露头角，这是她勤奋努力的结果。文学贵在坚持，期待苏扬在不断地追求与探索中抵达新的高度，创造更多的惊喜。

是为序！

2016 年 3 月 3 日

于北京市金融街金融作协办公室

追梦之人讴歌逐梦人

——王虎奎长篇小说《逐梦》序

说实话，我与王虎奎并不熟知，经陕西金融作协杨军主席介绍后，我们才有联系。他请我为新近完成的长篇小说《逐梦》做序，我思忖再三，还是应允了他的请求。原因有三：作为一名长期在金融一线工作的普通员工，能利用闲暇时间写出一部三十多万字的“大部头”，让我很惊讶，作者对文学的执着和追求，让人心生敬佩。此其一。经了解，这部长篇小说从谋划落笔到撰写成稿，时间长达十年之久，人生十年无几多，这需要多么大的毅力、耐心和恒心。要知道，这十年社会会发生许多事，个人也会经历许多事，可他秉持初心，没有放弃，他始终为自己的文学梦想默默付出，辛苦耕耘。此其二。金融人写金融事，正是我们需要的，不但是新时代金融文化发展的需要，也是金融行业践行初心使命的需要，且他的小说来源于最基层的工作实践和经历，为我们提供了倾听基层心声的绝佳机会。小说中主人公对金融事业不懈努力的敬业精神，攻坚克难的开拓精神，舍小家为大家的奉献精神，以及对金融事业的热爱和责任担当，均是当下需要大力宣扬的主题。基于以上三点，我觉得有为他做序的必要和责任。

为了解虎奎的创作心路历程，我跟他通过电话聊了很长时间。得知 2023 年 11 月，王虎奎出版了人生的第一部书——中短篇小说集《云岭魂》，这是他步入文学殿堂的一个大胆尝试，也非常成功，此书获第三届金融文学新作奖。《云岭魂》汇集了他多年来创作的十八篇中短篇小说，分为三个部分，金融岁月稠、爱的奏鸣曲、乡村人物谱，语言质朴优美，犹如山间的清泉，缓缓流淌，诉说人间的悲喜哀愁，有普通金融人的英雄壮举，有匍匐在命运下女性的辛酸，有与天灾人祸拼命抗争的乡村人物，他们都是作者笔下一个个闪亮的灵魂。

说起文学，他们家可以称得上是文学之家。王虎奎出生于陕西凤翔一个书香门第，自幼深受中国传统文化和文学艺术的哺育熏陶，有着浓厚的文学情结。他父亲王森，大哥王云奎，二哥王宏奎，著书立说，成果颇丰，有多部文学作品问世，十多年前，他的父亲与大哥、二哥及侄女王丹宁合著的小说散文集《春满花枝》，一度被传为佳话，此书由著名作家陈忠实作序，贾平凹题写书名。王虎奎曾参军入伍，服役期间是武警某部的一名新闻报道员，作品见于《人民武警报》《北京青年报》等。进入农行工作后，在《中国城乡金融报》《陕西农村金融》报刊发表作品。作为一名普通的金融人，他一直没有放弃文学梦想，闲暇之余，或在夜深人静之际，把自己的所见所闻，所思所想，诉诸笔端，用文字记录下来，犹如筑塔之沙，一点一点珍藏起来，笔耕不辍，精心编织着自己美好的文学梦。近几年，作品先后在《中国金融文学》《金融文坛》《秦岭文学》等刊物发表。

多年来，他逐梦于文学，常想起年少时站在当年苏轼舞文弄墨的东湖边上，绽放的文学梦想。正如他在《云岭魂》后记中所言："我敬佩文学，敬佩那些文学巨匠。我认为，他们的内心异常强大，说一书一世界，一点儿也不为过。那世界是他们一个字一个字想出来的，又一个字一个字写出来的，洋洋洒洒，少则数万字，多则数百万字。那是一段怎样的心路历程，不是一般人能够体会到的。说他们内心强大，还因为他们内心装得下日月星辰、山川河流、风雨雷电、虫鱼鸟兽、万千人物。文学像一扇窗，通过这扇窗，你能看见历史长河里的大漠孤烟，金戈铁马，朝代更迭。它又极像显微镜，不仅能看清你的心灵深处，还能观察你的情愫，你的爱慕，你的动情泪水。这就是文学的本能，也是文学的诱惑，更是文学的魅力。"文学的魅力就是这样，可以让一个人痴迷，让写作者在真实的当下和虚构的世界之间游离，用透视的眼光，穿过现实世界的帷幕，创造一个全新的世界，并为之而歌。

如果说《云岭魂》是作者涉足文学的一种尝试，那么《逐梦》是他在文学之路上初试的锋芒，洋洋洒洒三十多万字，以改革开放为大背景，展现普通金融人和周围一群人追逐梦想的人生经历。凡人都有梦想，无梦之人无灵魂。梦想犹如夜里跋涉者的灯火，它既是前进的方向，也是披荆斩棘的动力，有了梦想，踩下去的每一步才有力量。虎奎一直在追逐文学梦想的路上奔跑，他笔下的人物也在各自的梦想之路上砥砺前行，创造属于自己的理想之境。

我一直以为小说是塑造人物的艺术，有了活灵活现的诸多人物，小说才有强劲的生命力。如鲁迅笔下的孔乙己，落魄书生的形象早已深入人心，虽身无分文，却满口"之乎者也"，身着长衫，还要赊钱喝酒，旧文人的酸腐跃然纸上。还有祥林嫂，大家自然而然会联想到她的悲惨遭遇，她善良、朴实、勤劳，可在那个黑暗的年代，她只能是吃人社会的牺牲品。因此，人物的塑造是一部小说的灵魂所在。

《逐梦》中人物繁多，主人公张子凯是典型代表。他具有所有年轻人的诸多良好品质，好学上进，追求理想。在领导岗位上有魅力有担当，以行为家，舍小家为大家，当企业以利益诱惑时，他始终守正初心，不为所动。对待家庭，负责任有爱心。但他也是生活中重情重义之人。当邂逅昔日恋人之时，想到的是怨与恨，而当得知恋人所遭受的酸楚经历时，爱怜之心油然而生，想方设法予以帮助，且由此引发了一系列误会。他又是一个具有坚强毅力之人，在遭受生活打击后，顶住巨大压力，对工作始终不言放弃。后来身体患病，家庭变故，但他仍乐观向上，以积极心态面对一切，最终消除误会，家庭得以团圆，成为人生赢家。

冯丽是《逐梦》中的关键人物，也可以说是女一号。她是张子凯的初恋。当年她已与张子凯私定终身，正向高考发起冲击的时候，她出于无奈，不辞而别，让张子凯陷入痛苦之中。十年后他们意外重逢，冯丽内心对张子凯的那份深深的愧疚，终于有了弥补的机会。谁知，她每一次的善意帮助，都会给张子凯带来危机，当她准备完全放弃的时候，张子凯因病倒下，同时获知张子凯已经离婚，她重新燃起激情，这是她灵魂救赎的绝佳机会，她用常人不能理解的大爱之心，终于将张子凯从死亡边缘拉回来。当张子凯与妻儿全家团圆时，冯丽隐藏了爱，毅然选择了远离张子凯的视线。

《逐梦》中还有几个特别有个性的人物，如张子凯的妻子吴月贞，她性本善良，争强好胜，爱憎分明，嫉恶如仇，眼里容不得半点沙子，容易被情绪左右，尤其是听不得张子凯半点负面消息，成为他们家庭最大的敌人。还有一个人物需要说一下。企业家林俊杰，是这部小说里的重要人物。作为一个从乡村里走出来的企业家，他有抱负有情怀有梦想。在创业之初他也饱受苦难，被资金技术证照等所困扰，他凭借坚忍不拔的精神，一步步走向成功。他具有农民的朴实，商人的精明，企业家的胸怀，在前进的道路上，逐步走向成功，实现自己的梦想。凡此种种不再赘述，人物是一部好的小说的立身之本，人物有鲜明的个性，与众不同的特点，就能抓住读者的心理，小说就成功了一半。

小说是讲故事的艺术，长篇小说是一个个有趣的有血脉联系的一系列故事的综合体。纵观古今中外的名家名作，每一部小说如奔流不息的大江大河，那么每一个小故事就是大江大河里不断腾跃的一朵朵小小的浪花，它们离不开江河，江河也离不开它们，相映成辉，奔腾向前。小说《逐梦》也是一条河，河里也不断涌现出一朵朵奇妙的浪花。

小说是语言的艺术，任何一部成功的文学作品，打动读者的首先必须是语言。有的人认为能够语惊四座，才是小说取胜的法宝，甚至有的人放言“语不惊人死不休！”实则不然。小说是生活的艺术，首先必须有浓厚的生活气息，要接地气，要有人间烟火气味，如此一来，小说语言只能是贴近生活的语言。试想一下，有谁在日出日落的平常生活中张口豪言壮语，闭口海誓山盟，如若有这么一个人，那么是否应该进医院里去看精神科医生了。寻常日子，寻常过，说寻常的语言，做寻常的事情，这才是小说应该营造的最为真实可信的生活。诸多大家名著的语言是优美的，朴实的，未经刻意雕琢，娓娓道来，像山间的小溪一样，缓缓而来，又缓缓而去，简单，通透，明了。当然，要达到大师级的语言水平，需要的是生活的积淀和文学艺术的熏陶，还有不断地写作锻炼，这是我们大家努力追求的方向。小说《逐梦》的语言虽然说不上多么优美，但它是朴实的，具有很浓厚的生活气息，有烟火气，这是接近生活的一种表现，也是文学作品应该有的品质。书中对老街上一棵老皂角树的描述就很有意思，在老年人和孩子们的眼里，它是不一样的存在：老辈人把这棵参天的皂角树奉为神灵。凡是家里过红白大事，都要先来给老树恭恭敬敬地鞠上一躬，再上一炷香，祈求家宅平安，诸事顺遂。可老街上的年轻一代却不信这一套，只把老树当成一棵普通的皂角树，当做童话世界里的布景道具。此段就很有生活气息，老人牵挂的是家人平安，孩子们关心的是如何快乐。小说中对中医师大夫的描写可谓入木三分：对前来就诊的病人深入浅出地问病因、问饮食、问起居，慢慢地问话，细细地把脉，眼睛微闭，句句入耳入心，让来人放下心理包袱，坚定病愈的信心。临走时还送上一句“没多大事，吃几副药就好，放心吧。”如果没有深入生活，没有细致入微的观察，怎能描写得如此逼真形象，让人身临其境。

小说语言是一门艺术，那么小说里的语言怎么样为最好呢？符合人物特征的个性化语言最好。一人一性，百人百性，这里的“性”指的是人的性情，个性。万千世界如何才能区分人与人的不同呢，那就是人的语言。农人有农人的语言，工人有工人的语言，干部有干部的语言，老年人不同于年轻人，年轻人又不同于小孩子，小媳妇不同于小姑娘等等，因为他们各自生存的环境不同，所以会用不同的语言来表达。面对一片金黄色的麦田，老农民会说：“我闻到白面馍馍的香味儿了！”机关干部会说：“麦浪滚滚，丰收在望。”年轻汉子则会说：“又到了脱层皮的日子了！”你看，同样的事物，在不同人面前，他们会用不同的语言来表达自己的内心世界。抓住人物心理的语言最好、富有生活气息的语言最好。心理描写是人物的灵魂所在，好的心理描写可以让故事中的人物更丰满，更有质感。小说中对几位退休老行长贪图小便宜的描写也恰到好处，其中对赵行长的描写是这样的：还有更绝的。赵行长儿女都不在身边，平时就老两口在家，按说两个人的饭再简单不过了，下一把面就够老两口子吃了。可就这一把面，赵行长要拿到机关灶的大锅里来下。每次等机关灶上吃饭的人走光了，他提着一把面条就来了，把鼓风机一开，添一锨煤，面条往锅里一扔，再瞅瞅，有啥青菜，弄上一把，洗一洗，也往锅里一扔，面条煮好后往搪瓷盆里一捞，把灶上的盐醋油辣子一搁，如果有炒菜就更好了，再挖两勺，美滋滋地端上回家去了。作者笔下这位老行长的一系列动作，行云流水，让人不忍捧腹大笑，笑可笑之人，笑这些人占了小便宜，丢了做人尊严的人。承上启下画龙点睛的语言最好。小说就是讲故事的艺术，故事与故事之间要有承接前后的伏笔，情节与情节之间需要有转折，那么就会有承上启下的必要。小说中林俊杰安排冯丽紧盯他表哥郑县长的行程安排，冯丽也是煞费苦心，描写十分逼真。当然，小说里精彩文字有很多，只能慢慢地赏读，细细地品味。

业广惟勤，功崇惟志。王虎奎已经是全国金融系统的优秀作家，但他仍然在新时代征程上追逐着更多更大的文学梦，希望《逐梦》成为王虎奎先生致力文学的一个新起点，以文立心、以文铸魂，为攀登更高的文学高峰积聚力量。

是为序。

2024 年 12 月 12 日

于北京金融街金融作协办

不言春作苦　常恐负所怀

——蒙广盛纪实文学《驻村纪事》序

以岁月之名，有山河为证。百年征程波澜壮阔，百年初心历久弥新。在中国共产党百年华诞之际，中国人寿广西分公司选派广西天等县进远乡进远村第一书记蒙广盛，把一部沉甸甸的纪实文学《驻村纪事》送到我手里，逐章读来，禁不住在心里为他们这些金融扶贫人竖起来大拇指。党的十八大以来，党中央把脱贫攻坚摆在治国理政的突出位置，把脱贫攻坚作为全面建成小康社会的底线任务，组织开展了声势浩大的脱贫攻坚人民战争。作为中管金融企业，中国人寿坚决贯彻党中央、国务院脱贫攻坚决策部署。从 2013 年开始，中国人寿与天等县建立对口帮扶关系，先后选派陈益、曹宗全、程峰、黄伟西、黄华卿、李兵、蒙广盛、邹佳伟等 8 名优秀干部挂点帮扶天等县，开展保险扶贫、产业扶贫、健康扶贫、教育扶贫等，2016 年以来，共投入扶贫资金 5000 多万元，帮扶项目 71 个。功崇而惟志，业广而惟勤。他们以担当作为为精准扶贫注入活力，用智慧真情为脱贫致富输氧造血，躬身践行“家国情怀，金融素养”，把金融业初心使命的答卷书写在丰收的大地上。

这部作品正是在这一重大历史背景下写出来的，全书共 30 个篇章 20 多万字。作者以驻村第一书记的亲身经历，以党群的深厚情谊和全新目光，用一个个鲜活的人物、生动的故事展现，解读脱贫攻坚战线扶贫干部的“初心”密码和“使命”担当，具有厚实的生活基础和新时代精神，向读者展示了中国人民摆脱贫困的决心和成果，描绘了“全面建成小康社会，一个都不能少，一个都不能掉队”的新时代图景。

习近平总书记在 2021 年新年贺词中指出：“2020 年，全面建成小康社会取得伟大历史性成就，决战脱贫攻坚取得决定性胜利。我们向深度贫困堡垒发起总攻，啃下了最难啃的‘硬骨头’”。作为驻村第一书记，作者深入脱贫攻坚热土，访民情、惠民生、聚民心、扶民志，同贫困户结对子、认亲戚，实现定点帮扶的进远村贫困人口全部脱贫出列。工作之余，作者用一年时间，足迹踏遍全村 9 个自然屯415户贫困户，把自己工作中所见所闻、所思所想、所作所成写出来，以饱满热情讴歌扶贫干部默默无闻的奉献精神，这无疑是可喜可贺的，难能可贵。

打好脱贫攻坚战，全面建成小康社会本身就充满了可歌可泣的事迹。全书以恢宏气势，壮阔场面，独特结构，优美语言，真情流露，披露鲜为人知的脱贫攻坚历程和悲壮的帮扶故事。这些故事情节意蕴丰富，人物形象个性鲜明。虽然主人翁都是些名不见经传的“小人物”“小故事”，有乡党委书记、乡长；有扶贫干部、驻村队员；有志愿者、贫困户……作者笔下讴歌的平凡人物和先进典型都有生活赋予的深刻感和亲近感，思想性强，耐人寻味，有震撼力，是“平凡铸就伟大，英雄来自人民。每一个人都了不起！”的具体体现，也是对人民群众、平凡英雄的礼赞，彰显了人民是历史的创造者、人民是真正的英雄。

较强可读性是《驻村纪事》的又一特色。从“九峰山下战洪图”到“岜马山下‘红军村’”，从“化作炭火暖民心”到“铁血开山人”……这部作品选材很好，从一个侧面反映了我国脱贫攻坚的厚重历史，读者不仅看到了驻村扶贫干部的艰辛和贫困户生活的巨大变化，还看到了国家繁荣富强和各族人民奔向小康的美好生活。

这部作品还有一种无言的美，这种美就是驻村扶贫干部用甘愿吃亏，乐于吃苦，勇于奉献创造出来的，这种美形成一种强烈的感染力，给人以全新的感觉。全书从党中央作出精准扶贫、精准脱贫、脱贫攻坚的决策，到千军万马扶贫干部深入一线会战贫穷，精准施策，脱贫摘帽，纵横捭阖，游刃有余。虽然题材涉及广泛，但作品不是泛泛地逐一介绍，而是注重从扶贫实际出发，对纷繁丰富的素材精心选择，巧妙安排。行文或以论带史，或叙事状物，娓娓道来，读起来跌宕起伏，详略有致。书中的扶贫之苦、之难、之特，以及情节之壮、之美，构成了一幅壮丽的历史画卷，充满了浩然之气，阳刚之美。

《驻村纪事》是一部优秀作品。书中有的篇章超万字，一口气读完，意犹未尽，往往还想再读一遍。细细回味那一篇篇美文，仍能从字里行间品出真实的情怀和深刻的底蕴。例如“初心如磐使命如山”“高山草绿牛羊欢”……以简练语言展现了脱贫攻坚取得的显著成绩，体现了新时代扶贫干部“舍小家”而“顾大家”的良好形象，真实再现了这场脱贫攻坚的伟大成果。

值得一提的是，蒙广盛既是驻村第一书记又是作家、摄影家，他在全国金融界及社会各界有着较高的声誉。对扶贫生活有着深刻体验，以作家独特视角，从不同侧面展示了脱贫攻坚辉煌成就和扶贫干部的动人故事，读者通过这部“土味儿”较浓的作品，窥见驻村扶贫干部宽广的胸襟和美好的心灵，真实可信，读来亲切又朴实，熟悉又新鲜。可以说，作者已经把驻村扶贫干部对贫困户的情爱与爱国爱党、爱人民的高尚情操紧紧地联系在一起，把他们的个人家庭幸福与国家的繁荣昌盛、人民的安居乐业融成了一体，这是非常感人的，也是至为宝贵的。希望蒙广盛同志在新的历史起点上，不忘初心、牢记使命，再接再厉，写出更多更好的作品。

是为序。

2021 年 6 月 16 日

于北京金融街中国银保监会大厦

中华民族永远需要英雄

——郑心侨长篇小说《喋血升谷坡》序

抗日战争是一部波澜壮阔的英雄史诗。

近代资本主义列强侵华，日本也扮演主要角色，1894 年 7 月—1895 年 10 月中日甲午战争从中国掠夺大量书籍、文物、白银等战略资源，为进一步强大和发动侵华战争做铺垫。1931 年，日军在东北发动“九 · 一八事变”起开始侵华战争，霸占中国东北三省，1937 年七七事变（卢沟桥事变）则是掀开了日军全面侵华的序幕，直到 1945 年 8 月 15 日，日本天皇宣布日本无条件投降，9 月 2 日正式签订投降协议，自此日本侵华战争结束，前后共计十四年。

日本帝国主义发起的惨绝人寰的侵华战争，在中华大地上燃遍了战火，他们在中国大地上横行肆虐，所到之处，生灵涂炭，血流成河，使饱经沧桑的中华民族在侵略者的蹂躏下痛苦呻吟。但是，战争这朵“恶之花”，也使我们民族觉醒与奋起，当帝国主义的枪炮对准我们胸膛的时候，中华民族发出了排山倒海般的怒吼，战争动员了人民，也创造了文学。在新时期文学中，有许多作家以强烈的使命感和忧患意识，继承发扬了现实主义的优秀传统，以崭新的审美意识重新审视中华民族同休戚、共命运的这段悲壮动人的历史，他们以鲜明的时代性、厚重的历史感，从不同角度、不同侧面，再现了革命前辈在民族生死关头浴血奋战、团结奋斗的光辉历程，展现了中华民族抵御侵略的铮铮铁骨，以唤起善良的人们对和平生活的珍惜和向往。郑心侨创作的六十三回章小说《喋血升谷坡》就是这样一部感人肺腑的作品。他在创作的过程中，得到他的启蒙老师符绩锡的热心帮助，符绩锡提供了很多故事情节，并在文字方面进行了润色，花了很多心血。它的问世，填补了海南本地华侨抗日题材长篇小说的空白，可圈可点，可喜可贺。

《喋血升谷坡》取材于文昌抗日救亡的铁血历史，选取了升谷坡这个场景，围绕着在党的领导下，抗日军民摧毁日军建设升谷坡机场这一中心事件，展开矛盾冲突，以小见大，描述了以符秀媚为代表的归国华侨走上抗日道路的光辉历程，塑造了“可以托六尺之孤，可以寄百里之命”的抗日英雄群像，讴歌了归国华侨无私奉献敢于担当不怕牺牲的精神，展现了中华民族顽强不屈的意志及不可诋辱血性豪情。通篇风起云涌，刀光剑影，斗智斗勇，殊死较量，正面人物揭竿而起，反面人物粉墨登场，演绎着一幕幕威武雄壮的抗日长剧，最后以四面楚歌，强虏灰灭，黎明曙光，英烈喋血为结局，前后照应，一气呵成，体现了恰到好处的艺术构思。在严酷的抗战岁月里，海南人民是那样的英勇，他们面对日寇的屠刀，浴血奋战，前仆后继，以一己之躯成民族大义，可谓惊天地泣鬼神。透过血泪凝成的文字，聆听着浑宏厚重的历史声音，一幅波澜壮阔的巨大画卷，叠成一行行感人肺腑的诗句，激荡着海南人民不屈不挠的抗日精神。

一方水土养育一方人，每个地域都有自己独特的自然景观和风土人情以及语言特色。就我个人而言，海南是陌生的，海南给我的印象永远是绿色的，永远是酷热的，特别是对海南的风土人情、文化底蕴、历史典故知之甚少。而《喋血升谷坡》却让我从历史的视角品读了海南的风土人情，传说故事，在硝烟弥漫的背后，却是文化的强烈碰撞，是光明与黑暗的搏斗，抗战同投降的较量，进步和反动的对垒，构成了一幅真实而且色彩斑斓的宏阔画面，从而使作品闪烁出熠熠的光辉。作者笔下的人物个个都是鲜活的，特别是主人公符秀媚，一个从小在泰国长大的姑娘，当家乡被日本鬼子的铁蹄践踏的时候，毅然带着妹妹，追随海南华侨回乡服务团踏上海南这片热土参加抗日战争，成为一名坚强的革命战士，后来又根据组织安排回到她的家乡，为了反对日本的奴化教育，她当起了椰林小学的教师，为了营救学生，她挺身而出，被日本鬼子押进升谷坡据点后，她将计就计，根据党组织的指示，利用爱人张孝日是日军指挥官小岛同学的特殊身份作掩护，积极投身到打击敌人的活动中去。她以大无畏的革命胆量，摸清敌情，及时通风报信，成功地组织慰安妇与敌人做斗争，做好台湾籍日本兵的策反工作，使台湾籍日本兵与我乡政府和政工队里应外合，有效地粉碎了敌人下村扫荡、抓民工的计划，扰乱采石场、炸掉水泥厂，破坏机场基础设施，想方设法沟通劳工感情，帮助大批劳工逃出虎口，终于拖延了日寇建设升谷坡机场的时间，粉碎了日寇建设升谷坡机场的阴谋，削弱了侵琼日军的军事力量，为我琼崖革命的胜利作出了重大的贡献。符秀媚风华正茂，为国殒命，令人扼腕叹息。她是海南华侨的杰出代表，她的意志，她的品格，她的忠贞，在那个腥风血雨的岁月里，却是远远地超出一个普通人的肉体和精神极限，她是同代人的缩影，在海南的抗战史上是一面永不褪色的大旗，是一座永远的精神丰碑。作者以正义为魂魄，以真、善、美为筋骨，大爱为色彩，通过对符秀媚这一形象的精彩塑造，展现了海南爱国华侨为了实现理想而甘愿牺牲的崇高精神，把烈士舍生取义之坚决、死亡之壮烈、牺牲的意义之深远展现在世人面前，给现代人的精神世界带来冲击波，给读者带来了一场灵魂的洗礼。

《喋血升谷坡》所表现出的俯瞰历史的气度，穿透灵魂的笔力，对广阔生活的概括能力，以及那种指向战争、指向战争中人的思考精神，都使读者耳目一新，使我们对作者的大容量、大篇幅、大境界的艰难追求和无畏的探索，升起由衷的赞佩，特别是在那特殊的环境中，通过被渲染得令人战栗的生命个体，使我们看到了历史的艰难与复杂。作者在刻画人物时，注意把当时人物所处的“景”，所遇到的“事”，所面对的“人”，同所引发的情感联系起来，从外貌、动作、行为、心理、语言等方面进行描绘，塑造出有血有肉的人物形象。诸如“冰霜历尽心不移”的邢毓岚，“一片丹心向日明”的符和堂，“天地存肝胆相照”的姜尚枫等等，都刻画得豪情满怀，活灵活现。而反面人物的刻画也入木三分，如升谷坡机场日军指挥官小岛，就是一个阴险、歹毒、狡猾、好色的恶魔，在他的身上透出其奸猾狡诈的民族特点，处处表现其贪婪、凶恶、狡诈的本性。作者构思的许多情节奇妙新颖，别出心裁，独具神韵。如“借枪报仇”“崖岭疑兵计”“借神斗鬼”等。

语言是文化的结晶体，了解一个地域文化，从琼剧语言入手，无疑是最好的一个切口。《喋血升谷坡》的另一个特色就是切入了一些琼剧元素，让作品充满着浓郁的海南地域文化风情，从这个角度说，也不失为一本外地人了解海南文化的活化石。在《喋血升谷坡》一书中，充溢着大量新鲜、生动的海南方言，读来绘声绘色，颇为有趣。例如，当地人骂日本鬼子为“跷脚筒”，由此可见一斑。

据了解，作者郑心侨，为了写就这部长篇巨著，深入升谷坡周边几十个村庄，先后采访了一百多名亲历升谷坡机场建设的老人，考察升谷坡机场遗址。至今遗留在机场的一些草坪还在，日本鬼子建的桥梁及梅岭荒坡上的石墩还在，仿佛在向人们诉说着历史的沧桑和那段血泪交融的曾经。当然，如此洋洋数十万言的作品，作者对铺陈矛盾冲突的层次进程及高潮迭起等方面，把握还不够周全，侧重群像英雄的雕塑，而主人公符秀媚的一些行动仍显得平淡无奇。但是，面对创作新手，我们不能苛刻太多，不要有脱离实际的奢望。郑心侨花了十年的心血给人们展现一幅海南人民抗日斗争的壮丽画卷，这种锲而不舍的精神就值得称道。

总之，读着这部长篇巨著，仿佛“孤帆一片日边来”，让我耳目一新，深深地领略到“野火春风血雨腥”的意蕴，我为中国金融作家队伍中拥有郑心侨这样一位笔耕不辍、孜孜以求的会员感到无比的欣慰。在这个略显浮躁、唯利是图的年代，能够如此执着地热爱文学，静下心来，为爱国华侨筑碑，替抗战英烈塑像，实在难得。在几分惊喜、几分赞许之后，我的眼前不由重现了习近平总书记的重要讲话：“我们回顾历史，传承爱国精神，是我们强国梦的重要组成部分，也是我们伟大民族走向伟大复兴的不竭动力。”

我要借此机会，感谢每一位为中国金融文学作出无私奉献的会员，因为有了他们，中国金融文学的天空才会如此蔚蓝，文学创作的净土才能如此肥沃，文以载道的理念才能得以真正传承；也正是因为有了他们，中国金融文学才变得更加有意义，金融文化人的使命才更加清晰，弘扬主旋律、传播正能量的责任才更加明确，文学讴歌金融事业的任务才更加光荣。中国金融文学任重而道远，仍需深耕细作。

是为序。

2024 年 1 月 5 日

于北京金融街

一片心灵栖息的家园

——叶林散文集《岁月之痕》序

2020年，注定是一个不平凡的年份。

年初，新旧交替的时节，雪紧风急天寒，一场疫情突然来袭。从老家返京后，居家办公，百无聊赖，望着窗外阳光下摇曳的翠绿，渴望着一片能够使心灵栖息的家园。

好雨知时节，春路雨添花。一个清晨，忽然接到叶林老师的电话，说是他的新作《岁月之痕》即将出版发行，想请我为其新作作个序，同时发来了《岁月之痕》的目录及全部文章，甚至包括封面和封四的设计图形。

这就让我作难了。因为叶林老师其实是我的师长辈分。记得我在阳高二中读高中时，就知悉叶林老师的大名，那时候他已经在阳高县委和政府先后担任领导职务，既是阳高县里文字材料的“大笔杆子”，又是文学艺术创作的名家，我们这些校园里稚嫩的“文学爱好者”，对叶老师既崇拜又羡慕，向往着今后能像叶林老师一样，在党政部门里工作，舞文弄墨，激扬文字。可我是没有那么好的运气，因为严重偏科，我是先后读了六年初中、六年高中，虽然屡败屡战，但屡战屡败，最后还是名落孙山，回到村里用锄头在田野里“书写诗行”。后来，我辗转回到阳高县城在制药厂找了一份边烧茶炉边写材料的临时工，有机会接触上叶林老师，也得到了叶林老师的指导和关照。往后的日子，我也是为了生存，忙乎着写作和工作，从县城到市里、省里，一直到北京，跟叶林老师的见面也越来越少了。

没想到，在这个特殊时期，欣闻叶林先生的大作《岁月之痕》就要问世，心中甚喜！这是叶林老师的大事，阳高文艺界的一件好事。际此，我首先真诚祝贺叶林老师，笔耕多年，收获颇丰！

实际上，我一直都是叶林老师的学生和徒弟辈儿，尽管叶林老师谦逊有加，承蒙偏爱，让我作序，但我还是受宠若惊，却也未敢承命，不敢“造次”。咋奈叶林老师多次电话诚邀，尽管我还是心存敬畏，但再也无辞可托，加上恭敬不如从命的古训，再辞便觉不敬，于是我就欣然献丑，倾情作“序”了。

于是，在这悄无声息中，叶林老师的《岁月之痕》将宅在家里的我，带入了一个心灵栖息的家园——读一篇优美的好文，如品一杯茗茶，馨香绕怀，久久不忘。读一本好书，如与智者对话，智慧之光映射身心……这名言代表了我，也代表了读过好书的人。

本书收集了作家叶林老师退居二线后笔耕的部分作品。他热爱故乡，热爱生活，其作品以小见大，感情真挚。细细读来，让人寻味，让人忧伤，让人励志。正如一些读者在其文后的点评：没有华丽的词藻，没有刻意的雕琢，浅显朴实，文字细腻，渗透着浓浓的人间至爱，感染着每一位读者。又正如不知谁在点评《泪蛋蛋本是心头的油》中写道：未读完，油瓶已打翻，顷刻撒了一枕头！泪，可以这样表达！读来如苍凉的悲愤之声，哽咽在家乡的土地上。除了打动，还是打动！此刻说点啥呢？等会儿我再找点纸巾……这一个个点评又代表了我，我想同样代表了读过作者作品的人。

读了本书所收集的作品，从不同角度品味了其文的主旨、情境和意蕴。作者能把人生散乱的记忆碎片和情感经历淋漓尽致地用锋利的语言切开，又用散神串起来展示于书面，有的让你潸然泪崩，有的给你吹响人生奋斗的号角，实属佳作。

本书作品是作者风雨涤荡出的优美文字，沧桑锻造出的篇章，意义深邃，内容广泛。包罗自然、社会、人生等方方面面。他带给读者视角享受的同时，也扩大着读者的想象空间，是一片憩息心灵的家园！

追求诗意的栖居，是人类共同的梦想，生活不能缺少诗意，就像田野不能缺少春色，或许生活的原态还不等于诗，但却是诗意氤氲的辽阔原野。塑料制作的花朵如何艳丽，终究骗不过蜜蜂的眼睛，不会落下蝴蝶的翅膀。这情景端端地应了那句古诗：问渠那得清如许，为有源头活水来。即事即兴，信手拈来，以文作记，抒情咏怀，构成了叶林老师生活的一种状态，体现了他对生活和文学的热爱。他用纯净的心，用干净的笔，写纯粹的生活和诗文，这就需要热爱、勇气、执着和痴迷，叶林老师无疑是这为数不多的执着者和守望者。从他的文字中，我读出了他对生命的热爱、对人性的善意、对社会的责任，这是一个成熟作家的素养与担当。

叶林老师是一位有情怀、有追求的作家，在大同当地，乃至山西，都已经有着相当高的知名度和美誉度，但他仍然谦虚做人，谦逊为文，在晋北这片热土上孜孜以求，不断沉思与吟咏，衔华而佩实，必将在岁月的尘封上留下更加美好的痕迹……

是为序。

2020 年 3 月 21 日
于北京金融街中国银保监会大厦

洞庭湖上飘来大风歌

——李国峰诗集《洞庭风歌》序

小说和诗歌同属文学项下的两个兄弟，我的主创方向是小说，对于诗歌创作是敢爱不敢唱。所以我一般情况下不轻易佩服写小说的人，而是容易钦佩诗人，因为我写不了。

我们知道，中国诗歌艺术经历了五千多年艰难曲折坎坷离奇的发展过程，是不同历史时期社会经济生活品质的艺术体现。正如谢冕先生所言：诗歌艺术的由枯竭而滋荣，由灭绝而新生，作为一种历史的规律却非任何人为的力量所能抗拒。

时代的开放，必然带来艺术的开放。自党的十一届三中全会以来，中国进入了改革开放的新时代。伴随着改革开放的持续深化，人民的物质财富极大丰富，人们对精神生活与艺术文化的追求进入了一个新时代。诗与远方也随之成为富裕起来的华夏儿女幸福生活的重要组成部分。越来越多的文化达人，以新的姿态探索来继承、扩展、补充、丰富和发展中国的诗歌艺术。人们心目中的诗歌盛宴，极大地调动了华夏儿女诗歌艺术创作的激情，借以讴歌人们对新时代、新生活的美好回忆与向往。

《洞庭风歌》的作者李国峰是一位从事金融工作三十多年的诗歌爱好者。他是经济学博士，高级经济师，在中国金融界享有较高的知名度。国峰先后在中国农业银行信托投资公司，中国农业银行中山分行、珠海分行，中国农业银行总行个人金融部，中国农业银行山东省分行，中信银行济南分行，中信银行资产管理业务中心，中信银行私人银行部等单位担任领导职务。许多人都觉得他就是一名地地道道的金融专家。

然而，人们不知道，国峰在工作憩余，对诗歌艺术孜孜以求，力求以清静无为、平和自然的心态，带着乐观、豁达和感恩，在信仰与阳光中穿行，放飞生命与梦想，去擦亮自己发现美的眼睛，去感受大自然与大千世界万物之灵的美好。他经常说，美是无处不在的，怕的是我们缺乏发现美的眼睛。面对世俗生活，国峰追求的是良知与道德，并力求用人世间的美好去感知真情，去体会幸福与快乐，去实现自己灵魂的救赎。国峰银行业务工作比较繁忙，但仍能一如既往不忘初衷坚持写作，像他这样的人，在当今社会还是不多了。我觉得国峰能够有今天的创作成果，是他多年对诗歌的挚爱和持之以恒的结果。在人生旅途中的丰富游历，为其积淀了充足的“营养”。其诗作于写景、描物、述史等等中，饱含着敏锐的感觉、深厚的感悟、浓重的感情。所以，我要说，李国峰是一位有情怀有良知有大爱的优秀诗人。

李国峰创作的《洞庭风歌》涉猎题材十分广泛，既有讴歌季节变幻美好的，又有赞美山河壮丽的，更多的则是从禅的领悟去探寻父爱母爱与人间大爱的博大精深，满怀信心和激情去体会成长的深邃与青春的力量，读来朗朗上口，意境深远。在《致青春》中，作者写道：青春是人生最美的时光，是催人奋进的鼓，是成长的伊甸园，是志存高远的歌，是永不泯灭的心性，恍如鎏金岁月的灯，宛若生命燃烧的火，不失自信与执着，不失优雅与练达，拥有炼狱般的灵与肉，追逐那属于自己的梦想，奏响了独立精神与自由思想的最强音！

细看国峰的诗作，一个特点是清新怡人诗词与画面交融。诗词，尤其是五言、七言诗，大多用典浩繁多多益善，很难让人一眼看懂，往往需要更多注释且反复对照才能明白。而国峰的诗作，平铺素描直抒胸臆，让人身临其境，感同亲受。国峰诗歌创作的另一个特点是感今咏史现实与历史交融，一个景点一处古迹，往往引起作者的共鸣。古体诗与近体诗交融是又一个特点，作者古体诗多用五言、七言，古风较多；而部分近体诗词，也可圈点，大气磅礴与细致入微相互交融，诗虽小道，品触亦深。国峰发表于《中国金融工运》2019 年第二期的《贵族精神》，一语中的道破了作者从成长到成熟的心路历程：在这尔虞我诈的世界 / 在这物欲横流的时代 / 你是人类文明的指路明灯 / 是社会进步的师表楷模 / 因为你，不曾因权力任性 / 不曾因财富轻浮 / 不曾向权贵折腰 / 不曾随波逐流迷失自我 / 以舍我其谁为己任 / 厚积薄发、不辱使命 / 彰显出时代的铮铮风骨。你有独立的思想 / 崇尚圣洁的文化 / 挣脱了名利束缚 / 斩断了私欲羁绊 / 摒弃了世俗偏见 / 信奉仁爱慈善 / 尊重生命人格 / 出污泥而不染 / 濯清涟而不妖 / 让灵魂自由从容 / 宛若高山上的雪莲 / 冰清玉洁！风雨雷电时，你不曾放弃 / 严寒酷暑时，你不曾动摇 / 如牡丹般雍容华贵 / 若江海般虚怀若谷 / 漫漫长路你上下求索 / 世人皆醉时惟你独醒。宁静致远、只争朝夕 / 无论顺风逆水，你总是迎难而上 / 拾起梦想的种子，甘愿倾其终生 / 只恋耕耘、不问收获 / 朝着优雅的人生 / 扬帆远航、高歌猛进……

《洞庭风歌》是国峰五十多年人生风雨的真实写照和真情流露，是作者心智的自我检讨、反思和升华。以《海燕》铭志：心向大海，生性顽强，信念坚定，热情似火，直面挑战，百折不挠，以高傲和勇敢为天性，勇于面对和战胜一切艰难险阻，甘愿接受血与火、灵与肉的洗礼，用对生痛快淋漓的呐喊，去呼唤暴风雨的猛烈，做苍茫大海上翱翔的精灵，去塑造自己精神不死的灵魂！春秋多佳日，登高赋新诗。国峰虽创作成果不俗，在中国金融界和社会上享有一定的知名度，但他还是那么谦虚好学，对诗歌孜孜以求，山高人为峰，祝愿国峰写出更多更好的诗作。

是为序。

2019 年 5 月 4 日

于北京金融街中国银保监会大厦

硝烟滚滚唱英雄

——黎立义先生长篇小说《硝烟》序

我很惊诧，也很钦佩。黎立义先生已年逾80高龄，却花了一年时间，竟然创作完成了26万字的长篇力作，《硝烟》滚滚扑面而来。这对一个高龄作家，无论是智力、毅力、体力，都是很大的挑战。《硝烟》初稿我看了，硝烟散尽，山河突显，主旋律昂扬，唱响在大众耳畔；英雄群雕，生动鲜活展现在读者眼前。我与黎立义先生真正是以文会友。我们仅在视频上通过话，见过面。以前，我是从广西金融作协先后出版的《泉水叮咚》《廉韵清风》征文集和《中国金融文化》上，经常看到他的作品，功力深厚，笔法精准，情感动人。多年来，勤奋创作，硕果累累。先后在中央、省内外报刊发表小说、散文、论文200多篇，100多万字。获得省部级奖12篇，其中：一等奖3篇。先后出版《难忘岁月》《落叶时节》《坎坷堆积辉煌》等专著。《硝烟》一书，文如其人。黎立义先生不是名人，是平凡人中的真人，是自学成才的贤人。《硝烟》主题鲜明，立意高远，结构严谨，颇有创意，富有时代感。讴歌一代军人对党的忠诚、责任和担当，有骨有肉，很有感染力。

人们常说，每个有作为的人，都有酸甜苦辣的故事，大都有一部闪亮的史迹。作者在人生的道路上经历过风风雨雨，八十余载，锲而不舍，执着追求。黑暗总是伴着光明，既要在顺境中前进，更要在逆境中奋起。古今中外，许许多多名人可歌可颂，靠的是自强不息的奋斗精神。从作者简介和有关资料看到，黎立义先生虽不能和那些名人相提并论，但他在人生的道路上，也有一股不畏坎坷、奋斗拼搏的经历和精神。

早在童年时代，本来他读书就门门优秀，因父母双亡，家境贫困，高小毕业就辍学在家务农。但无论务农、放牛、打工坚持自学初中课程，他立下誓言："风雨无阻放牛路，寒暑春秋书作伴，放牛看书两不误，学好知识终有路"。硬是坚持把初中的课程自学完。由于他的执着追求，勤奋努力，用行动回答了"书山有路勤为径"的道理。

后来，他有幸参军入伍，如鱼得水。他第一个岗位就是炮兵侦察兵，全团炮兵侦察兵培训，全班 10 人，论学历他最低，他采取笨鸟先飞，方位角、高低角、炮目距离计算他最快，训练结束，理论、操作考试得总分第一，让教员到学员完成了从开始拭目以待到刮目相看的转变。

在部队，他创造了“小学毕业当初中代数教员”的传奇。当时，团里进行数学文化摸底考试，因他自学完初中代数，考试成绩满分。教导员在全营军人大会上表扬了他。当时部队排连干部文化很低，上级举办夜校，教导员要他当代数教员。尽管知道自己仅仅是小学毕业，恐怕难以胜任。但军人服从命令为天职，他说试试看。学习结束考试，全班及格率达 90%，成绩突出。就这样，一年先进，两年入团，三年入党，四年提干，迈出了军营成长的第一步。很荣幸，在部队期间，部队还送他到军校深造。接着，从连部到营部、团部、师部工作。转业时，从一个放牛娃成为副团级干部，成为一段佳话。

他从放牛娃成为部队团级干部，从退役军人成为地区农行行长高级经济师；从小学毕业成为初中代数教员取得大学文凭，从写通讯文秘到小说成为作家。这每一步都克服了常人难以克服的困难，凝聚了他的艰辛和汗水。

从他成长进步的过程，悟出一个道理：先天不足后天补，有志不在文凭。理论知识源于实践又指导实践，文学源于生活高于生活。知识的领域广阔，这就要在实践中学，在实践中用。

记得他转业回到地区农行时，有的员工说，军人喊一二一、立正稍息、舞枪弄棒可以，可干银行可不容易。正是这番话，激发了他努力学习金融业务的斗志。

后来，省行党委送他到天津财院深造。回到行里把理论与实践相结合，到基层、到企业调查研究，弄清产、供、销关系，深知生产、分配、交换、消费都必须借助于货币与货币流通来完成。他从信贷立项、调查、评估、贷款程序以及会计结算方式方法，苦学苦练，很快适应了银行工作。而且发表了一些有推广价值的通讯报道。

若干年后，经上级考核，任命他为地区农行行长，完成了从军营到金融的华丽转身。

“放牛娃当了行长”，成为家乡人激励青年一代的佳话。

爱岗才能敬业，爱文学才能钻研文学。后来，省行调他到办公室当主任兼农村金融报社长，从此走上了文秘文学之路。无论是童年居住过的山村，还是走出校门，更或是军营训练场、硝烟弥漫的战场以至转业地方金融商场，皆成为他日后一切创作的灵感。

《硝烟》是黎立义先生的代表作，故事主人公高志远是有理想、不负韶华、不负时代的英雄和楷模。在全国金融界，在当地文坛，黎立义先生已经是知名的优秀作家，但他不惧年高，仍然谦虚好学，坚持文学创作。莫道桑榆晚，为霞尚满天，他还在硝烟滚滚唱英雄，四面青山侧耳听，在续写着“放牛娃当军官作行长成作家”的励志与传奇。

是为序。

2022 年 7 月 7 日

于北京金融街中国银保监会大厦

红旗指引征程

——欧阳明长篇纪实《红旗在前》序

历史是应该被铭记的，因为它承载过我们这个民族太多的苦难与辉煌；红色的基因是应该被传承的，因为它是我们一代人的光荣与梦想。

文友欧阳明，从千里之外的湖北赤壁寄来了他的文稿《红旗在前》，这是他为建党一百周年所创作的长篇纪实，托我为序。

读着这部八万字红色题材的长篇纪实，便沉浸在那个战火纷飞的年代之中，英雄们的铮铮誓言、枪林弹雨中前赴后继的壮烈，一把炒面一把雪的艰苦，使我的心灵受到极大的震撼，充满了对本书主人公和他所在部队的深深敬意。

作家欧阳明是湖北赤壁人（原蒲圻），1800 多年前，这里曾发生过震古烁今赤壁之战，三国古战场仿佛在诉说着昨天的故事。这里也是一块红色的土地，瞿秋白、董必武等老一辈无产阶级革命家曾在这里留下过光辉的足迹。就是这块红色土地，养育了欧阳明的红色情结，也让他的作品充满了理想主义和英雄主义色彩。欧阳明已是知名作家。他是中国作协会员、中国报告文学会会员，也是我们中国金融作协会员。他平时多以诗歌和散文创作为主，兼写报告文学和文学理论，著作颇丰。先后出版过《遥远的苍凉》等四部诗集和一部《湖北人在温州》报告文学集。我和欧阳明相识于 2017 年的中国首届金融文学理论研讨会，记得他当时获得了一个大奖，那次获奖的人不多，全国参评获奖的作家也就二十几人。我记得他获奖的作品是《浅谈金融诗歌与时代的关系》。

我们说不上相见恨晚，但可以说一见如故。平时，在繁忙的工作和写作之余，微信上时有互动和鼓励。从交谈中得知，2021 年春节前后，他就着手开始了这部《红旗在前》长篇纪实的创作。为了避开喧嚣的闹市，远离那些可有可无的应酬，他把自己封闭在一个离家 15 公里外的乡下，甘处寂寞，潜心创作。天气寒冷，滴水成冰，在房间里没有暖气和空调，没有厕所的艰苦条件下，硬是用手、用十二支水笔写出了这部整整 8 万多字的作品，其勇气可嘉、其精神可赞。他是真正把自己融入了一个纯粹而干净的写作环境中，因为有了这样的写作态度，才有了作品中栩栩如生的人物，有了那些荡气回肠的故事，有了让我们为之感动的情怀。

《红旗在前》这部作品，取材于一个抗战老兵毛胜其的真实经历，作品以纪实的手法，朴实的语言，饱满的情感，生动的情节，真实再现了那个风云激荡的战争年代，一寸山河一寸血的悲壮。真实的记录了毛胜其 16 岁参加革命，18 岁入党并参加八路军，亲历抗日战争、解放战争、抗美援朝战争，一路征战、戎马一生的经历。描写了一个普通的战士，一个普通的共产党员在红旗的指引下，在人民军队这个大熔炉里百炼成钢的成长过程。为国捐躯，马革尸还，是毛胜其这代人崇高精神的真实写照。

《红旗在前》这部作品的时间跨度从 1944 年抗日战争到 1953 年抗美援朝，整个作品分为十二章，三十七个小节，每个故事都独立成篇，又紧密相连。既是一个老兵的征战史，也是那个时代的战争史；既是一个战士的成长史，也是人民军队的发展壮大史；既是一个民族的苦难史，也是一个国家由积贫积弱走向繁荣富强的奋斗史。

毛胜其所在的中国人民解放军战军第 38 军 113 师的前身是中国工农红军 25 军，这支从二万五千里长征爬雪山过草地走出来的部队，虽经多次改编，但都传承了敢打敢拼，不怕牺牲的红色基因。在这样一支具有光荣传统的英雄部队里，毛胜其从一个参军前的普通农民，成长为一名合格的革命军人，成长为一名优秀的基层指挥员。在激烈的战斗中，他学军事、学文化，在红旗的指引下，和成千上万的战士一起为中国人民的解放事业不惜抛头颅、洒热血，用自己的生命捍卫了中华民族的尊严，为中华人民共和国的大厦奠基。伟大的胜利是由那些伟大的士兵用生命赢得的，他们死得其所，死得伟大。

这部书的最后，也就是抗美援朝战争结束后，在烈士的墓地，告别牺牲战友即将回到祖国的那一刻，有一段描写堪称经典，让人为之动情，为之动容：在悼念战友即将回国的队列中，年轻的毛胜其默默地伫立着，他已经没有了眼泪，没有了伤感，没有了疼痛，有的只是战争硝烟过后的一份宁静，有的只是告别牺牲战友时的沉痛和不舍，有的只是对鲜血和生命换来的和平的珍视。他在想什么呢？也许，他在想自己三年前夜过鸭绿江时那种“醉卧沙场君莫笑，古来征战几人回”的豪迈与悲壮；也许，他在想和自己一同参军，在四平战役中牺牲的同村战友瞿德发；也许，他在想坚守阵地时，凭着一把炒面一把雪的精神，打退敌人多次冲锋的场面；也许，他在想自己带着工兵连，冒着零下 30℃的严寒顶着敌机轰炸，在大同江上三天三夜架起一座水下桥梁的壮举；也许，此时的毛胜其什么也没有想……

每一次牺牲都是有意义的，每一位有名的无名的烈士都是应该被书写和纪念的。

祖国，不会忘记那些献身祖国的人！祖国，终将选择那些忠于祖国的人！祖国，终将铭记那些奉献祖国的人！老兵不朽，英雄不朽！

是为序。

2021 年 3 月 26 日

于北京金融街中国银保监会大厦

好一条金色的历史长河

——谭锦旭先生《中国金融文学史年表通览》序

早在今年春节前，我收到一条微信，来自神话传说颇多的芙蓉国里，说是春节后有好消息相告。元宵节刚过，我收到了这条好消息——谭锦旭先生的新著《中国金融文学史年表通览》终稿完成。

说起谭锦旭先生，我记得在为他的《中国金融风云》所作的序中谈到过，如果我要说，他是中国金融文学界的名人和功臣，我觉得，一点都不为过。时光荏苒，2022 年初，谭先生又一部大作《中国金融文学史年表通览》横空出世，令我着实钦佩不已。

《中国金融文学史年表通览》上起三皇五帝之首太昊，中经炎帝、黄帝、秦皇、贾谊、唐宗、宋真宗、忽必烈直至朱元璋、曹雪芹、盛宣怀等，从公元前 4354 年至公元 1911 年，历时六千余载。诚如谭先生在《后记》中所言："本书评述中国文学史上的金融文学作品和金融文学形象或作家及事件之最大目标，不仅仅是为写文学史而写文学史，更不是为了一些人羡慕、追求不止而仿佛有权就有一切的权力，而是想借助金融文学的视野，试图通过历朝历代在金融经济方面的成败得失和史上众多人物在金钱面前的千姿百态，给积极向上、奋发有为而想活得光明正大、磊落无私、幸福美满的人们提供一些经典案例和榜样，从而为金融全面彻底地掌握在人民手中，为实现中国现代化和共产主义服务，更是为了不被外来入侵者和巨奸国贼掠夺、残食本属人民的金融伟业做一点基础工作。"

谁能左右人世间？数尽万类惟权钱。这一作家的"最大目标"不可谓不大。因为他将左右人间"权钱"的一个重要方面军——"钱"，从古到今、从上到下、从来龙到去脉、从地下到太空、从个人到国家、从中国到世界都搜罗了一个遍。这一作家的"最大目标"也不可谓不新。因为他借用年表形式，既与历史脚步款款随行，采摘金银花朵，缓缓道来，又顺金色大河直下，乘风踏浪、笑迎狂澜；于浩瀚无垠之史书中觅宝，于惊涛骇浪中淘金；既脉络清晰，又简洁明快；既删繁求简，又详略得当；既勇于借鉴，又独树一帜；既嬉笑怒骂，又兼济包容；既标新立异，又众彩纷呈。

翻开本书《第一编先秦金融文学》，只见文中叙毕先秦中国文学简史后写道：“金融文学作为中国文学的组成部分，也伴随着中国文学的产生而产生。其时出现了一些金融文学形象或作家及金融文学作品。金融文学形象或作家有太昊、黄帝、少昊、舜和蓐收、姜子牙、管仲……”金融文学作品或涉及金融的准金融文学作品有《山海经》《九府圜法》《诗经·卫风·氓》《诗经·小雅·菁菁者莪》《周礼·天官冢宰·职币》《周礼·地官·泉府》《管子》《大学》《国语·周语·单穆公谏景王铸大钱》《墨子·公输》《孟子》《荀子·富国篇》、苏秦游说故事等，特别是《管子》这部伟大的金融文学巨著的诞生，充分展示出金融文学的源远流长及其金光灿烂的恒久生命力。“巨子诞生，巨著创世，璀璨绚丽的先秦金融文学成为中国金融文学的荣耀开始，也创造了中国金融文学历史上的第一个高峰。”

由 8 编 161 章组成、涉及作品近千篇（部）和人物上千位的《中国金融文学史年表通览》，是首部金融文学史。就在这一“巨子诞生，巨著创世，璀璨绚丽的先秦金融文学”的继往开来中，中国金融文学开始了金光闪亮的荣耀跋涉和创新。

“自太昊以来，则有钱矣。太昊氏、高阳氏谓之金，有熊氏、高辛氏谓之货，陶唐氏谓之泉，商人、周人谓之布，齐人、莒人谓之刀。”

《第 1 章》一开头，就引述马端临《文献通考·卷八·钱币考一》一章的开篇之语，随后叙说了“钱从何时始，钱由何人首创。也就是说，他回答了钱出现于何时？钱又由谁最早铸造的举世难题”。

文中客观而不主观、兼容而非武断地分析了历史上对这一“举世难题”的三种主要答案：一是考古说。据已在河南安阳和山西保德等地商代晚期墓葬中出土的铜贝，年代约为公元前 14 至公元前 11 世纪，被认为是世界上迄今发现的最早金属铸币；二是黄帝说。刘恕在《通鉴外纪》提出的“黄帝范金为货，制金刀，立五币……以制国用，而货币行矣”之说；三是太昊说。即由马端临提出。“《文献通考》宏论钱，论出惊世骇俗篇。打破考古黄帝说，太昊铸钱拓纪元。”作家首肯马端临太昊铸钱说作为三说之一的同时，随后客观地指出：“假如太昊铸钱说成立，太昊称帝于公元前 4354 ～公元前 4239 年，那就是说在公元前 44 ～公元前 43 世纪，太昊铸造出了金币。这比西方金属铸币的发明者小亚细亚的吕底人开始铸币年代的公元前 7 世纪，至少要提早 36 个世纪。”

综观全书，我觉得有以下主要特色：

特色之一：叙说客观，阐述从理，层层递进。在《第 40 章》中，谭先生从一个与金融经济毫不相干的王爷身上，发现了闪灼的金色光辉。文章从曹植《洛神赋》“戴金翠之首饰，缀明珠以耀躯”入手，转述“翩若惊鸿，婉若游龙，荣曜秋菊，华茂春松”的洛神之奇装描绘，随后纵览诗人的诗词歌赋，列举了他吟金咏钱的系列金句，彰显出曹植对“金”、对“钱”的情有独钟，并以诗评说道：“宝剑千金少年拥，君王礼贤岂吝银。美人美诗王贤美，金装金塑石成金。七步成诗好雅兴，一代文豪比帝尊。”最后才得出结论：“检看此前历史上描写‘金’或‘钱’的诗或诗句之多、质量之高，曹植是有史以来的第一个！可以说，曹植是中国历史上第一个将‘金’或‘钱’入诗之王公贵族，也是第一位撰写了金融名句或金融诗的著名诗人！”

特色之二：博览群书，深层发现，激情评说。在《第 157 章》中，谭先生写“慈而不慈、禧而无禧的慈禧垂帘听政数十年，乱了经济，乱了财政，乱了金融，乱了军事，乱了外交，最后将清王朝乱得一塌糊涂。”揭露了“抛却四亿民存亡，捧上十亿银贴寇”的慈禧狰狞丑恶。并在慈禧六十寿辰之际，插入左拉其时发表的《金钱》，指出：“而在 1895 年 2 月，威海卫日舰及炮台夹攻刘公岛，北洋水师全军覆没。这倒与左拉《金钱》塑造的资本投机家萨加尔的破产，有异曲同工之妙！”将慈禧乱政与世界金融名作联系起来，将慈禧的丧权辱国与左拉《金钱》中塑造的资本投机家萨加尔的破产对比，展示了历史的深度和广度。

特色之三：纵横中外，扶正祛邪，挖掘真谛。在《第 161 章》中，谭先生评述了盛宣怀创办中国第一家银行——中国通商银行的艰辛历程后写道，盛宣怀创办的中国通商银行已在中华大地上巍立了 120 多载，新中国也进入古稀之年，随之谭锦旭先生又提出了一个发人深省且颇为重大的问题：“那么，中国金融能迎来完全属于人民的全胜时代吗？接着，作家写道：已经站起来并正在走向独立自主、繁荣富强的伟大中国人民，早已听到了伟人高瞻远瞩、响彻世界的雄浑声音——“它是站在海岸遥望海中已经看得见桅杆尖头了的一只航船，它是立于高山之巅远看东方已见光芒四射喷薄欲出的一轮朝日，它是躁动于母腹中的快要成熟了的一个婴儿。”

特色之四：发现创新，评述艰难，展示美好。谭先生一见黄淑贞的《用年表读通中国文学史》，触发了他的灵感，而让这位历经 20 多年寻觅的有心人，终于得以步入《中国金融文学史》创作之路，但他并不全盘照搬，而是采其精华、为我所用，撰写出了有所发现、有所创新、别具一格的《中国金融文学史年表通览》。尤应称誉的是，谭先生不媚俗而正气浩然、不放纵而收放有度、不玩虚而坦诚相见，始终如一地站在推动和维护民族振兴、国家富强、人民幸福、世界和平的这一崇高而坚实的基石上，去伪存真、赞美贬丑、扬善祛恶，敢于并善于取舍，从而集中篇幅展现主要的和精彩的内容，可说是开了“这一个”（德国黑格尔语）撰写文学史之先例。

当然，也正如谭先生所言——“本书只能从这一历史长河中，选取为数不多的金色之星，初展其熠熠光彩。也只能从这一金色大海中，采撷起跃上潮头的金色浪花，一显其煌煌微辉。”作为作家，靠的是作品说话。而作为金融作家，创作出优质高产的金融文学作品，就成了不可推卸的职责和责无旁贷的义务。

金融业是个被称为世界皇冠领域的产业和行业，通过金融人写和写金融人的共同努力，金融文学一定能结出丰硕的果实。历史长河，处处锦绣，景象万千，足令千万作家为之动容，为之奋笔疾书。金色大海，波澜壮阔，风光无限，能叫无数知音心潮澎湃，挥洒千秋巨著。春种秋收，只有耕耘才有收获。期待谭先生等众多作家有更多更好的精品力作，让源远流长的金色大河锦上添花，奔腾不息。

是为序。

2021 年 6 月 16 日

于北京金融街中国银保监会大厦

陌上花开香自来

——刘存玲诗集《陌上花开》序

初次见到刘存玲，觉得她确实是多娇。

那是2018年8月中旬的一天，在北京举办的中国金融作家培训班上，刘存玲跟我见面，递上了她厚厚的书稿，说想请我作序，很诚恳很谦虚。后来我们聊天，才得知她出身于耕读世家，曾祖父系当地名门望族中享誉极高的私塾先生，处馆多年，留有向善好学的遗训。存玲自幼受家庭熏陶，工作之余笔耕不辍，自20世纪90年代起，在国内著名报刊《金融时报》《中国城乡金融报》《大众日报》《临沂日报》《中国金融》《中国农村信用合作》《神州》《文学高地》《抱犊文学》等报刊发表诗歌、散文、杂文、随笔、新闻报道等，并多次获奖，成绩确实不菲。

我称赞存玲的写作精神，她却笑笑，稍作调侃地悄悄说，其实，写作，于她而言，就是一种从忙里偷闲过渡到打发闲暇的爱好。通过了解存玲的人生履历，我倒是觉得她对文学创作的态度，却是发自内心的热爱与执着。存玲于1978年参加工作，投身金融行业，当时因还差半年才高中毕业，所以自知文化根基羸弱，对继续深造心生向往，但是这一愿望始终没得现。只能通过业余时间参加函授、自学等形式弥补。在自学过程中，对文学的兴致愈发浓厚。在那个学习资料短缺，教育资源匮乏的年代，她自乡镇的农村信用社一步一个脚印地通过参加党校函授、自学考试等渠道一路走来，从专科、本科、读到研究生（期间因走上经营管理岗位放弃了论文答辩，未获得学位证书）。专业从会计学、法律、经济管理，到古典文学均有所涉猎。通过学习，养成习惯，每天坚持读书写作，使自身文化素养和专业理论水平大幅提高。

值得一提的是，存玲曾任山东省临沂市罗庄区农村信用联社监事长，山东省临沂市费县农村信用联社主任，直至担任山东省临沂市河东区农村合作银行行长。存玲作为一名基层行的管理者，身负经营管理之重任，不仅工作繁忙，而且压力很大。能够利用业余时间，以顽强的毅力进行文学写作，这已不仅仅是一种爱好，而是成了她人生中的一项重要使命，确属难能可贵，值得推崇和学习。

1993 年起，存玲无论在主管会计、分社负责人岗位，还是在人事、劳资、工会、文秘和经营管理岗位，在干好本职工作的同时，业余时间始终坚持诗歌、散文、随笔、杂文和通讯报道的写作。由一篇篇的豆腐块到几千字的理论探讨文章，由在当地的报刊上发表，到登上山东省的《大众日报》、金融系统的《金融时报》《中国城乡金融报》《中国农村信用合作》等报刊；由一开始用质朴的语言、简单的创作目的，即把工作中的美好感悟，记录下来用于自己慢慢地琢磨与品读，到给工作、生活中的压力和抑郁的情绪找个宣泄的窗口，再到给心灵找一块干净的栖息地。无不为了把对美好生活、美好事物、美好爱情的向往抒发出来；力求营造一种清新、恬淡、轻松、愉快的意境。这就是她向往的田园生活，简单朴实的人际关系和一个爱情真挚、友情深厚、亲情浓郁的生活环境，通过诗歌和散文的这种写作方式表达出来。无论是写花写草，还是写飞鸟鱼虫，无不力求为人们展现出一个纯净、唯美、温婉、清新的意境。总想把人性中的美好和善良的一面呈现给读者。

随着社会发展的快节奏，今天的人们很难坐下来细细地品味长篇大作，所以，短小精悍是存玲这本小诗集的第一个特点，每首作品基本掌握在二十行以内，让人读起来如同在烈日炎炎的酷夏吃了一口清心爽口的小凉菜，如《惜春曲》《夏韵》；第二个特点就是用细腻婉转的文笔来刻画亲情、友情、爱情，即使是看似粗犷豪放的情怀，细细品味，也不失婉约的手法，如《思春曲》《为你开出花的模样》《秋晌图》；第三个特点就是浅显直白，让人一看就懂，留白很少，如《喜在心头乐上眉梢》《父亲的挎包》；第四个特点就是在近体诗、词的创作过程中力求谋篇步韵完全按古韵要求来创作，尽量用《平水韵》和《词林正韵》来写诗填词，做到意境优美，用字精准凝练，脉络清晰，如《行香子·迎春》《满庭芳·春意浓》。此本诗歌集锦由三个部分组成：现代诗、近体诗拾遗、微型诗精选。在写作上显得比较成熟、算得上优秀的作品还有那些描写乡村的作品现代诗：《思春曲》《午后》《追寻一片春光》《四季吟》《风经过我的村庄》《绕过村庄的小河》《半壶相思半壶水墨画》，还有填词中的：《满庭芳·春意浓》《行香子·迎春》《采桑子·初夏情思》《江城子·春深处》《小重山》《离乡吟》等，寓意深远，语言精美，情感真挚，给人以美的欣赏，艺术享受。

随着时间给存玲更多的沉淀，她从生活的厚重之中汲取更多养分，时间所赠予的正是生活中所涉猎的，愈发淡然，更多趋于有感而发；儿孙绕膝，更有生活之趣的表达。存玲跟我说，她的创作观点，就是把苦涩的生活写出甜美的味道，把艰难的人生写出轻松的感觉，坚持弘扬社会主旋律，多释放生活中阳光、向上、积极、善良的一面，少一些隐晦、消极、颓废的东西。“不忘初心，方得始终。”或许写诗“无”用，但读书有用，写作是秉承自我的一个准则体现，记录生活、想法，形成观念、价值，让人在知天命时可以用自己的文字清晰地回忆自己的过去，人事，也留下些轻描淡写的划痕。

金融作家是金融文化的实践者、宣传者和记录者，存玲作为一名出色的诗人，已经在全国金融界及社会上享有较高的知名度，理所当然地担当起金融文化的践行者和讴歌者。她还兴致勃勃、信心满满地跟我聊起她今后的创作方向和目标：作为一个工作在金融系统四十年的人，自十三岁进入农村信用社可以说是在农村信用社的发展改革中成长起来的，最熟悉这段历史过程中的喜怒哀乐，今后，通过学习进一步提高自己的写作能力和写作水平，计划尝试多写一些反映农村金融题材的诗歌、散文、小说。

往昔如茶，细味苦涩中的那点回甘；来日今朝，如树，霜重色愈浓，春来还翠绿，亦如石，经得天雷地火，又与风花雪月安然栖息。生活越来越精彩，创作愈来愈丰富，期待存玲兴趣之路越走越宽，文学之窗越开越明。祝愿中国的金融事业精彩纷呈，祝福存玲的文学创作多姿多娇！

是为序。

2018 年 10 月 1 日

于北京金融街金融作协办公室

一缕墨香涤乡愁

——何勇散文集《故乡是远方》序

现实生活里的作家可以是沉默寡言型的，也可以是热情洋溢、能言善语型的，这与作家自身的性格有关。但沉浸在文学世界里的作家，那一定是一群内心有着真性情，情感丰富，思想无比活跃的人。否则，就成不了一名作家，至少成不了一名有建树的作家。

何勇是一个怎样的作家呢？

有人说过，好作家都是有原产地的。或者说，每一个人都有故乡，都有一个精神的来源地，一个埋藏记忆的地方。中国的文人，历来都有自己的精神牵挂，或者称之为寄托，或物或事，或山或水，或心灵之本真，但有一样，故乡是每个人都迈不过去的一个坎。就像文化旗手鲁迅先生之对于浙江绍兴，当代大画家黄永玉之对于湖南凤凰一样，艺术的创作中，永远都带着故乡给予他的烙印。同样，金融作家何勇对于他的故乡新疆喀什也是一往情深的。他对这里的土地有着无法替代的特殊感情，他写的那些涌动着乡情的散文，是他深藏心中，时时被拨动的故乡的琴弦。所不同的是，何勇笔下的故乡除了亲情，还有一丝淡淡的哀伤，涤荡着他的乡愁。

一个作家对故乡的记忆是私人化的，这就决定了他们会怎样书写自己的作品。何勇的散文一如他的人一样，脚踏实地，老老实实，不做作，不喧嚷，不作秀，不故弄玄虚，不无病呻吟，不搔首弄姿，他的散文一直是那样平实中见情景，传统中见真意，淳朴中见清新，这样的散文与那些华而不实的文章相比，更见其作者的真情和心性。我历来主张文章应体现不同作者的个性，假如文章失去了作家本人的个性，千篇一律的文字，则失去了散文自身的美感，如此，散文的灵魂又在哪里？

写文章是需要才情与技巧的，但光凭“才情与技巧”又是远远不够的，是写不出好文章的。比才情和技巧更重要的是作家对于生活真实的热爱。《故乡是远方》正是凝结着作者深沉的生活之思、生命之思，是作者对心灵故乡、人生旅途，在自我真实生活中的点滴感悟。品味《故乡是远方》，体味文字之中作者内在生命的流泻，感动于作者心灵世界的厚重与轻盈，这些都为我们带来了阅读后的深思。

新疆作家刘亮程说过，家乡是一个地址，一个可以在地图上找到的名字。故乡在身体里，一个远走他乡的人，身体里装满了故乡。我可以离开家乡，但故乡从未离开我。故乡在心灵里，也就是说，当我离开家乡，我的身体就是我全部的故乡。新疆天地间广袤的视野和粗犷的风，大西北的黄沙厚壤，造就了作者的精神厚重。

而作者敏感、真挚的文字又引起人们对故乡、生命、人生的审视与叩问。《故乡是远方》全方位地展现了作者丰厚、真挚而又超脱、恬淡的内心世界。借着朴实无华的文字，作者抒发了自身对生活的挚爱、对生命的感悟。感怀于心者，莫过于流泻在字里行间的“情”。不管是心在故乡、身在旅途，作者怀着以一颗爱故乡爱自然爱一切美好事物的真爱之心，驰骋在文字的叠码之中，纵情于纸笔之端。

每个人心中都有一段回不去的故乡。看了何勇对故乡的描述和倾诉，我也不由得想起我的故乡，那个挂在黄土高坡山脊上的小村庄。我觉得，有故乡的人是幸运的，人常说，有故乡的回到故乡，没故乡的人只能寻找天堂。何勇在《故乡是远方》中写道：在我内心深处记忆的那个故乡，是一处我再也无法到达的远方。在《此心安处是吾乡》中写道：每个人都在苦苦追寻一个心安之所，找到了就是故乡，就是根。这两句话说到了每个人的心坎里。为文之道，亦是如此，我们苦苦追寻的文学之路，何尝不是一个求得心安的过程。找到了，灯火阑珊。找不到，亦是人生。希望读者能从书中读到更多的感受。

是为序。

2023 年 6 月 6 日
于北京金融街国家金融监督管理总局大厦

春天的花蕾

——刘洁散文集《路过》序

经历过疫情肆虐的严冬，春天更值得期待。

听说湖北武大的樱花又到开放的时候了，那含苞欲放的花蕾一定有着别样的美丽。正想着武汉的花事，一本散文随笔集与我有缘，虽叫《路过》，却没有路过，映入了我的眼帘。湖北金融作协创联组负责人甘绍群先生向我推荐了这本书，并简要介绍了作者刘洁的创作情况，得知刘洁竟然还是个“80后”，系湖北荆州工行员工。希望我能为这本书写个序，鼓励一下年轻的作家，我欣然应允。

从书稿中看到，此书分为三个部分：上篇“尘世淘沙”，多为感悟随笔，是作者生活态度与人生经历展示；中篇“水中观花”多为书评、影评等评论性文章，是作者对社会人生的思考；下篇“银海拾贝”多为工作心得，是她在银行工作实践的总结与提炼。从其文章中可以看得出，刘洁是一个爱读书、善思考的银行职员，难能可贵的。

一本书就是一座通往人们心灵的桥梁。透过《路过》这本书，我看到了作者写作的初心、成长与收获。

首先，刘洁写作的初心是很透彻、明朗的。她是2019年加入中国金融作协的会员，去年因疫情尚未组织对这批新会员的培训，还不认识。但我却听说她对写作情有独钟，常年坚持写作，并有自己独到的见解，这一点在她书中的一些文章中就有描述，如《让写作丰盈人生》《一爿静好的地方》《写作的价值》等。她认为，坚持写作是良好的个人习惯，能够陶冶情操，锤炼意志，巩固知识。她说，在世事纷扰中静心地写作是种修行。打坐，抚卷，思考，冥想，行文，或反思自省，或净化心灵，或开启心智。作者的德行缭绕于字里行间，是在复原能力，是在洗礼生命，也是在回归灵魂。在硬朗灰暗的现实峭壁后面，作者在感受并传递那个波澜不惊的美丽世界。写作反映了性情，有时也会成为一股力量。当然，坚持写作并不是件容易的事，难免会碰到一些阻碍。但若迎难而上，淬炼重生便见光芒万丈。如果把用好笔杆当作一种觉悟、一种责任、一种追求，则能在实践中耕种收获，从而丰盈自己的人生。这些独到的想法就是她创作的初心与动力吧。

其次，刘洁的写作是坚韧且持久的。正因为作者找到了写作与心灵的契合点，才让她感受到了写作带给自己心灵的愉悦，她一步一步走来，建有个人的微信公众号“阅品坊”、今日头条“阅品坊”，并视为个人心灵的栖息地。她是荆州分行员工写作兴趣小组的骨干成员，后来又加入到地方作协，更多了一些与文学的机缘。而真正让刘洁把写作与文学结合起来向前走，据作者自己说，是结缘于《青年文学》杂志主编张菁女士的一场文学讲座。授课老师有着对写作质朴而又纯粹的热爱，对文学广博而又深厚的功底，对生活高端而又深刻的领悟。张女士娓娓道来自己的读书、写作与编辑感悟。凭着热忱、博学与智慧，张菁老师让文学呈现出千姿百态的魅力，文字的厚重之美扑面而来，带给她很多关于写作的启迪。写作须心怀热爱，得厚积薄发，需展示美感。写作的灵感也许是历经困苦后的优雅和高贵，也许是透过枯燥后的高尚精神，也许是穿越黑暗后的光明和希望，也许是选择放下后的爱与包容，也许是广博学识后的高度提炼。正如海德格尔说，人要诗意地栖居在大地上。抬头时观云，低首时看路，于写中思。生活是浊重的，写作的人就是在其中采集阳光。据说，她主编内部小刊《四月风》(电子版)，得到了大家的赞誉，把自己采集的阳光分享给更多人。

一位民间手艺人说过，“上层文化如流水，民间才是河床，稳定且生生不息”。所以，刘洁注重阅览人生这部大书，用文字记录她走过的路、见过的人、经过的事，将一路的故事、心情与思考汇集成此书。她的成长与收获，在很大程度上，就是在写中重新发现生活，从而更准确地理解生活。

生活不是一场赛跑，而是一次旅行。刘洁选择记录世界的方式是写作，而她的写作如同旅行一样，让我们看到了她笔下的世界及身边的事和人。她写游记类文章，如《魅力荆州水》描绘家乡的景色，“润万物者莫润乎水”，写出了荆州古城的特点；《传承并发扬井冈山精神》记录了一次井冈山红色之旅，充满正能量；《从摄影技巧悟学习之道》写蓝星岛之游的收获，在同事交流摄影技巧时悟学习方法，可见其每一次旅行都在丰富自己的写作。她擅写身边的事，疫情期间，她积极参与总行的征文活动，封城宅家时，拿起笔以《危难时刻的坚守》展示了工行人在危难时刻挺身而出、齐心战疫的英雄事迹，被总行采用后并发表于《金融时报》；写身边的人，如《孤独的春节》里甘于奉献的同事；写自己的小爱好，在《画兰与画荷》《写字》等文章，看到了她的多才多艺；还会写手边的可爱之物，以《笔》表达个人的小心情等。她爱读书，写读后感和书评更是常事，如读曾国藩家书写《从曾国藩家书中看修身》、读诸葛亮《诫子书》写《宁静致远》、读《活出生命的意义》写《逆境中的宝藏》、读《整理家，整理亲密关系》写《春天的一场整理》等。她观影后写了大量影评，如《坚守初心砥砺奋进》《爱与尊重》《使命必达》等。她对自己亲历有意义的事更是不忘落笔以记，如《采集生活的阳光》《难忘的会议》《过年与过关》等。

她就是这样徜徉在写作中，同事称之为一个能“静心写作的女子”。因为静心，写作更多地促使她去思考。“粗缯大布裹生涯，腹有诗书气自华”。在大量阅读与写作的过程中，作者通过参悟别人思想，进而建立起自己的框架。写作有利于澄清思维，在工作领域中是很好的归纳总结方式，她写工作重难点与工作感悟，如《价值在岗位中》等。她也会思考生活，生活处处皆学问，书写是一种自我教育、主动反省的工具。她写《观鸟的遐想》对疫情的历史进行反思；写《人生如食》提炼生活百味；写《情绪与健康》强调健康的重要性；写《寻绘本记》思考育儿困惑；写《密码在守护》探寻密码在生活中的作用等。她还学习哲学，以提高自己的精神状态和心理素质，从而看到世界上更广阔的领域、更深刻的奥秘，进而感受到一种心旷神怡的心灵自由。

写作是繁荣后的真诚，孤独中的解药，危难时的避所，慰人心灵。她用文字自我表达，借由文字来抒怀：当看到微信上博眼球但缺少内涵的文章时，她写下《读物不是快餐》；见证女儿在平衡车比赛中的卓越表现，写下思考比赛的意义与价值的《战胜自己》；怀着对逆行人的担忧，她写《致逆行的爱人》；感叹时间的流逝，她写《建立并遵守自己的时区》等。她也用文字疗愈创伤，运用书写来表达自己的内心，可以减轻压力，缓解负面情绪，提升身心健康。父亲去世后，她沉湎于丧亲之痛无法自拔，一次次地对自己灵魂进行拷问，写下《致父亲》《生命的守护》《又见冬至》《父亲为我选专业》等。在日常生活中遇到了烦心事，她写《“四不”小和尚》《成就觉悟的智慧》《放下》等，时刻提醒自己“热闹场中作道场”。她还用文字享受精神盛宴，写作带给她自由，就像翅膀让鸟儿飞翔。她享受东方文明，读荀子《劝学》写《勤勉好学》；也享受西方文明，读马可·奥勒留《沉思录》后写《人生智慧的结晶》。

刘洁坚持写作源于热爱。热爱之所以有力量，就在于一如既往地坚守，不去想会有什么结果。正是由于写作者旺盛的求知欲和创造性，阅读世界才呈现出无限的可能和延展性。于是，我想到了艾米莉·狄金森的那首《在绽放中成为自我》：

一朵花在绽放中成为自我
不经意的一瞥
又怎能参透
成长的奥秘
为了光明的伟业
如此婉转曲折
然后像蝴蝶一样
抵达生命的顶点
呵护花蕾
抵御虫扰汲取雨露滋润防热
避风躲开窥视的蜜蜂
大自然不会失望静候这一天
她的日子成为一朵花
是深邃的使命春路雨添花

刘洁是位年轻而有前途的作家，带着理想一路走过，我仿佛看到了，刘洁宛如文学丛中一朵春天的花蕾，正在晨风中含苞待放，肩负起成为一朵花的使命，期盼像武大樱花那样绽放！

是为序。

2021 年 3 月 26 日
于北京金融街中国银保监会大厦

一部文化精准扶贫的好教材

——刘绍清纪实文学《大一这年》序

远在云南省昭通市纪委工作的刘绍清同志发来一部书稿，嘱我写点文字。书名是《大一这年》，我开始以为是一部反映大学生活的小说，打开一看，原来是一部关于昭通市纪委文化扶贫方面的书，顿觉眼前一亮，便不由得认真阅读起来。读完之后的第一感觉就是：这是一部文化精准扶贫的好教材！

首先是书中反映的文化扶贫的做法好。文化扶贫不新鲜，新鲜的是昭通市纪委在文化扶贫上的做法。许多地方的文化扶贫，不外乎送书下乡、农科技培训、到农村进行文艺演出、资助贫困学生上学等等。与众不同的是，昭通市纪委的文化扶贫，在广泛动员社会力量资助贫困学生上学的同时，更注重培养学生们自强不息的精神品质。他们鼓励学生们用文字记录和反映家乡生产生活状况，还从中评选部分优秀文章参与了全国青少年“中华情·中国梦”征文活动，许金娥、唐贤奎两位同学还受邀到北京参加现场总决赛，并获得全国三等奖，在当地产生了轰动和示范效应。在扶贫队员们的鼓励引导下，受助大学生们也纷纷拿起手中的笔，记录生活经历，抒发人生感受，表达雄心壮志。受助大学生史凡跃、朱家丹、肖显奎、高德平等六人，在大一这一年当中，共写出了 20 多万字的纪实性文字，记录了各自在大学校园学习生活成长的经历和对学习生活的感受感悟。扶贫队员们把这些文章整理之后发到了资助大学生的爱心人士手中，架起了扶贫者和扶贫对象之间联系沟通的桥梁，实现了扶贫者和扶贫对象之间的有效互动，既让受助大学生得到了鼓励和引导，增强了自强不息、立志成才的精神动力，又让爱心人士切实看到了自己扶贫的可喜成果，坚定了扶贫的信心和决心。

其次是本书的编纂思路和收录的内容好。自国家实施扶贫工作以来，各级领导、相关专家学者以及扶贫一线的同志们所撰写的有关扶贫工作的文章、专著可以说不胜枚举，单是文化扶贫方面的就有很多，但大多数是对国家政策、上级指示精神的具体解读，或者是一些具体的扶贫经验介绍和案例展示，也就是说都是站在扶贫者的角度说的。而本书的内容与众不同，很有独特性。主要表现在，书中不仅仅有扶贫者的行动和研究者的思考，更有扶贫对象的切身感受和成长变化。在书中，几位受到文化扶贫资助的大学生撰写的文章占全书篇幅的二分之一，这些作品从不同的侧面反映了这些大学生的感恩之心、理想抱负、成长变化、奋发图强等，客观而生动地体现了昭通市纪委文化扶贫的成果价值。习近平总书记2012年12月在河北省阜平县考察扶贫开发工作时就特别强调：“治贫先治愚，要把下一代的教育工作做好，特别是要注重山区贫困地区下一代的成长。下一代要过上好生活，首先要有文化，这样将来他们的发展就完全不同。义务教育一定要搞好，让孩子们受到好的教育，不要让孩子们输在起跑线上。古人有‘家贫子读书’的传统。把贫困地区孩子培养出来，这才是根本的扶贫之策。”《大一这年》这部书中的内容，很好地诠释了习近平总书记讲话的重要精神内涵，为精准扶贫特别是文化上的精准扶贫提供了成功经验。

最后，本书介绍的做法和经验对于中小学日常教育教学同样具有很强的借鉴意义。据我本人调查了解，在当前中小学特别是农村中小学的教育教学中，应试教育思想及模式依然占主流地位。对此我并无批判之意，因为这是由当前农村的社会、经济及人们的思想观念等各种因素决定的，且短时期内是难以改变的。那么本书中昭通市纪委文化扶贫的做法经验能否引进中小学教育教学当中呢？我看是完全可以的。比如组织学生开展文学创作活动，参加适当的文学赛事；再比如让学生通过写文章的方式与老师、家长进行思想、学习、生活上的交流等等。这样既可以提高学生的语文素养、写作水平，又可以使学生养成对自己的思想、学习、生活进行反思、修正的好习惯，起到智育、德育的双重作用，从而达到社会扶贫难以达到的效果，我想这才是文化扶贫的根本所在。

基于以上三点原因，我说：《大一这年》是一部文化精准扶贫的好教材！

是为序。

2019年6月9日

于北京金融街中国银保监会大厦

醉翁之意不在酒

——弋兴海诗集《闻到酒香就醉了》序

写诗是件出力不讨好的事。说“出力”，是因为写诗很辛苦，很费脑筋，有时候，为了一个词要翻来覆去地去斟酌、酝酿、修改，最终才能确定下来，所以才有“吟安一个字，捻断数根须”的说法；说“不讨好”，是因为即使好不容易写出一首诗来，要么读者觉得空洞无物，要么觉得晦涩难懂，读着让人讨厌。就是偶尔发表几首有灵气的诗，也没有几个人记得住你。在这个物欲横流的时代，“诗人”越来越贬值。在古代，作诗是贵族人家的事，是很奢侈的。现今，能把诗歌当作事业（不是职业）的严肃诗人已不多见。在这个大背景下，弋兴海能在7年内连续出版三部诗集，实属难能可贵。

读弋兴海早期的诗歌创作，呈现出“朦胧诗”的特点，可以看出是受北岛、舒婷、江河等诗人的影响。所谓朦胧诗，就是以内在精神世界为主要表现对象，采用整体形象象征、逐步意向感发的艺术策略和方式来掩饰情思，从而使诗歌文本处在表现自己和隐藏自己之间，呈现为诗境模糊朦胧、主题多义莫名的一些特征。在2014年到2016年间，弋兴海的诗歌开始注意到语言的诗意特质，开始讲究精练、暗示、含蓄，讲究意象的经营；即使是理性的思考、观念的传达，也能借助意象的运作而完成，具有了“朦胧”的诗味儿。这个时期，他的代表作有《时间》《在石板上钓鱼》《车站广场》《格格》《空间》《在一个早晨》《故乡正在消失》等等。在《时间》里，他认为，时间是虚无的，又是真实的；岁月是流失的，又是可以穿越的；用“模糊”的意象来感受时间流逝的无奈：“时间的刻盘在虚无中 / 转动 / 形成有限的光阴 / 钢水浇铸在蛋壳上 / 蜕变成人 / 喝着陈年老酒 / 在晨钟敲响的时候 / 岁月也一步步流逝 / 薄雾中 / 一切仿佛蒙上灰尘 / 一切都被固化 / 一切通向远古 / 想穿越吗 / 怎样穿越呢 / 没有答案”。在《在石板上钓鱼》里，他把“模糊朦胧、主题多义”的特征发挥到了极致：“你的头和脚是分离的 / 当你在故宫参观时 / 双脚却已在渥太华的 / 大街上漫步”“夜深人静时 / 你拿起鱼竿 / 在石板上钓鱼 / 只做了一个简单的垂钓动作 / 许多鱼便跳进了你的脑海”。这种朦胧、夸张的笔触，使读者仿佛走进了一个忽明忽暗、又变幻莫测、虚实交替的场景，使诗人所要表达的内心感受表现得一览无遗。

通过交流，兴海坦言，自 2014 年到 2016 年间，他先后购买了包括北岛、顾城、舒婷、西川、海子、欧阳江河、于坚、翟永明、臧棣、车延高、余秀华等 15 部中外优秀诗人（或精选）的诗集，并发奋努力地研读。兴海的业余文学创作始于 1976 年，而真正系统地写作现代诗则是从 2014 年初开始。最初的日子，他并不知道朦胧诗是什么，甚至连北岛的诗也看不懂。为此，他反复研读北岛等人的诗。他说，北岛的一部诗集几年来他一直带在身边，已经看了 20 多遍。其他诗集也都是不下几遍地阅读。同时，又在知网上下载了几十万字的关于朦胧诗在内的诗歌鉴赏和评论资料，并埋头研学。这使他逐步进入了朦胧诗的诗域。作为一个金融人，兴海能在创作小说、散文、杂文等的同时从事诗歌创作，这不能不令人钦佩。

2016 年以后，兴海开始转向哲理诗的创作。正像在他出版的第二部诗集《心灵河流》（2018 年）自序中说的：“写诗要有自己的风格。我理解就是要有自己的诗观。我有没有诗观？我的诗观是什么，或者怎样表述？如果说几年前我对这一问题还是模糊的话，那么几年过去了，我对自己的诗观大致有一个判断。我的诗观是这样表述的：诗人要用第三只眼看世界，要有辩证思维、社会责任和艺术高度。”“要有辩证思维，就是说诗歌所揭示的内涵应当具有思辨性，应当给读者以辩证启迪和精神体验。”哲理诗一词源自西方，起源于古希腊。由于诗与哲学的共通点都是以透视万事万物的本质为天职，所以哲理诗是通过用不同议论的特点去揭示某事物本质演变规律，在叙述过程中“理玄”，有见地地以形象性和抒情性有机结合。这种诗内容深沉浑厚、含蓄、隽永，多将哲学的抽象哲理含蕴于鲜明的艺术形象之中。

弋兴海诗歌创作由朦胧诗转向哲理诗，是有其自然性的。一是朦胧诗由 20 世纪 70 年代末 80 年代初走向繁荣，而后逐渐衰落。其原因是，这类诗晦涩、怪僻，叫人读了似懂非懂、半懂不懂，甚至完全不懂，因而失去了存在的必要和可能；放弃，是他最好的选择。二是兴海虽是银行专业出身，但读了 4 年大学的哲学专业，有着深厚的哲学功底（弋兴海 2019 年出版了 18 万字的《老百姓哲学简明读本》一书）。因此，由朦胧诗转向哲理诗，对他来说是顺理成章的事。

在弋兴海的短诗中，我认为《青苔》是一首不可多得的、可以与任何一首选入不同选本的短诗相媲美的哲理诗。“青苔”这一意象本身就具有丰富的历史和哲学意义：“太阳打个盹 / 岁月就掉下一截儿 / 那些旅行的蚊子 / 总是漫不经

心 / 所到之处 / 没有更多笑声 / 一些事物卷走了它的痴情 / 卷走了一些算计 / 留下的 / 只有风的巢穴 / 我们只身江湖 / 染上一些色彩 / 那些飘忽不定的石头 / 不会带来盐的味道 / 然而在他的指尖上 / 欲望消瘦了许多 / 转过头去 / 岩石保持沉默 / 那些用泪水腌制的陈年旧事 / 都汇入大海 / 只有一些被人遗忘的青苔 / 静静地铺满心底”。世间万事万物的发展是一个过程，人的生命的延续也是一个过程。岁月是无情的，在不经意间，人的一生即将过去。当你走到人生边上的时候，宠辱早已抛在脑后，一切都释然了：“那些用泪水腌制的陈年旧事 / 都汇入大海 / 只有一些被人遗忘的青苔 / 静静地铺满心底”。此外，《古琴台》《渔舟》《书》《遇到的，都是醉雁（组诗）》等，在思辨性和艺术性上都是上乘的。如果说弋兴海早期的诗作还有些稚嫩、晦涩的话，那么现在，他的诗作在“辩证启迪和精神体验”方面则日趋成熟、完善。

作为金融专业出身的弋兴海，对金融业务驾轻就熟是很自然的，但他能用诗化的语言创作出《金融（组诗）》，这不得不使人刮目相看。在这首 180 多行的组诗里，他用诗化的语言，把“商品”“货币”“信用”“银行”“股市”等这些枯燥无味的词汇表现得惟妙惟肖；把“金融”与诗歌意象、哲学思辨等有机结合起来，并创造了一批精彩的句子和句群，读罢使人眼前一亮。如：在“商品”一组中“身外之物 / 有着光鲜的创作史 / 有着难以想象的渗透度”；在“货币”一组中：“一艘航母的价值 / 被压缩成一张纸 / 压缩成难以理解的轻”；在“信用”一组中：“信用 / 不再是老死不相往来 / 而是聚集更大压力 / 奔赴更深刻内涵”；在“银行”一组中：“钱是用来玩的 / 玩到精辟处 / 数字说话”；在“股市”一组中：“背景是深刻的 / 那些涂了彩的土 / 只是瓷的坯子 / 成品是否光鲜 / 看火”等等。我敢肯定，随着时间推移，《金融（组诗）》所具有的知识、哲理、艺术魅力会愈加显现，并成为诗歌与金融完美组合的一个诱人的标志。

据兴海讲，从 2021 年到 2022 年，他重新研读了《唐诗三百首》里部分诗人的诗作（目前仍在研读），受其影响，他一方面加深了对唐诗的理解，一方面对他的创作注入了新的启示和活力。特别是他自造了一批陌生和冷背的词语，如“昔时”“岸花”“刈黍”“相顾”“流响”“灰月亮”“芸藿”“翻手”等，还是很有表现力的。

此外，受唐诗影响，弋兴海近年来的创作有了“复古”的味道，如《滕王阁》《在外做官的人》《杯中的酒，已被西风吹散（组诗）》《古琴台》《洞庭水》《春酌》《古来稀》等等。在《滕王阁》里，弋兴海把现实体验与远古怀想契合得天衣无缝，真正是用“双重视野”和“第三只眼”在看世界，看到的是另一层灵性境界："就是一座楼 / 把赣江放在身边 / 听江风使唤 / 喝酒的人 / 身段放下 / 酒杯就长能耐了 / 春风轻抚 / 酒灌醉了李元婴 / 也灌醉了滕王阁 / 王勃写滕王阁时 / 世上已无滕王 / 可酒香一直都在 / 江风醒了 / 滕王阁就被众人拥入怀中 / 走出大唐的 / 不仅有滕王阁 / 还有滔滔江水上的酒香"。

其实，哲理诗一直都在。如中国北宋诗人苏轼的《题西林壁》："横看成岭侧成峰，远近高低各不同。不识庐山真面目，只缘身在此山中。"说明人们要认识事物的本质，就必须从不同角度去观察、体验，只有摆脱了主客观局限性，置身庐山之外，才能真正看清庐山真面目。俄罗斯诗人普希金的诗歌《假如生活欺骗了你》，全文表述了一种积极乐观而坚强的人生哲学态度，亲切和蔼："假如生活欺骗了你，你不要悲伤，不要生气！熬过这忧伤的一天：请相信，欢乐之日即将来临……"当然，哲理诗要竭力避免概念化、空洞化，要在思辨中体现出诗歌的韵味和诗意；杜绝诗人扮演"业余的社会政治家、半吊子社会学家、不胜任的人类学家、平庸的哲学家及武断的文化史家"的现象发生。

在弋兴海的诗作中，也不乏白话诗的探索。如《人民公园》《店面》《武昌车站》《小区即景（组诗）》等，都有着接地气的特质。

如《店面》："一个开张 10 年的店面关门了 / 招牌是醒目的 / 烫金的字 / 连店长也感到吃惊 / 音响激昂 / 祈祷是唱给店员听的 / 造势 / 手舞足蹈的背后 / 是 / 驻足 / 不是凝望 / 总是要出招的 / 那些中招的顾客 / 也是另一个店面的出招人 / 市场就是这样 / 谁伺候得好 / 谁就有饭吃 / 关张的店面再次被打开 / 敲打在继续 / 不是破坏 / 是新生 / 店面用纤维板围起 / 无论如何 / 你都无法理解新任店主的意图 / 只有落在樟树上的麻雀 / 才能窥视 / 店内的一切 / 可惜 / 它并不能告诉我们 / 这个店面 / 将要经营什么或能经营多久 / 而不至于再次关张"。白话诗从字面上看很"白"，通俗易懂，不费力气；但寓意却很深刻，它可以给人以多角度遐想。同时，白话诗并不等于口水诗。坦率地说，口水诗根本不是诗，是上不了台面的。

当然，在我看来，兴海的诗作也有不完善的地方。这主要表现为题材还不够广泛，技巧还略显不足。但瑕不掩瑜，这些瑕疵丝毫没有抵消弋兴海诗歌的灵性、大气与成功。

读弋兴海的诗作，感觉朦胧诗与哲理诗之间并没有本质上的差别。朦胧诗也有哲理，哲理诗也罩着"朦胧"的面纱，二者相互渗透、相得益彰。其实，诗言志，无论多么"白"的诗，都是有寓意、有哲理的，只是表现形式不同罢了。人到了老年，一切都看开了、看淡了，有了一种与世无争的豁达。弋兴海和他的诗就是如此。如果说"醉翁之意不在酒"，还不如说"诗翁"之意不在酒。不喝酒，照样也能作出好诗。因为弋兴海已经是中国金融文坛的金“戈”铁马，他时时刻刻枕“戈”待旦，为了他的诗歌大业，他会不惜所有，大动干“戈”。弋兴海的热爱和诗情，让我不由得想起大诗人曹操“横槊赋诗”的豪迈气概。他面朝“兴海”，手握铁笔，对酒当歌，吟唱出：看我长戈在手……

是为序。

2022 年 6 月 16 日

于北京金融街中国银保监会大厦

他从草原来带着兰花草

——郭强诗集《涛声不息的岁月》序

2020年的春天终于来了，从南到北的华夏大地上，次第绽放的百花，尽情地传递着春的信息，也传递着疫情形势逐渐好转的欣喜。回望全国抗击新冠疫情的艰苦历程，中华民族负重前行、守望相助、播种希望，我觉得，每一朵春花都是一首歌，每一片花瓣都是一首诗。就在这个极不寻常的季节，我收到了郭强从草原发来的诗稿《涛声不息的岁月》。

我与郭强的认识颇有戏剧性。2016年，我在赤峰给内蒙古全区农村合作金融学会通讯员培训班讲课。会议的组织者、内蒙古农村信用社研究会会长钟勋章先生，专门领了个作者过来见我。他介绍说这就是郭强，经历很坎坷，创作最执着，在培训班年龄最大。望着面部沧桑、头发已经花白的郭强，我一时不知道说什么好，心里只有感慨和钦佩。交谈中得知他还是中国金融作家协会会员时，心里还是有一种意外的喜悦。从简短的交流中得知，他通过写作改变了自己人生的命运，由农牧民到临时工，再转为正式工，每一步蜕变得异常艰难，但是他成功了。对此，我有深刻的体会，因为我也是从临时工干起的，相同的经历，相似的人生，让我们更有了一种亲近感。我发表于二十年前的首部长篇小说《原上草》，就是全国第一部为农村信用社树碑立传的作品。郭强的作品许多都是记载和讴歌农村信用社的。譬如他对农村信用社的赞美：信用社到农商行的变革／一脉相承服务农牧的基因／没有丝毫的变异／高高挂起的信合徽标／依然是三农三牧的护身符／普惠金融覆盖全方位／如春雨润泽田野草原。山重水复到柳暗花明的变迁／每一回都砥砺了拼搏的意志／每一次都演绎出精彩的神奇／每一步都付出超常的努力／每一程都留下点石成金的业绩／历史铭记着创业者的风采／岁月不忘绿涌天涯的壮观／跨越世纪的春种秋收／书写下草根金融的传奇篇章。

我和郭强的创作路径不同，我是以小说为主，他是以诗歌为主。他的诗大多涉足他热爱的农信行业，充满了热情与真诚，以纯洁的灵魂表达对农信事业的热爱。《涛声不息的岁月》是他即将付梓的第二部诗集，诗集按主题分为：农金岁月、七彩岁月、流金岁月、沧桑岁月四辑。打开诗稿，我走进他的精神原野和情感世界，诗歌简洁明快、深湛真挚，饱含生活情趣，极富真情实感，凸显了作者不懈的追求，表达了作者对祖国的热爱与崇敬，对家乡草原的眷恋与向往，从敏锐细致的洞察到捕捉瞬间的感悟，挖掘出生活经验的积淀，让我领略到他情感世界的景观。

郭强生于 20 世纪 60 年代，一直生活在内蒙古西部乌拉特草原这片热土上。他在诗歌中把对家乡的敬畏、热爱和美好的希望交汇在一起，向我们展现了乌拉特草原的诗意空间，体会到诗人对家乡及生活的热爱，使他的诗歌具有了草原一样的博大、敖包一样的圣洁、阴山一样的责任、黄河一样的深沉。正如他的诗中所述：每一次仰望蓝天和雄鹰 / 心中充满了敬畏和难以言说的激情 / 每一次俯视小草与牛羊 / 眼里充盈着感激与生死相依的真诚 / 乌拉特啊生我养我的地方 / 只有牵着你的衣襟拉住你的手 / 我的心才踏实梦才香甜 / 乌拉特我已秉承了你 / 降服烈马永不服输的性格 / 习惯了你四季分明的北国风光 / 还有你的炒米奶茶手把肉 / 你的金樽哈达美酒 / 你的马头琴旋律蒙古长调和漫瀚调 / 你的方言土语你的一切 / 我是一棵小草一只小鸟 / 在这片草原扎根才有完美的收获 / 在这片天空飞翔才有动听的歌声。

他还喜欢截取短小的片段来表现一种心态，呈现一种追求，让我的心里也涌入了更多的阳光。如：鸡在地面行走 / 麻雀在树丛里穿梭 / 鸽子在村庄上空飞翔 / 雄鹰在云朵间盘旋 / 我站在屋前的路边 / 目光慢慢地寻找，描摹 / 不同翅膀，划过 / 低头俯视，抬头仰望 / 不断张大的视角 / 让心里涌入了更多的阳光。

他曾经是牧区种地的农民，人生经历的坎坷与生活的艰难，厚重的草原历史和文化，赋予了他太多的灵感，是他诗歌创作的源泉。因而他的诗歌有一些独特的味道和精神，给人启迪和美的享受，这是他诗歌的魅力所在。生于贫瘠的傲骨 / 在我的灵魂之上挺立如初 / 守着清淡的岁月 / 拒绝功名利禄的媚笑 / 与你拔河的命运 / 缓缓地松手后退 / 一圈一圈的时光 / 缠在腰间 / 沧海桑田淬砺的枝丫 / 划烂流云的阴影 / 抖落选择生存的痛苦 / 迎风舞动是不渝的坚贞 / 闪电的烙印伸向黑暗 / 成为裂岩破石的根 / 爆发的巨响 / 在我的心中久久回荡。

郭强的诗歌风格是质朴醇厚的，那是因为他的诗歌取材于生活，采用干净利落的方式进行了表达，虚实情景的营造，呈现出鲜明的特色，读过之后回味无穷。比如下棋：红黑两军，冲过楚河汉界 / 兵叫马嘶车驰炮鸣激烈厮杀 / 咫尺棋盘虚实交叉的路口 / 隐藏着通向陈仓的小道 / 大千世界整体与局部的取舍 / 进攻

和后退的得失 / 让拿着棋子的手久久不能落下 / 十横九纵的经纬织成一张网 / 打捞擒王的惊喜。

郭强丰富的人生经历，对生命的感悟、对历史的感受有着自己独到的见解，能得到人生的启迪，是真情实感的自然流露，不是镀金的仿制品。请看他心目中的李白：把花间的那壶佳酿 / 举过头顶，倒出瀑布 / 冲击寂寞的心 / 摇摇晃晃，举杯邀月 / 踉踉跄跄，醉里舞剑，脚踏平仄 / 大唐帝国，有点小家子气 / 竟然容不下，一个诗人 / 才华敌不过高力士之流的嫉妒 / 有一种悲哀，从长安开始向外弥漫 / 从此，你以诗词为舟，游历江湖 / 裁剪出的一轮明月 / 照亮了乡思 / 从天而降的黄河 / 没有消去万古愁 / 而人生蜀道，成就了你的诗名 / 唐朝的海报上，皇帝成了配角。

郭强的作品贴近生活，蕴含着生活的哲理和独特的情思，诗句里都流淌着炽热的爱，这种爱是真情实感的自然流露：踩在脚下的五岭乌蒙山岷山 / 标注出红军的绝对海拔 / 在历史的高度和后人的仰视中 / 纤尘不染熠熠生辉 / 驯服乌江湘江金沙江的豪情 / 仍然激荡着我们的灵魂 / 铁索桥的五线谱上 / 谱写出空前绝后气势磅礴的雄壮……血肉之躯奠基的胜利 / 浓缩了九死一生的征程 / 展开是一幅万里长卷 / 折叠起是一代伟人 / 豪迈的八句。

郭强的诗歌关注社会，关注人生，以真情真爱表达着对生活对生命的热爱与思考，做到最贴切的体悟与关怀，做到最精确的挖掘与凸现，显示的是诗人的艺术技巧。令我感动的是：时光推着我走过 720 天的路程 / 两年了父亲 / 心中空空如也，愈走愈孤单 / 夜夜疯长的思念 / 失去了攀援的依附 / 在黑暗中缠绞，成为一团乱麻 / 每次摊开纸拿起笔 / 只能断续，点出一个省略号 / 如你留下足迹的雪野 / 刺得眼睛流泪，生疼 / 父亲我无法打开遗像这扇窗 / 但明白你的目光 / 抬起头，多看远方。

郭强参加农信社工作以后，回到草原的时候肯定少了。诗歌《在草原凝视远方》表现了一种淡淡的失落，这种失落流露出对草原的敬畏和人与自然之间默契的和谐，从中看到了诗意的生活状态，能读到故土乡愁，被他深深地感染和打动。春天的阳光 / 照在身上，照进心里 / 这样的时刻 / 屈指可数 / 在天地的边际 / 冉冉蒸发的水分 / 宛如透明的河，静静流淌 / 述说着我能听懂的往事 / 离开草原太久了 / 站在这里更加卑微 / 偶尔的一声鸟鸣 / 衬托出草原的辽阔。

2017 年，郭强参加了中国金融作家协会举办的文学培训班，这是我们第二次相见。农村金融工作十分辛苦，我觉得他虽然有些疲惫，但觉得他创作热情反而更加高涨了。2019 年，《中国金融文化》杂志社在青海省举办了“庆祝新中国成立 70 周年 • 我与新中国共成长”全国文学作品征文颁奖活动，他的诗歌《十月的中国》获征文二等奖，我作为颁奖嘉宾参加活动，这是我们第三次相见，在宿舍里我俩彻夜长谈。虽然他的话语不多，但朴素坦荡，就像草原上的草一样，踏实稳重执着，有着一种极强的生命力。当时他又送给我一些新近创作的诗歌作品，出差在外，正好有时间读，为他的创作进步感到欣慰。同时也感觉到他的创作还存在一些不足，其中有一点跟我相似，就是我俩都是半路出家，没有读过大学，没有机会系统地接受文学创作的基本理论和专业知识训练，有点像当地的原生态歌手，虽自由而散漫，但缺乏科学发声方法，唱起来尽管原汁原味，却还是有些发音不准、吐字不清的地方儿。这些，有待于我们一起努力。

此时，正值春暖花开的夜晚。欣赏着他的诗歌，如同品一杯来自草原浓香的奶茶，感到非常舒畅。真诚地祝福我们的诗人郭强把岁月的涛声变成歌，也期待他的诗歌创作抵达新的境界。

是为序。

2020 年 9 月 9 日

于北京金融街中国银保监会大厦

“金子”都是“铁打”出来的

——常江散文集《一起打铁到八十》序

大伙都知道，我是从事金融行业的。其实，文学是我的副业，对于体育，那更是门外汉了。可如今，我也要跟体育打交道了，尽管是不得不。

事情起源于山西老乡常江。常江是山西太原人，就职山西工行金融培训学校。山西人从事金融业，不足为奇，因为山西是中国现代金融的发祥地，常江成为金融人也算是门里出身。可没想到他吃着碗里的看着锅里的，这“碗”当然是金融，属于“钱”道，可这“锅”就是体育，完全属于“武”行啊。这还不算，最近几年，竟然又要抢占“文”坛，作品出了一部又一部，当常江把他的新作《一起打铁到八十》放到我面前时，我还真的有点蒙了。说实在话，我在金融系统跌打摸爬几十年，金融专家、金融作家也见得多了，但是既搞金融业务，又是体育达人“文武双全”还不满足，还要进行文学创作，如此能够“一石三鸟”的人，我还是头一次见。便不由得钦佩。

通过交流，我才知道，这次他出版《一起打铁到八十》，真实地记录了他从2013年到2020年以来参加的国内外知名度比较高的铁人三项、越野跑、马拉松等赛事，也见证了他是如何通过铁人三项和越野跑培养儿子常晋淳从初中到大学的成长经历。

说实话，本人是个“文人”，对于“武”行体育还真是生疏，于是赶紧自学，才知道了“铁人三项”是一项何等厉害的活动。原来在1974年2月，美国的一群体育官员聚集在夏威夷群岛的一个酒吧里争论：世界上究竟哪一种体育运动项目最具有刺激性、挑战性，最能考验人的意志和体能？有的说是橄榄球，有的说是渡海游泳，有的说是长距离自行车、登山、马拉松等等，他们各抒己见，争论不休。最后，美国海军准将约翰·科林斯提出：谁能在一天之内在波涛汹涌的大海游泳3.8公里，再环岛骑自行车180公里，最后跑完42.195公里的檀香山马拉松全程，中途不得停留，谁就是真正的铁人。于是第二天就有15人参加了比赛，其中还有1位女选手。结果有12人赛完全程。就这样，一项挑战自然、战胜自我的新型体育运动项目，在这种充满戏剧性、冒险性的情况下诞生了。

如今的常江同志，已经是从全国金融系统全员运动活动中涌现出的健身“达人”。也许大家都会认为常江是位天生健将，其实他以前体质孱弱，是出了名的“病秧子”。他是因为 2006 年工行股改上市那段时间负责省内的债转股、各类风险资产的数据、资料的收集、审核、整理和报送工作，为了按时按质完成总行任务，连续加班熬夜三四天是常态化。长期生活不规律的伏案工作，导致他 36 岁时就被腰椎、颈椎、失眠等亚健康问题困扰。一次偶然的机会他参加了单位组织的游泳健身运动，从此爱上了运动。经过长期坚持锻炼，不但身体恢复健康，而且利用业余时间参加国内外的越野跑、铁人三项、马拉松等比赛，逐步成长为金融系统为数不多的健将“铁人”，并将这种精神影响到下一代的健康成长。

通过阅读，我还认识到常江同志是一个意志超强的人。书中，常江描述父子通过训练和参加赛事，不断挑战自我体能极限、磨炼精神意志、激发潜能，从量变到质变，最终实现了那个曾经遥不可及的铁人梦想。同时他还客观地评价参赛的每一场赛事的赛道难度、举办方组织能力、推荐指数和对赛事的整体评价，方便爱好者了解赛事，理性选择适合自己参加的赛事，从而达到科学运动，树立挑战自我、超越极限坚忍不拔、永不放弃的“铁人”精神。

正如他在作品中写道：“世上本没有路，披荆斩棘，就会有路，路在脚下。喀纳斯天彻底黑一般是晚上 10 点后，可在这湖边的大森林里，没有光线只有黑暗，打开头灯找那条所谓的小路很快就找不到了。地球在不停地转动，时间在不停地飞逝，我们不能停留在这里，必须以最快的速度离开这个浓密森林的鬼地方，只有到达 cp11 才能安全。所以在确定我们现在的位置就是打卡点所在的山后，我果断地决定按照手表指标的大体方向走。这是有一条不知是人走过还是兽走过的痕迹穿梭在草丛当中时有时无，可沿着这条路走了好久路线好像总是与我们的目标处于忽远忽近的平行位置。这样走下去肯定会再次误入歧途，所以我主动担任带路任务。世上本就没有路，深夜探路有何惧？”

就是凭着这种“铁人”精神，常江在 1993 年至 2015 年，从支行至二级分行再到省分行，一直工作在信贷岗位的前中后台。

2009 年小企业部成立，全省没有人会做小企业贷款，常江带头深入一线，手把手指导支行完成了省内第一笔 500 万元小企业保理贷款。2009 年至 2015 年期间全省所有的小企业客户经理培训都是由常江来组织和培训，打造出了一支素质过硬的小企业信贷队伍，三年时间小企业贷款余额从 500 万元做到超百亿元。

通过阅读，我还明白了常江是一个既脚踏实地又胸怀远大理想的人。常江经常说：跑完喀纳斯 330 公里三个人能够安全回来就已经是个奇迹了，名次、奖金对于我们所经受的苦难又算得了什么？330 公里的修行就是让我们在经历 5 天 5 夜的磨难后，知道我是谁？我该做什么？生活并不会因这 5 天 5 夜变好或变坏，但我们可以充满信心地去遇到更好的自己。就像喀纳斯 330 公里一样，虽然我们中间走了很多弯路、迷失了很多次方向，但我们从始至终都没有放弃目标，我们永远相信迈向前方的每一步都将离我们的梦想更进一步！

在常江的成长历程中，又何尝不是如此。2015 年常江岗位调整到山西金融培训学校时已经 42 岁，但他服从党委决定，从头开始认真学习教育培训的专业知识，同年就考上了院校序列中、高级岗位资质。面对当时教育培训方式相对落后，甚至没有人知道什么是微课的局面，他潜心研究和学习，第一个将微课引入行内培训课程，为分行培养了大批微课制作人员。在分行连续三年没有进行过新员工培训的情况下，他精心策划和组织了新员工培训项目，按照总行新员工规范化培训的要求，组建了分行的新员工培训团队，制定了半军事化的新员工培训的模式，确保了新员工回到工作岗位后能够马上融入工行大家庭，努力成为工商银行的贡献者。常江还自主开发了“三晋工银微课”创新学习平台，收录全行员工微课作品近三百篇，上传测试考题近万条，在省分行组织的微创新大赛中获得了优秀奖。

常江同志在运动中一次又一次挑战自我极限的同时，在工作和社会活动上也取得了许多荣誉：省分行先进工作者；省分行微创新大赛优秀奖；中华人民共和国第二届青年运动会微电影宣传优秀奖；中华人民共和国第二届青年运动会铁人三项教练第三名；总行微课大赛二等奖等等。

近年来，金融系统特别关爱和重视金融从业人员的身体健康，鼓励金融职工利用业余时间走到户外，强身健体，磨炼意志，消除亚健康。在全国范围内举办了很多金融特色的健步走活动和金融系统运动会，积极推动金融行业员工参与到全民健身活动中。大力弘扬劳动精神、“铁人”精神、劳模精神和“大国工匠”精神，历练了一支特别能吃苦、特别能战斗的金融职工队伍，推动了金融事业健康稳定发展。

常江已经是业务先进、体育达人和作家“三栖明星”，但他依旧谦虚好学，孜孜以求。他说：我始终认为只有拼搏、创新才能让银行有生命力，金融行业更需要“铁人”精神，只有每个人都能够发扬“铁人”精神，坚持不懈地去当好开拓者、贡献者，争做拓荒牛、孺子牛和老黄牛，才能够为银行创造价值。愿常江这个“铁”打的汉子，更加威武雄壮，心海和大地一样宽广，谱写出新时代金融人的“好汉歌”！

是为序。

2021 年 9 月 23 日

于北京金融街中国银保监会大厦

诗意的人生洒满阳光

——王鹏诗集《沐浴阳光》序

金融是运用利率、准备金等手段对经济进行宏观调控；诗词歌赋是在人生感悟的基础上对语言进行宏观调控。金融作家不仅要娴熟操控银行业务的运行，更应自如操控文笔的运转。他们不局限于自己的工作领域，而是以广阔的视野心系民生、感怀历史，并对社会、人生等有着独到的感悟。河南农行系统的诗人王鹏就是这样的一位。

世界上的诗人千差万别，诗人是人类灵魂的代言人，有什么样的心灵，就有什么样的诗篇。如果将诗人粗分一下，又有两种，一种是职业化的诗人，诗歌是他的才华，是他的技能，也是他的职业。这类诗人给诗坛贡献文本和文字的创新，更多以文字功力和文学创造力感染读者。另一种诗人是生活化的诗人，他本身有自己的职业，主要精力是在完成本职工作。但工作之余，与之相伴的还有诗歌，诗歌是他生活的一部分，他不靠诗歌安身立命，但有了诗歌他的生活就多了光彩，失去诗歌他的生活就不再完美。王鹏无疑属于后一种诗人中的佼佼者。

诗意无处不在。关键是要有发现美的慧眼和感受美的心灵。如何立足本业，凸显行业特点，而又有所超越，写出具有普遍性的诗意来？王鹏用自己的诗作进行了雄辩的回答：让诗歌离生活近些，再近些，更具体为关心人，热爱身边的人。比如《金穗之恋》，就写出了金融人的大爱品格："成熟，经受汗水 / 诚信，与生俱来 / 都深深镌刻在穗粒之上 / 我们固守简单的信仰 / 固守这份由大地而生的光荣。"再比如《加班》，就写出了金融人的敬业精神："时针和脉搏一起律动 / 手指在数字和数字间舞蹈 / 微风悄然躲进账册 / 无声的手机已折旧 / 想说的话和想做的梦 / 在派生恒等式中规矩肃立 / 嘴唇所衍生出的意象中 / 一杯水 / 在认真计算着自己的公允价值"。而在《面朝监控，守卫平安》中，他将枯燥乏味的农行监控工作如诗如歌般抒情："从现在起，和每一路监控镜头谈心 / 告诉它农行人的心愿 / 那夜以继日的视频告诉我的 / 我将不分昼夜逐一梳理 / 给每个网点、自助银行、金库取一个安全的名字"。这样的诗作，宛若清风拂面，沁人肺腑，给人以美的享受。这里，诗人展示给我们的不仅是一种写作手法，更是一种人生态度，一种大爱者的姿态。诗人用诗歌为他所热爱的人代言，让我们感到他在生活中能与身边的人“以心换心”，他在诗歌中才能转换角色，心到，情到，诗意到！

《沐浴阳光》收录的近百首诗，大多写得十分朴实、热情、直白，一首首读下来，往往直击心灵，让人受到感染甚至震撼。作品涉及的范围似乎越来越小，从行走到回归，从外在到内在，最后深入到诗人自己的内心世界。但更可以说，这个世界其实越来越大，因为对于诗人来说，对内心自由的追寻是其根本取向，精神与情感的抒写是诗歌作为艺术的根本旨归。比如《天桥》《草青青》《旷野中》《草原放歌》《海边感怀》等一大批诗作，都让我获得了这样的审美感受。我反复读着这些率真、自然、轻盈、明快的诗，仿佛看到诗人王鹏在山野里，在城市的街巷间，在花丛中，在高原和大海漫游，他一边行走，一边浅吟低唱，或者高声吼叫，仿佛嗓音里充满明亮的阳光，洒在树叶上、小道上，都是闪闪的诗句。

纵览整部诗稿，我的总体印象是：诗人王鹏起步于人生的探索，在季节轮回的脉动中行进，在人情冷暖里驻留，穿越人世的滚滚红尘，其目的是守护做人的尊严，提升人格的质素，重建灵魂的家园，从而在大地上诗意地栖居。他立足土地，头颅朝向阳光，以真诚和微笑看取世界。他的艺术手法是写实与幻觉相交织；他的整体艺术取向和追求，则是自然现实主义和青春浪漫主义的结合与融汇。因此，他创作的语感表现为：单纯而素朴，清新而明丽，柔韧而舒放……

这是一部季节的恋歌。季节的运转不单纯是自然现象，物候中负载了浓厚的人文内涵。人在季节中生活，生命受到节气变换的催动，两者的纠结与互动，不仅体现了季节演进的自然规律，也潜含着诗人王鹏的乡土情结。于是，他写《春天的心事》，写《秋的样子》，写《人间四月花》，写《端午情思》，写《七夕之爱》写《中秋归乡》，写《四季之歌》，写《乡间的守望》，这些都充盈着生命的脉动与呼吸，烙印着人生与时间周旋、变奏的韵律。

这是一部自然的律动。大自然是人生存的环境，也是滋育人生命的资源。诗人王鹏置身其间，在天人感应中，也赋予了无尽的哲思和幻想：天空并非虚空，“天空可以比历史更明亮”；蟋蟀与蟋蟀的世界简单而又美妙，阳台上的兰草见证了“油画里的青春”，苍翠起伏的群山“抚慰着历史留下的寂寞”，风中可以拾一枚遗落的夕阳，并追寻牧归的羊群；鸟儿们谈论着庄稼的神态，天空的明月已写满果实的渴望……人的生命与自然同一律动，自然人化，人自然化，人与自然实现了奇妙的和谐统一。

这是一部心灵的净音。物化与媚俗，浮躁与喧嚣，灵肉分离，人性萎顿，构成了当下人们的生存境遇，个体生命受到了前所未有的困扰。而诗人王鹏却放松身体，折返心灵，以一种与世俗以柔克刚的方式抗争，他《聆听月光》："安安静静从从容容 / 似流水徘徊 / 天际云端渗溢 / 偶有细微涟漪 / 轻拍江岸"。他《用耳朵注视世界》："从人间到地狱 / 仿佛正开凿一条幽怨栈道 / 带走每盏失魂落魄的路灯 / 透过窗棂，随音符 / 坍塌的寓言建筑已随风而散"。他《沐浴阳光》："高兴的时候要喜悦 / 降生的喜悦 / 墓志铭留下另一段人生 / 泪水和另一段路 / 我们降生 / 我们沐浴阳光 / 我们匆忙 / 带走该拥有的 / 去向我们该去的地方"。他流连于唐诗、宋词，与伟大诗人陶渊明、李白、辛弃疾、蒲松龄对话，获取做人作诗的智慧启迪。他以瞬间迸发的思想火花，照亮黑暗的角落，他"打开胸膛，让阳光照亮阴影 / 温暖那不敢触碰的曾经 / 过往虽给了我漆黑的心灵 / 但从此我点亮了一盏灯"（《心灵灯塔》）。这样，他犹如一根会思想的芦草，挺立于世俗的风尘中，其灵魂的吟哦，在岁月的剥蚀下，敞开了生命的本真与纯正……

读完诗集《沐浴阳光》全稿，我眼前浮现的是一个热爱生活的歌咏者。明朗而激昂的诗句，呈现了一个个生活中的乐观、向上、健康的人生轨迹，几乎像一颗热爱生活的心在屏幕上展现的"心电图"。同时，我又看到一个阳光向上的思想者，一个勇敢向生活和历史提问的求索者，这种求索精神给明亮的诗情增加了厚重的音质。我知道，这就是真实、完整的诗人王鹏，这就是淳朴、自然的诗人王鹏，这就是洒脱、率直的诗人王鹏。

诗意的人生洒满了阳光，诗人王鹏正试图用诗歌的光芒，照亮这个世界。他的这一文字方向，比他的文本更加可贵。期待这阳光指引王鹏在不断的追求和探索中抵达新的高度，创造更多的惊喜。

是为序。

2017 年 3 月 31 日

于北京金融街金融作协办公室

清泉倒映高天那一抹蓝

——蓝泉纪实文学《跨越世纪的怀念》序

2020年，注定是一个不平凡的年份。年初，新旧交替的时节，雪紧风急天寒，一场疫情突然来袭。望着窗外阳光下摇曳的翠绿，渴望着一种能够使心灵栖息的慰藉。

一个清晨，忽然接到蓝泉老师的电话，说他的新作《跨越世纪的怀念》即将出版发行，想请我作个序，同时发来了《跨越世纪的怀念》的目录及全部文章。正是疫情期间，我也得以有更多的时间和机会，便一张张一段段，与蓝泉老师一起细细品读他的"怀念"。读着品着，仿佛让我身临其境，文字如潺潺清泉，思绪似朵朵白云，凝视着清泉里倒映着高天中的一片湛蓝，我忽然觉得蓝泉老师的作品，人文合一，文如其名，使我感受到了"蓝泉"的博大精深……

——蓝泉之柔韧。说实在话，近几年我确实为不少的金融作家们作序，大都是为了鼓励和支持中青年作家们的创作。但是为年近八旬的老作家作序，还是头一遭。我和蓝泉老师已是多年的朋友，对他也比较了解，心里也一直钦佩他虽已耄耋之年，但是壮心不已，一直保持着年轻人的强大生命力和积极向上的阳光心态，健康乐观，勤奋创作。这一点，我自叹不如。这部长篇自传体纪实文学，是作者自20世纪40年代开始，历经了从抗日战争胜利前夕到解放初国民经济恢复、三年自然灾害、知识青年上山下乡、文化大革命以及"十一届三中全会"拨乱反正乃至开启改革开放和社会主义现代化伟大征程……等各个历史时期的一些重大事件生活经历的真实写照。在这篇长达125000多字的自传体长篇纪实文学中，他满怀深情地以一个20世纪50年代末、60年代初，自己与（前）苏联朋友列宁格勒市（现圣彼得堡市）女中学生通信交际的往事为引线，以在当今俄罗斯驻华大使馆的帮助下寻找近50年前这位异国朋友下落的故事，故事曲折，人物形象丰满、感人。

——蓝泉之清纯。蓝泉老师虽说年事已高，但他给我的感觉，就是一个"老小孩"。为人为文都是简单清纯，富有激情。这一点在《跨越世纪的怀念》中得到了很好的印证和体现。作品多层面、委婉地、意识流式的于浩瀚的时空间、大篇幅地穿插叙述了自己和家庭近60多年来的坎坷身世及曲折遭遇，像一部波澜壮阔的长篇记事乐章，从一个侧面折射出我们时代过去那一段不可或缺的历史境况，讴歌了十一届三中全会后改革开放给人民惠及的红利和幸福。霜染枫叶，迎风摇曳，历尽寒来暑往，雨雪风霜，将人间岁月的往事、轮回和体验，凝注于烈火般的殷红中，折射出尘世上的那些真善美与假丑恶……

——蓝泉之深沉。蓝泉名为泉，其实有着一种海的深沉。在《跨越世纪的怀念》中，不乏有作者青年时期那朦胧纯真的爱意启蒙；也有个人艰辛劳苦、励志前行的奋斗经历；还有领导高风亮节的慈爱关怀；还有凡尘间那些人际关系中勾心斗角的丑恶；还有更多的鲜为人知的保险业艰难创业故事。一章一节，娓娓道来，别具风情，让人读得趣味勃发，余音绕梁，回味无穷；也使读者随着主人公命运跌宕起伏的情节，而对其寄予了莫大的同情与关注，是一篇金融题材反映保险内容的不可多得的力作。

——蓝泉之博大。《跨越世纪的怀念》这部作品虽然是反映社会和人性的，但首先它是金融的，差不多是弥补了保险业文学的一个空白。在封建社会，金融文学大体反映了商品文明与权力文明互为消长的历史现象；在资本主义社会，金融文学则鲜明地反映了资本主义金融史，从原始积累到自由竞争到垄断资本形成，这样一个历史发展过程，以及这个过程中人和社会的变化及异化。那么到了当代我国金融进入社会主义市场经济阶段，金融文学要反映的应该是更为复杂和深刻的金融人形象、金融人精神，金融经济社会的时代画卷等。检看历史文库，金融文学作品的诞生，可以回溯到两千多年前，随着商品经济的日益发展，金融业的日益扩大，金融文学作品也与日俱增。金融文学创作不仅是文学百花园的重要组成部分，同时也是金融企业文化建设的重要内容。是提高员工的工作积极性和职业自豪感、提升我国金融软实力的重要体现，有利于增强我国金融机构的市场竞争力。

——蓝泉之绵长。《跨越世纪的怀念》这部作品，体现了蓝泉老师的创作实力和魅力。金融这个行业和泛行业中的工作生活是极其丰富多彩、绚丽多姿的，可以说是集中了精英智者、尝遍了苦辣酸甜、充满了机遇风险、展尽了人性善恶、演足了爱恨情仇、牵扯了方方面面敏感神经的生活领域。当代金融文学创作滞后，这里面的原因很多，主要是金融确实不好写，题材枯燥、敏感，深入生活也不容易。而能写出金融的主旋律和金融时代精神则需要生活沉淀，赶任务出不来好东西。但正是这样，也才给当代作家留下了丰富的金融文学创作资源和未被开发的宝藏，以及广阔的金融文学创作空间。与那些已经被淘空了的传统题材相比，金融文学是个富矿，金融文学的潜力很大，存在巨大的后发优势。

——蓝泉之希望。金融文学还很年轻，像一片刚被开垦的处女地，再写多少年也写不空。我觉得有眼光有实力的作家要认识到，实际上中国金融文学创作的马拉松长跑已经开始了，等待犹豫只会失去机会，而坚持和有实力就会有所斩获！有人心之处，就有文学，就有艺术。文学令人心高贵、觉醒而丰饶。无论从事任何职业，也无论投身于任何职场，我们总会发现都会有蓝泉老师这样的文学朝圣者，无论多么艰难，都在坚守和希望。年过七旬的蓝泉老师已经发表和出版了多部作品，已是金融界的知名作家，但他仍谦逊如初，孜孜以求。我们相信，清泉倒映高天蓝，那清泉会更加清冽，那高天会更加蔚蓝！

是为序。

2020 年 9 月 19 日

于北京金融街中国银保监会大厦

木棉花开，开得“牛”

——牛兰文集《木棉花开》序

木棉树生长在亚热带地区，木棉花红得似火，花瓣掉落后不褪色，不凋谢，文学上多把木棉花比拟成正气、坚韧的象征。翻阅《木棉花开》，的确能感受到一股热浪迎面。以木棉花命题而书，作者内心的热情、浪漫已先入为主，而紧扣木棉花语的娓娓道来，其人生轨迹及生活历练，已历历见目。从文中看出，牛兰之所以要写木棉花，喜欢木棉花，是因为木棉花语“珍惜温馨、赞美英雄、感恩情缘”，这份情愫已然成为牛兰这大半辈子抹不去的慰藉，舒缓时似水、奋进时像箭；烈得如火，暖得如棉……

牛兰是2019年吸纳的中国金融作家协会会员，介绍人是金融作协常务副秘书长李晔。我虽未曾与其会面，但常听李晔提起她，说牛兰性情开朗，谦虚好学，热爱写作。在金融系统工作几十年，一直怀揣文学梦，当得知金融系统也有属于文学爱好者家园的时候，鼓起勇气投了申请书，成了这个和谐温馨大家庭的一员。用牛兰的话说，加入中国金融作协为她的人生打开了另一扇七彩斑斓的窗，创作更有劲了，眼界更宽了，信心更足了。作为金融作协的负责人，会员们能有如此感悟和看法，甚感欣慰。

说来也巧。牛兰姓牛，今年又是牛年，牛兰在牛年出版作品集，确实牛，牛得可爱，牛得出彩，怎一个“牛”字了得……

牛兰是头“拓荒牛”。通过了解，我得知牛兰是一位科班出身的金融工作者，凭着对文学的爱好，工作之余几十年笔耕不辍，特别是她对散文、诗歌的酷爱，从而留下了许多触动心底的美文。今天她把多年的文字汇集成册，出版这本《木棉花开》，以示读者。这本文集的出版饱含着作者几十年对祖国、对家乡、对工作、对生活、对亲人、对爱情的热爱和感悟，讴歌祖国几十年发展的壮丽航程；勾勒家乡一山一水、一草一木的深情；抒怀投身工作的热忱；赞颂幸福生活的美好；倾诉亲情的无尚牵念；传递爱情的至纯至洁。每一篇都让人领略到美的奂然、美的光华，给人以或火热、或温婉、或壮阔、或静怡的感受。

从农行成人教育到基层一线，从综合管理到党群工作，牛兰深刻体会到企业文化对银行员工队伍建设的凝聚和引领作用，特别注重金融理论与文学创作的有机融合，尽可能发挥文学作品对金融发展的推动作用，为此，她以极大的创作热情、细腻生动的笔触、独到而深邃的眼光记录了她不同阶段的所见所闻和感人故事，体现了一个金融作家应有的使命与情怀！

牛兰是头“孺子牛”。拿到牛兰的书稿时，正值我国第 37 个教师节，我特别注意到里边有篇文章是《想起那些站在讲台上的日子》，“想起站在讲台的那些日子，我明白，讲台，是讲授知识，传播信息，引导思想的场所；讲台，是分享人生感悟，抒发感恩情怀，实现美好梦想的平台！讲台上的我，可以娓娓道来，去讲述，去抒发，酣畅淋漓，收获满满……讲座是讲，也是听，听自己的心声，听基层员工的诉求与期待；讲座是讲，也是写，写自己一路的经历，写书本里文化与精神的反哺。我不是思想家，不是哲学家，更不是社会学家，有限的知识、局限的眼界，同样会让我时而沮丧，时而迷茫……唯一支撑自己的是不愿放弃的信念！我多么想拥有‘一览众山小’的气魄，但那需要多么厚重的底蕴与锤炼，正在往上攀登的我，期待并努力着！”通过充满情怀的点滴文字，一个秉持着坚定信念和执着理想，热爱学习并终身坚持学习的牛兰，跃然纸上。

牛兰金融科班毕业，一辈子在银行工作，探讨的是货币起源、经济规律、金融运行，在她眼里，规章制度、风险防控的理性思维是基点。难得的是，她找到了理性与感性的融汇点，将文化渗透于金融。她说，在这三十五年农行各个岗位的历练中，她深深体会到企业文化对银行员工队伍建设的渗透力、推动力，所以，特别注重金融理论与文学创作的有机结合，尽可能发挥出文学作品在金融领域应有的感召力，以文学之力记载和推动金融发展。我想，这就是我们金融作家应有的责任与担当吧。

牛兰是头“老黄牛”。牛兰是一位刚柔并济的女子，“最有书香能致远，腹有诗书气自华”，一路走来，她勤奋学习，勤奋工作，勤奋写作。把高考未能如愿攻读中文系的遗憾，以业余爱好而弥补之。如饥似渴地阅读，孜孜不倦地写作，终于集成一本以“情”为线条，以人生感悟为中心思想的书籍，她寄情于家乡、于山水；感恩于亲朋、于农行！行外人士读之，可以欣赏文笔之美，并从中感悟人生；行内同仁阅之，可以得到启发，开拓金融企业文化建设新思路……我想，这就是此本《木棉花开》出版发行的价值所在。文集以木棉花开篇，是她火红的青春烟霞；以感恩收尾，是她成熟的优雅回眸。是云南那片红土高原的巍峨、红河的秀美成为她创作的源泉，是时代变革的宏伟、真情的感召成为她创作的动力。

“不用人夸颜色好，只留清气满乾坤”。牛年在《春牛曲》的旋律里踏步而来，祝福牛兰痴心不改，永葆“三牛”精神，讲人民故事、发人民心声、为人民抒怀。吃进去是草，挤出来的是奶，为读者奉献更好的精神“奶酪”。

是为序。

2021 年 9 月 15 日

于北京金融街中国银保监会大厦

黄土地上的生命之歌

——王芳访谈作家阎雪君

编者按：阎雪君是中国金融作协主席，以金融小说称名文坛。他能从生活里汲取写作营养，沉得下来，走得出去，以一个农民儿子的情怀去关注农村关注改革关注金融发展。他是从一个草根成长起来的金融高管，被人称为“四不像”。这里有多少故事和情怀呢？《黄河》编辑王芳走近了阎雪君。

王芳（《黄河》杂志编辑，作家，以下简称王）：阎先生好，您是金融作协主席，那咱们就从金融开始说起吧。咱们国家的金融行业走过了什么样的历程？金融文学诞生于何时？与金融史的关系如何？

阎雪君（著名作家，中国作协全委会委员、中国金融作家协会主席，以下简称阎）：金融文学与金融史是密切相联的。随着经济和社会的发展，金融领域成为经济的核心内容和时代的重要表征及“晴雨表”，是文学创作的重点领域。

在封建社会，金融文学大体反映了商品文明与权力文明互为消长的历史现象；在资本主义社会，金融文学则鲜明地反映了资本主义金融史，从原始积累到自由竞争到垄断资本形成，这样一个历史发展过程，以及这个过程中人和社会的变化及异化。那么到了当代我国金融进入社会主义市场经济阶段，金融文学要反映的应该是更为复杂和深刻的金融人形象、金融人精神，金融经济社会的时代画卷等。

检看历史文库，金融文学作品的诞生，可以回溯到两千多年前。从货币来到世间那天起，文学领域就萌发了一朵独具风采的奇葩。随着货币的盛行，金融文学就有了自己拓展的长天阔地。在中国，最早载有金融文学作品的，当首推《国语》，这是圣王制币说的肇始，应是世界上最早的货币传奇。伟大的史学家、文学家辟出《平准书》专章记载经济活动，既“为中国史学创造了典范”，也为中国金融文学史留下了首部不朽的报告文学，为金融文学创作出了开创性的探索。随着商品经济的日益发展，金融业的日益扩大，金融文学作品也与日俱增。

金融文学创作不仅是文学百花园的重要组成部分，同时也是金融企业文化建设的重要内容。是提高员工的工作积极性和职业自豪感、提升我国金融软实力的重要体现，有利于增强我国金融机构的市场竞争力。

王：原来，金融文学已经有这么久的渊源。金融文学包含哪些方面的创作？在浩繁的作品中，如何界定？这些年产生了哪些优秀作品？山西方面成绩如何？

阎：金融业是个被称为世界皇冠领域的产业和行业，金融是社会发展进步的信用杠杆，这个行业和泛行业中的工作生活是极其丰富多彩、绚丽多姿的，可以说是集中了精英智者、尝遍了苦辣酸甜、充满了机遇风险、展尽了人性善恶、演足了爱恨情仇、牵扯了方方面面敏感神经的生活领域。这里强调的还是这个行业的人与其他行业不同，金融文学还是要把写人放在第一位。因此只要坚持“文学是人学”的宗旨，行业题材也可以写出经典作品。汪曾祺先生就说过这样的话：你们不要过分强调行业文学，文学就是人学，就是写人的。人物写出来才是文学，人物写不出来，叫什么名堂都白搭。说得非常深刻。事实上，行业文学也不影响出好作品，出经典。比如《威尼斯商人》《吝啬鬼》《欧也妮·葛朗台》《钱商》《大饭店》《航空港》《金融家》《子夜》等，在文学史上的地位是公认的。作为一个山西人，提到山西的金融文学，我是自豪和希望兼有。首先说金融，众所周知，山西是中国金融的发祥地，山西的晋商和票号，名震世界。再说文学，山西是华夏文明的发祥地，五千年文明看山西，山西的文学自古以来就是名人辈出，名作如海。所以，无论金融还是文学，也就是说山西的金融和文学怎么说也是应该走在全国的前列的。但是相对于山西金融悠久的历史和辉煌的成就来讲，山西金融文学的创作发展，还是没有跟上山西金融事业的步伐。这些年山西金融文学作家和作品，也涌现出了一批好的作家、诗人和评论家，也有了较好的成绩，但还是缺乏精品力作，有高原缺乏高峰，有待于山西的金融作家们继续努力，让山西的金融文学能够与山西的金融事业相匹配，再创山西金融和金融文学的新胜利。

具体到中国当代金融文学的发展和成果，自新中国成立七十多年以来，特别是改革开放四十年多年来，我国的金融文学随着金融事业的发展也取得了令人瞩目的成就。能够反映金融文学方方面面成果的，正好是今年出版的、也是由我主编的《当代金融文学精选丛书》12 卷本。这是新中国成立以来，中国金融人全面展示金融文学丰硕成果的第一部大型丛书，也是中国金融文学艺术的一次大阅兵。

《当代金融文学精选丛书》的出版发行，得到了上级领导单位中国金融工会和金融文联的高度重视和大力支持，由中国金融工会党组副书记、常务副主席、中国金融文联主席梅志翔作总序言《故事感动历史 文学照亮人生》，丛书组委会由中国金融工会梅志翔、杨树润、宋萍、王海光、余洁、张亮、曾萍、王全新、郭永琰等领导组成。这部丛书堪称鸿篇巨制，共8大类12卷，精选了590多名金融作家606篇（部、首）作品（包括长篇小说4卷23部、中篇小说1卷15篇、短篇小说2卷45篇、散文1卷45篇、诗歌1卷400首、报告文学1卷31篇、影视戏剧文学1卷10部、文学理论与评论1卷37篇），全书450万字。丛书精选精品力作，秉承“金融人写、写金融人”的金融文学特质，展示了波澜壮阔的中国金融事业与发展成就，讴歌了金融人现实追求与理想情怀。《当代金融文学精选丛书》生动描述了中国金融文学的发展历程和成果，深刻阐述了加强金融文化建设，增强文化自信，推动经济和社会健康稳定发展的重要意义。毫无疑问，此次金融文学丛书的推出不单单是凝聚了金融人情怀与思想，更是一次金融人风貌的闪耀留影，为社会所展现的是“金融心”。金融人的有情有义，有思有爱跃然纸上，留驻心间。该套大型丛书的出版发行，实为中国金融界及社会各界的一件大事和盛事，在中国金融事业和金融文学史上有着重要的现实意义和深远的历史意义。

王：金融文学还是成果斐然的。现在可以说说您自己了，您是以小说创作奠定文学地位的，谈谈您的小说创作有哪些作品？涉及哪些题材和领域？

阎：我的创作主题主要是：“三农”一金，即农民、农业和农村，加上金融。正如许多评论家说，阎雪君的作品具有：浓郁的乡土气息、深厚的传统文化情结和鲜明的金融特色。其中可以用四部长篇小说来佐证。

先说第一部长篇小说《原上草》。那十几年前，我在最基层的农村信用社目睹并亲自参与了农村信用社扶持村民发展大棚种菜的过程，彻底改变了北方农村半年忙碌半年闲的历史，创造了寒冬里的春天。1998年我创作出《原上草》后，中国金融出版社领导决定破例出版，成为该社建社以来出版的第一部长篇小说。

《原上草》出版发行后，《作家文摘》《光明日报》《金融时报》《中国金融》《中国农村信用合作》等报刊进行了转载和评论。时任人总行领导、著名作家王祁为其作序，称其为“全国第一部为农村信用社树碑立传的长篇小说，全景式地反映了当代信合事业发展和奉献历程，弥补了中国当代金融文学的一个空白。”著名学者、评论家谢泳发表评论说《怎一个钱字了的》。全国鲁迅文学获得者、著名作家王祥夫撰文评论《为金融讴歌》，称其是一部很好看的金融小说，它从金融最底层写起，触到了金融的根和神经末梢。

第二部长篇小说是《今年村里唱大戏》。当年这部作品被中国文坛评价为

“中国首部反映农村集体资产流失问题的小说”。那时，全社会都在关注“国有资产流失”的问题，但从来没有人想到或提及“农村集体资产流失”的问题，所以，有著名作家马骏及有关评论家说“阎雪君是全国首次提出农村集体资产流失问题并以文学的笔调反映的作家，是一个有责任感的作家”。其中影响最大的就是新华社的评论：“这部由青年作家阎雪君创作的小说，在全国首次提出和揭示了农村集体资产流失严重的问题及隐患。整部作品紧扣集体资产严重流失这一主题，字里行间充满了强烈的社会责任感，情系国计民生”。

第三部长篇小说是《桃花红杏花白》。主人公是一位名叫百合的农村妇女，所有故事都围绕这位命运有点奇特的妇女展开。几番拼搏，几番失败，几番重新爬起来，划出的是一个农村妇女致富的奋斗轨迹，是乡村现实中女性生存状态的真实写照，由此看出乡村女性面对现代冲击时的矛盾情绪，是实实在在的真实。在计划经济体制下，农村和城市同在贫穷的环境中，但一进入市场，问题马上就凸显出来。“三农”问题的核心不在于其他，还在于市场，农民最缺的就是市场。这是小说最后点题的精髓，也是这部小说的社会意义所在。

这里，特别要谈谈最新的长篇小说《天是爹来地是娘》。这部长篇小说是目前全国最早也是唯一反映金融扶贫的长篇小说。先是以《性命攸关》为题，在《中国作家》杂志发表，接着又被《长篇小说选刊》转载，在社会引起反响。

关于文学创作，我自己琢磨了，悟出了一个文学创作的规律，那就是小说一定要写故事。当然许多人也都这么讲。但是故事怎么写？大学教授们也许能够讲出许许多多的文学概论和创作理论，这些我都不懂。但是我自己觉得，其实很简单，那就是把故事这两个字颠倒一下，即故事就是事故！看看世界名著，读读中国四大名著、四大传说，哪一个不是写事故。所以，我的小说创作理念就是：小说就是描写制造事故的人。只要有了事故一切皆有可能。事故是制造一切的缘由，事故也是解决一切矛盾和问题的方法，就是通过事故（矛盾的冲突）来推动“变”：常规变反常，好事变坏事，坏事变好事，灰姑娘变公主，公主嫁给穷光蛋，癞蛤蟆吃天鹅肉。事故的原因，就找到了故事的种子（矛盾）和主题。

长篇小说《天是爹了地是娘》（又名《性命攸关》）的整体事故就是：农民们应该富裕，却发生了事故，那就是贫困。扶贫本来应该得民心顺风顺水，故事的主线偏偏发生了一连串的事故：思想懒散、资金短缺、土地流转、水利匮乏、市场制约、电力薄弱、文化阻碍、非法集资等一系列的事故。

先简单说说目前我们西北农村发生的各种事故及因果：性命与土地及政策发生的事故。古人说性命攸关，说明天底下最重要的就是生命。人的生死跟土地有着极大的关系：土地少养不起就少生，土地多养得起多生，以地养人；孩子多利大，以人养地；人的死与土地也有很大的关系：无地活不了，地少活不好，地多活得累，无地死不了，死了也无葬身之地；男女的性生活与土地的关系：地多，男女在家，性生活多，地少，男女外出，性生活少，无地，留守女人多村里男人少，偷情多。体现了贫困给人带来的生存与繁衍的纠结。近年来村里的男人们绝大多数到城里打工去了，留守后方的村里只有番号为“386199 部队”驻扎，也就是社会上人们流传的 38 妇女、61 儿童、99 老人。其实农民真正的前线是在村里，而不是城里。人们都搞错了，事故发生了，让“386199 部队”驻扎在了前线，而让村里的“精锐部队”留守在了后方。特别是一部分男女外出打工，另一部分男女留守种地，这样的男女结构、城乡分离就给复杂的两性关系事故埋下了伏笔。发财梦，暴露了人的劣根性，穷怕了的村民不惜交换肉体，跌落到无奈而又必需的困境。

人类生存的吃饭问题发生了事故。人类依靠土地粮食来生存发展。中国人一般都按照金木水火土五行运行，五行齐运行顺。可现在成了为了金、伐了木、缺了水、失了火、毁了土，风水坏了啊！就是说，为了金钱，人们砍光了树木，导致水源缺乏，掏空了煤炭（火），毁坏了土地。当一个社会把价值尺度设定为“赚钱”时，人和金钱的疯狂也就不可避免。为了赚钱，不择手段铤而走险者可谓比比皆是。当人沦为金钱的奴隶，人性的尊严便荡然无存，可悲可叹。

大农业发展发生了事故。庄稼人种地靠天吃饭，但收入还得看政策和市场的脸色，谷贱伤农的事情经常发生。特别是实行生产承包责任制后，村里把原来大集体的大片良田按照家庭户数，切割成了无数的小条条、小块块，原来上千亩的大田，现在成了一家几分地，一家几亩地，犹如麻雀虽小却五脏俱全。原来的集体大农业用的大型拖拉机、播种机、收割机、脱粒机等等都不能用了，绝大多数被村干部们贱卖了。有的村民在自己的小田地里，只能自己脖子上挂个种子包，手持铁锹，一边刨坑儿，一边点种子，几乎返回到原始社会后期人们刀耕火种的模式，各家各户各干各的，一盘散沙。

农民的信仰发生了事故。当今社会，许多人都不愿意或不敢管闲事，绝大多数人都是事不关己高高挂起。有人跌倒了不敢扶，小孩子被抢不敢管，看见小偷下手没人喊，人被车撞了不敢救，怕被讹、怕报复，人情冷暖，信仰缺失。这些年村里人们经济上确实收入多了，但人们的文化思想却有点混乱，甚至是后退了。许多村民都信佛、拜基督教和天主教，前些年还有被蒙蔽的村民参加了邪教。许多人的信奉都是有目的的，而信仰应该是自我修行寻求解脱、无私奉献的。但是人们的信仰发生了偏差，有的人拜观音是为了求子的，有的人拜关公是为了发财的，有的人拜佛祖是为了升官的，有的人信奉耶稣是为了做了坏事求心安。

民以食为天，于是乎，为了生存，为了脱贫致富，形形色色的人在这片黄土地上各显“神通”：有的人依靠种地。有的人依靠种菜。有的人依靠经商。有的人依靠权利。有的人依靠种人。有的人依靠种情。有的人依靠种义。有的人依靠种钱。有的人依靠种思想。

金融扶贫是当前的热点问题，也是能唱大的戏，然而如何唱好这出戏不是一件容易的事。帮助村民解决扶贫路上的各种问题。让群众真正成为脱贫致富的主角。同时解决前面说到的事故，就是这部小说要写的故事。

著名作家邱华栋和王松等名家在评论中指出：《天是爹来地是娘》是以金融扶贫挂职干部金炜民为主线贯穿始终，但却没有真正意义上的男女主角，而是描绘了这片土地上的众生相，是为大地上的小人物立传。这些小人物的人生充满辛酸、悲苦、艰难与血泪，却又是一群生动而有趣、有血有肉的人。并通过不同人物之口表达了“性命攸关生生不息”的主题，这是对自然的敬畏和对土地的礼赞。指明了扶贫的关键是扶人，当地人觉醒了，扶贫就真的看到希望了。

我扎根于黄土地，这一点，几十年不改初心。

王：为您的扎根黄土地点赞。在对您的各种访谈中，看到您说自己是四不像，那就分别谈谈城里人、村里人、作家、银行人的感受，这四个身份分别与您的文学的关系是怎样的？

阎：说到文学，在这里，我首先要感谢咱们《黄河》！《黄河》杂志是全国知名的大型文学期刊，培养了许许多多的优秀作家。包括路遥的《平凡的世界》，有一部分都是在《黄河》发表，然后走向全国的。我的第一部中篇小说，也是我真正意义上的文学作品《土财神》，也是 1996 年在《黄河》首发的，当时确实给了我很大的支持和鼓励。2018 年《黄河》又发表了我的中篇小说《生生不息》，使我的文学创作得到了全国文学界的认可。

说到四不像，就要说到我的文学之路。

其实，我的文学启蒙源于一次早恋。小学二年级时我喜欢上了我的语文老师，她人长得漂亮，特别是喜欢给我们讲故事。因为我喜欢听故事，进而就喜欢上了她。我觉得一个人的成长，主要有两个基因：一个是健康基因，另一个是文化基因。所谓文化基因，就是祖祖辈辈居住地所形成的历史传统和文化积淀。我们那个村历史悠久，始建于唐朝，风水很好，也很有文化底蕴。目前我所写的 6

部长篇小说，没有一部是离开我们村的，小村庄大社会，有取之不竭的宝藏。

记得《人民日报》海外版有位记者曾采访我："阎主席，你对自己是如何定位的？"我说："其实我就是个四不像。"为什么呢？因为我在中国作协参加活动时，他们都说我是银行人，但金融系统里的人都说我是个作家；回到村里，乡亲们说我是在城里上班的人，而北京城里的同事又都经常说我是村里人。那我究竟是个什么东西？所以我给自己定位是"四不像"，什么都像就什么都不像，什么都不像就什么都像。其实，恰恰就是这"四不像"给了我更广阔的空间和机遇。

我从小偏科，数理化几乎都是零分，但每天偷偷看文学书，做着一个作家梦。我是从初二开始写小说，高二开始发表小说。我初中念了六年、高中念了六年，高中毕业名落孙山、毫无悬念地就当农民了，后来找了点临时活儿，在县制药厂一边烧茶炉一边坚持写作。成了一个地地道道的"三无"人员，就是：没非农户口、没文凭、没工作。

当然，文学也救了我。我从阳高县制药厂的临时工，到乡信用社、阳高县农行、大同市农行、山西省农行、大同市人民银行、中国人民银行总行、华夏银行总行、到中国金融工会金融作协，十年实现了九级跳，从村、乡、县、市、省、到北京，一个台阶没落下。自觉就像一条鱼，从海底深处一层层跳出水平面，历经各个生活层面。因为文学，我的生活里发生了许多笑话和传说，生命里充满浪漫和奇遇。最后文学使我拥有了一份职业（银行高管）、一份事业（文学创作）。我目前已经先后创作了360多万字的文学作品，同时还发表了200多万字的报告文学和调研类作品。经过10年艰苦奋斗，终于把自己从"三无"人员变成了"三有"人员。所以我经常鼓励年轻的写作者说：记住，写作是一条通天的大道！

这四个身份在我的文学路上是不可分割的，城里人，村里人，这是普遍认识，是一种简单的社会身份区分，银行人是社会职务，而这三个身份都是为我的作家身份提供给养的。说到底，我只有一个身份，那就是黄土地上开出的生命之花。

王：挺有意思的四不像，您始终没离开农村，那就谈谈故乡吧。很多人写文章提到乡愁，您也关注"三农"问题，那么在现代文明进程中，空巢老人、空心村，以及乡村文化的消失，您怎么看？又怎么理解乡愁？这个时候应该诞生什么样的文学作品？

阎：我的六部长篇小说所聚焦的全部是"三农"问题，小说中所写的事件，有的是曾经上演过的，比如那个饥饿的年代里的农民的挣扎，比如那个贫穷年代里纯洁的爱情被毁灭的悲剧，比如改革开放之后农村农田水利基础设施的毁坏和集体资产的流失；有的是正在上演的，比如精准扶贫工作在贫困落后农村的开展，比如农业科技在农村的落地开花，比如农村扶贫和农业科技在推进过程中的种种成功与失败；有的是将一直演下去的，比如农民为了改变命运的种种努力，比如比如空巢老人、留守妇女儿童的问题等等，这些事件和问题，无一不牵动着我的心，为农民的高兴而高兴，因农民的痛苦而痛苦。

乡土情结是人类共同的心理情感，中国人尤其重视乡土观念，成语“安土重迁”说的就是这个意思，乡土情结可以说是中国人与生俱来的文化情怀，而我的人生经历使得其乡土情结尤重于常人，因而我的小说无论短篇长篇，无不烙下深深的乡土印痕，散发着浓浓的乡土气息。我的故乡是我出生成长之地马家皂村文学化的形象，是赤子心中的故乡。

我小说中的人物自然也是我所熟悉的，因为他们是我的父老乡亲，他们身上既有勤劳、实际、知足、乐观、热情的一面，同时也有落后、保守、自私、小气、软弱、忍耐、认死理的一面，这些对我来说都是了然于心的。我好像从来就没有离开过乡下，小说中的一些主要人物，我知道他们的原型是谁，如果不是对农民有特殊的感情，就不会有如此清晰的印象和准确深刻的把握。

每个人的乡愁是不同的，找得到回故乡的路，才是一个作家最重要的清醒的认识。

在这里我想说几句也许是多虑的话，有的人一提乡土文学就不由得想到了那种田园牧歌式的生活画面，这其实是对乡土文学的误会。乡土文学不能只意味着写田园牧歌或莺歌燕舞，虽然生活中的真善美应当歌颂，但揭露和批判生活中的假恶丑也是无可非议的。鲁迅的《社戏》和沈从文的《边城》，是对乡土风情的赞美，而鲁迅的《阿Q正传》和沈从文的《萧萧》则是对故土上的旧思想意识和吃人的封建礼教势力的控诉和抨击。新时期以来，黄土高原作家群所创作的乡土小说，更是以反对封建和保守、反对专制和愚昧为主要内容和主题。我的小说在主要展示歌颂农村农民积极的一面的同时，也深刻地揭露和批判了农村个别干部存在的贪腐淫荡的丑恶行径，挖掘并揭示了长期以来形成的那种小农心理和思维方式，展现了那些在精神上未脱去旧的思想意识审美观念的人们在新时代新变化面前的复杂心态和不良行为。这既是鲁迅先生“揭出病苦，引起疗救的注意”的创作思想的体现，也是我对故乡农村“爱之愈深，责之愈切”的表现。

这个时代，城市化进程加快，我们不能缺失了对这个进程中农村问题的思考和写作。

王：看来，您关于农村的思考是有自己方向的。前一段时间，《中国作家》发表了您的《戏曲是故乡的魂》，戏曲对您的人生和文学产生了什么样的影响？戏曲面临没有好剧本的尴尬，作家应该如何介入戏曲创作？

阎：当然。其实我跟你一样，从小对传统文化，尤其是山西当地的戏曲和民间传说，以及民歌特别感兴趣，也得到了很好的熏陶。

2019年3月下旬，我有幸参加了《中国作家》代表团，到安徽安庆市进行采访。一路走来，满眼繁花，但最能引起我注意的、触动我心灵的，还是当地土生土长的黄梅戏。那是一个下着小雨的上午，我们代表团一行参观了安庆市黄梅戏职业技术学院。学院的师生们热情接待了我们，不同年级不同专业的学生们，为大家展示了唱念做打等各种扎实的基本功和精彩的技艺。看着同学们闪转腾挪、大汗淋漓地训练，有的才仅有十岁左右，我不禁替她们鼓掌叫好，心里真切感受到了台上一分钟、台下十年功的苦寒，同时也体会到了当地政府及教育部门对黄梅戏人才的重视和培养。

我的家乡在咱们山西大同，尤其是我读了王芳您的大作《天地间一场大戏》，对我们山西戏曲的博大精深有了更加深刻的了解。我的故乡有北路梆子，还有二人台、耍孩儿、道情、罗罗腔等多个剧种，特别是耍孩儿兴起于明末清初年间，入选首批"国家级非物质文化遗产名录，"被称作中国戏曲史上的"活化石"。

一个游子，同故乡的联系可以说有千丝万缕，但我感觉，恰恰是戏曲和饮食，最容易承载故乡的记忆和乡愁。饮食习惯是记在胃里的家乡，而戏曲则是刻在灵魂里的乡音。其实，我从小的理想，并不是当个写写画画的作家，恰恰是想当一个咿咿呀呀的戏曲演员。我有一副天生的好嗓子，打小就爱唱。我在初中时就到县里考了两次剧团，一次晋剧团，一次二人台剧团，但都没考上，不知道啥原因。上高中时，又到雁北艺校连续考了两次，虽然唱歌跳舞写作都很好，许多人都觉得我肯定没问题，可结果均以失败告终，后来才知道，当时的艺术学校，除了要有好嗓子，还得有关系走后门。从此就断了当演员的念想，可唱戏的爱好一直保持到今，并且在文学创作过程中，对戏剧的热爱和运用，得以充分体现。

因此，我在自己的文学创作中，一直喜爱和坚守地方戏曲，经常在小说中引用和描述戏曲中的经典唱词和对白。我的第二部长篇小说《今年村里唱大戏》就是很好的例证。一真一假两台戏，交织在一起，假戏真唱，真戏假唱，你方唱罢我登场台上摇旗呐喊，台下明争暗斗，台前刀枪并举，幕后暗流涌动，惊心动魄，曲折跌宕，相映成趣。小说里面引用的如大同地方戏《猪八戒背媳妇儿》，就百唱不倦，更百听不厌：

“媳妇呀，你
上梳油头黑靛靛，
下穿罗裙板正正，
猫儿眼睛水灵灵，
不搽脂粉香喷喷，
不涂胭脂红澄澄，
满口银牙白生生，
头戴鲜花粉腾腾，
哎嗨呀，哎嗨呀，
天下美女第一名呀，
夫妻回到高老庄，
高老庄上务农忙。
老婆汉子把家挣，
恩恩爱爱度光景，
甜甜美美过一生，
哎嗨呀……”

这就是传统文学对我的影响。

戏曲式微，不是一朝一夕的事，戏曲没有好剧本，是好的剧作家太少。而现在的作家极少进入戏曲创作，是长期社会细分化的结果。但好作家不一定是好剧作家，那要经过长期的思考和训练，但好作家进入这个领域一定要一般人更快更好，希望更多的作家能创作戏曲剧本吧。

王：非常同意您关于传统文化的说法。返回来再谈金融文学吧。金融文学现状如何？金融作家在所有作家中占有什么样的份额？

阎：金融文学创作要跟上金融业和时代发展的步伐。但是存在的问题是，当代金融文学创作滞后，跟不上时代和金融生活的步伐，金融文学显得很冷清，被边缘化。发表和出版的作品获奖和有影响的也较少。全国一年创作出版长篇小说 2000 多部，有几部是写金融的？这里面的原因很多，主要是金融确实不好写，题材枯燥、敏感，深入生活也不容易。而能写出金融的主旋律和金融时代精神则需要生活沉淀，赶任务出不来好东西。但也正因为难写，新中国 70 年来包括新时期 40 年来，堪称金融文学的经典作品还没有出现。但正是这样，也才给当代作家留下了丰富的金融文学创作资源和未被开发的宝藏，以及广阔的金融文学创作空间。与那些已经被淘空了的传统题材相比，金融文学是个富矿，金融文学的潜力很大，存在巨大的后发优势。金融文学还很年轻，像一片刚被开垦的处女地，再写多少年年也写不空。我觉得有眼光有实力的作家要认识到，实际上中国金融文学创作的马拉松长跑已经开始了，等待犹豫只会失去机会，而坚持和有实力就会有所斩获！

2011 年中国金融作家协会在北京成立，这是中国金融文学界的一件大事，2013 年中国作家协会又批准了中国金融作家协会为中国作协团体会员，这是一件具有里程碑意义的大事。 目前，中国金融作协有团体会员 27 家，其中，总行会（司）作协 6 家、省级金融作协 21 家。个人会员 1100 多人，其中，中国作协会员 76 人，省级作协会员 210 多人。同时中国金融作协在没有成立金融作协的十几个省区市，设置了金融作协创作联络组。至此，金融作协延伸机构 37 家与金融作协 1100 多名会员，已经覆盖了全国 31 个省市区和“一行二会”（中国人民银行、中国银保监会、中国证监会）统领下的全国银行、证券、保险、非银金融机构和全国城乡商业银行等主要金融机构。

2013 年中国金融作协设立“中国金融文学奖”，分设长篇小说奖、中篇小说奖、短篇小说、散文奖、诗歌奖、报告文学奖、影视剧奖、文学评论等 8 个奖项。同步设立“中国金融文学新人奖”，现已举办了三届评选活动，成效显著。

中国金融作协是一个团结温暖的大家庭，一个散发积极能量，充满正气、和善与友谊的文学团体。大家都是业余作家，业余理事，为中国金融文学事业，不计得失，甘于奉献，成为团体的中坚骨干和优秀代表。从而保证了中国金融文学这条驶向更加宽阔海面之船，顺利航行。

王：金融作家是个很庞大的队伍呢。那么，您觉得金融文学应该对现代生活产生什么样的影响，您作为掌门人，如何架构？金融文学未来发展方向在哪里？

阎：长期以来，由于种种原因，金融文学创作受到了一定程度的忽视，致使金融题材的文学作品创作和发展相对滞后，已经远远不能满足读者日益增长的对金融题材作品阅读和品位的需求。与日益繁荣和兴旺的金融产品相比，差距巨大，很不匹配。党的十九大提出了要增强文化自信，把文化建设作为提高我国文化软实力的重要举措，为金融文学的发展指明了方向。

我认为，金融文学创作和发展前景是乐观的。

中国金融作协提出“金融人写和写金融人”的理念，这个理念的核心就是要开门创作金融文学，开门发展金融文学。凝聚系统内外的一切力量打一场金融文学的翻身仗。中国金融作家协会始终把“出作品、出人才”作为重要任务，欢迎全国金融系统的作家、作者推荐人才或毛遂自荐。如果你有成形的金融题材的鸿篇巨制或者有把握的创作计划，如果你觉得你能够成为一个有出息的金融作家，金融作协考察后会帮助你实现理想或者圆梦。总之，金融文学创作和发展前景乐观，通过金融人写和写金融人的共同努力，金融文学一定能结出丰硕的果实。

加大对金融文学的创作的引导、激励和推介力度是文学界的当务之急。目前，在金融领域有一大批默默写作的业余作家和文学爱好者，要充分发挥中国金融作家协会的组织、协调、指导、催化和服务等作用，引导广大金融作家、文学爱好者撰写出更多、更好的文学作品，为我国金融事业的发展提供更强大的精神推动力。

金融文学需要金融界全体员工、文学界和传媒界的关心支持。以金融为题材的文学创作活动，在中国古已有之，绵延至今；而西方更加繁荣，巨作和大家光辉耀眼。在一些发达国家，金融文学是阅读文学的热门题材，也是影视的热门改编对象。事实说明，金融文学的创作和发展，离不开金融界领导、工会和广大员工的支持；离不开文学界领导、作家、评论家的关注和扶持；离不开传媒界领导和记者朋友的厚爱和支持。特别是在新的起点和加速阶段，更需要多给一些特殊的关爱。

希望金融作家们要学会“两条腿走路”，处理好“三个关系”。一条腿是金融，一条腿是文学，处理好事业与职业的关系；一条腿是文字材料，一条腿是文学创作，处理好专业与非专业的关系；一条腿是“丰产田”，一条腿是“自留地”，处理好工作与生活的关系。

千红万紫安排着。村村皆画本，处处有诗才，繁华的都市，还有丰收的乡村，时时离不开金融的支持，到处都有金融人的身影。登山则情满于山，观海则意溢于海，文若春华，思若涌泉，衔华而佩实。这火热的生活、壮丽的金融画卷，需要更多的金融作家、文学爱好者去记录、去讴歌，描绘出一幅充满活力的金融文学蓝图。

王：您今后有什么样的创作打算？

阎：目前，我按照中国作协和中国金融作协的工作安排，正在山西老家大同蹲点，积极贯彻落实习近平总书记倡导的“深入生活，扎根人民”主题实践活动，计划创作第二部反映金融精准扶贫和社会主义新农村建设的长篇小说。

有人心之处，就有文学，就有艺术。文学令人心高贵、觉醒而丰饶。无论从事任何职业，也无论投身于任何职场，我们总会发现都会有文学的朝圣者，无论万难终会以忠贞和虔敬迎向文学的雨露与光辉。文学审美总在牵引着一个人灵魂的深广，令一个心灵有趣有情。金融文学也如是。

谢谢。再次感谢《黄河》杂志社、感谢王芳的支持和鼓励！

王　芳

发表于《黄河》杂志（2020 年 6 期）

他的光阴流金似火

——吴金火作品集《趟过光阴的河》序

时值金秋，丹桂飘香。尽管疫情还在持续，但枫叶还是收获了火红。这时节，我收到了作家吴金火的书稿《趟过光阴的河》，并附书信一封。在书信中，他热切表达，想请我为他的书稿作序。

初识吴金火，还是在 2020 年初，审批中国金融作家协会会员时，通过申报材料了解的。后来我们两人仅是通过微信，进行了为数不多的沟通和交流，至今也素未谋面。在收到他的书稿和书信后，我还是尽力抽时浏览了这部书稿。从他的字里行间，我感受到他热爱文学的情怀及对文字美感和力量的把控。还有他真实而自然的创作风格，都给我留下深刻的印象。读了他的作品，我感到既高兴又惊讶，高兴的是感觉到他在成为中国金融作家协会会员后，文学创作的劲头更足了，创作题材更丰富了。人常说：言为心声、文如其人，我也常关注到他在相关报刊及网络平台刊发的文章，感觉出他是一位对生活富于热情，对父母、家人、同学、同事及朋友懂得感恩的人；惊讶的是他在本书中创作的诗歌、散文，着笔朴实无华，通俗易懂，没有过多晦涩的华丽辞藻。他的作品涉猎领域广泛，有歌唱祖国、歌颂父母亲情的，有关于工作、学习和旅游的，真实记录其成长的心路历程，感情真挚，平淡中透露出满满的正能量。

“文以行为本，在先诚其中。”吴金火文学创作主要是诗歌、散文，在本书中，他将诗歌分成“感恩父母、心香一瓣、风月流年、心灵驿站、致敬典范”五辑，将散文分成“故园亲情、市井巷议、行吟山水和工作印记”四辑，共九辑，向读者倾述。

吴金火写的诗歌，情感丰富，题材多样，体裁活泼，主要是抒情诗，有叙事诗、古体诗，甚至还有打油诗、三句半等。他的诗歌，有抒怀，有感慨，有思考，有哲理，热情歌颂了父母、家乡、抗疫英雄和古今典范等，体现了作者爱国、爱家和爱生活的高尚情怀。

吴金火写的散文大多是回忆性的。如：《我人生的第一双皮鞋》《我人生的第一块手表》《我人生的第一件毛衣》《我童年时的春节记忆》《我童年时的端午记忆》《我童年时的中秋记忆》《我儿时记忆里的露天电影》《我儿时记忆里的故乡老屋》《我儿时记忆里的垂钓逸趣》等，作者通过记录他在人生的学习、工作和生活成长历程当中，接触到的第一双皮鞋、第一块手表和第一件毛衣，这三种日常用品，对于当代人来说毫不起眼，而对于他的人生又是多么至关重要。通过记录他童年时对春节、端午和中秋的记忆，并对他儿时记忆里的露天电影、故乡老屋和垂钓逸趣等进行了深入描写，善于从生活中汲取力量，真实感人，很容易激起与他同一时代生活的读者记忆和共鸣。诸如此类的刻画，书中还有不少，在此，就不一一列举了，读者也可以通过阅读而去体味其“文者以明道”的写作态度和写作技巧。

吴金火的文笔流畅，叙事清晰。读他的文章，就像是他在与读者面对面的交流，娓娓道来，毫不忸怩作态，无无病呻吟之忌，更无矫揉造作之势，真正做到了有感而发。他创作的笔法看似平铺直叙、轻描淡写，实则错落有致、挥洒自如，尽力做到“形散而神不散”和“既来源于生活，又高于生活”。作者为人行文，正如我们山西老乡柳宗元推崇和坚信的，个人文品决定于其自身的人品和行为根本。在文章中，他始终将德行，特别是真诚贯穿于其文学创作之中。

我猜测，吴金火这个名字，当初起名时，应该是命里五行缺金少火，最多的还是水、土、木。正是家乡的那方水土，更是金融这片水土，养育和滋润了他，使他的岁月光阴流金似火，在金融文学创作中树“木”成荫，繁花似锦，硕果累累。他将作品取名为《趟过光阴的河》，恰如在他的诗歌、散文里多次提到的“河”，有现实中的河，也有光阴的河，如他在散文《我儿时记忆里的垂钓逸趣》中写道：我从小就生活在乐安江边上的农村家庭，可以说是河边出生，河里长大。他在诗歌《故乡的小河》中写道：打开记忆的窗口 / 眼前淌着一条小河 / 河里有我童年的影子 / 河里有我青春的记忆。他在诗歌《风的彼岸》中写道：我从小就生活在农村 / 与县城仅差一条河的距离 / 风从河的彼岸吹来 / 带来了城市的气息 / 荡漾了一个少年的心旌 / 为了这一腔的陶醉 / 我一直走在去河对岸的桥上。他在诗歌《追赶流水的人》中写道：在我的梦里 / 流淌着一条河 / 那是我生命的河 / 光阴是一条河 / 我在这条河里 / 匆匆追赶着梦想。其实，人生又何尝不是一场艰难的跋涉和旅行，在光阴的长河中，人人都是匆匆过客，人生短暂，虽然不能延伸生命的长度，但还可以活得更有宽度和深度，还有温度。我想，这大概就是作者最想表达的吧！

“白日不到处，青春恰自来。苔花如米小，也学牡丹开。”吴金火在给我的书信中还写道：作为 2020 年加入中国金融作协的一个年纪较长的新会员，虽然文笔稚嫩，难登大雅之堂，但还是坚持笔耕不辍，如果一生，哪怕最终只能出版一本属于自己的书，也是他最值得高兴和纪念的事。现在，他的诗歌、散文作品集《趟过光阴的河》就要付梓了，我知道，这是他出版面世的第一本书，希望他以出版面世这本书为起点，初心不改，热爱生活、珍爱生命，继续创作出更多、更好的文学作品，为喜爱他的广大读者提供更加丰盛的“金木水火土”。

是为序。

2022 年 10 月 1 日

于北京金融街中国银保监会大厦

从古典文学中探寻现代写作元素

——郑雪散文集《远方风景》序

春天是阳光的世界，一切都富有生机。一个阳光灿烂的日子，我收到了来自彩云之南 90 后作家郑雪充满智慧和诗情画意的散文游记。其作品阅读自己，聆听世界，无论从语句的凝练性、思想性，还是从用典的技艺上都能看出她是一个熟读典籍和善于运用心境写作的人。她突破了地域的局限，用自己独特的语言创作了富有人情味的游记，用真挚的情感描绘了祖国的山川河岳，她把藏在心底的爱恋赋予指尖，用细腻的思想敲击出对祖国大好河山的爱恋。郑雪远在英国利物浦大学留学，她小小年纪，就能写出如此颇具匠心的文字，我们对她寄予厚望。

她用扎实的语言功底给我们呈现了一份丰盛的精神大餐，让我们用心灵守望这朵开在异国他乡的花儿茁壮成长。郑雪用起古典诗句，娴熟、恰当，信手拈来，就像藏在口袋里的“锦囊”，轻而易举地掏出来。例如，从《风光霁月》中讲述的“梵净山”，引出《论语》中“仁者乐山，智者乐水”的大胸襟、大智慧，她不只谈到人文历史，还更好地诠释了她的心境，精致、唯美的语句举不胜举，简单、纯朴的表达，却给人们呈现出了一种难以忘怀的遐思。再比如，在《成都皮影甲天下》中引用“谁伴明窗独坐，我共影儿两个。灯尽欲眠时，影也把人抛躲。无那，无那，好个凄惶的我”（出自李清照《如梦令》），“醉里挑灯看剑，梦回吹角连营。……赢得生前身后名”（出自辛弃疾《破阵子·为陈同甫赋壮词以寄之》），在《忠义白帝城》中引用“朝辞白帝彩云间，千里江陵一日还”（出自李白《早发白帝城》），“白帝城头春草生，白盐山下蜀江清”（出自刘禹锡《竹枝词》），足见其丰沛的知识底蕴。在《浮世锦绣》中，郑雪用充满诗性的语言，把巴蜀大地的秀美风光用织锦一览无余，自然、轻巧地引用了西汉扬雄《蜀都赋》中的句子：“丽靡螭烛，若挥锦布绣，忘芒兮无幅。”这是写蜀绣的神奇。同时，她也是感恩的，在《光风霁月》中说道：“我想，身处其间，看着那些足以证明时光印迹的建筑山水，花草树木，谁都会生出一股崇敬和感恩吧，毕竟这份禅意踏过万水千山，才赴了这一面之约。”这样的结尾让人回味无穷，不但表达了作者的感恩之情，而且把整篇文章的留白也做到了恰如其分！她的文字是有魔力的，其中不乏一些闪光的短句，例如，“惊了岁月，暖了时光……历史，是记忆的软肋。”“微风轻轻地吹着，夕阳像喝醉了似的一个踉跄，跌下了西山，溅起了漫天的星光。”（《滇池夜月》）“有一种美，是美而不自知。有一种清，是清可见底不染尘埃。有一种景，此生一遇便就此沉沦，只一眼便要终其一生去忘怀。”（《人间仙境》）“记忆，是最神奇的东西。温暖的岁月总会留下些许欢声笑语，不知疲倦地提醒我们曾经。”（《一次特殊的际遇》）这些柔软的句子描绘了美好的风景，充满真挚的情感，闪耀着智性的光芒，延伸着诗意的远方……在《独特的巴渝文化》中，开篇她不写物华天宝，人杰地灵，而是巧借描述江南和塞外女子不同的性情，引出了巴渝女子的别样风情，从此打开巴渝深厚的历史文化大门。她细腻、深情地描述巴山儿女：“江南的小桥流水养育了温婉俏丽的江南女子，烟雨迷离中满是柔情，水墨写意里都是雅致。塞外的大漠长河养育了不拘一格的娇蛮女子，豪放爽朗中满是大气，策马扬鞭中都是恣意。巴渝的大山大川养育了顽强坚韧的巴渝女子，来来往往中满是痛快，山明水丽中都是潇洒。也无怪乎古代典籍里就记载说‘武王伐纣，前歌后舞’，勇猛善战的巴人用自己的酣畅痛快为历史留下了抹不去的印记。”郑雪去过好多地方，有幸从她的文字里继续亲近祖国的壮丽山河，这是令人欣喜的事情。她年轻，走过的土地上都留下了鲜明的印记——青春飞扬的自信、睿智和勇敢，那份心境就像天山上盛开的雪莲花般美丽、圣洁。她用自己独到的眼光放眼大千世界，感悟人生。从雪山、草地，到塞北，到江南……包括书中所有的异域风情一定会让你眼界大开，豁然开朗。书是打开“智慧之窗”的瞭望塔，读一本好书更是一件愉悦的事情。这本书是中国山河的一个缩影，也是开启地域之门的一把“心灵钥匙”。这里藏有太多的温暖，就像与一个邻家妹妹娓娓交谈，我们读到了一个纯真、善良的女孩的内心世界。

这是了不起的写作，时光在善良的思维空间里美好地记录着，我想这些充满诗性、闪耀着智慧光芒的句子，会让郑雪慢慢走向成熟，一定会带给她更美好的憧憬！

最后，祝福郑雪这朵刚刚开放的花儿在浮世锦绣的韶华里织锦出耀艳群芳的丝帛，从此在诗意的天空立有自己的一席之地。

是为序。

2016 年 10 月 9 日

于北京金融街金融作协办公室

跬步至千里

——范学华散文集《步行者》序

《步行者》步行者？

看到这个书名，我不禁一愣，心里疑问：现代交通工具这么发达，况且是银行高管，竟然步行且常态化？是噱头还是不拘一格？忍不住打了个问号。

几年前，经朋友介绍，作家范学华发给我一部书稿，欲请我把把脉，提提意见，当然，如方便，最好希望我能写一个序，壮色添彩。其实在这之前，也从其他金融作家那里听说过学华，说是他写作功底硬实，也写过几篇像样的文章，就是人老实，不太营销自己。直觉学华人不错，写序的事当时就口头预定。很快，我到山东临沂为阳光保险公司颁发“党建带工建”奖牌，和学华有机会见了面，增进了彼此的了解，所以写序的事就算定下了。只是他也不急着出版，不催，我也忙，就未赶着出稿。

三年多过去了，学华与我再次联系，说是书稿已送出版社，还是想请我写几句话。答应过的自然践诺，只是现在“还债”，不仅连本，恐怕要带息了。

在金融这个严谨得近乎枯燥的行业，有人喜欢读书，喜欢文学，而且执着，我向来鼓励、欣赏、点赞。细看了学华的履历，尤其是再次读过书稿，感觉人事具体，情节朴素而又不乏生动，一气呵成也算文笔流畅，源于生活而非简单复制生活，讲究布局而不一味执拗教条，热爱生活、热爱文学的气息跃然纸上。说句实话，现在写类似回忆录的很多，写打油诗的也不少，但是这本书读后还真是有点不一样，有点特别。特别在哪里呢？

有文学功底，可读。所有的文字都有所依，有所据，有所指，有所寄，主料辅料佐料俱全，有根有枝有叶，勇于自嘲，敢于自揭丑短，主卷平生自述，朴素客观，副卷像是一个人的散文诗。学华曾在《人民日报》《求是》等中央级重要报刊发表过作品，文字基础相当深厚。全书有生活、有功底、有平衡、有胸襟，浅入浅出，深入浅出，格式不落俗套，读起来不生涩，不枯燥，有那么一点味道。这股味道，不仅充盈在主卷“引子”（跟往事扯会儿）、副卷“又引”

（八七五十六个字，便是五十六座星辰）中，蕴含在“字诊自疗”的结语中，更是浸透在正文的每个字里行间。

没有假大空，可信。学华承诺不说假话，不说负能量的话，时时处处说真话实话（尽管实话真话未全说），这是真诚；对所有的情节完全凭脑海的深刻记忆，不加工，不修饰，不拔高，原汁原味原生态，这是坦诚；对涉及的所有的人包括“折磨”过他的人都充分尊重，这是虔诚。清晰的自我表达，热情、感性，童叟无欺。

有良好心态，可近。人有一个好的心态，特别重要，特别珍贵。这说起来容易，做起来难，做到更难。学华在这方面，我的感觉是做到了知行合一，书中的很多文字透着淡淡的、平平的、缓缓的、自然而然的思绪与心境，“没有什么不能改变，没有什么不能放下”“性本范，不作贱；虽平凡，不羡仙”“心有静自然禅，余有安妙不言，馨月自然高洁，道平无须马喧”，还有那“阳光大道俺不攀，独木桥横你别嫌”“处处可清欢，只要无借口”……只有内心真正或接近放下的人，才能如此平心静气、闲庭信步，看得淡，想得开。“是日也惠风和畅，如初兮天朗气清”。

有正确的态度，可人。学华在上世纪八九十年代就正式出版过几本书，譬如《金融写作大观》《金钱启示录》《中国股市纵横谈》，人民银行和工商银行总行领导为第一本书写序推荐，厉以宁教授为第三本亲自题写书名并题词；在《人民日报》大地副刊发表过散文、在《求是》杂志发表过工作研究，在《经济日报》发表过经济评论，应该说不需要再通过出个自述之类的书籍证明什么。之所以打算出这本书，而且几乎是酝酿、写作近十个年头，其初衷非常简单，就是为自己做一个交代，为关心自己的朋友做个汇报，为后生尤其是一双儿女留一个念想，同时检验一下自己的写作能力，不管人生的上半场赢了、输了、平了，都要从中找点鞭策和养分，走好自己的下半场。更重要的是要后生看到父辈奋斗与幸福生活的来之不易，汲取父辈的经验教训，多感恩，多努力，少走弯路，少留遗憾。这“四个一”，比出书本身，真的是不可而语，要重要的多得多。

有灵活的布局，可意。不呆板。欧阳修“其所谓行之以躬，不言而信者欤”，印证了宇宙行的文化，也暗合了作者的品格。主卷《安而行之》，都是些平凡如我的自述，卷一到卷五分别为“走在乡间的小路上”“我以为我并不差”“像我这样的人”“攒着是为了写成歌”“行有余力，则以学文”，副卷《欲语随心》则是近些年的信手涂鸦和心灵记录，分为三卷，卷六是30多篇生活随笔，包括“凡是过去”“不厌其烦”“反躬自省”和“翻过山丘”；卷七是“就两行”，上一行，下一行，30 多联对偶句，不懂对联也敢撰，“对非小道，联得佳趣”；卷八是“分行的白话”，不会作诗也会吟，用作者的话说“连打油诗都称不上”，写了 50 多首长短句，自描、自嘲、自悟、自警，不过敢用莫言的话作题，也是反映了作者的某些自信。整部书稿两部分各有侧重又浑然一体，有详有略，有显有隐，有感慨有感悟，有愤懑有感恩，有反思有坚守，有不甘有情愿，有自嘲有自信，有望子成龙望女成凤恨铁不成钢，有苟且有诗和远方，柴米油盐酱醋茶，琴棋书画诗酒花，酸甜苦涩辛麻辣，起承转合，抑扬顿挫，笔尖上的味道，编排一新，写法一新，风格一新。

有切身的感悟，可贵。朴素而深刻。银行是国民经济的血液，现代经济的核心，精巧的机关。作为金融人，学华沉浸其中几十年，把它凝聚为十二个字：金融无它，不外平衡，无非融通。作为同道中人，我深以为然，观察如此之准，体会如此之妙，概括如此之简，肯定这也是作者对人生感悟颇深所致。懂得平衡，懂得通融，这两个基本点，金融如此，人生何尝不如此。同样令人印象深刻的是，作为一个读书人，“阅书无数，记住七句”够了：要么奋斗，要么知足；可以平淡，不容昏庸；家是一切的那个 1；万般皆上品，还是读书好……无一不是肺腑之言，人生浓缩。

有自己的担当，可敬。“常常想起”，作者字里行间对父亲的敬重让人过目难忘，“央求您啊，下辈子把角色换，让儿也疼疼您，您也欢乐童年，您也安享晚年”，叫人心疼到骨髓里。为了家庭，几次放弃晋升、跳槽的机会，一个男人、一个孝子、一个父亲、一个传统家庭兄长比父的担当与责任，彰显无遗。这是他无怨无悔的选择，但我还是要说，百善孝为先，他做到了，做得很好。

有自知之明，可交。学华和很多的人一样，怀揣一个文学梦，几十年不放弃不丢弃，出版了几部专著，撰写了大量文章。这本书，取名《步行者》，朴素、简单、踏实，一是方便，成本低，说走就走，随时还可以歇脚；二在边缘，不受太多的限制；三缓慢而确定，不用担心灵魂跟不上。走在路边，可快可慢，可想可看，风险又少，悠哉又悠闲，偶尔经风沐雨，何乐不为呢，即使不在路的中央、不是路的核心又何妨呢？只是有一点，要耐得住寂寞，因为你不会成为焦点，还可能被边缘。“我是个步行者，我从来没觉得不好意思”。这种境界反映了作者有着一个十分清醒、冷静的人生态度与自我定位。不得不说，沂蒙山、温凉河养育了他，造就了他，一方水土，锤炼了他骨子里的踏实、内敛、柔软、倔强以及达观、洒脱，多数沉静，偶尔澎湃。

需要指出的是，卷二、卷三特别是卷三的后半部分，写内心的东西偏少，写具体的工作略多，若是再多下些功夫、精雕细刻些自然更好。这个遗憾，学华和我沟通时也提到了。虽美中不足，然瑕不掩瑜，不妨把它作为改进的潜力与努力的方向。

明明如月，何时可掇？绕树三匝，何枝可栖？书中描述作者日常状态的组诗《两点一线》，第二首如是：“平安路上来回挪，总有上坡与下坡；越过山丘夫如何，东坡渐比西坡多”，颇有点“做不了苏轼，就学苏东坡”的意境；用心的读者还会发现，作者的这本书还有一个小名——学以治愚，华而不奢，安而行之，诗曰无邪，更有一个大名或者叫伏笔——霙融集，藏匿其中。霙融何意？霙，雪花也，冷处偏佳，别有根芽；亦称六出（瓣），异于百花，又和于百花（立春之后变成五瓣）。花，非花，并世无两。融，化也，通也。《康熙字典》释之：“炊气上升也，又和也，又长也，又明也，又朗也”。霙融者，冰雪消融也，雪容融也，融入大地，融入山川，融入江湖，融入岁月，融入吾身。冰清玉洁天分付，准拟春来。你还要怎样更好的世界。造化可能偏有意，料雪花见我应如是。一言以蔽之，第一，雪花者，学华也，第二，单一不称集，会当有跟进。

2017 年的 10 月 10 日，我俩在王羲之、诸葛亮的故乡也是学华的家乡有过一次长晤，末了，我问过一句话：“学华，为何没顺着文学这条路一直走下去呢？”学华欲言又止。回到北京后，他给我发微信，写了一篇见面记，附了一首《溪流奔海》，诗中写道：“大海深邃蔚蓝，小溪奔流蜿蜒；不止不息，流觞处觅清欢”。溪流，安然栖息山间小河，又默然奔向长河、大海的方向。此心可鉴，此心可待。

功夫在诗外，精彩在路上。步行者，坚持、加油。祝福作家学华，这个永在文学创作路上的步行者，路在脚下，脚踏实地，越走越稳越高越远……

是为序。

2020 年 4 月 27 日
于北京金融街中国银保监会大厦

修干纷错，绿叶臻臻

——刘真臻文学作品集《心书文绘》序

读了刘真臻的《心书文绘》，不由得想起一句古语：修干纷错，绿叶臻臻。

我和刘真臻初识，是在黑龙江金融作协成立的大会上，与她一见如故，倍感亲切，攀谈中寻得根源，我们都是山西人。真臻虽然长期生活在东北，但出生在山西，是祖祖辈辈地地道道的山西人。山西之名，溯源悠久，鼎立中原，醇厚的黄土文化渗入每一个山西儿女的血脉，真臻这个山西妹子经过黑土地的浸润滋养，愈发多情多姿，丰润大气。

熟识后我与她常书信往来，谈家乡、谈美食、谈文学，所以我知道真臻像大多数文学青年一样，小时候就有个文学梦。由于她作文写得好，老师常常把她的作文当范文，拿到高年级班上去读，于是下课后常有高年级的同学特意结伴来“参观”她，指着她说：就是她！那个作文写得好的小姑娘！在这种“崇拜的目光”下，真臻的作文写得越来越好，成了学校真正的文学小明星。到现在她还记得小时候曾经订过的唯一的一本杂志——《少年文艺》，读杂志成了她童年生活里除了过年以外，最盼望的一件事！在如饥似渴读书的日子里，她达到了废寝忘食的境界，常常需要父母催促，父母虽然嗔怪她读书忘了时间，但对她的宠爱一目了然，在那个经济窘迫的年代，孩子能有一本自己的杂志刊物是多么奢侈。

真臻跟我一样，上学时也严重偏科，凡是与文学有关的语文、英语等科目均出类拔萃，相反数学、物理等理科类成绩平平，严重拖后腿。但她比我聪明，又是“乖乖女”，听老师的话，把好多精力用在了补短板上，所以我考了三年才考上大学，她毕业就考上了大学。考上财经院校以后，她也没敢把精力用在读世界名著上，在自己并不喜欢的专业里摸爬滚打，硬是打拼出了一番天地。

长久地徜徉在会计和教师的领域，她甚至都忘记了自己曾经还有一个文学梦，岁月已经将她的写作梦扼杀在了摇篮中。到黑龙江省农行工会工作之前，除了本书中收集的《小人物大格局》《旅游归来》等几篇有感而发的短文外，她几乎没有动过笔，所以她特别感谢金融作协，感谢黑龙江金融作协，她说这里终于让她找到了家，找到了久违的梦。

2016 年她的“开笔之作”《一次培训两种感动》，得到了她时任领导李英斌主席的肯定。从此，李主席“慧眼识珠”，推荐她加入黑龙江金融文联、金融作协，开启了她的文字创作之旅，并由最初的一名骨干作家成长为黑龙江金融作协的常务副主席。屈指而数，她重拾文学不过六年，短短的六年时间能出这样一本文集，着实不易，这主要还是源自她自己的勤奋与执着。

这本书中收集了刘真臻近年来创作的散文、诗歌、报告文学以及心理学方面的一些文章。其中文学创作方面的文章有《礼赞百年》《秋天的断舍离》《不一样的春节》《当志愿服务与金融文学相逢》等；日常感悟随笔有参加文学培训时写下的《一次培训两种感动》，有习练瑜伽时写的《话说呼吸》，有观看电视剧后写下的《灵魂伴侣》《猎头召唤》《女性的成长》等；对父母亲情的追念有《你好！我的李焕英》《思念》《从父亲的葬礼看山西习俗》；有对朋友情谊的感怀，如《乐耕园之行》《最美驻村书记》《朝向幸福的耕耘》；游记也有几篇，不多；最后一部分是心理学文章，自 2020 年初“新冠”疫情肆虐以来，她积极发挥自己作为国家二级心理咨询师的专业特长，写下了《特殊时期的心理调适》《致坚守岗位员工的一封信》《心理小常识》等文章，旨在帮助大家缓解焦虑紧张等不良情绪，助力抗疫尽早胜利。

真臻的文字，我觉得有以下特点：

第一个特点是具有较强的思想性，对现代女性的生活具有指导意义。《灵魂伴侣》一文中，她从发生在闺蜜身上的离婚事件开头，引出现实生活中谁不想找个灵魂伴侣？曾经年少时，我们都有过“山有木兮木有枝，心悦君兮君不知”的怀春时光，憧憬着今生找到的“另一半”一定要知我、懂我，不仅琴瑟和谐，而且灵魂相伴。然而现实中却是“相识满天下，知心有几人”！找寻“灵魂伴侣”到底在找什么？她从心理学角度分析了人的追求是自我需求的满足，人的低级需求可以通过外部得到满足，而灵魂伴侣这样的高级需求，只能通过内部满足。这样看来，找寻“灵魂伴侣”竟然是个难以实现的遗憾！因为人的高级需求不可能依靠外界实现，只能靠自己！不觉悟的人一直把箭射向外在的靶子，觉悟的人向内找问题。觉醒的人先和自己结婚，他不再期待一个令他满意的外在对象，不把全部精力都指向外，即使在另一个人身上花了百分之二百的精力，也无法改造出你想要的伴侣的样子。你想要的，唯有你自己才能满足——精神独立，内心自由。从这个角度看，自己才能成为自己的终极“灵魂伴侣”。

第二个特点是文章中发挥她心理咨询师的优势，从心理学视角写文章。比如，在《家庭教育中不容忽视心理养育》一文中，她对当下家庭教育的误区做了很多思考：很多家长把时间精力都用在了“教”上，忽略了一个家庭对孩子的“养”！恰如古语所云：“养鱼重在养水，养树重在养根，养人重在养心”。如果一个孩子的心在家里得不到养护和有效的滋养，智商再高，天赋也很难发挥。我们常常发现，一个人长大后能够走多远或者到达什么位置，往往取决于性格、毅力等人性品格，而非智力。孩子如同种子，有了阳光空气水之后才能生长绽放，同样人类的心灵需要滋养。只有父母给到足够的心理营养，才能培养一个自信、独立自主、有安全感、有价值感的孩子。心理营养是一个孩子一生的底层密码，作为父母，一定要了解孩子不同阶段所需要的心理营养，并根据孩子不同成长阶段的需求给予满足，家庭教育中一定不能忽视心理养育！书中《话说呼吸》《女性的成长》《遇见生命本来的样子》等都是从心理学视角写下的文章。

第三个特点是对父母亲深情的怀念！至真、至爱、至善、至纯。如《你好！我的李焕英》《思念》《从父亲的葬礼看山西习俗》《我在养老院的日子》等文。看过影片《你好！李焕英》后，被母女间这份简单、纯粹、真挚的情感所触动，不由自主地联想起自己的李焕英——她的妈妈，一气呵成写下以下文字：

“妈妈离开我已两年有余了，但我却无时无刻不在思念着她，此情绵绵无绝期！我更加想念她，想她对我的疼爱、想她病痛时的艰难、想她此生的种种遗憾……受到影片的启示，我大胆设想，穿越回去，重温母爱好时光。我在想，假如时光能够倒流，我能重新回到过去，我能为她做些什么？或者我该怎样重新做一回女儿？我要替她弥补一下她人生的缺憾，哪怕一次，哪怕一件！”

“假如能够穿越回去，我想替妈妈弥补的还有很多很多，比如斩除疾病、痛苦、寂寞的缠绕；比如要为她分担很多家务，让她的日子轻松一些；比如……假如毕竟是假如，去了另一个世界的母亲再也不会回来！‘失去母亲的世界，从此我的快乐少了一角’。父母在，人生尚有来路；父母去，人生仅剩归途。”这是真臻发自心底的呐喊！

每逢佳节倍思亲！每逢端午、清明这样的节日尤为甚，于是她写下了《思念》这样的诗篇：思念 / 是心底的一块痛深深掩不敢碰；思念 / 是再也无法拨出的电话号码；思念 / 是生前的音容影像一笑一颦；思念 / 是愁云密布老来艰难路程；思念 / 是一个人的默默伤心；思念 / 是喉头一紧的两行热泪；思念 / 是对亡灵的祈祷；思念 / 是对自己的宽慰；思念 / 更是对自己的反思；思念 / 是无法割舍的亲情；思念 / 是无语诉说的乡愁；思念 / 是无法忘却的思念；思念 / 是一冢黄土双亲在里头我在外头。

在刘真臻的亲情世界里，除了对父母的深深怀念外，还有来自女儿暖心的爱！2018年母亲节，女儿早早送上了珍贵的礼物，同时送给她这样暖心的话“刘老师，母亲节快乐！全世界最有文化的妈妈（比心）。我们都在慢慢学着用彼此喜欢的方式传递对彼此的爱！我不在你身边的日子，好好照顾自己，照顾爸爸，辛苦啦，妈妈！”

2022年的除夕夜，被疫情隔离在北京的女儿不仅发来了红包，还在微信中这样安慰她：祝妈妈精神世界富足，今年是精彩人生的下一站！生日之际，女儿通过远程又是快递鲜花又是快递蛋糕，还特意嘱咐商家在蛋糕卡上写上这样的话语：妈妈生日快乐！有我和爸爸守护你呦！有小棉袄如此贴心，刘真臻觉得必须把这些暖心的话语收录在书中，长久回味！有句话说得好——世界上除了爱，其他都是行李！

本书最后的一个特点，就是对友情的感恩与回馈。真臻入职黑龙江金融作协以来，除了文学素养的提升外，最主要的是结识了许许多多热爱文学的朋友们。她受邀参加“乐耕园”三部曲创作基地揭幕仪式后，写下了《乐耕园之行》，祝贺祁海涛主席夫妇的《东林听雨》出版，并初次尝试写了书评《朝向幸福的耕耘》；吕维彬副主席脱贫成功挂帅归来，被中共黑龙江省委宣传部评为“龙江最美人物（驻村干部）”并上了电视演讲，刘真臻看后写下了《致敬，最美驻村书记》一文。当然书中还有一篇《师生情缘》，是刘真臻的学生写给她的文章，她将这些人与人之间可贵的情谊视若珍宝，永久珍藏！

真臻已是全国金融系统的优秀作家，目前还担任着黑龙江金融作协的常务副主席，“常务”就是除了自己坚持创作，还要长期服务于全省广大的金融作家，她是我们金融作家系统既是指挥员又是战斗员的人才，这种精神值得学习和敬佩。

《心书文绘》，点滴记录，只为留给未来的岁月。其实，过去的意义不仅在于回忆，更在于纪念和启示。心书，让回忆更有温度，让未来可期！

是为序。

2022年6月6日

于北京金融街中国银保监会大厦

春雨润物细无声

——冯衍华长篇小说《细雨无声》序

初识冯衍华是三年前在山东梨乡聊城的全国“恒通杯”散文大奖赛颁奖会上。当时正是万亩梨花盛开时节，他的散文《典雅芙蓉街》以全票赢得评委的认可，获得一等奖。会后，他赠我一本他和他的哥哥冯延伟合著的散文集《古窑韵事》，那是一部书写他的家乡淄博的陶瓷文化、饮食文化和山水故乡的集子。从篇篇优美的文字里，我读出了他是一个热爱家乡，热爱生活，热爱文学的歌者。由此，他也成为中国金融作家协会的首批会员。他创作勤奋，收获丰硕。2013年，他的长篇小说《涅槃》获得了中国金融文学界最高奖项“中国金融文学奖”。评委会在授奖词中这样写道：作品思想深刻、文笔细腻，通过描写一群基层工行人在股份制改革时期的一段生活经历，深刻展示了股改岁月中工行人的一种情感和一种精神，高扬了金融人的精神风貌，描画了时代的光芒与人性的光辉。令人震撼，激人奋进。这部长篇小说还获得了“聚焦工行全国金融文学大奖赛金奖”。

他在工商银行山东省分行工会工作，在繁忙的工作之余，硬是利用业余时间，痴心于文学，靠他的勤奋和执着，仅仅过了三年多的时光，他又以一个金融赤子的情怀，拿出了一部近三十万字的长篇新作《细雨无声》。完全用业余时间要完成这样一部著作，若没有对所从事的金融事业的挚爱，没有对金融生活的深度观察和认知，没有对文学的痴情和挚爱，是不可能的。毫不夸张地说，《细雨无声》是他的倾心沥血之作。

早在多年前，冯衍华就加入了山东省作家协会和柳泉诗词协会。二十多年来，他笔耕不辍，曾在《山东文学》《时代文学》《当代散文》《新文学》《柳泉诗词》等文学刊物上发表了大量的散文和诗词。近年来，他转入小说创作，用更广阔的视野来讲好金融故事。中国金融业进入股份制变革的十年来，想必很多金融作家都在围绕着金融人、金融事用文学的视角对金融业的变革发展和金融人的心灵史作着深刻的思考。

润物细无声。当我翻阅《细雨无声》这部文学作品时，我欣喜地发现这不仅是一部书写金融人、金融事的作品，而且是一部深刻人性、震撼心灵的文学作品。在你慢慢地阅读中，会悄然无声地滋润着你的心灵，给你以营养和力量，在不知不觉中受益。他是一位现实主义的金融作家，他关注金融业的现实，关注最基层的一线员工的工作、生活和精神追求。据说他常年到基层调研工作，与一线员工密切接触和交流，真正融入基层员工的工作和生活，走进他们的心灵深处。因此，他的金融小说都是书写基层工行人的喜怒哀乐，他注重对人物内心的描写和刻画人物的内心世界。小说中采用心理描写，内心独白、象征等文学技巧，对人物的心灵世界进行深入挖掘和呈现。比如，他多次写到宿舍区的高大的梧桐树，在矿震到来之前，是梧桐树的倒掉挽救了人们的生命；他写到老主席张浩捐献遗体，死后不要留墓，让他最终长成了一棵树；他写泰城支行新时期的工会主席孔原山，受老师精神追求的熏陶，面对银行转型时期的种种困难与挫折，带领大家在创建职工之家工作中敢于直面驳杂的矛盾，勇于担当，兢兢业业地不懈追求和拼搏，展现了基层工会主席责任担当，依法维权的生动实践和真心实意服务员工的人文情怀；他写到金融工匠全国点钞冠军，五一劳动奖章获得者秦雪爱岗敬业的事迹；他还写到了 90 后新一代金融人郑秋生捐献干细胞的温暖故事。他也注重描写环境和营造氛围，烘托人物心理，同时也使文本更具有了可读性。

在金融转型发展的关键时期，面对复杂多变的生活，确立一种有理想的人生价值是很有意义的。用冯衍华的话说“为了一种理想和追求，去奋斗去拼搏是值得的。”他是一位勤奋的作家，他有他的文学理想和追求，三年里，他把自己封闭在书屋里，几乎没有一天的休息，有时甚至一天的写作在十几个小时以上。我相信，正是他对文学的挚爱和勤奋，定会有更多、更优秀的金融文学作品呈现给读者，为中国金融文学的百花园增色添彩。

是为序。

2016 年 10 月 16 日

于北京金融街金融作协办公室

于潮动的年代顺势而为

——李晓红《顺流而上：深圳个人经济拼图》序

晓看红湿处，花重深圳城。这是我读了作家李晓红非虚构文学作品《顺流而上：深圳个人经济拼图》的第一感受。初看书名时，我发现晓红用了一个词：顺流而上。我当时有些茫然，记得人常说，顺流而下、逆流而上，是晓红笔误？把顺逆的方向搞反了，还是她有意而为之呢？我得细读。

众所周知，深圳是改革开放、先行先试的经济特区，写好深圳春天的故事，无疑就要写好中国改革浪潮中的弄潮人，才能好中见优，不辜负深圳特区的美名。《顺流而上：深圳个人经济拼图》是一本个人创业与深圳经济特区一起成长奋斗的励志书籍，记录了深圳特区建立42年来，从国内外来深圳的各行各业所涌现出来的“草根”英雄，这些敢闯敢拼的弄潮儿，用他们敢于拼搏、敢于梦想的传奇故事，诠释深圳奇迹不是凭空而起的“海市蜃楼”。21世纪以来，深圳锐意进取没有放慢发展速度，反而是提速迈入“深圳创造”的新篇章。取得这种良好局面，离不开党中央对深圳及大湾区高屋建瓴的布局与指导，离不开“深圳经济特区建立40周年创新创业人物和先进模范人物”之一鲁先平博士后的传奇创造，离不开首届高交会首单协议签订者陈坤海的敏锐投入，他们是悄然改变深圳知识与创新格局的标志性人物。

在《创药博士》中，历经中国原创药业发展历程的微芯生物董事长鲁先平博士后，带领他的顶级团队回国创建微芯生物，做中国原创药拓荒牛，在新药研发、技术转移、产业化与市场化、知识产权保护及对外专利授权以及国际化等方面，取得多项重大突破，成为推动中国生物医药产业进步强有力的推手和科创板医药第一股。与深圳有不解情缘的著名香港音乐人、深圳CMusicCenter国际音乐交流中心校长陈少琪，既见证了华语流行乐的辉煌，又在时代的洪流中躬身入局，为庆祝香港回归25周年创作主题歌曲《前》获得第十六届精神文明建设“五个一工程”奖。在《隐者传奇》中，见识一位从普宁走出来的、白手起家的企业家、慈善家——超美科技国际集团有限公司创始人陈坤海。听他说起潮汕生意经的“童子功”，大多体现在两个方面，一是靠嗅觉，像一条警犬，嗅觉灵敏，在复杂多变的市场环境中，审时度势，抓住有利时机；二是胆大心细，看准了目标，就大胆付诸行动。他曾深深怀念着赋闲在家那段日子：偷得浮生半日闲，人间至味是清欢。当大家以为这也是“童子功”了，但他最终以自己筹建的慈善基金会开启了第三段人生。在《光电精英》中，矽赫科技创始人兼 CEO、1986 年出生的海归博士洪鹏达，专注前沿光电和人工智能领域的技术研究和产业落地，以其国际太赫兹、光电传感和人工智能领域等方面的资深专家研究成果，先后申请海内外专利近百项，担任 20 余个国际会议委员会成员、国际仪器仪表和测量纳米技术会议共同主席，多次获奖。他掷地有声地说：“第四次工业和技术革命的路在哪里，没有人能给出明确的答案，但无疑，中国和中国的新一代奋斗者，肯定是在这个世界舞台的中央。”在《掌上珠宝》中，作为深圳市新技术开发和课题研究的试点推广基地，“深圳市叶向洲贵金属首饰制作技能大师工作室”，肩负为国家培养新一代高级匠人的责任，其峰汇公司制作出具有民族文化特色的黄金珠宝首饰，把中国时尚推向世界时尚圈；同时，率先推出《峰哲》企业经营哲学手册，再次为珠宝行业走向规范管理提供了范本。在《外来“勒杜鹃”》中，从江西赣南乡村走出来的 80 后彭美芳女士，做过代课教师，练过摊儿，做过房地产职员，直至 2013 年创建了玺源公司兼任公司 CEO，成为深圳知名教育企业家。

我给晓红这部书提炼出五个方面的特性特征：语言的时代鲜活性、时空地域的全球性、人物性格的鲜明性、行业领域的专业性、大开大合的创作纵横性。进一步说，晓红通过采写这几位深圳人智创故事，成功描述了深圳“头脑风暴”，给予人们借鉴的成功经验，但她没有用宏大的叙述、宏大的定论，而是站在金融人的视角，以金融女作家特有细腻，用细小的节点、细小的亮点来组成人物的精神形象，立体、生动、浪漫，不乏幽默，同时反映出金融和金融人与城市发展的息息相关、血脉相融。

好雨知时节，当春乃发生。这是四季轮回的规律，也是中国传统文化中的顺势而为。想到这儿，我明白了晓红为什么把书名定为《顺流而上：深圳个人经济拼图》了。我们知道，逆流而上、逆势而为的艰苦奋斗精神当然需要，固然可贵，但在一个顺风顺水的环境和条件下，能够不骄傲不懈怠，顺应形势、紧抓良机、乘势而上、拼搏奉献，更是不易。深圳的创业者们，能够在春天的及时雨里及时书写春天的故事，适时谱写创业旋律，可谓是时代的骄子，创业的楷模。

是为序。

2022 年 9 月 9 日

于北京金融街中国银保监会大厦

玉“书”林峰汝于成

——张玉国散文集《玉国林峰》序

玉国兄长我几岁。年龄这个问题有意思，世上许多东西都能你追我赶，唯有年岁，大一天，甚至几个时辰，一辈子赶不上。学问亦然，年轻时玉国就比我能写，几十年过去了，他依然勤奋笔耕，硕果累累，我照旧赶不上他。特别是我读了他的新作散文集《玉国林峰》，这种感觉尤甚。

读玉国的书，就不能不先说说玉国这个人。

我跟玉国相识于20世纪90年代初，他在天镇县农行工作，当时我还是阳高县农行一名写材料的临时工。我俩自相识之日起，玉国就从来没小看过我，总是指导我写文章发表，替我想办法尽快转正。1996年，我从山西省农行办公室回到大同市农行信合处工作，他已经成为天镇县信用联社的领导，担任总稽核。在一个系统工作，接触的更多了，每次见面除了谈工作，更多的还是聊文章、谈创作。共同的爱好，结成了我俩心心相印的纽带。他兄长般的呵护，师傅般的教诲，让我倍感温暖和受益匪浅。

其实，玉国在工作期间，已经出版了几部专著。说实在话，那时的内容还是以业务调研和通讯报告为主，务实性居多，文学性较弱一些。如今，当我翻开他的散文集《玉国林峰》，让我顿觉眼前一亮，有一种美食琳琅，大快朵颐之感，读来，思绪万千。

玉国这本书，分为五个部分，各归其类，各有其美。在我的印象中，玉国是一个读书爱书懂书之人。尤其在《心灵感触篇》中，印象最好的是《读书是一生的幸福》，深有同感。且不说“书中自有黄金屋，书中自有颜如玉”这些古训，从古到今，没有哪个智者和伟人是不读书的，也没有哪个成功者和学问家是不喜欢读书的；无论古今中外，并且从古今到遥远的未来，书籍永远是人类的精神追求和永恒的伴侣。养成读书的习惯，是一个人最好的修行方式，也等于为自己筑起一个永固的精神家园。它可以让你避开生命中所有的烦恼，也可以让你在遇到艰难坎坷时，通达心性，不急不躁，更能让你逃脱人世间遇到的各种心魔缠扰。

人生中的一切不解与疑惑，都能在书籍中找到答案。无论是驱赶迷茫，对抗平庸，还是消解苦难，读书都是最简单也最实用的方法。在书香文墨中，每个人都是修炼者，它可以润泽生活的枯燥，充盈自己的灵魂；它可以忘却俗世的灯红酒绿，回归充满烟火气的人间。

玉国是一个藏书者，更是一个喜欢文字的作家。正所谓“书痴者文必工，艺痴者技必良”。从他的文字中可以看出，无论工作再忙，他也不忘读书，一刻也不曾怠慢了灵魂。无论生活再累，他也懂得陪伴，从不曾怠慢家人和亲情，因此才有了他的《情深意浓篇》，用大量的篇幅描述了父母亲的脾气，性格坚韧不拔，从不向生活低头的坚强意志，真实地反映了父母为了生存，为了生活，为了儿女们，为了追求幸福美好的生活，不断奋斗的经历，直至油尽灯枯。那些最热烈的感情、最美好的故事，永远藏在一日三餐的守候中，一颦一笑的温暖中。

人间烟火气，最抚凡人心。年华是用来老去的，岁月就是用来追忆的，过往的平淡是岁月静好，过往的跌宕是轰轰烈烈，过往的一切，都是过了后回首再看，才知道，挽不回的是难舍和留恋。在《人物札记篇》中，玉国写了许多知名人物，从古到今，从政治家到艺术家，可谓跌宕起伏，波澜曲折，在历史的舞台上独树一帜，家喻户晓。他在讲故事给别人听的同时，也渐渐把自己变成了有故事的人。只是有些人在岁月深处行走，大都不愿讲述自己的故事，许多斑驳的经历只能变成模糊的画面，淡远而疏离。

人生纵然寿命百年，在历史的长河中也仅仅是短暂的一瞬，所以便有了古人“立德、立功、立言”的感慨。立言，让每一个尘世中行走的灵魂变为永恒。玉国在生活的河流中没有随波逐流，没有任由时间白白流逝，而是在河流深处不断撷取自己心仪的浪花几朵，即便随风飘流，仍会散发出激励后辈，催发新芽的清香。

法国作家左拉曾写道：“生命的全部意义，在于无穷地探索尚未知道的东西，在于不断增加更多的知识。”在这个触屏的时代，坚持走好阅读写作这条路，也是不易的。正如一位作家说的：“这是一条漫长而孤独的路，是一条旖旎的、灯火阑珊的路，生命中的许多时刻被赋予了非同一般的意义，漫长的旅程变得摇曳多姿，孤独也是美丽的。”当爱好真正融入玉国的生活，那么，他的生命将会变得更加开阔与无限。多年的书写，玉国已成长为一名优秀作家，在全国金融文学界和山西当地的文坛，都享有较高的知名度。但他仍然谦逊好学，孜孜以求。在今后的岁月中，愿他左手生活，右手书香，以清净心看世界，以平常心生情味，把每一天的日子过得活色生香。在中国文坛上，倾心笔雕，玉汝于成，玉“书”临风，以文弘业，再创辉煌。

是为序。

2024 年 9 月 9 日

于国家金融监督管理总局大厦

为大地上的小人物立传

——阎雪君作品自序

翻看历史文库，金融文学作品的诞生，可以回溯到两千多年前。从货币来到世间那天起，文学领域就萌发了一朵独具风采的奇葩。随着货币的盛行，金融文学就有了自己拓展的长天阔地。在中国，最早载有金融文学作品的，当首推《国语》，这是圣王制币说的肇始，应是世界上最早的货币传奇。伟大的史学家、文学家辟出《平准书》专章记载经济活动，既“为中国史学创造了典范”，也为中国金融文学史留下了首部不朽的报告文学，为金融文学创作出了开创性的探索。随着商品经济的日益发展，金融业的日益扩大，金融文学作品也与日俱增。

金融业是个被称为世界皇冠领域的产业和行业，金融文学还是要把写人放在第一位。因此只要坚持“文学是人学”的宗旨，行业题材也可以写出经典作品。汪曾祺先生就说过这样的话：你们不要过分强调行业文学，文学就是人学，就是写人的。人物写出来才是文学，人物写不出来，叫什么名堂都白搭。说得非常深刻。

我的创作主题主要是：“三农”一金，即农民、农业和农村，加上金融。正如许多评论家说，阎雪君的作品具有浓郁的乡土气息、深厚的传统文化情结和鲜明的金融特色。其中可以用四部长篇小说来佐证。

先说第一部长篇小说《原上草》。那是十几年前，我在最基层的农村信用社目睹并亲自参与了农村信用社扶持村民发展大棚种菜的过程，彻底改变了北方农村半年忙碌半年闲的历史，创造了寒冬里的春天。1998 年我创作出《原上草》后，中国金融出版社领导决定破例出版，成为该社建社以来出版的第一部长篇小说。

《原上草》出版发行后，《作家文摘》《光明日报》《金融时报》《中国金融》《中国农村信用合作》等报刊进行了转载和评论。时任人总行领导、著名作家王祁为其作序，称其为“全国第一部为农村信用社树碑立传的长篇小说，全景式地反映了当代信合事业发展和奉献历程，弥补了中国当代金融文学的一个空白。”

著名学者、评论家谢泳发表评论说《怎一个钱字了得》。全国鲁迅文学奖获得者、著名作家王祥夫撰文评论《为金融讴歌》，称其是一部很好看的金融小说，它从金融最底层写起，触到了金融的根和神经末梢。

第二部长篇小说是《今年村里唱大戏》。当年这部作品被中国文坛评价为“中国首部反映农村集体资产流失问题的小说”。那时，全社会都在关注“国有资产流失”问题，但从来没有人想到或提及“农村集体资产流失”问题，所以，著名作家马骏及有关评论家说“阎雪君是全国首次提出农村集体资产流失问题并以文学的笔调反映的作家，是一个有责任感的作家”。其中影响最大的就是新华社的评论：“这部由青年作家阎雪君创作的小说，在全国首次提出和揭示了农村集体资产流失严重的问题及隐患。整部作品紧扣集体资产严重流失这一主题，字里行间充满了强烈的社会责任感，情系国计民生”。

第三部长篇小说是《桃花红杏花白》。主人公是一位名叫百合的农村妇女，所有故事都围绕这位命运有点奇特的妇女展开。几番拼搏，几番失败，几番重新爬起来，展现了一个农村妇女致富的奋斗轨迹，是乡村现实中女性生存状态的真实写照，由此看出乡村女性面对现代冲击时的矛盾情绪，是实实在在的真实。在计划经济体制下，农村和城市同在贫穷的环境中，但一进入市场，问题马上就凸显出来。“三农”问题的核心不在于其他，还在于市场，农民最缺的就是市场。这是小说最后点题的精髓，也是这部小说的社会意义所在。

这里，特别要谈谈最新的长篇小说《天是爹来地是娘》。这部长篇小说是目前全国最早也是唯一反映金融扶贫的长篇小说。先是以《性命攸关》为题，在《中国作家》杂志发表，接着又被《长篇小说选刊》转载，在社会引起反响。

关于文学创作，我自己琢磨了，悟出了一个文学创作的规律，那就是小说一定要写故事。当然许多人也都这么讲。但是故事怎么写？大学教授们也许能够讲出许许多多的文学概论和创作理论，这些我都不懂。但是我自己觉得，其实很简单，那就是把故事这两个字颠倒一下，即故事就是事故！看看世界名著，读读中国四大名著、四大传说，哪一个不是写事故。所以，我的小说创作理念就是：小说就是描写制造事故的人。只要有了事故一切皆有可能。事故是制造一切的缘由，事故也是解决一切矛盾和问题的方法，就是通过事故（矛盾的冲突）来推动“变”：常规变反常，好事变坏事，坏事变好事，灰姑娘变公主，公主嫁给穷光蛋，癞蛤蟆吃天鹅肉。事故的原因，就找到了故事的种子（矛盾）和主题。

长篇小说《天是爹来地是娘》的整体事故就是：农民们应该富裕，却发生了事故，那就是贫困。扶贫本来应该得民心顺风顺水，故事的主线偏偏发生了一连串的事故：思想懒散、资金短缺、土地流转、水利匮乏、市场制约、电力薄弱、文化阻碍、非法集资等一系列的事故。

先简单说说目前我们西北农村发生的各种事故及因果：性命与土地及政策发生的事故。古人说性命攸关，说明天底下最重要的就是生命。人的生死跟土地有着极大的关系：土地少养不起少生，土地多养得起多生，以地养人；孩子多利大，以人养地；人的死与土地也有很大的关系：无地活不了，地少活不好，地多活得累，无地死不了，死了也无葬身之地；男女的性生活与土地的关系：地多，男女在家，性生活多，地少，男女外出，性生活少，无地，留守女人多，村里男人少，偷情多。体现了贫困给人带来的生存与繁衍的纠结。近年来，村里的男人们绝大多数到城里打工去了，留守后方的村里只有番号为“386199 部队”驻扎，也就是社会上人们流传的 38 妇女、61 儿童、99 老人。其实农民真正的前线是在村里，而不是城里。人们都搞错了，事故发生了，让“386199 部队”驻扎在了前线，而让村里的“精锐部队”留守在了后方。特别是一部分男女外出打工，另一部分男女留守种地，这样的男女结构、城乡分离就给复杂的两性关系事故埋下了伏笔。发财梦，暴露了人的劣根性，穷怕了的村民不惜交换肉体，跌落到无奈而又必需的困境。

人类生存的吃饭问题发生了事故。人类依靠土地粮食来生存发展。中国人一般都按照金木水火土五行运行，五行齐运行顺。可现在成了为了金、伐了木、缺了水、失了火、毁了土，风水坏了啊！就是说，为了金钱，人们砍光了树木，导致水源缺乏，掏空了煤炭（火），毁坏了土地。当一个社会把价值尺度设定为“赚钱”时，人和金钱的疯狂也就不可避免。为了赚钱，不择手段铤而走险者可谓比比皆是。当人沦为金钱的奴隶，人性的尊严便荡然无存，可悲可叹。

大农业发展发生了事故。庄稼人种地靠天吃饭，但收入还要看政策和市场的脸色，谷贱伤农的事情经常发生。特别是实行生产承包责任制后，村里把原来大集体的大片良田按照家庭户数，切割成了无数的小条条、小块块，原来上千亩的大田，现在成了一家几分地，一家几亩地，犹如麻雀虽小却五脏俱全。原来的集体大农业用的大型拖拉机、播种机、收割机、脱粒机等等都不能用了，绝大多数被村干部们贱卖了。有的村民在自己的小田地里，只能自己脖子上挂个种子包，手持铁锹，一边刨坑儿，一边点种子，几乎返回到原始社会后期人们刀耕火种的模式，各家各户各干各的，一盘散沙。

农民的信仰发生了事故。当今社会，许多人都不愿意或不敢管闲事，绝大多数人都是事不关己高高挂起。有人跌倒了不敢扶，小孩子被抢不敢管，看见小偷下手没人喊，人被车撞了不敢救，怕被讹、怕报复，人情冷暖，信仰缺失。这些年村里人们经济上确实收入多了，但人们的文化思想却有点混乱，甚至是后退了。

民以食为天，于是乎，为了生存，为了脱贫致富，形形色色的人在这片黄土地上各显“神通”：有的人依靠种地，有的人依靠种菜，有的人依靠经商，有的人依靠权利。

金融扶贫是当前的热点问题，也是能唱大的戏，然而如何唱好这出戏不是一件容易的事。帮助村民解决扶贫路上的各种问题。让群众真正成为脱贫致富的主角。同时解决前面说到的事故，就是这部小说要写的故事。

著名作家邱华栋和王松等名家在评论中指出：《天是爹来地是娘》是以金融扶贫挂职干部金炜民为主线贯穿始终，但却没有真正意义上的男女主角，而是描绘了这片土地上的众生相，是为大地上的小人物立传。这些小人物的人生充满辛酸、悲苦、艰难与血泪，却又是一群生动而有趣、有血有肉的人，并通过不同人物之口表达了“性命攸关生生不息”的主题，这是对自然的敬畏和对土地的礼赞。指明了扶贫的关键是扶人，当地人觉醒了，扶贫就真的看到希望了。

我扎根于黄土地，这一点，几十年不改初心。

说到文学，在这里，我首先要感谢咱们《黄河》！《黄河》杂志是全国知名的大型文学期刊，培养了许许多多的优秀作家。包括路遥的《平凡的世界》，有一部分都是在《黄河》发表，然后走向全国的。我的第一部中篇小说，也是我真正意义上的文学作品《土财神》，也是1996年在《黄河》首发的，当时确实给了我很大的支持和鼓励。2018年《黄河》又发表了我的中篇小说《生生不息》，使我的文学创作得到了全国文学界的认可。

说到“四不像”，就要说到我的文学之路。

其实，我的文学启蒙源于一次“早恋”。小学二年级时我喜欢上我的语文老师，她人长得漂亮，特别是喜欢给我们讲故事。因为我喜欢听故事，进而就喜欢上了她。我觉得一个人的成长，主要有两个基因：一个是健康基因，另一个是文化基因。所谓文化基因，就是祖祖辈辈居住地所形成的历史传统和文化积淀。我们那个村历史悠久，始建于唐朝，风水很好，也很有文化底蕴。目前我所写的6部长篇小说，没有一部是离开我们村的，小村庄大社会，有取之不竭的宝藏。

记得《人民日报》海外版有位记者曾采访我：“阎主席，你对自己是如何定位的？”我说：“其实我就是个‘四不像’。”为什么呢？因为我在中国作协参加活动时，他们都说我是银行人，但金融系统里的人都说我是个作家；回到村里，乡亲们说我是在城里上班的人，而北京城里的同事又都经常说我是村里人。那我究竟是个什么东西？所以我给自己的定位是“四不像”，什么都像就什么都不像，什么都不像就什么都像。其实，恰恰就是这“四不像”给了我更广阔的空间和机遇。

我从小偏科，数理化几乎都是零分，但每天偷偷看文学书，做着一个作家梦。我是从初二开始写小说，高二开始发表小说。我初中念了六年、高中念了六年，高中毕业名落孙山、毫无悬念地就当农民了，后来找了点临时活儿，在县制药厂一边烧茶炉一边坚持写作。成了一个地地道道的“三无”人员，就是：没非农户口、没文凭、没工作。

当然，文学也救了我。我从阳高县制药厂的临时工，到乡信用社、阳高县农行、大同市农行、山西省农行、大同市人民银行、中国人民银行总行、华夏银行总行，再到中国金融工会金融作协，十年实现了九级跳，从村、乡、县、市、省到北京，一个台阶没落下。自觉就像一条鱼，从海底深处一层层跳出水平面，历经各个生活层面。因为文学，我的生活里发生了许多笑话和传说，生命里充满浪漫和奇遇。最后文学使我拥有了一份职业（银行高管）、一份事业（文学创作）。我目前已经先后创作了 360 多万字的文学作品，同时还发表了 200 多万字的报告文学和调研类作品。经过 10 年艰苦奋斗，终于把自己从“三无”人员变成了“三有”人员。所以我经常鼓励年轻的写作者说：记住，写作是一条通天的大道！

这四个身份在我的文学路上是不可分割的，城里人，村里人，这是普遍认识，是一种简单的社会身份区分，银行人是社会职务，而这三个身份都是为我的作家身份提供给养的。说到底，我只有一个身份，那就是黄土地上开出的生命之花。

我的六部长篇小说所聚焦的全部是“三农”问题，小说中所写的事件，有的是曾经上演过的，比如那个饥饿年代里农民的挣扎，比如那个贫穷年代里纯洁的爱情被毁灭的悲剧，比如改革开放之后农村农田水利基础设施的毁坏和集体资产的流失；有的是正在上演的，比如精准扶贫工作在贫困落后农村的开展，比如农业科技在农村的落地开花，比如农村扶贫和农业科技在推进过程中的种种成功与失败；有的是将一直演下去的，比如农民为了改变命运的种种努力，空巢老人、留守妇女儿童的问题等等，这些事件和问题，无一不牵动着我的心，为农民的高兴而高兴，因农民的痛苦而痛苦。

乡土情结是人类共同的心理情感，中国人尤其重视乡土观念，成语“安土重迁”说的就是这个意思，乡土情结可以说是中国人与生俱来的文化情怀，而我的人生经历使得乡土情结尤重于常人，因而我的小说无论短篇长篇，无不烙下深深的乡土印痕，散发着浓浓的乡土气息。我的故乡是我出生成长之地马家皂村文学化的形象，是赤子心中的故乡。

我小说中的人物自然也是我所熟悉的，因为他们是我的父老乡亲，他们身上既有勤劳、实际、知足、乐观、热情的一面，同时也有落后、保守、自私、小气、软弱、忍耐、认死理的一面，这些对我来说都是了然于心的。我好像从来就没有离开过乡下，小说中的一些主要人物，我知道他们的原型是谁，如果不是对农民有特殊的感情，就不会有如此清晰的印象和准确深刻的把握。

每个人的乡愁是不同的，找得到回故乡的路，才是一个作家最重要的清醒的认识。

在这里我想说几句也许是多余的话，有的人一提乡土文学就不由得想到了那种田园牧歌式的生活画面，这其实是对乡土文学的误会。乡土文学不能只意味着写田园牧歌或莺歌燕舞，虽然生活中的真善美应当歌颂，但揭露和批判生活中的假恶丑也是无可非议的。鲁迅的《社戏》和沈从文的《边城》，是对乡土风情的赞美，而鲁迅的《阿Q正传》和沈从文的《萧萧》则是对故土上的旧思想意识和吃人的封建礼教势力的控诉和抨击。新时期以来，黄土高原作家群所创作的乡土小说，更是以反对封建和保守、反对专制和愚昧为主要内容和主题。我的小说在主要展示歌颂农村农民积极的一面的同时，也深刻地揭露和批判农村个别干部存在的贪腐淫荡的丑恶行径，挖掘并揭示长期以来形成的那种小农心理和思维方式，展现了那些在精神上未脱去旧的思想意识审美观念的人们在新时代新变化面前的复杂心态和不良行为。这既是鲁迅先生“揭出病苦，引起疗救的注意”的创作思想的体现，也是我对故乡农村“爱之愈深，责之愈切”的表现。

这个时代，城市化进程加快，我们不能缺失了对这个进程中农村问题的思考和写作。

我的家乡在山西大同，一个游子，同故乡的联系可以说有千丝万缕，但我感觉，恰恰是戏曲和饮食，最容易承载故乡的记忆和乡愁。饮食习惯是记在胃里的家乡，而戏曲则是刻在灵魂里的乡音。其实，我从小的理想，并不是当个写写画画的作家，恰恰是想当一个咿咿呀呀的戏曲演员。我有一副天生的好嗓子，打小就爱唱。我在初中时就到县里考了两次剧团，一次晋剧团，一次二人台剧团，但都没考上，不知道啥原因。上高中时，又到雁北艺校连续考了两次，虽然唱歌跳舞写作都很好，许多人都觉得我肯定没问题，可结果均以失败告终，后来才知道，当时的艺术学校，除了要有好嗓子，还得有关系走后门。从此就断了当演员的念想，可唱戏的爱好一直保持到今，并且在文学创作过程中，对戏剧的热爱和运用，得以充分体现。

因此，我在自己的文学创作中，一直喜爱和坚守地方戏曲，经常在小说中引用和描述戏曲中的经典唱词和对白。我的第二部长篇小说《今年村里唱大戏》就是很好的例证。一真一假两台戏，交织在一起，假戏真唱，真戏假唱，你方唱罢我登场，台上摇旗呐喊，台下明争暗斗，台前刀枪并举，幕后暗流涌动，惊心动魄，曲折跌宕，相映成趣。小说里面引用的如大同地方戏《猪八戒背媳妇儿》，就百唱不倦，更百听不厌：

媳妇呀，你
上梳油头黑靛靛，
下穿罗裙板正正，
猫儿眼睛水灵灵，
不搽脂粉香喷喷，
不涂胭脂红澄澄，
满口银牙白生生，
头戴鲜花粉腾腾，
哎嗨呀，哎嗨呀，
天下美女第一名呀，
夫妻回到高老庄，
高老庄上务农忙。
老婆汉子把家挣，
恩恩爱爱度光景，
甜甜美美过一生，
哎嗨呀……

这就是传统文学对我的影响。

戏曲式微，不是一朝一夕的事，戏曲没有好剧本，是好的剧作家太少。而现在的作家极少进入戏曲创作，是长期社会细分化的结果。但好作家不一定是好剧作家，那要经过长期的思考和训练，但好作家进入这个领域一定要比一般人更快更好，希望更多的作家能创作戏曲剧本吧。

有人心之处，就有文学，就有艺术。文学令人心高贵、觉醒而丰饶。无论从事任何职业，也无论投身于任何职场，我们总会发现都会有文学的朝圣者，无论万难终会以忠贞和虔敬迎向文学的雨露与光辉。文学审美总在牵引着一个人灵魂的深广，令一个人心灵有趣有情。金融文学也如是。

谢谢。再次感谢《黄河》杂志社的支持和鼓励！

发表于《黄河》杂志

亦幻亦真的美人鱼

——王继霞小说集《玉泉河的美人鱼》序

“当一把吉他被砸得碎骨粉身 / 你猜到若兰的生命中注定出现‘江’/ 却猜不到谁辜负了谁的深情 / 你看到半幅精美绝伦的绣品《长相守》/ 却看不到曾经荷叶田田的玉泉河 / 你听到美人鱼诱人的歌声 / 却听不到大海的咆哮众神的诅咒 / 你触摸到六个故事最纤细的脉络 / 却触摸不到六个故事里忧伤的气息苦涩的芬芳”。毋庸讳言，读书并非全然是开卷有益，有时难免有“过尽千帆皆不是”的遗憾，拿起这本小说集《玉泉河的美人鱼》，我却即刻被封底这首清新的小诗深深吸引，进而产生了一睹为快的阅读兴趣。如果要在“兴趣”前面加上“浓厚”二字，与封面上那幅美人鱼的图画则不无关系。不同于拖着硕大鱼尾的传统形象，万顷碧波做了美人鱼的层层裙裾，而裙裾后面隐藏的鱼尾需要读者发挥一点想象才能“看见”，激荡的浪花像是装饰她美丽身体的串串珠玉，从她手中飘落的花瓣更像是风波中出没的一叶扁舟——扁舟上载着的是什么？让人忍不住去探究，是泪？是笑？是梦？是爱？还是“载不动许多愁”？那时，我尚不知，诗歌和图画均出自作者王继霞之手。

我和王继霞至今还没有见过面，对继霞的认识和了解，几乎都是靠读她的作品。中国金融作协已经成立八九年了，虽然相对其他行业作协成立得晚一些，但发展还是比较迅猛的，近几年涌现出一大批优秀的金融作家。但也有一些珍珠式的作家，有的还深埋在土里，有的才逐渐显现。我觉得原因许多，其中作协发现人才的触角有些不够深入有之，有的作家谦逊低调有之，我觉得王继霞属于后者。尽管她工作生活在北京，有着天时地利人和之便，但就是一直潜伏，默默无闻，苦苦修行。如果不是这次她捧出新作，我们还一直对她一无所知。有时候让我们金融作协的负责人总觉得自己有些失职，甚至觉得有些对不住她。于是，对继霞的作品就愈发重视，读起来愈发细致，研究得愈发深入，感受愈发深刻，禁不住与大家同享……

“从北京出发 / 从迷惘的少年时光出发 / 如果一路追寻永远不说后悔 / 就把

三个人的青春故事谱成暗夜的风 / 凝成雨后的彩虹 / 谁解木兰香 ?/ 谁解木兰殇 ?”中篇小说《夜奔》与余华的小说《活着》、路遥的小说《平凡的世界》题材类似相近，都是讲述人生、家庭、情感不断经受的苦难与变故。一个漆黑之夜，《夜奔》的主人公高逸江驱车赶往故乡，他父亲病危，正等着他回去见最后一面。欧阳木兰、贾壮、几何（葛庆安）、麻杆（张少山）、彩兰、黑心老板、被毁容的米兰等一大堆人物粉墨登场了。作者巧妙地将时间与空间串联在一起，多角度多画面地描绘每一个人的经历。看似一波三折，但强调的却又是冥冥中似乎一切都是命中注定，因此让人总是在一种沉甸甸的心情下去阅读和思考。

青涩的暗恋、代传情书、高考落榜、不被接受的婚姻、贫贱的相守、同学聚会之后的背叛流离等等，实际上是在营造一个爱的乱世，而欧阳木兰就是这个乱世的始作俑者和焦点人物。小说中高逸江和贾壮是同一村在县城读书的发小，两人同时喜欢上了班上的班花欧阳木兰。高逸江的喜欢是偷偷摸摸，贾壮的喜欢是直接写情书。同时还有“麻秆”张少山，学霸“几何”都以不同的方式喜欢着欧阳木兰。在那个青春萌动的年龄，喜欢不是一种错。高逸江和欧阳木兰的爱情，其实就是一场彻头彻尾的虐恋。因为一个人对另一个人爱得太深，不止是捐出了骨和血，还奉送了尊严和灵魂。或许从一开始，他和她的爱就是以毁灭和死亡作为底线的！贾壮应该也算是这篇小说的一个典型人物。在当时的社会转型时期，贾壮的经历并不稀奇。很多人辍学、务工、创业、失败、成功、破产。历史需要有人为改革欢呼，但也总需要有人为社会发展流泪和牺牲。小说用极其简单的文字和笔墨一下子就勾起了我们对那段青春往事的回忆，作者看似在写高逸江一帮人的青春岁月，其实又何尝不是在写我们每一个人的青春记忆，而这记忆里，有美好，有酸甜，也有忧伤。

“别让住在心里的狼跳出来 / 也别摘下脸上熟悉的面具 / 也许这只是噩梦随风而逝 / 也许‘兰’和‘江’的故事又重新开始”。小说《狼人》以新婚女子景兰的梦境作为创作的起始点，开启了一段“狼与人”“人与狼”转换的虐心之旅。虽然篇幅不长，但故事情节一波三折，亦真亦幻，对人性中的丑恶进行了无情的拷问和鞭挞。人性具有两面性，是善与恶的统一，如今人性之善何在？人为什么就变成了狼人？这种拷问，入木三分，何等有力。

“不要问八号电车来自哪个异度空间 / 也无须问八号电车去向哪个鬼域魔境 / 与其在尘世寂寞千年 / 不如穿上孟兰的蓝色嫁衣 / 在爱人冰冷的死亡之吻下——燃烧”。小说《八号电车》以孟兰与画家江皓一见钟情的爱情为线索，迷幻般地展示出了灵魂的真爱之约。画家江皓的小车被一辆大卡车撞得面目全非，不幸死亡，接下来的故事情节，作者构思得更为奇巧，已经去世的江皓依旧赴约，可是午夜十二点江皓踏上了由远及近开来的车头赫然“8”字标志的电车，转瞬，消失得无影无踪。一年以后，又是午夜十二点钟，八号电车准时开来，孟兰和江皓一起随着电车，呼啸而去。如同“命运之车”的八号电车是否是兰和江的“幸福之车”？

“玉兰的故事缺少一个真相 / 谁相信真相仅仅只是幻影？/ 月亮知道真相 / 一只惯看百态人生的黑猫也知道 / 谁把破译真相的密码写在透明的玉兰花瓣上？”小说《玉兰怨》中，作者采用了寄生式的叙述方式，把自己寄身于一只叫“黑精灵”的猫，见证着江涛和玉兰的凄美的爱情故事。玉兰患上了绝症，拒绝了江涛的爱情。多年以后，“我”成了一只流浪猫，在他乡被涛的新女友婉玲收养。涛不再相信爱情，怨恨着玉兰，原来涛就是当年的江涛。“江涛和婉玲没有结婚，也没有分手，日子在吵吵闹闹中一天天过去。相爱的人不能相守，不爱的人偏偏苦苦纠缠。这是许多故事的逻辑。”

最后来谈一谈这部小说集中的中篇《玉泉河的美人鱼》，这篇小说获第四届《今古传奇》全国优秀小说一等奖，作者用这篇作品名，作为整部小说集的书名，可见其分量。这篇作品中，从民国到现代，从婆婆到孙女辈，现实与梦境、生活与神话相互交错，如同一幅幅画面呈现在读者面前，鲜艳而生动，直观而神秘！外孙女于若兰在二十四岁这一年，偶遇齐振江，面对他无偿送给的一套房子，经过心灵的一次次挣扎一次次斗争之后，背叛了相处八年的男友。“他吻住了她粉茸茸的耳朵，说：‘知道吗，你的耳朵天生是用来亲吻的。’很多很多年以前，一个叫于默的男人对一个叫于渌波的女人说：‘知道吗，你的嘴唇天生是用来亲吻的。’”——多么的相似，典型的宿命论！在小说的结尾，于若兰在巴黎一家医院分娩了。女婴在本该长着两条腿的地方，却有一条鱼尾，长满鳞片的鱼尾。——“美人鱼”！自然的轮回，“美人鱼”的返祖再现，告诉我们什么？此地无声胜有声。

“悲剧是把美好的东西撕碎了给人看”。纵观古今中外，凡是给人留下深刻印象、描写男女爱情的文学作品，都是以喜剧开始，以悲剧收场。金融作家王继霞驾驭这类题材可谓娴熟自如，无论是人物性格刻画、心理描写还是事件叙述，她的笔触理性、冷静、干净、细腻，无矫揉造作之感、亦无哗众取宠之嫌。读了小说集中收录的六篇小说，仿佛在一条忧郁的河流中飘荡着一条爱情的小舟，沿岸光彩斑斓，时光斑驳陆离，心中惨痛不已！

这六篇小说可以独自成篇，也可以看作连续的一部作品，一脉相承，在忧伤的笔调下吐露着爱情的芬芳。痴情、暗恋、忠贞、背叛，各种感情纠葛，都成了爱情的绝唱。谈不上谁辜负谁，一切有因缘。作者对每篇小说都进行了巧妙的构思，每篇的女主人公名字中有个“兰”，男主人公有个“江”，每一次相遇，就是一次缘、一次劫，虽有些宿命，但我们的生活何尝不是如此？爱恨交织，情天情地；拥抱分离，绵绵无期。

继霞经常说，她是为自己和喜欢自己文字的人写作。她的作品长篇小说《仰望星空的你》及中短篇小说集在《天津文学》《今古传奇》《参花》《平谷文学》《当代文学海外版》《望月文学》等国家和省市级报刊发表，已经是当地文坛及社会各界享有一定美誉的知名作家。此次她的小说集《玉泉河的美人鱼》出版发行，是她在文学的高原上行走再攀高峰的又一硕果。祝愿继霞这条可爱的美人鱼，在文学的河流里继续畅游，越游越远，直至大海……

是为序。

2019 年 7 月 23 日

于北京金融街中国银保监会大厦

唱响黄天后土的时代大风

——黄天顺长篇小说《慷慨悲歌》序

我觉得，黄天顺是个好人。因为他是个陕西人，我又是一个山西人，说来也真是奇怪，山西和陕西天生就有一种亲切感，也许就是一条黄河养育的骨肉和灵魂的缘故，尽管一个在左，一个在右，就像黄河母亲的两个孩子，亲同手足。所以，自古以来，秦晋之好，确实不是空穴来风。

每每提起黄天顺这个名字，我都会不由自主地想到黄天厚土。总觉得黄天顺，就是顺应黄天、深依厚土、一意笃行的人。黄天顺是个文化学者，也是位知名作家。读黄天顺的小说，会有一个非常突出的特点，那就是一个浓郁的“商”字。许多人提起“商”字，大都会想到晋商、徽商，提到陕商的人也有，但不是很多，这不公平。其实我知道，陕商和晋商、徽商一直都是相提并论的，比如走到全国各地，许多陕商、晋商共同创建的商会遗址上，挂着的匾额是：陕山会馆。

自古金融和商业都是一体的，比如晋商就是金融票号和商业联盟，当然，陕商也不例外。黄天顺作为一个陕西人、一个金融人、一个文化人，他自懂事起，就立下为陕西人为陕商人证明正名，树碑立传，弘扬精神，这么多年，他确实如此一路走来。黄天顺说，秦商是中国历史上最早的商帮，曾经创造过无数商业传奇，演绎过无数财富神话，对安定边疆、满足少数民族生活所需作出过巨大贡献。近年来，随着晋商、徽商乃至浙商题材电视连续剧的播出，引起了观众的热议，但惟独缺少秦商这一题材，不能说不是一种缺憾。他的老家在泾阳，明清时期的泾阳是丝绸之路的水陆码头，商品集散地，曾经被称为“西部金融中心”“西部商务总汇”，也是秦商活动的主要舞台。几年前他创作完成的长篇小说《大引茶商》，就是以泾阳为中心展开的，主要讲述了清代“同治之乱”之后至新中国成立初期西部茯砖茶贸易的传奇人物和传奇故事。小说全方位展现了这一时期的社会生态，重大事件，民众祈求，描绘了陕商历经坎坷、万难不屈的经营史和壮志凌云、守望相助的身影，刻画了他们“身为商贾，志在儒术”的典型特征，诠释了他们“以商事国、以商护国、以商兴国”的家国精神和陕西人所具有的光宗耀祖、建功立业的英雄情怀。展开了西部贸易波澜壮阔的历史画卷和跌宕起伏的商场风光，表现了陕西茶商在国难当头，民族危机的历史关头，挺身而出，毁家纾难，精忠报国的爱国精神，彰显了陕西商人的家国情怀和板荡忠臣意识。

黄天顺创作的第三部陕商题材长篇纪实小说《慷慨悲歌》既是一部陕商赞襄革命、屡次捐资、毁家纾难的慷慨史，也是一部史料翔实、故事激荡、视野开阔的悲壮史。在金融作家以现当代题材为主要创作对象的当下，出现以陕西近代史上陕商支持陕西辛亥革命这部长篇佳作，把金融作家撰写商帮历史题材纪实小说提升到了一个新的高度，为金融作家开阔文化视野、拓宽创作领域树立了标杆。

黄天顺多年来关注和研究明清时期至新中国成立初期的陕商历史，已经取得了不凡的业绩。他创作的陕商题材长篇小说《三秦儒商》《大引茶商》出版后，引起了各方面的高度关注，而且创造了全国金融作家第一个在地方新闻广播进行听书节目连播的奇迹。从阅读他近年来陆续出版的历史文化散文集可以得知，他在研究陕商史料的基础上，曾经多次自驾探访河西走廊、川藏茶马古道、陕甘茶马古道，深入安化茶区，考察各地秦商会馆，走访当地名人和故事原型后人，为撰写陕商题材小说积累了大量第一手资料。我认为，凡是涉及历史的纪实作品，除了文学的要求之外，能否尊重历史，就是是否具有古人所言的“史德”是作品能否赢得读者尊重的一个起码要求。可喜的是，黄天顺的《慷慨悲歌》做到了这一点。在碎片化阅读盛行，自媒体活跃的当下，作者能跋涉万里进行创作体验，耐得住寂寞，经得起甘苦，的确令人钦佩。

《慷慨悲歌》是一部具有非虚构品质的作品。作者以关中富商柏惠民为原型，讲述了从清末到1940年这段陕西近代史，以众多的历史人物折射出了“文变染乎世情，兴废系乎时序”这个规律。作者用大量章节描写了辛亥革命前后全国革命志士为推翻清朝封建专制统治所作出的不懈努力，从一个富商的角度，集中描写了于右任、宋教仁、井勿幕等人的形象，让读者从阅读中如亲临现场般感知了陕西辛亥革命乃至全国辛亥革命的悲壮。小说中留下的两大悬案，既是历史事实，也是作者对历史的尊重。这从另一个侧面反映了作者不煽情、不注水的严谨创作态度。

《慷慨悲歌》还有一个很好的特点，那就是一部为“小人物”立传的纪实作品。小说主人公柏惠民是关中富商的后代，自幼受关学思想的影响，后来接受于右任、井勿幕等人传播新思潮之后，热心革命事业，并经井勿幕介绍加入陕西同盟会。柏惠民怀着对以“驱除鞑虏，恢复中华，创立民国，平均地权”十六字纲领创建中华民国的憧憬，先后出资筹建了三原勤公社、兴办了马兰铁矿，又冒着风险在自家花园召开了陕西辛亥革命史上具有重要意义的“水榭亭”会议。在遭到陕甘总督升允猜疑之后，挟资出游，经过洛阳时为陕西起义筹办了大刀、长矛和来复枪。尤其是在上海，结交宋教仁之后，对同盟会的各项工作倾注了大量心血。武昌起义爆发后，陕西打响了辛亥革命的第二枪，为支持张凤翙、井勿幕领导的陕西新军反击升允率领的甘肃清军和河南清军的反扑，他不惜以全部家产做抵押，为陕西新军购买了大量武器弹药，提振了陕西新军士气，极大地支持了全国其他地方革命。对柏惠民“毁家纾资”支持辛亥革命，孙中山、于右任等革命者都给予了高度评价。作者称之为“小人物”立传，实乃谦虚之词。通过这个“小人物”，读者可以了解陕西辛亥革命的波澜壮阔，血雨腥风，以及革命先烈豁达处世、慷慨赴死的精神。

《慷慨悲歌》是一部作者未加评论的客观之作。小说中涉及了陕西近代史上的许多著名人物，除了于右任、井勿幕这两个陕西辛亥革命元勋之外，还有柏惠民、邹子良、宋向辰、高铭新、张凤翙、杨虎城、张奚若、李仪祉、田雄飞、胡平甫、高明德、姚文山等人。这些有据可查的历史人物，或浓墨重彩、或轻描淡写，都有其个性。在小说中，作者只是对他们进行秉笔直书，不苟同一些既有的文学作品，不迎合读者喜欢猎奇的心理，留待读者在阅读中自己进行评价。这既是这部小说的一大特色，也给读者提供了发挥自己评价历史人物的空间。我认为，每个人的成长中都会遇到坎坷，能在挫折面前坚定信念和抱负并不丢弃，是一个人成熟的标志之一。作者为读者塑造的“小人物”柏惠民，就是在社会变革动荡时期从一个热血青年逐渐成熟起来的典型形象。

从一个陕商的角度，反映宏大的历史题材，选择叙述方式和故事编排尤为重要。《慷慨悲歌》延续了作者此前已经出版的《三秦儒商》《大引茶商》的写作风格。以30余万字的篇幅，采用线性叙述的方法和逻辑顺序，辅之以纵横穿插的人物故事，既反映了陕西辛亥革命的血雨腥风、英勇悲壮，也描述了柏家从一个关中巨富衰落到贫困之家的过程。长篇小说是结构的艺术，我认为，《慷慨悲歌》情节丰富，故事跌宕，人物众多，前后照应，有进有退，收放自如，体现了作者对陕西商帮历史和陕西近代史的熟稔，对虚构、调配细节的把握能力，对如何穿插变化、铺垫和埋伏，有张有弛，忽断忽续，波诡云谲的掌控能力，做到了历史与小说的有机结合，弘扬了陕商“家国一体”“以商事国”的家国意识，以及舍小家、为大家的爱国情怀，显示了作者独到的创作实力。

我多次说过，不管是金融文学还是商业文学创作必须要与时俱进，必须要跟上时代发展的步伐。在封建社会，金融文学大体反映了商品文明与权力文明互为消长的历史现象；在资本主义社会，金融文学则鲜明地反映了资本主义金融史，从原始积累到自由竞争到垄断资本形成。那么到了当代我国金融进入社会主义市场经济阶段，文学要反映的应该是更为复杂和深刻的金融人形象，商品经济社会的时代画卷等。我们提倡和鼓励体现中国特色社会主义核心价值和主旋律的行业文学作品。我们坚信金融商业文学可以写出文学力作甚至经典作品。新时代要求文艺工作者必须站得更高、看得更远、想得更深，与人民一道前进，为时代画像、为时代立传、为时代铸魂。让更多的读者了解、理解陕西辛亥革命这段历史，传承弘扬革命前辈坚贞不渝的爱国主义精神，在纪念辛亥革命 110 周年之际，《慷慨悲歌》的出版上市，其价值和意义不可低估！

黄天顺有学者型作家之称，他在陕商史料研究和文学创作方面勤奋敬业，成就斐然，在全国金融界、商业界及社会各界享有很高的知名度。我相信，以他理工科专业的逻辑思维，得心应手的写作能力，谦逊进取的创作精神，还会在现当代题材创作方面取得更大的成就。祝愿他在立足文学“高原”的基础上，勇攀文学的“高峰”，为黄天后土唱响时代大风。

是为序。

2019 年 12 月 17 日

于北京金融街中国银保监会大厦

爱有几分能说清楚
——康信明文集《相爱容易相处难》序

作为信明的山西老乡，我是带着好奇心看完他的《相爱容易相处难》的。我认识的信明，是一个观察分析总结能力较强的作者，他说他早先是学理科的，并不擅长写作，后来因为在单位调研部门工作，所以下工夫学习写作。但我们知道，要想写好调研报告与论文，仅凭文字功底是不够的，必须要有敏锐的观察力、足够的专业储备、较强的分析提炼总结能力等等。而这些正是他的强项，所以写作的短板一旦补上，进步是神速的。比如他仅用本地两个储蓄所的一组数据就发现了一个经济现象——储蓄变异，据此他写出了近五千字的论文，这篇《居民储蓄存款的变异与虚假增长》发表在中国科学院经济研究所主办的《经济研究》上，这是国内最权威的经济学学术刊物之一，也是作者所在市自新中国成立以来在该刊发表的第二篇论文。

信明还是一个思想丰富的人，他对生活的感悟可谓顺手拈来，不乏真知灼见、隽语箴言。比如他的第一本书《撩开人性的面纱》，19 万字，不举一例，全是格言警句之类，在淘宝网上签名售书获得好评无数，读者评价积了四本。他总结做人做事的道理，正反两方面的经验教训娓娓道来，让读者从人的本性上观人识人，用智慧做事成事，这本《通向成功的 N 个细节》经中国经济出版社出版后，在当当网上曾连续七个月高居分类销售排行榜前列。透过众多成功人士的事例，他总结出了可供普通人借鉴的创造机遇的思路和方法，有理论有实务，《机遇可遇更可求》一书契合当前总理倡导的“大众创业，万众创新”理念，被诸如苏州这样的城市列为“职工读书月”活动推荐书目也就不足为奇了。

所以，对于信明的新书，我是有期待的。

当今社会，人们遇到的情感问题也许是最多的，可以说人人都有情感问题，只不过多与少的区别。一方面，社会的发展与进步促进了人性最本真的东西逐步释放，每个人都自觉不自觉地好以自我为中心，强调自我释放张扬与满足，都想别人向我靠拢，而很难委曲求全，很难站在别人的角度思考问题，另一方面，社会的繁荣与稳定在带给人们富足生活的同时，也带来了太多的诱惑，人说饱食思淫欲，你很难保证一个人在吃饱喝足后仍然规规矩矩。无事就将生非，包括“作”，包括各种“欲”等等。前者造成人与人间的隔膜，沟通不畅，互不理解，各种看不惯，各种不包容；后者造成人们想法太多，尝试太多，极易迷失自我，欲壑难填导致各种不满足、抱怨。同时，每个人都是按理行事的，尽管这个理有时可能是歪理。如果缺乏有效沟通，就会导致各自坚守各自的错误而使矛盾升级。俗话说，清官难断家务事，所以情感书不好写，对作者是一个考验。

那么，人与人之间的沟通是畅通的么？至少我不这么认为。产生沟通不畅的原因很多，有些人出于自尊、隐私、观念（如认为不说为上）的原因不愿意多说；有些人即便想说，却存在表达不清，对问题认识不到位、总结不好等原因；有些人则容易情绪化，导致缺乏沟通的耐心，反而激化了双方的矛盾；更有甚者，很多人喜欢隐藏真实的意图，总想把美化了的动机和言行表达给别人，可惜大家都不是傻子。况且，有一些意图确实上不了台面，说出来也不会被理解，要不怎么说人都是套中之人呢？凡此种种。但书这种载体就不同了，只要有案例，就可以毫无顾忌地把隐藏的真相挖出来，让你红红脸、发发汗，还不怕你急眼！

很多书喜欢提一个又一个的建议，但其弊端也显而易见，一是在做事的方式方法上，百人有百法，一定要根据当事人的具体情况而定，某法在某人身上有效，换一个人此法可能就不灵了，再说你也不可能穷尽每个人的实际。二是不问青红皂白，不找根源或找不对根源的主意不出也罢，那是无效的，只会添乱。三是凡事想通了、理解了，主意自然来，没主意是因为没把事情理清、想透彻。改变从说理开始！

我们看到，信明的这本书基本上巧妙地解决了这些问题。它把每节的重点放在了分析和说理上，但又不乏指点迷津、疏导思想的对策。细致透彻准确的解析，直达人心，给人以豁然开朗的感觉，让人看了直呼过瘾；在找对原因基础上的对策又是那么一针见血，招招制胜。

我认为，该书有以下一些特点，一是贴近实际，共鸣性强。所选案例都是人们经常遇到的婚恋问题，完全没有极端案例，贴近百姓实际接地气，更易引起读者共鸣。二是涵盖面广，读者面宽。近 50 个案例，近 50 种婚恋问题类型，将人们平时所思所遇所困之难题逐一作答，成为读者案头必备也未敢说。三是分析细腻，读者满足感强。本书侧重于对当事人言行的分析判断，多角度、全方位透彻地分析与说理，能充分满足读者对自己、对对方和对情感之事想穷追不舍、一探究竟的心理和要求。了解人或事，只有细腻到骨髓，才可能真正帮到人，该书想努力达到这一点，也达到了这一点。四是概括性强，总体感足。为避免偏颇，在每个案例后面的分析中，对当事人是非对错都有一个总的判断或评价，便于读者从总体上把握，使文字更显紧凑和耐看。五是问题找得准，说理很到位。这是最关键的。本书有一种辐射对照作用，每个读者都可以对照自己的情况研习此书。深受情感困扰的人会从书中寻找答案，对症下药；有情感问题苗头的人正好从中借鉴，未雨绸缪；暂时没问题的人会产生好奇心理，从中长阅历、长见识，增强留住爱、留住幸福的能力。

以作者多年的生活阅历以及在这方面的特长，相信本书一定能带给读者最贴心的帮助，最深刻的启示启发，最舒心的阅读快感。

是为序。

2016 年 10 月 1 日

于北京金融街金融作协办公室

春华过后是秋实

——李春华散文集《为爱而变》序

认识李春华是在 2023 年金融作协年度会议上，了解他则是从他的文学作品上。

一个人的经历里，蕴藏着丰厚的矿产，一旦被发掘出来，就会产生了不起的“财富”。春华就是如此。他写作的都是他所经历的。这些宝贵的经历被他发掘，形成了文字，变成了文学。

春华的作品让人爱读。掩卷沉思，基于以下几点：

一是乐观豁达。春华生长于农村，自小家境贫寒，生活条件很艰苦，放牛、干农活、做家务等等，吃了很多人没有吃过的苦，这从他笔下许多的文章可以看出，如儿时的冬天、幸运求学路等。但他生性乐观，苦中作乐，把曾经的苦难去苦留甜，变成了自己生活的锻炼、人生的历练、人性的锤炼过程，最终洗尽铅华、苦尽甘来。所以春华的文字里，带着浓浓的生活气息，这与他热爱生活的本性息息相关。读他的文章，很容易被带入文中的意境，甚至竟然让许多城里长大的读者对农村生活产生了莫名的向往。

二是文风朴实。春华觉得，文章写出来要让大多数人能读懂，只有读懂了才能了解文章的内涵，才能体现文章的价值。我有同感。他崇尚白居易的写文风格，白居易写好诗后要念给不识字的老婆婆听，须让老婆婆都能听懂。春华也是如此。他不喜欢用华丽的辞藻、难认的生僻字，而擅于用平淡的笔调、平实的文字来写文章，不雕饰、不做作，清新自然，通畅易懂，那种娓娓道来的感觉，一读就读进去了，一读就读出味了，让人如沐春风、身临其境。

三是感悟至深。人生是一段漫长而又短暂的旅程，每个人都会在这个过程中经历不同的阶段和事情。每个人又都是独一无二的，都是生活的主角，有着自己对人生的理解与感悟。春华的作品中就有着许多他对生活的感悟，其中不乏哲理之言。如“一切热烈之后，最终都会归于平淡！”“其实幸福的秘诀很简单，就是珍惜你现在拥有的。”“再简单的东西，掺入了真情实意，都会变得不简单。”这些感悟都是对生活的升华，既可以让读者更加清晰地认识春华、了解春华，还能让很多读者找到自己内心的平静与满足。

春华文学起步很晚。据我了解，他是在 2016 年才开始文学创作的。他很有思路，在工作初期就规划出自己的职业路线，那就是写作。别人在玩的时候，他在写作；别人在享受的时候，他却在思考如何写好。因为写作，他从网点上调到支行，又一步步写到市行、省行，在农行的办公室这条线工作了十多年，成为了系统有名的笔杆子。这也印证了我经常鼓励同行的一句话：写作是一条通天大道。可以说，他今天的成就是他用笔拓出来的。写了多年的公文后，春华又思考写作转型，想写自己喜欢写的、写属于自己的文字，于是便开始了文学创作。

春华写文进步很快。可能是他长期从事写作，但我觉得这更是他的笔耕不辍所致。办公室的工作比较繁忙，经常要加班加点，他能挤出空闲时间大量创作，牺牲了许多的休息时间。一分耕耘一分收获，在创作的第三个年头，他就先后加入了中国农业银行作协和中国金融作协；不到十年的时间里，他已经写了几十万字的文学作品，在各类媒体上发表了 150 余篇散文和诗歌。这次他从中挑选了部分散文集结成书，算是对自己十年文学写作的一次小结。春华还正值壮年，还有大量的创作时间，期待他更多的佳作问世，更相信他“功夫不负有心人、春华过后有秋实”。

春华乐于鼓励文友写作。文学是苦旅，创作者多数时候是孤独的、寂寞的，但如果路上有人携行、有人相和、有人探讨，那就变成一趟开往春天的火车，大家的创作就有了持久的动力。春华不仅自己勤奋创作，还经常鼓励身边的人写作，并热心为文友们服务，江西金融文友中有不少人都得益于他的鼓励、推荐和帮助。正因如此，2023 年，他被选为金融作协江西创联组秘书长；今年 4 月，他又当选为金融作协江西创联组组长。这说明他的写作水平和工作能力都得到了江西广大作家及读者的欣赏与认同，他也成为江西当地文坛及全国金融文学界享有较高知名度的作家。他很有想法和干劲，提出了“广招人”“建平台”“筹资金”的工作规划，在他和创联组几位同事的努力下，短短几个月，江西金融文学队伍迅速发展，从当初的 40 余人已扩展到 160 余人；创建的“赣金文苑”微信公众号每周 3 期编发，成为江西金融文学爱好者发表作品、交流经验、沟通信息的平台。相信在他们的努力下，江西金融文学一定会春华秋实、桃李芬芳。

是为序。

2025 年 5 月 1 日

于北京金融街

深圳湾上那抹亮丽的彩霞

——张霞散文集《情满深圳湾》序

过去，我跟张霞不熟。记得我们见面聊天最具体的一次，应该是在青海，在中国金融文化杂志社举办的写作培训班上。我们都是农业银行这个大家庭培养出来的作家，所以一见面就有一家人的感觉，自然就熟络起来。在去草原参加社会实践活动中，我俩专门跟大家拉开些距离，便于交流攀谈。后来我们相互留了电话，也加了微信。有趣的是我的朋友通讯录里，至少有十几个叫张霞的，怕混淆不清，我只能在每个张霞名字后面括弧一下，有的标注大夫，有的是教授，有的是记者等，在深圳农行的张霞后面，标注的是：作家。

后来，我们因为创作，联系逐渐频繁，对张霞的了解也就多了起来。记得张霞是粤东客家山区揭西县人，生长的环境是潮客混居地。广东是全国经济第一大省，全国各省 GDP 排名一直保持第一，但区域发展、经济分布也是最不平衡的一个省，出现“最富的地方在广东，最穷的地方还是广东”的现象。有的区域富可敌国，比如珠三角地区。有的区域仍未摆脱贫困，比如粤东、粤西、粤北偏远山区。听张霞说过，她的家乡地处粤东偏远山区，没有支柱产业支撑，交通诸多不便，影响了当地经济的发展，是广东省重点扶贫的特困县，也是揭阳市唯一的特困县。她从贫困山区、艰难家境中步入社会，走进职场，而后走向潮汕平原，再由潮汕平原走进深圳，除了靠个人的一股韧劲和勤奋，主要还是她所服务的金融企业给她的坚强后盾，再进一步说，还是靠她热爱的文学创作。

张霞从一个大山里的山妹子，成为国际大都市白领，实在不易。丰富的职场阅历，让她经历了农行组织架构的所有层级——五级机构：镇级营业网点、县域和城区一级支行、地市二级分行、省市一级分行、总行（跟班和借调）。多个任职部门为全行的核心部门，她从前台业务的市场拓展、个人业务，到中台业务的资产管理、不良资产监管，再到后台管理的办公室、人力资源管理等部门，变换了十多个工作单位和部门。单位给她很高的荣誉，多次被评为广东省、深圳市一级分行先进个人、优秀党员，出席各种表彰会议。而她创下四个第一，也成为佳话：当选为揭西县金融行业第一个、也是唯一的揭阳市第一届人大代表；当选为揭西县金融行业第一个、也是唯一的揭阳市第一届青联委员；揭西县金融行业第一个高级经济师；揭阳市金融行业第一个、也是唯一在岗位上调到深圳市国有大型商业银行。其实更重要的，是她坚持不懈的文学创作，让她脱胎换骨，走过的路，读过的书、遇过的人，悟出的理，都融入她的血脉里，成为人生宝贵的精神财富。

散文集《情满深圳湾》，是她停笔十多年回归写作后近年创作的文章。散文集收集了近年来张霞在各次征文中获奖和在报刊媒体发表的三十多篇作品。散文集的文章大部分是她的亲身经历，从某个侧面记载了个人的成长轨迹。本书以情为主旋律，分为人间情、都市情、故乡情三部分。人间情中糅合了都市情，都市情中蕴含了故乡情。散文集文章的组成映射了社会政治、历史、经济、金融的大背景及时代变迁。通过抒情，本书书写和表达更多的是对人生的思考和感悟。

说实在话，张霞不是一个高产作家，但所写的文章都是用真心、真情，能打动自己、打动读者的文字，或是人生旅途中最深刻、最美好、最长久的记忆。文章只有感动了自己，才能感动读者。我想这是写作者最引以为豪之处，也是写作者最大的乐趣。

张霞把《情满深圳湾》这篇散文作为本书的书名，可见她对这篇散文的喜爱。《情满深圳湾》是为庆祝新中国成立 70 周年而作的征文。文章记载了个人与新中国共同成长的历程。国家由穷到富、由弱到强，而个人依靠着强大的祖国，从偏僻的粤东客家山村，到古邑揭阳，再到改革开放前沿阵地的深圳，一步一个脚印，道路越走越宽广。一路走来，一路成长，一路收获，一路感恩。这篇散文获《中国金融文化》杂志庆祝建国 70 周年“我与新中国共成长”征文散文一等奖（第一名），张霞还应邀参加了主办方在青海举行的颁奖仪式，并代表该奖项获奖者发表获奖感言。带着南国的花香，张霞一路风尘仆仆地走来。她所追求的文学性格有其特定的内涵和外延，她的作品没有大海的雄浑激荡与高山的峻峭挺拔，只有拂面轻风，依依杨柳。她的作品，并非刻意追求语言技巧上的翻新，而是注重自己独特的生活经验与思维特性。南国的轻柔已作为一种顽强的审美内力，支撑起她将要营造的文学殿宇的构架。她的作品一开始就摆脱琐碎、细小的无绪感伤的常轨，抵御了“触景生情”的规范，让平实的语言去领悟个体，抚爱客体，奔突出文学巨人们框定的模式，着力表现自己用往昔编织的梦。

《众里寻他》是一篇关于青春与成长、写作与职场、友情与爱情之间的情感故事。文中的冬子，受到众多读者的关注，冬子的命运受到大家的牵挂。她的老领导张商文行长在朋友圈评论：“文章写得很细腻，看得出来是经过风霜、受过日晒，有生活积淀的写作高手，特别是与冬子的情感过往，从相遇、发展、出错、分离到内疚，理所当然地、有强烈的寻他意识，写得很自然、朴实，最后还给读者留下悬念。

张霞的作品着力去挖掘记忆的河床，让记忆流沿着河床潺潺前行，让记忆凝固灵魂的影像，激荡着她对美好不断地加深认识的情愫，这就使情感的潮或流接纳了思想灵魂的内核，形象地阐述了某种人生价值取向，对崇高人生品格的歌颂正是对优秀道德观念的深层呼唤。《一个归侨家族的故事》是一篇描写亲情与家国情怀的纪实文学，融合了家族、政治、时事、历史、地理和年代背景。张霞的家族是归侨，作品通过对她外公外婆家族及对大舅生平的追溯，揭示一段鲜为人知的国事家事，还原了一部真实的归侨家族史。时间跨度近百年，历经四代人。20 世纪 50 年代初期，她大舅跟随外公外婆从马来西亚回归祖国，在家乡揭西县读完高中，考上北京的大学，大学毕业后分配到国务院新成立的石油工业部，参加过新中国第一个大油田“克拉玛依油田”的勘探。20 世纪 50 年代中期，广东茂名发现页岩油矿，大舅主动请缨，由国务院带队南下，筹建茂名页岩油厂（茂名石化前身）。启程前，在中南海，毛主席亲自接见了大舅。她大舅到茂名后，在苍凉荒芜的原野上安营扎寨，生活条件极其艰苦，后来积劳成疾，不幸英年早逝。在建党 100 周年即将来临之际，张霞采访了家族所有知情的亲人、大舅生前好友，以及茂名石化的有关工作人员，拼接历史碎片，完成了《一个归侨家族的故事》。文章获中国农业银行 2021 年“永远跟党走”主题征文二等奖。她把大舅这个焦裕禄式的好干部的形象树立起来，成为揭西全县的光荣和自豪。

往昔的记忆是清晰的，尤其是在没受污染而纯洁的心灵上有了剜痕的记忆更是如此，频添了对自己恬静、优美领地的百倍珍惜。《在武汉大学金融作家班的日子》，记录了张霞在武汉大学学习的美好时光。同班同学中，有当今的著名作家闫星华、苏北（陈立新）、王张应等人。她对老师一丝不苟地传道、无微不至地授业、尽心竭力地解惑，充满了感激感恩之情。这段纯真的青春岁月，与同学一起逐梦文学梦想，纯粹的同学情，浓厚的师生情，丰富多彩的校园生活，都深深地镶嵌在张霞年轮的记忆里。《梦回长城》是一个追忆芳华，逐梦今朝的情感故事。张霞在北京培训时，与同学朋友游北京城、登长城、骑枣红马的情景历历在目。往日的美好时光，对旧日友人的怀念，虽然身处一南一北，远隔千里，仍阻断不了思念之情，纯真情谊永不相忘。文章为中国作家网重点推荐作品，发表于《金融时报》，获第八届中外诗歌散文邀请赛一等奖，同时被评选为当代精美散文。长期的都市喧嚣会使人腻烦，于是有了返璞归真的思恋，这是一种心理现象，而张霞的崇尚原始并非这种现象所致，它来自作者灵魂深层的恬淡与平实。表现这种恬淡与平实便成了作者文学性格的追求。《跟班记》描写了职场人的工作状态，表述了职场人做职业事，职场人修炼出来的职业意识和职业素养。2013 年张霞在农总行党委组织部跟班期间，家婆去世，没回老家奔丧，家人表现出极大的理解和支持。返程时在首都机场与到清华大学培训的先生隔空相遇、擦肩而过，而这也是很多深圳金融职场人的真实写照。

张霞出生于一个并没有书香薰陶的家庭，又因太早地担起生活的担子，这种社会因素把原本应由社会分担的一部分负荷硬搁在自己肩上，使得她不能不在情感的平实流露中带有一种沉郁，所以只能理解与接受带着沉郁的社会与人情。也正是这种理解与接受，使得作者的文学灵性被唤引出来，并让灵性吸吮着往昔的甘露而使她走上文学这条漫漫长路。散文《漫长的路》经县、市、省文联层层筛选，获得全国长城杯文学大奖赛散文类唯一的一等奖。文章记录了她在北京出席长城杯颁奖仪式的过程，受到著名作家张洁、刘心武、陈建功、李国文等文学前辈的鼓励。《与作家梁凤仪面对面》记载与名家面对面互动交流的过程。描述了她组织深圳文学界专家及相关媒体人，代表《金融文坛》杂志社，率队前往香港中文大学（深圳），出席香港著名作家梁凤仪“心系祖国影视系列三部曲《紫荆风云》《濠江岁月》《宝岛旭日》”媒体、影视、文艺、读者等各界见面会，就创作思路与梁凤仪面对面互动交流。《香港归来后》《在管控区的日子》《歌声飘过深圳湾》三篇是抗击疫情的散文，记载了朋友情、同事情、邻里情。在管控区感受朋友同事们雪中送炭的温暖，邻里之间的爱心奉献、互动帮助。《香港归来后》获 2020 年度《中国金融文化》杂志“优秀文学艺术作品”,《歌声飘过深圳湾》获深圳市文化馆“我的春节故事”主题征文优秀作品。

《湘西走笔》《北上途中》《又见沈阳》这几篇为旅行散文。记录了旅行中的所见所闻，她不仅关注旅途中的景物，更多关注的是当地的政治、经济、历史、地理、人文，自然界对当地人民生活和社会经济的影响。

如今的张霞，已是一名优秀作家，情满深圳湾，情满金融业，情满文坛。张霞还很年轻，未来的创作之路还很长，祝福张霞再接再厉再创佳作，把通讯录里她名字后面的“特殊标注”发扬光大：作家！

是为序。

2023 年 1 月 12 日

于北京金融街中国银保监会大厦

真情像草原一样广阔

——王铁果长篇小说《他从草原来》序

我与王铁果先生未曾谋面。认识他，其一，基于他的履历，其二，缘于他的作品。

记得中国金融作家协会成立之初，我们依据《协会章程》对全国金融系统数以万计的《中国金融作家申请审批表》进行严格审查筛选，进而确定和发展会员。

中国工商银行推荐申报的王铁果，字里行间可见：中国管理科学研究院研究员、中国音乐文学学会会员、辽宁音乐文学学会会员、大连市作家协会会员、大连市音乐家协会会员、大连市台湾研究会副会长，高级经济师等。足见其履历舒展，阅历开阔，资历厚重，经历非凡，在众多报名者中成绩斐然。经审核，成为中国金融作家协会首批会员。

上述以外，得知他酷爱文学艺术，笔耕不辍，写作之路一如既往，高歌猛进，走得踏实，因而收获丰富多彩。

王铁果先生从七十年代末从事金融工作，撰写的经济、金融学术论文等，多篇散见于国家、省级经济、金融等报刊，其中有部分文章获奖。

与此同时，他创作并发表了小说、散文、杂文、随笔、评论、报告文学、诗歌等多种形式作品。另悉，近期由他作词的原创歌曲《为人民服务》等，正在网络热播。

长篇小说《他从草原来》，是王铁果与黄文玉合撰之作。有意思的是，二人素昧平生，在旅行途中邂逅。使然于彼此的共同爱好、善良心地、坦诚性格、相似经历、多舛命运、诸多共识，感到一见如故、相见恨晚。于是，便有了这本书。

长篇小说《他从草原来》采用人物写实与情境虚构相结合等多元创作手法，以别样的构思和全新的视角，展现给读者。

书中塑造的人物很小，但涉猎的时空较大。作者试图携读者身临其境，细嚼慢咽，回顾沧桑历史，品味苦短人生。真的期许，能够透过书中的人和事，寻觅到生活中你、我、他（她），一起受到感悟，得到启迪。

我曾经作过一篇题为“壮丽的中国金融事业需要记载和讴歌”的主旨发言，介绍了中国金融作协发展态势以及青年作家作者的创作情况。我们有信心、有理由携起手来，用自己的心去经营、用手中的笔去歌颂，共同迎接中国金融文学光辉灿烂的明天。

征得合作者同意，王铁果先生寄来书稿容我作序，我欣然应允。原因很简单——我相信“名如其人”：他的文学创作一定能结出更加丰硕的“铁果”。

是为序。

2014 年 6 月 6 日

于北京金融街金融作协办公室

叩响心灵的“百灵鸟”

——丁纯蓝报告文学集《飞越歌谣的百灵鸟》序

丁纯蓝是中国金融作家协会成立的首批会员，是一位一直工作和生活在最基层的优秀员工，为农金事业贡献着自己的青春和智慧。她也是一位深受老百姓欢迎和喜爱的本土女作家和歌手，所有的创作都只能在业余时间去写，通过她的勤学苦练，形成自己特有的朴实无华的文风，她写散文、写诗歌、写小说、写歌词、写美术评论，如今也写报告文学，是我们全国金融系统作家里少有的“多面手”。同时“丁纯蓝”注册商标获得国家工商行政管理总局的批准，她是用笔名成功注册了商标的女作家。

纯蓝是于 1986 年开始正式创作的，她的文字很早就见诸在《湖南金融报》《金潮》《中国城乡金融报》等报刊上，她能有今天的成果，和她自身的勤奋和悟性分不开。她在文学的土壤里精耕细作，持之以恒坚持业余写作，赢得了社会各界对她的关心和赞誉。

纯蓝给我的印象为人谦和低调，从不沾沾自喜。我跟她第一次见面是在湖南金融作协成立大会上，当时纯蓝负责接待工作，只是匆匆一见，相识了。第二次相见是在郑州金融作协培训会议上，她和我说起有机会想到鲁院深造。陈炜部长也很关心她，对她极力支持。第三次见面是她在鲁院学习期间，我去鲁院看望她和来自重庆中行的张仲全，了解到他们的学习状况和她在鲁院给师生留下美好朴实的印象，她上课不爱发言，但是积极参加鲁院的诗歌朗诵和拔河比赛等活动，课后特别喜欢唱歌，孙吉民老师说她是鲁院的“百灵鸟”。

浏阳有悠久的历史，厚重的文化，淳朴的风土民情，丰饶的物产。纯蓝说她是受浏阳河恩宠的女人，山河灵秀钟毓纯蓝，这几年她的金融文学获奖作品都和浏阳有关。2011 年 11 月散文《最爱还是我的浏阳》获首届中国金融文学奖三等奖，2012 年《浏阳河》获全国金融文学大奖赛散文类三等奖，2014 年《话剧化石欧阳山尊》获第二届中国金融文学奖纪实文学类三等奖，《大堂故事》获 2015 年中国金融作家协会征文二等奖。她把目光锁定在自己熟悉的浏阳，浏阳成了她文学创作取之不尽的“宝藏”。

纯蓝的文字厚重与生动，她的情怀能够抵达读者的心中。这次她的第一部报告文学集《飞越歌谣的百灵鸟》即将出版，除了《霞姑杨开慧》和《用最精彩的笔讲好中国故事》，其余都是以浏阳人物为主，除了写浏阳男人《话剧化石欧阳山尊》，台湾的舅公李天健两次回大陆纪实，她也着重于写浏阳女人，《天足新娘沈箐娥》《开国女将军李贞》和《王人美》，这些人物在她笔下熠熠生辉。每一位英雄的背后都有一位不平凡的女性，她们所付出的艰辛是不为人知的。她用女性的目光去写女性可能更细腻，更周到，更能发现主人公的内心世界。纯蓝是一位较真的作者，在历史中求史实，在写作过程中，她始终坚持把控好人物事件的真实性，遵守报告文学的准则，不随意编造故事情节，对历史负责。

纯蓝，人如其名。她为人忠厚，简单朴素。她在单位经常创造一种和谐、温暖和快乐的工作氛围，无论是对待客户，还是对待单位退休干部，还是新来的大学生，都能让人如沐春风。她多才多艺，能歌善舞，先后拿到单位上演讲比赛一等奖，长沙市农行外汇知识抢答赛团体第一名，浏阳市外贸系统合唱团体第一名，可以说，哪里有她，哪里就有歌声；哪里有她，哪里就有笑声。纯蓝还是一位激情似火活跃在三湘大地女高音歌手，曾参加过省市的唱歌大赛并获得不俗的成绩。她的歌声走进校园，走进社区，她到大中院校举办文学讲座几十场深受师生们的欢迎，那种受欢迎的程度简直就是追星。每次讲座快结束，她都会送一首歌给听众。她唱民歌，也唱湖南花鼓戏，还爱唱歌剧。无论是在毛泽东文学院还是鲁迅文学院培训，无论是在农银大学湖南分校还是天津培训学院，她的歌声都给人带来了美的享受。纯蓝也是一位默默奉献优秀的地方文艺工作者，业余时间除了写作，她的双休日大都奉献给了社会，默默地为当地的作协、企事业文联义务工作。近年来她兼任湖南报告文学学会副秘书长、湖南省金融作协常务理事、副秘书长、湖南金融音乐舞蹈戏剧家协会理事、湖南金融美术家协会常务理事，她很忙碌也很辛苦，常常恨自己分身无术，但只要有时间她都会去做力所能及的事情。她还热心公益事业，她的热情、善良更让她成了“金牌红娘”，成功牵线四对姻缘；她是浏阳东西南北走村串户的慈善大使，她是留守儿童的爱心妈妈。纯蓝是一只大山里飞出来的“金凤凰”，生活中她不趋大雅也不避大俗，是一位全能型女人。她养得一屋子鲜花，种得一园子瓜果蔬菜，绣得一手好湘绣，还能做得满桌子的美食。真正的上得厅堂，下得厨房，是一位热爱生活的贤妻良母。

纯蓝鲁院毕业后，我欣喜地看到她的进步，她的文章在国内外各大报刊网站发表，她的名声也越唱越响。期待纯蓝立足本职工作，与时代共鸣，内外兼修，成为一位有追求、有思想、有情趣的金融作家，希望她这只“百灵鸟”为中国的金融文学事业不断唱出时代的“最强音”。

是为序。

2015 年 2 月 26 日

于北京金融街金融作协办公室

为了这片热土

——《中国金融报告文学获奖作品集》序

这是一个中华民族伟大的复兴时代，这是一个中国经济腾飞发展的时代，而这个时代，也正是金融人为民族复兴为国家发展奉献智慧和汗水的时代。

文章合为时而著，时代呼唤金融报告文学！

邓小平先生说过：金融是现代经济的核心。随着经济和社会的发展，中国金融业已成为支撑和推动经济发展的核心和时代繁荣的重要表征及“晴雨表”，也是金融报告文学创作的重点领域和不竭的创作源泉。金融业是个庞大的行业系统，如果把经济繁荣比作一条奔腾不息且不断高涨的河流的话，那么，1000 多万金融人就是一支浩荡的船队，推动和引领中国经济滚滚向前。这是我们的民族精神，时代精神，也是金融人的精神。

文章均得江山助。2014 年 3 月，根据中国金融工会的布署，在中国作家协会指导和支持下，中国金融作家协会组织了“金融报告文学大赛”活动。历时 8 个月。在坚持金融题材史实性与文学性相结合的原则、坚持思想性与艺术性统一的原则和坚持参赛作品文学艺术品位的条件下，收到来自人民银行、政策性银行、国有商业银行、中小股份制银行及农村商业银行、证券、保险和非银行金融机构的 160 多位作者的近 200 部（篇）作品，初选入围 136 部（篇），经过以中国金融文联、中国金融作协主要成员组成的初审评委投票推荐，由著名作家、评论家组成的终审评委专家组评定，产生了 29 部（篇）获奖作品。其中，最佳题材奖 3 名，最佳创意奖 3 名，最佳人物奖 3 名，最佳表达奖 3 名，优秀奖 17 名。最佳作品均有专家组评委的书面评价。

获奖作品深刻反映了银行、保险、证券等金融行业在我国现代化经济发展中的特殊作用，记述了具有重大历史意义的金融史、行业发展史；引领经济金融潮流、开拓新的金融产品、创新现代金融工具、推动我国经济腾飞、助力实体经济成长、造福亿万民众等事件；各总行、司、会及分支机构各个阶段的重大举措，促进地方经济繁荣、地域经济发展等。同时，展现了金融企业精神和金融员工时代风貌，宣扬获得重大表彰的金融单位和金融模范人物、金融行业代表人物，以及金融现实生活中平凡的岗位做出不平凡业绩的基层一线员工。此外，获奖作品既体现报告事件的真实性，又体现作品语言的文学性，富有艺术感染力，直抵心灵。

获奖作品的作者无一例外的是金融系统的员工，他们有的是金融机构高级管理者，有的是主要业务项目经理，更多的是一线窗口工作人员。但他们业余时间坚持文学创作，不断笔耕，积累了丰富的文学经验，具备较高的艺术表现力，文学实践中取得一定的成绩，大多是省级以上作协会员，笔下的人物形象丰满且又鲜活。

《中国金融报告文学获奖作品集》中的作品，一方面记述了中国金融业伴随着共和国的成长、壮大的历程；另一方面从每一个故事、每一个细微之处，反映金融机构、金融人对国家建设、经济繁荣的责任和奉献；再一方面，作品细节丰富，情感真挚，增强了这部作品集的可读性和艺术魅力。比如：

梁陆涛的《历史的跨越》，反映了中国人民建设银行的建立、成长，挫折、起伏，改革、发展，与共和国同行的艰难奋进历史，一代又一代建设银行的建设者承担着、续写着，他们把“哪里有重点建设，哪里就有建设银行”真正地写进了自己的历史，也写进了共和国的历史。

孙树海的《长河当歌》，记述了中国工商银行与中国长航集团为化解自 20 世纪 80 年代初以来积累的 50 亿元船舶贷款风险所做的长达十多年的探索与努力，终于采取“债权变股权”等方式解决难题，取得“双赢”的结局。其中既表现了上自国家领导人下到两个大型国家企业领导职工化解金融风险的努力与智慧，又反映了从计划经济到市场经济过渡的时代风云的侧影，反映了中国工商银行的建立、改革、转型、壮大至今发展成为世界瞩目的国际性跨国银行的历史进程。

朱琛、王科、张振兴的《托起明天的太阳》，展现国家开发银行生源地助学贷款在甘肃 8 周年纪实，体现一个金融团队的担当和力量，从中我们也看到了政策性金融业大胆创新业务模式，积极承担社会责任的事迹。贫困地区助学贷款，不仅仅是经济上的援助，更体现了社会的责任和对群体、对人的关注。

牟丕志的《大地的笑脸》（报告文学集），记述中国农业银行辽宁省分行服务“三农”、助力东北老工业基地的振兴、参与抗灾救灾以及日常全心服务顾客，于繁琐细密中见诸重大的品质内涵和银行人训练有素的基本含义。

罗鹿鸣的《真情的天空》，聚焦中国建设银行湖南省郴州市南大支行由小变大的历程，用简洁干净的文字，生动传神的叙述，丰富多彩的表现手法，具体且微地反映了银行服务业如何在市场经济大潮中立于不败之地，以及服务制胜的可贵追求，展现了金融团队成功打造品牌的具体实践。

付颀、侯强的《金融大潮冲浪人》，以全国五一劳动奖章获得者、中国华融广东分公司总经理周伙荣先进事迹为素材，饱蘸浓墨地反映了一个睿智而充满激情的金融带头人的风采，和“坐不住、等不起、慢不得”的只争朝夕拼命精神，树立起一个挺立时代潮头的金融团队带头人的形象。

刘广云的《马兰花开巾帼挂帅》，记述了内蒙古自治区五一“巾帼标兵”韩希林，一位柔弱的女性迈着坚定的步伐，逐步从金融教育工作者，转岗为银行业务骨干，最终走上领导岗位的人生轨迹。客观真实地反映了金融人的工作、生活和情感经历，以朴素真切的语言展示出人性美、人情美，赞扬了平凡的岗位上多彩的人生。

刘道惠，本身就是银行基层大堂经理，她的《大堂经理日记》，描述了中国农业银行河南省唐河县车站支行大堂经理，在 25 平方米的大堂里热情为顾客们服务的动人故事，又道及她那个“和谐的团队”内部的各种故事与她从事金融工作的种种体会，为我们创造了一个“金融活雷锋”的形象和扫描了社会众生相。语言朴实生动，细节描写动人，具有散文的美质和随笔的思想启迪意义……

“写金融人金融事”是我们金融作家的责任，也是我们中国金融作家协会的生存之本。报告文学既具有新闻报道的及时性，又具有文学作品的艺术性；既能够迅速、真实地反映金融业员工的生动事迹，又具有多样化的表现方法与技巧，工笔刻画、重笔渲染、精选角度、截取断面、澎湃的抒情、恰当的议论，以及艺术语言的调动。它反映现实迅速，有直观性，有冲击力，又有很强的可读性。我觉得，报告文学是宣传金融先进人物的最佳文学形式，写真人真事，短平快，有故事性，看着不枯燥，广大金融员工更容易接受这样一种宣传先进人物事迹的形式。

写金融题材报告文学经常会遇到一个问题，就是金融业务专业性很强，有时候写得深了，行业外的读者看不懂，写得浅了，业内人士又觉得你没说清。怎么解决呢？我认为，不论写哪个业务领域，关键的还是写人，业务问题只是为作品提供了一个有特点的背景，人是作品的灵魂，不能被业务问题牵着走。这次的获奖作品都写到了金融业务问题，作者们都较好地把握了写人物和写业务的关系，使作品更加具有深度。

中国金融报告文学大赛是中国金融作家协会第一次举办的专题活动，由于赛事组织在时间上和联络上的局限性，一些已经发表或出版的优秀金融题材报告文学作品，未能参赛。也给我们以后的完善与努力，留有空间。

金融是国家经济列车的发动机。金融维系千家万户。金融人是火把，传递温暖和光明，财富和希望。《中国金融报告文学获奖作品集》是一部金融人的故事，是描述金融业的一个侧面，是一部了解金融和金融人的耐读的文学作品集。这也是我们所期待的。

在《中国金融报告文学获奖作品集》出版之际，我代表中国金融作家协会，感谢获奖作者呈现的金融题材的精神产品，感谢中国金融工会、中国作家协会的支持与关怀，感谢中国言实出版社搭建的与读者交流的平台！

是为序。

2015 年 10 月 10 日

于北京金融街金融作协办公室

原来他竟然是这样的一个人

——张圣宝随笔集《自强不息》序

欣闻圣宝兄出书，惊奇，祝贺！

我和圣宝兄相识相交，很早，也方便，因为我们属于华夏银行系统，一个单位。特别他曾在我的家乡山西工作过，山西山东，一条太行山挂着的两个弟兄，无非就是一个在东，一个在西，兄弟两个加起来，才能叫东西；否则就只能是一个东，一个西，不是东西。加上兄弟两个同吮吸一个母亲黄河的奶水，更有一种血浓于水的情分，彼此建立了深厚的友谊。

其实，圣宝兄给我的印象，一直就是个武将。这位仁兄，标准的山东大汉，性格豪爽，工作风风火火，风生水起。在北京、在太原、在武汉，不论是承担什么领导工作，都是雷厉风行的虎将，这给我留下深刻的印象。他在金融系统一直都是业务干部，说白了，就是靠做业务赚钱。在我们金融这个行当，人家这绝对是主流业务，扛着金融的金字招牌，打江山守江山成大业，属于功夫高超的“武功高手”。还有就是圣宝兄多年坚持跑步运动，每天凌晨就在北京二环，沿着二环走一个整圈儿，经常吓得许多司机刹车失灵。所以说，他就是一个地地道道的武将。

如今他退休多年，突然又舞文弄墨，投戎从笔，我就有点惊奇不已。心想，这老兄莫非是心血来潮？他的本家张飞，会舞刀弄枪，还会绣花手艺，可他行吗？

带着好奇，我真是很认真地读了圣宝兄的书稿，没想到，读得我一会儿一头热汗，一会儿浑身冷汗。通过文章，我才知道，圣宝兄年轻时就是改革的闯将，二十几岁就当了县人民银行的行长，邓小平南方谈话时，他就敢吃第一只螃蟹，在一个小县城硬是盖起了全县第一楼，ICBC 大厦也有他的一砖一瓦；更有一个就是他原来就会写文章，这就不由得让人更加刮目相看。更让人惊跌眼镜的是，圣宝兄竟然在《人民日报》《求是》杂志上发过文章，隐藏得好深哪，在这本书前他竟然未曾提起过。原来他是文韬武略，一手捉笔，一手拿枪，双枪“老太婆”，高人啊！

圣宝兄出生在一个小山村，和我一样，也是苦寒出身，在生活的最底层跌打滚爬，务过农，当过兵，77 级的中专生，一步一个脚印，最后拼进了京城，干到了省分行级领导，最后荣调总行。说起来也算够得上传奇，但这一切，全都是他拼搏、奋斗的结果，用自强不息概括，一点也不为过。至于他是如何奋斗、怎样成功的？那就请大家看看这本书吧！

是为序。

2020 年 4 月 27 日
于北京金融街中国银保监会大厦

说说戏里戏外的事儿

——阎雪君长篇小说《今年村里唱大戏》后记

一先说假戏真唱的重头戏　去年，一个深秋的晚上，我接到一个电话，是老家一个村里亲戚打来的，通话后，他也未过多地寒暄，就直奔主题：他要跟我借钱。

在我的印象中，他是一个不善言谈的人，话儿少，胆子也不大，还面子薄，类似这种跟人张嘴借钱的为难事，他很少去做。可今天，他却一反常态，亲自张口，而且态度很坚决，生怕被我托辞过去。我问他借多少，干什么用。没想到，他说出的数字吓了我一跳，因为他说出的可不是过去村里人习惯的几百、顶多几千，而是上了几万的数字。我越发惊奇，村里人最大的开销，一辈子就两件事：一是盖房，二是娶媳妇，而他这两件事，早已完成了，那还借钱做什么？他说他要办件大事。接着，他跟我详细地讲起了村里发生的一件从未有过的大事……

原来，村集体要卖掉全村最后，也是最大的一笔集体资产机井。

那亲戚还一五一十地给我念叨了自从实行生产承包责任制以后，原属村集体的大批的资产，如拖拉机、汽车，小乡镇企业的机床，还有果园、砖厂、供销社的房子等等，都已经落到了个人的手里。如果机井再落到个别人手里，那全村人的日子……

听着，听着，我的脑海里蓦然闪出一道亮光，一个新名词、一个新动向在我的脑海中闪过，那就是："集体资产严重流失"的概念。因为已有很长时间，人们从上到下，从国家领导人到平民百姓，都在关注议论"国有资产严重流失"和"保护国有资产"的问题，但从来很少，甚至可以说就几乎没有人能想到农村"集体资产严重流失"的问题。或许是"国有"从来就比"集体"高一层，大一头？或许是集体资产目标小，引不起人们注意？或许是农民天生胆小，不敢反映？所以，"集体资产流失严重"的问题就一直无人问津。偌大的集体资产就被一口口蚕食，被一片片分割，悄无声息地被转化为私有财产，从集体的账目上蒸发了……

听了亲戚的诉说，我萌生了一个念头，那就是要为农村集体资产流失的问题振臂一呼，以引起国家决策层以及有关部门的关注，为农民、为集体讨个公道，维护广大农民的根本利益，维护农村的稳定，推动农村经济的发展。于是，我利用休息天的时间，返回故乡，走访了周围三个县几十个乡、村，从集体资产的流失方式、特点及造成的后果入手进行了调查，结果是触目惊心、振聋发聩的。

集体资产流失的主要方式：

一是先包后买。自农村实行家庭联产承包责任制之后，原村集体的牲畜、车辆、农具大都按户分到了农家。但一部分原村集体投资大、数量少又较昂贵的大件资产，如拖拉机、汽车、果园等，就采取先承包，再作价买断的方式，转移到个人名下。当然，作价时肯定就巧立名目，变相压价，以原价值几十分之一，甚至几百、几千分之一的廉价就据为己有。

二是先租后买。对一些大件资产，如供销社的商店、房屋、柜台、砖厂等，采取先租赁后购买的方式。在租赁过程中，不断地瓜分、蚕食、转移，直至把原资产弄成个空壳，别人也不愿再买时，就折价贱卖，变成私人财产。

三是转移债务。对一些欠银行、信用社的贷款额度大的乡、村办企业，如砖瓦厂、加工厂等集体资产，在承包或租赁过程中，通过更换企业名称、更换法人营业执照、进行所谓的股份制改造等方式，把原企业的债务甩给村集体，把企业资产则转到个人名下。

四是侵吞集体耕地的补偿金。一些村集体在国家征用乡村土地修路建厂时，往往会给村集体部分补偿费用。个别村干部就把这部分款项或挪用、或私吞、或贪污，变相侵吞集体资产。

五是哄抢偷盗。一部分集体资产在出卖前或出卖时，常会被众人哄抢偷窃，却无人追究。胆大的就多抢点，胆小的就少偷点，有的干脆就啥也捞不着。也许是因为集体的财产，无人心疼也无人过问，也许是因为法不责众，抢光偷完也就不了了之。

集体资产流失的特点：

首先是流失早。早在 1980 年左右，在全国实行家庭联产承包责任制前后，集体资产就开始流失，比国有资产流失早，因为国企改革、转制等工作是继农村改革之后开展的。农村集体资产流失早、时间长、过程长、损失大。

其次是种类多。农村集体资产种类繁多，从多则几万元的汽车、十几万的机器，小到小推车、手工农具等等，不一而足，生产用的、生活用的、企业用的，应有尽有，品种繁多。

再是分布广。农村是以行政区域划分的，农村集体资产也就相应地分布在各自的乡村，就像天上的繁星，肉眼看上去虽不大，却密密麻麻，星罗棋布，分散在农村的每一寸土地上，每一个角落里。

还有是数量大。农村集体资产因分布广、分散面积大，从一乡一村的表面上看数量少，金额也小，但中国是农业大国，广阔的农村土地，十几亿农民，几十年来积累了大量的丰富的集体资产。全国两千多个县几十万个乡村的集体资产加起来，数目是庞大的，惊人的。虽然它的单件资产价值较小，但它数量之大、价值之大，实际上并不比国有中小型企业资产少，早就该引起国家有关部门的重视和关注。

集体资产流失的后果：

一是反过来进一步侵吞集体、国家资产，牵制、抗衡集体经济发展。如小说中描写的，贾英才一家利用廉价买断村集体的推土机，承揽了村里改造梯田的工程，因是独家买卖，又是自己说了算，狮子大开口，结果村委会欠了他家不少债务，又无现金偿还，只能再用集体的机动良田来抵债，还拨部分义务工归他个人支配，造成集体资产进一步亏空，还得受制于个人。农村先进的生产工具本来就少，一旦这些工具流失于他人之手，就会反过来成为盘剥集体的利器，更加削弱了集体经济。

二是盘剥农民。由于部分个人掌握了原属集体的生产资料，便有了进一步盘剥农民的资本。农民的日常生产和生活就受到牵制。如农民们租种他们的土地，除了应交的提留国税，还得额外进贡，购买化肥、种子、浇地、耕地，都得受制于人。他们往往会干预农民种植，有利就捞一把，无利就撒手不管。增加了农民种植成本，打击了农民种地的积极性，导致原本较为富裕的农民返贫，原本贫困的农民更加贫困。有的农民不甘受辱，进行反抗，但因方法不当，或受恶势力控制，往往造成家破人亡的后果，致使不少农民只能流落他乡，外出打工，造成大面积田地荒芜。

三是扰乱农村金融秩序。占据了农村集体资产的人，绝大多数都成了农村“先富起来”的一部分。由于农村信息闭塞，经济落后，农民收入低，资金缺口大，信用社资金不足，这些人就通过发放高利贷的形式来牟取暴利。同时由于信用社贷款利率低，影响了他们的“业务”，他们就限制、威胁农民到信用社存款，还大造谣言，煽动农民挤兑信用社，造成金融隐患，严重扰乱了农村金融秩序。

四是加剧农村社会矛盾。实际上，能够占有农村集体资产的人群，往往是乡村干部，或是与乡村干部有密切联系的家族，这样，更会导致农村家族恶势力膨胀。同时由于他们财大气粗，常常掌握着村里的大权，为了谋利，他们习惯于以乡政府、村委会的名义发号施令，使农民误解成是乡政府或村委会的意见，造成党群、干群关系紧张，有的地方这些人还操纵了村民选举，导致有的村里干部不好选，选上了也不敢当或不好当，加剧了社会矛盾，形成了农村社会秩序不稳定隐患。

五是农民的觉醒。机井是农村集体投资最多的资产，也是实行责任制后除了土地外，惟一没有落入私人手中的集体资产。前几年虽然一些村也把机井承包出去，但毕竟还不属私人所有。多年来，农民们逐渐看到了集体资产流失给他们带来的灾难。所以，在争夺机井这一块集体资产时，他们不再沉默，也不再懦弱，而是要拼全力保住这一股活命的水。

世代生活在黄土高原上的农民，深知水对他们的重要。这里十年九旱，靠天吃饭，水贵如油。过去，集体力量弱，人们只能靠祈雨来求得雨水。新中国成立后，在共产党的领导下，农民们投资投工，年年打井、修渠，为了掘井挖渠，他们有的落下了终身残疾，有的甚至付出了宝贵的生命。机井使他们在饥渴的黄土地上能够土里刨食，延续一代又一代人的生存，一代又一代的人为之付出艰辛的代价，倾注了一辈又一辈人的心血。所以，当政府要把机井拍卖时，他们在惊愕之余，意识到他们别无选择，因为这不仅仅是水之争，而且也是生存之战。当他们面临选择时，无非有两种可能，一种是买断，一种是放弃。买断需要实力，放弃需要有别的出路，别人可以放弃，而他们不能，因为他们世代生活在这片黄土地上，他们离不开土地，离不开水。否则，他们会失去生存的根本，成为被人操纵的皮影戏。

为了夺取胜利，一群素日逆来顺受，老实巴交的庄稼人鼓起勇气，用他们朴素的智慧，用他们可以撼动上苍的诚心，来投入这场力量悬殊的搏斗中。因为一方是盘踞在村中几十年的权贵，又通过剥夺集体资产，有了原始积累的实权派、实力派，又有多年包井包电的基础和势力；另一方是在外面包工程，搞公司的大款。在这两股势力的夹缝中求生存、求胜利，对于这些手无寸铁、身无分文的农民来讲，是多么的不可思议，真是蜀道难，难于上青天。

但这群农民最后的制胜靠两大法宝：一个是靠众人的力量。他们坚信，为了一个共同的目标，他们能够团结起来，众人拾柴火焰高，小河汇积成大海。另一个是靠势在必得的信念。因为那两个权、钱集团在买断机井的目的上，图的是利润，图的是利益。当因为较劲价格超过他们既定的利益线时，他们感到无利可图，就会放弃。但农民们不同，他们无别的路可走，无别的路可退，他们只能志在必得，付多大的代价也得义无反顾。因为土地是他们的性命，水就是他们的血脉。不管国家加入 WTO 后，对农业补贴取消，对粮食保护价的取消，农业出路好坏，他们也必须得面对，必须得紧贴土地，他们坚信：民以食为天，天王老子也得吃饭，不种粮就得饿死。况且，他们始终坚信，共产党不会对他们不管、不问，只要共产党坐天下，他们就有活路。于是，他们有钱出钱，有力出力，特别是过去因水的问题而饱受欺凌的农民，更是铁了心要争口气，甚至连残疾人也加入到夺取胜利的队伍中间。更可贵的是他们喊出了“农民的事农民办，自己的井自己管”的口号，表明了当代农民的自信与自强。他们依靠“集体”的力量为“集体”的生存而战。只不过这个“集体”与过去的那个“集体”不一样，那个“集体”是资产严重流失的集体，而这个“集体”是为夺回流失资产的“集体”；那个“集体”是被掏空了的，是受人控制，或少数人控制多数人的一个“名分”，而这个“集体”是自己当家做主，自己说了算的“集体”。

作家、中国银监会合作部干部王祁老师在为我的第一部长篇小说作序时，评价我的作品关注现实、针砭时弊，称我是“一位有责任感的青年作家”，我深受鼓励，使我更加理解了“铁肩担道义”的内涵。因此，我觉得有责任、有义务把“集体资产流失严重”这一现象公布于众，以引起国家及社会的重视，维护广大农民的根本利益，推动农村经济发展。于是，“拍卖机井”就成了我这部“戏”里的“重头戏”。

二再说真戏虚唱的配角戏　就在村里唱“卖井”这台大戏时，正巧县里要求每个乡都要排节目，举办文艺汇演。其实，村里人天生爱热闹，只不过素日农活忙，田地营生苦重，无暇顾及罢了。冬日农闲，村里人就热热闹闹热排起了大戏。于是我就把这两台戏糅合到一块儿，给小说取名《今年村里唱大戏》。同时强调是“今年”村里唱大戏，因为“今年”给人以新鲜感，时距近，也说明往年都不唱这么大的戏。试想一下，如果把这两台“戏”分别单独写成小说，那就都显得单调、寡味。因为只写“真戏”则过分的热闹，却少了些分量；要是只写“卖井”这则虚戏，那又显得过分沉重。只有把这两台戏糅合渗透到一块儿，才有了戏里戏外的热闹、台前幕后的悬念、台上台下的调剂，才有了“台上一分钟，台下十年功”的内涵，才有了花脸、白脸、红脸、五花脸的令人眼花缭乱，才有了粗声假音尖调细气的不同韵味，才为每个人都提供了舞台，使每个人都成了角儿，主角意气风发，配角滴水不漏，龙套左右逢源。两台戏结合在一起了，就有了一男一女般生命的气息，就有了阴和阳的协调，就有了白天和黑夜的轮回。在人生这个大舞台，真戏假唱，假戏真唱。真真假假，假假真真，真作假时假亦真，假作真时真亦假，使观众饱了眼福，品味了人生。

在故事进行中，我根据不同情节，不同的意境，有目的地选唱了几台在民间流传甚广的真本戏：如《杨八姐游春》中“佘太君要彩礼”片段：“要想要我好女儿，你必须得给我：一两星星二两月，三两轻风四两云，五两火苗六两气，七两黑烟八两音，火烧的龙须三两六，篓粗的牛毛要三根，公鸡下的蛋要八个，雪花晒干了要二斤……”非常生动地把贾英才那种不可一世的心态勾画出来，同时也形象地铺垫了农民要想买成机井之难。还有《碾糕面》《打樱桃》表现了农民生活的情趣。《走西口》《挂花灯》《对花》《串枣林》等农民对美好生活的向往。尤其是《十五观灯》《猪八戒背媳妇》安排在主人公叶占春带领乡亲们赢得竞拍机井胜利时，把农民那种狂热、喜庆的心情烘托得淋漓尽致。在《十五观灯》这则戏里，把人们观灯时见到的各种各样的灯描写得形象生动，把各种灯的色彩涂抹得斑斓多姿，把男女老少观灯时的热闹写得如火如荼。在小说收尾时，我有意安排了村民满怀喜悦向往美好新生活的《猪八戒背媳妇》片段，描写了猪八戒在巡山的路上遇到美娘子，倾诉对美娘子的爱慕和向往幸福生活的唱腔：

男：你上梳油头黑靛靛，
下穿罗裙板正正，
柳叶弯眉细盈盈，
猫儿眼睛水灵灵，
不搽脂粉香喷喷，
不涂胭脂红澄澄，
满口银牙白生生，
头戴鲜花粉腾腾。
哎嗨呀，哎嗨呀，
天下美女第一名呀。
女：夫妻回到高老庄，
高老庄上务农忙，
扁豆花茬多上粪，
老婆汉子把家挣，
恩恩爱爱度光景，
好日子数不清。
哎嗨呀、哎嗨呀，

甜甜美美过一生！

男：小娘子，

女：猪相公，

男：巴儿崩

女：哼哈哼……

合：欢欢喜喜往前行，

往前行……

同时，在小说中，具有中西部地区浓郁风味的信天游，不时穿插其中。类似《大拜年》《难活不过个人想人》《亲吃蛋下河洗衣裳》《牵魂线》等。作为两台大戏的插曲，适时唱起，烘托了人物思想，营造了环境气氛。更有《娶亲》中撒麸子、拜天地、闹洞房等民间流传的唱词，有的甚至是濒临失传的珍品。

在描写唱戏插曲中，我还刻意在这顿美味大餐中添加了一些可口的“调料”，引用了一些民间顺口溜，如《十等人》《城里人乡下人》《农民是啥》《送温暖》《喝酒》等，为作品的主题和情节推波助澜；同时还适当地插入一些生活气息很浓的笑话儿，像《定亲》《有啥吃啥》《拍苍蝇》《做记号》《黄瓜棒》等，荤里带素，素里有荤，恰当地反映出当地粗犷的民风和生活色彩，增加了作品的生活气息。

另外，我自己觉得令人赏心悦目的是，在这两台戏的舞台背景上，我有意识地勾勒了一幅幅当地的风土人情民俗画卷，如刀削面、擀汤面、盘土炕、挖窑洞、迎喜神、驴配种、阉猪仔、灌黄鼠、老油坊、祈雨仪式、叫魂、青石碾、剪窗花、炸油糕、包饺子、写春联、同说等。这些风俗民情，具有浓郁的民族特色和地方特点：如一首首歌谣，让人百听不倦；像一幅幅图画，让人百看不厌；似一杯杯清茶，使人回味悠长……

我把这些“布角”画置身于两台戏的后面，就使这两台戏的根深植于这片土壤之中，与这里的人和自然有了一种水乳交融的感觉，让人能感到黄土地民族文化的博大精深、源远流长。

三还得说说这些戏里戏外的角儿　在这部书里，所写的人物，不管是手握重权的村干部，还是挣了钱返乡的打工仔；不论是退伍的军人，还是上了班又下岗的工人；无论是乡政府的八品官，还是钉盘碗、驴配种、当鼓匠的手艺人；不论是在城里成家立业的大学生，还是捣鼓小本生意的买卖人，归根到底，他们都有共同的性格和属性，他们都源于两个字：农民。

在这两台戏里，主角也好，配角也罢，跑龙套也可，他们都是农民，也都是这台大戏的角儿。

那农民究竟是啥？

我在农村生活了二十多年，我自己的感受和注解，农民：

一叫勤劳。农民似乎天生就是干活儿的。操劳一辈子，吃苦耐劳。有的人竟一辈子没打过针吃过药，硬是直愣愣地活到八九十岁。当你让他们歇着时，他们反倒会闲出毛病来。有了毛病不打紧，让他去地里干活，风一吹，汗一流，得，病好了。

二叫真诚。一个人在机关时，把衣服丢在了走廊里。次日，衣服依然躺在走廊里，知识分子既无人偷，也无人管。当他在工厂时，也把衣服掉在车间里，次日发现掉了的新工作服被同事们换成了旧工作服。当他在农村时，又把衣服丢在了地里。次日，捡到衣服的农民主动找上门来，并把捡到的衣服穿在自己身上暖热了再还给他。

三叫实际。你说人腿是由骨头和肉组成的，他总得捏一把才信。你说这种经济作物能挣钱，他们总得看你种出来卖了现钱，他们才种。

四叫知足。三十亩地一头牛，老婆孩子热炕头。莜面山药蛋，就是好茶饭。每到逢年过节，他们衣兜里揣上一把几十块的零钞，总是很得意地冲你一拍衣袋、一晃脑袋说：走，打麻将去，咱有钱。

五叫乐观。一次，我和几个村妇在大树下闲聊，看到一位大嫂胳膊夹个面盆从家里出来，见我们这边挺热闹，就凑过来跟我们一块嘻嘻哈哈打趣。当日过正午，几个妇女回家做饭去了，那大嫂才意识到自己的任务，她笑着自言自语：瞧，俺这猪脑，就顾着乐了，中午家里揭不开锅了，赶紧去借面，哈哈哈。

六叫热情。如果你从外边领个媳妇突然回村，那好，全村的人都拥进你家来看新媳妇，并当着新媳妇的面，评头论足。家里挤不下，就在玻璃窗上看，硬看得新媳妇大汗淋漓。当发现你家里未有准备时，就东家王大妈送来一盆鸡蛋，西家李二婶端来刚生好的豆芽，南头的张大姐送来家里藏着的腌肉，北头的马大爷送来地里套住的山雀，不一会儿，你家就变戏法儿似的摆出一桌土色土香的“山村满汉全席”。

七叫灵气。在人们的习惯印象中，农民总是憨厚笨拙的，其实不然，他们绝大多数是很有灵气的，只不过缺乏科学文化，缺少引导和熏陶。就拿唱山歌来说，他们大人小孩，能看到啥唱啥。有时候，一苗树、一棵草，在他们眼里都有诗意，都能唱出真情实感。比如有一首描写一位正在做针线活儿的青年女子盼丈夫回家名叫《盼哥哥》的歌词：

听到哥哥的敲门声，
支棱起耳朵吊起心；
听到哥哥的脚步声，
格颤颤闪断七号针；
听到哥哥的呼唤声，
热身身扑在冷窗台。
……

这种朴素而又真切的真实写照比起那城里人“因为爱所以爱”“爱你爱你，我真的爱你，爱你到地老天荒，爱你到刻骨铭心”之类无病呻吟，堆砌“爱”的词藻，不知强多少倍。

八叫炽热。农民的爱，大胆、热烈，甚至有点粗野，他们要是爱上一个女人，就会勇敢地去穷追不舍，有时还会在风涌浪动的青纱帐里做爱。他们很少去说酸掉大牙的“我爱你”。你很难想象，他们要是爱一个女人，竟能对女人说出：我愿做你的草纸（即今天女人们用的卫生巾）。

九叫个体户。自古以来，黄土地上的农民似乎就愿意以个体为单位过活。一有集体就爱耍奸偷懒，干个体会不遗余力。所以，至今也没有农民自己的组织，类似于工人的工会。他们没有担负为组织献出的义务，也就很少有组织替他们出面讲话。他们受了委屈，就会自己去报复，搞心理平衡，他们喜欢背后骂人，发牢骚，编顺口溜，还有的暗地里搞点小破坏，胆子大的也有去操刀相向。他们很少懂得用法律、靠组织去解决问题，老是单打独斗。即使是农民组织的起义，最后也往往成了别人利用的工具。

十叫保守。农民有点钱，很少舍得去花。有的把钱捆住藏到炕洞里，有的藏在墙角里，结果往往不是叫火烧了，就是被老鼠啃了。有点文化的，就干脆存在银行里，还要定期，等着娶媳妇或盖房子，甚至防老养老。

十一叫软弱。有人说，在中国农村的干部最好当，因为它富也好，穷也罢，关键是人好管。农民听话，你说往东，他们绝不往西。为了生存，农民练就了一种惊人的忍耐功夫。只要让我活着，把刀架到脖子上，我也能忍。自己的媳妇被人占有了，也能睁一只眼闭一只眼，有的甚至还为他们站岗放哨。上头跟他们收各种费税，他们要是困难或感觉不合理，就顶多用沉默或顶着不交来表示不满。很少去探讨为什么要这些费，依据在哪里，如何能免除这些费税。

十二叫精神胜利。对于这个特点，我们的鲁迅先生很早就为农民兄弟作了圈点，农民很善于用精神胜利法来寻求心理平衡。他们手里没钱，就老爱说钱是个王八蛋，钱多了生事，男人有钱就变坏，女人变坏才有钱。有念过几天书的还会说，马克思说了，钱一生下来，从头到脚每个毛孔都渗透着血和肮脏的东西。自己吃不上肉，就老爱说人家城里肉吃多了，容易得病、肥胖，容易“三高”（血压高、血脂高、血糖高）。还得花钱受罪减肥，咱们都省事了。别人升官了，他们会说，当官容易犯错误，咱想犯错误蹲监狱还没机会呢。当他们手端大海碗在街头边吃边听破收音机，听到有一架飞机从天上掉下来，机上死了好多人，且多数为大款时，他们马上会兴奋地嚷嚷：大伙听到了吗，他们大款再有钱也从天上掉下来死了，咱没钱但还活着，还在这儿吃着香喷喷的鸡蛋面。嘿，今儿个还得多吃一碗。旁边的人就会接着说：吃吧，你想死也死不了，因为你没钱买机票。据说那一张票，够咱们忙活一年哪。

十三叫认死理。熟悉农民的人有时会感觉到，农民很倔，容易钻牛角尖儿，认死理。特别是当他们在哪一方面自尊心受到创伤后，他们会记住一辈子。小说中形形色色的农民，就是因为深谙水对他们的重要，所以认准了这件事儿，九牛拉不回头。有的甚至不惜一切代价，采取各种各样的方法，猪往前拱鸡往后跑，各使各的高招，直至把它拿下。

四最后说说这两台戏的“编剧” 不说大家也清楚，这两台“戏”的编剧就是我。

而我又是个什么东西呢？这个问题连我自己都很难一下子说清楚。

怎么说呢？在我家乡村里乡亲的心目中，我是个在北京工作的干部。至于什么岗位上的啥级别的干部，他们都不太注意，最起码他们常认为我已是个“城里人”；在北京呢，跟我常来往的银行同事，包括文艺界和政界的朋友，看着我的种种“劣习”和德行，常笑着称呼我“乡下人”；在金融界的干部员工心目中，在议论起我这个人时常常称我是个“作家”；而在首都文学界，包括中国作家协会的领导、前辈们面前，他们却喜欢跟我拉一下金融界的话题，因为我是全国金融界加入中国作家协会仅有的几个作家之一，于是，他们习惯称我是“银行人”。

这不同角度不同层次对我的称呼，真使我有点云山雾罩，自己也搞不清自己的定位究竟在哪里。想到这，我常常独自摇头笑笑，自嘲地自言自语：说得好听点，只能说我是介于乡下人、城里人、作家、银行人之间的边缘人；说得难听点，那就是：四不像了。

事实上，我本无才，只不过就凭或曰边缘人或曰四不像的缘故，占据了四方面领域的优势，才造就了今天的我。大都市的同事称我为乡下人，说明身在城市的我并不属于城里人，我有在农村生活了近二十年的生活经历，与农民血脉相连。乡土给予我丰富的积淀，山水给予我灵气。在老家的乡亲们又都叫我城里人，说明他们也并不把我这个土生土长的山里娃当作纯乡下人，我有在城市生活工作的环境和阅历，有跳出农村看山水的平台和高度，有着城市浓郁的文化氛围和不可多得的机遇。银行界的人称我为作家，说明他们并不认为我这个工作在银行的人为纯银行人。因为传统上的银行人是与算盘、计算机、业务账本、数据、钞票紧密相连的人，很少有专业写作的人，物以稀为贵，加上外界的同行又不太了解金融界，很少涉及这个领域，于是我这个“猴子”便可以在满是硕果的果园中跳高摘桃子吃了，在这个独特的领域里写一些独特的文章。作家协会的领导和同行们又常称呼我为“银行人”，说明他们也并未把我这个正式会员列入专业作家行列，对我这个在金融界里混饭吃的同行充满了好奇。也是，常在海边走，哪有不识水的。我在银行里从基层干到总行，虽不算业务精通，但银行里大大小小的事也有所了解，一些名词术语还不至于叫错。对支撑和调整国民经济的杠杆还是亲密接触的。在全国作家中，在金融界工作的极少，据我了解，也就五六个。而且我还算年纪最小的。于是，受到作协领导和同行们的青睐也就在所难免了。

记得长篇小说《原上草》发表后，在社会各界，尤其在金融界引起了较大反响，由于新华书店的订数超过了原印数，中国金融出版社又进行了二次印刷。被誉为“中国金融文学第一书”。中央金融工委、中国人民银行总行、中国作家协会等部门领导亲自找我谈话，鼓励我继续努力，为中国金融鼓与呼，为中国的金融增光添彩。说实在的，中国金融在国民经济发展中起到了举足轻重的重要作用，但在文艺作品中，却很少有金融人的形象，这也实在难说公平。《作家文摘》《金融时报》《中国金融》《华夏金融》《火花》《山西日报》《大同时报》等报刊对《原上草》相继作了评论和报道。近来，还被改编为二十集电视连续剧《泥巴财神》进行筹拍。

一直看着并引导我成长的中国作协会员、山西省作协副主席马骏老师，将我的经历称为“阎雪君现象”，并对我一边工作，一边创作一百多万字文学作品的实际情况进行了分析研究，提出“文学之路如何走”的命题，在当地文艺界引发了一场辩论。有人认为搞文学不能走“阎雪君”模式的道路，似乎有投机之嫌，文学需要的就是“痴情汉”，文学需要一群甘为其清贫坚守阵地之人的支持；也有人认为，在市场经济体制下，搞文学就应走“阎雪君式”边缘化道路，靠两条腿走路，“混业”经营等等，不一而足。

在北京，我的办公桌仅几尺见方，桌上一台电脑，屏幕上经常呈现的是绿草蓝天白云下的茅草屋，书桌福板上常贴着一幅《安塞腰鼓》和罗中立的油画《父亲》。一群脸膛红润，头扎白头巾、腰挎红腰鼓的西北汉子，在黄土地上闪转腾挪、红绸飞舞，脚下那黄土尘，以及散落的麦秆节常勾起我的回忆，我似乎闻到麦穗的清香和山野之风的凉爽气息。

我常凝视着案头上堆积着高高低低的书、文件盒等物件，渐渐地，这些东西在我眼里会幻化成错落有致的山水、树林、田野。当我把目光收回到现实，望望这几尺见方的地盘，常感叹：在北京，能占据这一块阵地，不易呀。

我出生在农村。踏入社会后，先后在乡信用社、阳高县制药厂、阳高县委通讯组、阳高县农行、大同市农行、大同市人行、山西省农行、人民银行总行、华夏银行总行工作，十年间调了九个单位，且穿越了生活及工作的多个层面，宛如一种海里的鱼，叫啥名的鱼，记不准了，据说这种鱼与其他鱼类不同，它的穿透力极强，可以生活在各个水层面。我从海底蹿出海面，也算见了蓝天，见了世界。关键一点，结果并不重要，而是在这个过程中，我接触到了高层、中层、下层，大官、小官，大人物、小人物，全国各地也几乎走遍，情调各异的风土人情也有所领略。于是，就有了比较、有了鉴别，有了思考、有了积累，但我更多的还是关注海底的世界，因为那里的鱼类、礁石、植物，以及沉船里的宝物更丰富、更吸引我。

记得那是去年中秋节，中国作家协会在人民大会堂举行中秋茶话会，全国五十多位作家欢聚一堂，我有幸被邀出席，聆听了中国作家协会党组书记金炳华，著名作家王蒙、周而复、邓友梅等前辈的谆谆教诲，使我深受鼓舞，更加坚定了为中国金融、为中国农民树碑立传的信心。还记得那天晚上，我独自驾车从北京回到村里，在京大（北京—大同）高速路走了两个半小时，一下子从喧嚣的都市回到寂静的山村。望着满天的星斗，我霎时感觉到这世界太小，也为我能有这样一头连着都市一头连着农村的两条线而感到自豪，而连接这两条线的支点就是文学。

在单位，许多了解我的同事都说我的心态较好。实际上，并不是我的心态好，只不过我做人做事有几种方法，能使我的心理平衡。一个是我相信人的总量平衡学说，即人的总量是一定的，如其中一方面占据得多了，那其他方面相应就减少，反之，亦然。因此，好事、坏事在我眼里都是一种平衡，是相互转化的。另一种方法是信奉黑格尔的一句话：存在的都是合理的，合理的都能存在。还有我在参观茅盾故居所在地——乌镇时，发现当地一座庙前挂的一副对联，上联：

人有千真，下联：天则一算，横批却无字，只悬挂着一架硕大的算盘。风大的时候，算盘珠子还噼里啪啦直响，似乎在告诫人们：看谁能算得过谁。因此我很少作什么计划，只是做好眼前的事，乐观地对待人和事。还有更主要的一点是我深深地认识到：天下最苦人最苦，人里最数农民苦。我是农民的儿子，我很知足。不像城里有的同事老跟比他们强的人比，总也不平衡。

在城里，我仍保持着乡村“劣习”。每当夜晚，邻居家都看都市言情剧，而我却总喜欢看山西电视台的“走进大戏台”，内蒙古台的“相聚那达幕”，听地方梆子剧；人家喝咖啡，我却喜欢小米汤；人家喜欢鲍鱼、鱼翅，我却喜欢羊肉、粉丝；人家喜欢洗桑拿，我却喜欢抠脚丫。因此，媳妇常骂我：你一不留神就露出了农民的尾巴。我就理直气壮地说：我本来就是农民，怎么着？有时她又骂我：看你那老土的样子，哪像个首都的市民？我就又毫不含糊地说：我本来就不是首都市民，怎么着？结果，她就没招。瞧，我就这副德行。

我自 1985 年离开小村到外地读书，掐指算来，已有十七个年头。但我觉得像没有离开过村里一样，因为我一直与村里保持着密切的联系。念书时，常与家里通信，假期回村里劳动；参加工作之后，就经常靠打电话联系。我给家里装电话在村里算最早的，光电线就花了几百块。村里几乎一半的人都记得我家的电话号码，在外读书的、当兵的、打工的、上班的跟村里联系就靠我家的电话，于是村里村外、家长里短、大事小事便一清二楚了，使我积累了不少的素材。但爹娘常说自从有了电话就成了义务通信员了，无论白天晚上，还是刮风下雨，都得去叫人。我家的电话是捅火的棍子一头热，为节约话费，总是我主动打，有时爹娘想跟我通个话，也总是先迅速拨通电话，马上又挂断，等着我再打过来。

调到北京之后，京大高速公路也开通了，我就可以自己开车回村了。虽然我车技一般，但路好走，两个半小时就到。我和乡亲们在雾气缭绕的豆腐房里拉家常，在飘荡着禾香的庄稼地里干活，对村里发生的各种新鲜事儿耳闻又目见。这样，我对村里的人和事就更熟悉了。我妈老替我可惜来回的油费及过路费，说每回一次的费用都可以买两辆自行车了。但我觉得值，因为每次我的收获都挺大的。更主要的是每当我走在乡间的小路上，那清新的空气，淳朴的民风，美丽的田野，都会令我流连忘返。山坡上，放羊老汉那信天游唱得我眼热心酸：

窗棂开花帘朝外，
实心看你你不在；
槐树树来结槐花，

街上见你没说话；
你在吃梁俺在沟，
有了心事招招手；
豆角开花又弯回来，
不想走了你返回来。
走头头的那个骡子哟，
哇哇响的那个声，
你要是俺的那哥哥哟，
你就招招你的那个手，
你若不是俺的哥哥哟，
你就走你走的那个路。

看来，命中注定，我就得在这条路上一直走下去了……

2003 年 5 月 15 日
于北京国际大厦

天涯蕙兰咏绝唱

——兰溪长篇小说《梦回兰园》序

目前，中国金融系统从业人员近千万人，在社会经济工作中扮演着十分重要的角色，他们中间涌现出许多文学爱好者。中国金融作家协会成立以来，努力打造一个为金融作家施展才华的广阔舞台，为我国金融事业发展提供优秀的精神产品。在众多的作家中，兰溪犹如一树静静开放、圣洁无瑕的白玉兰，淡雅素朴，超凡脱俗，散发着“试比群芳真皎洁”的馨香之气。

她勤奋创作，成就突出，还荣获了“冰心散文奖”。2015 年，被中国金融作家协会推荐到鲁迅文学院高研班深造，并于 2016 年成为中国作家协会会员。我们欣喜地看到她从鲁院学习归来，佳作不断。继去年出版了散文集《回归伊甸园》，又将出版她的第一部长篇小说《梦回兰园》。在《文艺报》《新民晚报》《黄河文学》《时代文学》《广西文学》《延安文学》《海燕》《青年报》《天风》等全国各大报刊发表作品几十篇。在一年内，先后加入中国报告文学学会、中国诗歌学会，成为北美文艺社荣誉作家，期刊《天风》特约撰稿人，“大白鲸世界杯”儿童奖评委……

当下，信仰危机、金钱崇拜、实用主义、快餐文化盛行，许多人不愿写爱情小说，认为已经过时，没有市场。而兰溪的创作，一直是另辟蹊径，不迎合潮流，不随波逐流，坚守自己的理想与创作初衷。

《梦回兰园》描写了上个世纪 80 年代至 2000 年左右，男女主人公对理想的追求，对纯洁爱情的坚守。正如男主人公大江写给女主人公的信所言：觅天涯之蕙兰，咏千古之绝唱。

小说以女性特有的细腻笔触、生动的情节、富有生活气息的细节，讲述了 80 年代纯美的爱情故事，讴歌了那个年代纯洁无瑕、纯粹的感情。展现了大学校园唯美的画卷，多姿多彩的诗篇。在时代变迁、人心不古的当下，对男女主人公仍然保持至死不渝、终身不变的纯净爱情，进行了讴歌与赞美。书写了至善至纯至美的爱情，催人泪下的动人诗篇。通过人物内心真善美与假丑恶的对比，对改革开放以后，人们思想观念发生的巨大变化，进行了深层次地思考与探讨。

《梦回兰园》成功地塑造了王大江、刘百合、王慧兰、李想、傅新琅等人物形象。在物欲横流的当下，作者深情讴歌真善美，呼唤心灵回归，回归纯洁的爱情，回归伊甸园，回到起初的爱。其现实主义题材的情感故事，散发着浓郁的亲情、友情、爱情气息，如同白玉兰一般纯净、清香、高雅、圣洁，沁人心脾。这也是一部集艺术性、思想性与教育性于一体的情感故事。让读者在为男女主人公生死不渝、纯美爱情深深感动的同时，不由自主地反思什么是真正的爱情？如何珍惜美好的感情？作者以优美的文字，散文诗一般的语言，清新的风格、独特的视角，向我们展示了一幅幅生动感人的千古绝唱、诗意画卷，可读性极强，是一部不可多得的爱情小说力作。

小荷才露尖尖角，早有蜻蜓立上头。从《金融时报》记者对兰溪的专访“兰心蕙质的女作家——访全国第三届冰心散文奖获得者”中得知，兰溪是金融界的摇篮——东北财经大学的高材生。她有丰富的人生阅历，先后做过政府官员、大学教师、企业高管，大学毕业后一直从事经济工作的她，对文学的坚守始终如一。因文采出众，被公认为行业内多才多艺的才女：当过大学老师，电视台节目主持人、能歌善舞、会跳芭蕾，对文学更是情有独钟。

兰溪自幼热爱文学，12 岁时便阅读《红楼梦》等名著。早在 27 岁，就出版了散文集处女作《枫林叶雨》。凭借纯真率直、清丽脱俗的文字功底，兰溪在短短几年内，连续出版了《生命的芳香》《心灵的圣殿》《回归伊甸园》与电影剧本《梦回兰园》及经济著作多部，获得全国第三届“冰心散文奖”的桂冠，及“中国金融文学奖”。散文《金色的耶路撒冷》《以色列纪行》《迎接复活的春天》《梦中的橄榄树》等多次荣获“全国散文大赛一等奖”。评论家用污泥中的白莲、沙漠中的绿洲、冰山上的雪莲来评价她的散文：“兰溪的散文写作，始终坚守至爱至善至美的求索。为大爱和大善高歌。”“文如其人，兰溪纯真率直，她的散文清丽脱俗。如空谷幽兰，素洁高雅、静静开放；如清纯小溪，远离喧嚣与浮躁，深藏善良、圣洁、悲悯情怀。”

兰溪才思敏捷，勤奋耕耘，除了散文、小说外，她还大胆尝试、涉猎不同文学体裁。她创作的报告文学《活出荣耀，活出爱》，发表于大型期刊、海内外双刊号《天风》2016 年第 4 期，受到社会广泛的关注与欣赏。受中国残联、中国散文学会、华夏出版社之邀，她对“残奥会”冠军运动员张立新进行了专访，并创作了报告文学《逆水行舟，搏击风浪》，已经由华夏出版社正式出版。她的诗歌《地球，我的母亲》《走向伊甸》等荣获全国“梨花诗会”大赛冠军……

清水出芙蓉，天然去雕饰。兰溪坚持写高雅文学，坚持写纯净的文章，为爱书写，为呼唤心灵回归书写，不迎合媚俗，不以追求经济效益为目的，像荷花一样出污泥而不染。因而赢得了广泛的赞誉。去年年底，《党建通讯》上介绍了她的新书《回归伊甸园》，产生了一定的影响。

兰溪的作品，充满人性关怀、对弱者的怜悯。兰溪充满爱心。在她的作品中，彰显了作者充满挚爱、充满悲悯的情怀，这在精神萎缩、价值凋零、人心浮躁的今天是十分可贵的品质。

兰溪的爱是一种超脱自我的大爱。正可谓“天地有大美，人间有大爱”。在她的笔下，对受苦受难者、底层劳动人民无不充满同情和怜悯。特别是在当下，很多人价值观混乱，精神空虚，灵魂麻木，对生活对人生失去信念。兰溪的散文无疑是荒漠中的绿洲，黑夜里的灯光，唤醒人们沉睡的心灵。文学巨匠巴金先生曾说过：“文学能给人光热和希望，能让人变得更善良、更纯洁，对别人更有用。”兰溪的散文带给人的正是光热、力量、勇气和希望。

“读万卷书不如行万里路”，兰溪每年都要抽出时间到国内外采风。如到儿童村关爱特殊儿童，探望孤寡老人等，亲身体验感悟生活的爱与被爱，用心灵感受底层劳动人民的悲欢。“真挚的文章必须有真挚的感情作为积淀。”是兰溪一直告诫自己的话。“我想通过自己的文字，在纷乱的世俗中，求得一份纯净，为净化文化市场，呼唤回归精神家园，呼唤重塑心灵的圣殿，呼唤彼此相爱，奉献自己的心志。”兰溪有感而发。因此，兰溪不仅让自己的心灵得到净化，而且潜移默化影响了更多的人。她用诗一样的语言说：“我愿做一束光，照亮周围小地方。我愿是幽谷盛开的白兰，把心灵交给纯净，享受一种清新淡然。”

读兰溪的作品，会被她精神上的无尘、心灵的丰富与美好，良好深厚的文化修养，云淡风轻的心境而深深感染，使心灵得到净化与洗涤，精神得到提升与慰籍。她的作品对尊重生命、敬畏自然、坚持信仰理想以及人类的终极关怀，有着独到的见解与深邃的思考，呼吁人们摒弃污秽，追求圣洁，远离喧嚣，归回宁静。正如著名散文家王剑冰评价的那样：大海的女子，自有辽阔与放达；兰溪的文字，独具纯净与安详。

兰溪为博客公众号起名“为爱书写”，表明了她创作的初衷与目的。你接触她的文字会被她的仁慈所融化；你接触她的人，会被她的人品所折服。爱可以唤起力量，唤起新生，驱逐黑暗和罪恶，带来光明和美好。兰溪是为大爱大善高歌的人，这样的人不正是今天和谐社会的传播者吗？如果我们这个社会，大家都来播撒爱的种子，让它生根发芽，那么一定会长成一个繁花似锦的春天。期待“为爱书写”、勤奋耕耘的兰溪，能书写更多更好的作品。

是为序。

2016 年 8 月 1 日

于北京金融街金融作协办公室

在那遥远的小山村

——孙晓兵散文集《流淌的村庄》序

我跟孙晓兵有缘。

初识晓兵，我就觉得“貌不对题”。晓兵个高挺拔，大脑门儿发亮，特别打眼的是，一头卷发，波浪一样滚在脑后脖子上，加上一副金丝眼镜，飘在笔直的鼻梁上，怎么看也像个艺术家，尤其像书画家、诗人，根本想不到，他从事金融科技工作。

为啥说我跟他有缘？因为我是一个不懂“PC”的人，竟然还参与了银行新核心系统的开发建设工作。按理说文学与科技是风马牛不相及的，可命运就是神奇，硬是把这两种完全不搭嘎的职业给拼凑在一起，也就与晓兵不期而遇。当然我俩也没想到，几十年后，我还是个“科盲”，他这个金融科技高管，却竟然成了作家。后来我琢磨半天，才明白了，我俩能够在文学创作上殊途同归，根子就是：我俩都是从村里走出来的，是乡土滋养长大的。

记得我刚刚调到科技部工作时，巧了，我和晓兵分到一个办公室。当时我们俩的办公室朝向正南正北，我俩办公桌面对面，他在西边，我在东边。两个办公桌之间堆满了各种电脑资料，加上两台大电脑横亘其中，猛看就像一座山，晓兵看了看，笑笑说，像太行山。他说完还不算，非要跟我换位子，他要到“太行山”的东边，让我坐到“太行山”的西边。我当时没反应过来，问他为啥？他笑笑说：“你是山西那边来的，俺是山东这边来的。”

他说，咱俩有缘，可得好好处，处好了咱俩都是好“东西”，处不好，可就不是“东西”了。当时我觉得他一个搞科技的，能说出如此幽默的话，有点不可思议。现在看来，他其实是有语言功底的，有文人情怀的。回过头来看，他成为作家，也就在意料之外，情理之中了。

每天在一起工作，相互很快熟络了，加上家长里短，对各自的成长经历就有了比较多的了解。

晓兵故乡的村庄位于渤海一隅、大清河畔，一个小小的村庄——套里孙庄。

晓兵说，年少时，他拼命地想逃离村庄，去看外面的世界。后来，终于变成了“吃商品粮的”，过上了城里人的生活。故乡的村庄却越来越远，慢慢变成了“梦境里的村庄”。

世事轮回。不知怎么地，随着年轮圈儿的增长，他却又想变回村庄人，回到生命的起点，重温久违的乡土乡情。我说，当下，你想由城里人变成村庄人，比你当时由村庄人变成城里人还难。甚至回一趟村庄也不是一件说走就走的事情。既然如此，也不可强求。事实上，无论他人在不在村庄，无论走多远、走多久，始终也走不出内心的那个“村庄”，走不出生他养他的那片土地。由此，让他萌生了拿起笔来写家乡的人、家乡的事、家乡的村庄的冲动。

我们都知道，乡土情结是人类共同的心理情感，中国人尤其重视乡土观念，成语“安土重迁”说的就是这个意思。乡土情结可以说是中国人与生俱来的文化情怀，而晓兵的人生经历使得其乡土情结尤重于常人，因而他的作品无论长短，无不烙下深深的乡土印痕，散发着浓浓的乡土气息。

许多年以前，晓兵就打算把村庄的旧事、族亲的故事以及童年的趣事记录下来，也动手写了几篇草稿，终因碎银几两、舟车劳顿未能坚持下来，这一放就跨过了一个世纪。更觉遗憾的是没有及时向长辈们亲人们了解他们的经历、他们的故事以及村庄的过往。当他想动笔的时候，这一辈人大多已作古了，也只能靠自己一星半点的记忆，或者向健在者而非本人了解一些支离破碎的信息。更多的村庄往事、人物事迹、逸闻趣事已随风而去，湮灭在了时空里。这是他的遗憾。

晓兵跟我说过，他在写作这些小短文的过程中，也还是有些忐忑的。他在问自己，为什么要写这些类似于回忆录的小短文？意义是什么？一般写回忆录的都是政界或商界名人、艺术家、学者教授，他们有较高的社会知名度，有众多的粉丝对他们个人的经历以及事件感兴趣。晓兵的职业生涯与文学创作没有半点儿关系。如果非得说他跟文字、文学沾点边儿的话，那就是他喜欢收集一些旧书籍、资料，喜欢购书藏书，闲来翻阅，消遣时光，仅此而已。

每个人的乡愁是不同的，找得到回故乡的路，才是一个作家最重要的清醒的认识。在这里我想说几句也许是多余的话，有的人一提乡土文学就不由得想到了那种田园牧歌式的生活画面，这其实是对乡土文学的误解。乡土文学不能只意味着写田园牧歌或莺歌燕舞，虽然生活中的真善美应当歌颂，但揭露和批判生活中的假恶丑也是无可非议的。鲁迅的《社戏》和沈从文的《边城》，是对乡土风情的赞美，而鲁迅的《阿Q正传》和沈从文的《萧萧》则是对故土上的旧思想意识和吃人的封建礼教势力的控诉和抨击。进入新时代，黄土高原作家群所创作的乡土小说，更是以反对封建和保守、反对专制和愚昧为主要内容和主题。我的小说在主要展示歌颂农村农民积极的一面的同时，也挖掘并揭示长期以来形成的那种小农心理和思维方式，展现了那些在精神上未脱去旧的思想意识审美观念的人们，在新时代新变化面前的复杂心态和不良行为。这既是鲁迅先生“揭出病苦，引起疗救的注意”的创作思想的体现，也是我对故乡农村“爱之愈深，责之愈切”的表现。这个时代，城市化进程加快，我们不能缺失了对这个进程中农村问题的思考和反省。

晓兵生在村庄、长在村庄。虽然成年后离开了村庄，但他热爱家乡，热爱村庄的一草一木。离开的时间越久，越是对村庄怀念不已。那里有他生活过的老宅子，有他童年的小伙伴和至亲，也有他的村野童趣，有他的寒窗苦读和奋力拼搏的足迹，这些都已经定格在了他的记忆里。每每想起儿时的村庄，心里总是充满无限美好，甚至连那些艰难困苦也化作了美好的回忆。离开村庄这些年，他或回到村庄或通过亲朋好友或通过新闻报道，时刻关注着村庄的变化。每一次改变、每一次进步都让他兴奋不已。比如安装了路灯、修建了柏油路、垃圾统一管理了、大清河清淤了、建设了综合快递驿站等等。也许只有他知道自己从哪里来，才能明白自己要到哪里去。了解和整理家族的历史、村庄的往事以及乡里乡亲的逸闻趣事是件有意思的事情。哪怕是一星半点的线索都会令他兴奋不已，满足他的好奇心。他还想把童年、少年在村庄的生活经历、童心童趣记录下来，写给自己，也留给后人。也试图通过自己的所见所闻所感，从一个童年和少年的视角，看待那个时代村庄的那些人、那些事，重温那段沧桑岁月。他说，这就是他写作的初衷，别无他意，与功名利禄无关。

晓兵的这些短文，大抵背景是 70 年代的村庄，以村野、乡土、乡亲、衣食住行、老物件、乡土娱乐、童年趣事为线索，以村庄的历史变迁为背景，以他在村庄生活的所见所闻以及父老乡亲们的逸闻趣事为依托，力图还原一个童年少年时代的原汁原味的村庄生活场景。所以就有了先贤轶事、民风民俗、特产美食、儿童游戏、方言俚语、地方曲艺、生活方式种种，杂七杂八地集成了六十余篇短文。他把它们分门别类归纳为梦寻故里、乡土乡情、流年岁月、村野童趣等几个篇章。另外，他还专门写了一篇关于村庄的发展脉络以及村庄的先贤轶事和传说故事，让村庄的后来人以及村庄的游子们了解村庄，认识村庄，留下点村庄的记忆。

一个游子，同故乡的联系可以说有千丝万缕，但我感觉，恰恰是戏曲和饮食，最容易承载故乡的记忆和乡愁。饮食习惯是记在胃里的家乡，而戏曲则是刻在灵魂里的乡音。一个游子同故乡的联系千丝万缕，但恰恰是戏曲和饮食，最容易承载故乡的记忆和乡愁。所以我要说，其实有时候，不失本色的坚守，恰恰是一种实实在在的传承。

作为 60 年代出生的晓兵，有幸经历了不同时期的社会变革。赶上了“十年动乱”的尾巴以及拨乱反正，赶上了“摸着石头过河”的思想碰撞。沐浴着时代的春风，经历了跨世纪的风云变幻。也有人说，晓兵这一代人是幸福的一代，赶上了考大学、国家包分配、福利分房、成为单位的骨干，经济波动时他们的职业生涯结束了。但是，要说晓兵自己感到幸福的，还是儿时、少年时在村庄的生活经历，那种苦中有乐，那种“散养式”的自我成长，那种“田园牧歌”式的生活场景，让他感到幸福快乐。这也驱使他想把那段经历记录下来。

晓兵的作品以乡愁乡思为主线贯穿始终，但却没有真正意义上的主角，而是描绘了这片土地上的众生相，是为村庄里的小人物立传。这些小人物的人生充满艰难困苦，却又是一群生动有趣、有血有肉的人，表达了“性命攸关生生不息”的主题，这是对自然的敬畏和对土地的礼赞。这些对晓兵来说都是了然于心的。他好像从来就没有离开过村庄，作品中的一些主要人物，他知道他们的原型是谁，如果不是对家乡父老有特殊的感情，就不会有如此清晰的印象和准确深刻的把握。

70 年代的村庄，基本延续着传统农耕社会的生产生活方式，维系着传统的乡里乡亲关系。村庄里同姓同宗，同饮一井水，同耕一块地，同享一片蓝天。生长在村庄这个熟人社会里，近乎自然的生产生活环境，淳朴原始的生活方式，给他打上了深深的“村庄”烙印，成为他看待世界、认识世界的一个基点。从另一个角度讲，村庄虽小甚或是封闭，但同样被社会变革所冲击、所裹挟，虽偏安一隅，也是社会的缩影。应该讲村庄的每一个人都是历史的参与者、见证者，每一个人的生活方式和精神状态或多或少打上了时代的烙印，从而折射出了社会历史的变迁。可以理解为从一个微视角去看待村庄的过往，管窥村庄的人和物，还可能是更加鲜活且生动有趣的。

就在晓兵作品基本创作完成时，我们几个过去一起搞科技的老同事老朋友为此专门小聚了一下。记得晓兵跟我说，其实他对写作的爱好由头，还有一件跟我有关的渊源。他听参会的一位领导说，在海南博鳌论坛年会期间，比尔·盖茨跟银行的科技高管见面座谈。其间比尔·盖茨拿出自己的新书《比尔·盖茨自传》签名送给大家。阎雪君接过新书，通过翻译问比尔·盖茨：既然是自传，可是自己写的？比尔·盖茨不好意思地摇摇头说：是请一位美国的知名传记作家写的。

阎雪君闻言，马上拿出来自己创作的长篇小说《桃花红杏花白》，签名送给比尔·盖茨，并告诉他：这，是我自己写的！比尔·盖茨接过书，竖起了大拇指，连连表示感谢。其实中国古人说过，闻道有先后，学术有专攻。在我看来，搞科技赚钱阎雪君比不过比尔·盖茨，但是搞文学，比尔·盖茨比不过阎雪君。这也激发了晓兵的写作欲望。所以说，写作是一个非常值得尊重和骄傲的事业。

怀念过去，并非要回到那个年代，也不是放不下过去的人和事，而是怀念曾经的流年岁月。六七十年代村庄的生活情形离我们越来越远了。在那个年代出生和成长的我们，也已经步入壮年渐渐变老。在我们认真地老去之前，将村庄的历史脉络、风土人情、民俗民风、逸闻趣事整理记录下来，留下我们共同的记忆，我认为是件美好且有意义的事情。不然，有些记忆可能永远淹没在历史长河中了。

特别应该一提的是：本书以文字和连环画的形式展现在读者面前，这是一种书籍装帧和出版形式的创新探索。晓兵请著名连环画家李春明先生绘画，形象直观地表达文意和乡土乡情，增加了趣味性、可读性。

想到这，初见晓兵时他那“洋里洋气”的形象，霎时土崩瓦解，“土里土气”逐渐变成了他的形象代言。我越来越觉得他是“洋”的外在、“土”的内核，土长根生，土出来情感，土出了水平。

是为序。

2023 年 10 月

于北京金融街中国银保监会大厦

向海而立　弄潮而兴

——广西金融文学作品集《金泉叮咚》序

文章均得江山助。广西壮族自治区作为中国唯一沿海的自治区，近年来凭借中国—东盟自由贸易区的建立，西部大开发战略中北部湾经济开发区的建设，以及“一带一路”中21世纪海上丝绸之路与丝绸之路经济带有机衔接的重要门户，迎来了经济飞跃发展的历史契机。金融战线作为经济发展的排头兵，随着自治区的发展呈现出勃勃生机，向海而立，弄潮而兴，金融文化建设也呈现出了一派繁荣景象。

广西壮族自治区金融作家协会于2015年春天在八桂大地成立，是中国金融作协中较早成立的分会之一。这充分说明了广西既是一片多民族汇聚的神奇之地，也是一片人文荟萃的热情之地。广西金融作协成立后，在主席魏振华同志的带领下，积极响应习近平总书记在文艺座谈会上的讲话，着手进行了广西金融作协首届征文大赛。广西金融界员工踊跃参与，共收到各类文章84篇，其中散文类14篇，通讯稿件及报告文学类9篇，诗歌类61篇。这次征文作品数量多，质量高，充分展现了广西金融战线的整体风貌，体现了广西金融文学的创作水平。

这些文章展现了广西壮族自治区金融行业发展的盛况。《汇聚四海英才，领航碧海潮巅》是为支持北部湾经济开发区建设而成立的北部湾银行成立三周年的发展纪实。北部湾银行支持重点产业，重推国际业务，为北部湾开发保驾护航；《建行“跨境通途”助广西企业走向东盟》是建行支持东盟自由贸易区而开发的跨境支付产品；建行还利用信用证、国外保函和进出口贸易融资等“一揽子”的综合服务，支持广西企业“走出去”，拓展海外市场；此外建行还着力提升自身议价能力，服务客户的同时将自身效益最大化。广西农业发展银行是《建设新农村的银行》，“植根八桂芬芳壮乡”。《小额险托起大民生》是中国人寿针对农村市场而设计的保险品种，用小额险为农民建立民生保障。农民用民歌表达了对小额险的赞扬，“‘新农合、新农保、农小保’三项保险实在好。交费少，保障全，病伤残亡加养老，一样少不了。”《守望大瑶山》让小额险惠及到深山的瑶民，是对大瑶山的保障和守望。

风平浪静的生活，也会掀起惊涛骇浪。繁花似锦的金融行业，也有着以生命为代价的底色。《民军之歌》写了勇斗歹徒的建行卫士廖民军，为了保卫金融事业牺牲了自己 29 岁的年轻生命。金融人员不仅出现在抗险救灾的现场，灾后善后和重建正是保险人员的用武之地。《欲与天公试比高》描绘了中国人寿寿险广西分公司的战洪图，对不幸遇难人员的理赔工作在第一时间及时地进行着。《千佛山下的生命穿越》写了中国人寿 13 名员工在四川汶川大地震中结伴逃生，历经了 13 个小时的死亡穿越，终于全部获救，成就了一段生命传奇。获救后立即投入灾后善后的理赔工作中。《初识舟曲》《快乐的小燕子》《为了孤儿的心愿》是三篇甘肃舟曲县纪行报告，中国人寿员工远赴甘肃舟曲，为"8 · 8"舟曲特大山洪泥石流中失去双亲的孩子采集心愿。孤儿的经历读罢令人同情，中国人寿在理赔业务之外又为这些孩子送去了人间关爱，如作者所写，"人心就像捆干柴，有了火种，就能点燃烧旺。"

这些文章处处显示着金融人的人文情怀。广西和湖南邻省交界，因为金融条线管理的特点，两省之间常互通往来，交叉工作。《又回长沙》正是写了这样的情形。作者说"长沙不是故乡，却胜似故乡"，对三湘四水饱含深情，不忘向湖南人民学习，他们是"世界上'三大倔强种族'之一，学习这样的'倔'，是学习百折不挠、永不言弃的可贵精神，还有学习湖南人'吃得苦、霸得蛮、耐得烦'的坚忍不拔的精神。"正是因为这种精神，湖南近年来取得了骄人的经济成绩，成为中西部发展的领头羊。作为金融人，经济总是关注点，作者由衷地希望第一故乡广西能从中借鉴。广西地处盆地，广西人都有着对高原的向往。在《聆听高原》中，作者写道："天路遥远，今生苦短，而未来很长，怀揣来世可遇的幸福，心里总会有坚持的希望。"在《凤凰在哪里》中，广西作者去到邻省湖南的湘西寻找昔日的凤凰，可是古城依旧，凤凰已难觅。

这些文章中处处洋溢着对广西这片热土的热爱。《美丽南宁》"天蓝蓝，地锦绣，鸟语花香爱悠悠。"《花样南宁》不仅是民歌之乡，还是红豆的故乡。《院落情思》写了在有"森林城"美誉的南宁，各种鸟类栖息过冬，鸟鸣掩盖了汽车的噪音，各色花树次第绽放，屏蔽了公路的嘈杂。在《故乡的路》中，是党的关怀让昔日的泥泞土路变成了水泥公路，路成了国富民强的见证。在《乡情》中，乡情演化为二十种形态，她是"村口的老井，为家乡生育了欢乐、富裕和幸福的子孙。"她是"村头那挺拔的劲松，告诉了山民如何把生活的俚语种植在追逐的岸地。"

这些文章也展现了金融人的风采。《花开时节》描绘了农发行南宁分行女工的英姿，她们是敬业爱岗的山茶花，是多才多艺的满天星，是嘘寒问暖的康乃馨。《写在钞票上的忠诚》描绘了人行金库守库员、管库员、查库员、押运员的身影。

金融工作性质决定了它离诗性比较远，但是金融员工同样有着丰富的情感和内心世界。他们中有的在《写满诗行的夏天》手抄诗集。有的将孩子从孕育到成长过程中有着纪念意义的节点写进诗里，“爸爸的目光 / 罩在你的头顶 / 爸爸的心 / 垫在你的脚印”。孩子一次次推倒积木的过程，“教爸爸读懂一个哲理 / 失败只是一次历经 / 不是人生”。有的“只是一个负责写诗的年轻人”。不仅将《阳光心态》用于工作，还要《带着好心情享受人生》。很多文章字里行间流露出对父母的深情。在《一把干菜》中，干菜“像极了，那粗糙黝黑的手，还有那可以夹起来的皱纹”只有泡在水里，它们才兴奋地舒展身体，因为浸透的是故乡的雨滴。《童年的窗口》映照的是父母亲辛劳和相互搀扶的一生，它给了一个孩子安稳的童年和幸福的锁钥。《二十年后》由当下不会使用自助设备的老年人，“老吾老以及天下之老”，由此想到二十年后的父母，于是以更加体贴的态度为客户服务。

在广西金融作协首届征文活动中，各金融机构员工积极参与。这些金融战线的员工都是在繁忙的工作之余从事文学创作，他们的文字有的很朴素，有的已经具备了很高的文学素养。这次征文也充分显示了广西金融行业非常注重企业文化建设。金融是经济发展的中枢，也是文学领域的宝矿。

大家都知道，金融文学是金融企业发展的动力源泉，也是金融文化建设的重要内容，繁荣和发展金融文学是贯彻落实习近平总书记文艺座谈会重要讲话精神的必然要求。先进的金融文学对内可以增强金融行业的凝聚力、向心力，对外可以树立良好的形象、扩大市场的影响力，是金融企业核心竞争力的重要组成部分。

千红万紫安排着，只待新雷第一声。希望在广西金融作协的带领下，广西的金融作家及社会作家们，在广西这片金融沃土上，辛勤耕耘，创作出更多更好的精品力作，开拓高原，勇攀高峰，再铸辉煌！寄语金融文坛好，明年春色倍还人！

是为序。

2016 年 10 月 6 日

于北京金融街金融作协办公室

穿越金融的历史长河

——谭锦旭先生纪实文学《中国金融风云》序

在这里，如果我要说，谭锦旭先生是中国金融文学界的名人和功臣，我觉得，一点都不为过。盖文章，经国之大业，不朽之盛事。2013 年 11 月 16 日，一部名为《中国金融画传》的纪实文学，在中国金融文联和中国金融作协举办的“第二届中国金融文学奖”评奖活动中荣获“新作奖”，引起我的注意。时过三年的 2016 年初秋，一部《中国金融风云》（第二部）摆在我的面前，浏览全文后，我惊叹了。

《中国金融风云》（第二部）实际上就是《中国金融画传》的第二部，也许是作家谭锦旭在几近 6 年的编写和不断修改润色的过程中，有悟于中国金融的洪波叠起、千变万化？或有感于中国金融的风起云涌、景象万千？遂将其作改为《中国金融风云》。

翻开第一章炎帝遇奇开创天下奇迹，贝币出世闯出无限世界，五千多年前的炎帝身背背篓，沐浴阳光，踏着春色，迎面走来。原来他不仅是“中华民族的始祖，也是中国和世界货币起源的‘圣王’和金钱之先驱。”而中国还是世界上第一个使用贝币的国家。中华民族的贝币文化，是中国货币乃至世界货币的根基。“贝币的横空出世，解决了物物交换缺乏流通手段的困局，开启了人类生活的一扇金色方便之门。贝币的横空出世，开创了世界经济中一个崭新领域，推动着全球经济向更快速更高层次的发展。”

读到第二章姜相九府圜法奠定币制，管子首论金融高踞巅峰，原来传说中的“太公钓鱼，愿者上钩”的八十岁遇文王的姜子牙，居然“在全球还未出现钱币时就紧抓货币制度的建设，创立了‘九府圜法’一整套货币法规，让金融业焕发出勃勃生机，堂皇气派地登上了中国和世界的历史舞台。九府圜法无愧为中国和世界的第一部金融大法；姜子牙也成为中国乃至世界历史上第一位伟大的经济金融战略家。”对于经济灵魂、核心的金融，管仲铸造货币，调剂物价，充分发挥货币的宏观调控作用，运用轻重之术，驾驭国家经济，充实国家财政的一系列金融思想和实践，使他成为继姜子牙之后又一位伟大的经济金融战略家。其时，除泱泱中国外，小亚细亚和希腊才开始铸造金银币，成为西方铸币之始。“管仲货币理论刚一问世，便雄踞世界第一。”在谈到管仲和亚当·斯密时，谭锦旭似乎很有感慨，他说：“也许，不是管仲比亚当·斯密早了两千多年，许多人定会认定管仲抄袭了亚当·斯密。这也难怪，因为在一些人眼里，外国月亮总是比中国的圆。殊不知我们祖先时代的月亮，比外国的月亮早圆了数千年。”

作为中国人，有多少人知道炎帝“是中国和世界货币起源的‘圣王’和金钱之先驱”？又有多少人知道中国是“世界上第一个使用贝币的国家”？或曰环球最早使用钱币的国家？作为金融人，有多少人知道姜子牙“在全球还未出现钱币时就紧抓货币制度的建设，创立了‘九府圜法’一整套货币法规”？“九府圜法无愧为中国和世界的第一部金融大法；姜子牙也成为中国乃至世界历史上第一位伟大的经济金融战略家”？又有多少人知道“管仲货币理论刚一问世，便雄踞世界第一”？

这也就不难理解，谭锦旭为什么要登高一呼：“殊不知我们祖先时代的月亮，比外国的月亮早圆了数千年。”这既是对那些外国月亮总是比中国圆的论者的批驳，更是对中国悠久文明、对中国金融辉煌历史和人物的礼赞。

挖掘史实，突出主体，礼赞中国金融的辉煌历史和一系列人物，是《中国金融风云》的特色之一。

其二，综合史料、借助人物，展现中国金融气象万千的前进旅程。

史料浩如烟海，要寻觅金融的史料实非易事，而要将近六千年中国金融历史形象地展示出来，更非易事。谭锦旭以中国历史进程为脉络，将一个个历史阶段的主要金融人物和事件按时间有序地一路写来，错落有致，疏密相间，形散神不散，向人们展示出了中国金融时而流泉潺潺，时而惊涛拍岸，时而碧波荡漾、时而浊浪翻滚，时而死水一潭、时而巨浪滔天的别样行程。

其三，浓墨重彩、精心描绘中国金融璀璨而金光闪耀的长幅画卷。

看似平常最奇崛，成如容易却艰辛，目前在金融领域有一大批默默写作的业余作家和作者，他们不断为金融文学创作增添亮色，谭锦旭先生就是其中最为虔诚、最为勤奋、最为感人的一名金融作家，他在心里一直在寻找着一个组织的温暖和一种恰当的倾吐方式。终于，他从成千上万个金融历史人物和事件中，选取了 200 多个颇具代表性的人物、事件，有的精雕，有的素描；有的虚实相间，有的动静结合；有的情景交融，有的诗意争辉，尽情地彩绘出中国金融璀璨而金光闪耀的长幅画卷。

其实，早年我在山西省农村金融系统的基层信用社工作时，我就听说了谭锦旭先生的大名。一开始总以为他是在北京很高的金融机构任职。因为他所做的事，都像。比如他创办金融文学期刊，征集全国金融系统的文学作品结集出版等等，而且我的作品当年还荣幸被选入《中国金融文艺作品选》。觉得他这个人就很了不起。后来，我到北京人民银行总行工作，在一次金融文学活动会场上，第一次见到这位德高望重的文学前辈，才对他有了进一步的认识和了解。

还是在26年前的1990年，谭锦旭带着创办金融文学期刊的美好愿望，宁肯放弃好不容易破格评到的新闻中级职称——编辑，以致连降三级工资来到中国人民银行株洲分行。

在株洲这个市级分行里，谭锦旭与人总行有关部门筹备创办《中国金融文学》期刊，后因种种原因，遂以全国首家金融文艺期刊——《神州金苑》问世，进而形成了全国影响。在此期间，他撰写发表了"金融文学三论"——《跨世纪的文学奇葩——金融文学》《新型的作品新颖的形象——再论金融文学》和《试论文艺对金融战线两个文明建设的推动作用》。前两文分别发表于《中国文学研究》杂志1993年第3期与1994年第2期，后者载于《金融工运》1996年第2期。人称谭锦旭相继发表于全国刊物的系列文章"金融文学三论"，不失为金融文学理论的奠基之作。

《神州金苑》1996年停办后，他主编了两部《中国金融文艺作品选》、撰写了两部十六行诗——央行副行长李若谷题辞并由马德伦作序的《中国金融英模礼赞》和中国作协副主席谭谈作序的《中国金融家礼赞》，首创了以专门诗集礼赞中国金融英模和中国金融家的记录。《金融时报》分别对这四部金融文艺著作的出版都发了书评或报道，受到高度评价。

谭锦旭退休后，本还想做点金融文学的工作，怎奈阻力重重，正在他打算离开金融文学之际，2011年11月，他接到了邀请他参加在京召开的中国金融作家协会成立大会的通知。11月27日，他出席了金融作协成立大会，并得知他发于《当代金融家》杂志的《苏维埃金融先驱——毛泽民》一文，获全国首届金融文学纪实文学类一等奖。

既然想办而未办成且梦寐以求的中国金融文联和作协都已成立，谭锦旭也就不想离开金融文学的写作了。几经思考，他决定以人物为主线，撰写一部上自炎帝、下迄当代的五千年金融风云录——《中国金融画传》。

他放弃了所有节假日，不分昼夜地寻找资料、赶稿修改，经两年不断地努力劳作，终于完成了《中国金融画传》第一部，并荣获首届金融文学新作奖。

《中国金融风云》（第一、二部）作为全国首部全方位、立体式反映中国金融史上主要人物、重大事件的长篇纪实文学作品，共计 100 章，100 余万字，图片近 1000 幅；时间从五千多年前的炎帝时代至当代，主要人物从炎帝开锣到习近平压台。本书注意吸纳国内外研究中国金融及其历史的新材料、新观点，采用章回体、散文诗式的笔调，高扬中华民族的堂堂正气和强国富民的浩浩志气，以中国历史进程为脉络，力图生动形象地描绘中国历代金融主要人物和重大事件，展现中国金融艰难曲折、气象万千的奋进旅程，进而揭示金融与经济互相促进、携手腾飞的内在规律。有人称此书既不失为一部内容丰富、资料翔实、可读性强、有较高学术参考价值的作品，也是一幅普及金融历史和知识的迄今难见而金光闪耀的长幅画卷。看来此言不虚。所以说，谭锦旭先生必将在中国金融文学史上留下浓墨重彩的一笔，绝不是什么虚言。

就在我作序修改过程中，又传来好消息，谭先生的《中国金融风云》（二）获得了中国金融文学界最高奖，中国金融文学新作奖，这是四年一届的大奖呵，着实不易。现在，年届古稀的谭锦旭先生之《中国金融风云》即将出版，我自认为是谭先生的学生，本来觉得没有什么资格、也不应该为先生的鸿篇巨制作序，几次都是诚恐诚惶不敢造次，咋奈先生诚心要求，我也只能是恭敬不如从命，应邀不能不写下此文。

是为序。

2016 年 11 月 9 日

于北京金融街金融作协办公室

玉洁明清　见证初心

——胡玉明报告文学集《沉醉金融工会》序

心随朗月高，志与秋霜洁；丹心终不改，白发为谁新。转眼间，玉明临近花甲。日子过得好快哟。

没有想到，玉明在即将退休前，居然整理了一部《沉醉金融工会》。他用电子文档发给我，打开翻阅，条目清晰，图文并茂。他是真正地做到了金融作家，写身边人和事。

功崇惟志，业广惟勤。玉明兄是那么的勤奋，重大活动，都用诗歌“日记”。记得 2014 年的春天，他来到北京，电话相约后，我在金融街把玉明迎接到了我的办公室。

原来，湖南金融工会在 2013 年 12 月恢复组建后，他们在不到 4 个月的时间，就基本完成了筹备成立湖南省金融作家协会的有关事宜。玉明是代表工会来邀请我参加成立大会的。当时，从他手上接过请柬，我还说过，“这是全国第一家省级区域成立金融作家协会，我一定去。您送来的这份请柬，我要好好地收藏起来，因为它具有历史纪念意义。”

我欣然接受了邀请。当时，与中国金融文联副主席兼秘书长、时任中国金融工会宣传教育部部长陈炜一起，在长沙清水塘畔的省中国银行办公大楼，于 2014 年 4 月 18 日，出席了湖南省金融作家协会成立大会。

这件事，的确是一件大事。因为玉明和鹿鸣的紧密合作，仅用几个月的时间，就把湖南省金融作家协会成立了，而且在全国拔了一个头筹，这是很不容易的事。据了解，有的省酝酿了好几年，就是迟迟不能落地。会上，我提出了整理湖南金融作协成立的经验资料，推介各省区借鉴参考。玉明干得很好，受到大家好评。

玉明在湖南金融工会，主要负责联系文联工作。同时，兼任湖南省金融作协常务副主席兼秘书长，他笔耕不辍，硕果累累。他创作的《沉醉张家界》（诗歌集）、《沉醉湘水》（散文集），都在中国金融工会、中国金融作协组织的作品评选活动中，荣获全国金融文学大奖。特别是《浏阳潭湾梦》，被中共中央文献研究室图书馆收藏，取得很好的效应。

近两年，看到他的作品，如泉之水，汩汩涌流。继《融悟》（与臧海熊合著）之后，今年以来，又看到他创作的《走读浏阳罗汉》，得到湖南省委党史研究室的充分肯定，被称赞“为总体反映罗汉生平业绩提供了一个集大成之作。”玉明真的是有精神。他胸怀大爱，不忘初心，在人杰地灵的浏阳，从史海中钩沉，专心致志研究，写出了近代中国革命早期风云人物，陈独秀的学生罗汉，实属不易。其诚可敬可贵，朗朗乾坤，可鉴日月，可慰先贤。

玉明就是这么一个人。当他的《沉醉金融工会》呈现在我眼前时，我不觉得奇怪，而是觉着很自然。因为这几年来，我们几乎每年都有几次在一起的时候。如召开理事会、开展学习培训，参加重大主题活动，都能看到他活跃的身影，读到他充满激情创作的许多感怀。虽然是即兴所赋，但情感诚挚，充满活力和生机。有道是，踏石留印，骚人有赋。玉明真有这么一股子干劲，他的确做到了，他确实具有作家秉性自觉的“飞蛾扑火精神”。

《沉醉金融工会》的痕迹，为金融作家写金融人和事，写同志间的情感，提供了借鉴，具有独创性；朗朗日月，耿耿情怀，彰显了作者不忘初心，真是玉洁明清，十分难得。抑或还有不足，但值得我们珍视；每每回味，可以管窥一斑。

是为序。

2016 年 12 月 26 日

于北京金融街金融作协办公室

一生为“平凡”唱赞歌

——刘道惠纪实文学《我的超柜时代》序

2017年春日的一天，中国金融作家协会会员刘道惠，快递来她的第三部大堂日志书稿《超柜时代的服务转型》，请我作序。我把手稿捧起来，掂了掂，觉得沉甸甸的。望着厚厚的书稿，我沉默了好一阵儿，心里颇为复杂。觉得当今社会，像刘道惠这样的基层农金人，这样的金融作家，实在是不多了。你说说，她图啥呢？她大半辈子，就是一心一意为这些基层柜员、普通客户唱赞歌。说文学吧，是不能凭这些作品出名的；说实惠吧，又不能靠这些平凡的柜员谋利的。想想刘道惠初次来京领奖时的那种淳朴又执拗的劲头，我不觉摇摇头，是替她抱屈或是遗憾还是赞许，一时半会儿也说不清楚，只是心里却敞亮一片，我笑了。手就不由得抓起了笔，欣然作序了。这不仅仅是因为她是来自最基层的金融作家，需要更多的关注和鼓励；更因为她的作品是整理银行大堂日志的非虚构作品，记录的是她从事农行大堂经理工作十多年来的感人至深的客户故事、丰富独特的经验感悟和深厚博大的农行情怀，无论是工作、作品还是为人，都值得向金融同行和广大读者郑重推荐。

认识刘道惠是在2014年11月。她的作品《农行大堂经理日志随笔》荣获中国金融作家协会主办的“中国金融报告文学大赛最佳人物奖”，来北京领奖时我们第一次见面。她的作品拥有十分鲜明的纪实性和独一无二的独特性，还有她本人落落大方、温婉优雅的气质，都给我留下了十分深刻的印象。后来加了微信，经常有些互动，从她分享的博客中，看到她还在续写农行大堂故事，十几年如一日敬业奉献，不辞辛苦真情记录工作中的感动瞬间和美好事物，这种努力坚持，确实令人感佩。

刘道惠是中国农业银行河南省分行唐河县支行营业室大堂主任，长期在基层一线工作，爱岗敬业，激情如火，始终把客户当作亲人，以爱心和微笑热情服务，赢得了广大客户的喜爱和广泛赞誉，曾被评为全国银行业“明星大堂经理”和“学雷锋标兵”，大堂日志作品被誉为新时代银行版“雷锋日记”。

银行工作是十分繁忙和辛苦的，但刘道惠却能始终以微笑面对，她把工作写成了感人的文章、浪漫的诗歌。她从事银行工作 31 年，其中在大堂经理这个岗位上干了整整 11 年，记录了一本又一本的“大堂日志”，她用爱心和情怀把这些日志整理成了《大堂故事》《农行大堂经理日志随笔》和《超柜时代的服务转型》三本书。在工作中，她把平凡忙碌的工作做成了爱心的播撒，做到了极致，客户无论男女老幼，有口皆碑，这就是不平凡。在写作中，她又把极致的工作状态写成了饱含人间真情和大爱的文章，充满激情和浪漫的诗歌，成就了少女时代的作家梦想，这就是从平凡到卓越的华丽蜕变。

总体而言，金融文学可分为两大类型，一类是虚构的作品，另一类是非虚构的作品。刘道惠的作品显然属于后者。虚构作品一般以故事情节曲折离奇、人物命运跌宕起伏取胜，非虚构作品一般以真实状况的记录还原、人物活动的细节再现见长。刘道惠的作品除了这两个基本特点之外，还有一个最突出的特点是，字里行间充满了宽广的爱心和博大的情怀，常常在看似朴素单纯的叙述中，蕴含着饱经沧桑感人至深的力量。正如首届鲁迅文学奖获得者、著名散文家周同宾先生评价的那样，“把心放入文章，笔端带着情感，用自己的语言写出自己对生活的观察、理解、思考、体悟，作品自然就有了美，有了艺术，有了感人的力量。”这就是真实的魅力，细节的魅力，更是思想和情怀的魅力。

《超柜时代的服务转型》是刘道惠《农行大堂经理日志随笔》系列的第三部作品，收录大堂日志随笔 120 篇，分《超柜时代》《客户故事》《巡讲纪实》《农行情结》《十年大堂》《诗意生活》《媒体关注》等七辑，作者以细腻的笔触、纪实的手法和真情的描写，真实地记录了农行大堂经理从 2006 年至 2017 年 11 年间的见闻故事、内心感悟和经验思考，展现了农行“大行德广，伴您成长”的靓丽形象和“根植中华沃土，耕耘美丽中国”的博大情怀，更从一个侧面展现了中国基层金融工作者的职业风采和中国银行业的服务水准。既是商业银行提升员工职业荣誉感、增强企业文化凝聚力的励志书，更是大堂经理应对复杂工作环境的案例手册。这部作品与一般的金融文学作品不同，它记录的大量客户案例既充满了一个老金融工作者经验思考，又展现了一个女作家的诗人情怀，既非常好读，又极富启迪。

尤为难得是，与前两部作品相比，《超柜时代的服务转型》具有更强的时代性，更多的思考思辨，更浓的情感情结。超级柜台简称“超柜”，是农行首创研发的新型自助运营服务模式，在银行业内处于领先水平。由超级柜台的应用所引发的银行大堂服务的转型，被一直工作在银行第一线的刘道惠，十分敏锐地捕捉到了，并以“超柜时代”进行命名，这是颇具前瞻性的。当代中国，无论是从经济发展层面来看，还是从社会文化发展层面来看，都在以一日千里的速度飞速发展，快速裂变，如何适应这个飞速发展的时代，是摆在每一个机构、每一个单位、每一个人面前的严峻挑战。古人云，大河行船，不进则退，其实讲的也是这个意思。当一些人和单位面对超柜还在“懵圈”的时候，身处在银行营业第一线的刘道惠，却以诗人的敏感和作家的思考，推出了这部颇有时代感的图书，确实值得称道。刘道惠身上的浓浓诗人气质，在这里也得到了十分充分的展现，再加上她的工作阅历和从业经验，这就使她的作品在众多金融作家中显出十分独特的气质，既有十分感人的故事，又有浪漫可爱的情怀，更有专业理论著作一样深入的思考。这样的作品非常适合银行职员休闲阅读，在轻松愉悦的阅读中获得了感动的力量，净化了心灵，陶冶了情操，提升了情感，获得了励志。像刘道惠常说的那样，“让我们温暖前行！”

基层银行的关心和关怀，是金融作家成长的助推器。在刘道惠的成长道路中，我们可以看到农行南阳市分行和唐河县支行的亲切关怀和大力支持，这是令人欣喜的。中国农业银行上市以来，一直高度重视企业文化建设，筹建了农行作家协会，创办了《金融文化》杂志，开通了《文化农行 ABC》微信公众号，产生了很好的反响。今年春节期间，中国农业银行冠名的中国诗词大会火爆银屏，大家争相观看，诗歌、诗人、诗人情怀成了刷屏的热词，农行的社会公众形象十分抢眼。我也自参加工作，就在农业银行的基层营业所和信用社工作，对农金人有着很深的理解和感情，作为中国金融作家协会主席，我感到非常高兴。刘道惠是农行最基层的一名普通员工，她的成功既是她个人十几年如一日坚持不懈努力奋斗的结果，更是中国农业银行积极倡导“文化农行”，大力开展企业文化建设结出的硕果。希望中国银行业能够涌现出更多的刘道惠，在工作上是先进模范，引领风尚；在写作上感人至深，催人奋进。也希望刘道惠能够更进一步，写出更多更好的作品。

我为金融界能够拥有刘道惠这样甘愿平凡、情愿为普通柜员和客户讴歌的优秀作家感到自豪。道惠，谢谢你！

是为序。

2017 年 3 月 3 日

于北京金融街金融作协办公室

金蛇狂舞

——徐建华长篇小说《资本的血》序

徐建华，四川人，因长期担任支行行长，故笔名徐行长。又因其属蛇，另有笔名蜀蛇。中国作家协会会员，中国金融作家协会理事，交通银行作家协会主席，江苏省金融作家协会主席。

原籍四川眉山市仁寿县龙正镇，与苏东坡出生地仅隔十五公里，得占风水之利。

23岁迁居常州，常州是东坡先生为自己选择的终老之地。他似乎得到东坡先生冥冥中的真传秘授，看他写的《常州大运河歌》就像坡仙转世："千里运河万点帆，涌金拢翠会江南。贯通六省二十市，常州地利得占先。考证春秋延陵渠，吴王夫差过战舰。炀帝得意巡幸时，篦梁灯火已千年。奈何岁月起波澜，忍见沧海变桑田。日久堆沙翻浊浪，几至湮塞意阑珊。律令催逼官差急，帆影物流恼浅滩。世人嗟叹故道老，从头收拾旧河山。甲申开辟龙游川，新闸分流直取弯。宛若月牙抱龙城，犹似长虹隐人间。岸排长长短短柳，水荡来来去去船。高楼临风看烟萝，帘卷窗外彩云天。"

"此子非常人"，40岁出版第一部长篇小说《金钱人生》，参加中国作协领导担任评委会主任的第一届全国金融文学评选，获得长篇小说最高奖一等奖。

他以写钱见长，已出版发表《金钱人生》《银行风暴》《保险战争》《演说山海经》《真的不重要》《半级天梯》等六部长篇小说，现在又推出《资本的血》，看完书稿我惊讶地发现，他又登上另一座高峰了。

我们金融作家圈子里，写钱都是内行，不看热闹看门道。换个角度说，想在这个圈子写钱并博得赞扬非常不容易，无论我还是作协的好几位同仁，看过他的书稿都感慨，确实非同一般。

他说对自己以前出版的作品不满意，写这本《资本的血》才找到他需要的表达方式。他说金融题材很难写，难就难在钱和人不容易融为一体，钱是与人像是相互对抗的腐蚀剂，似乎沾上钱就道德沦丧利令智昏，然而谁也离不开钱，如同生命离不开空气，于是钱就变成“怪力乱神”的怪力，尤其跟情牵扯上后。

他在作一种努力，将钱溶解到小说人物的血液中，在人物肌体里自然而然地流淌，让人产生阅读幻觉爱上钱。他笔下的人都爱钱，爱到接近爱自己的血液，未必是悭吝，足够健康也会“献血”，但决不把钱作为身外之物自欺欺人地寻求道德自慰。

他的努力结出了硕果。“钱如金戈，情若柔丝。两相纠缠，报以睚眦。”无论书中主人公陈大安，还是百万董秘何恂恂，在以前的文学形象中找不到他们影子。他们既不可爱也不可恨，既可爱又可恨，形象鲜活，足以让人铭记。从这个角度说，小说给我们贡献了新鲜的人物活体，各人都能从不同角度去解剖。

他坚持写作三十多年不间断，对文学有着独特的理解。甚至相信家乡那些历经风霜雪雨的山山水水，千百年来诉说了无数心语。他深情地凝视家乡广袤大地，深信当中埋葬着文学瑰宝等待挖掘。他历经苦难痴心不改，一直在寻找最适合的挖掘方式，《资本的血》就是其中之一。

是为序

2017 年 3 月 7 日

于北京金融街金融作协办公室

为了一个梦想

——吴晨光散文集《徘徊在理性和感性之间》序

在一个春光明媚的早晨，我翻阅吴晨光即将付梓的散文集《徘徊在理性和感性之间》的文稿，有一种想说说的冲动。那天他将文稿发给我，请我写序，并不是答应了为他写序而说说，而是内心的一种感动使然。

春路雨添花。吴晨光长期在基层的金融一线工作，应该说和我有相似的经历和相同的感受。他能在紧张繁忙的班后时间坚持写作并享受写作带来的乐趣，实属不易。的确，在我们金融系统内，有许许多多像吴晨光一样奋斗在基层一线的一些有才气的金融工作者，他们爱岗敬业，爱好文学写作，尽管在全国不同的地方，但对待文学的态度，他们都是一样的，兴趣浓厚，默默耕耘。在当今这个时代，人们的生活压力越来越大，许多人心绪浮躁、物欲横流。难得有一些人，在一片净土上远离喧闹，沉淀经历，并诉诸文字，寻求到一种好的表达方式，为火热的金融事业记载和讴歌。这就让我感动。

功崇惟志，业广惟勤。阅读晨光的这些文章，让我感觉到欣慰。作者敬业勤奋、持之以恒的性格和精神跃然纸上。这些文章中，有一些篇幅是写他的家人的，父母、夫人、儿子。这些朝夕相处的亲人，在作者的笔下是那么的款款动情。从《儿子上学了》到《又是一年高考时》等文章写出了作者陪伴儿子一路走来的点点滴滴。《背影》《幸福在路上》《教育与家务》《忙碌也是一种幸福》等文章中的情感渲染把握得也是恰到好处。还有文集的第一大篇有一些文章是作者的读后感或是观后感之类的文章，说明作者平时爱好读书，并能将读后感和观后感付诸文字，表达自己的想法，情感真实。

阅读晨光的文章，我感觉到，他在用纯净的心，用干净的笔，来书写工作和生活，这就需要热爱、勇气、执着和痴迷，晨光无疑是这为数不多的执着者和守望者之一。

晨光对我说，出这本书就是为了圆他心中的一个梦，一个追逐文学的金融人心中的一个梦。这篇散文集取名《徘徊在理性与感性》之间，显然也是作者内心的真实感受和表达，作者想表述的是生活中每个人都有理性和感性的一面，社会也是一样。在这本文集里，作者在多篇文章中也表达了这些观念，文字的背后，有着他浓厚的精神渴望，他相信，有些现象只是暂时的，终究会成为历史，这也是作者文中充满的一种精神力度和正能量。

《徘徊在理性与感性之间》即将付梓，可喜可贺，正如晨光自己所说的“有梦想，即使遥远”。衷心祝愿他在追梦的路上，通过自己不懈的努力，迎来一片属于自己的精彩缤纷的文学“晨光”。

是为序。

2017 年 5 月 23 日

于北京金融街金融作协办公室

淘尽狂沙始成金

——江月长篇小说《趟过流金河》序

我与江月先生相识于二〇一五年春的陕西金融作家协会的成立大会上，同年八月，又在中国金融文联纪念中国工农红军长征胜利八十周年系列活动中，再次相逢于圣地延安。两次聚会，时间都不长，我俩单独交流也不多。给我留下深刻印象的是他作为毛泽东特型演员的精彩表演和一手惟妙惟肖的毛体书法。以后的交往，仅限于在微信朋友圈中的相互点赞和简短留言。说实话，我与江月并不熟。

二〇一七年盛夏的一天，江月忽然给我发来一部他新近创作的长篇小说《趟过流金河》书稿，请我指正，并希望我能为他作序。对于他的文学作品我是第一次接触，正因为彼此不太熟悉，便不带任何成见，得以用平和、本真的眼光，公正地去阅读和评判。

《趟过流金河》是一部现实主义的金融题材作品，精心描绘了从20世纪60年代至今五十多年间，在关中平原腹地发生的一幕幕感人肺腑的生活画卷，内容涵盖政治、经济、文化、历史和民俗。重点塑造了以周卫东、秦貔貅、韩梅、宋金诚、黄婉莹、章武德等为代表的一批银行基层员工性格鲜明、各具特色的人物形象。充分展现了他们在时代变革大背景下，随着金融体制改革的不断深化，个人职业生涯、理想信念、情感生活等方面的变化、冲突和交融，以及相互间的悲欢离合、恩怨情仇和各自命运的跌宕起伏。

题材的选择上，体现了江月作为金融作家的使命自觉和责任担当。对他一直从事的金融工作和金融同仁饱含深情，长期观察，深入思考，充分表达。完全契合我们一贯倡导的“金融人写金融事”的创作方向，也正是我们金融作协需要引导作家重点关注，集中展现、大力弘扬和热情讴歌的行业风采。

写作风格上，江月坚持现实主义的创作手法，激情饱满，观察细微，表达精准。是他热爱生活，长期深入实践，搜集素材，积累资料，精心构思的结果。他以画家敏锐的眼光，以员工独特的视角，以作家丰富的想象，善于捕捉生活中极具个性，又带普遍意义的创作元素来搭建故事的主要框架。用人物的性格和命运来推动情节的发展和深入。从而使人感到真实可信、合情合理。以此塑造的人物，无论是正直善良、嫉恶如仇的周卫东，还是奸猾势利、贪得无厌的秦貔貅；无论是爱岗敬业、阳光向上的韩梅，还是意乱情迷、走投无路的黄婉莹；也无论是仗义耿直、古道热肠的宋金诚，还是胆大妄为、自投法网的章武德；甚至是清澈率真，山花一般美丽纯洁的罗小霞等一个个鲜活的人物形象，活脱脱地走出书本，立体地站在读者面前。

《趟过流金河》全篇约二十六万字，用一百多个看似各自独立，实则内在贯通的小故事组成一部完整的长篇架构。以周卫东、秦貔貅为代表的两组人物、两种命运形成一正一邪两条主线并列推进，交替发展，相互依赖又相互排斥。还有隐藏其中的陈枭龙感恩、钻石传家两条暗线时隐时现，将悲欢离合、喜怒哀乐巧妙地镶嵌在其中，极大地丰富了作品的内涵，增加了可读性。

值得玩味的是：作者在人物设计上也是颇费心思，连姓名也有一番讲究，比如正、反两个主要人物。周卫东选用“周”姓，代表周朝，崇尚“礼”（这从他儿子取名周尚礼就可得到印证），取名“卫东”，可否理解为“捍卫毛泽东”之意？是正义、主流的化身；而秦貔貅的“秦”则明显象征着秦朝，倚重“法”和强权，“貔貅”更是只吃不拉，贪得无厌的典型。赶巧的是：故事的演化区域，正是周、秦文化的发祥地所在。而安世怀、单永权、司仁珍、章武德等人是否也有“暗使坏”“善用权”“死认真”和“章无德”等含义也未知。

江月作品的另一特色，是他对场景描写的极度细微和生动，这得益于他观察生活的认真和投入，能即刻把读者带进身临其境的故事现场。比如：

——“凛冽的西北风刮起漫天的尘土，肆虐地呼号着。几片枯黄的树叶，无助地在空中随风翻卷，绕着十字街头挥手耸立的毛主席塑像盘旋着飘向远处，直至街面上那排破旧低矮，长满青苔的黑色木屋的房脊后面。”

——“营业室内，半截砖砌柜台，台面上铺着一层木板，涂着棕红色的漆。柜台旁的偏门，只是半人高的一块纤维板，门框上只钉着一副羊角扣。柜台后，面对面摆着两张小木桌。没有栏杆，没有隔断，更没有防弹玻璃和电子监控，仅有一台手摇报警器和几只石灰包，十多年里却从没派上过用场。”

小说热情讴歌了社会变革大背景下，金融体制改革的巨大成就和金融人爱岗敬业、无私奉献的可贵精神。他们用青春、热血和汗水汇聚成一条澎湃激荡的大河，唱响一支昂扬向上的赞歌，书中的人物就是那河水中翻卷的浪花。

在这条“流金河”中，有风平浪静，波光粼粼的美景；有激流险滩，暗潮涌动的危机；有狂风暴雨，浊浪滔天的灾难；有乘风破浪，扬帆远航的壮举；有听天由命，随波逐流的平庸；有势单力孤，不甘沉沦的挣扎；也不乏失足落水，葬身鱼腹的悲哀；更有对社会、人生、灵魂与物象，幸福和成败的思考。

由于作者江月兼具画家身份，使得他的文学作品画面感和色彩感都格外突出，具有更高的审美价值，更加令人赏心悦目。

总之，《趟过流金河》作品立意高、容量大、寓意深，是一部反映当代金融一线普通员工生活的不可多得的好作品！有着精妙的结构、纯美的语言、生动的情节和深刻的寓意。更有对社会的关注，对生活的眷恋以及对人性的探究。足以了却作者“为生活写照，为时代留影，为众生存影像，为心灵造家园”的心愿。

河水流金淌银，一樽还酹江月。衷心祝贺江月新作诞生，也期待他能有更多更好的作品面世。

是为序。

2017年6月6日

于北京金融街金融作协办公室

她在金色的阳光下起舞

——胡玲玲散文集《一窗暖阳》序

花木之乡、虞姬河畔的胡玲玲，是我们金融作家的后起之秀，通过了解才知道，当初单位也是把她当作“特殊人才”引进来的。所以，我知道胡玲玲对文字有一种固执的痴迷，十年前她还在医院上班的时候，就出过一本散文集，经过十年的沉淀，她的又一本散文集《一窗暖阳》即将付梓，实在可喜可贺。

胡玲玲是善于观察生活中的人，她的散文总是充满暖意和温馨的。文学本就是生命的冲动与慰藉，文学的美学也与生命的瑰丽相关。据说医学与文学有一种很神秘的联通，也许都是研究和探讨人的身体思想的缘故吧，比如鲁迅先生。胡玲玲以前也是从事医务工作的，所以她从事文学创作有一种先天的优势。生命意识是人与精神世界的核心与基质，是生活的体验之流之来源，倘若文学不能展现人生的张力，带给人们希冀和向往，显然会失去创作的一种终极价值，也许正是基于这样的原因，胡玲玲总是能善于发现生活中的美、爱、善良、阳光，这也是胡玲玲创作这本散文集的主旨。

喜欢乡村的人不少，尤其在当下，在文艺作品里，乡间常常是炊烟袅袅，温情扑面。陶渊明的诗，描述的是“榆柳荫后檐，桃李罗堂前”“狗吠深巷中，鸡鸣桑树颠”。三毛千里跋涉，只为了梦中的橄榄树。城里人享受了高楼大厦，煤气水电的方便，无奈又被堵车、雾霾折磨，尤其这几年，北京的雾霾很严重，空气质量差，很多人都想回归农村，向往田园生活。就像胡玲玲的散文《故乡的炊烟》里描述一样，“有炊烟的地方就有家，炊烟是故乡的一道风景，炊烟是故乡的灵魂，是母亲和故乡的象征，炊烟，永远是游子们魂牵梦萦的牵挂。炊烟是属于乡村的，炊烟下站立的是祖母，是外婆，是母亲。炊烟是有味道的，炊烟的味道就是家的味道。”

乡村的阳光是灿烂的，有灿烂的阳光就有灿烂的生命，即使是一粒沙金也能折射太阳的光辉，有了连天穷碧的小草，就有顽强的生命，即使是一片草叶，也能为世界添绿。

胡玲玲的《草色乡村》写了小草是卑微，又是伟大的。这个看起来不起眼生命，却蕴涵着强大的力量，“野火烧不尽，春风吹又生”。“乡村是离不开草地的，草地也离不开乡村。夏天的乡村是最美丽的，太阳照透了大地上万千生灵，春风吹绿了田野上的一切植物。草，成为乡村的主色调。屋檐下、小河边、池塘边、沟渠上、田间地头，处处生长着绿茵茵的草。这些细长、碧绿的、洁净的草儿，散发着透明的绿色光晕。”

尽管在城里生活，多年来我和乡下一直没有中断联系，相反，近几年来，我对故乡愈来愈迷恋，每到周末，节假日，我都要回故乡看看，看看我的那些父老乡村，看看我自己种的地，我亲近土地，对土地有一种天生的敬畏，也许是曾经长时间在农村劳作的缘故，我对土地有一种与生俱来的亲切感。正如《家乡十月》里，“当稻子成熟的气息扑面而来，触角灵敏的乡亲，急不可耐地拿起镰刀，一拨儿一拨儿地涌向田野，涌向地头。他们在丰收的田野间劳动的姿势，高贵而又朴素，就像饱满的庄稼。”家乡父老，在十月这个富庶的黄土地上，所有付出的劳动，所有挥洒的汗水，所有耕作中的辛苦和期待，都会在十月，收获着丰收的喜悦，那被风吹日晒饱经风霜的乡亲们的脸上，笑容犹如菊花一样绽放。十月的乡村是一幅美丽的图画，勤劳朴实的乡亲都会在这个美丽的秋天里收获属于自己的果实。

胡玲玲的《一窗暖阳》感情真挚，天然无饰、朴素感人。她一如流淌于林间石上的淙淙清泉，没有喧嚣，远离纷扰，拒绝浮华，却率真而又艺术地勾勒了胡玲玲人生的足迹、心灵的痕迹、思考的轨迹。《一窗暖阳》的文字是美妙的，意境是深远的，阅读这本书的每个章节，每篇文章，都会让人的内心溢满融融春意。阅读《一窗暖阳》，需要找一个安静的环境，比如在某个早晨，当人们还沉浸在梦乡，我们打开《一窗暖阳》，就像打开整个春天，四周弥漫着温馨，心情也会跟着变得明媚起来；比如在某个夜晚，当人们进入梦乡，我们打开《一窗暖阳》，就像打开一盏灯，会感到四周顿时一亮，眼前的文字充满了暖意，整个房间也都变得明丽起来。

《一窗暖阳》记录的是生活琐事、情感历程，作者撷取了生活中的每一朵浪花，将它记录成为优美的文字，奉献给了读者。《玫瑰花粥》《萝卜粉丝汤》《母亲的饺子》写的是亲情、友情的温暖。爱情是个永恒的主题，《亲爱的、下雪了》《结爱》《一只狐的爱情》是写爱情的美好与伤痛，“我躲开无数个猎人的枪，赶走坟墓爬出的忧伤，为了你，我变成狼人模样，为了你，染上了疯狂，为了你，穿上厚厚的伪装，为了你，换了心肠……直听得泪流满面，泪湿衣襟。原来一只狐的爱情，也可以这样美好。听着听着突然我的内心充满了渴望。渴望一次奔跑，一场尽情的舞蹈。或者，一次热烈的拥抱。最渴望的，就是来一场轰轰烈烈的恋爱，就像这只狐一样为了思念心爱的人，在夜色中弹琴、在月光下舞蹈。或许，我们的爱情，是不为世俗所接受的，那又怎样，那我们就私奔。私奔，这是多么可爱的一种逃离，一只狐，一旦爱上了就再难放下。前世今生，追着随着，从没停止过，为了爱一路披荆斩棘，不管不顾的丢了千年道行，只为了和所爱的人相守一生。《我是你的灰太狼》《老公的价值》则是对家庭生活的幸福描述，看后让人会心一笑。当然，《一窗暖阳》更多的文字是有关情感方面的。从亲情、友情再到爱情，胡玲玲以一个女子的眼光，透视着这个世界，她的情感是丰富的，内心是细腻的，思想是独特的，笔触所到之处，到处都流淌着文字的美。阅读她的文字，带给人的是阅读的享受，还有生活的诗意和斑斓。我以我手写我心，胡玲玲作为一个年轻的现代女性，几乎所有文章都充满了一种感情，那就是作者对情感生活的真实流露，看作是对幸福生活的执着追求，当然，更可以把它看作是我们的精神食粮，让我们在阅读优美的文字的同时，也感受着生活的丰富多彩。

阅读《一窗暖阳》，给人留下的是无限的阅读和想象空间。在冬天的夜晚，我们就着橘黄色的灯光，打开《一窗暖阳》，我们就会感觉一股春风扑面而来。《一窗暖阳》的文字是美丽的，它蕴含着人生的哲学和哲理，也包含着人间的亲情、友情和爱情；《一窗暖阳》的心情是曼妙的，等待是一个漫长的过程，焦急中透露着对生活、幸福的渴望；《一窗暖阳》的意境是深远的，我们从这些作品中，或能体会到作者童年生活的美好，也能感受到乡村田园生活的快乐。凭着女性的细腻和敏感，胡玲玲的笔下向读者展现出了一幅乡村的诗情画意。

作为单位的一名办公室工作人员，作为家庭的一名主妇，在工作繁忙之余，胡玲玲的毅力能如此坚强，在生活的缝隙中，耕耘着一块属于自己的心灵园地。银行工作本身就很忙，而办公室不同于其他部门，他是中心枢纽，上传下达，事情千头万绪，单位的事情烦琐而忙碌，胡玲玲却能忙而不乱，处变不惊，工作之余，在构思酝酿属于自己的故事情节；当下班后，别人灯红酒绿沉醉于花天酒地的时候，胡玲玲却孤寂地坐在电脑前，敲打着属于自己的心爱文字。但我知道，她并不孤独。电脑和文字就是她最忠实的朋友。目前，胡玲玲通过自己的不懈努力，已经成长为一位颇具实力的优秀金融作家，在全国金融业内外都具有很高的知名度，硕果累累。

当这本厚厚的《一窗暖阳》出现在读者面前的时候，我相信，胡玲玲的所有的劳累和烦恼，都会烟消云散。作为她的文友，我衷心地祝愿胡玲玲，今后能写出更多的优秀作品，为读者奉献更多的精神食粮。

我要借此机会，感谢每一位为中国金融文学事业无私奉献的作家，因为有了他们，中国金融文学的天空才会如此蔚蓝，文学创作的净土才能如此肥沃，文以载道的理念才能得以真正传承。正如我经常讲的，壮丽的中国金融伟业需要记载和讴歌！

是为序。

2017 年 9 月 9 日
于北京金融街金融作协办公室

历史的见证　作家的责任

——邢涛长篇小说《历史告诉未来》序

中国农业银行职工、作家邢涛先生写的小说《历史告诉未来》，我是一气呵成读完的，掩卷沉思，有一种心灵的冲击，似乎又找回到了丢去的记忆。仿佛穿越回到“历史年代”。跟着小说的情节，我们走完了银行改革的进程，给我们留下许多思考。这也正如作者题记：奉献给老银行工作者五味的回忆，呈现给银行新兵生动的故事，留给未来的历史参考资料。

作者以人性为基础写生活中发生的事。小说要把人物写活、写深刻，关键在于人性的挖掘。周作人在《人的文学》一文中提出：兽性与神性结合起来就是人性。人都有两面性，写小说也要写两面性，这样才真实、客观。

在生活中，我们如何守住心灵的堤坝是一生的课题，当然挖掘人性不仅需要形象思维，也需要逻辑思维。不仅需感性认识，也需要理性认识，更需要生动的故事通俗易懂地诠释现实的人性。

主人公杨天友是一个合理合法、遵守道德的人，他有许多优点，善良真诚，忠诚事业，是人性的亮点。杨天友和李伟萍结婚前在江边的施舍，是行善之举，和未婚妻的对白，是神性的表现，让我们感触到一个平凡银行人的情怀，他也有不足，有人性的弱点，也跟着潮流，上过夜总会，泡过小姐，干工作的人，哪个没有陪客户喝酒、跳舞、唱歌，瑕不掩瑜，他是一个活生生的现实的人，是银行人的主流的代表。

小说中另一重要人物滨江市基耕银行行长晋大伟是一个人性十足的人，他开始和大部分人一样，也有责任心事业心，想把工作干好，后来没有经受住诱惑，没有管住人性的贪婪欲望，使他逐步走上了犯罪道路。这和非此即彼的标准化人物有重要区别。

另一人物于仲龙是一个毁誉参半式的人物，有现实代表性，他身上有中国封建传统人身依附的奴仆思想行为，他要求进步，但方法总不“入流”，也是由于积怨太深，得不到一部分人，特别是关键少数人的认可，总是“功亏一篑”。他有桀骜不驯的性格，在“只反贪官，不反皇帝”的前提下，在自己的小范畴内，对心术不正的小官进行了激烈反抗，后来，他经过看书学习顿悟了，“放下屠刀，立地成佛”，总想感恩回报培养教育他的基耕银行，在全国汽车越野赛中，要求组委会在宣传单上印制了基耕银行的标识和背景，虽然作用不见得怎么大，但这种精神值得赞扬，肯定。社会上这样类型的人不少。

于仲龙这种感恩精神举措却受到了晋大伟、栾怀心等人的贬低压制、封杀，联想到现在社会上一些人，对出现的善举行为，给出猜疑怀疑，让人深思。

挖掘人性，就不能离开性爱，就不能离开女人，女人不仅是人类生命的延续者，更是人类希望的承载者。其实，就整个人类社会来说，除去政治、经济和文化后天因素，人类的中心生活就是男女之间灵与肉的碰撞，现实中具有神性的“精英”毕竟是少数，而我们普通人，就是为了生存、生活而工作的。

小说中的三位女性，李伟萍、陆承馨、季晓春是生活中普通的人，又是有人性双面性的自然人。李伟萍先前和杨天友过着恩爱的让人羡慕的幸福生活，后因基耕银行为了“减员增效”实施员工买断制度，她参与后，感到政策制定不公平，进而和丈夫杨天友、单位发生冲突，性格缺陷被生动展现出来；陆承馨，出身寒门，为了孝敬父母，过早承担了家庭经济负担，也阅历了社会人性的丑陋一面，逐渐沾染形成了市侩习俗，勾引权者，出卖人格，是社会的另类；季晓春，她自命有着高贵的气质，孤芳自赏，由于人格有缺陷，造成家庭破裂；她戏弄人生，让人们敬而远之，后来自暴自弃。最后和腐败份子同流合污。

人是社会的人，离不开生长环境土壤，《历史告诉未来》中的三位女性的描写，既有行善的一面，又有作恶的一面，既有花心一面，还有恋家的一面，是有复杂人性的人物，思想行为转变有其存在的环境影响。充分揭露了人性之弱点，阐明用制度管理人性弱点的必要性。

有阳光照耀处，就有阳光照不到的地方。虽然小说有写“阴性”一面，有历史环境背景的必然，但在作者的可控之中，在法律道德许可的范围内。不仅不影响作品阳光向上，相反使作品更有韵味。

正义和良知永远是文学的主题，文学从开始到现在对人性的改造，起到了无法估量的作用。在人类的精神世界里，有太多美丽光彩来自文学。一部好作品，让一些有良知的人看到后会去深刻思考，当然滑到腐败边缘的人看到了会警醒。但是依靠小说解决不了腐败等社会问题，还要有好的制度，有了好制度，就能将权力关进笼子里，约束公权的使用。

小说的矛盾高潮是杨天友和晋大伟冲突的“骂戏”，通过骂戏，将基耕银行小丑，社会不良现象生动活泼地展现在读者面前，给读者心灵带来了冲击和震憾，让读者思考。借助主人公杨天友之言尖锐抨击了栾怀心为代表的以自我利益为中心，一切以是否对自己有利为“干事”标准的负政、坏政类似人物。

作品描绘了滨江市基耕银行行长晋大伟虚伪、心虚，有所忌惮矛盾的心理，通过晋大伟和杨天友的激烈冲突对话，让我们感悟到正义的力量，也使我们认知了世界上有另一种“拼缝”者的丑恶嘴脸，省基耕银行信息处宣传干事栾怀心，将自己的本职工作当作谋利的手段，和服务对象——于仲龙搞权力寻租，当于仲龙提出异议后，栾怀心感觉自尊受到伤害了，就出馊主意，让于仲龙无理取闹和培养教育他的基耕银行搞矛盾，在社会造成负面影响，美其名曰，炒作，被于仲龙义正言辞回绝了，栾怀心就开始“坏政”“损政”了，首先诬陷于仲龙“做好事”动机不纯，然后扣压先进义举宣传上报，这种有意“不作为”，就是另一种腐败表现。让我们认识了，现实工作上“不作为”的人，就是有和栾怀心同样的情愫。

作品中有很多哲理用黑色幽默的故事讲出，“话糙理不糙”，很多旧事用动人的故事衬托，给人深思与启迪。回顾学习历史让人开阔视野、思想慧智。这正是好作品能教育人，感化人的体现。

作品回顾了银行发展进步的历程，如同其名“告诉未来”，用现在目光标准来看，“历史”发生的事件，是不可思议的，但在改革开放初期的社会土壤环境下，的的确确发生的。上述“历史故事”给银行的改革建立完善的业务制度，规范业务流程，提供了借鉴。“故事”有强烈地吸引读者的冲击力。

作者用生动的故事将“过去”社会、金融表象淋漓尽致展示出来，反映出国家银行改革艰难性、复杂性，佐证了将权力关进制度的笼子的重要性。给金融工作者以回望借鉴，有一定史料价值。

由于小说中有的“故事”是作者亲身经历，或者身边的人和事的撷选，或者来源于内部的资料，是银行人写银行的事，因而作品生活气息浓郁，贴近现实，接地气，很有可读性。

是为序。

2017 年 9 月 9 日

于北京金融街金融作协办公室

直挂云帆济沧海

——贾善耕等金融文学作品集《银海帆歌》序

丁酉之秋，接到善耕的电话，言他和柴洪德主编的《银海帆歌》文学集就要出版了，请我为之银海帆歌写个序，我欣然允诺。

我与善耕的相识，有十多年了。十多年来，我对他有了更深的了解，他的作风如同他的名字一样：善于耕耘，永不懈怠。

记得在金融作协刚刚成立时，他和他的团队就主编了一本《银星璀璨》的文学集。他在电话里告诉我，说在金融系统，有很多明星般的员工，他们用自己的光和热，构成了金融系统灿烂的银河。他说明了来意之后我欣然答应了，为之作序，后来这本书发行了，效果反响非常好。由于金融作协刚刚成立，事务比较多，我们之间有一段时间没有及时联系，之后我渐渐的发现，他在这一段时间又主编了几本书，比如《银海扬帆》文学作品集，《银海诗风》“金融诗歌”文学作品集，去年秋天，他和柴洪德还主编了大型的文学丛书《回望》，他把这本书寄给了我，仔细阅读，字里行间，我感受到了全国金融系统的作家和文学爱好者们浓浓的金融情怀，闪现着对工作，对事业，对党，对祖国的深爱之情，其中也不乏他和柴洪德等金融作家的文章。

在他的作品里我常常从窗前的绿叶读出对阳光的感激，从秋日的红叶读出对秋的感恩，还有从金融题材的小说中读到了金融人面对各种风险与挑战，兢兢业业，不辞辛劳，恪守职责，防范风险的感人事迹，塑造了一个个鲜活的金融人物。特别是他去年写的中篇小说《根源》，在这本小说中，他描写了一位为了保全信用社的资产而牺牲自己的人，揭示了金融与企业、企业与政府、金融与社会等等各种深层次的矛盾，展现了金融人在复杂的工作条件和生活条件下，顽强拼搏，努力奉献，爱行如家的高尚情怀。再就是今年，刚刚写的另一篇小说《客户经理》中，他从一名客户经理的角度揭示了客户经理与企业家之间、银企之间、银企和政府之间存在的各种关联与矛盾，揭示了一些投机分子、影子银行对金融秩序的破坏和对金融风险的警示，展现了新一代金融人恪守职业情操，不为名利所动，努力保全金融资产的英雄事迹，读来令人感动至深。

善耕就是这样一位善于在田野上耕耘，在大地上收获，在汗水中努力的一位金融文学爱好者，拿到《银海帆歌》文学集的清样时，是党的十九大刚刚开过，全国人民正在深入贯彻落实十九大精神，认真学习习近平新时代中国特色社会主义思想。金融作协也刚刚开过第二届第二次理事会，要求广大金融作家认真学习贯彻党的十九大精神，深刻把握新时代、新使命、新征程，切实把思想和行动统一到党的十九大精神上来。

在这样的时代背景下，善耕和他的同事柴洪德等山东创作中心的朋友们，夜以继日，努力工作，积极征稿，在短短的两个月时间里就有近百篇的来稿要求入编，在这些稿件中不仅有年逾花甲的老金融工作者的深情歌唱，还有新一代刚刚入行的年轻员工的金融赞歌，展现了金融大家庭浓浓的家园情怀和高尚的精神世界，这本书的出版必将为新时期的金融员工的金融文化生活提供一个良好的精神宝库，更用笔和热情记录了这个时代伟大的金融事业。

在山东创作中心，具有献身精神的团队里，柴洪德同志也是我们学习的榜样。这些年来，他与善耕同志一起，带领山东创作中心的同志们，为宣传、普及、指导金融文学创作，培养新一代文学创作新人，传播健康、积极向上的金融文化做了大量的工作，他个人的文学创作也有很多可圈可点的地方，几次获奖。中篇小说《金蝉》刊登在 2017 年第三期《中国金融文学》杂志的首篇上，向大家展示了一个波澜壮阔的金融世界。

在《银海帆歌》文学集即将与广大读者见面之际，我衷心祝愿山东金融作家们，永不懈怠、不忘初心，一步一个脚印，走出更加坚实的步伐，创作出更多、更好的金融文学作品，培养出更多、更优秀的金融人才，为弘扬金融文化、促进金融事业的健康持续发展贡献更大的力量。

是为序。

2017 年 12 月 18 日

于北京金融街金融作协办公室

银河奔腾

——李冬顺长篇小说《银色人生》(第二部)序

认识李冬顺先生，是在2013年11月第二届“中国金融文学奖”颁奖大会期间，他的处女作《银色人生》(第一部)荣获了长篇小说三等奖。不久，他完成了第二部的写作，在他的邀请下，我为这部书作了序。就在今年第三届“中国金融文学奖”尘埃落定，李冬顺先生的《银色人生》(第二部)又获此殊荣时，他的第三部也已定稿，即将付梓成书。他想将前两部书一并重印，使《银色人生》三部曲成为一套系列丛书。他希望我将原来的序言改为丛书总序，我再一次欣然答应了。

此套丛书共计百万余字，叙写的是20世纪80年代初至21世纪初叶前后三十五年时间，主人公巩锦华通过招工招干考试，终于成为一名银行职员，从此，他步入这个陌生而又神秘的行业。书中以时间顺序为“线”，以主人公的经历为“珠”，将一个个生动而又鲜活的故事，串联成完整的“项链”，铺就成主人公的职业人生和心路历程，展现了一名金融人对职业的尊重，对人生的感悟，对生命的理解。

《银色人生》三部曲既是前后连贯的一个整体，其中每一部又是相对独立相对完整的作品。第一部主要叙写主人公巩锦华进入人民银行安兴支行，从一名普通员工，从基层分理处做起，勤奋好学，诚实做人，用心做事，十四年一步一个脚印，最后在工商银行安荣分行第一次举行的“支行长公开竞聘”中脱颖而出的成长成熟历程。

第二部叙写的是世纪之交前后十年时间，主人公巩锦华走上了领导岗位，异地交流到工商银行安清县支行担任副行长，面对新的岗位，新的环境，巩锦华转变角色，迅速融入新的团队之中，用自己的知识和智慧，以谦虚谨慎、勤勉敬业、公正廉明的人生态度，投入金融改革和发展的浪潮之中。面对一个又一个困难，一次又一次挑战，他沉着应对，把握机遇，巧渡难关，出色地完成了工作任务。

第三部主人公巩锦华离开了支行，在工商银行安荣分行工作的十一年间，先后经历了六次岗位变动，在五个部门担任主要负责人。尽管如此，面对不同的团队，不同的任务，以及不同的考核管理要求。主人公始终坚持认真负责、求真务实、勇于创新的工作作风，以及诚实为本、豁达大度、积极乐观的人生态度，发挥自己和众人的智慧，团结和率领团队，战胜困难，迎接挑战，在工作中创造了一个又一个奇迹，谱写了金融人改革开放的新篇章。

从全套丛书可以看到，主人公巩锦华在多个支行，多个部门工作过，正是因为变动频繁，才使“我”有了如此之多，而又完全不一样的职业经历。不仅多专业、多维度、多视野地再现了工行人在那段难以忘怀的历史中，艰辛创业的奋发精神，描画了时代的光芒与人性的光辉。而且使作品内容更加丰富，人物形象更加丰满，故事情节更加精彩，读起来也令人倍感真实和亲切。

文似看山不喜平。文章最忌平铺直叙、呆板无味。但对一段真实历史的记录，尤其难以达到这样的要求。此书在谋篇布局上，虽然没有起伏跌宕的情节，也缺少扣人心弦的悬念；虽无“黄河之水天上来”的壮观雄厚，亦无“滚滚长江东逝水”的荡气回肠。但一个又一个精彩纷呈的故事，将三十五年记叙的风起云涌，同样能体现生命的特质，撞击读者的心灵。

作品除了写工作，还写了生活，有许多对家庭、对家乡的叙述和描写。在女儿大学即将毕业，是继续读研深造，还是走上社会谋生这个人生十字路口时，主人公给女儿写了一封言辞恳切、情理相融、充满父爱的家书，引导女儿坚定考研决心；当得知家乡准备集资修路这个消息时，主人公和妻子毫不犹豫地拿出家中几乎所有的积蓄，第二天赶回村里捐款，他的这一行动产生了示范效应，村民们纷纷踊跃捐款等等，这些都反映了主人公对亲人充满关爱，心恋故土热爱家乡的高尚情怀。

老舍的《人物、语言及其他》指出：“文字不怕朴实，朴实也会生动，也会有色彩。齐白石先生画的小鸡，虽只有那么几笔，但墨分五彩，能使人看出许多颜色。写作时堆砌形容词不好。语言的创造，是用普通的文字巧妙地安排起来的。”无疑，李冬顺的这套丛书之所以写得很精彩，行文朴实、简洁，语言不尚雕琢而形成的一种“清水出芙蓉、天然去雕饰”的“淡抹”效果是重要的因素之一。他将一些日常惯用的字眼，匠心独运，便产生了一种新奇的效果，令人觉得妥帖而有韵味。加之语言不失幽默，文字驾驭能力强，精美词汇信手拈来，叙事详略得当，娓娓道来，使作品的可读性很强。

一段历史已然定格，作品翔实地记载和反映了工商银行那段难以忘怀，无可复制，精彩纷呈的改革发展历史，向读者向世人呈现了一幅中国金融改革波澜壮阔的画卷。旨在告诉人们，今天我国金融改革发展所取得的成就来之不易，是无数像巩锦华这样的“小水滴”，艰辛努力、无私付出，才汇成了工商银行、中国金融业这条奔腾向前的滚滚洪流。

过去的时光已不在，但我们是从那段历史中走过来的人，没有过去也就没有现在，我们不能忘记过去，忘记历史。因此，对那一段经历，我们不能说放下就放下，因为这段经历影响了我们的一生。从满怀理想，憧憬未来，到事业家庭双丰收；从青春年少，到霜染双鬓。每一段路程，无不留下了我们人生的痕迹，既令人欣慰，令人骄傲，而又令人回味，令人留恋。可喜的是，李冬顺先生是个有心人，他将这一切都写成了文字，以文学的形式，详细而又真实地记录了下来，使那段非同寻常的历史，得以永远留存。

值得一提的是：作者是工商银行二级分行一名中层管理者，身负重任，不仅工作繁忙，而且压力很大。能够利用业余时间，以顽强的毅力进行文学写作，这已不仅仅是一种爱好，而是成了他人生中的一项重要使命，难能可贵，值得推崇和学习。

李冬顺先生自参加工作就在银行最基层，他对金融事业有着血肉般的情感，沁入心灵的印痕。他极有才情和责任感，也极有灵性，他在以文学的方式，用心记载现代金融发展历程。

习近平同志指出：“中华民族伟大复兴需要以中华文化发展繁荣为条件”。这一重要论断，为金融文学的发展指明了方向。明年，正值国家实行改革开放政策四十周年，值得国人回顾和纪念，《银色人生》三部曲，恰恰记载着改革开放以来银行的发展变化。从这个角度来说，这套丛书是李冬顺先生为改革开放四十周年的献礼，弥足珍贵。在此，我衷心地祝愿《银色人生》系列丛书，能为金融人回顾和纪念过去的四十年，发挥其应有的作用。

是为序。

2018 年 2 月 1 日

于北京金融街金融作协办公室

立志在石头上刻出春天的绿色

——石志藏散文集《木质村庄》序

石志藏是位有名气有情怀有作为的作家，近年来他勤奋笔耕，硕果累累。春路雨添花，好的节气总是给人以期冀和惊喜。就在2018年立春时节，我又收到了志藏第四本即将付梓的散文集《木质村庄》，嘱我为新作作序，亦是盛情难却，亦是为其感动，遂欣然命笔。

我与志藏见过一面，那是2014年8月初，中国金融作协在河南郑州人民银行总行的干部培训中心，举办了一期全国金融系统文学创作培训班，邀请了著名作家刘庆邦、邱华栋、宁肯等名家授课。他是班里的学员，听课认真，交流活跃，他的积极热情和独特的见解引起了我的注意。课余时间我们专门进行了交谈并加了微信等联系方式。此后，我俩在微信圈里有了诸多交流。近几年他积极创作，并在金融作协的报刊及网络平台发表了多篇散文作品。特别值得一提的是，他的散文集《东篱采菊》，荣获了“第三届中国金融文学奖”散文奖。中国金融文学奖是中国金融文学的最高奖项，是中国金融作协在中国文学界创立的知名文学品牌，每四年一届，力作云集，竞争激烈，能够在参加评选的近千部作品中脱颖而出，获得大奖，足以见证他的创作功力非凡，成绩斐然。

我记得，志藏跟我一样，是中国金融作协成立时的第一批会员，所以说，他属于老牌的年轻作家了。作为金融工作者，首先是社会中的一员，然后才是金融业的一分子。我一直认为，一个人的成长发展源于两个基因，一个是健康基因，一个是文化基因，所谓文化基因就是一个人世世代代居住之地积淀而成的历史传统和文化氛围。山川灵秀，陶冶性情。他的老家位于浙东海边，三面环山一面濒海，山海之利在养育一方人的同时，也为生在那里长在那里又工作在那里的文学爱好者提供了取之不竭用之不尽的创作养分。作为其中的一员，他从当年公社半脱产干部做起，开始从事新闻报道，后来从事群众文化、共青团等工作，还兼职基层作协副主席，在人生最好的年龄段转行到了金融单位，一直爱好并坚持着业余文学创作，虚心向人学习，一步一个脚印，边学边写，边写边学，竟弄得如醉如痴，乃至“上瘾”。他崇尚自然，热爱生活，憧憬未来，始终有着一份积极、阳光的心态。于是，在生活、工作、学习中，发现了很多亮的，乃至闪光的美的东西。他就犹如家乡大海里的一条小鱼，从海底一直向上历练和拼搏，穿越了大海的各个海层面，撷取创作养分，历经风雨海浪，跃出海面，拥抱蓝天，创作出了很多富有思想性和地方特色的散文作品，成为一名优秀的金融工作者，一名为壮丽的中国金融事业记载和讴歌的作家歌者。

目前志藏已出版了三部非常优秀的散文集，即将出版的《木质村庄》“木质村庄”“不如归去”“瘦尽灯花”“世间人事”四个章节。纵观他的《木质村庄》一书，有他对故土的细心的观察和深厚的家乡情结，正如他在书中所说“大地是人类的母亲，大地又是天然的‘种子库’。所有的植物都来自大地，生生不息。这就具有了较高的哲学思辨和较深的生活认知。比如最简单的草们，你今天锄后，不管你锄得如何干净，若干天后，草们又从泥缝里钻出了可爱的小脑袋。这就与离离原上草，一岁一枯荣，野火烧不尽，春风吹又生有了异曲同工之妙。还有表现在季节中，冬日大地一片萧条，但过了立春，到了惊蛰，大地便神奇起来，该动的动，该长的长，一切土壤中的生命都在自然的掌控中，季节来临，这些伏在地下的生命势不可挡。”还有他对历史和现实的思索，这些展示在“瘦尽灯花”的篇什中，比如他在《凝视一个盐商的历史背影》一文中有自己独特的见地：“个园之名虽源于月光下竹叶像‘个’字，但一枝竹叶像个字，二枝竹叶就是个个了，三枝竹叶则成众了。而黄盐总避繁就简，避多挑少，‘只见树木，不见森林’，肯定有他的用意。这就是做人要‘简单、低调’。哪怕其实不简单，也以‘简单’昭示，此乃谋略，或自我保护。为官为商乃至为民，历朝历代，都是一个道理。”此外，“不如归去”是他行走的记录和思考，而“世间人事”，则是他对浙东大地多姿多彩人物的写真。当然，作为金融人，他很多文章的字里行间无不渗透着金融元素，这是职责所在，也是使命所寄。所以，我要说，志藏是我们金融作家队伍中的一个优秀代表。

还有，值得一提的是《木质村庄》一书中，有六篇文章专门写“盐”的作品，同样引起了我的兴趣。我的家乡在西北的黄土高原，记得小时候我们家里特别穷，没有钱买盐巴，家里就用一个底部有缝隙的大铁锅，里面装满盐碱土，上面盛满水，一点一滴渗下来的盐碱水，就当作盐水做饭。所以盐作为人类生活中不可或缺的生命之物，给我留下了不可磨灭的印象。浙东宁波是东海之滨江南之地鱼米盐之乡，大家知道，盐在漫长的历史阶段是专营的。在唐代，盐利税收就占当时朝廷税赋收入“一半以上”，在其他各代，盐赋的收入一直是国库的重要支柱，所以盐在我国古代政治、经济中具有十分重要的地位。听说志藏在植根乡土散文的同时，近几年又开始关注研究盐文化，且这方面的写作也有一定积累，希望他认真挖掘好盐文化这块“宝藏”，以散文样式和作家独特的视角，做好盐文化这篇文章，持之以恒结出硕果。

还有，志藏在新作《木质村庄》里，特意邀请了他建设银行的同事、画家周维勇先生为其作品插图配画，使作品内容陡然生动有趣，增色不少。

江南春来早。金融是块沃土，生活充满了希望，《木质村庄》出版发行之际，正值春风又绿江南岸的季节，我期待志藏再次从鸟语花香的春天出发，通过辛勤的耕耘和不倦的追求，去收获更新更多更沉甸的果实。待到秋来丰收季，让我们再为志藏把酒临风，再唱时代大风赞歌。

是为序。

2018 年 2 月 4 日

于北京金融街金融作协办公室

灿烂如锦

——喻灿锦散文集《湘西姑娘》序

第一眼看到书名《湘西姑娘》，感觉真好！

作者喻灿锦来自湘西张家界地区，土家族。家乡的山山水水、民族风情涤荡了她的心灵，陶冶了她的性情。在金融系统工作多年，即使年逾不惑，灿锦依旧保持着为文和为人上的纯真。

我与灿锦在湖南金融系统的几次活动和采风中见过面，她也曾应邀参与过中国金融工会和中国金融作协组织的征文评选工作，彼此打交道多了，相互之间如老朋友般熟识了。她顽皮地称我“主席哥”，我则叫她“喻小妹”。大家千万不要以为这是年长的男士与年轻的女士之间的习惯称谓，这其中是有一段真实的故事呵。那是一次在湖南安化送文化下乡活动中，在一条小河旁边，灿锦不小心把脚扭了，没法子过河，我想都没想就把她背起来过河。没想到，过了河，她仍没有下来的意思，还调皮地说，主席您摊上大事了，麻烦您还得亲自解决一下。什么事儿？我问。她说按照我们土家族的习俗，一个单身的姑娘，被一个男人背起来，那背她的男人，非兄即夫，你选择哪一头呢？哈哈哈。我真的还是第一次知道灿锦是土家族姑娘，而且也是头一次听说这个土家族的习俗，禁不住有点慌乱，赶紧说，哥哥是结了婚的人，只能给你当兄长了。她这才欢快地喊了一声哥，从我的背上溜下来。以后每一次活动中，大家都会情不自禁为她的无拘无束、开心爽朗的湘西特色个性所吸引和感染。在我们心目中，小妹永远是我们率真的湘西姑娘。她既具有女性的温柔、谦虚、隐忍，也有着男儿般的干脆、果敢和坚韧。体现在其文风上，亦如是。时而浪漫温馨，时而刚强如铁；时而呼啸如风，时而柔情似水；时而开心开怀，时而黯然伤神……

生于湘西，长于湘西，这位湘西姑娘自然而然对湘西有着割舍不断的深情，湘西在她身上则留下了抹不去的烙印，连她主编的文学微信公众号也叫“美丽湘西”。多年来，小妹的大部分文字总是围绕着故乡湘西来写。她自大学毕业前后，从 20 世纪 90 年代开始自发地投入写作，不管不顾地一年年埋首写，一写就是二十多年。虽然是在繁忙的银行工作之外业余创作，在生活上又时不时面临独自承担孩子生活、教育重担，但无论遇到什么困难和挫折，小妹从来未曾中断过她最心爱的写作。不紧不慢、不急不躁地写着，只依着对文字的痴迷，只为着一颗对文学梦的初心。就这一点，就令我非常感动了。纵观这本散文集，分为“湘西风韵、人间景象、半生呢喃、尘世花火、人海温暖、职场温馨”等六个部分，系作者精选多年来创作的散文作品集结而成，许多文章在《青年作家》《芙蓉》《散文百家》等重要文学报刊上发表过。

放在文首的第一篇章“湘西风韵”，是我个人最喜欢和欣赏的部分。在小妹笔下，湘西各地的秀美景色、神奇风俗、淳朴风情迎面扑来，令人目不暇接。

《澧水流走我的童年》一文充满童趣：“夏日黄昏的河畔，蜻蜓在水面上一点一点，一忽而掠过水流，一忽而歇在石尖，待人怀着满腹阴谋蹑手蹑脚地逼近时，它却轻盈地飞开了。”和幽默：“妈妈洗完被子后，和我站在河滩上拧干。妈妈拼命地揪啊揪啊，想要榨干床单里最后一点水气。这是不可能的嘛，我不以为然地打着帮手，出工不出力。妈妈一使劲，我被床单反绞着退了老远。‘没吃饭不？！’妈妈气呼呼地骂我。”以及童真：“阳光是染色剂，淘去脏点，还衣裳原本的赤橙黄绿青蓝紫；阳光是漂白粉，将白的衣裳漂得雪白；阳光是清新剂，晒干后的衣裳抱在怀里满是太阳的芳香；阳光是烘干机，将湿漉漉的衣裳晒得干透。”

《凤凰吟》的文字则如诗如画：“在农历二月的细雨中踏进凤凰，注定凤凰似一位细眉低首的女子，在陌生的远处痴痴等我赴约。未近凤凰城，只远远接近凤凰县境，但觉山色渐渐秀媚，空气渐渐清新。”如诉如泣：“找不到倾诉的对象，将满腹心事倾付与一直静静尾随我的默默河水。远方的你是在这沱江的下游候着我吧，那么应该可以遇见我飘过去的河灯、倒下去的心语？心中一遍又一遍地问，你拾到了吗，你拾到了吗？沱江作枕，一夜无眠。”看完《凤凰吟》，真的就想去与凤凰这个多情的“女子”赴约了。

《寻觅张家界街头巷尾的美食》中，作者带我们深入张家界闹市区的大街小巷，访遍街边小馆小摊，如愿尝到了独具张家界地方特色和土家风味的羊杂粉、草帽面、刘家坪饺子、米粑粑、麻辣魔芋、泡椒凤爪、葛根粉、石灰皮蛋、王家坪辣椒酱等美食，看着文中绘声绘色的美食介绍，馋得我口水直咽……

由此可见，小妹已经有了属于自己的湘西系列散文风格，走出了独特的湘西特色之路。听小妹说，她的下一本散文集将全部是湘西系列文章，正在积极写作筹备中，作为大哥我为她感到欣慰，也期待她的下一本更具湘西特色的散文集早日问世。

“人间景象”章节佳作甚多，其中《洱海的秋江花月夜》《繁华似锦西湖忆》《探幽浏阳磐石大峡谷》等文各具特色。在《一条江，一座城，一群人》中，把安化小城、资江、江心岛比喻成沸腾的茶和茶壶，新鲜而生动：“小城那么小，那条江却那么坦荡，那么坦然。在雨后云蒸雾绕，气象万千，显得那么开阔，那么大气。在我看来，城内资江中流的小岛，就仿佛是一大块乌金样的黑茶；整座小城，是一把巨大的茶壶；资江，是煮沸得咕嘟咕嘟，浸泡着茶饼，浑身散发着清香的茶水。”

继续阅读，“半生呢喃”章节《青春断语》写出了对命运的呐喊和不屈服：“我站在高高的山崖之上，俯望深深的幽谷。鹰鹫在我头顶阴谋地盘旋，我朝它绽放无畏的微笑——瞧吧，我也有自己的飞！”

“尘世花火”章节之《总要有人守望最后一块麦田》评论电影《百鸟朝凤》用了一组排比句，气势如虹，掷地有声：

“但我想说：

总要有人守望最后一块麦田。

总要有人坚守中华民族千百年来流传下来的美好传统。

总要有人拍这些不一定挣钱但高品质的文艺片。

总要有人让我们看到《老井》《变脸》《那山、那人、那狗》这样优秀的文化影片。

总要有人继续扛起旗帜，不让文艺片日渐式微。

总要有人传承传统衣钵，不丢失了珍贵的传统文化，而眼睁睁看着它被别的国家拾起，视若珍宝，落地生根，开花结果。结果，演变成别国的传统。”

“人海温暖”之《水晶的心》中，小朋友实在是天真活泼：“给孩子喂米糊和菜汤，孩子的头顽皮地摆来摆去，结果脸上糊成了一个小花猫。小花猫咧着嘴，朝我快乐地笑着，我忍俊不禁，大笑起来。小花猫见了，笑得更响亮。”

《活到老，吵到老》中，父母的吵吵闹闹的爱让人忍俊不禁：“老爸吵架是土八路的‘汉阳造’，拉半天栓，响一下，节奏和效率都有待提高（可是提了一辈子也不高）。实在火了，充其量拉响引信，扔一个土手榴弹，‘砰’的炸一下，偶尔令人‘惊艳’的一刹那，闹得老妈好生一愣，缓过神来，则是等着‘让暴风雨来得更猛烈些吧！’老妈吵架是老美造的机关枪，‘突突突，突突突’，连续响个不停，且声音震耳欲聋，迫得‘敌人’只有举手投降、束手就擒；乃至是二战时期苏联的战斗机，警报过处，人仰马翻；甚至是美军顶端先进的核武器，惊天巨爆之后，唯余生民涂炭、满目狼藉！”简直令人捧腹。

“职场温馨”章节中，湖南建行人在“风雨中的坚守”，那种风雨无阻的敬业精神和职业操守，不由得让人敬佩和动容。

闪光的语句和段落很多，就不一一枚举了。业余笔耕，硕果满枝。灿锦陆续荣获路遥全国青年文学奖、毛泽东文学院祖国之光奖、春笋杯全国诗歌散文奖。特别是她连续三届获得中国金融文学奖、连续两年获得中国建设银行总行征文一等奖、中国金融工会征文一等奖等奖项。这里我还要重点强调一下，中国金融文学奖是中国金融文学的最高奖项，是中国金融作协在中国文学界创立的知名文学品牌，每四年一届，力作云集，竞争激烈，能够在众多的作品中脱颖而出，获得散文类一等奖大奖，足见灿锦的创作功力和成绩非同一般。工作和写作之余，作为湖南省金融作协常务副秘书长，省建行作协副主席兼秘书长，积极协助组织协会各项活动。因其在金融文学上的较高成就和无私奉献，最终荣获中国金融作协颁发的首届“德艺双馨会员”荣誉称号。尽管获得这个荣誉着实不易，但我觉得这也是喻灿锦多年为人为文的人格写照，实至名归。

灿锦能够从建行一个最基层的县支行网点员工调到市分行再考到省分行，从一个文学爱好者成长为一名优秀的作家。很大的成分也是缘于她始终坚守心中的信念，不忘初心，持之以恒，虔诚追求。总之，感谢灿锦小妹为我们捧出一部散发出泥土清香的文字美味，也期待刚刚从鲁迅文学院少数民族班学成归来的小妹的笔头更勤一点，让读者更多地欣赏到她的湘西美文，更好更全地领略到湘西之大美。祝愿喻灿锦人如其名，在金融文学创作道路上，越高原攀高峰，作品愈发灿烂如锦，前程愈发如锦灿烂！

最后，借用湖南省金融文联常务副主席、湖南省金融作协常务副主席胡玉明先生咏灿锦的一首诗祝贺小妹新书问世！

梦里湘西桑植情，
灿锦妙笔任尔行。
赤溪自然风景美，
血染杜鹃绕身萦。

烈性湘西不怕辣，
柔女柔情有笑声。
火塘烟熏催奋进，
一江澧水铸精英。

是为序。

2018 年 2 月 14 日
于北京金融街中国金融作协办公室

金融扶贫的全景画卷

——吴言评阎雪君长篇小说《天是爹来地是娘》

农村、金融、信天游，是组成阎雪君颇具励志和传奇色彩人生的三要素，也是他文学创作的不竭源泉。进入21世纪后，他的工作地点已经是中国的心脏地带，长安街、金融街，但他在京城和塞外雁北的不断往返中，始终牵挂着自己的家乡，不仅在家乡种植着百亩田地，也因此获得了近距离观察和感受中国农业发展、农村变迁、农民现状的宝贵窗口。阎雪君的新作《天是爹来地是娘》触及了很多时代的大命题，如精准扶贫、金融扶贫、集体资产流失、土地流转、大农业等；也呈现了当下农村生活的诸多矛盾，如新的恶霸势力滋生抬头，乡村伦理体系面临崩塌；还描绘了新农村的风情，塑造了农村各色各样的生动人物。可以说在金融扶贫的主题下，绘制了一幅全景式的当下中国农村画卷，上演了一场高亢嘹亮的信天游大戏。

直面时代大命题：扶贫　农业　金融

扶贫是社会主义的本质要求。如果把农业完全推向市场，无视我国农村自然条件差异和各地区发展不均衡的现状，那么只能造成贫富两极分化，加剧社会发展的不平衡，不仅不能实现全面奔小康的目标，也无从体现社会主义制度的优越性。扶贫在20世纪80年代改革开放后就已经提出，多年来已经成为各级政府的一项例行常规工作。党的十八大后扶贫作为治国理政的重要工作，以前所未有的力度推进，常规扶贫转变为精准扶贫，扶贫工作取得了突破性、实质性的进展。党的十九大提出，全面实现小康社会，实现第一个百年奋斗目标，一个都不能少。并且确定了2020年全面脱贫的最后的时间表，扶贫工作作为一项伟大工程不仅将载入史册，也终究会成为历史。

在社会层面上，扶贫工作也可视作20世纪50年代的支援边疆、70年代的上山下乡之后，又一次社会人力资源向老少边穷地区的逆向流动，这对于消除贫富分化，打破社会阶层固化，均有着实质性的意义。近几年扶贫工作已不再是身处社会各级层面的扶贫干部自己的工作，已经越来越引起社会的广泛关注，引发了更多人的参与。现在的扶贫工作让人联想起中国共产党成立之初，走农村包围城市时的情状。而对于作家来说，这是一个深入了解农村生活，把握社会现状，拓展创作题材的大好机会。

阎雪君是从农村走出来的农家子弟，参加工作后又是多年在同农村直接打交道的信用社、农行工作；调入农行省分行后还直接参与了扶贫工作，在 1995 年就曾写过关于扶贫的报告文学《“财神”扶贫不靠钱》，那时他就提出了先进的扶贫理念，提出要同农民建立鱼水情，情感上首先要融合；扶贫要扶志，要解决农民思想上的贫困，如果扶贫只是助长了农民等靠要的思想，那脱贫也会返贫；扶贫要依靠市场，产业扶贫要按照市场规律来；扶贫还要扶教，让农民有文化，懂科技，变输血为造血。那时的扶贫工作还未达到今天的“精准扶贫”阶段，但他提出的这些扶贫理念在今天依然能应用到实践中去。

成为中国金融作协主席后，他又参加了中国作协组织的“深入生活，扎根人民”活动，又回到自己的故乡深入调查研究农村问题。所以，他很自然地处在了扶贫、农业和他的本职工作金融的交汇点上。在《天是爹来地是娘》中，令人惊讶的是，阎雪君触碰到了很多时代的大命题：农业扶贫、精准扶贫、金融扶贫。在他前期的长篇小说创作中，一般只写作一个方面，而这一次却对这些大命题进行了穿插交织的集中式书写。

在文学版图上，阎雪君力图以“香水沟”构建自己的领地。《天是爹来地是娘》依然是以塞外小村香水沟为背景。这部小说中，金融扶贫和精准扶贫相结合。正如书中所写，在精准扶贫以前，金融扶贫以“天女散花”的方式平均分配到农民手上，人均几十元，不仅没有起到实质性作用，还造成了银行的不良资产，加重了农民债务。进入精准扶贫阶段后，贷款同具体项目相结合，首先解决香水沟村的“打井建塔”问题，再扶持农民进行大棚蔬菜种植，最后在蔬菜销售上给予贷款支持，形成了产业扶贫。

小说中关于金融扶贫这一部分，是由香水沟外来工作人员完成的。其中有蹲点扶贫干部金炜明，既以扶贫从城市返回乡村，也带有寻找自己身世的使命。他对香水沟扶贫工作进行了整体设计，初步打造了香水沟的农业产业体系。信用社主任石头，是农民的贴心人，能设身处地为农民解决燃眉之急，在机井拍卖和大棚蔬菜销售上，为农民解决资金问题。他为了爱情甘于拉边套，是个有责任有担当，爱农村爱农民的好干部。最后石头为保护信用社资金献出了生命。

小说对农村金融的整个运行体系和整体现状做了全面的描述，这要得益于作者多年的在农业金融战线上的工作经历。农业银行作为国有商业银行，主要服务于国营企事业单位和乡镇企业等。信用社作为农民参股成立的合作金融机构，直接服务于农民，同农民利益更紧密关联。小说中农民的金融需求主要是信用社来提供的，金融扶贫也主要依靠信用社。因为民间非法集资、高利贷的猖獗，严重扰乱了农村金融秩序，甚至引发了信用社的挤兑风波。农村金融有着额度小涉及面广的特点，面对一线需要有灵活多样的形式，这也对金融创新提出了要求。

孟加拉国经济学家尤努斯，正是因为开创了农村金融的新形式而获得了诺贝尔和平奖。他认为贫困往往是结构性的，主要是因为农民缺少资金来源。于是创立了专门服务于穷人的农村银行，为农民解决小额贷款问题。小说中所描绘的产业扶贫，目前多针对具备劳动能力的农民，并且有政府配套的贷款贴息担保，解决了金融企业既要保证资金安全，又要参与扶贫工作的矛盾。小说中山桃贷款买运输蔬菜的汽车，就是种菜户联名担保的，山桃运菜时，优先照顾为她担保的。如果没有这种创新形式的信用担保，只一味要求抵押担保，山桃是不可能实现买车的。这就是金融发挥的作用。

小说对乡村贫困的根源进行了深入分析。农村的贫困有历史的、政策性的原因。比如农产品的价格，国家为了保证物价的稳定，农产品价格就上升到了国家战略层面。举例来说，玉米的价格在 20 世纪 80 年代是每斤五毛钱，三十年过去了，现在的价格是每斤七毛钱。而这三十年中，我们的通货膨胀率是多少？房价又涨了多少？当北京核心区的房价涨到每平米十几万的时候，农民辛苦一年耕种的玉米不过收入三五万元。整个国家的工业化、城镇化过程中，农村和农民并不是最大的受益者，却是最大的付出者。在我国初步实现小康社会的情况下，现今我们有财力和能力支持和反哺农村，实现共同富裕，这就是扶贫的意义。

揭示农村社会矛盾：集体　土地　水利

《天是爹来地是娘》除了扶贫，还主要写了农村集体资产流失问题。自十一届三中全会实行联产承包责任制后，土地重新分田到户，农村经济很大程度上由集体经济恢复以前的小农经济，集体经济在很多地方遭到削弱甚至名存实亡。土地承包虽然调动了农民的积极性，但也有自身的局限性，不利于形成大农业的规模经济，不利于农业机械化，不利于实现农业现代化。在集体经济时期积累的集体资产，如何利用和处置成为一个遗留问题。在中央出台关于农村集体产权改革的意见前，因没有统一明确的规定，各地各自为政，集体资产流失严重。阎雪君是最早关注到农村集体资产流失的作家，在《天是爹来地是娘》中，他借扶贫干部金炜明和村干部何晓娜之口，表达了自己的观点。集体资产流失的形式有：先包后买，先租后买，转移债务，侵吞集体耕地补偿金，哄抢偷盗等。集体资产流失早、种类多、分布广、数量大。集体资产流失造成的后果是牵制、抗衡集体经济发展，盘剥农民，扰乱农村金融秩序，加剧农村社会矛盾等。

集体资产中最重要的莫过于乡村的水利基础设施。在20世纪70年代前，国家号召大搞农田水利基本建设。那时无论工农兵学商，都投入到兴修水利的义务劳动之中，是一派具有社会主义特色的时代景象。在干旱少雨的黄土高原之上，水利更有着命脉的意义。在河流的流经地区修建了具有引流灌溉功能的纵横密布的水渠，在没有河流资源的农村组织打井和修渠。那时的水渠除了季节性灌溉功能，还兼有公园的功能，成为城镇乡村的一景。小说中陆占春和池莲花定情的地方就是水渠边上。但随着土地承包后，这些水利设施失去主人，无人照管，逐渐年久失修，破败不堪。在这部小说中，作为最后的、最大的集体资产的机井的拍卖成为矛盾的焦点。

作为全书的一条主线，围绕机井的争夺由香水沟土生土长的精英人物来完成。他们是村支书贾英才，外出经商致富的池连泉，退伍军人陆占春。这三个同龄人从小一起长大，长大后却出现了分化。贾英才有“谋”和“狠”，池连泉有“勇”和“胆”，陆占春有“智”和“度”。贾英才一家仗着自己曾在非常时期搭救过一位老干部，在省里市里有了靠山，不仅掌握了村里的权力，四弟贾英华还出任县委常委，更加壮大了家族势力。贾英才侵吞村里的砖厂，二弟贾英虎霸占村里的水电，三弟贾英龙承包了果园。贾家可谓人多势众，有钱有势，已成长为新型的剥削势力，作威作福独霸一方。池连泉敢想敢打，成为村里的首富。陆占春退伍后不忘故土，舍弃南方优裕的生活，回来建设自己家乡，有着带领乡亲们脱贫致富的强烈愿望。陆占春具备军队的历练和走南闯北的见识，比一般村民更有觉悟，也是最值得寄予厚望的一位。三个人的交锋在机井拍卖事件上表现得淋漓尽致。贾家凭借自己势力，不仅要低价竞购机井，还要垄断机井的使用，今后再利用机井盘剥农民。陆占春和池连泉都看穿了这一点，他们首先拒绝了贾家的内幕交易，两人先联合起来，再联手发动群众，在拍卖会上成功阻击了贾家的如意算盘，让这份集体资产仍然掌握在群众手中。

集体资产的争夺只是表面，而如何壮大集体经济已经成为农村发展迫在眉睫的问题。党中央在农村改革中做出重大创新，实现土地所有权、承包权、经营权的“三权分置”，党的十九大报告又作出重大决策，明确第二轮土地承包到期后再延长三十年。这给农民吃了“定心丸”。继土地制度改革后，党中央又出台深化农村集体产权制度改革的政策，明确提出要多途径壮大农村集体经济。农村集体经济发展有很多成功范例，山西汾阳有个贾家庄模式，坚持发展壮大集体经济，走共同富裕、和谐发展的道路不动摇。在实行家庭联产承包责任制时，他们将集体和个人结合起来，实施一集中、五统一、三田到户，既保全了集体经济，又发挥了个人的积极性。如今贾家庄形成了“农”字号产业一条龙，形成农工商协调发展的大格局，农业现代化初具规模。村民的富裕程度远超过家庭承包单干，实现了共同富裕。这些都得益于贾家庄的集体主义传统和老一代的带头人，他们没有丢失共产党人的优良作风，发挥了基层党支部的带头作用，集体经济的发展同农村的政权紧密关联。在《天是爹来地是娘》中，矛盾斗争还未上升到政权争夺层面，没有写到乡村自治中的普选。实际这一矛盾在当前的农村也是很尖锐的。但究竟谁能担当起乡村的领军人物？不能任由贾英才们垄断农村政权。小说中村里没人敢当村干部，乡政府不作为，睁一只眼闭一只眼，马马虎虎过一年算一年，实际这是党性缺乏的表现。党的十八大后党建工作提到了前所未有的高度，新农村建设也应该抓党建，恢复农村党组织的运行，既能避免新型剥削势力的出现，制约独霸和垄断，实现乡村民主，也能增加农民的凝聚力和归属感。

乡村伦理体系的崩塌

阎雪君的文学领地香水沟地处雁门关外，自古是游牧文化和农耕文化的交汇之地，民风粗犷豪放，并不像中原之地有着深厚的宗法制度传统。阎雪君笔下常有倾向于自然主义的男女风情描写，实际在较为正统和主流的金融界是不太被人理解的。但若能感受一下塞北农村的气氛，就会理解这样的初衷。这里的土地是裸露的，丰收的庄稼散发着蓬勃野性的气息，苦寒的生活阻挡不了信天游，也阻挡不了农民对情欲的向往。但是在市场经济的冲击下，各种新生乱象层出不穷，仍然考验着乡村的伦理道德底线。

在《天是爹来地是娘》中，还是因为受制于贫穷，所以有了求生存的偷情；因有情人难成眷属，有了冲破伦理道德的移情、拉边套；有男性壮劳力都进城务工，独守空房女性的生理饥渴；有进城务工男女为解决生理问题的临时搭班组合。此外，阎雪君还写到了一个很前沿的命题：代孕。这样一幅图景，让我们看到的是乡村伦理道德体系的崩塌。那么，乡村的自治体系如何建立？

代表官方的村干部，在小说中是以贾英才为代表，他们走到了群众的对立面。即便有负责任的村干部，他们更多的是“法治”的代表。农村传统的宗法制度，乡贤传统，是“德治”的代表，能对政权起到制约平衡互补的作用。实现乡村自治这两端必不可少。但很明显地，农村现今的宗法制度已经渐趋消亡，那么究竟谁能担当起新乡贤，成为精神领袖？小说中还是能从一些人的身上依稀看到这样的影子。他们中有田守义、田春燕兄妹，李亮、李胜利父子。

田守义、田春燕兄妹代表的是正统的乡村伦理。田守义老人敬畏土地，热爱土地，坚守土地，虽然小说中并未寄予他过高的期望，甚至他还成为大农业的阻挠人，但田守义才具备中国农民的传统精神。他农忙时是好农民，农闲时还有钉碗盘的手艺，业余时间还爱唱戏。可以说是个内心非常丰富的典型中国农民形象。他守在破落的祖宅“登天府”里，就像守护着农民的传统。田春燕是妇联主任，负责计划生育工作。她有着自己朴素的伦理原则，认为土地就像母亲，人都是土里生、土里埋。死后埋在土里就如同把人的种子种在土里，种子发芽生出后代，就是轮回。她懂得“生是一个人最大的道德”，她既要完成计划生育工作，也能用灵活手段照顾村民传宗接代的愿望。她为了工作能强制村民绝育，还能充当接生婆。她一辈子跟生育打交道，自己却终身未婚，一心念佛。在田春燕身上，有着朴素的理想主义色彩，她有自己的精神追求。田氏兄妹的世界观中，有着“地是娘”的朴素伦理，看似简单但有着承载的坚实。

盲人李亮和儿子李胜利代表的是乡村的异数和奇人。李亮眼盲心亮，是乡村中神灵的代言人，是一部活着的“村史”，他能把朴实的乡村生活上升到“形而上”的高度。李亮用金、木、水、火、土五行运行解释香水沟现状为了金，伐了木，缺了水，失了火，毁了土，风水坏了。他认为男女关系和人的生死跟土地有着极大的关系。他思考人的灵魂问题，“人生为阴阳合而为魂魄，人死为阴阳分而为鬼魂。土地养人，人养魂。人死归土，魂归天，故为天地人合一。”这种“天地人合一”的思想，是对土地和生命的热爱，也是“天是爹来地是娘”的具体阐释。儿子李胜利是香水沟的“堂吉诃德”，是村里的革命战士。他年轻时深受毛泽东思想影响，一辈子都热爱毛主席。他做临时信贷员敢于得罪人，想方设法收回贷款，最后丢了饭碗。见到不正之风，他都要“治理整顿”。虽然他的行为模式有些僵化，跟不上时代发展，但有他的“治理整顿”，乡村的歪风邪气总是有所忌惮。李胜利这一形象是作者着重塑造的，他是有着典型性和代表意义的。在农村有这样思想的人很多，他们真心感谢毛主席让农民翻身做主人。这也代表对集体主义的一种向往。

在小说中还看到了当年下乡知青的身影。有在黄土地落地生根的女知青上官云，也有返城后不忘乡村的魏仁。他们是 20 世纪那个特殊年代留下来的印记和缩影。我想不是巧合，魏仁和田春燕之间的爱情，上官云和李胜利之间的爱情，是知青和农民精神相通的结果，而不是一时的蝇营狗苟。

在《天是爹来地是娘》中，农民自主脱贫的重任是多位女性担当和完成的。小说中的这些女人们，本来是贫穷最直接的受害者，因为贫穷，她们不能追求自己的幸福，被迫以换亲形式成为牺牲品，比如燕百合和宋小蝶。但她们不甘于命运的安排，奋力抗争。燕百合不停地折腾，就是为了摆脱贫穷。她率先在村里开了澡堂，同陈旧的生活习惯做斗争；接着开车马大店，虽说遭遇暗算，但毕竟是因为自己是法盲，不懂得开店流程，不懂正规经营。宋小蝶也是如此，本来可以通过“小媳妇凉粉”勤劳致富，但最后还是成了皮条客，触犯了国法。她们受制于个人素质和观念等因素，不仅没有脱贫，也没有找到自己的幸福。另一位同样不幸的女性山桃却没有重复她们的命运，她因为家庭不幸离家出走，在外闯荡见了世面。再度返乡时帮助乡亲们打开了蔬菜销路，最终还找到了自己的幸福。田家三姐妹中，大姐田改梅和二姐田改竹深得家风遗传，都是不向命运低头的女性。田改梅承包荒山，田改竹种植大棚蔬菜，靠自己的双手勤劳致富。三妹田改兰也想发家致富，但却依靠的是二指宽的土地，走上了代孕的邪路，最终付出了生命代价。作者塑造的这些女性，都有一种孕育万物的地母精神。这也很好地注解了“地是娘”这一主题。

这些人中，李胜利通过种“思想”脱贫，田守义通过种地脱贫，田改梅通过种树脱贫，田改竹通过种菜脱贫，田改兰先通过种“人”脱贫，有钱后她丈夫又参加高利贷，企图种“钱”脱贫，最终鸡飞蛋打，家破人亡。形形色色的脱贫方式中，折射了乡村伦理的潜在运行规则。阳光大道终究要战胜歪门邪道。

艳阳天下的信天游

《天是爹来地是娘》这部小说是阎雪君写作题材的集大成之作。小说采取平行结构，大多数章节是独立完整的故事，然后用扶贫和机井拍卖串联起来，形成完整的一体。看得出，作者的农村生活经验是非常丰富的。作者善于观察，长于总结，收集了很多第一手的材料。有很多生动的风俗描写，比如儿时的灌田鼠，给骡马配种，失传的钉碗盘手艺。这些很多是作者的亲身经历，比如书中陆占春家安装电话后成为全村人的公用电话，成为全村的义务接线员，这是阎雪君为父母安装电话后的真实情景。作者显然也很了解当下农村的很多实际状况，比如大棚蔬菜技术，细到蔬菜如何间种套种等。

小说的另一大特色当然是信天游的运用。信天游在阎雪君的生命历程中一直占据着不可或缺的位置，不仅因为这是雁北民间的主要艺术形式，而且阎雪君年少时有从事民歌演艺的经历，造就了他作品中的信天游气质，成为他的独有特色，也使他本人和他的作品都有了浪漫主义色彩。信天游对他来说是信手拈来，随口就唱。在《天是爹来地是娘》中，信天游的运用有五十多处，同情节相呼应，贴切自然地嵌入作品中，同小说融为有机的整体。比如写到石头和改梅的爱情，就用到了："墙头上跑马一搭搭手高 / 人里头挑人呀就数妹妹好 / 路畔上长得一苗灵芝草 / 谁也比不上妹妹好"。信天游在此处胜过大段的文字描述，不仅描绘出了两人的缠绵，也升华了他们的爱情。

小说的语言俚俗生动，雁北方言的运用活灵活化。雁北地区地处多民族交汇之处，民风泼辣强悍，语言本身很具活力。大同人尤其嘴皮子溜，口才好，阎雪君就深得当地精髓。在小说里，形容人着急用的是："人家滚油烧心哩，你还东吴招亲哩。"形容燕百合和宋小蝶两家换亲："我不嫌你驴丑，你也不能嫌我猪黑。"很巧妙地形容出了所谓"门当户对"。小说中这样的语言比比皆是，这样的语言才是农民的语言，是从农民口中直接说出来的，不是从书本上读来的。我发现那些深谙民间戏曲，成长过程浸淫其间的作家，他们的语言都有一种野性的蓬勃的生命力，语言自有一种韵律感。山西的传统尤其如此，现代文学史上的丰碑，"人民艺术家"赵树理就是典型的代表，他是那一代作家中唯一的不是知识分子出身的作家，他深受民间戏曲影响，形成了自己独特的艺术风格。新时期涌现的山西女作家葛水平，本身就是学戏曲出身，所以才有她鲜明的小说风格和语言特色。阎雪君显然也是其中的一员。

就凭阎雪君对农村和农民这种深厚的感情，不用问也能断定他一定是个孝子，"天是爹来地是娘"就是他的由衷之言。他虽然早已是城里人，如今甚至是北京人，但对农民的理解和热爱依旧不减丝毫。他书里写了形形色色的农民，他曾总结过中国农民的特点：勤劳、真诚、实际、知足、乐观、热情、灵气、炽热、个体户、保守、软弱、精神胜利、认死理等深刻的理解源于深刻的热爱。除了孝敬父母，帮助乡亲，阎雪君这么多年还资助了一百多位农村学生上学，还帮助其中的很多人解决了工作问题，他真正做到了回馈故土，造福一方。

《天是爹来地是娘》像农产品一样原汁原味，但欠缺一些深加工，精加工。平行结构显得松散，主线不够清晰。很多枝节删减后也并不影响整体，比如凌志这一人物。人物众多，出场人物达七十多人，虽然有利于勾勒乡村的全景画卷，但笔墨平均分配后，上述提到的那些重点人物就不够突出，略显扁平化。描写有些粗线条，重点放在了外在的故事情节，人物内心活动刻画不足。比如对富人郝利仁的描写有些概念化了，此人在小说中并未直接出现，只在书的开头出现了悍马车的背影，书的结尾出现时却是图财害命，这一过程是如何发展的交代不足，落入为富必然不仁的巢穴。书中过多的性爱描写，会冲淡小说主题的严肃性。这也是纯文学和通俗文学的分水岭。

阎雪君的文学土地非常丰饶，他在这片土地上耕耘收获，建造了自己的文学天地。阅读阎雪君的《天是爹来地是娘》，有年少时阅读《艳阳天》的感觉。那时我们憧憬的农村是艳阳天式的，有好人坏人，阶级斗争，但是在一片和谐中运行，是那时每个人心中向往的田园牧歌。在当时的语境下，觉得《艳阳天》是很不错的。阎雪君年少时读的第一本小说就是《艳阳天》，也许农村生活的文学场景，那时已在他的心底留下了投影。不管时代发生了怎样的变化，我们都希望中国的农村是艳阳天，因为那里是我们的故土，是我们的根。正如小说的题目，天是爹来地是娘，敬畏天地父母，让我们知道自己的来处，也会知道自己的去处与归途。

吴 言

发表于《光明日报》(2017 年 5 月 29 日)

辽阔的黑土地上旋起一股清新的大风

——刘世胜散文集《穿越红尘》序

刘世胜是一位典型的东北大汉。第一次见到他，就是这样的感觉。

那年初冬，东北迎来了第一场雪。我应邀到黑龙江金融作协作文学创作知识讲座，当时祁海涛主席指着他介绍说这就是我们省金融作协的副主席刘世胜。他魁梧的身材，黝黑的脸膛，洪亮的嗓门，我觉得他就像东北大森林里的一头棕熊，或者是一只东北虎，甚至是黑土地上的一头牛。说实在话，这么描述他，就是当时觉得他这么一个武将式的人物，怎么也和舞文弄墨的文人联系不起来。后来，我俩一见如故，熟悉了、了解了，才知道不能以貌取人，就是这么一个看似粗犷的大汉，竟然将纤纤细笔挥舞成趣，铁棒绣花，柔情似水，爱意浓浓，描出一片精彩，绣出一个世界。他就像一块巨石，竟然激起的浪花是那么轻歌曼舞，那么空灵洒脱，犹如一股穿越红尘的和风，在黑土地上恣意徜徉……

刘世胜是从黑龙江这片黑土地走出来的金融作家。他在繁忙的工作之余，洞察世事，思考人生，辛勤笔耕，成果丰硕。刘世胜从业于邮储银行，并在哈尔滨分行担任中层的领导职务，虽不能说是官员，但作为一吏，其繁忙也是可想而知的。四年里出版三本散文集，足见他的勤奋与对文学的热爱。这些年，像世胜这样潜心文学的“官吏”，可谓凤毛麟角了。2015 年，他出版了散文集《灵悟拾萃》；2017 年，又出版了游记散文集《神州走笔》；今年，他的散文集《穿越红尘》也将闪亮面世。看着他在黑土地上耕耘收获，硕果累累，我禁不住为“雏凤清于老凤声”的新人感到骄傲！

世胜这本散文集，分为“北国吟诵”“四季放歌”“岁月有痕”“春秋随笔”四个单元。但内容其实还是两类：故乡与他乡。故乡是他一生梦牵魂绕，挥之不去的意象与心结，是他心灵的根所系所在。他一定读过鲁迅笔下的故乡，鲁迅心中的故乡已经幻灭，但世胜笔下的故乡永远永远都是美的源泉，是生命的动力。哪怕故乡曾经馈赠他贫穷和苦难，但故乡的一草一木今天看来都是美丽无比。当然，怀念故乡，其实与留在故乡泥土中的亲人有关，与他记忆中的亲人无私的爱有关，与他成长路上每一朵闪烁的浪花有关。这部散文集中，世胜用了很多的篇幅写故乡，写故乡的风物，故乡的亲人，讴歌黑土地的情怀。尽管是写故乡，我感觉世胜的散文不仅角度不同，描写的对象不同，在描摹景物上，在借物抒情上，都有了新的尝试。

如在散文《又见丁香花开》中写道：“在这个细雨霏霏的夜里，风一直在吹，雨一直在下，记忆定格在那个丁香花飘落的时刻。人们总是希望能得到一份长情，奈何缘分总是不尽如人意，多少抱憾散落在走过的路上。滚滚红尘中，谁会是谁的过客？谁又是谁的唯一？纵然十指紧扣，到了放手的时刻，也不得不松开手指。此生尘缘未尽，我心却已衰老，看尽陌上繁华，把心中深深浅浅的记忆，落于纸上，倾诉成美丽的一轮弯月，挂在遥远的夜空。”作者写景状物，如剥茧抽丝，娓娓道来。那色彩、温度、氛围，让人如临其境。然后借景抒情，表达自己对家乡的赞美与怀念。诗中有画，画中有诗，文章一气呵成，天然而无雕饰。

在《珍惜岁月时光》中，写作者与二舅母的几次相见，用非常细腻的手法，循序渐进的描述了二舅母的开朗，热情，善良和朴实，从 20 世纪 70 年代在窘迫家境中，倾尽所有，招待远方的亲人，到年过八旬，为晚辈起早包的热乎乎的“上车饺子”，所有的这些，不仅仅只是说明老人的好客，更是表达了老人对浓浓亲情的流露。情义是人生的点点星光，有了情，生命才熠熠生辉。作者由母亲八十四岁的生日，深情怀念已经逝去的二舅妈，留给自己记忆中的，有声有色，难以忘怀的爱。让人禁不住和作者一起深思：子欲养而亲不待，树欲静而风不止，在贪享亲情的同时，别忘了也要及时去回报，才能减少失去时的遗憾！

故乡在世胜的笔下，一直是美丽如昔，留在心中的，永远是难以忘却的记忆。当然，除了美丽的山水，还有对亲人无尽的思念。作品除了写恩重如山的父母，还写到有恩于己的人们。他们的勇敢、勤劳、坚韧、无私，通过一系列细节，栩栩如生地呈现在读者面前。如《难忘那一缕温情》叙述的是作者少年时期的一段经历，情节虽然简单，但是整篇故事脉络流畅，条理清晰，读后令人感动，仿佛回到了自己那曾经美好的校园生活。文中写道：“岁月匆匆，水般流逝，时光的列车开出了童年的驿站，开往了更加遥远的未来，但是无论时光如何流逝，环境如何变迁，我在内心里仍始终小心翼翼地保有着那一缕温情，并祈祷它能一直伴我走向天涯。”

在中国的散文发展史上，历久弥新，让人百读不厌的，主要是那些描写亲情的作品。或许我们每个人，在自己的内心深处，都会铭刻着一些微不足道的小事，或许是一次回眸，或许是一个微笑，或许是一次安慰，亦或许是一次问候，可就是因为这些看似不值一提的小事，却会在人们的艰难抉择中，起到决定性的作用。作者也一样，从懵懂少年，到娶妻生子，那一双大大的眼睛，那一缕深深的温情，从来就没有淡出他的生活，而始终伴随着他从成长，走向成熟，从成熟走向成功。

除了写故乡，作品的另两个部分主要是写他走出去的所见所闻和阅读中的独特思考。作者的散文不是余秋雨式的“文化苦旅”，也不是纵横捭阖的“大散文”，作者的散文继承了柳宗元、袁宏道等人小品文的写作特点，写一山一水，一景一物，所见所感，意到笔随，情景交融。此类散文，如无文采，无慧眼，容易写成流水账。世胜这部分的文章虽然谈不上篇篇珠玑，但其中的有些篇章，写得紧凑而生动，空灵而精美。

“二浪河村被群山环抱，满山墨绿的丛林被白雪覆盖，升起炊烟的院落不时被刮起的雪雾笼罩着，远远望去恰似一幅写意的山水画卷平铺于眼前。冬日的蔚蓝的天空下，皑皑白雪覆盖巍巍群山，远处的山峦一望无际、连绵起伏。近处林场的农家小院冒出渺渺的炊烟，一条欢快的柴犬从旁边跑过，显现出无限生机，让人难以忘怀！”

“窗外蜿蜒的山峦，是小兴安岭山脉。山上色彩斑斓，一丛丛的红黄、蓝绿、紫色的树叶，映着天的蓝，秋的意味愈发浓郁。忍不住下车，行走在如画的路上，依旧忍不住扭头看漫山的火云，看那层层山峦，五彩缤纷，斑斓叠嶂，山花烂漫，阵阵的松香沁人心脾，真不愧是红松的故乡。公路侧面的不远处，就是那长长的汤望河，清澈的河水，就像一条银色的彩带，蜿蜒地、静静地流淌着。”

“整个街道一尘不染，行人也不多，亭台楼角如画，花园中的伊春竟如此的安静。朋友说此地的年青人不甘于小城的波澜不惊，近如省城远至帝都南方城市打工挣前程，留下的老人让小城的时光拉长得如近千年的红松年轮。”作家观察细腻，犹如一幅画，一首诗，呈现在读者的面前。这让我不由想到了柳宗元《游小石潭记》。但柳宗元借景抒情，抒发的是自己被贬后的孤凄悲凉之情，而刘世胜抒发的则是自己的欣喜欢快之意。

作为真实记录日常生活点滴的散文集子，世胜的叙述方式呈现出从自发到自如的转折之中。在他的早期的作品，如《灵悟拾萃》《神州走笔》等著作，偏重记录性和真实性要素，而到了《穿越红尘》这部最新写就的作品中，场景叙事的进入，叙事节奏的起伏度，人与物的融合，叙事跨度的建立等等，这都标志着叙述自如或者说自觉性叙述的要素皆树立起来，如远山之起伏。很显然，叙事自如的背后其实内隐着某种完整性要素，意味着在认知自我和确立自我的层面，不单是从自我生存经验或者心理经验出发，而是通过重新建构自我与他者的关系中去观照自我，理解生活。恰如歌德所言及的那样，艺术要通过一个完整体向世界说话，但这种完整体不是他在自然界所能找到的，而是他自己的心智的果实。

岁月在书卷里飘香，风景在文字里溢美。那些过往、那些风景在文字里鲜活厚重，散发着温馨与感动，勃发着炽热的情怀和向上的力量。这是散文集《穿越红尘》留给我的鲜明印象。《穿越红尘》收录其叙事写景散文80余篇。深度地记录了生命中的感悟和涌动的风景，烙进了岁月的轨迹，唤起读者共同的记忆。这是一幅心灵放逐的温情画卷。生命的本真就是纯净心灵，心若干净，看到的都是美。这部集子里，在那些我们熟悉的时代和山水间，天空、云彩和生命的美，与我们同在；“走在明媚的春天里”，“浅夏五月，迷人花季杨柳风”，温暖的情愫和唯美的景物交织，一花一草皆生命，一枝一叶总关情。以《深爱的旧时光》《岁月离殇》《人间最美战友情》为代表的回忆性文字，充满穿透感、雕塑感和温暖感。以《横道河子百年老街景物记》《回龙湾的秋日》《夜游杭州京杭大运河》为代表的游记作品，动静相称、情景相融，令人倍感亲切。

这是一串双脚深踩大地的足印。这部集子里，很大一部分篇幅是作者在参加金融作协、生活体验和工作采访等活动之后而作。行读、行吟自古就是文人君子所坚持的治学态度和向往的生活境界。白居易说：“言者志之苗，行者文之根。”亨利·米勒说：“目的地永远不会是一个地方，而是一种视野。”显然只有步履勤奋的行走与孜孜不倦的阅读，才是拓宽视野的最佳途径，也才是克服文思枯竭求源泉、力戒无病呻吟求深度的根本手段。在这部集子里，从《最爱东风第一香》《桃花依旧笑春风》《穷人的饥饿思维》等作品中，我们看到作者对文字和大自然的尊崇，看到作品对时代的深切述说与关照，将现实的“小我”与感时忧国的“大我”紧密地联系在一起，将眼前景物与社会现象，个人情怀与国家发展进行了思想与艺术的有效融合，饱含强烈的历史感、时代感和现实感。

文学作品的生命力在于深刻展示永恒不变的人性，亲情自然为永难规避的命题。世胜写美景、风物、亲情、友爱，也写势利、冷峻、死亡和困惑，写出了所思所感所盼，弘扬了社会正能量。其实，这部散文集包涵内容尚有很多很多。读世胜的散文，我感到很轻松，没有一点负担，一切都是那样质朴畅达，洒脱自然，使人享受到“两岸猿声啼不住，轻舟已过万重山”的快感。他的散文，虔诚地继承了中华散文的优良传统，紧紧地抓住了散文的基本审美特征——情，无论叙述、描写，还是兴叹、议论，皆以人民之情、国家之情浸润，宛如饱满的汁液充盈于熟透的葡萄。在不同的作品中，情有不同的凝结点——或凝于人，或凝于事，或凝于物，或凝于理，以己之情，撩人之情，以己之思，发人之思。

习近平总书记在中国文联十大、中国作协九大开幕式上的讲话中，对文艺工作者提出了“四有”要求：“胸中有大义，心里有人民，肩头有责任，笔下有乾坤。”文学的最高境界，是让人心动，让人的灵魂受到正能量的洗礼，让人发现自然之美、生活之美和心灵之美。世胜基本上做到了。他的散文，热情歌颂真善美，横眉冷对假丑恶，含有强筋的骨，真挚的情，浩荡的气。浓浓的乡情，深深的亲情，甜甜的友情，已经幻化成超度时间、跨越空间的奇妙的艺术世界。

散文如何才算写得好，可能是仁者见仁，智者见智，俗话说“文无第一，武无第二”即此意。但散文的写作，一是要有真情，二是要有新意，这是大家都承认了的。何谓新意，即不拾人牙慧，在语言、结构、叙述的方式上，有自己的特点。世胜于写作，散文创作已经达到一定的高度。如今刘世胜已经是中国金融文坛上冉冉升起的一颗明星，是众所周知的优秀作家，在中国金融文学界乃至社会各界都有很大的影响力和美誉度。我相信，在未来的创作道路上，世胜的散文，一定能给中国散文园地吹来一缕清新的和风，添上一抹淡雅靓丽的色彩。

是为序。

2018 年 3 月 3 日

于北京金融街金融作协办公室

初心是成长的太阳

——李翠儒诗集《交给太阳》序

虽然和翠儒至今还没有见过一面，但知道她的名字已经有一些时日。那是在她加入中国金融作协以后，在中国金融作协的名单里看到的，才知道她是在工商银行山东临沂分行工作，还有近两年在中国金融文学杂志上不断读到她的诗作。熟悉翠儒大名的过程，始觉她是一个新作者，可是不日前当她把厚厚的诗稿通过电子邮箱推到我面前时，她给我的印象一下子被彻底改变了，原来她的文学之路之长已经超出我的想象，三十年，这是怎样的一个时间概念呢，从大学时代起，她就热爱文学，那时候她主要是做着文学的基本功，阅读和练习，宛如一棵小苗，沐浴着阳光雨露，健康成长。

阅读她的诗稿便能知道她曾进行了怎样丰厚的积累，从知识到生活，她的诗作可以用包罗万象，对社会人生的感悟之深让我不由发出深深的赞叹，我觉得她首先是一个有高尚情怀和独立思考的人，然后才写出了这么有深度立着一个大我的诗作。不难看出，她的写作速度和频率并不快，从大学毕业到 1999 年她才有中短篇小说集《每人强迫》出版。她大学毕业参加工作后，在忙碌的工作之余，她甚至一度把写作当成放松自己的一种形式，写些长长短短的句子抒发自己想表达而难以用语音表达的情感，这便是她诗作的来源。这样长年累月的积累居然也有了这么令人惊奇的收获，还是用她的诗作“我是一棵红高粱”来概括她的写作成绩吧，“蓝天下 / 汲取着大地的养分 / 长硬了骨骼 / 长高了梦想 / 和风里 / 点头微笑 / 我自豪我是一株红高粱 / 辽阔的田野任我成长 / 朗朗的月光下静静地思考 / 虽然平凡和渺小 / 从不自弃自暴 / 面对尘世 / 远离喧嚣和浮躁 / 默默充实丰盈着颗粒 / 秋日阳光下 / 激情燃烧 / 涨红了脸膛羞涩的模样 / 悄悄地努力向上 / 丰收的时刻唱起歌谣 / 没有花香 / 没有山高 / 认真扬花结粒是我的情调 / 为蓝天白云献上一穗赤诚 / 沉甸甸的高粱穗是对大地恩情的回报”。读她的诗作感佩她成绩的斐然，感念她思考的深刻和对社会的益处，我觉得我有义务和责任把它们推向社会，推向读者。

翠儒的诗作有其自己鲜明的特点，从题材和内容看，立意比较高远，追求公平正义，歌颂真善美，充满正能量。

诗作既有对祖国（《祖国，我尊敬的祖国》,《一张地图》）党和人民（《七月的太阳》,《感恩》）的放声高歌，也有对大自然（《谁在悄悄大开春天的门》《山之独白》《仲夏沂蒙五洲湖》）、故乡（《故乡春秋》）、劳动（《采金银花曲》）、奋斗（《里奥中国女排》）、友情（《你不是高高在上》《献给GF》）、亲情（《母亲》《故乡的炊烟》）、爱情（《交给太阳》《窗外那一枝羞涩的月光》）、美好道德品行（《温暖2014》）的真挚赞美，其中也不乏缅怀先烈，砥砺奋斗（《沂蒙红嫂》《抗日山》《献给南疆铁路建设中牺牲的烈士》）的红色诗篇。

翠儒的诗作意象非常丰富。

江河湖泊、日月星辰，山树花草，风雨雷电，飞禽走兽，雪霜露云、天空原野、田间地头，大自然的无数事物包括我们人类个体的人，根据诗作内容和情感的需要，她信手拈来，自然运用，动静结合，使她的诗作像歌又像画，能带给人以非常美的愉悦和享受。是谁在悄悄打开春天的门/一点点地打开/先是稍稍打开一条缝隙/闪出一点春天的侧影/一轮羞涩的月亮泛着些许红晕/仰慕的星辰围绕着忽远忽近/春天的门又悄悄更多地被推开一点/春姑娘耐着性子梳妆打扮/涂脂擦粉的倩影若隐若现/太阳披上彩衣乘上辇车/从平静的海面上威武起程/不知不觉没有一点声息/是谁如此调皮/偷偷猛地一推/春天的门忽然洞开/春姑娘仪态万方身姿妖娆/从头到脚整体显露无遗/又像一个战胜寒冷披甲归来的勇士/把胜利果实一心想与世间万物分享/一抬手把天空和大地就做了春天的装扮/一转眼天上人间就都换上了春天的容颜/是谁悄悄打开了春天的门/哦，又是谁这么迫不及待/早就敞开了迎接的胸怀/春姑娘心有灵犀，没有丝毫扭捏/一路温情款款，笑意盈盈/啊！到了——春天/就让我们和春天一起生机奔放/和春天一样脚踏大地/春暖花开（《谁在悄悄打开春天的门》)。第一次认识春天就是这么害羞的/尤其初春早晨的太阳/只要晴天就会露出红红的脸膛/这是初春特有的太阳/总把耀眼的光芒悄悄掩藏/它是想/送给早醒的爱人一张红红的脸膛/从红红的脸膛上爱人会读出爱的信息/爱知道害羞情义才会更地久天长/而那些初春空中飞翔的小鸟/它们欢歌的时候/唱一阵总会停一停再唱一嗓/仿佛面对高山和大河这样的听众/它们还不是那么勇敢的能彻底一展歌喉/不够自信就会显露出羞怯的神态/它们害羞着自己的形式和内容/有时婉转歌唱有时默不作声/而此时此刻/不知是哪位随意的画手/向堤坝上那些柳条轻摆低垂的杨柳/胡乱的泼洒一点绿汁/然后一去就再也没有回头/是画手的疏忽导致

了这些杨柳的害羞 / 整个春天它们就再也不肯抬起头 / 还有初春的云 / 初春的风初春的雨 / 总是悄悄的来又悄悄的走 / 这么低调的行踪 / 让我又见识了另一种初春的害羞 / 而那些在春天要开的花就更不必说了 / 桃花也罢，樱花也罢 / 自从见到春天就开始羞红了面容 / 它们自愿给春天添彩添色 / 又自觉做的还远远不够 / 这些都让我懂得我在春天也要害羞 / 就是在感受这低头的温柔里 / 开始认识到我作为我还有许多的不够（《春天就是这么害羞的》）。仿佛睡了一觉 / 再睁开眼睛 / 那黄橙橙的柿子不见了 / 那男人用果剪嘎嘣嘎嘣剪柿蒂的清脆声不见了 / 那女人萦绕柿树的嬉笑声不见了 / 那金黄的秋天就这样突然不见了 / 只剩下那光秃秃的柿树 / 失色失落怅然哑然 / 已经被时令撸净了水分 / 无论是多么不情愿 / 那玉米谷子大豆秸 / 还是被人耐心地收拢在一起 / 立在冷风冷地里 / 等待粉身碎骨 / 成为牛羊们登天的主要食料（《暮秋》）。翠儒的诗作风格大气昂扬。《山之独白》《新的脚步》，能带给人奋发向上的精神力量，清新淳朴自然，没有过多的雕饰，仿佛浑然天成，有的充满了浓厚的情趣，使她的许多篇诗作立起来站在你面前，就像途中猛不丁遇到一位可爱又可亲的人，能带给人意想不到的温暖和喜悦。打开窗户早晨 / 望向窗外抬头一片云霞发呆 / 坐下来 / 想到过去 / 故乡和云 / 爷爷奶奶 / 儿时的邻居 / 那个扎羊角辫的小阿霞 / 一双水灵灵的大眼睛 / 天然长出的长睫毛总是忽闪忽闪 / 特爱笑 / 两腮上也都是天然长出的小酒窝 / 不笑也含笑 / 她到我们家总是有东西要送 / 一棵大白菜 / 或是三根黄瓜 / 有时候也是一小布兜青椒 / 都是她自家菜地里长的 / 我娘会让我回送她 / 两根红头绳一个发卡 / 一方手帕 / 或是一块香皂 / 放下东西接过东西 / 她都不多言语 / 就知道笑笑 / 然后就走了 / 望着她离去的后背 / 就像眼下这样我总爱发呆一回 / 每回只是才发呆几眨眼的工夫 / 像小山羊哞哞一阵 / 像大白鹅嘎嘎几声 / 也宛如小猫咪眯一会儿眼睛（《阿霞》）。翠儒的诗作，多数结尾都蕴含着深刻的道理，经得起咀嚼，含意深长，能带给人以深刻的启迪。

一个人的胃口有大有小 / 小的别饿着 / 大的别撑着（《今日早餐》）。“老人与海的故事远没结束 / 海明威也让我深信 / 对某种坚持应该永远怀着赞叹 / 对某种失败应该永远怀着尊敬（《思海》）。云的世界是那么变幻莫测 / 又仿佛也有规律可循 / 天地大同写着一个真假 / 难辨真假其实真假分明 / 哦 / 万物世界，芸芸众生 / 云里雾里，渴望阳光追求光明（《观云》）。偶尔我穿着暖衣 / 也感觉寒冷 / 偶尔我吃得很饱 / 也感觉饥饿 / 偶尔我已经喝了足够的水 / 还是感觉干渴 / 在模糊的世界 / 我却分明感到并能看见 / 你就那样 / 无怨无悔，源源不断地 / 以热量、水和食物 / 供应我（《我要告诉你》）。大雪飘飘 / 山舞银蛇 / 原驰蜡象 / 土地在浩浩荡荡的洁白之下 / 孕育新的希望 / 小草 / 荣了枯 / 枯了又荣 / 我听到了它关于生命最本色的歌唱 / 清清白白一生 / 踏踏实实一世 / 自由自在成长 / 清风正气是成长的雨露 / 初心是成长的太阳（《我是天空的耳朵》。直背着人生的喜怒哀乐 / 背出去又背回来 / 忠实的朋友珍惜朋友的收获（《你在那里能看到我吗》）。翠儒的诗作，其表达形式不拘泥于一种，全集以抒情为主伴有叙事，抒情诗感情饱满真挚，叙事诗以《一个女人的命运》为代表之作，叙述故事形象生动完整，感人肺腑。

小荷才露尖尖角，早有翠鸟立上头。她儒雅俊俏，心细如发，心怀大爱，将平平常常的生活描述得如诗如画。

“问渠那得清如许，为有源头活水来”。“清泉”是翠儒的微信名，也是她内心坚守和向往的理想高地。翠儒作为一名出色的金融工作者，作为一名优秀的诗人，已经在当地乃至全国金融界及诗歌界有着不俗的成就和很高的人气，她仍然谦虚好学，潜心书写，播种着心中的太阳。她的诗词就是她生活和创作的真实写照：清清白白一生，踏踏实实一世，自由自在成长，清风正气是成长的雨露，初心是成长的太阳。

是为序。

2018 年 3 月 30 日

于北京金融街金融作协办公室

开创中国信合事业的“大同世界”

——《大同农信系统书画作品集》序

金秋时节，丹桂飘香。好雨知时节，在这个充满收获和喜悦的日子里，我们的《员工画册》出版了。

清风徐来，翻开了画册的扉页，霎时间，那些熟悉而又亲切的画面和情景扑面而来。七十年风雨创业路，七十载拼搏铸辉煌。大同农村商业银行秉持服务当地经济发展，坚定不移走高质量发展之路，各项业务已走在全市同业的前列，硕果累累。记得我 2000 年离开大同时，全市信用社各项存款才区区 20 亿元，现在已经达到 600 多亿元了。风雨砥砺，岁月如歌，清泉如许唯有源头活水。这些成果的取得，都来源于一代代信合人永不言弃的拼搏精神和改革创新精神！特别是大同北都农村商业银行和新荣区农村信用联社成功合并组建为大同农村商业银行，无一不是得益于市委市政府正确的战略决策，得益于省联社和市审计办的正确领导，得益于上级监管部门的大力支持，得益于全体员工的共同努力。

人常说，文运与国运相连，文脉与国脉相牵。多少年来，中国金融业为革命战争和国家经济及社会发展发挥了不可替代的作用。我们农村信用社，从革命战争、解放初期，特别是改革开放四十年以来为国计民生作出了巨大的贡献。尤其是我们大同农村信用社，自成立以来，就像田野里的原上草一样，虽历经磨难却痴心不改，为三农发展无私奉献，信合人的功绩，像种子一样被深埋在土地里，高山险滩记载着丰碑一样的奉献。可是在林林总总的文艺画廊和艺术典范中，很少见到信合人的身影，缺乏反映我们信合战线的正能量，这实在难说公平。大同信合人就像那经历了 2400 年风霜雨雪仍默默无语的五万多座云冈的大小石佛，千百年来默默地向人们诉说着、期盼着……

这次书画征集活动开始时，我自己觉得现在有人写有人画，大概也是一般的图解之作。但当我将画册书稿一页一页看下去，心情却逐渐振奋起来，继而有些惊叹了。觉得我们的干部员工能够在改革开放的时代大背景中，通过描述几代信合人的生活和情感经历，几乎是全景式地反映了大同信合事业改革、发展和奉献的历程，刻画出一组浮雕般的信合人的群像，实属不易。我觉得这次活动的成功，主要归功于三个方面：一是经过四十年的改革发展，我们的信合事业取得了令人瞩目的成绩，它为我们的信合文化繁荣积蓄了肥沃的土壤；二是全行干部员工励精图治、奋发有为，为员工的文化创作提供了绝佳的环境和丰富的素材；三是全行涌现出了一批有思想、有情怀、有理想、有能力的员工群体，他们快乐地奋战在信合事业第一线，幸福地记录着身边感动的人物和精彩的故事。三个方面因素聚了“天时地利人和”的精华，而精华的基石还是我们全行信合事业的繁荣和发展。

这本画册的出版发行，具有非常重要的历史意义和现实意义，拥有它，譬如登高而指，臂非加长而见者远，好似顺风而呼，声非加疾而闻者彰。站在时代潮头、回应人民期待，培植我们的精神家园，用青春正能量见证成长见证信合人的大爱。尤其是在当前如此重大、深刻的社会变革中，如何讲述大同农村商业银行的故事，发出富于影响力和感染力的大同信合声音，创作出可以传诸后世的精品力作，是我们面临的巨大的机遇和挑战，也是广大员工的光荣所在。它是我们信合文化建设的重要内容，是提高员工的工作积极性和职业自豪感、提升我们信合事业软实力的重要体现，当然，更有利于增强全行农村商业银行的市场美誉度和竞争力。纵观画册，主题突出，思想明确，内容丰富，艺术高超，精神可嘉。我认为主要有以下五个特色：

高举旗帜，保持和增强了大同农村商业银行的政治引领和前进方向。“万山磅礴必有主峰，龙衮九章但挈一领”。我们以习近平新时代中国特色社会主义思想为指引，牢牢把握正确舆论导向，唱响主旋律，壮大正能量，做大做强信合事业主流思想舆论，把全行业职工士气鼓舞起来、精神振奋起来，提高了全行职工的思想觉悟、道德水准、文明素养，提高了信合文化的软实力和影响力。在服务中心、服务大局、服务基层的道路上，听党话、跟党走，坚守责任，砥砺前行。我们一定要牢固树立“四个意识”，不断增强“四个自信”，坚决维护党中央权威和集中统一领导。以党的政治建设为统领，把握正确政治方向，努力打造一支政治过硬、本领高强、求实创新、能打胜仗的农村商业银行优秀队伍。

凝聚人心，以社会主义核心价值观指引全行文化建设的健康发展。通过这次活动，我们就是要勇于担当，培育和践行社会主义核心价值观的时代责任，带头讲正气、走正道、树正风。承担起以文化人、以文育人的神圣职责，成为社会主义核心价值观的实践者、传播者、建设者。画册作品始终贯穿着农信社改革发展、转型提质红线，既有对近年来农信社改革发展成果的全景描绘，既有对农村商业银行转型提质的深入思考，也有对信合事业忠诚热爱的真挚表达。可以说，这是近年来信合事业改革发展的忠实记录和亲历见证。从这些作品中，我们能够感受到农信社走过的风雨变革、艰辛历程，能够感受到一代代农信人的矢志不渝、坚韧执着，能够感受到农信社在改革发展过程中所经历的曲折阵痛、嬗变辉煌。凝聚起共识、引领风尚，增强全行文化软实力，有力推动全行事业健康稳定发展。

振兴文化，为全行的信合事业发展提供强大的先进文化支撑。好风凭借力，奋进正当时。文化是一个国家、一个民族的灵魂。文化兴国运兴，文化强民族强。十九大强调要增强“文化自信”，推动社会主义文化繁荣兴盛。这本画册的作品，立意高远，构思新颖，内涵深刻，饱含深情，兼有综合性、专业性、理论性、文学性等特点，是全行学习和借鉴的宝典，也使我们更加坚信信合事业和信合文化发展前景一片光明。功崇惟志，业广惟勤，我们就是要紧紧围绕党和国家工作大局，用先进的信合文化引导职工在各项工作中建功立业。要充分发挥自身优势，切实发动和紧紧依靠全行职工，确保全行改革各项工作顺利有序开展。当前，我行发展面临内外部诸多问题和挑战，我们就是要勇于担当、积极引导全行职工充分发挥农村金融主力军作用，完成好服务经济实体、防控金融风险、深化金融改革三大任务，在各项工作中建功立业。特别是目前我行面对着银行业新的体制机制、新的监管和经营模式、新的金融服务产品和服务方式，这就要求我们必须要通过先进文化建设，不断提高广大职工的思想文化素质。通过讲述生动的金融故事，展现以农为本的底色，树立榜样典范，拉近信合事业与人民群众的距离，展示信合人良好的精神风貌。使我们能够站在更高的平台，以更广的视角、更宽的视野、更远的视觉，审视和见证讴歌农信社这些年来的变革和发展，为我们农村商业银行树碑立传，推动全行经营管理健康发展。

培育新人，用先进的文化作品讴歌劳模精神和工匠品格。通过画册丰富的内容和精神，鼓励和提高全行职工队伍素质。我们要积极搭建平台、创新方式，在全行系统内大力弘扬劳模精神、劳动精神和工匠精神。长期以来，全行广大职工积极投身信合事业的改革创新，涌现出大批先进典型，他们身上集中体现了广大信合职工“信念坚定、诚信守纪、甘于奉献、开拓创新”的伟大品格。他们直如朱丝绳，清如玉壶冰，扎根基层，辛勤劳作；她们守德而忘势，行义而忘利，修行而忘名，赢得点赞；他们激浊扬清、大爱无疆。我觉得，金融业无论劳动形态怎样变化，伟大的劳模精神永恒不变。江山代有才人出，凭的是劳模精神的示范引领；青出于蓝胜于蓝，靠的是劳模精神的代代传承。让劳动光荣、创造伟大成为铿锵的时代强音。我们就是要用劳模的先进事迹感召职工，引导广大职工特别是青年职工，树立正确的价值观念，把个人梦与中国梦结合起来，把自我人生追求与做好本职工作结合起来，立足岗位、争创一流，努力建设一支政治过硬、作风优良、业务精通的一代新人。

展示形象，突出全行职工群众的主体地位，树立信合事业的良好形象。一夜好风吹，新花一万枝。我们在活动中注重发挥普惠效应，让全行职工群众成为文化活动的主角。从广大职工的实际需求出发，突出信合职工主体地位，让职工群众当主角，而不让职工群众当配角、当观众，让更多的职工参与进来，在平凡岗位上成为“信合文艺”大舞台的“主角”。这次活动，紧扣住了我们农村商业银行的行业特点，本着信合人写信合事、信合人唱信合歌、信合人画信合画的精神，创作出了职工喜闻乐见的文艺作品，记载和讴歌了职工群众的精神风貌。画册作品用情感抵挡岁月风尘、抵达心灵圣殿，将农信人生的起起落落付诸笔端，用笔墨的芬芳，丰润的情思书写着农信人的酸甜苦乐。使满腔真挚炽热之情跃然纸上，深深拨动着读者的心弦。作品都是对信合的工作生活进行了深层次的思考，追求探索生命的意义。不仅要做好信合事业现代化建设的建设者、见证者，还要做好金融时代精神的倡导者、宣传者，向社会传递信合事业的正能量，为信合事业举精神之旗、立精神之柱、建精神家园，更好地传递信合事业工作生活的真善美。

东风好作阳和使，逢草逢花报发生。在党的十九大提出“贯彻新发展理念，建设现代化经济体系”，要发展“绿色金融”、倡导“金融扶贫”等要求。我们一定要立足于三农这片沃土，积极投身金融改革和发展的实践，善于用手中的笔及时、准确地记录信合人和信合事业，描绘出一幅幅充满活力的信合文化蓝图，讲出更加精彩的大同信合故事、中国信合故事！

千红万紫安排著，只待新雷第一声。回首过去，我们豪情满怀；展望今朝，我们信心百倍。未来总是给人以希冀，既充满着挑战和机遇，也意味着责任和使命，满含无限憧憬，纵使任重而道远，也要耕耘出春华秋实的景色。阳春布德泽，万物生光辉，大同农商银行，大同人自己的银行；大同农商银行，大同人的绿色银行。我们站在一个新的历史起点上，倍感大同农村商业银行事业的光荣与责任重大，我们永远走在路上，不忘党和国家的希望和重托，团结和带领全行广大职工在新起点、新征程中迎风破浪、再攀高峰，创造出中国信合事业的“大同世界”！

是为序。

2018 年 11 月 9 日
于北京金融街中国银保监会大厦

岁月如歌

——叶林先生散文集《留在岁月里的歌》序

贾平凹先生说过：故乡即为生您的血地。您就是故土冒出的气。《留在岁月里的歌》便是作家叶林先生在故土这块胎记上植出的血脉和灵魂。

我觉得，一个人的成长，离不开两个基因。一个是健康基因、一个是文化基因。什么是文化基因？那就是一个人世世代代、祖祖辈辈生活的那个地方，它所积淀和传承的历史文化氛围和优秀传统。叶林先生与我同根同源，都是出生在黄土高坡的山沟的皱纹里，那些挂在瘦骨嶙峋的山脊梁上的小山村中。所以，家乡情结、故土情深，故园恩德，是叶林先生的精神寄托，情感依托。说实在话，人生或叱咤风云或小桥流水，若能拥有一份清醒和自觉，实乃人生之幸事。

《留在岁月里的歌》作者叶林先生是我熟悉不过的一位不变根脉，富有情怀的人。他用一颗清醒的心，不断抚平疲惫的神。在故土被逐渐虚化遗弃的现实中，用留在岁月里的点点滴滴不断去养根铸魂。

记得那是2020年一个不平凡的日子。雪紧风急天寒，一场疫情突然来袭。忽然接到叶林老师的电话，说是他的新作《岁月之痕》即将出版发行，想请我为其新作作个序。这就让我作难了。因为叶林老师其实是我的师长辈分，他既是县里文字材料的“大笔杆子”，又是文学艺术创作的名家。我一直都是叶林老师的学生和徒弟辈儿，尽管叶林老师谦逊有加，承蒙偏爱，让我作序，但我还是受宠若惊，不敢“造次”。怎奈叶林老师多次诚邀，尽管我还是心存敬畏，但再也无辞可托，加上恭敬不如从命的古训，再辞便觉不敬，于是我就欣然献丑。于是，在这悄无声息中，叶林老师的《岁月之痕》将宅在家里的我，带入了一个心灵栖息的家园。

没想到，仅仅时隔两年，叶林先生的又一部力作《留在岁月里的歌》，又一次唱响在我们耳边，这种创作速度与力度，就不能不令人佩服。

我们知道，在今天快手抖音喧嚣的时代，在中华儿女为实现伟大梦想，接续奋斗的今天，在物质欲望甚嚣尘上，让人意乱心迷的当下，自我思想精神得以完全解放的同时，人们似乎脱落了桎梏前行的礼法制度和精神枷锁。而《留在岁月里的歌》在这个个性张扬且百年未有之大变局的伟大时代里，用舒畅而淋漓的散文、诗歌形式记录着故乡的昨天今天，记录着故土上长出来的过往人生。把已成梦里符号的过往岁月弥合在一起，把埋没的记忆复原，用根脉思想、文化精神展示着不变的情怀，让语言在这个纯净的人性世界里聚能散光，填充精魂，用优美的文字编织了一颗向真向善向上向美之心。

这情景仿佛又让我想起了叶林先生的《岁月之痕》，端端地应了那句古诗：问渠那得清如许，为有源头活水来。即事即兴，信手拈来，以文作记，抒情咏怀，构成了叶林先生生活的一种状态，体现了他对生活和文学的热爱。他用纯净的心，用干净的笔，写纯粹的生活和诗文，这就需要热爱、勇气、执着和痴迷，叶林先生无疑是这为数不多的执着者和守望者。他说过，写作是他内心的需要，也是他超脱人生困惑的自我救助。写作记录了他对生活、生命的体验，丰富了他的内心生活，使他不沉沦于平凡与琐碎，促使他对的生活进行了深层次的思考，追求探索生命的意义。道不尽人生百态，写不完世间真情。从他的文字中，我读出了他对生命的热爱、对人性的善意、对社会的责任，这是一个成熟作家的素养与担当。

我们相信《留在岁月里的歌》一经融入新时代的洪流中，将被社会吸收更多的精神钙质；我们也相信，《留在岁月里的歌》将在故土这块胎记上绽放出更加艳丽的灵魂之花!

是为序。

2023 年 5 月 7 日

于北京金融街中国银保监会大厦

生命的本色
——张力芸诗集《青青陌上草》序

许多人都曾经追问过，生命的本色是什么？是像大海那样激情澎湃的蓝色？还是像山峰那样险峻崎岖的褐色？也许，每个人心中都会有各自的理解和诠释。我也在苦苦追寻着解答。前些日子，一阵清风徐来，翻开了张力芸女士诗集《青青陌上草》的扉页，细读着她一首首充满情感的诗歌，霎时间，那些熟悉而又亲切的画面和情景扑面而来。我被深深吸引了，书稿一页一页看下去，心情逐渐振奋起来，继而有些惊叹了。这就使我不由得想起二十多年前，我的第一部长篇小说《原上草》，离离原上草、青青陌上草，一岁一枯荣。野火烧不尽，春风吹又生。是缘分使然？还是冥冥注定？我和力芸对小草的钟情和热爱，对小草强大生命力的膜拜和赞美，是那么的默契和神奇。不觉感慨到，风雨砥砺，岁月如歌，原来生命的本色可以是绿色的、年轻的、蓬勃的、向上的，张扬着生命的色彩。

我跟力芸，其实一直都没见过面，通过她的作品和网上的介绍，我才知道她是 20 世纪 70 年代生人，也是我们中国金融作家协会骨干会员、四川省成都市作家协会优秀会员。近年来她勤奋创作，发表了大量作品，可谓硕果累累，许多力作入选《中华文艺》《剑南文学》《大西北诗人》《似水年华》《作家文库》《暮雪诗刊》等刊物，并著有个人诗集《山河故园》。力芸作为一名金融行业的女职工，在忙碌的工作之余，能够认真写作诗歌、孜孜不倦，把生活的表象用诗歌的形式表达其厚度和宽度，用诗情画意的语言描述身边的情感、自然和万物，用一种真实、质朴的态度去写诗，这本身就是一个诗人对待生活的态度。她的作品，既有涓涓流水的娓娓道来，也有灵巧诗意的奇思妙想，非常值得一读。

细读力芸的诗作，字里行间浸透着对家国的无限眷恋，诗里歌里抒发着对工作生活的热爱憧憬。诗人的不同之处在于用文学的形式赋予生活精神的高地、把平凡的生活变得有滋有味，让生命的本色显得从容、优雅和高洁。正如作者所写书名“青青陌上草”，在大千世界里生活的人，为生存和梦想打拼，都是平凡的劳动者，像青草一样普通，但正是有了这么多劳动者的付出，才有了春满人间的景色，才有了现代社会的巨大发展，于是乎，诗人的情怀情感和读者之间便有了共鸣。

力芸的作品内容丰富、形式多样。新诗百年，有多少诗人忍受了寂寞和孤独，坚守着文学的芳草地，为呈现好的诗歌而不懈努力，力芸就是其中之一。她热爱古典诗词，从唐诗、宋词到现代诗歌，大量阅读和积累，使她在写作时，不知不觉地有一种古典与现代结合的特质，语言和情境交相辉映，简洁而不平白、繁复而不枯燥。力芸擅长写十八行诗歌，主题开阔、内涵丰富、寓情于景、生动有趣，概括起来是真正意义上的“二情三美”：

家乡之情。这是力芸表达情感最炙热、最深沉的部分。像《美丽中国》的恢弘大气、构思独特，让人耳目一新。《浪漫樱花城》将当地的古文化写入诗中，凝练、畅达、散发出悠久而璀璨的文化气息。《桃花故里桃花红》则是充满了对家乡建设成就的自豪感，作品鲜活灵动、富有田园风情。《烟火成都》《春熙路》《鹤鸣茶庄》从诗人的眼光看名城，赋予了新的意义和活力。

生活之情。在诗人眼里，一棵树、一朵花、一棵草，都有它丰富的诗意。当她走过八千里路时，看见的是《第二个故乡》《奇峰险峻》《飞瀑与流泉》《原生石》等等，风景还是风景，却有着不一样的生命发现。这里面有山川的美好，也有地域背景的升华。对现实生活的关注，作品《巴山蜀水情》倾注了作者对扶贫攻坚的感同身受，赤子之情溢于言表。《购购购 Let's 购》《猫小姐》《提拉米苏》，是对现代社会的多样性的反映。当我们读一首诗时，如果让人赏心悦目，有所触动，那一定是好诗。力芸的诗歌有含蓄美和结构美，风格清丽典雅，这也是她多年善于探索、勤于创作的结果。

情感之美。诗集里面的《荷叶为我挡风你为我挡雨》《我把悲伤涂上色彩》《南方雨北方雪》《我的蔷薇我的莲》《桂花树下》都是值得一读的佳作。力芸丰富的想象和挚热的情感，才能把感情诗写得优美、不落俗套，既有离别的不舍、也有思念的缠绵。寓意、比拟和想象贯连一起，诠释着爱这个宏大的主题。古今中外的作品里，爱是永恒的主题，屡见不鲜，让人深深沉醉。但如何写出新意？这也是许多作家寻求的答案，力芸的纤细和敏感让作品哀而不伤、浓而不艳，恰到好处，也是难得的小清新，让我喜欢，也令人钦佩。

奋斗之美。习总书记说，幸福都是奋斗出来的！每个人都在奋斗，奋斗的力量浩瀚无边，汇集成我们民族向前发展、向着美好生活奋进的步伐。当代社会需要每一位劳动者的辛勤劳动，无论是面对挫折的勇气，还是面对失败的信心，力芸的《劳动者自白》《青青小草》《走路》《面具》《风中有棵摇摆的草》《天黑之前》，都从不同的角度诠释了生活态度。那就是“疾风知劲草，板荡识忠诚，勇者安知义，智者必怀仁”，这也是弘扬正气、反映时代脚步的诗歌作品。

行业之美。金融是经济的核心，金融行业是一个高风险、高压力的行业。力芸作为一名奉献了多年的职工，用诗歌作品去表达心中的情感再合适不过的了。长期以来，广大金融职工积极投身壮丽的金融事业，体现了“信念坚定、诚信守纪、甘于奉献、开拓创新”的伟大品格。他们直如朱丝绳，清如玉壶冰，扎根基层，辛勤劳作；她们守德而忘势，行义而忘利，修行而忘名，赢得点赞；他们激浊扬清、大爱无疆。一夜好风吹，新花一万枝。力芸的创作，紧扣住了金融行业特点，记载和讴歌了金融职工群众的精神风貌。她的作品用情感抵挡岁月风尘、抵达心灵圣殿，将金融人生的起起落落付诸笔端，用笔墨的芬芳，丰润的情思书写着金融人的酸甜苦乐。使满腔真挚炽热之情跃然纸上，深深拨动着读者的心弦。力芸的作品都是对金融的工作生活进行了深层次地思考，追求探索生命的意义。所以，我要说，力芸为金融事业举精神之旗、立精神之柱、建精神家园，更好地传递金融事业工作生活的真善美。我欣喜地看到她十多篇反映金融职工的诗歌，从《听妈妈讲过去的事》的传承发展，《朝霞之歌》的朝气蓬勃，《等你在零点零一分》的敬业守业，《苦乐年华》的悠悠述说，到《银色人生》的拼搏奋斗，让更多的人了解和理解这个特殊行业的酸甜苦辣，既做好本职工作，又要搞好创作，实属不易。用手中的笔写出心中的繁华，这也是金融行业文化发展的重要成就。

生活赋予我沉重，我报之以微笑。在行色匆匆的脚步中，善于寻找美、发现美、创造美的人，一定是内心丰富、情感细腻的人，也是用心生活的人。从力芸的第一本诗集《山河故园》开始，我欣喜地发现，诗人日臻成熟的作品和展现出来的可贵的原创力量，充分体现了文化自信的特点。力芸作品端庄清丽、情感饱满、温婉细腻，博大精深，底气从何而来？我们的底气是从五千年的传统优秀文化里来，是从渊源广博的古典诗词里来，一脉相承、不断进取，正是有了许多像力芸这样勤奋写作、才思泉涌的作家诗人，才使得诗歌成为人们美好的心灵栖息地。

近年来，力芸创作连绵不断，佳作频出，她的许多精品力作入选《当代爱情诗典》《当代华语名家文选》《抒怀 2017 现代诗精品选》《中国当代诗词精选》等数十种书刊，尤其是她的作品还入选了教辅《语文读本》，2018 年获得《似水年华》首届征文一等奖，2019 年获得“雅集京华诗会百家”第二届全国百家诗会一等奖。可以说，力芸《青青陌上草》的出版发行，不管是在全国金融系统还是在当代文坛，都已经有着不同寻常的知名度和影响力。可力芸很谦逊，她总是把自己比作青青陌上的一棵草。而我想说的是，力芸就是一棵草，也能根扎大地，青春勃发。一棵草就是一个强大的生命，一棵草就是一个多彩的世界，一棵草可以串成行连成片，成为一望无际的草原，为天地立命，给世界带来无限的绿色生机和希望。

是为序。

2019 年 5 月 12 日

于北京金融街中国银保监会大厦

花动一山春色

——《时光玫瑰：金融女作家散文五人集》序

“荷风送香气，竹露滴清响”。在秋高气爽、大地流金的美好时节，我收到了沉甸甸的书稿《时光玫瑰：金融女作家散文五人集》，金融界五位女作家自发组织、整理和出版的一本散文合集。这不仅是五位女作家自己的喜事，也是中国金融文学界值得庆贺的好事。

经济是肌肤，金融是血脉。经济对一个国家与个人来说都是举足轻重的大事，金融从业人员是社会经济生活的直接参与者，金融行业的作家们与一般作家相比，更直接地触摸到国家经济脉搏的跳动，感受到金融神经末梢的律动。若能把自己在经济和金融工作中遇到的、看到的和听到的诉于笔端，那将是文学界很大的一笔财富。我经常说，壮丽的中国金融事业需要记载和讴歌。目前，中国金融系统从业人员近千万人，在社会经济工作中扮演着十分重要的角色，发挥着不可替代的作用，他们中间涌现出许多优秀的作家和文学爱好者。中国金融作家协会自 2011 年成立以来，引导广大金融界的文学爱好者积极创作，为我国金融事业发展提供了强大的精神动力和不竭的发展源泉。风雨彩虹，铿锵玫瑰。我们欣喜地看到散文集《时光玫瑰》的五位作者王炜炜、杜红升、井小力、危九平、黄艳红，她们在自己的工作岗位上努力拼搏，独当一面，取得不俗的成绩；她们犹如风中玫瑰，雅茹绰约，各有风姿，她们又都有一个共同的爱好，那就是：写作。于是，五位志趣相投的女作家决定，一起做一本有趣可爱的书。来自全国不同地域的从未见过面的金融界女作家，以文学的名义走到一起来，共同书写，这本身就既神奇又美好！金融玫瑰芬芳绽放，“五朵金花”争奇斗艳……

“金花”一朵：王炜炜，中国金融作协公众号的主编。她在与几位女作家微信聊天时，得知她们有出合集的心愿，于是，在她召集下，几位女作家“一拍即合”。炜炜本身就是一位成熟的作家，她长期专注文学创作，成就显著，是全国金融作家中的佼佼者。炜炜曾经是位优秀的英语教师，无论是“银语”还是“金语”，都是从事语言的教学和研究工作，与文学创作的基因“文字”有缘。在中国农业发展银行泉州分行工作相当长的时间内，她主要从事会计、信贷工作，其工作繁忙与辛苦可想而知。但她磨刀不误砍柴工，在做好本职工作的同时，利用业余时间创作了多达200多万字的小说、散文、剧本，不少还获了各种级别的文学奖。有文坛前辈评价她为人为文皆“以女性的自觉，体现出一种可贵的独立意识与进取精神”。不仅如此，她还积极参与中国金融作协的各项工作，她是中国金融作协两届理事。她负责的中国金融作协福建创联组，能够团结福建金融作家，协助中国金融作协在福建各项工作的开展；她长期主编中国金融作家协会公众号，给全国金融作家提供了一个展示才华的文学平台。由于她各方面表现突出，2014年就成为了中国作家协会会员，并且成为中国金融作家协会首位到鲁迅文学院中青年高研班的研究生；2021年12月参加了中国作家协会第十次代表大会，她也是中国金融作协首届“德艺双馨”作家，2020年中国金融艺术先锋人物。

或许，许多人知道炜炜是因她的长篇小说《漂亮不等式》《黑白蝶》，但炜炜的写作是从散文开始的。米兰·昆德拉曾经描述：人们一直在向往一曲牧歌，在盼望一片乐土，在那里有夜莺歌唱。炜炜就是那只歌唱着的夜莺，散文是她的牧歌，小说是她的乐土。“用纯净的心，用干净的笔，写纯粹的诗歌、散文和小说”是炜炜一向所坚持的，通读了她此次收入散文集的二十篇文章，我再次为炜炜平实、干净的文字所打动。心中有山海，眼眸有星辰，“山海星辰”以山、海为主题，仰望文学星辰，在冷静从容的叙述里娓娓道来，有一种我自安然、恬静、善待人与万物的素怀之闲情逸致。心若无尘，则处处皆净。你看山与海在她笔下是那般澄澈、空灵，宛若童话般境界；也许，这就是时光赋予炜炜内心的完满，她不必喧哗，只需将一颗晶莹剔透的心，交付文字，在文字里守一份清欢，握一份温暖，在光阴里，素净芬芳，悠然绽放。

“金花”一朵：杜红升（笔名虹笙），供职于中国建设银行研修中心。她是一个对文字心怀虔诚的作家，自幼热爱文字，上班之初，即以饱满的创作热情和耀眼的才华光芒，在故乡南阳各家媒体崭露头角，犹如一颗小红星冉冉升起，受到首届鲁迅文学奖获得者周同宾先生等名家的关爱。红升深爱银行工作，她精勤务实，爱岗敬业，成绩突出，不久就离开家乡荣调到省会工作。在对新生活的适应和对繁重工作任务的承担中，她把肩负好人间责任作为积攒生命力量的历练，珍藏起心底里关于文学的那个梦。2015年，在师长的催促中，她终于将往年散落发表于《金融博览》《金融时报》《建设银行报》《大河报》等报刊的部分散文与诗歌进行整理出版，是为《虹笙文集》（包括散文集《向着太阳走》、诗集《在最美的光阴里》)，周同宾老师和河南省诗歌学会副会长萍子老师分别为之作序，希望她能在写作的道路上继续前行。

星光不负赶路人。不久后的日子，虹笙又因创作成果丰硕，调到了北京总行工作。更广阔的世界再次给了她惊喜的回馈，丰富的人生体验也给了她更深刻的生命感悟，给了她继续书写的全新视角。她再度动笔，新的文字里多了光阴的质感和生命的厚重。虹笙怀着对文字的敬畏之心，珍惜笔下流出的一字一句，从心而言，汇聚成“虹影笙歌”，——这“影”里有她从郑州到北京、从青春到中年生命蜕变的心路历程；这“歌”里有她对故乡深情的回望、对亲情的细腻体察、对宇宙和大自然不竭的热爱，让我们看到了她流年里的匆匆步履，光阴下的四季荣枯，乡愁中的梦里梦外，聚散时的云影波痕……

“金花”一朵：井小力，在中国农业发展银行烟台市分行工作。与文字之缘，既源于她天赋基因所爱，亦幸运职业与其相伴。职场生涯的30余年，有20余年的时光，承担着市分行的文字综合与宣传报道工作。她先后在《金融时报》《金融早报》《金融视点》《中国金融观察》等全国各级报刊发表宣传报道百余篇，多年被农发行山东省分行评为优秀通讯员。文学梦是凝聚在小力血脉里一颗亟待成长的幼苗，她曾兼任农发行山东省分行《山东农业政策金融》杂志文学版编辑。工作之余，书写亲情、烟台风情的文章，有数十篇发表在《金融文坛》《烟台日报》《烟台散文》等报刊。近年，她的写作视野与关注题材亦有了广度与深度，她将寻梦诗与远方的域外之旅，倾情用文字与影像记录。

“力园小筑”诗意记录了她行走冰岛、北海道、巴尔干半岛及西域的见闻所感。雪国尊重自然，人与动物和谐相处的故事；巴尔干半岛曾发生的波黑战争，遗留在人们心中的伤痕；北欧冰岛人感受的高幸福指数，都深深撼动她的灵魂，引发她穿越国度，穿越时空的思考与共鸣。文章集中体现了她关注自然与人类，战争与和平，和平与发展的社会情怀……这皆是关乎人类命运的主题，体现了一名作家的社会责任感。这些作品亦被《中国副刊》《中国文艺网》《金融文坛》等媒体刊登，引起了广泛的关注与好评。

“金花”一朵：危九平，是一位从业27年金融保险工作者。她从基层到省级高管，目前任职中信保诚人寿保险有限公司高净值业务部总经理。九平出生于红色故都、共和国的摇篮——江西瑞金。从小在革命的故事和歌声中成长，对工作和生活，她都有着“红色”的激情和热爱，活得像一朵恣意绽放的玫瑰花，奔放而激情。无论人生的境遇如何跌宕起伏，她都力求工作有声有色、生活有滋有味、交友有情有义。

泰山不辞细壤，故能成其高；江河不择细流，方能成其大。作为一名金融工作者，在工作的忙碌和压力中，九平乐观面对工作和生活中的风风雨雨，微笑迎接每天的日出日落，让员工有成长和归属，让朋友有快乐和成就，让客户有认同与口碑，让家人有微笑和幸福，坚持向上、向善，始终拥抱未来，最终凝聚成文集“一缕墨香”。从福州到南京、北京，工作之余，她足至世界各地，走遍祖国的大好河山，领略不同地域的特色文化，执一支笔，写万千事，留下了很多饱含情意的文字。她用一支笔记录半生漂泊却一路豪歌的经历，写下了对人生的悟、对山河与自然的爱、对朋友的真、对亲人的情。当我们用心去触摸这些文字，内心会被她的温暖而触动，被她文字里的细腻而感动。

“金花”一朵：黄艳红（笔名紫云），现就职于民生证券有限公司（北京）。她从小就有文学梦，喜读中外文学名篇巨著，对文学大师仰慕不已。从事金融工作的几十年中，她广泛接触社会，深入生活，细察人性，体悟生活，笔耕不辍，收获颇丰。

禅茶一味，缘分使然。艳红偶然接触到了茶，品饮品味香茗，感受到茶的温度和生命张力，体会到坚韧温暖的心智力量。在茶语时光里，她以清雅清新的文笔写下点点滴滴的私人茶语，沉醉于中国茶文化的时光里。茶语、诗情、哲思，汇合成一条涓涓小溪，流淌成一个女子的清新漫笔。当这小溪温婉流入你我心海，岁月也因此平添美好。喜欢诗的她，也尝试用诗意的眼睛读大自然，读人心，读每一个拂晓清晨和星光夜晚，留下如诗的文字，化成眺望美好时空的彼岸花开。“紫云漫笔”写出了她四季物语的清欢浅歌，也记下了她心存善念的逐梦前行。

读着读着，我不由得想起了电影《五朵金花》，耳畔萦绕起那令人心驰神往的旋律：大理三月好风光，蝴蝶泉水清又清；蝴蝶飞来采花蜜，辛勤酿造幸福甜；阳雀飞过高山顶，留下一串响铃声……品读着金融女作家“五朵金花”的作品，生命的芬芳扑面而来，让人由衷赞叹、不忍掩卷。不同的人生经历、不同的工作岗位，让她们对人生有着不同的体察和感悟。或山川河流、大地远方；或风土人情、历史文化；或故土亲情、心路历程；或草木情缘、光阴履痕；或茶趣诗情，生命哲思……这芬芳的文字里浸润着她们对金融工作的挚爱，书写着她们投身国家经济建设工作、拥抱和耕耘生活的热情。五朵玫瑰，姹紫嫣红；汇聚成束，流光溢彩；各美其美，美美与共……

我非常喜欢一句古诗，春路雨添花，花动一山春色。这“路”就是中国的金融道路，这“雨”就是国家金融政策的“及时雨”，这“花”就是金融优秀作家的“五朵金花”，这“动”就是《时光玫瑰：金融女作家散文五人集》创作行动，这“一山”就是全国经济金融的大好形势和创业氛围，这“春色”就是金融普惠国计民生的巨大成果。登山则情满于山，观海则溢于海，火热的生活、壮丽的金融事业，需要更多的金融作家和文学爱好者去记录、去讴歌。五位金融女作家已收获了丰硕的艺术果实，希望她们以此书出版为新的起点，立足于金融土壤，积极投身金融改革和发展的实践，用手中的笔及时、准确地记录金融人和金融事，风雨彩虹，铿锵玫瑰，写出新时代更加精彩的“中国故事”。

是为序。

2022 年 9 月 9 日

于北京金融街中国银保监会大厦

母亲的故事

——邹小燕长篇小说《雪儿》序

其实，在阅读《雪儿》之前，我是没有见过邹小燕的。但她的大名我是早有耳闻的，毕竟都是金融系统的干部。当时我就知道邹小燕毕业于中央美术学院，国家高级美术师，中国金融美术家协会会员。后来我听中国金融文联的陈炜副主席说，邹小燕实际上是个金融专家，她毕业于中国社会科学院研究生院货币银行系，还是个高级经济师，先后在中国银行北京分行、法国巴黎银行北京分行工作，担任过澳新银行结构融资与出口信贷中国区总监、国立文化产业投资管理有限公司副总经理、巴哈马银行中国及亚洲总裁。著有《国际银团贷款》《档案人生》《股票、债券、储蓄、外汇》等著作，同时还参与编写了《英汉国际金融词典》《中国经济百科全书》《中国金融百科全书》等。

按理说，邹小燕作为一名响当当的金融家，已经是功成名就了。谁料想她还是一位知名画家，更让人始料不及的是，她竟然又成了一名作家，又推出了一部文学作品《雪儿》。

已经是个人物的邹小燕，还很谦虚。她通过陈炜副主席介绍，把《雪儿》的电子版发到了我的信箱，请我提前看看稿子。后打电话约我见面，想具体听听我对《雪儿》的修改意见。于是，在一个下午，邹小燕来到了位于北京金融街的金融工会，我们第一次见面了。

在跟邹小燕面对面的交谈中，记忆的颜料被一支画笔蘸起又勾勒，我对她有了更进一步的认识和了解……1970 年冬，邹小燕的父亲邹步英被调到中央档案馆工作，她们一家从江西中办“五七”学校迁到北京，住在位于北京西郊的中央档案馆大院。因为父亲经常出差，母亲又在北京城里上班，10 岁的邹小燕就担起了家庭重任，她不仅要学会洗衣做饭，还要照顾年幼的妹妹。昔日档案馆的大院里种满了果树，孩子们春观花，夏赏月，秋摘果，冬滑雪，邹小燕与大自然亲密接触，度过了无忧无虑的童年。从那她开始对画画、弹琴、跳舞生发出浓厚的兴趣，从中国文学到世界文学、从历史到地理、从艺术到科学，邹小燕如饥地阅读。高中毕业后，邹小燕响应党的号召，去北京农场插队，年轻的她激情满怀，决心在上山下乡的浪潮中磨砺自己。西山农场当时贫瘠荒凉，是穷山恶水之地，砍柴、打草、种树是邹小燕的每天劳动，早出晚归，战天斗地。一日三餐，馒头咸菜，她热爱农场，热爱劳动，她知道自己的付出是有意义的。热火的劳动赋予了邹小燕无穷无尽的人生乐趣，美好的大自然给了她取之不尽、用之不竭的创作灵感和源泉。她用手中的画笔画战友劳动场面、画西山农场的山石树木，那一幅幅珍贵的速写记录小燕的知青岁月。

随着改革开放给中国带来了发展的机遇，也给邹小燕提供了发展的平台。国家恢复高考的第一年，邹小燕考入了北京财校，成为改革开放后国家培养的第一代金融人。在那里她初次接触了艺术，《罗丹艺术论》是她最喜欢的，她把那些优美的诗句和感人的描写摘抄在本子上，一边看书一边把她尊敬和喜欢的作者和人物都画出来。几十年过去了，故乡的一山一水、一草一木始终都在邹小燕的心中，她为了回报家乡，回报社会，于 2017 年初在温泉镇创办了北京紫燕堂文化发展有限公司，并与温泉镇政府举办了“2017 水墨温泉书画摄影展”和“2018 文化温泉书画摄影展”。邹小燕组织中央美院和文化部著名艺术家们为温泉老百姓培训摄影，让专家带动村民共同描绘温泉的美好画卷，让艺术走进农民家庭，促进群众性文化活动的开展。邹小燕把对家乡的热爱融于笔端，精心创作了八尺国画《水墨和文化温泉》，展示温泉地区的悠久历史和灿烂文化，为家乡的文化建设尽一份力量。她带领着北京紫燕堂文化发展公司积极参与“一带一路”文化活动，先后与法国驻华大使馆和中验学校联合举办了“中法友谊书画展”，与土耳其驻华大使馆举办了中土文化交流活动，并与巴哈马驻华大使馆联合举办金坛等等。为传承中国文化，传播中国精神努力工作。随着温泉镇风水图的缓缓展开，横贯温泉镇的大运河、清古刹尽入眼帘。显龙山层峦叠嶂，仿佛与天界相通。邹小燕用一种温泉文化把这些都归纳起来，成为京郊名镇温泉镇一张亮丽的名片。她的足迹遍布 60 多个国家，为中国企业“引进来”“走出去”奋战在金融战线的前沿。她出版了多部金融专著，成为金融、经贸行业及大专院校的培训教材。2014 年底，邹小燕历经 4 年呕心沥血撰写的《金融情艺术梦》一书终于问世，图文并茂将自己的人生感悟化成对祖国下一代的关爱，她用自己的亲身经历告诉人们：梦想并不是遥不可及，只要坚持不懈向着目标前进，最终就能将梦想变为现实。

聊完了自己的人生历程，我就问她，为什么要写《雪儿》？

邹小燕告诉我，从她记事的时候起，父母亲就给了她很多的影响。父亲一生光明磊落，两袖清风，是一名优秀的共产党员，她已经为他出版了一本《档案人生》。

看得出来，雪儿就是邹小燕母亲的形象，母亲对邹小燕的成长发展有着巨大的影响。小时候母亲总是说："不能要别人的东西，不能占别人的便宜。"她上学了，她总是说："自己的事自己做，打草卖钱交学费，要学会自力更生。"她上班了，她千叮咛万嘱："在银行工作千万不能拿公家一分钱，要好好工作，做一个对国家有用的人……"为了这个目标，她一直在努力，上学、插队、工作、再上学、再工作，放弃个人休息时间努力去学习，去工作，去奋斗，去拼搏，要像父母那样做标兵、做红旗手，做老黄牛，做螺丝钉，干什么都要干好，不能落后。

母亲从小受了那么多的苦，经历了那么多的挫折，可她从无怨言，她的信念就是：为别人活才是为自己活，别人好了，自己才能好，吃亏是福。艰苦的生活造就了她刚强的性格和宽容的心胸，以及乐观豁达的人生态度。她虽然没上过学，文化不太高，但她什么都明白，她能尽其所有为别人，她懂得感恩，知道珍惜。她与生俱来的骨气和性格传承着最经典的中国文化，她朴素的言语行动蕴含着最深刻的人生哲理。她的善良、她的真诚、她的奉献、她的刚强早已渗透在邹小燕的血液中，母亲的关爱时刻在保佑着她，让她在危难关头化险为夷，母亲是她的保护神！

怀着这样的感动，邹小燕想写一本关于母亲的书，她每天抽出一定时间跟父母聊天，让他们讲述过去的故事。他们早年投身革命，为新中国的解放和建设默默奉献，他们艰苦奋斗，不怕牺牲，是用毛泽东思想武装起来的一代人。他们的经历记录着一个时代的发展，记录了一代人的成长，他们的故事就是不忘初心的真实写照。邹小燕想以母亲为原型写一本儿书，从妇女解放看新中国的发展壮大。

是啊，国际妇女解放运动 100 年来，有哪个国家的妇女有中国妇女变化大？又有哪个国家的经济有中国发展快？没有毛主席解放了占一半人口的中国妇女，就没有新中国的今天。在庆祝中华人民共和国成立 70 周年之际，我们回顾历史，展望未来，中国的军事、科技、金融、经济等都居世界领先地位，中国 5000 年的传统文化更是世界瞩目，传统文化包括妇女的传统美德，在改革开放、生活富裕的今天，在一些年轻人道德缺失，唯利是图的情况下，我们需要树立雪儿这样以劳动为美，以奉献为荣的妇女形象，她的美不仅在外表，而且在内心，她的身上展现出中国妇女纯朴、贤惠、忠贞、本分的传统美德。我们的后代不能忘记自己的前辈，更不能忘记自己的传统。

传承孝道是我们的责任，弘扬正气是我们的使命。正是为了这个责任和使命，邹小燕在工作之余，废寝忘食，利用所有的时间，在医院陪伴老人期间、在火车上、在飞机场、在排队购物时，用挤出来的分分秒秒终于完成了《雪儿》一书。

《周易》曰：一阴一阳之谓道。阴阳平衡，相互生息；男女平等，大道之行。中华文明源远流长，历史悠久，在过去长达两千多年的封建旧社会里，中华民族历经了数百次王朝更替，几经辉煌，几经沉沦，灾难深重。中国妇女作为弱势群体，更是受人压迫和奴役的对象。她们脖子上套着封建政权、族权、神权、夫权四条绳索，没有独立的人格尊严，是中国封建夫权的附庸。她们恪守着“三从四德”的封建礼教，是受人欺侮、任人宰割的人下人。是毛主席所领导的中国共产党将中国妇女解放运动纳入了新民主主义革命的目标，并与反帝、反封建的民主革命紧密联系在一起。

女性解放是一个世界性的主题，回顾国际妇女解放运动发展史至今已有 200 多年，经历了资产阶级妇女运动和无产阶级妇女运动。西方妇女解放运动分为三个发展阶段，19 世纪末是妇女解放运动的第一次浪潮，争论的焦点是两性的平等，也要求公民权、政治权利，反对贵族特权、一夫多妻，强调男女在智力上和能力上是没有区别的。最重要的目标是要争取家庭劳动与社会劳动等价、政治权利同值。第二次浪潮从 20 世纪 60 年代开始，是要消除男女同工不同酬的现象。第三次女权主义运动是争取两性寿终平权，彻底消除女性受歧视剥削压迫的状况。1910 年第二次国际社会主义妇女代表大会，将每年 3 月 8 日定为国际劳动妇女节，以纪念 1909 年 3 月 8 日美国芝加哥女工大罢工。1917 年十月革命胜利，世界上第一个无产阶级政权诞生，废除了沙皇专制政府颁布的歧视妇女的旧法律，规定了一系列保障男女平等，保护母亲、儿童，巩固家庭的法令，为世界无产阶级妇女解放事业树立了榜样，同时也开创了世界无产阶级妇女运动的新纪元。第二次世界大战结束以来，联合国机构已通过若干有关保护妇女权利的公约和宣言，中国的妇女运动从民国时期兴办女子学堂，推动妇女教育开始，宣传妇女解放、性别平权等新思想：“近世以来，男子视女子为玩物，女子亦自居于玩物，缠其足，洞其耳，涂其面，锢其身，无智识，无学问，无权利，无义务，昏天黑地，梦死醉生。呜呼，优胜劣败，不进则退，女学沦亡，国势衰颓，堂堂中国帝国退化至今，乃未开化国。”1921 年中国共产党在上海成立后，妇女运动有了正确的领导，在反对帝国主义、封建主义和官僚资本主义的斗争中求得妇女的解放，成为新民主主义革命时期妇女运动的主流。1949 年 3 月，成立了中华全国民主妇女联合会，1978 年改名为“中华全国妇女联合会”。中华人民共和国成立，标志着中国共产党领导的新民主主义革命取得了胜利，也标志着中国妇女解放从阶级解放进入社会解放阶段。在中国共产党的正确领导下，在广大妇女广泛参与下，妇女解放运动蓬勃开展起来。

新中国成立 70 年来，中国妇女用她们勤劳的双手撑起了新中国的半边天，推动着社会主义建设的历史车轮滚滚向前。她们美丽的身影活跃在祖国的各行各业，活跃在社会的每个角落，活跃在血与火的革命事业里，活跃在中华民族伟大复兴的战斗中。但是，随着经济的发展，人们生活水平的提高，妇女地位的改善，一些传统的美德却慢慢丢失了。一些年轻女性厌恶劳动，看不起劳动人民，追求不劳而获的生活方式，不以为耻，反以为荣。邹小燕通过雪儿的故事告诉我们妇女承担着重要的社会责任，女人不孝，老人受罪；女人无德，男人学坏。好女人旺三代，坏女人毁三代。要振兴中华，解放了的中国妇女任重道远。女性影响着整个社会的稳定和发展，母亲是孩子的第一任老师，母亲关系到民族的兴旺发达。

在庆祝新中国成立 70 周年之际，我们回顾中国取得的伟大成就，离不开党的领导，离不开妇女解放。邹小燕的《雪儿》从陕西的农村开始，横跨 1919 年到 2019 年的 100 年，讲述了以雪儿为代表的受压迫妇女，在党的领导下砸掉身上的锁链站起来，从穷困愚昧的环境中走出来，把命运牢牢抓在自己手上。《雪儿》通过对几代母亲在不同的历史时期的生活描写，反映了中国妇女在寻求解放道路上的艰难坎坷，中国妇女忠贞贤惠的传统美德和敢于斗争的民族精神，通过一代代的母亲们得以发扬光大，薪火相传，历久弥香。解放了的中国妇女焕发出巨大的生产力和创造力，她们从站起来到富起来再到强起来的历程，也是中华民族发展壮大的一个缩影，中国妇女解放的道路也为世界妇女的解放斗争提供了中国经验，为中国妇女们实现自己的中国梦提供了强大的动力和不竭源泉。如今的邹小燕已经是中国金融界的“三栖明星”，在金融、美术和文学的广阔天地里自由驰骋，在中国金融界和社会各界的知名度也越来越大。但她很是谦逊，她总是说自己还有许多不足和应该努力的地方，需要不断历练自己。我相信，随着邹小燕《雪儿》的出版发行，她的脚步将更加坚定，文学“燕子”越飞越高。

是为序。

2019 年 5 月 19 日

于北京金融街中国银保监会大厦

山海为笺，风吟作歌

——品周而兴《海峡风吟》的美学建构与精神守望

在文学的海洋中，散文往往以真挚的情感、优美的语言和深邃的意境，吸引着读者欣赏。周而兴先生的《海峡风吟》便是这样一部充满魅力的散文集。该书以五辑六十六篇的体量构建起立体的文学空间，将山水游记的壮阔与生活随笔的细腻编织成经纬，在沧海桑田的变迁中捕捉永恒的诗意。当我们沿着文字铺就的栈道深入这片文学海域，会发现其创作特色恰似它宛如一朵海风浸润着的岩间花，以其独特的艺术气质绽放出别样的光彩，引领读者踏上一场心灵的漫游，感受自然之美、生活之趣与生命之思。掩卷沉思，感觉有以下特点：

一、主题特色：多维度的题材架构与情感交响

《海峡风吟》宛如一幅绚丽多彩的画卷，在丰富的题材内容中，从多个维度展现出作者丰富的情感世界与深邃的思考。全书共五辑，每辑内的文章看似独立成章，各自围绕不同的主题展开，但它们都紧紧围绕着对自然、生命与生活的热爱、感悟这一核心，相互呼应，共同构建起一个完整的文学世界。作者以自己的游踪为线索，串联起一路的风景与思绪，带领读者从家乡的街巷走向广阔的山水田园，再从自然的怀抱回归到内心的深处，在不同的场景与情感之间自由切换，让读者在阅读过程中既能感受到丰富多样的内容，又能把握住作品内在的统一性与连贯性。

第一辑《岁月凝眸》，溯古观今，抒发所感。回望赞叹闽都福州，福地福清，海岛平潭的发展变化。从古街老巷到现代都市，从传统民俗到时代新风，作者在时空的交错中，捕捉着家乡的脉搏，感受着时代的律动。文章不仅是对家乡与他乡变化的记录，更是对故土养育之恩的感恩与铭记，以及久居他乡体悟到“心安处即吾乡”的深刻感受，让读者在字里行间感受到一种浓浓的乡愁与对新时代发展变化的自豪。

第二辑《大地行吟》，山川走笔，草木撷英。描绘华夏大地山水田园美景，

渗透笔者的情愫与思考。作者化身为自然的使者，用脚步丈量华夏大地的山水田园，用心灵感受大自然的鬼斧神工。无论是巍峨的高山、奔腾的江河，还是静谧的乡村、繁茂的森林，都在作者的笔下焕发出独特的魅力。作者不仅在描绘自然之美，更在与自然的对话中，思考人与自然的和谐共生，表达对生命本源的敬畏与探索。

第三辑《心海泛舟》，吟咏乡愁，抒怀亲情。叙述往事，浸濡对故乡的深情回忆与人生感悟。则是作者情感的深海潜游，对故乡的眷恋、对亲人的感恩、对人生的感悟，如潮水般涌来。那些关于童年趣事、家人关怀的回忆，温暖而动人，让读者仿佛能看到作者心中那片柔软的港湾。在这里，作者以真挚的情感，诉说着生命中最珍贵的情愫，引发读者对亲情、乡情的共鸣。

第四辑《观岩读石》，走近自然，观岩赏石。勘察品鉴海蚀地貌奇岩怪石等自然生态景观，彰显人与自然和谐共生的理念。作者将目光聚焦于平潭的奇岩怪石，这些自然的雕塑不仅是风景，更是作者对家乡生态保护的呼吁与呐喊。作者通过观察与思考，将奇岩怪石的独特之美与生态价值展现给读者，提醒人们在发展的同时，不要忘记守护自然的馈赠，体现了作者保护生态环境的责任感与人文关怀。

第五辑《悦读絮语》，讲座随感，读写心得。叙写文学沙龙的听讲体会，日常阅读与写作随札。宛如涓涓细流，汇聚成智慧的海洋。作者以自己的经历，鼓励读者在忙碌的生活中，不要忘记给心灵充电，通过阅读与写作，寻找精神的寄托与成长。

——语言风格：生动叙述与诗意韵味的有机交融

周而兴先生的文字，如山间清泉，自然流畅，又似陈年佳酿，韵味悠长。他运用细腻而生动的笔触，将山水田园的美景、生活的点滴、情感的波澜，栩栩如生地呈现在读者眼前。

在描写自然风光时，作者善于运用形象的比喻与生动的拟人，使景物富有生命力。如《“天神”的守望》中，赋海滩上的天神石像予以人的行为和情感：“他晨观旭阳出海、浪涛盈耳；暮伴孤星寒月、‘蓝泪’流萤。让人着迷，引人遐思。”“这遐思，穿越时间与空间。天神任凭狂风巨浪、烈日骤雨，不曾动摇。默默守望，阅尽了海坛沧桑而又生动的历史场面。”将“海坛天神”石像拟人化，赋予它“晨观”“暮伴”“守望”“阅尽”等人类的行为和情感，仿佛它是一个有生命、有思想的守护者，见证了海坛岛的历史变迁，使石像的形象更加鲜活、亲切，也增强了文章的感染力和趣味性。又如《烟墩山记》中，“浪涛推涌，海风呼啸，高高探出海面上的风车摇曳，似乎向人们招手致意”，将风车拟人化，赋予了画面动态的美感与亲切感，让读者仿佛置身于那片海边，感受着海风的轻抚与风车的律动。

在情感表达上，作者的语言真挚而深沉，毫不掩饰内心的波动。如《嫁女》中，“对于女儿，我还要叮咛一句，一定要孝敬公婆，孝敬长辈，谦逊待人。”短短几字，却饱含着父亲对女儿的殷切期望与深深的爱。又如《回家看看》中，“社会普及手机通信后，为了方便联系，我特地买了一部按键与屏幕较大的老人手机给母亲使用。”细微的举动，背后是作者对母亲细腻的关怀与感恩。这些文字，如涓涓细流，直抵读者心灵深处，引发情感的共鸣。

——结构布局：时空折叠的美学构建

海洋文学，是当下众多作家创作的题材，人与海，在文学名篇中，也都是不朽的话题。大海的磅礴，人的勇气与征服，仿佛构成一种定势。但在周而兴笔下，赋予人与大海美的意象，展示出一个美学的、艺术的海洋新天地。

一是海洋意象的现代性转化。在传统海洋文学中，“风”往往作为自然暴力的象征，与人类的悲壮抗争构成永恒张力。而《海峡风吟》以解构主义的笔法，将这种二元对立转化为螺旋上升的三维叙事。文中对平潭海峡公铁大桥挡风屏障的描写极具隐喻价值：“原本直呼呼、硬生生的海风，在桥面化作无形涟漪”。这种科技介入下的风势驯化，既非对自然的彻底征服，也非被动臣服，而是创造性地实现了自然伟力与人类智慧的共振。大桥钢索与远古缆绳的意象并置，使“风”从宿命论的桎梏中挣脱，成为联通古今的时空导体。《那抹翠绿》则通过木麻黄树的微观视角重构生态美学。当台风过后，“稍显稀疏的木麻黄依然伫立”的画面，颠覆了传统风暴叙事中“摧枯拉朽”的刻板印象。在台风肆虐的夏秋之际，木麻黄“修复整理弯折未断的树枝”的过程，实则是生命体自我疗愈的哲学显影。这种将植物创伤修复与人类文明韧性相勾连的笔法，这种“伤痕美学”的呈现，使木麻黄成为自然韧性与刚毅精神的具象符号。

二是时空褶皱中的肌理交织。书中散文皆擅长在物理空间中织入文化基因图谱。如第一辑的《海峡风吟》中，福清小山东码头的渡轮汽笛与高铁鸣笛构成声学蒙太奇，这种听觉记忆的层叠将交通史转化为文明进化史。《那抹翠绿》则以木麻黄的年轮叙事解码海岛记忆。从孩童耙草的枯叶燃料到风力发电的绿色能源，木麻黄既是物质载体，更是文化转译的介质。文中“木麻黄针叶铺就的绣花地毯”与“风车叶片划出的能量之圆”形成意象闭环，将农耕文明的集体记忆与工业文明的未来想象缝合在同一个生态叙事场域。

三是风物书写中的时空折叠。如《通天之门》以探寻福建平潭大练岛突然海蚀地貌“通天门”为叙事主线，通过对自然奇观的描摹、民间传说的钩沉以及海岛发展史的回顾，揭示了“天门”的多重象征意义：既是“自然之门”，以海蚀奇观“通天门”为载体，展现大自然鬼斧神工的创造力，隐喻天地造化的神秘与永恒。又是“文明之门”，通过平潭从“曾经的孤岛”到“开放热土”的巨变，诠释基础设施（如世界最长的跨海公铁大桥、淡水入岛工程、风力绿色发电）对打破地理桎梏、开启现代文明的关键作用。同时，还是“精神之门”，结合《道德经》中的“天门开阖”与尼采的“门槛哲学”，升华“天门”为人类突破困境、追求幸福的永恒命题，体现从“自然敬畏”到“人定胜天”的精神觉醒。《通天之门》以其多重时空交织的叙事结构和复合型意象体系的创作手法，彰显出文章以一座海蚀门洞为支点，巧妙撬动了自然史、文化史与社会发展史的多维叙事。通过神话想象与工程奇迹的对话、典籍哲思与民生诉求的共鸣，作品构建了“天门”作为文明进阶符号的深邃意涵。这不仅是对海岛沧桑巨变的深情记录，更是对人类突破有形与无形之“门”的永恒礼赞，在宏大的时空维度中完成了一次跨越天人之际的精神远征。

——意象运用：连接文学意象与心灵感应的桥梁

意象是文学作品中不可或缺的元素，它承载着作者的情感与思想，成为读者理解作品的钥匙。在《海峡风吟》中，作者巧妙地运用了丰富的意象，为散文增添了无尽的韵味与深度。大海，是作者笔下反复出现的意象，它不仅是作者故乡的象征，更是作者心灵的寄托。“岁月辗转，深藏着对大海不解的情怀。常常站在海边，静静地感受大海的博大胸怀，赏阅大海千变万化的神韵。”大海的广阔与深邃，映照着作者内心的宽广与对世界的思考；海浪的起伏与潮汐的更迭，仿佛也在诉说着人生的无常与生命的律动。在《观岩读石》中成为独特的意象。那些奇形怪状的岩石，不仅是大自然的杰作，更是作者对家乡情感的寄托。“每一块岩石，都像一本无言的史书，记录着岁月的变迁与自然的奥秘。”作者通过对岩石的观察与描绘，将自然之美与人文关怀相结合，使读者在欣赏岩石之美的同时，也能感受到作者对家乡生态的守护之情。此外，如乡间的小路、老屋的炊烟、海滩的贝壳等意象，也在作者的笔下被赋予了丰富的内涵。它们不仅是自然景物的再现，更是作者对故乡、对童年、对过往生活的回忆与眷恋的象征，成为连接读者与作者情感世界的桥梁，让读者在阅读中感受到一种熟悉而温暖的力量。

——生命哲思：在自然风物与生活烟火味中升华

《海峡风吟》不仅是一部山海田园的游记与生活随笔集，更是一部充满生命哲思的作品。作者在对自然、生活与故乡的描写中，不断探索生命的意义与价值，使整部作品具有了更高的思想境界。

在对自然的描写中，作者体悟到生命的渺小与伟大。“站在山崖上，长天旷朗，大海浩渺。曾经海岛缺乏水电，也缺乏火电资源。随着科技的发展，岛上积极开发风力发电，源源不断的绿色高效能源，给海岛带来光明。”从自然的广袤与人类的智慧创造中，作者感受到生命在宇宙间的奇迹，以及人类在顺应自然、利用自然中展现出的伟大力量，进而思考人与自然如何更好地和谐共生，实现可持续发展。

作者在追求美的过程中，不仅关注外在的自然景观和生活场景，更注重内心的精神追求。在旅行中，他追寻先贤志士的足迹，如在《诗圣心灵的家园》中，最吸引他的不是美食和繁华的街道，而是杜甫草堂。作者在匆忙浮躁的现代生活中，选择追寻精神的享受与心灵的愉悦，提醒人们不要被物质所迷惑，而要关注内心的需求，寻找生活中那些真正有价值的东西，如文化、情感与思想的滋养。

对于生活场景的刻画，作者则以平实而温暖的语言，捕捉那些平凡中的美好。如《家住鼓楼》中，“街坊上许多绿荫蓊郁的休闲园地，更有一番慢生活的况味。三五老者围着石桌，泡一壶茉莉，闲聊家常趣闻，摸一把纸牌。或斜躺竹椅上听一段评话伬唱，或溜达散步……”这样的文字，带着烟火气与人情味，让读者在阅读中找到生活的影子，感受到平凡生活的诗意与温馨。

在对故乡与亲人的回忆中，作者反思生命的根源与传承。“家乡的山海田园，路桥林木，深深融于我的骨子里。怀念之情挥之不去，督促我把这些年少往事记载下来。”作者意识到故乡与亲人是生命之树的根基，它们给予自己成长的养分与力量，而对故乡与亲人的感恩与回忆，也是让自己在前行的道路上不忘来时的路，保持对生命的敬畏与热爱。

遥看草色风雅颂

——《草色遥看·诗经里的植物》序

2019年8月下旬的一天，我在青海出席一场中国金融文化培训。晚上在一片青草地漫步时，接到王丽芳女士的电话，邀我为一本新书作序。对于王丽芳，我是既熟悉又陌生。说陌生，因为她跟我这个金融人不是一个行当；说熟悉，她又是一位经常编辑发表我们金融系统作家作品的知名编审，同时也是一位擅长撰写土地和乡愁作品的作家，这就很容易让我俩走近。我虽然是一名金融作家，但对于"三农"和乡土文学，却情有独钟，土地、粮食、乡村，是我所有作品里不可或缺的主题词，民以食为天的世道、土生土长的天道、生生不息的人道，是我作品永恒的主旋律。一个是始终关注"三农"的作家，一个是整日关注柴米油盐的名编。于是乎，我俩尽管从未谋面，却联系频繁，成为行业不同却有共同爱好的文友了。《草色遥看》的作者各有特点，并且有几位还是我的老朋友，这让我很感兴趣。郑志刚博士，文风潇洒、犀利、有趣，庄谐之间游刃有余。王张应，是我非常熟悉的安徽金融作家，这位恨水先生同乡的文笔，实在不是一个"好"字可以形容的，读他的文章，就如抽丝剥茧，你会自始至终被他的文字牵引着。郭扬华，资深金融人士，长期在领导岗位承担繁重的工作，偶有闲暇，仍不忘文学初心，深耕文字世界，将丰富的阅历及哲思凝于笔端，功底深厚，耐人寻味。王永圣，一位"粮食人"，文如其所从事的职业，质朴、醇厚。再有，便是丽芳，她娓娓道来的故事，如一缕清风，爽心悦目。

说到这里，我想重点聊聊我所熟悉的金融作家王张应。他是中国作家协会会员，我们中国金融作家协会理事。草木亦是乡愁。王张应的散文集《一个人的乡愁》令我感触颇深，记得我在序言里是这样描述的："乡愁有时候也会是一抹云彩，来无影去无踪，它不会仅仅停留在乡土之上。飘忽不定的乡愁，常常陪伴着人们的行走，在行走的途中时有时无，若隐若现。人生，其实也就是一次行走。这种行走，总是从家乡出发，历尽千辛万苦，最后又回到了家乡……即便人回不了家乡，他的心也一定回到了家乡。人们行走的过程，始终会有乡愁相伴……所以说，一个人的远行，不是为了走得更远，而是为了更好地回归。

书归正传。透过书稿，我仿佛看到郑志刚在故纸堆里的挑灯夜战，看到王张应利用一切外出行走的机会，观察欣赏途中一闪而过的植物们。而丽芳呢，则成了郑东新区湿地公园的常客，魔怔般见到植物就“形色识花”。在与植物的对话中，他们都深切地体会到了草木有情，草木有灵。瞧，郑志刚笔下的“桃夭”“苦叶”“甘棠”们都下凡到了人间，在《诗经》时代的大背景下，演绎着各自不同的悲喜命运。在《诗经》领域河边草地上奔跑、打滚，尽情撒欢的时候，王张应、郭扬华则仿佛回到了他们所熟稔的泥土芬芳的童年时代……

这些天，聆听着我的作者朋友们穿越时空同植物们的对话，我也不由得成了其中的一分子，格外关注起植物来。

处暑刚过，大西北的天格外高远，青海湖边的植被就像被打翻了的颜料盒，五彩斑斓，俯身细看一朵小花，我想问：“花儿花儿，三千年前你是什么模样呢？”

首都北京草木葱茏，秋意渐浓，望着金融街上已有泛黄迹象的银杏叶，我的思绪飞到了那个诗意盎然的时代……

我又马不停蹄地来到了多彩贵州，在贵州财经大学，花溪畔的草木牵引着我的目光，那勃然竞芳的景象，让我的心头充满了希望。

……

是啊，草木是情感的意象，草木是四季的使者，而最早唤醒它们的，莫过于《诗经》。这部中国最早的诗歌总集，不仅收集了脍炙人口的305篇诗歌，更在一赋一比、一比一兴中穿插了诸多花草树木。艾蒿、飞蓬、荠菜、旱柳、稻粱、白杨、芍药、郁李、桃花、蜡梅、古柏……这些在《诗经》里或明或朦的植物，带着自身特有的灵性在诗海中生根，舞动生姿，光华惊艳。

诗经的殿堂容得下所有向往远方的心，先秦的草木可以承载全部的情感。一百零七篇美文，五位作者穿越古今的灵感勃发的导引，为读者打开的是一个奇妙的世界。打开《草色遥看》，和我一起走近《诗经》，走近那个时代的草木世界吧……

是为序。

2019年8月29日

于北京金融街中国银保监会大厦

血色洞庭燃烧的激情

——胡玉明长篇小说《血色洞庭忆春江》序

许多人都说，金融作协主席擅长写序。当然，这些都是同事们的鼓励之词，过奖了。不过，不谦虚地说，尽管自己在文学评论方面不是很专业，这些年，我也的确应邀给不少的作家们写了挺多的序。但如果说，我给一名作家写了两次序，只有一个，那就是胡玉明。

记得那是刚刚入秋的一天，我接到了玉明兄的电话，他说请我给他的新作再写个序。我当时就愣住了，你不是前年刚刚出版大作，怎么，今年刚入秋，你就又收获满满，又出力作了？这也太快了吧，这也太厉害了吧？!

玉明兄嘿嘿一笑，说力作不敢当，但确实是用了心的。我被玉明兄的勤奋和敬业打动了，赶紧说请把大作的电子版发给我，我尽快拜读！

用了几个晚上的时间，我读完了玉明兄的新作，心底油然升腾起一股股悲壮和敬仰之情。如果说《血色洞庭忆春江》，深入挖掘了一位名不见经传的民间抗日英雄，倒不如说是血色洞庭燃烧了一位作家的激情。他扑下身子，深入走读，以小见大，史海钩沉，凭着他坚忍不拔的毅力，勇克艰难，终于又写就一本弘文专著。

——不忘初心。缅怀先烈，勿忘国耻，是个永恒话题。

中华民族的近代历史，没有比抗击倭寇更为壮烈，更为恢弘的画卷。记得2015年8、9月间，我们有缘一起参加由中国金融文联、中国金融作协举办，陕西金融工会、陕西金融作协承办的“纪念抗日战争胜利七十周年暨金融题材文学创作座谈会”，特别是赴圣地延安参观，感悟延安精神，倍受激励，尤其是心灵受到洗礼。

一位诗人讴歌：人间崇尚真善美，实在是内在的善，实在是本色的美，实在是天然的真。内在的善，本色的美，归根结蒂，离不开实在的真。

玉明是介入诗人的作家，他是有心人，一边参观，一边就有“行脚”札记，他写的许多感怀，源于生活，情感诚挚，后来汇编到《沉醉金融工会》“主题活动正气扬”之中。印象较深的有《瞻仰延安》：情牵枣园觅旧踪，窑洞最忆是英雄。回思领袖惠甘露，唱遍神州东方红。风雨如磐济众生，青铜铸就西北魂。中华崛起千秋在，祖国腾飞万古尊。心怀天下都成爱，身去红尘有威名。俊骨神凝堪叫绝，长歌浩荡忆昆仑。

瞻仰西安八路军办事处旧址：千秋七贤庄，驱倭卫国疆。筹谋中原鹿，痕留暗传香。恩来鸿志远，经略感人肠。聚首襄盛举，史册永流芳。

——史海钩沉。如果说写札记是种情怀，那么写专著就完全不一样，需要扑下身子，需要专题研究。顾名思义，史海钩沉，故纸如山，瀚墨如海，无边无际。玉明的延安行，抑或在他的心田播下了种籽，所以他不畏艰苦，而且有“飞蛾扑火”的精神。他凭着作家的敏感，坚持数年，关注研学历史文化，特别是对湖湘文化，近代中国文化的研学，他舍得下功夫钻研，而且沉醉其中。管窥他近十多年来已经出版的作品，就有《沉醉湘水》《浏阳潭湾梦》《走读浏阳罗汉》等，没有想到，他刚把《走读谭嗣同》推出炉膛，又从浏阳河畔，走向滨湖洞庭，从华容入手，从抗日志士蔡春江入手，深入钻研，纵深到岳阳恢弘壮烈的湘北战场，挖掘抗日战争这个永恒主题。

湘水灵动，博大精深。这条著名的河流，不仅是思想的河流，文化的河流，还是鲜血染红过的河流，果真是映红过洞庭波。

玉明在走读过程中，形成不少感怀和读书札记，大多数发表在中国诗歌网，我从他转发的作品中，经常分享并点赞，知道他又沉醉在抗战题材上，专心致志搞文史研究。他沉醉家乡这块热土，长于写作历史题材，善于“碎片”化处理故事，朴实的文笔，诚挚的情感，厚积薄发，充分彰显了作者的爱国主义情怀！

——赤诚精神。玉明这些年来的作品，贯穿着一条“红线”，写的基本上是红色题材。他注意从熟悉的土地上，抓住典型事和典型人物，由故事入手，纵横捭阖，烘托铺陈，以史说文化，形成文学特色，同时具有文史价值。《浏阳潭湾梦》被中央文献研究室馆藏；《走读浏阳罗汉》填补了湖南省、海南省的党史文史空白。《走读谭嗣同》跟随当代中国著名法学家，大陆新儒家代表人物之一杜钢建教授，奔走在“一带一路”上，先后赴美国奥城大学和香港等地进行学术交流。

如今，已经年逾花甲的他，仍然胸怀天下，坚持在史海中跋涉。《血色洞庭忆春江》反映了日寇在岳阳盘踞近 7 年的期间，犯下的滔天罪行，湘北人民遭受的蹂躏，饱受的苦难，发生的“厂窖”等一系列惨案，可谓罄南山之竹，倾洞庭之水，也难以述说。同时，沉重地还原了中国军民在挽救民族危亡，保家卫国的过程中，充分彰显了湘北抗战的悲壮历史，展现了将士们以血肉之躯，奋力打击日本侵略者的许多惨烈故事。有的还在报刊媒介作了连载报道。

作者热情讴歌了一大批前赴后继的先贤英烈，是他们不屈不挠，不畏强暴，不怕牺牲的精神，最终赶走了妄想霸占中华土地的强盗！最后在中国共产党的领导下，“中国人民从此站立起来了！”由此管窥，中国人民为了抵御外敌入侵，不知付出了多么沉重的血的代价。

——薪火相传。前人的路，后人的书，目的勿忘国耻，复兴中华民族！

玉明能够跨越时空，走进近代史进行研究写作，确实有一种“天下之观”的情怀。他的做法有一定借鉴作用，例如在走读写作过程中，注意发挥当地党史部门的作用，请退休老干部郭清彬（号称“华容通”）、湘北抗战研究专家李宣钊老师等，认真审阅订正，中国书法家协会会员涂光明，给予大力支持帮助；知名作家喻灿锦参与采访，修订文稿，作了大量工作，发挥了传帮带的作用，有利于文化之灯，薪火相传，弦歌不辍。

玉明兄经过多年的辛勤笔耕，已经是硕果累累，在中国金融界和社会各界享有很高的威望。退休后，他仍然是老骥伏枥，满怀谦虚和虔诚，致敬文学人生。诚然，玉明兄的作品抑或存在这样或那样的不足。但诚如专家所言“史实基本准确，能写到这个程度已很不容易了。”玉明“有悟性！”

由是观之，英雄具有凝聚力。时代需要赤诚精神。

是为序。

2019 年 9 月 1 日
于北京金融街中国银保监会大厦

热爱让我激情澎湃

——湘洋散文集《我的写作之路》序

"窗户纸稍见有白色，从隐隐的鸡鸣声中起来，披上风衣步出外公家的大门，匆匆向村东走去。东山正是朦朦胧胧泛白的时候，好美的一个初冬早晨。空气如此鲜凉、怡爽。

我喜欢这片土地，是这片土地养育了我，是这片土地留下了我梦幻般的理想。二十年前站在这里，我是多么想跳出这里呀，而今，远离喧嚣的城市，我又是这么的喜欢这片宁静的土地。"

这是湘洋散文《故乡的早晨》的开篇描述。

其实，我跟湘洋姐一开始并不熟，尽管我们是一个县的老乡。认识湘洋，是我在大同人民银行讲座时。当时会场人多，我也没有注意到她究竟坐在哪里。培训结束后，我想找到她，这时候我的同学，就是湘洋姐在中国银行工作的妹妹告诉我，湘洋姐已经回家了。还说她姐姐听了一上午的讲座，激动得不行，说太值得了。

后来，我和湘洋姐就见面了，因为我俩见面太方便了。没想到吧，我俩竟然住在一个小区，就是大同有名的文瀛湖富力城。我们经常相约几个文友，在美丽的文瀛湖畔边走边聊，谈人生、聊文学……

熟了，自然就了解了。我知道，湘洋姐跟我一样，也是土生土长的乡村人，是这片土地浸润了她的血脉，使湘洋姐的笔对养育她的这片土地，有写不完的人情和风土。因为她热爱哺育她成长的亲情，和铭刻在她心间的乡情。故乡的云，故乡的水，故乡的一草一木，无不给她注入生命的力量，促使她用饱满的热情赞美自己的家乡。

湘洋姐跟我说，小时候，老师最常问学生，你长大了想当什么，有的说想当老师，有的说想当医生，有的说当兵，湘洋姐却说她想当个女兵，当个女兵作家，文武双全。武，可以骑着马奔驰在辽阔的草原，像电影里女游击队队长带领一帮风烟滚滚的人马，驰骋疆场；文，把叱咤风云的故事写成书。当然这可能是一个小学生看多了打仗电影的一个梦想，梦想和现实往往大相径庭，后来的现实工作却让她做了一名会计师。当作家的梦想，也仅仅徜徉于工作和生活的爱好上。不过从小生长的家庭对她的爱好起到了一定的推波助澜的作用。

在乡村里，多数孩子的父母一般是农民，湘洋姐的父母是国家工作人员，父亲从部队回来是一名乡镇干部，写得一手漂亮的字，写得一手好文章。母亲是一名邮电话务员，发电报的能手，喜欢看传统文化的书籍，时而还写写打油诗。在她十几岁时就发现，母亲一边拉风箱，一边就琢磨出诗。

玉米粒对玉米轴曰：

今年秋冬雨雪多，冻的咱俩直哆嗦。咱俩本是一整体，经过加工才分离。我在炕上你进灶，你在灶里燃烧掉。烧的炕头热乎乎，我的水分蒸发了。我被储在大缸里，准备把我食用掉。能降血压和血脂，能减肥来能健美。

湘洋姐从小生活的环境，虽不能说书香门第，也算耳濡目染得到熏陶。在初中时，她的作文，时常被自己班上和其他班的语文老师拿去给学生读。记得在一次去参加劳动课的路上，有位老师夸她的作文用词新颖，把“早晨”写成“清晨”，尽管都是写早晨，但感觉不一样，爽。

当然湘洋姐经常说感谢她的语文老师，悉心教给她许多写作文的知识，她觉得自己真是幸运，好的语文老师都让她遇上了。高中的时候，还遇上了两位北京插青女老师，一位是高挑的个儿，人长得很漂亮，干练洒脱，还当过兵，能歌善舞，带学生打篮球、游泳，尤其是语文课讲得绘声绘色、感动至深。另一位是毕业于北京师范大学中文系，个子不高，衣着朴素，有丰厚的文学底蕴。留给她印象最深的是《毛主席在延安文艺座谈会上的讲话》一课，感觉像是听了一场富有感染力的故事会，精彩绝伦。当时六十多个学生，就连平时爱捣蛋的同学都鸦雀无声。还有她把郭小川的《团泊洼的秋天》这首长诗，讲得出神入化，如身临其境，终生难忘。“秋风像一把柔韧的梳子，梳理着静静的团泊洼；秋光如同发亮的汗珠，飘飘扬扬地在平滩上挥洒”。诗人熠熠生辉的诗句，老师津津有味的讲述，至今记忆犹新。

湘洋姐高中毕业后两年的时间，在乡村种过地，看过果园，教过书。家乡的土地散发着泥土的馨香，也在净化她的灵魂，跟质朴热情的父老乡亲结下了深厚的感情，他们的故事，无不感化着她。可以说，没有这片土地，就没有她绽放灿烂的《油菜花》《故乡的雪野》《杏花山庄》等作品。

纵然是她后来参加了工作去到了城里，但她的心似乎更加牵挂家乡和家乡的亲人。“油菜花盛开时节，每当我回到村里，总要跑到地里尽情享受一番。那一望无际的油菜简直是一个金色的世界，宛如一幅极大极大的帛绸，又似一块特宽特长的地毯。尤其是轻风吹来，只见一波簇着一波，好像荡漾着朝晖的湖面，我不禁一动，要是踏着一条舢板起伏在这‘湖面’上该有多好呀……”这是湘洋姐的处女作。当她的文字从稿纸的格子里变成整洁的铅字时，她高兴极了，从此也增强了更大的写作兴趣与热情。接着《故乡的早晨》等许多作品，陆续发表于《大同日报》《塞北文苑》等报刊，其中《姥姥家的后圐圙》，在全国春笋杯散文大赛中获奖，《杏花山莊》等三篇散文在国家级刊物《中国金融文学》发表，给予了她极大的鼓励。湘洋姐在单位和当地也成了小有名气的作家，创作更加积极勤奋，作品接连不断发表。

记得有个作家说过，对于一个写作爱好者，一定有她喜欢读的书。湘洋姐尤其喜欢读鲁迅的书，如《从百草园到三味书屋》，到朱自清的《荷塘月色》“曲曲折折的荷塘上面，弥望的是田田的叶子，叶子出水很高，像亭亭的舞女的裙。层层的叶子中间，零星地点缀着些白花，有袅娜地开着的，有羞涩地打着朵儿的……”令她陶醉和遐思。

写作让她倾诉，令她陶醉。当心灵发出呼唤的时候，湘洋姐在散文里遨游，时常感到自由酣畅。她把自己美好的童年拉回到那个快乐的“百草园”，和儿时的玩伴在《姥姥家的后圐圙》捅蜂窝。她的作品洗刷现实的尘埃，走进那个充满了童趣的《腊八情》。拥故乡入怀，感受亲情的《故乡的雪野》，“姥爷在前面走，我在后面走，看着姥爷的背影，雪地里印下他老人家一行深深的脚印，一阵波吱波吱的声音，倏然间，感觉故乡的黄昏夕阳晖晖，故乡的雪野暖意融融。”

多年坚持创作，散文就成了湘洋姐心中的一片桃花源。一湾清清碧水，似有一叶小舟任她游荡，唯独在这片天地，她的心是自由的，她想写什么写什么。可以写家乡采凉山谷野鸡的咕咕叫声，也可以写长山列岛盘旋在游船上空海鸥的清脆鸣唱；可以写家乡那片波光粼粼的小河，也可以写云贵高原神秘的泸沽湖；可以写家乡的杏花山莊在缀满墙外杏花枝头下公鸡在墙角啄食，也可以写西藏的雪域高原白云落在崖畔边藏羚羊在那里嬉逗。当她带着好奇心跟着唐诗去看景，伫立在“飞流直下三千尺”的景观前，不禁感慨诗仙李白的浪漫主义情怀。她觉得不身临其境，是难以理解“疑是银河落九天”的气魄之壮美。当她遇到人生的坎坷，就想想南宋诗人苏东坡历经的遭遇，诗人的乐观主义精神，注入满满的正能量鼓励她，这不算什么，风雨过后见彩虹。

散文是湘洋姐精神的后花园，来栖息她疲惫的心；散文是一棵枝繁叶茂的树，让她驻足来靠。湘洋姐跟我说，就是那个偶然的机会，湘洋姐倾听了一场我的讲座，了解了我从一个烧茶炉的临时工，因致力于写作，得到了一份令人羡慕的职业和事业。特别是她从我“一个土豆八道菜”中深受启发，注入了新的活力。在后来的创作中，逐步推出了力作《雪域桃花》《神秘泸沽湖》和《婺源之美》等，并在国家级和省部级报刊发表。

如今，湘洋姐的创作硕果累累，在当地文学界也是知名作家了。她的作品即将出版发行，嘱托我写几句鼓励的话，尽管我知道自己水平有限，但湘洋姐热爱生活的心态和执着创作的激情，深深打动和感染了我。我就不能再客气和推辞，跟大家聊聊咱们的湘洋姐和湘洋姐的佳作，祝愿湘洋姐创作出更好更多的精品力作。

是为序。

2020 年 5 月 7 日
于北京金融街中国银保监会大厦

此生恨不生广西

——广西金融文学作品及《泉水叮咚》（二）序

一提到广西，我的脑海里立马就会浮现旖旎的山水风光，浓郁的民族风情和动人的纯朴民歌。此生恨不生广西——这句一度流行于外省游客嘴上的溢美之词，也精准地描述了我的内心感受。因工作调研或开会讲座的原因，我多次踏上广西这片美丽而神奇的土地。在惊叹南疆名胜的同时，我对这片土地上的广西金融作家们也留下了美好的印象和回忆。与全国其他省份的金融作家群体相比，或许广西金融作家群在人数规模上稍逊一筹，但是，当广西金融作家协会所汇编的《泉水叮咚——广西金融作协第二、三届征文获奖作品集》出现在我的案头时，随着品读的深入，我的心底开始流淌一股清泉，作品确如书名，叮咚悦耳，沁人心脾。

作为中国金融作协的负责人，我要对广西金融作协出品的这本集子点赞：

其一，这本作品集子反映了广西金融作家们奋力笔耕的丰硕成果。广西金融作协连续举办了两届征文比赛，收获满满，所评出 80 多篇获奖作品，比较全面地反映出广西金融作家们的创作实力，也充分表明，广西金融作家通过自己的勤奋已在全国金融文学创作园地争得了一席之地。尤其令人欣慰的是，2019 年 12 月，在广西金融工会以“我和我的祖国”为主题举办庆祝建国 70 周年广西金融职工文化成果展上，广西金融作家协会展出近年来在全国和省部级刊物上出版的 30 多部作品，令前往参观的广西金融机构员工刮目相看，纷纷称赞。

其二，这本作品集子反映了广西金融作家的创作风貌。视野比较开阔，题材比较多样，是这本集子呈现的鲜明特点。广西金融作家立足金融，又不局限于金融，在他们笔下既有金融发展改革的先进人物，也有生活在社会底层的普通百姓，既有咏叹大自然的美景，也有针砭阴暗的时弊，更有讴歌金融的成就。浏览整个集子，其中许多佳作能让读者耳目一新，历久难忘，如魏振华的《让压力释放美丽》（散文）、蒙广盛的《壮乡木棉红》（报告文学）、李钢源的《身边的榜样》（诗歌）、韦全明的《夜钓》（小说）等作品都显示广西金融作家的创作雄厚实力。

其三，这本作品集子反映了广西金融作家队伍日益发展壮大的态势。虽然广西金融作协起步较晚，但人数已将近 100 人，中坚力量的作家为数不少，如魏振华、张斌、蒙广盛、劳弘毅、李钢源、陈建军、黄羡柳、黎立义、钟文主、韦全明、吕晨等作家在中国金融文学征文比赛或其他赛事中累获奖项；魏振华还被中国金融作协授予“德艺双馨”称号。随着作家队伍的壮大，文学活动日趋活跃，自广西金融作协成立至今，已组织会员活动 15 次，活动内容丰富，形式不断创新，如举办作品朗诵会，组织作家采风，送文化下基层，开展关爱山区留守儿童活动等，既促进了基层金融机构的文化建设，也提升了广西金融作协的影响力。

广西是一片适合生长文学的沃土，新中国成立以来，叙事长诗《百鸟衣》、歌剧《刘三姐》、长篇小说《瀑布》等大量文学艺术作品享誉海内外。如今，广西更是一片催生文学发展的热土。随着中国与东盟开放合作的加深，广西作为中国西南地区的陆海新通道和走向东盟的桥头堡，其沿海、沿边、沿铁的“三沿”优势将得到突显和发挥，特别是广西正在建设面向东盟的金融开放门户，将为广西金融作家们创作题材更加广泛、主题更加丰富、体裁更加多样的文学作品提供新气候、新机遇，而从《泉水叮咚》（第 2 卷）这本集子，我们已感受到新气息、新趋势、新实力。

此生已不能生广西，所以，我心更是羡慕广西，羡慕我的同行——广西金融作家们，期待广大的金融作家们珍惜这个美好时代，不负韶华，用手中的笔，在祖国的南疆创作更多更好的无愧于时代、无愧于人民、无愧于金融的佳作！

是为序。

2020 年 8 月 1 日

于北京金融街中国银保监会大厦

大唐无处不飞花

——大唐飞花诗歌集《诗绣长安》序

初识大唐飞花，是在中国金融作协组织的延安采风活动中。那时，她不仅是陕西金融作协的副秘书长，还是新浪网的一位人气写手，并兼新浪博客首页原创栏目选稿编辑，才华出众，粉丝众多。这些年，她一直埋头散文创作，她自创的“唐妃体”散文，文风婉约，韵律优美，充满了对大唐王朝的相思和追忆，让人向往、让人怜惜。后来，由于生活节奏的加快，又频频写出一些小诗，短短几年，竟又成厚厚的一本诗集，并取名《诗绣长安》，与她去年出版的散文集《梦里长安》前后呼应，大有誓将长安进行到底的气势。翻开这本古意盎然的诗集，看到关于“华丽丽的长安”“长恨歌呵何时休”等目录标题，一股浓浓的大唐风扑面而来，让人不禁有一种恍惚，莫非她就是千年唐宫中那个多愁善感的妃子，怀着不舍的情怀从大唐穿越而来，一路飞花，一路吟唱……

骨子里的大唐基因

大唐飞花，无论名字还是长相，都让听闻者或是亲历者眼前一亮。长发披肩、面带微笑、身材高挑、长裙摇曳，还有张口闭口都自称唐妃的潇洒与淡定，那绝对是有大唐的传承，准确地说，是骨子里就有的大唐基因，才让她的文字她的思绪她的笔触，将人情不自禁地带入多姿多彩的大唐，与大唐与长安相缠绕并为之吟哦不休，这在生活中还真不多见，在金融系统更是难得一闻，独秀一枝。如《唐妃回长安》中：

唐妃回长安
没有仗队威武相迎
没有车辇华丽接送
站在落寞的长安街头
许多时候

独自在十字路口徘徊
在幽深的小巷里迷路
唐妃心里
只有兴庆宫华清池芙蓉园
只记得光明正大的牌匾
哪有这多道道弯弯
每一次回身
就算是还太监的账
每一次轻叹
就算还宫女的情
抬头望宫阙
风云变幻
人心已远
时光飞逝逾千年

还有她笔下屡屡出现的大唐宫殿如兴庆宫大明宫含元殿、她笔下的人物如李隆基杨贵妃，以及大唐历史上的一些重要地方华清池曲江芙蓉园杏园等，一下便打开了唐朝的大门，让人看到了历史上那个激情飞扬的朝代。这在她的开首诗《华丽丽的长安》中反映最为强烈：

……
华清池、曲江、芙蓉园
哪一处碧波洒下你丽人的身影
曲径、回廊、御花园
哪一处景致留下你醉人的清香
大明宫、兴庆宫、太极宫
你到底运筹在哪一宫，勤政务本
含元殿、宣政殿、紫宸殿
你到底坐镇在哪一殿，指点江山
……
你，就是那个一朝放荡思无涯的人儿
杏园宴上，挡不住的春风得意

你，就是那个披红戴花的状元郎
正骑马飞过文杏桥
一朝看尽长安花
你，就是那瘦瘦的三月相思
痴痴地等候着人面桃花
……

诗行间的雍容华丽

没有华丽的心思，写不出华丽的诗句。大唐飞花的诗歌，没有胡乱雕琢的痕迹，而是以一个正统诗人的笔触将浪漫层层渲染，在浪漫和正统之外，又多了层雍容和华丽、缱绻和妩媚。如她的《如画大唐》，将大唐的帝妃、大唐的才子佳人描绘得非常香艳，仿佛身临其境：

如画大唐，玉笛吹起贵妃的霓裳
彩色红妆，羽衣闪耀明皇的柔肠
千年画卷，历史绝唱
才子佳人，相倚流光
金阶仙台，如梦似幻
谁用唐诗斗雪，舞姿妙曼
提笔一笑，深情款款
还记执手之情，相思牵牵
多情才子，百媚佳人
说不尽的温情
写不尽的浪漫
四目相对，谁说不是血脉相连

在《秋雨，你一直下吧》中，诗句非常应景非常华丽：

……
秋雨，你一直下吧
下出一个水灵灵的长安
下活一段历史的片段

让他活在你的画卷
秋雨，你一直下吧
下开一朵牡丹花
艳艳地怒放他的门前
提醒千年往事里那些醉心的缠绵

放不下的灵魂之痛

大唐飞花的诗歌情感真挚，思念浓烈，爱就爱得死去活来，活就活得如花灿烂，这是她的梦，也是她的真实，更是她此生一往情深令她痛苦令她放不下的一个结。大唐、长安，是她今生都解不开的相思，是她灵魂日夜缠绕的地方，让她时常伤情时常生病时常沦陷。母亲的离世更是她现实中的痛，让她常常陷入思念不能出离，使人读之唏嘘、扼腕长叹。

在《爱我的人，请别再哭泣》中，她这样描写来自灵魂深处的大唐之痛：

爱我的人
请别再哭泣
别为我的文字伤心落泪
任何过往
都会在骨子里烙下痕迹
亦如昨夜的风
一定会把头发吹白
把泪吹干、把记忆吹碎

在《就让我淋一场雨吧》中，她通过淋雨、生病，来释怀让她魂牵梦绕的地方：

找不到前朝的宫殿
我只能在长安街上游荡
漂浮不定的灵魂
天知道在寻找什么
那么就让我淋一场雨吧
这是上天赐下的甘露

它用满天的晶莹
滋润我千年的干涸和荒芜
所以，天是知道我的
只有病殃殃地倒下
才能忘掉那个梦
那个只属于长安的美梦

在《想母亲，泪长流》中，刻画还是那么灵动知性，听到鸟儿便想到了鸟妈妈，由鸟妈妈继而又想起了自己的母亲：

清晨
窗外的鸟儿大声啼鸣
让我想起了我的母亲
我的母亲以前也是这样
几天不见便打电话找寻
话筒里的声音也如窗外的鸣声
絮絮叨叨、喋喋不休
……
每一个狂风暴雨的日子
心会莫名其妙地抽紧
每一个母亲节的来临
寂寞难掩内心的孤独
……
我会忽然操心我的母亲
她一个人在老家还好吗
下雨了别摔倒、起风了别怕
虽然你已经永远离开那个家

行吟中的自由之风

诗人的思想是自由而奔放的，就像一阵清风，所到之处，必有清凉。大唐飞花的诗，让人感触最深的是自由自在、无拘无束、写我所写、歌我所歌，这就造成她的写作视野非常宽广，她不但写大唐，写长安，还写祖国的山山水水以及生活的各种感悟，眼前所见所感皆可成诗，皆是诗的素材和营养，具备了一个真诗人的特质。

在《做梦写诗》里，她病了，将诗人病了的心思刻画得淋漓尽致：

……
爱上文字真是一种罪
让我发烧不得害冷不成
让我于昏迷中还神神叨叨
睁开眼睛便要寻觅佳句
于是，这两天的诗
和我人一样胡言乱语
忽冷忽热
病得不省人事

特别是她采风时的行吟诗歌，仿佛就躲藏在唇边，随着镜头的变幻，奇思妙想源源不断地流出，出稿快，质量高。如《嘉峪关的眼神》：

……
嘉峪关有许多这样的眼神
关楼角楼、西河柳百日菊千日红
还有城上一只凝视远方的小狗
所有的眼神都是同一种解读
它们，就像那些将士的重生
夕阳下走不出嘉峪关的轮回
它们悲壮而忧伤地望着远方
我，望着它们流泪

《悬壁长城，守几块石头》中，她这样写对历史的追寻、历史的乡愁：

我们是几个从史书里掉落
回归不了故乡的繁体字
横平竖直的块头

怎一个人字那么简单
在历史的扉页里离群
在发黄的古道上狂奔
在狼烟四起的古战场疯掉
处处是难写的乡愁
……

诗意里的佛性禅心

诗意里的佛性和禅心，反映了一个人的思想和高度，对于一个诗人来说，也预示着诗歌的逐渐淡定和成熟，人是这样，诗歌也是这样。读大唐飞花的诗，字里行间的那种佛性和禅意，让人感叹，让人惊喜，让人为她诗歌里的劝世良言而欣慰。

在《穿越生命》中，她这样奉劝世人：

……
其实从哪里来并不重要
重要的是你拥有了人的智慧
可以决定死了走向哪里
生，有生产期可以预计
死，有时没有任何预告
那么，就做个好人吧
对社会有利对他人有益
为下一次穿越做好准备
一念天堂，一念地狱

在《倒春寒想告诉我》中，她是这样描写世事的无常以及生活中的谨言慎行：

倒春寒想告诉我
寒冷过后可能还会冷
春天里也会有雪花浇淋
扔掉的棉衣重新又会捡起

鸟儿也有回窝时
四季无恒暖
世事本无常
我谨慎地打理行装
不敢得意轻狂

诗歌里的浩然之气

诗歌也是有灵魂、有傲骨的。灵魂和傲骨最能体现一个诗人的责任与担当。作为国家公职人员，大唐飞花为人正直，一身正气，她在梦回大唐梦境之外，不忘坚定信念，追求自己的人生理想，不忘热爱祖国，并用文字来为祖国歌唱。

在《活成一棵树》中，面对纷繁复杂的世界，她坦荡表明自己的志向：

活成一棵树
一棵笔直的清高的树
脚踩万丈红尘
心伴明月清风
活成一棵树
一棵挺拔的高不可攀的树
身在凡尘立命
志在西天遨游
活成一棵树
挺直，挺出良材风姿
高不可攀，免受凡难
好去参天

她就是这样，一个浪漫、唯美、真实、善良，胸怀坦荡且热情洋溢的有责任有担当的女诗人。

总之，读完大唐飞花的诗歌，会更加体会到文字是共通的真正含义。以前，觉得她的“唐妃体”散文非常优美，读完她的诗集，才觉她的诗歌也非常的出色。至此，她所有的勤奋和付出也就非常值得，给人以美好的感受之外，又积累了丰硕的成果。大唐飞花，她不但是大唐的飞花，更是我们整个金融系统的飞花，唯愿她能继续追求继续探索，在文学的天堂，用她独特的文笔，让诗歌放射出绚丽的火花。亭台楼阁凌霄处，大唐无处不飞花。

是为序。

2020 年 8 月 3 日

于北京金融街中国银保监会大厦

大鹏在银海上展翅飞翔

——单鹏散文集《银海鹏语》序

在浩瀚的金融星河里，总有一些星辰，因其独特的光芒与执着的坚守，注定不会被尘埃湮没。单鹏先生，便是这样一颗以笔为犁、深耕沃土的不倦星辰。《银海鹏语》的问世，非一日之功、一夕之思，它是岁月长河淘洗出的真金，是日积月累付出的真情。

非同凡响的创作成果，源自非同寻常的人生阅历，以及非同一般的创作毅力。单鹏和我一样，都是从最基层的农村信用社摸爬滚打成长起来的。环顾全国近百万农信同仁，足迹从阡陌纵横的乡镇、烟火氤氲的县城，到活力涌动的城区，像单鹏这样的信合人、优秀作家，已属凤毛麟角。而四十年如一日，笔耕不辍，在省级以上专业媒体发表高层访谈、金融研究、调研报告、通讯报道等文章500余篇者，更是寥若晨星。《银海鹏语》的作者单鹏先生，却难能可贵地做到了。他的人生轨迹，因一支笔而格外丰盈厚重；这支笔，也因他独特的阅历而拥有穿透时空的力量。

作者的写作之旅，始于热爱，成于坚守。从青涩岁月里对文字的懵懂兴趣，到将其淬炼为融入血脉的热爱；从业余时间忐忑投稿的尝试，到专业媒体竞相约稿的信任；从自由撰稿的作者，到肩负使命的编辑，作者用勤奋度成就了作品的丰富度，用创造力赋予了作品的生命力。中国农村金融品牌宣传个人贡献奖的桂冠，三届中国银行业“好新闻”的殊荣，全国农信系统抗疫“好故事”的褒奖，便是对其创作贡献最响亮的回音。

单鹏先生以工匠精神虔诚地将中国农信改革的风云激荡、沧桑巨变，一锤一凿地镌刻于历史的长卷中。他的作品，构筑起观察农村金融改革发展的立体坐标：纵轴是历史的厚度，横轴是专业的深度，而贯穿始终的是那份温润人心的温度。在这里，你既能倾听高层决策者高瞻远瞩的宏论，亦能捕捉基层践行者创新创业的智慧；既有理论殿堂中的前沿探讨，也有实践土壤里的经验成果；既有实现金融强国的宏观视野，也有聚焦普惠金融的微观视角；无论是刊登于头版头条的助力乡村振兴国家战略的力作，还是以跨版整版篇幅深度报道的金融“五篇大文章”，无不彰显立足时代、心系“三农”的赤子情怀。

《银海鹏语》既是一部严谨的金融志，又是一册动人的散文集。它不仅是一部对我国农信改革发展脉络深刻洞察的专业书籍，更是一部对中国农村金融发展历程忠实记录的纪实文学。翻开书页，仿佛能触摸到农村金融改革的时代脉搏，聆听到田间地头的金融絮语。

读着《银海鹏语》，我倍感亲切，仿佛又看到了25年前我创作的《原上草》，当时被全国读者评价为“全国第一部为中国农村信用社树碑立传的长篇小说”。我觉得单鹏的创作风格更为独特，具有“大处着眼，小处着墨”的叙事智慧。在《有家的感觉真好》中，他将贵州省联社成立的里程碑式事件，精妙地凝聚于基层员工朴素的心声——“终于有家了！”而在《从“先行者”到“先赢者”》中，他又将农信改革的宏大叙事寓于泗洪县联社的蜕变故事里。这种“滴水见日”“一叶知秋”的笔法，赋予冰冷的金融数据以温度，使抽象的改革进程变得可触可感。

作者“以问引思”的独特文风，彰显出专业的敏锐和职业的担当。《农户联保贷款缘何走俏苏北？》《农信社人才“断层”现状分析》等篇章，以问题为导向，借设问开启思考之门。不仅记录现象，更探究现象背后的逻辑；不仅展现成绩，更直面改革中的痛点难点。

《银海鹏语》最令人动容之处，在于“刚柔并济”的语言艺术魅力。描写改革攻坚，他笔力千钧，字字铿锵：“率先改革，行突破跨越之旅”；刻画人物形象，他柔情似水，细腻入微：“那双布满老茧的手，数过千万资金，却数不清自己加过的班”；阐述支农使命，他坚定执着，掷地有声：“向下扎根、向上生长”；记录清非盘活，他审时度势，攻坚克难：“啃完骨头，再啃石头”。令人印象深刻的是《凡人英雄》中刻画抗疫群像的白描手法：“老张的防护服里能倒出水”“小王的泡面已经坨成了面团”，寥寥数语，胜过万言说教。

作者的笔端流淌着浓郁的乡土气息，作品粘泥土、带露珠、冒热气、接地气、有人气，字里行间可闻“泥土的芬芳”，可见“露珠的晶莹”。《“贷”动农民致富》中飘荡着稻花香气，《春耕进行时》中回荡着犁铧破土之声，《喜听农民说乐事》中跃动着致富农民的由衷喜悦。这种贴近大地的创作姿态，以百姓的视角、百姓的情怀，强化了主题的思想深度，提升了作品的文学质感，使金融为民、深耕普惠的金融故事更具感染力。

《银海鹏语》以文载道，以笔传情，为中国农村金融的沧桑巨变留存了一份既有专业价值又具文学魅力的立体档案。作者以新闻人的敏锐和理论者的功底，用带着体温的文字，沾着晨露的故事，让读者真切感受到江苏农信砥砺前行的铿锵步伐，见证深化改革中的江苏农信从“试验田”到“样板田”的突破、从“先行者”到“先赢者”的跨越。

《银海鹏语》是一部政治站位高远、新闻视角独到、人民情怀深厚、语言艺术精湛的优秀作品集。它记录了一段中国农信波澜壮阔的改革历程，留存了一份弥足珍贵的农村金融历史记忆。愿《银海鹏语》的出版，能为更多关注中国农信事业发展的读者带来启迪，能为更多的全国农信从业者提供有益的借鉴。

读着、读着《银海鹏语》，我的眼前不由得幻化出高尔基《海燕》里的景象：在苍茫的大海上，狂风卷积着乌云，在乌云和大海之间，海燕像黑色的闪电，在高傲地飞翔……

是为序。

2025 年 6 月 9 日
于北京金融街

善良是世界的底色

——李立随笔集《润物有声》序

读诗是快的，读文是慢的，这是我的阅读习惯。鉴于此，我对李立的这本随笔集，断断续续地用了一周时间，才真正地认认真真读完。当我仔细读完李立的这本《润物有声》的时候，才知道，原来诗坛很不平静，原来人间有这么多的“繁华如花”——形形色色的人和事件，充斥着诗坛，甚至也弥漫着整个人间。

关于李立本人，我不太熟悉，对他的作品却是较为熟悉的，因为他的勤奋创作，也源于他的作品魅力。在中国金融作协会员微信群里，有人说他是金融界诗写得最好的诗人之一。确实，他的诗，我读过不少。他近期所写的关于诗歌界的随笔，我也大都读过。这是对诗人的尊重，也是喜欢他文字的一种表达方式。比如，给我印象较深的，《俗人、天才、大师及其他》，在这篇文中，他谈了一些诗人的成长或生活背景，感慨颇多。

其实，他对诗坛不仅仅是停留在批判上，那样就显得太片面和极端了。我发现，他对诗坛的关注，更多的是一种宽容和情感上的善意抚慰。例如，《朋友》就写出了人与人之间，或者说是诗人与诗人之间的那份“海内存知己，天涯若比邻”的纯粹之情。这本随笔散文集，更多内容呈现的是作者对一些诗歌作品的评析和与诗友之间的交流之感想。比如《那时的爱情，叫爱情》这篇文章，就引用了原诗。诗写得很美，我们不妨欣赏一下：

你说你只做太阳身边一颗闪闪发光的小星 / 你给自己取了一个笔名叫熠 / 你写给十八岁男孩生日那本厚厚的情诗和歌曲：

你心灵深处的真情独唱如歌如泣 / 纸上绽放的泪痕如桃花吐出的淡淡忧伤 / 每次捧读我的热泪都会夺眶而出如醉如痴 / 我们用密密麻麻的思念和对爱的信仰 / 在洁白无瑕的信笺建起五彩缤纷的爱情小屋 / 住着我们圣洁的初恋纯朴的憧憬 / 那是少男少女神秘的圣地 / 收容着我们纯粹的欢笑和晶莹的泪水 / 而把北方的寒风南方的细雨统统关在门外……

其实李立不是一个刻薄、愤青的俗人，可以说家庭事业双丰收的他，没有愤青的必要。除了一些看不惯的炒作事件之外，更多的情况下，他是一个心地善良、内心有温度的冷眼旁观看世间风轻云淡的诗人。再如他在《那片诗意的海洋》一文中，就很好地展示了他作为诗人善良和温情的一面。在这篇文章中，他的温情之心之情，于这些跳动的文字音符下呈现出熠熠生辉，特别是文章的最后，抛出了曹操的《观沧海》，更是把文本格调，拉高了一大截。

在这本随笔集中，李立主要写了两点：一是与诗有关的生活趣事，二是生活中的诗歌事件。在他娓娓道来的叙述中，一幅幅诗与生活的画面浮出水面，一座座突兀的山峰耸立于世人心海，成为一抹山水夕阳或土地胶着的文本渊源。由此可以看得出来，归来后的李立，又把重心移植到对诗的热爱以及在友情与生活的加持下，奋笔疾书八万里。读完这部集子，我在想，如果李立把手中的笔墨，能再伸向更加广阔的大地和社会上，而不仅仅是体现在对“诗”的空间与关爱上，他的文学成就，是否可以更上一层楼，他的文学观念和思想价值，是否会更加“波澜壮阔”。

李立自称是新归来诗人，我对此不予置评，因为我认为，写诗就是写诗，哪还分什么归来不归来之说。有灵感就写，或者说，有了生活感悟就写，这就是诗的磁场效应，和归来不归来，没有多大关联。不管咋说，这只是我的一家之言，望李立一笑而过罢了，不必太在意。

话说回来，之于写诗，不管他是不是新归来的诗人，但他二十年后的再创作，所呈现出来的那种泉涌似的创作激情和爆发力，足以令人吃惊，并让人刮目相看。短短几个月的时间，他除了诗歌创作之外，还写下了不少与诗和诗人有关的杂感随笔，这种井喷式的创作热情，不得不让我佩服于他创作力的旺盛。

一个人的创作，除了时间之外，还要有一颗对文学的热爱和敬畏之心，更要有一股子写作的天赋、灵性与智慧，缺一不可。古人云：读万卷书，行万里路。这话之于李立，是再恰当不过了。熟悉他的人都知道，他不仅游历过祖国的三山五岳，更是把五大洲，逛了个遍。因之，李立的诗文，似乎都与“行”之见闻有关。

前不久，我读到这么一句话：读书可以经世致用，也可以修身怡心。此话我觉得放在李立身上，恰如“量身定制”。一个人生命的质量，需要锻铸，有效的阅读是锻铸一个人成就未来事业的重中之重。一个人阅读的深度和广度，可以改变一个人生命历程的长短与不足。因此，阅读的深度，决定其思想境界的高度。

之于我眼中的李立，应当改为：可以写诗，可以著文，可以交友，可以谈心，可以把眼界拉长，可以把视野和心胸拓阔，让有限的生命，活出无限的精彩。英国诗人拜伦说过，一滴墨水可以引发千万人的思考，一本好书可以改变无数人的命运，选择一本好书，可以品味一时，更可以受益一生。我觉得，李立的这本关于诗与诗事的随笔集，是可以收藏和阅读的。因为，本书除了列举出一些诗坛逸闻轶事外，还可以带读者于回味中，陶冶情操，看清世事浑浊，从而提升人生的品质与人格的修炼。

随笔，除了体现杂之“多”和包罗万象，还兼有批判人性丑恶的功能，当然，它也具有歌颂与赞美的传播功效，这也许就是随笔的魅力所在。因之，我觉得，随笔的魅力，不仅体现在文字的随意与“短小精悍”上，它的关键在于直抒胸臆的表达，可以让读者跟着作者的情感波动而一泻千里、碧波荡漾——收获爱或喜悦，当然也会吐槽世间的灰色。

了解李立，最初是从诗人开始的，后来陆续读到一些他写的随笔——关于诗歌界的现象种种。如果说李立的诗具有批评精神，那么李立的随笔，更是一种对现实诗界的一记重拳，重重地砸在诗歌的江湖上。我一直认为，这世界的美好，不是靠赞美来渲染的，而是用批评的利剑和砖石来敲打和筑起的。因为批判的存在，人间才会少一些阴影和雾霾，人间才会多一些精神家园。

“天下之大，善良为最。而以真、善、美立世的诗歌，善良始终是她的最高海拔，因为有善良的加持，诗歌才成就为文学的最高峰。在通往文学最高峰的羊肠小道上，岁月风云变幻，有大师在绝顶指点江山，有天才在风口意气风发，有年轻人在灯下踌躇满志，有年长者在山海平心定气，有成功者在舞台上欢声笑语，有迷茫者在黑暗中黯然神伤，有智者驾小舟心如止水，有愚者在天涯自寻烦恼，有善良者在人间温良恭俭，有我们平常的喜怒哀乐，亦有生活的柴米油盐……”作为人潮中的一分子，他把自己的所见，所闻，所思，所想，不造次，不虚夸，真实地呈现出来。

李立的这本随笔，整体风格是一致的。可以说其语言质朴，没有油腔滑调，又从容平和地侃侃而谈。文章篇幅不短不长，刚好适合当下快节奏人的阅读习惯。另外，其文笔亲切流畅，其情感热情洋溢，其语言明朗洗练，且行文构思富于激情与诗意，相信本书的出版，一定会得到读者的喜爱。

是为序。

2020 年 9 月 9 日
于北京金融街中国银保监会大厦

用生活纤毫雕刻金融人的沉浮

——云舒中短篇小说集《k 线人生》浅评

2022 年所谓的"五一"小长假，其实就是在家闷了五天。因为疫情，不能出京也无法进京，对于我这个习惯于田野流连的人，实在憋得头晕。5 月 5 日，这个日子值得纪念。上班的头一天，突然看到一则新闻：作家云舒的中短篇小说集《k 线人生》出版发行，使我心头一震，眼前有种拨云见日的敞亮。

作家云舒，说熟我们也很熟。第一次见到她，听着她的名字，就感觉到人如其名：宠辱不惊，看庭前花开花落；去留无意，望天上云卷云舒。这就像她的创作状态和生活写照，心中唯有文学，其他的，都不刻意，随意随性。但了解了她，就会觉得她那天上看似恣意的云卷云舒，实际在地下藏着一股看不见的根系，正如她的原名张冰，在文学的玉壶里，藏着一片冰心。

其实，以前，我跟云舒，说不熟也真不熟。这事儿，赖她，也赖我。记得第一次见面，是在一次文学培训班上。瘦瘦弱弱的她，总是躲在会场的角落，无言少语，确实难以引起别人的注意。后来是中国作协的一位著名评论家，专门跟我聊起，说你们金融系统的确藏龙卧虎，有一位真正意义上的作家，笔名云舒，真名张冰。我听了，也似乎能隐隐约约想起一面之缘的她，当时也不以为然，觉得虽说文人相轻是常态，但人夸人也是常情，见面说朋友些好话，也是做人的姿态，东耳朵进西耳朵出，没留下什么痕迹。后来上网，我无意中看到《小说选刊》和《小说月报》预告的作品目录，又看到云舒这个名字，很惊喜，甚至竟然怕是不是重名了。后来一核实，就是她，真名张冰，笔名云舒，没错。当时我的心情有二：一是惊讶、生气，二是高兴、自责。惊讶的是我们金融系统居然真的藏龙卧虎，通过网络查询，得知云舒已经在全国知名的纯文学报刊发表和出版力作多部（篇），属于立足金融文学高原、勇攀社会文学高峰的典范。生气的是云舒怎么只知道低头拉车，不懂得抬头看路，发表出版那么多那么好的文学作品，却从来不言语，不懂得宣传自己。我也明白，一个作家应该有低调谦虚的品格，可过于谦虚，就给人清高孤傲的感觉了。也许我的感觉不准确，但当时确实生气了，联系上她后，电话里一顿“深揭猛批”，把人家说得一时竟无言以对。后来想想，也是我的不对，就是想急于挖掘发现金融系统的优秀作家，好像云舒隐藏了自己，就等于故意埋没了我们金融系统作家的成绩一样，发掘云舒就好像给自己脸上贴金一般；高兴的是，确实如同挖到了金子，在我们金融系统，能够既从事金融文学创作，又在社会文学创作取得成果的作家，确实凤毛麟角，高兴是由衷的。自责的是，我作为金融系统文学创作的负责人，竟然这么多年没有关注到云舒的创作成就，没有及时给与更多的关心支持，让其孤军奋战，着实有些失职。所以，在一次中国作协全委会上，我跟河北省作协党组书记王凤一起散步时，极力推举云舒的创作成果，得到了王凤书记的极大关心和扶持。就这样，我们共同把云舒当个宝，你关心、我支持，在金融系统、在地方作协，让这块金子发出更加璀璨的光芒。

云舒这次出版的小说集《k 线人生》，就是光芒一束。小说集收录了《K 线人生》《凌乱年》《朋友圈的硝烟》《亲爱的武汉》《青萍之末》《羽翼》六个中短篇小说。所选小说以都市生活为底色、以金融界为背景，主人公们在大的时代生活中辗转腾挪，生动感人。《K 线人生》《凌乱年》有人生的高光与低谷，有职业女性在家庭、工作中的坚守与困惑，是金融人对人生的别样诠释；《朋友圈的硝烟》《亲爱的武汉》《青萍之末》《羽翼》是闺蜜间、母女间、姐妹间、父女间生活的反刍，是与这个时代的对话与感受。

其中以女行长为主人公的两个中篇《K 线人生》和《凌乱年》相隔八年。6 万字的中篇小说《凌乱年》写于 2013 年，获得了中国作家第七届鄂尔多斯文学奖新人奖，授奖理由中写道：“在激烈的竞争社会中，职场女性更是面临工作和生活的双重压力，作家关照的正是这一人群的生存现状。本文将一位身处银行高管职位的女主人公，在面对人与人之间勾心斗角、尔虞我诈，所产生的困惑与迷茫的心理刻画得淋漓尽致，向读者展示了一幅职场众生相，以及职场女性对于回归家庭温暖的精神渴望。”八年后，主人公银行女行长经过了时光的洗礼，从工作岗位上退下来，在发挥余热与贪慕虚荣中如何平衡？在资源和经验中如何边际效益最大？是任由生活裹挟惯性滑行还是另起一行？《K 线人生》是对人生浮沉、企业生存的描摹，更是对欲望诘问。

云舒大学毕业后一直从事金融工作，在耕耘数字时耽缅文字。她的小说大多来自经验，工作和生活一直是她小说创作的重要源泉。她笔下的人物大多都有原型，只不过这原型可能是个位数，也可能是 N 次方的综合体，远观往往让人对号入座，深究又缺乏精准的数据。在情节的虚构与真实间，不动声色地呈现生活本身的悲、喜、惊、诧。一念一动间，迭起细微波澜。作者在创作谈中深情地说："《亲爱的武汉》不是我文学创作水平中最高的，但是我用情最深的，是我的生命之作。文中的书信和照片是父辈青年时代的真实摘录，在看到那些照片和书信的一瞬间，故事便在我的心中升腾起来。我回想着我们一家从长春市回到家乡的情景，回想着父亲、母亲落实政策时的喜悦，回想着我们兄妹三人从'商品粮'到'农业粮'，再到'商品粮'的经历，回想着母亲挂在衣柜里却再也没穿过的布拉吉……"

认真工作，写作认真。靠着"认真"劲儿，三十多年来，云舒深扎金融沃土，坚持用写作记录和讴歌壮丽的金融事业，践行了金融人写金融事，同时让文学作品陶冶和反哺金融工作。工作上她先后多次获得市、省、总行级先进工作者，所在支行曾获得全省城区行利润和绩效竞争力前十名。因创作成绩突出，她先后加入了中国金融作家协会、中国作家协会。与此同时她还积极参加公益活动，为贫困地区儿童讲课，捐赠书籍。2019 年 4 月，我随同中国金融工会和金融文联领导们，到中国银保监会扶贫点甘肃临洮县开展脱贫攻坚活动，正巧，云舒也参加了中国作协组织的"春暖花开，作家助力精准扶贫"活动，我俩一起深入田间地头采访，一起交流写作主题和思路。在短短的几天采访活动中，她被银保监会扎实而富有成效的扶贫工程感动、震撼，创作出了《洮河金珠》《洮河金韵》《洮河女人》一组三篇报告文学，文章在金融系统和社会有关报刊发表后，在全国金融系统和社会各界引起很大反响。

朴素的坚守是最为深刻的人生智慧。"在纷繁的工作和生活中静守一隅，用手中的笔反刍生活，用平和的心品味人生"。这是云舒的心声，也是她对日常生活的美好祝愿。

作为一名银行家、一名作家，云舒无论在全国金融系统，还是在全国文学界、社会各界，都已经显示出非凡的实力，享有很高的知名度和美誉度。但她仍然性格如初，还是那样的谦虚好学，还是那样的低调内敛，还是那样的默默耕耘。祝愿她始终恪守自己的那颗玉壶冰心，在文学创作的天空中继续云卷云舒……

2022 年 5 月 7 日

于北京金融街中国银保监会大厦

行吟在春天里

——王鹏散文集《行思吟》序

众所周知，金融是经济的核心。我国金融业拥有从业人员近450多万人，其中有一大批默默写作的业余作家和文学爱好者。近几年，中国金融作家协会一直引导广大写作爱好者积极创作，为我国金融事业发展提供强大精神动力，强化对金融文学作品的推介力度。因此，好友转来河南省农行系统青年作家王鹏新出版的一部散文集，希望我能为这本书写个序，我遂欣然应允。

我曾在农行系统工作多年，对农业银行的人、事、物均有相对的了解和较为深刻的认识。应该说，现在出书不算是新鲜事，但对于一个痴情于写作的人来说，能将自己的心血结集出版是一件很有意义和价值的事，所以对朋友出书我都是十分支持的。文学创作不容易，特别是这部日积月累起来的几十万字散文作品集，充分体现了王鹏对文学的坚持与痴爱。

好雨知时节。这部散文集的出版正好在春季，这是个万物生机萌发的季节，也是个放飞希望与梦想的季节，行吟在文学创作的春天里，且行且思，且吟且歌，在辽阔的天地间放飞无边的思绪，在历史的穿越中铺展充满灵性的文字。王鹏的姿态是前行的，做派是率性的。捧读书稿，我分明听到了他那铿锵的脚步声。

生命的质量，决定着散文的品质。散文是离人生最近的文体，而生活远比写作更丰富和多元。王鹏大学时代是学理工科的，后来攻读的研究生是管理学硕士，可他坚持读书、坚持写作，在工作中勤于思考，在思考中提升自我。三十多年的人生历程中，他从农业银行一线柜员做起，先后在公司信贷、个人信贷、办公室、财务计划、信息科技、审计合规、安全保卫等不同岗位历练，在一级支行、二级分行、一级分行、总行等农行不同层级交流工作，更被农总行聘为总行专家库专家。工作之余，他从创办文学网站、开立个人博客、兼职报社特约记者、倡导读书活动等做起走上了文学创作道路，矢志不移地追求文学梦想。写作，使他平凡的人生开始多姿多彩。他的文字是温暖的，清澈的，彰显着生活的擦痕。生命的质量，在这里比写作本身更为重要。

《行思吟》分为“欢喜遇见、时光鎏金”“归去来兮、岁月含情”“银海逐浪、爱在职场”“书香意蕴、逸思飞扬”四个小辑，是作者王鹏在工作、旅行、读书、求学、生活中目光、心灵、思想的实录，既承袭了他词锋质朴、洗练干净的特有文风，也有其孜孜不倦的人文思考，如行云流水、思潮起伏、吟咏不绝，形成于人生与文化苦旅之中，或大言炎炎，或细语絮絮，寸楮片纸，感而后思，思而薄发，道不尽契阔死生，写不完风雨灯火。既如“红烛”般掺着心智的苦涩之泪而又创造光明的燃烧，亦如“死水”般埋藏火山而默默积聚着精神的力量。

粗略看来，散文集《行思吟》中的作品应该说视角都比较小，大都是从作者身边随时随处展开的生活琐事开始，然而却“于细微之处见精神”。在创作中，作者总是能把一些生活中的琐事上升到一定的高度，这也充分体现了一个作家的社会责任感和使命感。而且这些散文作品，无论长短，几乎篇篇都是在平常的生活琐事之中增强嗅觉的灵敏性和创作的辨别力，使得他的散文作品牢牢地植根于生活中，这也是一位作家所必须具备的基本功。

在这个浮华到坚硬的年代，王鹏的文字让我回到了那个心灵的故乡。慢下来，静下来，听听任性的山涧鸟鸣，看看柔软的光阴在庭前徘徊，闻闻野外湿地桃花的芬芳，静听岁月的拔节与忧伤。文人的魅力，在于能把偌大一个世界的生僻角落，变成人人心中向往的故乡。一直以来，王鹏痴心不改地热爱乡土，一如既往地痴迷于文学创作。这次他的散文结集出版，既是他勤奋写作的成果，也是他文学梦的一个新起点，“欲穷千里目，更上一层楼”，相信他今后的岁月里，会不断地攀登，到达更高的山峰，那盏照亮他人生的灯，必然也会照亮他写作的笔尖。

尽管世上没有人会飞，但没有一个人不向往飞翔。而在写作的世界里，心灵可以高飞。火热的生活、壮丽的金融画卷，可以让更多的金融作家去讴歌、去飞翔。希望王鹏在文学创作的道路上越走越远，走出一片专属于自己的更为亮丽的风景。

是为序。

2016 年 3 月 3 日

于北京

共情中我们命运相逢

——方磊纪实文学《逐》序

方磊是近年来中国文坛上涌现的、成绩斐然的青年作家。

他的籍贯是安徽桐城，我本人又对桐城文化崇拜有加，所以我就格外关注他的创作和文学上的发展。在文学写作上方磊是个多面手，他在小说、散文、诗歌上都有着较高水准的作品呈现。

另外据我知悉，他组建过较为专业的摇滚乐队，同时足球踢得也接近专业水准。他的文学创作才华独特新颖（不少诗歌、小说和散文频频获奖），而方磊本身是一家全国性金融报刊的资深媒体人，这使得他在人物采写上经验老到，笔触丰润，既有新闻人的敏锐、深透，又有作家的洞悉力、睿智、哲思。所以，当我见到他创作的纪实文学新作《逐》时，除了祝贺与欢喜之外，更感到由衷的欣慰。

方磊撰写的这部人物传记的主人公吴晋江，是一位起初生活在浙江乡镇底层的人，但从小就胸怀远大志向，不甘心上天安排的宿命，凭借坚忍不拔的毅力，经过几十年的不断拼搏进取，成为中国保险界的一位顶级寿险代理人、平安人寿深圳分公司的业务总监。面对这样一位成功人士与社会精英，如何将其命运沉浮、奋斗轨迹、人生追求的思想情操、性格内涵完整地展示出来？怎样从他锲而不舍、磨砺蹉跎的心路历程中，挖掘出时代的脉动，凸显一定的社会意义？难度确实很大，实属不易。以文学的眼光来看《逐》，我们可以看到作家的写作追求绝不仅仅是为了呈现人物的励志故事，呈现某一行业人物的事业与人生追逐。

从一般意义上讲，“纪实文学”是一种迅速反映客观真实的文学样式。它借助个人体验方式（亲历讲述、友人采访等）或历史过往文献（日记、书信、档案等），以非虚构的手法对现实生活或历史中的真实人物、真实事件进行详尽记述，权衡比较，从而提炼出具有社会意义的真谛，用以教育和警示后人。然而，我们看过的很多“纪实文学”只有流水账般的“纪实”而没有“文学”。一本优秀的“纪实文学”，应该落脚在“文学”上，没有“文学”的“纪实”只是一个人生账本。一本“纪实”非虚构类的作品能否经久不衰，关键看它是否具有文学的价值。而“人物传记”则是以描写对象——“人”的本质为主体的一种文学形式，人物传记有两点需要强调：首先是纪实性与文学性的融合与统一；其次是要善于处理人物的共性与个性的辩证关系。本书中，方磊以其睿智的笔触，将二者处理得恰到好处，从中可以看出作者的文学内心观照与细腻的文学笔触，这部作品文学属性浓郁，有较好的文学质地。

人的本质是“一切社会关系的总和”。方磊以作家独有的内心观照和文气浓郁、丰盈的笔锋，将史料的真实性与描写的生动性有机结合，根据主人公生活的时代背景和社会环境，将人物的本质特征放到他所处的社会关系中去，挥洒自如；同时选择最能表现人物主要性格特征的典型事件，进行详尽描写和叙述，通过挖掘人物心理活动和各种社会关系的内在关系，引发读者阅读的兴趣和对命运的思考。在《逐》中我们感受到以人物磨砺蹉跎带动时代脉动，然而又以时代延展震动影响着个人的沉浮命运。作家的内心关怀对人与时代的贴近，对时代映照的命运关切挖掘得较为深透。《逐》作为人物纪实文学，很有阅读亲近感和思辨价值，我想这得之于传主吴晋江先生的故事很精彩，也得之于方磊对人物内心细微的捕捉。这本书不仅是励志书、行业精英书，更是可以引发读者共情的生命之书。

作家方磊与传记中的主人公吴晋江，一位是知名财经媒体人，一位是金融保险界的精英，他们同是金融界人士，有着共同的思维和语言，更容易相互沟通与互动。我感觉，方磊的这部作品不仅在有情有义、有深度有温度方面可圈可点，同时还有着贴近生活，镌刻时代印记的闪光之处，是以人为核心的一本纯文学的纪实作品，有着客观、冷静、幽邃、诗性的意蕴文风，同时也充盈着开阔、自由、人性为本的光辉。无论对于作者还是传主，《逐》的出版都可喜可贺，《逐》在文学创作上的技艺和手法也是非常值得借鉴的。相信本书一定会深受广大读者喜爱，无论是不是吴晋江的拥趸，也无论是不是金融界人士。

是为序。

2021 年 1 月 12 日

于北京金融街中国银保监会大厦

颠覆与现实的碰撞

——郭瑾评阎雪君中篇科幻小说《颠覆》

13 年前，阎雪君创作的中篇科幻小说《颠覆》以其奇思妙想构建了一个令人惊叹的故事。小说中把知识植入芯片，并在科学家爷爷和智障孙子人脑中相互置换，我能联想到，在当时，这一设定看似荒诞，却深刻地揭示了人们对于知识获取和传承的渴望与困惑。它让我不禁思考，知识是否真的可以如此简单地传递和拥有？如果知识可以被轻易植入大脑，那么努力学习和自我探索的过程是否就失去了意义？当下，马斯克正在植入人脑芯片，谁曾想 13 年前，阎老师便在小说中预测到了今日科技的发展趋势，这种科技手段所带来的“捷径”，究竟是人类的福音还是潜在的危机？其中把知识植入芯片，以及科学家爷爷和智障孙子进行大脑置换与灵魂互换的情节，充满了荒诞不经却又引人深思的元素。如今，当我们看到马斯克提出芯片植入大脑的现实尝试时，这部小说更具别样的启示意义。

这部作品还巧妙地以独特的视角颠覆了人们对中国式教育、科学发现和爱情人伦的理解和认知。它揭示了中国式教育中可能存在的过度追求成绩和知识灌输的问题，让我反思教育的本质究竟是培养人才还是塑造应试机器。同时，对于科学发现，小说也提出了质疑，科技的进步是否真的能够解决人类面临的所有问题，还是会带来更多意想不到的后果？在爱情人伦方面，灵魂互换后的情感纠葛挑战了传统的爱情观念，让我思考爱情的真谛究竟是基于外在的条件还是内在的灵魂。

而科学家爷爷和智障孙子的大脑置换与灵魂互换，在荒诞的背后是对身份、能力与人性的深度挖掘。这也让我们反思，在现实中，科技的进步是否会模糊一些原本清晰的界限？如果脑芯片技术能够实现更复杂的功能，人类的自我认知、身份认同以及社会伦理又将面临怎样的挑战？

回到现实，马斯克的芯片植入大脑计划确实令人兴奋，它为那些失去肢体功能或存在其他障碍的人带来了新的希望。然而，这也引发了一系列关于科学发现、伦理道德和社会影响的讨论。把知识植入芯片，让人不禁思考科技在知识传播和获取方面的潜在影响。如今马斯克等科技先驱推动的脑芯片研究，虽然出发点是为了帮助那些有身体障碍的人，但也让我们联想到，如果这种技术进一步发展，是否会改变我们传统的教育模式？就如小说中所展现的，当知识可以如此直接地植入大脑，我们对于学习的定义和价值或许需要重新审视。

从科学发现的角度看，这无疑是一项重大的突破，但我们也必须谨慎对待其潜在的风险和未知因素。如同小说中所揭示的，每一项新的科学进展都可能带来意想不到的后果。

在伦理方面，我们需要思考如何确保这项技术的使用是符合道德规范的。例如，如何避免技术被滥用，保障个人的自主权和隐私权？如何平衡科技发展与人类的基本价值观？

从爱情人伦的角度而言，当科技能够改变人的认知和能力时，我们对于爱情的理解和定义是否也会发生变化？小说中灵魂互换后的情感纠葛提醒着我们，人性和情感的复杂性并非科技能够轻易改变或定义的。

《颠覆》这部小说以幻想的故事让我们提前面对了一些可能在未来出现的问题和挑战。它让我们明白，科技的发展是一把双刃剑，既能带来巨大的进步，也可能颠覆我们现有的认知和生活方式。在追求科技突破的道路上，我们需要以开放的思维去接纳新的可能，但同时也不能忽视对中国式教育、科学发现以及爱情人伦等方面的深入思考，要以伦理和道德的准则来引导科技的发展方向，确保其造福人类，而不是引发更多的混乱和问题。只有这样，我们才能在科技的浪潮中保持清醒，不被其冲垮我们珍视的价值观和人类的本质。

郭　瑾

发表于《金融时报》（2024 年 7 月 19 日）

文明源头扬芬芳

——胡玉明纪实文学《上古史诗——沉醉万年文化史》序

玉明喜欢写作历史文化题材，而且注重持续性、系统性进行研究，这种精神十分难得。管窥他创作的《走读谭嗣同》《走读浏阳罗汉》《血色洞庭忆春江》，不仅写的是红色题材，而且贯穿了自鸦片战争以来、中共建党、国共合作、抗日战争的恢弘壮丽篇章。他的作品，具有史料性和可读性，因此都被当地党史部门所认可，《浏阳潭湾梦》被中共中央文献研究室图书馆收藏，《沉醉湘水》等皆被湖南党史陈列馆珍藏。

由于玉明与罗鹿鸣共同创建全国最早的省级金融作协，我们近距离接触的比较多。特别是赴陕西、甘肃等地学习采访，他敏于观察，写下许多诗章札记，后来出版了《沉醉金融工会》，因此为他第一次作序；因为看到他被“血色洞庭燃烧的激情”，我为他作了第二次序。

没有想到，玉明笔耕不辍。他刚刚从洞庭湖回到岸上，又全身心投入到上古世界文明的学科中，认真学习，坚持札记。玉明兄已年逾六十又三，他的这种学风，引起了著名法学家、学术界最早倡导大陆新儒家和儒家宪政的代表，全面考证华夏文明是世界文明源头的引领人物杜钢建教授的重视。

玉明站在老师的肩膀上攀登，面向世界。研学人类百万年历史，万年文化历史和五千多年辉煌灿烂的文明史，不断丰富自己。通过诗歌札记的方式，较好把握，勇猛精进，确实是非常难得的“金融文学”作家奇葩。

玉明的学习札记收获，经常可以在朋友圈分享。《中华名人在线・VIP》《湖湘名人在线・VIP》，为他开辟了宣传“专栏”，《中国诗歌网》也作了大量的刊载报道。后来，他打包给我时达到四千多首。玉明以文学的形式，解读上古文明学术研究成果，具有特色，解决了易读易懂易记的困惑。因此，被画家郑志华称作是一种大型“雕塑”构建形式，有美感，富有张力。

玉明好学，注意选择站位。他在上古文明的世界历史发展中，发现了工匠文明的载体。崇尚劳动、见贤思齐。大力弘扬劳模精神、劳动精神、工匠精神，立足新发展阶段，贯彻新发展理念，构建新发展格局，推动高质量发展，也是我们金融业发展的需要。

2016 年 4 月，中国金融工会在南通市中国银行，举行了“劳动光荣创造伟大”——全国金融系统“一线职工话竞赛”现场观摩交流活动，玉明出席这次会议，撰写了《南通中行组织劳动竞赛现场观摩交流感怀》和《有感南通中行蔡淑娟工作室》：

“南通中行出贤良，工匠精神喜映芳。金融宏猷兴伟业，神州焕彩吐霞光。善持教化人才济，拓展雄风事迹扬。堪为盛名传远近，育林创新谱新章。”

“敢向赛场争一流，英姿飒爽写春秋。且把技艺消岁月，还同工友酝宏谋。服务始爱胸臆阔，点钞臻修壮金瓯。英模自古多磨砺，众望声中竞唱酬。”（注：蔡淑娟，女，供职中国银行南通分行，因劳动竞赛成绩突出，被授予全国五一劳动奖章，当选中共党的十八大代表。）

工匠精神注精魂，史籍扬芬贯古今。杜钢建教授抓住这个特色，从大湘西的工匠文明发展史，以及诸多古代方国的历史，进行纵深研究。他从历史典籍入手，充分利用中国科学院、北京大学、华东师范大学、河南省文物考古研究院，美国圣路易斯华盛顿大学、湖南考古研究所贺刚教授等单位和个人，以及诸多专家学者的研究成果，缅怀先贤先祖，激活工匠文明发展历史。

玉明看到这些文明历史的发展，从湘西的神牛文化，了解到刻划符号、结绳记政、结绳记事，由立体文字的燧人氏时期，发明火；逐步进入到伏羲时代，始画八卦，造书契，出现平面文字；教民佃、渔、畜牧，以及炎黄时代的诸多工匠文化……进而在新冠肺炎的特殊时期，集中精力学习，集中时间写札记；同时开展线上公益讲座，畅谈学习体会，不断提升学习效果。可以说，他是退而不休，学习精神不减。

作家需要学习，学习是作家体验生活，升华认识，增强知识底蕴的重要途径。玉明不仅学习杜钢建教授的世界文明史教材，他还在“相逢仁者遂札记”中，写了许多专家教授学者的札记感怀，如“激活考古永流芳”的贺刚，“远古研究有师承”的田奇富，“崇拜华表树图腾”的黄饮冰，“民俗文化寄慨多”的林河，“异曲同工文明源”的刘俊男教授等。

由此，让我们可以了解到，玉明是较早的一员，通过文学作品——诗化语言札记，把我国文明起源和发展以及对人类的重大贡献，用文学的方式更加清晰地呈现出来，从而更加通俗地发挥以史育人，以文化人的作用。

玉明敏于事，善于把握契机，精神可嘉。史籍扬芬休言累，不负人生日月春。天道酬勤功无量，拂去尘埃方说仁。

是为序。

2021年2月12日

于北京金融街中国银保监会大厦

连谓让金融与文学“联袂”

——吕连谓长篇小说《七寨一条龙》序

得知金融作家连谓三年磨一剑，倾心创作的长篇小说《七寨一条龙》一书结集的消息，我甚为高兴。古人有立德、立功、立言之说。我们虽有闻鸡起舞夜宿阑珊之时，焉敢图圣人之德行，遂立德有心，不能相求！且虽有肝胆报国之心，亦不敢图有何功业也。立言为中华民族文明传承之所籍，为中国文明之主流，亦应大力提倡。司马迁之《史记》、班固之《汉书》传之千代，《太平广记》《山海经》亦传之弥久，成为现代及将来永恒的史料。时下，我们正在倡导学党史、悟思想、办实事、开新局，连谓正是肩负使命与责任，完成了他的第九部作品《七寨一条龙》著述的。

连渭是 2013 年加入金融作家协会的，我与他在笔会、培训曾见过几面，对他了解不是太多。然则连谓留给我的印象是诚实上进，“敏于形而讷于言”，忠于血性敢于担当。他起初工作在工行淄博分行银行卡部，后来十几年工作在信贷部门，近几年又工作在办公室。不论在哪个部门，他都兢兢业业，任劳任怨，成绩斐然。连谓多才多艺，是业务与艺术多面手，尤其是写作功夫了得。在银行卡部时，他撰写论文四篇发表在《电脑与银行卡》杂志上，引起很大反响。他先后从事工商信贷、信贷管理、个人贷款、风险管理等，从实践到理论多有建树，曾获得总行、省行多个奖项。他坚持写日记三十多年，从 2003 年开始他以坚忍不拔的毅力开始著述，真正是硕果累累。先后出版散文集《存在・希望・光明》、历史文集《历史的悲哀》、中篇小说集《最后的堡垒》、散文集《香舆集》、短篇小说集《双鸟记》，其中《历史的悲哀》获得淄博市作协 2008 年度优秀奖，另外，他的短篇小说《三进三出》、诗歌《您是》获得中国金融作家协会山东创作中心“天力达杯”文学创作三等奖。他的著作被收录于省行历程馆内，受到了上级行的赞誉。后来鉴于他对文学创作的热爱，被调入办公室从事宣传工作，连续三年获得省行网讯考核的第三、第二、第一名，获得市银行业协会、市金融学会优秀通讯员称号，这些成绩的取得凝结着连谓辛勤的汗水，得到了同行和社会的高度评价。

连谓在繁忙的工作之余，勤于钻研，善于思考，不计名利，笔耕不辍，实属难得。这本《七寨一条龙》历时近三个春秋，连谓为此付出的心血可见一斑，他涉猎广博，取材多样，既有民族存亡的大是大非，也有人性刻画的细致入微，小说中经常嵌入地域特色文化，比如山城博山的孝文化、饮食文化，甚至还融入神话鬼怪之类的传统文化。他虽不是一个专业的作家，但他的一些见解却颇值得称道，体现了他对精神价值方面孜孜不倦的追求。

连谓多年来除了写作，尤擅游历山川。其行踪往往履奇险幽僻之地。所以，我并没有为他选取这样独特的角度来书写这部小说而惊诧。只是感慨，作为工作在金融一线的工科生，能够三十年如一日，在做好本职工作的同时，坚持不懈地从事文史等社会科学方面的研究，触类旁通并最终有所斩获，这才恰是应了那句“天道酬勤”的老话，也从《七寨一条龙》洋洋洒洒七十万言中可窥得一斑。

据了解，为创作这部作品，连谓曾遍览《淄博抗日记忆》《水浒传》《南怀瑾选集》等众多书籍，在繁忙的工作之余，以异乎寻常的毅力和恒心，用了近三年时间才得以杀青并付梓，其韧劲乃至“憨劲”，在目前日趋浮躁的氛围中更能体现其难能可贵。与现今网络写手流行的“戏说”“穿越”不同，连谓不是戴着有色眼镜去著述，也没有聊作茶余饭后消遣。而是设身处地，把全部身心融入已然逝去的苍凉深邃时空中，从历史上鲜为人知的幽僻之处而不是阳朗大势入手，细细回味、品咂抗日战争时期的中华民族的酸楚、辛辣乃至苦涩，从中撷取对现代文明有所启迪的缃椟简册，并客观地予以评价。作品自济南惨案一直写到抗战胜利，委实不易，尽管书中的一些观点有待商榷，作为一种探讨，值得一读且值得一思。

中华文明浩瀚如烟，连谓选取抗日系列事件并加以剖析，其意味可谓深长。古人讲“居安思危”，以史为镜鉴，可以知得失，这也许就是连谓创作这部作品的全部意义所在。正如他在自序中写道：“我要写这部小说，我的用意当然是明确的。历史有其必然性，也有其偶然性，一件历史事件的出现，不同的处理方式决定着不同的发展方向。希望我们每个人都要以史为鉴，少走或不走弯路，把握好历史的进程。”果如斯，则幸莫大焉。希冀此书能对广大读者有所启迪、有所裨益。

艺术来源生活而高于生活，网名“文九山”里面的“山”字，浸淫着他浓厚爬山的情怀。爬山锻炼了身体，磨炼了意志，同时让他创造出了短篇小说《鹿角寨》。这些年，连谓陆续爬了雁门寨、油篓寨、黑虎寨、大寨、小寨、鹿角寨、轿顶寨，某次坐在公交车上去博山爬山，突然有了创作以这七个寨为题材小说的想法，激发了他的创作灵感。2020 年春节前新冠疫情暴发，武汉封城，小区封闭，乡村劝返，单位实行弹性工作制，他也宅家四十多天专心写作。

做自己愿意做的事是快乐的，文学创作是一个高尚的事业。我为有这样的金融作协会员感到自豪，在以后的工作和创作中，希望连谓能够更好地将金融事业与文学创作“联袂”，在金融文学的大舞台上演出更多的精彩。

是为序。

2021 年 2 月 19 日

于北京金融街中国银保监会大厦

凌然的银色人生

——凌然长篇小说《奔腾的银河》序

仲夏之时，万物并秀，我随中国金融劳模宣讲团从遵义抵达延安。踏上革命圣地的热土，处处充满着激动。目睹一处处红色革命纪念地，总令人心潮澎湃，久久不能平息。在感叹历史辉煌的同时，更为今日圣地的发展变化而感到兴奋不已。延安，是一个神奇的地方，它不仅是中国红色革命圣地，同时也是一个能给人很多意外惊喜的地方。在这众多的惊喜之中，让我没有想到的是，我遇见了凌然，一个普普通通的基层作者。在交谈中，我得知她创作了一部长达四十多万字的长篇小说《奔腾的银河》，已经正在编辑出版运行中。这一消息着实让我惊叹。没有想到一个已经退休多年的基层作者，竟能完成一部反映金融改革波澜壮阔的长篇小说，而且写得意境深邃，颇具新意。中国的预言家们早就说过："金融改革是一场令人敬畏的革命。"在这一场大的金融变革中，有很多人都亲身经历过，但却很少有人能把它变为文字记载下来，可就让一个基层普通员工做到了。

摊开《奔腾的银河》，似乎走进了金融历史的发展长河，眼前展现的是一幅囊括着时代风雨变迁、新旧机制转换的风云图画。这里有新旧认识的对峙，有新旧思想的碰撞，更有穿透灵魂的是非交织，还有意想不到的人性纠缠。书中主人公肖雨奇，一个弱女子，就凭对党、对人民的一腔热血，排除千难万险，潜心笃志，精业报国，走出了一条风雨兼程又充满激烈抗争的道路。她的精神、她的为人，以及与生俱来的那种正直、坦荡、为人处世的胸怀是很值得人称赞的。在她身上有几个明显的特点。一是有一副刚柔并济的性格，成就了她辉煌的人生。她为人正直，知书达理，温柔贤惠，遇事包容并兼，对人格外尊重，在群众中赢得了良好的口碑。这就应了那句"有品位的人，都自带光芒"的话，她的优良品德就是一张名片。二是是非分明，有礼有节。平时，因为她工作出众，遭人嫉妒，受到各种打击。这时，豁达使她学会了忍让和包容。她以博大的胸怀去面对现实中的是是非非，在反击中找回了自我。三是从本质上讲，坚持真理，以正义取胜是她难得的一大优良品质，人心向善的光辉在她身上演绎得光彩夺目。她为和自己尚未谋面的三位代办员伸张正义，很受人称赞。四是她坚韧不拔的精神，使她没有辜负眼前美好的年华和自己心中的梦想。明知道进行金融改革不是一件轻而易举的事，但她还是勇敢地担起了组织交给她的重任。顽强使她在逆境中勇敢崛起，坦荡让她在无所畏惧中不断挺进，逐渐成长为一名优秀的高级金融管理人才。除此之外，陆楠、郑明博、李毅也都很有正面形象，他们在肖雨奇的成长过程中，起到了很好的呵护、助推、培养、提携等作用。这也充分表明，在金融行业这条汹涌澎湃的大河里，人才济济，精英辈出。

读着书中主人公肖雨奇的传奇人生，我总觉得里面到处都是凌然的影子。凌然这个人一辈子有两大爱好，一是爱工作，二是爱文学。工作是她的根本，文学是她的精神依托。

凌然热爱文学，还得从小说起，她的嫂子叫白青莲，初中文化程度，说来她年龄不算大，学历也不算高，可她非常喜爱文学，她初中毕业后看了很多长篇小说，什么《林海雪原》《红岩》《青春之歌》《红楼梦》等。当时凌然读小学，每晚在煤油灯下，姑嫂两个一边做针线活，一边谈论文学。嫂子给她讲述了很多她看过的小说，在嫂子的影响下，她不知不觉爱上了文学。从小学到高中，她的作文尤为突出，文学在她心中就成了一个梦，她想将来有朝一日，也要写一本书，做一个文学家。

自从参加工作后，凌然一心扑在工作上，加之后来又有了家庭和孩子，很少有时间和精力从事文学创作，但她心里热爱文学的火焰仍然没有熄灭。后来她又调入中国工商银行延安中心支行，从事了办公室、工会工作。在工作之余，她开始文学创作，在中共陕西省委团刊发表了第一篇散文《舞会的启示》，后来陆续在全国各地有关报纸杂志上发表论文、新闻报道、散文、小说、诗歌等作品。特别是创作了中篇小说《真情岁月》，在《延长文艺》刊载，随后接连创作散文和诗歌 100 余篇，并多次获奖。2018 年由陕西人民出版社出版了她的作品集《情漫年华》一书，表明她在从事文学的道路上，迈出了坚实的一步。

二十多年来，凌然做到了文学创作和工作事业两不误。她创作成绩突出，在当地已是小有名气的作家。在工作上她先后多次被省分行、工总行、省总工会、中国金融工会、全国总工会分别授予优秀工会干部、杰出工会工作者、“五一劳动奖章获得者”“全国优秀工会工作者”等称号。自从 2011 年退休后，按说凌然是可以安度晚年了，充分享受生活了，该吃的吃，该喝的喝，该乐的乐，该玩的玩。可她又拿起了笔，搞起了文学创作，文学又成了她更大的精神寄托。有很多人不理解她的行为，就说：“你退休了，不好好享清福，何须自寻烦恼，有时间去跳跳舞，唱唱歌，不好吗？”可凌然觉得一个人去做自己喜欢做的事情，用不懈的努力，去厚重你的生命，填补你的空白，很有意义。从事文学创作虽然很清苦，很寂寞，可作家的灵魂是高尚的。因为他们从事的劳动是世界上一项最崇高的事业，理应得到人类和历史的尊重。

了解了凌然的成长经历，读了这部作品，总体感觉，《奔腾的银河》是反映职场人生活和工作的一部书籍。跟着书中跌宕起伏的故事情节，读得人波澜起伏，心里久久不能平息。每一个鲜活的人物，都是我们生活中活生生的实例，只要你留意，也许在你身边既会看到有千千万万个像肖雨奇一样的热血青年，同时也不乏有像隐强这样玩弄权术的高手。不同的三观，导致不同职场的人生结局。这看似一种偶然，实则却是一种必然。种瓜得瓜，种豆得豆是自然法则，但在职场起起落落、输输赢赢也自有定数。职场人就是职场人，他们有他们的本色，他们有他们的天性。成功的案例，就是人生道路上的一面旗帜。

凌然的作品对于还未涉入和即将要迈向职场的年轻人，也能起到一种很好的教育、启发和警示作用。这也是本书不容忽视的一大亮点。但愿《奔腾的银河》能引领他们顺利步入职场，开启人生的美好航程。人常说：能倾注真情的作品是好作品。作者在这部作品中注入了一片真情，因为她自己就是一名银行员工，我敢说在这部作品中，很多地方有她的经历和感受。

“生命易老，文学不死。”这是文学前辈陈忠实老先生的一句名言。正是这句名言激励了凌然这样工作和生活在基层一线的普通作家，在艰难的文学道路上不断跋涉，去探究人生的轨迹，挖掘人类精神世界。在开化自己的同时，也启迪别人。在今后的年华里，祝愿凌然在文学中陶醉，在文学中努力，在文学中不断奋进。不忘初心，砥砺前行，努力挖掘更多更好的作品，活出自己更加精彩的银色人生。

是为序。

2021 年 8 月 7 日

于北京金融街中国银保监会大厦

浓缩的真是精华

——符浩勇短篇小说集《生命的最后一天》序

符浩勇"名不符实"，尤其是他的"大"与"小"。

我跟浩勇认识很早，越是熟识，越觉得他许多方面"名不副实"。他个子挺高，姿态挺低；他身材较胖，感觉较细；他心胸很大，文章很小。他的小说名副其实，确实"小"，是真正意义上的"小"说，小小说。

早在认识浩勇之前，我就在全国知名报刊，经常读到他的作品，比如《小说选刊》、比如《人民文学》、比如《人民日报》、比如《小小说选刊》，等等。所以，我就知道他是一位以短见长、以小搏大的小说家。

我俩都有在人民银行工作的经历，他还是人民银行琼海中心支行的领导，同时也兼任海南省作协副主席，因此，我俩一见如故。尽管他年长我几岁，且成名较早，在全国金融系统文学艺术界很是知名，在中国文坛也很有名气。后来，他还主编了一部全国金融题材的小说集《深海蔚蓝》，我的小说也得幸入选，感谢他。

我文学评论不内行，水平有限，尽管多次给金融作家们作评，且絮絮叨叨，有些冗长，其实也就是想显得重视罢了，无它。但为浩勇兄书评，就简短为好。一来他的文风素来以简约著称，与文本须匹配；二来我确实不能班门弄斧，就不对作品一一述评了，以待读者自去品味和审美。

通过阅读浩勇的《生命的最后一天》，颇有收获和心得。觉得要写好小说，绕不过三个方面：一是立意（题旨），这是指写什么，分五个层次（即政治，道德，困境，人性，文化）。二是角度（视角），选择好叙述人，由谁来讲故事；布局（结构），确定故事的切入口；节奏，（详略得当，隐显有致，张弛有度），这是指怎么写，这是技术活，也是必具功力。三是情节（细节），决定显性文本。以真实的细节支撑虚构的情节，文本情节是断散的，但背后的故事是完整的；语言（讲故事是叙述而不是描写，语言是叙述人语言，不是作者更不是外部评论语言。这是贴着人物写，让读者心临其境，感同身受，共鸣同叹。让读者能感受到什么。

正所谓不在于你（作者）写什么（故事），而在于作者选定的叙述人怎样写（文本）。而最关键的是，让读者从叙述人的文本中感受到故事背后的底蕴。实现从有意义（值得写）到有意思（独立价值）到意味（文本背后）赋能，完成意在笔先，着笔写意，落笔其意却在文后的构建。

浩勇的作品笔墨虽少，宛如一幅幅白描，勾画了了，寓意深远。他的题材广泛，立足金融，辐射社会，更广大更深刻。他已经是全国知名的优秀作家，仍是谦逊低调，孜孜以求，硕果累累。愿他的作品，犹如五指山，再攀高峰，堪比万泉河，源远流长……

2021 年 9 月 9 日

于北京金融街中国银保监会大厦

他在石碌礡下昂起头

——赵拴堂散文集《留下真情从头说》序

大同灵丘，大同世界的灵动之丘。风光旖旎，文化璀璨，自古多慷慨悲歌之士，从来繁惊天动地之举。远有赵武灵王胡服骑射的传奇，近有平型关大捷的雄壮。

我在大同工作多年，灵丘的山水文化、悠久历史尤其令我着迷。我有个观念，一个人的成长发展，不外乎两个基因，一个是健康基因，另一个则是文化基因，文化基因更重要。所谓的文化基因，就是一个人，他祖祖辈辈生活的地方，那里的历史文化积淀和传统习俗熏陶。灵丘的文化基因深厚，我每次到灵丘下乡，总是满怀敬意，多走访几个乡村，多结识几位文友。

朋友多了，见识广了，就逐渐听到多人聊起的一个人，地地道道的灵丘人——赵拴堂。文友们说，这个赵拴堂，个儿不高志高，官儿不大心大，财不多才多，话不重情重。他做事做人好，关键一点与众不同，他还能把做过的事、见过的人，记得清、说得真、写得好。简直就是半个灵丘活字典，一部乡村干部史。

真是缘分。在今年疫情肆虐的多事之秋、更是灵丘大地的收获之秋，我收到了一部书稿《留下真情从头说》。

就是这个赵拴堂，刚从县林业局岗位上退下来，一部作品就呈上来。一个小干部，做了件大事情。一看到作品的书名，我耳畔一下子就回荡起一首早已动人心魄的歌声：悠悠岁月，欲说当年好困惑，悲欢离合都曾经有过，这样执着竟为什么？漫漫人生路，上下求索。荣辱忘却，留下真情重头说，相伴人间万家灯火。故事不多，宛如平常一段歌，过去未来共斟酌。赵拴堂，一个乡村基层工作者，身居其中，从新时期基层工作的汹涌大潮中随手撷取的朵朵浪花，向我们展现出一幅农村工作天地图，活生活色、原汁原味。这和他以前出版的《如履薄冰的日子》一书，共同构成了作者真实记录基层工作者工作、生活和情怀的姊妹篇。整部书稿以作者十五年工作的艰辛经历，向我们展示了当前纷繁复杂的农村现状，一览无余；凸显了基层工作的曲折艰难，浸透了基层干部的沧桑情怀。读懂它，就读懂了农村现状，读懂了基层工作，读懂了基层干部……

赵拴堂是我国现行执政体制下最基层的一名工作者，在贫困县灵丘当过乡镇书记，当过行政局长。十五年时间他主政了一乡一镇一局，成了农村改革在最基层的实践者、见证者和记录者。他工作阅历丰富，视野非常广阔，一直处于农村工作的最前沿，是具体承担落实党在农村各项工作重任的排头兵。我坚信他对农村认识有亲和感，对基层工作有话语权。《留下真情从头说》通篇给我们展示的是裸露无遗的存在，是皇天后土的召唤，是素面朝天的真相，是环山抱水的情怀。这是我从本书中嗅到的当前文学作品中最为缺失也是最可贵的成分素养。

说实在话，许多人都不知道，在基层工作确实难，在基层为官更难。我也是出生在乡村、生活在乡村多年的庄稼人后代，对农村的了解和认知，使我的文学作品始终围绕着“三农”书写，目前我的七部长篇小说，评论家们不约而同的说，满是乡土气息。所以，我读赵拴堂的《留下真情从头说》，最是惺惺相惜、最是心心相印。这其中的真情，不管是从头说，还是从脚说，更是从后说，不论是从东西南北中，还是真善美假恶丑，都有真实感受，全是刻骨铭心。

目前我国在新时代的征程中正进行着前所未有的伟大变革，基层工作承担着非常繁重的历史重任。波澜壮阔的扶贫攻坚和排山倒海的社会变革，无不给县、乡两级的工作激发了新的矛盾，推出新的难题。诸如赵拴堂此类的广大基层工作者，作为党的路线方针政策在最基层的落实者，别看职不高，但每天都如拳击手上场一般爆发着全身的力量来应对着一个又一个锤击，用赵拴堂在书稿中的话说，“他们是被压在碌碡下面的人”。就是这一句话，犹如一支利箭，直击我们的心房。因为他们是直接面对群众的人，是直接处理问题的人，征地、拆迁、修路、造林、扶贫、防火、防疫、防汛……哪项工作都不能落下，真正是“上面千条线，下面针一根”。各种工作衍生出来的困难和阻力无不以核裂变一般的速度耗费着他们的精力，对抗着他们的行动，摧残着他们的意志。他们每天的工作地点在会议中心，在田间地头，在群众家里，在奔波路途，其间包含了多少付出与承担，忙禄与联动，可是一些形式主义者，还要在考核时纠缠许许多多、方方面面。

赵拴堂在书稿的自序中写道：要把上级文件中规定的东西都落实在具体工作实践中，要把平整的纸片上规划的蓝图都平移到并不规则的大地上，这不是一件容易的做工。我认为这是本书中一句非常点题而又切中要害的话。以习近平同志为核心的党中央为我们构划描绘了那么美好的宏伟蓝图，各行各业围绕宏伟蓝图的各种规划和设计系统而又完整，精巧而又细致。但具体到广袤的中国大地，各地实际情况不同，山川地域，自然面貌，人口结构，历史传统，风土人情，风俗习惯无不呈现着多元特征和不同现状。要把这些东西都落脚在每一个不同的地方，达到无缝对接，这不是依照图纸盖大楼一般简单。这是一种规则向创新的迈进，照搬向智能的升华，理论向实践的转化，需要通过基层工作者的智慧和创造去完成精巧的对接。而要完成这个过程需要的是基层干部有村姑绣花一般的细致，媒婆牵线一般的热心，战士冲锋一般的勇猛，木匠刨工一般的手艺，太空对接一般的本领。当一名合格的基层干部必须要有热心，有激情，有能力。可以说没有基层工作的强力支撑，就没有高层规划的完美落地，没有基层工作者的智能创造，就没有宏伟蓝图的立体现实。

翻开《留下真情从头说》一书，我们便看到了基层干部在基层工作的惊心动魄。呈现在我们眼前的都是政策落地面临的一幕幕艰险曲折和解决问题的一场场拳打脚踢。我从本书中看到了我们坐在高楼林立的办公室中想不到的一幕幕怪相：一个最基层的村民委员会换届，在中国的现行体制中一个小的不能再小的村官，会诱发那么多的人去群雄逐鹿。当地的豪门大户甚至黑恶势力明里暗里敢和乡镇党委叫板，争夺基层政权，我不由想到了《三国演义》中的历史恢宏场面。乡镇党委确保基层政权的巩固俨然就是一场只能胜不能败的战争，这需要乡镇党委书记和乡镇长们耗费多少精力去精心谋划，为正义发声，为公平呐喊，争正派夺选票；而一个蕴含着暴利的矿山企业往往伴随着你争我抢，总是渗透着人情与关系，掺杂着拳头与棍棒，斗争不可谓不腥风血雨；有时乡级政府在这种盘根错节的势力关系面前，反倒成了大树面前的小草，管理何其困难。这从《风雨上寨镇》《留在心间的沧桑》等篇目中我们是真正看到了基层工作的豪迈与悲壮；而在《来到林业局》《绿化高速路》篇目中我们又看到了造林项目实施的艰辛与困扰。一个造林项目的实施从理论上讲肯定是利国利民的好事，但在实践上不是所有人都能接受的。因为站在不同的立场对一件事情有不同的评判和认知，发展畜牧业的群众就不能接受。一面荒坡造了林就不能放羊，而放了羊就不能造林。林牧本来就是尖锐对立的一对矛盾，造林过程总是缠绕着理不清的矛盾和是非，政府的规划发展，群众的上访阻挠，剪不断，理还乱，并不是说所有的好事都是那么容易为大家所认可，不是所有的好事基层工作者做起来都顺水顺风。而在《披荆斩棘向前行》《困惑》等篇目中，我们又看到了基层工作者在执行政策时万般无奈的困惑。一个地方经济的发展肯定离不开项目的牵引和支撑。作为地方行政首长首先要统揽的是项目的布局和引进，但项目的落地需要经过很多很多部门的通关文书，自然资源、城建、发改、人社、林业、应急作为政府组成的行政部门，分兵把守，各自管辖各自的领地范畴，各有各的政策法规和管控措施。这就形成项目的规划落地经常在各种政策的交织互动中走走停停、磕磕绊绊，政府最高行政首长的决策常被政府所属的部门拦住去路，无法落地、抓铁无痕。这是没有办法的事情，因为各有各的职能，各有各的法规。所有建设项目要落地开工必须能顺利通过这些部门掌握条款的制约，亮起绿灯，拿到路条。地类、地权、群众安置，哪个问题解决不好都不行。一旦有某些方面和政策红线相撞大家就感到为难，这就必须有人站出来给“背锅”。但各级行政首长都被各种经济指标快逼疯了，拼命招商引资，捡到篮子里都是菜，看见项目就往怀里揽。招来的项目焉能让下级部门给卡壳？而作为分兵把守的职能部门又被纪检部门追责追的走投无路了，明知不可为的事情又岂能抬手放行？在这矛盾的对立中基层干部没有两全其美的选择，也没有遁逃的办法，唯一有的就是被挤压揉碎的那种感觉，基层干部的风险真高、工作真难、生活真苦。矿山、国土、林地、安全等等各种管理表现的那么艰难，其实说到底它不是管理本身难，而是背后规范和发展的博弈，各级政府围绕经济发展和项目落地制定的那么多举措，以一种前所未有的力量冲击着以规范管理为目标的行政法律法规，而各个行业主管部门和立法机关围绕规范发展又制定那么多强硬法规和刚性措施，以一种铜墙铁壁般的力量阻挡着不合条规的项目落地。在这种左抵右挡，左冲右突中常有基层干部“中枪”，基层干部尽管级别很低其实并不好当，别拿豆包不当干粮。

还有本是村里使用的护林员，业务管理部门也要按照自己坐在公室里想出来制订若干条管理规则，要让一帮村里的文盲每天晚上回到家里写巡山日志。高兴不知愁来到。基层同志自己的管理土办法，行之有效，任务完成了，却还交待不了上级，他们只好想办法把每个人的巡山日志也给设法凑齐，这叫真实有效的工作做了，假的规定动作必须也给补上。我们从这里看到基层工作虽然山陡路窄，但景色五彩斑斓。在基层工作的每一天经历的事情如瞬息万变的天气，有艳阳高照，有阴云密布，更有飞沙走石，惊险更精彩。

但“绝美的风景多在奇丽的山川”。不论山有多么险峻，我们看见诸如赵拴堂此类的基层干部，总归是艰难地爬上去了，骨头再难他们要啃下去，委屈再多他们要吞下去，泪水再多他们要咽下去，道路再险他们要走下去，他们每天都要“钉钉子”，同时还要“拔钉子”，在困扰的矛盾中寻求出路，涉险过关。已经过了栽树的季节但被领导逼着仍要把树植活，他们还真就把树给栽活了，老百姓挡着不让栽树的地块最后仍要洒满绿色；征地拆迁中遇到的“钉子户”最后仍要拔掉，中间的工作过程他们绞尽了脑汁，各使各的招数，各有各的办法，真正是发扬和发挥了“四千精神”：千言万语、千方百计、千辛万苦、千难万险，彰显了无尽的工作智慧。

赵拴堂同志是我国基层千千万万干部中的普通一员，更是一位杰出的代表。他故土情结浓厚，工作激情火热。他热爱家乡，善于思考，一直在家乡这片土地上翻江倒海，一直在本职工作岗位上真诚奉献，实现着自己的人生梦想，也改变着家乡的贫困面貌。不论在哪个岗位上，他都兢兢业业，任劳任怨，灵丘的山川绿化凝聚着他的血汗，灵丘的绿树成荫饱含着他的情感。

他是农家院落走出来的大学生，虽是贫穷家乡拼出来的小干部，一直奋斗到光荣退休，既是有名有样的干部，又是有声有色的作家。他本来可以轻松悠闲享受退休幸福生活，每天喝喝茶、遛遛弯、聊聊天，但他没有。他对灵丘的父老乡亲、家乡风土，有着血肉、情感和灵魂的相濡相融。他胸怀宽广、目光深远、格局高大，也极有灵性，甚至相信家乡觉山寺那历经千年风雨仍默默无语的石佛，千百年来不知向人们诉说了多少言语。沉默是金，恰是无言的智语。这些年来，他看惯了黄土高原的贫困和农民的奋争，看惯了乡亲的渴望和土地的焦虑，看惯了基层的黑洞和腐败的侵蚀，看惯了基层干部的眼泪和不屈的脊梁。他看到得太多了，他思索得太多了。他也深知自己乃一个基层小吏，更是一介布衣，声如毫末，言若芥微，他在寻找一种倾吐方式，他想到了“藏于名山，著书立说”。于是这部沉甸甸的“留下真情”怆然问世，正在跟我们从头到尾的细细道来。中国当代的文学作品里，反映和描写上至国家领导，下至省部级领导、市县级领导形象的作品很多，但记载和讴歌乡村基层工作者的作品并不多见，可以说赵拴堂的这部力作，差不多是填补了中国文学的一个空白。因而我要说，赵拴堂是一位忠诚的基层工作者，更是一位有着极强责任感和使命感的作家。听着他的“真情”诉说，我们就仿佛看见了基层工作者的风貌，中国正是有千千万万诸如赵拴堂这样的基层工作者，带着真情的拼博，才有了社会的发展和进步。读过本书，我对纷繁复杂的基层工作有了更深入的了解，对广大的基层工作者感到由衷的敬佩，对中国农村、农业和农民的脱贫攻坚和乡村振兴充满了信心和希望！

是为序。

2021 年 10 月 10 日

于北京金融街中国银保监会大厦

只留清气满京华

——北京金融作协作品集《京华拾笔》序

金秋十月，收获时节。一日，接到廖有明主席电话，说北京金融作协已征集了优秀作品，要结集出版，邀我作序。我在深感荣幸之时，也为北京金融作协这些年的发展创作成果赞叹。阅读多日，掩卷沉思，感慨颇多。

许多人说过，文学可以滋润人的心灵。美国人类学家玛格丽特·米德说过："第一个象征人类古老文明的标志是一根愈合的股骨。"她说："在古老的年代，如果有人断了股骨，就无法生存。因此，一根被发现的最早的愈合的股骨，表明人类至少从那个时候起，就开始帮助别人，而不是明哲保身，放弃需要帮助的人。"现代社会来自医学、科技的力量可以帮扶治愈身体，而对人心灵的帮扶疗愈源自哪里呢？每个人童年心中都有颗文学的种子，文学当是疗愈心灵的源泉。今日，在深刻广博的时代变革中，人们更需要一种内在力量来帮扶，告诉他们该怎样走自己的路，怎样坚定信念。这个力量，就是文学的力量。

北京地区金融机构林立，拥有数十万金融从业人员。多年来，在北京地区金融从业人员中涌现出许多优秀作家、作者和其他文学爱好者，他们迫切希望有帮助自己圆梦的文学家园。在金融作协和北京金融文联的支持下，2021 年 5 月成立了"北京金融作家协会"（简称协会），当时我还代表金融作协现场作了讲话。协会是由这样一群有着坚定的理想信念，坚持文学创作服务金融，弘扬主旋律，充满正能量的作家、作者和文学爱好者自愿组成。三年多来，他们在廖有明主席和北京金融作协领导班子的组织带领下，以金融职工为中心，聚焦金融主责主业，深入生活，扎根人民，创作出了一批又一批的优秀金融文学作品。他们记录并刻画了金融系统改革开放和高质量发展的丰富实践和金融从业者的心路历程。也正是这样一群坚守文学信念的人，不为名利，字斟句酌、笔耕不辍，保持世事洞明的敏锐，用笔尖勾勒身边金融人、金融事，濡沫涸辙、切磨箴规，立志以文学来守望助人。

2021 年以来，协会配合党和国家重大主题宣传要求，连续组织了三年主题征文活动（“庆祝建党100周年　我献作品颂党恩”“喜迎二十大　奋进新征程”“凝心铸魂跟党走　团结奋斗新征程”）撰写出一批优秀获奖作品。文章合为时而著，歌诗合为事而作。这批经过专家评审而选拔出的作品有一定的思想性、艺术性，更是体现了金融人有道德、有筋骨、有温度的内涵。金融作者的作品，因有着共同或类似的经历，阅读体验往往更入心，也更易共情，从而起到解忧、温润心灵的作用。在协会主席会议组织下，经过公开、公平的专业评审，共选出6部小说、10篇报告文学、6篇非虚构文学、18篇散文、55首格律诗、22首格律词（20首）及26首现代诗，汇于一册，定名《京华拾笔》付梓出版，内部发行，这是很有意义的工作。

通过阅读，我感到这些作品源于对社会生活的品味，粘泥土、带露珠、冒热气、接地气、有人气，有血有肉，富有较强的感染力。如小说《丁忧》，我了解到作者高尔是一位新闻工作者，所描写的人物形象鲜明，故事婉转，情感丰富，具有独特的语言风格，是一篇较优秀的短篇小说；《我是龟十一郎》，作者鲁京，长期工作在保险岗位，平时善于观察生活，构思精巧不凡，以自家的小乌龟为拟人视角，讲述了自身经历的前半生与后半生，对小龟拾壹的心态逻辑动机描述合理且有趣。小说从小乌龟被人类贩售时的所见所闻起笔，讲到被斯文男收养之后的孤独。而后，多了老友“小黑哥”的陪伴。最后，因“小黑哥”的失联，拾壹更下定决心排除万难，爬出圈养它的“小别墅”，来到朝思暮想的辽阔世界中。看似是一场乌龟对现实世界的大冒险，实则影射出现代人的多重心理状态。“动物是人，人及亦动物，写龟就是写人，龟情似人情，人龟情未了。”《苏行长的周末》，作者许丽梅是一位长期在商业银行基层工作的女性，工作繁忙仍然笔耕不辍，她在作品中通过对人物苏雨行长周末两天的安排、周折，尝试意识流的手法，刻画了当代银行人的奋斗精神，人物形象生动，故事情节起伏转折，语言质朴，是难得的金融题材小说。《满室芬芳》的作者薛志英，工作在证券系统，作品反映了通过金融帮扶，支持乡村振兴的故事，真实而有感染力，渲染弘扬了正能量。

报告文学与非虚构文学部分，《久铸心间化永恒》的作者杨林，从一尊塑像使一家银行有了“魂”起笔，珍贵的记忆，由作者凝练的文字娓娓道来。《本色》的作者沈叶青，是建设银行总行的笔杆子，她的作品似一篇英雄画像的素描，简洁而深刻。《小度？小杜！》的作者温丽君，生动描摹了一幅劳模画像，令人印象深刻。《初心如一》的作者王雪芹，描绘出了一幅金融行业个人成长历史蓝图。《能手》作者王小龙，对周围人和事观察入微。作品对一名普通基层朴拙员工的细节描写到位，不禁令人想起阿城的《棋王》。《我与武汉球场街的天缘》的作者蓝泉，年近八旬仍勤奋笔耕，令人敬佩。他用爱和温暖写出的文字，如一根细线，穿起如珍珠般剔透真实的件件往事，既是个人奋斗的史诗，又是时代中一段具有普世价值观的历史片段。作为年轻人，当你遇到波折，心境低落之时，相信读后，会不禁自问，还有什么样的人生“沟壑”不能翻越过去呢？

散文部分，包括游记，如《孤山游记》（作者：于文博）、《旅行游记：在水一方“聊台湾”》（作者：彭小原）、《跨越千年换了人间》（作者：张慧颖）等精品佳作，以景寓情，行文既散发浓郁的生活气息，又描述了宜人的地域风貌，以明暗、借喻等手法，将秀美的风景植根于读者心中，歌颂祖国、歌颂党，荡气回肠。还有一批独具特色的散文随笔，如《无人问你粥可温》（作者：韩钟）以小见大、点滴见真情；《且待小僧伸伸腿》（作者：郭洪波）行文一波三折、意趣横生、言简意赅；《野菊花》（作者：韩国胜）小故事、大情结，于细微处着笔，富有烟火气；《舅舅家的葡萄树》（作者：王雪洁）托物言志；《开往家乡的高铁》（作者：马艳军）、《为下一个五年而写作》（作者：陈民）文笔极富感染力充满正能量。通过这批优秀的散文作品，可以看到，作者不光观察人生、世界、社会，更重要的是发现自己，深挖自己的内心，开掘自己内在的能量、梦想，将会为金融同业的读者们带来直面事业生活难题的启迪。

格律诗、词部分，有以纪念中国共产党诞生 100 周年，歌颂党的历史功绩，传承红色基因及新中国成立后社会主义的重大事件为题材的佳作，如《三大战役（新韵）》《南水北调工程（新韵）》《第一颗原子弹爆炸》《抗美援朝南昌起义》（作者：廖有明），《谒毛泽东故居》（作者：丁海军），《谒拜秋瑾之墓》《悼念杨开慧烈士》《方大曾奠歌行》（作者：徐学毅），《七律·参观南湖红船感怀》（作者：任建国）等。也有以观景怀古、揽胜怀古、感时抒怀的抒情之作，如《初夏》《夏日偶得》（作者：任建国），见景生情，从四季变化中感叹人生的短暂。

诺贝尔文学奖获得者诗人辛波丝卡说：“我偏爱写诗的荒谬，胜过不写诗的荒谬。”为什么要写现代诗呢？现代诗歌中，现实和诗是密切相连的，现代诗以真情唤醒我们的精神世界，以独特的韵律、语言呈现独特的美感，探索人们真切的内心体验，令语言呈现出丰富的意象。本书现代诗中，精选了几篇金融人写金融事迹的作品，题材来自对基层银行普通客户经理的面访，紧扣现实实例，可信性和可读性较强，将金融业务用诗歌语言表达出来，将平凡艰辛的辛劳以现代诗的形式展现，令读者动容。如《痴迷科技金融的知性姑娘》《为病患贴心服务的好后生》《崎岖路上的寿险达人薛东红》《以身作则的巾帼头雁马涛》《乐于善小而为的稀有险种探索者》（作者：廖有明），叙述基层银行年轻客户经理开拓科技信贷的艰辛过程；讲述中层领导改革创新求进、网点适老化改造和以身作则关心员工的事迹；写人寿保险北京分公司特殊险部总经理郝建民开拓稀有险种，帮助社会弱势人群的先进事迹；通过具体实例，描述基层银行年轻客户经理想病人之所想，急病人之所急，将银行业务搬进病房，向社区普及金融知识的艰辛付出，用交少量保费能够获得大额疾病保险的知识，关心身患绝症的职工，使其从死亡线上摆脱出来成为健康职工，回归团队工作的感人事迹。

还有一些诗作意象丰富，如《致无名的英雄们》（作者：石旭良）作者将无名英雄拟物化为“夏花”，以纵深的历史视角，叙述了国家和人民站起来、富起来、强起来的发展壮大历程。《被幸福拍打的瞬间》（作者：杜红升）以热爱生活、珍惜人生的情怀，选取日常失去光阴的一瞬间，分别以清凉润泽我、山林湖海丰富我、世界广博吸引我、阳光暖我、人的气息唤醒我，表达了作者的感恩之心。《颂首都峥嵘金融路》（作者：李梦晴），作者以凝练的语言、精致的形式概括了首都百年金融发展史，让读者从林林总总的金融业经纬中窥一斑而知全豹。百年前的晚清金融混沌不堪，不知所向。人民银行的成立犹如航船上的指南针，尔后经历新芽、灯塔、巨轮、朝阳、风雨的胜利和挫折，表达了在党的领导下“吾辈当自强”的心声。《当你谈论金融时》（作者：王超），作者是非分明，推崇“雨露滋润百业茁壮”，呼唤金融的普惠性、可及性和便利性，全诗逻辑清晰，语言优美，读后给人以启迪和教育。

黑格尔说过：“一个民族总要有一群仰望星空的人。”星空好似人们内心的向往和梦想，而信念则是人们驶向梦想的动力和勇气。我经常说，壮丽的中国金融事业需要记载和讴歌。在首都金融圈里，也有这样一群人，一群文学干将，在金融业披荆斩棘、默默耕耘的同时，呕心沥血地书写自己心中的信念。

登高使人心旷，临流使人意远。我们知道，首都北京是全国的政治文化中心，那首都的金融文学事业发展也应当以首善标准来要求。经济是肌体，金融是血脉。我们就是要深入贯彻落实习近平文化思想，大力推进具有中国特色的金融文化，站在时代潮头、回应人民期待、书写家国情怀、赞美人间大爱，书写好“科技金融、绿色金融、普惠金融、养老金融和数字金融”新篇章，发出中国金融好声音，讲好中国金融好故事，切实起到引领和示范作用。我期待《京华拾笔》的面世，能够在北京金融系统折射文学的作用，在培根铸魂上展现新担当、在守正创新上实现新作为、在明德修身上焕发新面貌，为首都及全国金融事业提供强大的价值引导力、文化凝聚力和精神推动力，真正实现以文弘业、以文培元、以文立心和以文铸魂，真正起到举旗帜、聚民心、育新人、兴文化、展形象的作用，成风化人、立德树人，大力发展新质生产力，助推中国金融事业高质量发展。

是为序。

2024 年 10 月 25 日

于国家金融监督管理总局大楼

冰雪相看有此君

——吴文茹读阎雪君序文拾贝

写了一篇《雪容融》，文友多次催问：你再写一篇“冰墩墩”吧。额滴神啊，看来，患强迫症和完美主义的不止我一个人。想想也是，人家“雪容融”和“冰墩墩”原本一对，有一个没一个的，说不过去。昨日文友又说：快情人节了，你赶紧写吧？让我笑出了冰雪墩墩。

冰墩墩是2022年北京冬奥会的吉祥物。“冰”象征纯洁、坚强；“墩墩”意喻敦厚、敦实、可爱，契合熊猫的整体形象。“冰墩墩”象征着运动员强壮有力的身体、坚韧不拔的意志和鼓舞人心的奥林匹克精神，寓意创造非凡、探索未来，体现了追求卓越、引领时代，以及面向未来的无限可能。我喜欢“墩墩”的发音和含义，虽然它的设计理念充满未来感、时代感、速度感，但我钟爱于它圆滚滚、慢吞吞的，憨态可亲。我喜欢圆润的东西。它与我今天要写的主题内容一脉相承。

我和很多人一样，非常喜欢冰墩墩。我早早就在奥林匹克官方旗舰店抢购预售的冰墩墩文具摆件，但至今没有得手，也就作罢了。下载了我喜欢的蓝色冰墩墩高清壁纸，看着即拥有了。“一墩难求”，就连“冰墩墩”设计团队的负责人曹雪教授也说，自己的儿子去特许商店购买“冰墩墩”也是失望而归。新闻报道有高中生为满足自己的愿望，自创“冰墩墩”字体，受到师生喜爱。现如今学生想象力和创造力之强，让人十分佩服。设计师名字里有“雪”，我读写的中国金融作协主席阎雪君名字里也有雪，真是冰雪奇缘造就了冰雪聪明啊。我灵机一动，冰雪不分家，冬奥吉祥物还能这么用！

百花头上开，冰雪寒中见。由“冰墩墩”说到“雪墩墩”——阎雪君，是因为新近读到阎雪君在为牛兰文集《木棉花开》的序文中说，木棉花语“珍惜温馨、赞美英雄、感恩情缘”，而我所要表达的正是这份情愫。

写序，又称为序言。序言是介绍评述一部著作或一篇文章的文字，是说明书籍著述或出版体例及作者情况等内容的文章，也包括对作家的评论和对有关问题的研究阐明。序对于一本书来说，显然是重要的，但序并不好写。这需要写序的人具有较好的学识和经验，又要对于书的作者有较多的了解和满腔的热情。再则还需要花费时间和精力通读全书。那种应酬的文字、虚假的奉承、或庸俗的炒作都是不可取的，也一定不会被作者和读者喜欢。

孤芳忌皎洁，冰雪空自香。为人作序是雪中送炭，为书作序是锦上添花。阎雪君为《草色遥看·诗经里的植物》作序题为——遥看草色风雅颂。序中表达了他对于乡土文学的情有独钟。阎雪君出版的主要作品《原上草》《今年村里唱大戏》《桃花红杏花白》《天是爹来地是娘》等，都具有浓郁的乡土气息，深厚的传统文化情结和鲜明的金融作家特色。土地、粮食、乡村、农民，是他作品里不可或缺的关键词，民以食为天的世道，土生土长的天道，生生不息的人道，是他作品永恒的主旋律。

阎雪君对王张应的散文集《一个人的乡愁》感触颇深。他在序言里这样描述："乡愁有时候也会是一抹云彩，来无影去无踪，它不会仅仅停留在乡土之上。飘忽不定的乡愁，常常陪伴着人们的行走，在行走的途中时有时无，若隐若现。人生，其实也就是一次行走。这种行走，总是从家乡出发，历尽千辛万苦，最后又回到了家乡……即便人回不了家乡，他的心也一定回到了家乡。人们行走的过程，始终会有乡愁相伴……所以说，一个人的远行，不是为了走得更远，而是为了更好地回归。"

远行，是为了更好地回归。我通过阎雪君的序文，看到了中国金融作协一路走来的实践和创新，看到了中国金融作家的历练和成长。

阎雪君为张奎《爱倾扶贫路》作序，捧出了50个感人至深的扶贫故事；他为蓝虹教授《山有木兮木有枝》作序——晔如蓝天散彩虹。他说，我作这个序，因为她是从事绿色金融研究和推广的专家和作家，我是中国金融作协的主席，有责任也有义务服务好记载和讴歌金融事业的作家。他为单荣光长篇小说《热血风华》作序——热血唱响保险大风歌。他说，在寒气袭人的北京，在高楼大厦林立之间，手捧《热血风华》，清香润肺，陶醉而清醒。

雪君在为周邦彦《信合集》序中说：它填补了我国县级联社史书的空白，反映了基层农村信用社的人和事，这些鲜活的事例，是全国县级联社六十年来活动的一个缩影；它为战斗在第一线的员工提供了参考和借鉴，为进入金融行业的大中专学生提供了一部教科书；也为金融理论工作者提供了丰富的史料和素材。

我从序文中认识了许多像周邦彦一样的金融家和作家，他们自参加工作就在最基层，他们对金融事业有着血肉的情感，他们对文学事业有着灵魂的相濡以沫，他们有才情、有责任感，也极有灵性。他们心里一直在寻找着一种倾吐的方式，文学实现了他们的梦想。

阎雪君2021年12月参加了中国文联第十一次代表大会和中国作协第十次代表大会。他发言说，村村皆画本，处处有诗才。繁华的都市，还有丰收的乡村，处处离不开金融的支持，到处都有金融人的身影。金融作家是金融文化的实践者、宣传者和记录者。他身体力行，实践、宣传、记录着金融作家的每一次归来。而“记录和讴歌壮丽的金融事业”不仅是他的口头禅，也成为金融作家的座右铭。

阎雪君为石志藏《木质村庄》序——立志在石头上刻出春天的绿色。他说，文化基因，是一个人世世代代居住之地积淀而成的历史传统和文化氛围。作者对故土的细心观察和深厚的家乡情结，都是刻在石头上的春色，来自大地，生生不息；他为谭锦旭《中国金融风云》序——穿越金融的历史长河，呈现了200多个金融历史代表人物和事件，或精雕，或素描，虚实相间，动静结合，情景交融，诗意争辉，彩绘出中国金融璀璨而金光闪耀的长卷。

阎雪君为《中国金融报告文学获奖作品集》序——为了这片热土。其中，有梁陆涛的《历史的跨越》，反映中国人民建设银行的建立、成长、挫折、起伏，改革、发展，与共和国同行的艰难奋进历史，一代又一代的建设者承担着、续写着，写进了共和国的历史；有付颀、侯强的《金融大潮冲浪人》，以全国五一劳动奖章获得者、中国华融广东分公司总经理周伙荣先进事迹为素材，饱蘸浓墨地反映了一个睿智而充满激情的金融带头人的风采，和“坐不住、等不起、慢不得”的只争朝夕拼命精神；还有刘道惠的《大堂经理日记》，描述了中国农业银行河南省唐河县车站支行大堂经理，在25平方米的大堂里热情为顾客们服务的动人故事，为我们创造了一个“金融活雷锋”的形象和扫描了社会众生相。

阎雪君经常说：“写金融人金融事”是我们金融作家的责任，也是我们中国金融作家协会的生存之本。他作序的书籍，有长篇大作，有名人大腕，但都是来自全国各地金融系统的文学爱好者和业余作家的心血之作，来自各行各业对金融事业的关注和点赞。特别是他对寂寂无名、默默写作的作者给予了热情的鼓励，而给他们的著作写序，就是最大的鼓舞。

阎雪君为胡玉明《血色洞庭忆春江》序——血色洞庭燃烧的激情。他坦言，许多人都说，中国金融作协主席擅长写序。当然，这些都是同事们的过奖和鼓励之词。不过，不谦虚地说，尽管自己在文学评论方面不是很专业，这些年，我的确应邀给不少作家写了挺多的序。但如果说，我给一名作家写了两次序，只有一个，那就是胡玉明。给一个人写两次序，按照“冰墩墩”量化，就是一人两“墩”了，简直是得“墩”独厚了。可以说，阎雪君一定是全国行业作协里给会员写序最多的主席。

阎雪君写的序多，读的书自然也多。他在序中不仅有赞美之词，还有善意建言。如他为李立《润物有声》序——善良是世界的底色。序文中说：读完这部集子，我在想，如果李立把手中的笔墨，能再伸向更加广阔的大地和社会上，而不仅仅是体现在对“诗”的空间与关爱上，他的文学成就，或可更上一层楼，他的文学观念和思想价值，或可更加“波澜壮阔”。他还说：“李立自称是新归来诗人，我对此不予置评，因为我认为，写诗就是写诗，哪还分什么归来不归来之说。有灵感就写，或者说，有了生活感悟就写，这就是诗的磁场效应，和归来不归来，没有多大关联。这只是我的一家之言，一笑而过罢了，不必太在意。”阎雪君其人真诚、为人直率的性情可见一斑。

冰雪峙气骨。我很喜欢《善良是世界的底色》中的一段文字：天下之大，善良为最。而以真、善、美立世的诗歌，善良始终是她的最高海拔，因为有善良的加持，诗歌才成就为文学的最高峰。在通往文学最高峰的羊肠小道上，岁月风云变幻，有大师在绝顶指点江山，有天才在风口意气风发，有年轻人在灯下踌躇满志，有年长者在山海平心定气，有成功者在舞台上欢声笑语，有迷茫者在黑暗中黯然神伤，有智者驾小舟心如止水，有愚者在天涯自寻烦恼，有善良者在人间温良恭俭，有平常的喜怒哀乐，亦有生活的柴米油盐……作为人潮中的一分子，把自己的所见，所闻，所思，所想，不造次，不虚夸，真实地呈现出来。

冬奥吉祥物“冰墩墩”目前无法做到“一户一墩”，但中国金融作家由阎雪君主席的“一书一序”已成现实。我没有一一拜读，也无法搜集全部，只好把它们以“雪墩墩”的方式，罗列记忆中的雪花朵朵，把它们融汇成大家喜闻乐见的“冰墩墩”。有人已注册了这墩墩、那墩墩的专利，我在这里启用“雪墩墩”，相信“雪墩墩”是“冰墩墩”独特的衍生和别致的用途。

阎雪君主席是中国金融作协的掌门人，也是广大金融作家的娘家人，更是金融和文学的搭桥人。他为冯衍华长篇小说《工会主席》序——可亲可敬的“娘家人”，长篇小说《铁算盘》序——文字也能抓铁有痕；为贾善耕《银星璀璨》序；为徐建华长篇小说《资本的血》序——见“钱”眼开；为周依春散文集《流淌的心曲》序——金融界的巴山松；为广西金融作协《金泉叮咚》序——向海而立，弄潮而兴；为《高振霄三部曲》序——文以载道，辞以情发；为郭强《涛声不息的岁月》序——他从草原来。此时，正值春暖花开的清晨，欣赏着诗歌和序文，如同品茗一杯来自草原的浓香奶茶，舒畅而惬意。

阎雪君为美女作家作序标题都诗情画意的。为喻灿锦《湘西姑娘》序——灿烂如锦；为樊艳萍《雏燕集》《一树繁花》序——谁家“雏燕”衔“樊花”；为邹小燕长篇小说《雪儿》序——母亲的故事；为陶子《翠海拾梦》序——她在美丽的翠海边寻梦；为蓝泉《跨越世纪的怀念》序——清泉倒映高天那一抹蓝；为大唐飞花《诗绣长安》序——大唐无处不飞花；为丁纯蓝《飞越歌谣的百灵鸟》序——叩响心灵的“百灵鸟”；为兰溪《梦回兰园》序——天涯蕙兰咏绝唱；为胡玲玲《一窗暖阳》序——她在金色的阳光下起舞；为范伟珍诗集《自己的时光》序——美好的江南音符；为刘洁《路过》序——春天的花蕾。

阎雪君见证了天南地北、五湖四海的金融作家的成长。他为王鹏《沐浴阳光》序——诗意的人生洒满阳光；为李玉伟《微尘痕迹》序——十载清诗瞜人生；为阮了然微电影文学剧本《我们的故事》序——了然于心得农信情怀；为毛志辉《书旅屐痕》序——一个与书结缘的金融人；为江月《趟过流金河》序——淘尽狂沙始成金；为常江《一起打铁到八十》序——“金子”都是“铁打”出来的；为黄天顺《慷慨悲歌》序——唱响黄天厚土的时代大风；为吕维彬《黑土恋：第一书记驻村记》序——为什么他手捧黑土常含着泪水；为刘世胜《穿越红尘》序——辽阔的黑土地上旋起一股清新的大风；为陈益鹏《花香满径》《远山有情》《天蓝草碧》序——小三件套着大情怀；为武举《雨枫诗选》序——绿叶对根的情意。

此外，还有赵拴堂散文集《留下真情从头说》序——他在石碌礴下昂起头；邓德林诗集《梦行远舟》序——梦远，脚步就会行得更远；凌然长篇小说《奔腾的银河》序——凌然的银色人生；蒙广盛报告文学《驻村日记》序——不言春作苦；方磊纪实文学《逐》序——共情中我们命运相逢；吕连谓长篇小说《七寨一条龙》序——连谓让金融与文学“联袂”；李国峰诗集《洞庭风歌》序——洞庭湖上飘来大风歌；范学华的散文集《步行者》序——跬步致千里。等等，序列绵延，文脉传承。

阎雪君写的序里，有长篇小说，有散文、诗歌，有电影剧本，甚至还有专题展览、人物专访、活动述评等。写序是“以文会友”的好方式。“序”起到一个阅读中的介绍、引导作用，也就是一种“导读”。从这种意义上说，“序”本身就是一种思想、观点的沟通和交流。我在读序过程中，这种感觉也非常强烈。

我在有限的阅读视野里梳理的阎雪君序文，只是一孔之见，但足以证明阎雪君写的序文之多。他的序文起到了说明推介，穿针引线的效果，其“以文会友”的意义更为突出，效果亦更加明显。为他人的著作写序，本身就是一个学习、领会、消化、融合的过程；序者所言要有针对性，更体现出回应、对话的意趣。序言之行文恰如会友，读序文也一样，只不过读者是跟着阎雪君主席去会友。这是朋友之间的开放性对话，在那些奇妙、多元的对话中，可以说是方寸之间别有洞天。因此，我欣喜得以读出了新意，并有所发挥、引申和扩展。

文友说，你“雪容融”和“冰墩墩”的文章选中写谁有什么说法吗？我说，“雪容融”写了白来勤的“雪落灞河”，因为他姓白，又写了雪。这篇借“冰墩墩”演绎“雪墩墩”，写了阎雪君主席为金融作者出书作序之事，因为他名字里有雪，他多年来写的“序”，集合起来就是一个个“雪墩墩”。他的序，虽然不像是“冰墩墩”那样“一墩难求”，但对于广大金融作者来说，也是“一序难得”的。两个难，不太一样。前者是可遇可求，后者是可遇而不可求的。因为文学和文字的连接，靠的是心灵相通。

码完上述文字，我好像已经得到了一个真实的、憨态可掬的“冰墩墩”。这种感觉借用设计师曹雪教授的解析：“冰墩墩”受欢迎，不是漫无目的的“头脑风暴”，其形式美感背后有其重要的规则。硬与软，透明与不透明，黑与白，冰丝带五环颜色的对比，都实现了视觉审美层面的对比统一。而冰壳之下的“暖与软”，是一种人文关怀，也是一种创造。冰雪破春妍。今天，我用文字创作的“雪容融”和“冰墩墩”团圆了，作为冰雪的代言人。从文友对写“冰墩墩”的诉求，到我真写了关于阎雪君主席作序的文章，才发现有点一发而不可收拾了。记忆的浮现，如春天来了，冰雪融化了，不是一点点、而是一墩墩地浮出水面。我不知道雪君主席写过多少序，也不知道他自己是否统计过。但我这轻轻一捋，就多得让我吃惊。这些足以出一本名叫《雪君序文集》的书籍了。如果将来真的会出这么一本著作，我想还是应该由雪君主席本人亲自作序，以成就一本纯粹的雪君序文集专著，就如欧阳修《丰乐亭记》中曰：掇幽芳而荫乔木，风霜冰雪，刻露清秀，四时之景，无不可爱。

冬行虽幽墨，冰雪工琢镂。冰雪坚硬也易碎，必须“走进”其中，深入著作中去窥其奥妙，有感而发，理解、领悟、启迪、联想，并对文章的思想、观点、性情、文风有相应的揣摩、把握。期间，或委婉拍砖，或抿嘴击掌，或雪里温柔，或水边明秀，都须借得春工力，方得冰消释。莎士比亚说，凡是过去，皆为序章。愿孤光自照，肝肺皆冰雪。

吴文茹

2022 年 2 月 14 日

青春年少攀高峰

——刘青峰散文集《杜阳河笔记》序

4 月 25 日，我觉得这个日子很有纪念意义。七年前的今天，陕西金融作家协会正式成立；七年后的今天，我收到了陕西金融作协理事、宝鸡分会副主席刘青峰的散文集《杜阳河笔记》。

一般情况，我收到一些作家托我作序的作品，都会先放几天。今天，收到作品就开始阅读，便开始作序，还是第一次。一来是刚刚做完核酸检测，居家办公有时间，更主要的，还是想在这个特殊的日子，做点有意义的好事。

读了青峰的散文，我禁不住喜欢起来。一是因为他的作品，确实好看；二是因为他的经历，勾起了我的回忆，激起了我的共鸣。

许多人都说，当一个专业作家不易，其实，作一个业余作家更难。

我经常说，文学是害人的。青峰是一个从事金融职业的业余文学作家，他还是青少年时期，因一次全市中小学暑期征文大放光彩，从此他将自己深深地埋进了书堆里，干起了与自己年龄和身份极为不相称的文学追求，路遥、高建群、莫言、贾平凹、柳青、顾城、北岛、舒婷成了他小小年纪中的偶像和太阳，他将大量时间“浪费”在了读书和写作上，和家长及老师玩起了捉迷藏游戏，随着作品的不断见报，他对于文学也达到了痴迷的程度。在那个农村孩子依靠成绩跳龙门年代，文学误了他的前程，他成了典型的偏科状元，中考、高考都因数学跛脚而与商品粮和心爱的教师职业擦肩而过。这就与我经历非常相像。我也是因为严重偏科，导致初中读了六年，高中读了六年，真正的屡战屡败、屡败屡战，最后也还是名落孙山，成了远近闻名的“三无”人员（无城市户口、无学历文凭、无正式工作），更要命的是，成了全县教育系统“偏科”生的反面形象代言人，老师校长经常在大会上训斥那些严重偏科却又野心勃勃的差等生：怎么？你们也要像阎雪君一样吗？也要将来讨吃要饭找不到门儿吗？

我也经常说，文学是救人的。幸运的是他的文学梦始终没有泯灭。在步入工作后，在各种报刊和网络平台先后发表了近百万字的作品，为他的金融文学创作奠定了好的基础。

读着他的文章，从他的作品里获知，杜阳河乃是青峰工作生活麟游县的母亲河。“杜阳河笔记”乃指作者在麟游所见所闻所记。作为一个业余作家，青峰能始终如一坚持下来，笔耕不辍，将作品写成得好看又动情，不容易。

青峰的作品，富裕浓厚的乡土气息和乡村烟火味。在我所阅读到的近50篇作品内容中，几乎都是农村题材，且篇篇都飘逸着浓浓的乡土味、烟火味。读着他的作品渐渐地入戏，戏入得太深了，像自己亲自回到村里转了一圈儿。在作品中见到的、听到的、呼吸到的、感触到的、回味到的，几乎跟我老家农村的气息与甜香一模一样。作家就要这个样子，放低身段，沉下身子，深入最底层，接触最底层人，写自己熟悉的东西，为熟悉的人发声，为感人的人和事记载。文学本无洋气和土气之分，只要你用自己独到的眼光去感知，用自己独具特色语言去描述，用自己独有的方法去书写，写出意境，写出情趣，写出味道、写出道理，能打动人、激励人、感召人，这就是好作品。与作品的长短、地域等关系不大，作品即人品，好的作品看人品，好人品才能写出好作品。这个青峰完全做到了。他的作品有情有义有味，是正品。

青峰的作品，语言有个性、有张力、有魅力、有嚼头。文学一定是语言的艺术。我多次在文学创作讲座中，强调语言要有“掩饰性”，就是要注重发挥语言的多重而强大的功能。读青峰的作品最大的感触是书写细腻，细节抓得好，语言干净利落，生动形象，富有张力，有的语言似乎一语双关，有的则一箭三雕，甚至一箭多雕。《心里流淌着一条河》中“星期天回到家，哥哥妹妹抢着问，县城有多好？我说县城有条河。他们问有多大，我说有咱们村子的路那么宽。他们啧着舌又问有多深，我说深得很”。语言简短、干净，信息量和内涵却很丰富。《邻居》中儿子与母亲、儿子邻居的谈话中，多次出现一语双关，俏皮，幽默，让人忍俊不禁。《稻地江信用合作社诞生记》写高学诗打盹的情景“是上眼皮向下滑呢，还是下眼皮向上爬呢，他没来得及细想眼前就已经模糊起来了……”及高学诗与高忠孝之间有趣的谈话描写，无不彰显着作者对语言的把控能力。《绿皮蛋》中“王菜花亮着一圈白晃晃的肚皮肉，正从阴天的土坡上屁颠屁颠地走下来，像一只急着赶路的企鹅”活脱脱地将一个憨厚朴实的农家妇女跃然纸上。其实，语言的深度展现在青峰的作品中比比皆是，这说明作者对语言的把控已经有了较高的功力。

青峰的作品，故事描写很深刻、细腻、感人。在《梁吉昌家记事》中老梁从给儿子娶媳妇到去世，再到老伴的“失踪”，让人瞬间读尽了人间的沧桑和生活的不易。《他让我流完了一生泪》“陈志印走了，他那白发苍苍的老母亲双膝跪地，用干裂的双手拍打儿子的灵柩嚎啕大哭：‘儿啊，你还说要带我看眼睛呢，怎么就我的眼睛还睁着，你的眼睛却闭上了？’”读着不禁让人潸然泪下。《身边围定自家人》对省联社驻村扶贫工作队队长杨琪事迹的描写更是感人至深。《雨夜》也是。虽然青峰这次出版的是散文集，但这本书中相当一部分是记事的，每一篇各有各的特点，各有各的精彩，让人有读小说的感觉，很有味，很有趣，很入戏，引人入胜。

青峰的作品，文风辛辣，蕴含哲理。《陈年轶事》以四个章节诙谐幽默中，书写缺吃少穿的那个年代的不易和艰难，在嬉笑漫语中浸透酸泪。《作秀者说》文章虽短，至理至坚，不像一篇论说，更像一纸檄文入木三分地给作秀者来个精彩画像，酣畅淋漓地对作秀者说，不。《请给爱你的人多说声谢谢》《不禁让泪掉下来》等作品无不体现着这一特色。

小情怀，大智慧，正能量。本是疫情肆虐的日子，读完青峰的作品，人的身子由不得就挺直起来，轻松起来，振奋起来。固然，青峰的作品不可避免的还存在一定的不足之处，但从总体上看来，瑕不掩瑜，篇篇有看头、有嚼头、有哲理，个个有味道、有精神、有光芒。

青峰已是一名优秀的作家，祝愿他谦虚好学，潜心创作，不坠青云之志，再攀文学高峰。

是为序。

2022 年 4 月 25 日

于北京金融街中国银保监会大厦

可亲可敬的“娘家人”

——冯衍华长篇小说《工会主席》序

初识冯衍华是三年前在山东梨乡聊城的全国“恒通杯”散文大奖赛颁奖会上。当时正是万亩梨花盛开时节，他的散文《典雅芙蓉街》以全票赢得评委的认可，获得一等奖。会后，他赠我一本他和他的哥哥冯延伟合著的散文集《古窑韵事》，那是一部书写他的家乡淄博的陶瓷文化、饮食文化和山水故乡的集子。从篇篇优美的文字里，我读出了他是一个热爱家乡，热爱生活，热爱文学的歌者。由此，他也成为中国金融作家协会的首批会员。

他创作勤奋，收获丰硕。2013 年，他的长篇小说《涅槃》获得了中国金融文学界最高奖项“中国金融文学奖”。评委会在授奖词中这样写道：作品思想深刻、文笔细腻，通过描写一群基层工行人在股份制改革时期的一段生活经历，深刻展示了股改岁月中工行人的一种情感和一种精神，高扬了金融人的精神风貌，描画了时代的光芒与人性的光辉。令人震撼，激人奋进。同年，这部长篇小说还获得了“聚焦工行全国金融文学大奖赛金奖”。

他在工商银行山东省分行工会工作。在繁忙的工作中硬是利用业余时间，痴心于文学，他是勤奋的，仅仅过了三年的时光，他又以一个金融赤子的情怀，拿出了一部近三十万字的长篇新作《工会主席》。完全用业余时间要完成这样一部著作，若没有对所从事的金融事业的挚爱，没有对金融生活的深度观察和认知，没有对文学的痴情和挚爱，是不可能的。毫不夸张地说，《工会主席》是他的倾心沥血之作。

早在多年前，冯衍华就加入了山东省作家协会和柳泉诗词协会。多年来，他笔耕不辍，曾在《山东文学》《时代文学》《当代散文》《新文学》《柳泉诗词》等文学刊物上发表了大量的散文和诗词。近年来，他转入小说创作，用更广阔的视野来讲好金融故事。中国金融业进入变革的十年来，想必很多金融作家都在围绕着金融人、金融事用文学的视角对金融业的变革发展和金融人的心灵史作着深刻的思考。

润物细无声。当我翻阅《工会主席》这部文学作品时，我欣喜地发现这不仅是一部书写金融人、金融事的作品，而且是一部深刻人性、震撼心灵的文学作品。他是一位现实主义的金融作家，他关注金融业的现实，关注最基层的一线员工的工作、生活和精神追求。据说他常年到基层调研工作，与一线员工密切接触和深入交流，真正融入基层员工的工作和生活，走进他们的心灵深处。因此，他的金融小说都是书写基层工行人的喜怒哀乐，他注重对人物内心的描写和刻画人物的内心世界。小说中采用心理描写，内心独白、象征等文学技巧，对人物的心灵世界进行深入挖掘和呈现。比如，他多次写到宿舍区的高大的梧桐树，在矿震到来之前，是梧桐树的倒掉挽救了人们的生命；他写到老主席张浩捐献遗体，死后不要留墓，让他最终长成了一棵树；他写泰城支行新时期的工会主席孔原山，受老师精神追求的熏陶，面对银行转型时期的种种困难与挫折，带领大家在创建职工之家工作中敢于直面复杂的矛盾，勇于担当，兢兢业业地不懈追求和拼搏，展现了基层工会主席责任担当，依法维权的生动实践和真情服务员工的人文情怀；他写到金融工匠全国点钞冠军、五一劳动奖章获得者秦雪爱岗敬业的事迹；他还写到了 90 后新一代金融人郑秋生捐献肝细胞的温暖故事。他也注重描写环境和营造氛围，烘托人物心理，同时也使文本更具有了可读性。

在金融转型发展的关键时期，面对复杂多变的生活，确立一种有理想的人生价值是很有意义的。用冯衍华的话说“为了一种理想和追求，去奋斗去拼搏是值得的。”他是一位勤奋的作家，他有他的文学理想和追求，三年里，他把自己封闭在书屋里，几乎没有一天的休息，有时甚至一天的写作在十几个小时以上。文学是一个苦旅，也是一条充满快乐和收获的心路历程。我相信，正是他的挚爱和勤奋，定会有更多、更优秀的金融文学作品呈现给读者，为中国金融文学的百花园增色添彩。

是为序。

2016 年 10 月 10 日

于北京金融街金融作协办公室

有一个美丽的传说

——江山长篇小说《梦中的小岛》序

秋高气爽，硕果累累。在中国共产党的二十大胜利闭幕的日子里，到处都能感受到欢声笑语和收获的诗意。在这欢欣鼓舞的时刻，作家江山也迎来了他自己创作上的丰收。2022年一年出书三册，分别是《梦中的小岛》《历史的天空》《江山百谈》，不能不说，这是怎样的创作热情、创作速度、创作能力，才能有如此成就。

《梦中的小岛》的主线索是描写鼓浪屿的前世今生，可通过元宇宙眼镜的视野，来完成故事内容的推进，倒是颇有创意，令人耳目一新。

迎接新曙光、书写新精彩。该部小说以满满的科技感来叙述故事。元宇宙概念，不仅是一个科学发明概念，同样可以作为文学创作的手段和可选项。故事的开篇讲述一位颜值女生到鼓浪屿旅游的故事，这位女生叫小乔。由于疫情，游客不多，小乔在鼓浪屿轻松逛遍所有景点，1.8平方公里的小岛几乎被她走了个遍。按理说，她应该是很知足了，凯旋归来途中她聊起鼓浪屿应当是蛮有谈资的。可是在这节骨眼上，奇迹出现了，她无意中游泳至鼓浪屿周边的一块大石头上，据说是郑成功投印于此的石头——印斗石。上了这块石头是寻常小事，但是从这块大石头身上，小乔幸运地掰下一块会说话能思考、承载了几百年历史和情商智商均很高的小石头，那可是一件不寻常的大事。这颗小石头是几百年的石精！这石精一旦出场，整部小说里的第一条主线就活了。这位石精机灵，它巧妙地运用小乔手上的元宇宙眼镜，把眼镜作为3D播放的平台。小乔负责戴上元宇宙眼镜观赏，这位石精负责向元宇宙眼镜传送几百年来积攒下来的关于鼓浪屿历代，甚至世界上的相关影像资料。故事神奇，以满满的科技感迎接新时代的到来，该部小说即是一例。通过这种叙述方式，把鼓浪屿的前世今生，从公元1500年到抗日战争胜利，大约400年间的历史精华全给介绍了一遍。

这些故事，每一篇都是作者花费大半生时间逐个逐个考证出来的，具有一定的史学价值。通过元宇宙眼镜这台高科技产品来叙述，既宣扬了科技的神奇威力，又来了一场奇妙的穿越，让读者身临其境，有很强的透视感。

以笔为戈、以纸为戎。该部小说的第二条描述主线，就是它的金融视野，及其清晰的金融历史。谈起鸦片战争，谈到甲午战争，讨论19世纪的大清数次战败，以及大批台湾商人被迫离开他们深爱的宝岛台湾、回祖国大陆的鼓浪屿定居。也许有的作者会把写作重点放在军事实力、政治体制的差异上，以此来论证大清必败的原因。可喜的是该部小说独辟蹊径，几乎不谈军事实力的差距，而是深挖大清战败的经济原因，尤其是金融原因。从该部小说论述的深度看，作者长期从事金融工作，除去自己的文学修养外，对金融知识的掌控，尤其是大清三百年来货币流通状况的研究应该是深刻和丰满的。凭借这一优势，小说里首先描述了大清社会的货币实际上分为两种，一种是银子，这是贵族货币；一种是铜钱，这是平民货币。对这两种货币的管控，对于银子大清自身缺乏银矿，自身没有银子来源，只能靠对外贸易获取。国际局势一旦风吹草动，大清的银子来源就跌宕起伏，所以大清政府的银子来源掌握在外国人手上，银子等于失控；那么铜钱呢，铜钱都是民间铸造，小说里叙述了大清社会上还流通着上一朝代的铜钱，甚至反抗大清的郑成功铸造的铜钱，因此社会上究竟有多少铜钱，谁都不管谁也都管不了，铜钱等于失控。至于银票，掌控在私人钱庄手上，对于大清政府而言，银票也等于失控。好了，小说叙述至此，一条清晰的金融主线就展示出来了。银子、铜钱、银票都失控，金融命脉没有掌握在自己手中，外国人抓住你大清的金融命脉使劲折腾，置你于死地，更不用说人家手里还有洋枪洋炮。接下来该小说顺理成章地推进到叙述起“马关条约的赔款中要强迫中国用英镑来支付”，用真金白银的银子来兑换人家的纸币——英镑，这就导致了全社会的全面贫困。该小说中描述的“老太婆对‘保生大帝’的献祭，寄希望于求来的香灰，可以救下她孙子的生命”，用一大段真实而凄惨的桥段描述大清的全面贫困，触动读者的心灵。作者在做金融人写金融事方面做得很好，在记载和讴歌壮丽的中国金融事业方面让人称道。以笔为戈、以纸为戎，作者交出了自己的答卷。

宽广的视野、博大的胸怀。该部小说描述的发生地在鼓浪屿，时称“万国租借地”，这种地盘的实质是殖民地，类似于上海租界，回归前的香港、澳门等。作者以人为本，聚焦海洋文明与大陆文明碰撞之后所产生的朵朵浪花，构筑该部小说的第三条主线——描述传教士的牺牲和鼓浪屿繁荣的原因。小说中写道传教士们用轿子从各地将裹足的女人们抬到鼓浪屿读书，力图使妇女通过接受教育获得独立自主的能力。还看到郁约翰医生每次施行手术之前，为病人祷告。有句话说得好：真正的善良，是行善而不扯起善良的旗帜，是风光霁月，暗室不欺。这些传教士或者医生，他们的善良和修为，得到了鼓浪屿人民的尊敬，他们的精神构成了鼓浪屿世界文化遗产重要的一环。

在描述中国的历代先贤方面，该部小说也下了不少苦功。从郑芝龙、郑成功、顺治皇帝到王得禄、徐继畬、颜伯焘，到陈粹芬、卢戆章、秋瑾这，还有林语堂、廖翠凤、鲁迅、林巧稚、弘一法师、林文庆，这些中华民族的文化精英，在作品中一一呈现。同时鼓浪屿的别墅是最值得渲染的看点，该部小说中，黄荣远堂、黄家花园、海天堂构、八卦楼、兴贤宫、菽庄花园等等名苑及别墅比肩登场。爱国富商黄奕住、林鹤寿、黄仲训、林尔嘉、林文庆、黄秀烺等，财力口碑俱佳，从他们兴办的产业到为当地建设、文化等方面的贡献亦是一一道来，十分中肯，也十分有看头。

赓续老传统，植入新风尚。小说总结部分点明：我看到了英雄的中国共产党人在最艰苦的时代，以鼓浪屿作为秘密联系点，与国民党反动势力展开殊死的斗争。恽代英、罗明、王海萍、梁惠贞、李永章、谢小梅、杨适、谢景德、李国珍、刘惜芬、马寒冰等从鼓浪屿走出来的革命先辈们，表现出来的视死如归英雄气概给我留下了深刻印象。历史因铭记而永恒，精神因传承而不灭！我永远牢记他们的英雄事迹。

我们都知道：金融是经济的核心。中国金融业无论是在革命战争年代，还是在社会主义建设和改革开放时期、中华民族伟大复兴时代，都发挥了非常重要的和不可替代的作用，在防化金融风险、服务经济实体、脱贫攻坚和乡村振兴、支持国计民生等方面作出了突出贡献。

江山的这部作品差不多是填补了中国金融文学的一个空白，为我们提供了宝贵的金融史料。作品以文学笔触与视角将曾经激怀壮烈的历史事件、历史人物、历史细节为背景，以缜密的逻辑梳理开繁杂的史实事件，以生动的想象填补历史的缝隙和角落，用虚实相生的笔法追溯早期金融的历史，是对金融历史题材的丰富和创造，是作家深入民间生活，对特定历史时期底层人民日常和精神的想象性书写，生动诠释了真实与虚构这两大法则在小说创作中有序而诗意的贯通，描摹了在特殊年代里个体命运的沉浮和成长，共同展现出中华儿女的奉献精神和创举。作品脉络贴着历史烟尘的气息，扑面而来，仿佛读者随书中文字来到曾经峥嵘岁月现场之中。

作品以真实历史为魂，以艺术升华为血肉的文学载体，使得金融业在传承中生动而富有温度，灵动而引人遐思，真切而触动读者心灵，有着极好的影响力与传播力。

愿江山再接再厉，在文学的高原上再攀高峰，描绘出中国金融事业更多更美的如画“江山”。

是为序。

2022 年 10 月 1 日

于北京金融街中国银保监会大厦

文以载道　辞以情发

——高中自报告文学《高振霄文集》序

鲁迅曾说过："我们自古以来，就有埋头苦干的人，有拼命硬干的人，有为民请命的人，有舍身求法的人……这就是中国的脊梁。"鲁迅是中国的脊梁，高振霄作为与鲁迅同龄人，一生投身革命、为民请命，也是中华民族的脊梁。

高振霄自投身辛亥革命起，便怀着匡时济世之志、救民水火之心，以报人的身份，襄办、创办了《湖北日报》《长江日报》《政学日报》《夏报》《扬子江小说报》等革命进步刊物，为民请命、宣传革命。后来担任湖北军政府总稽查、孙中山高等顾问、非常国会议员与洪帮大佬后，仍然笔耕不辍，办报如《民风周刊》《惟民》《新湖北》等，就政治、军事、外交、经济、社会等方面，发表了大量的评论、纪实、议案、通电等文章，赢得了"享有盛名的近代武汉报人"与"为民喉舌"的美誉。

《高振霄三部曲——文集》就是从洋洋百万字中，通过认真考订，精选摘录而来的。其中大部分珍贵资料都是沉睡近百年后首次披露。

这些资料是高振霄后裔及同仁，历时二十余年在海峡两岸图书馆、档案馆反复查阅、搜索而来。

对于这些文章的归属，编著者本着对历史负责的态度，组织专家学者从以下几个方面进行了考订：首先确认其政治通电、议案、宣言的归属。此类资料主要来自《申报》《民国日报》《中华民国大事记》《北洋军阀史料》等，记载了中华民国湖北新军都督府参议员、中华民国第一届国会候补参议员、广州南方政府非常国会参议员高振霄，在南北和议、护国护法、改组军政府、巴黎和会、华盛顿太平洋会议等表现出反对国外列强、反对北洋政府、反对陈炯明事件、反对曹锟贿选等重大历史事件中的立场、观点和态度。如高振霄提出咨请政府速派华盛顿太平洋会议代表议决案"美总统召集太平洋会议一事，关系远东及太平洋问题，至深且巨。我国日受强邻之压迫，北京拍卖主权，国几不国，今此一线生机，正我正式政府独一不二之机会，所有取消不平等之条约，及裁减军备实行民治诸事，尤为我国生死之关系，应请即日开会讨论议决，请政府速派得力代表迅赴列席，实为至要”，得到孙中山的高度重视和亲自答复；曹锟贿选伪总统后，高振霄等护法议员紧急发表宣言：“况公然贿买，秽德彰闻，灭廉耻，毁宪纲，率兽食人，罪在不赦。某等谨依国宪之规定宣告宛平为会选举曹锟之所为于法当然无效，所有同谋窃诸犯愿与天下共弃之”，表明反对贿选态度。

其次是同名身份的认定。高振霄字汉声，凡是文章中有这两个名字者，编著者对其身份进行考订。在辨析时发现，除国会参议员高振霄外，同时代同名者还有书画家高振霄（1877–1956），字云麓，别名闲云，光绪二十年进士，官至翰林院编修。所以，只要不是湖北房县人、非国会议员或非武昌首义总稽查等身份的文章，《文集》均采取排他法舍弃。如编著者在《惟民》周刊九期（共十期）杂志中发现了一批高振霄的文章，刚开始对其身份难作定论，后经仔细查找，终于在 1919 年 9 月 21 日出版的《惟民》第七号《息争论》一文，从中查到了作者真实身份。文章说：“记者古房陵州人，房陵之南，崇山峻岭，界四川大岭。”因湖北房县古称房陵州或房陵县，那里只有一个辛亥元老高振霄。这些文章归属高氏无疑。而他是主编兼记者，故在《惟民》的“一周纪事”栏目中，他往往以“汉声”署名。

再次是以口述史料与内容辨别相结合。编著者从上海图书馆获得了 1913 年至 1917 年间，在《协和报》上以“汉声”为笔名，发表六百多篇各类文章。这个“汉声”到底是辛亥革命时期《汉声报》的作者，还是他人的笔名，或就是高汉声，编著者持慎重态度。为此，编著者一方面从高振霄遗孀沈爱平与女儿高正和的口述史料中得知：高振霄的确此时在上海参加革命活动期间，同时兼职担任报刊记者，并署名汉声。只是没有确定他在《协和报》担任报刊记者，当时的相关报刊资料均毁于文革，无据可查。虽然口述、实物与部分内容相互印证，亦忍痛割爱。

高振霄一生阅历丰富，历任记者、主编、国会议员，又曾任汉冶萍公司清算委员会委员。其文视野开阔，题材广泛，既有记者的敏锐，又有政治家的远见，还有实业家的缜密。本书根据文章题材的不同，分为上篇“文存选编”与下篇“历史鉴证”两部分。

上篇“文存选编”中《息争论》《社会主义与我》《自治与自由》《英雄革命与平民革命》《敬告威尔逊》《我之大同观》等是其中的典型篇章。如在《息争论》中，高振霄提及“中华人最宜和平与世界大同”，在《我之大同观》中论及“吾人欲改此杀人世界，谋全人类永久之和平，非达于大同不可。欲达大同，先除异小，以个人进步，来互助精神，排除障碍，改造环境，脚踏实地，再接再厉，行见人同此心，心同此理，极乐世界就在此方寸中也”等，充分表达了高振霄以民为本的思想与世界大同观。高振霄在辛亥革命、反对复辟帝制、第一次世界大战、护法等重大历史事件中立场坚定、观点鲜明。其中《武昌起义有三件可纪念的事》中描述了武昌首义中革命党人奋斗的精神、牺牲的精神和无掠夺的行为，画面真实、催人泪下。

下篇“历史鉴证”中《发起成立开国实录馆》《取消中日密约》《组织军事委员会行政委员会提案》《宣布徐世昌罪状之通电》《宣布吴佩孚罪状之通电》《致全国军人电》等，字里行间不仅记录了高振霄参加中国历史上诸多重大历史事件的真相与细节，而且留下了他珍贵的一笔。1921 年 4 月 7 日，国会非常会议通过了《中华民国政府组织大纲》，孙中山当选非常大总统。当时有报道说：《中华民国政府组织大纲》是高振霄提案《组织军事委员会行政委员会草案》的继续与发展，为孙中山后来当选非常大总统制定了法律依据，高氏维护法统之立场与英明卓见可见一斑。1921 年底高振霄以起草委员会委员长身份组织起草《宣布徐世昌罪状之通电》《宣布吴佩孚罪状之通电》檄文，为讨伐北洋军阀师出有名。

《高振霄三部曲——文集》只是编者发现并收录到高振霄文集中很少部分作品。遗憾的是，辛亥革命前高振霄创办、襄办了多种报刊，没有找到一篇作品；湖北军政府建立时期，高振霄与孙武、谢石钦等发起成立“开国实录馆”，为武昌首义记录保留了大量翔实的历史资料，但非常可惜的是，没有从中找到关于高振霄的一篇文章。后来在“开国实录馆”收集资料基础上陆续出版的《武昌起义档案资料选编》（上、中、下）及《辛亥武昌首义人物传》（上、下）书中仍然没有高振霄发表或介绍高振霄人物的文章。笔者曾想，除了历史原因外，不知是高振霄本人低调，不善宣传表现自己，还是有其他原因，致使高振霄这个人物及其作品被历史覆盖得很深。希望随着资料挖掘的深入，找到高振霄先生更多、更好的作品，从侧面反映一个真实的历史，为后人留下一笔宝贵的财富。

《高振霄三部曲》是一套由京、沪、汉三地作者，后裔、学者、作家，共同创作、联手打造，以《史迹》《文集》《传记》“三维一体”，亦文亦史之文学佳构。裴高才先生学识渊博、古道热肠，是知名历史传记作家、文化学者，著述以传记与文化类见长，达千万言；王琪琨先生内敛厚重、德艺双馨，是上海从事法律工作的知名律师，同时兼任中华辛亥文化基金会总裁、辛亥革命网上海站工作委员会副主任，于法律、文化事业多有建树并有多部著作发表；中自君是中国农业银行总行 IT 行业的一名高级工程师，同时是中国金融作协理事会成员，亦学有所长、业有专攻，知识多元、阅历丰富，曾学习《物理》《数学》《银行货币》《中国史》等专业，从事知青、教师、金融、IT 等职业。他常以做喜欢之事为人生莫大快乐，享受快乐过程为人生至高境界；人类活动分三个层次，由内心发出对生活、人生、生命及社会、自然的理解和感悟，明显高于体行、脑思维活动；运用数学、物理、计算机等自然学科中的概念、定律（譬如："二进制（010）"、圆、场、能量、频率等）定量描写定性的社会、生活、思想、情感、内心活动的表现手法，显得文学创作更具科学性、逻辑性，更能放之四海、融会贯通。笔者曾想，将中自君这种写作特点运用、发挥到文学创作中，抑或是一种尝试，抑或还是一种创新吧。他著书及散文、随笔等百万余字，颇负人生感悟和哲理，别具匠心。他们三人强强联手、精诚合作与作品交相辉映、相得益彰！

笔者每每读到《高振霄三部曲》都能感受到编者们身上有一种对先辈崇仰、对历史敬畏、对本真探究之场能涌动和澎湃，他们有责任、有才情、也极有灵性，将一个个尘封百年的往事在他们的笔下鲜活绽放，一张张几近忘却的面孔在他们的心血中清晰可辨。仿佛看到了他们常年泡在图书馆、档案室里的身影，是深夜人静时窗棂上那幅躬身笔耕的剪影，是一个革命后人对祖辈的意领深情，对先辈的革命事业，有着血肉、情感和灵魂的相濡以沫。他们仰望着浩瀚无际的星空，凝视着默默不语的大地，身、心、自然、社会、历史、现实全然融为一体，心里一直在寻找着一种倾吐的方式，今天，他们做到了！

是为序。

2015 年 3 月 3 日

于北京金融街金融作协办公室

香水沟，桃花峪，赤子心中的故乡

——何育锋谈阎雪君小说的乡土情结

阎雪君的长篇小说《天是爹来地是娘》出版以来，好评如潮，全国各路名家纷纷撰写文章，从不同角度不同层面对这部小说进行了解读评论。我今天才动笔写这篇有关阎雪君及其小说的文章，相比之下似乎是晚了些，但我相信再经过一定的时间来看，我这篇文章还算是早的，因为对真正的好作品而言，阅读只有开始而没有终结。

《天是爹来地是娘》是阎雪君2000年以来创作的第六部长篇小说，前五部分别是《原上草》《今年村里唱大戏》《桃花红杏花白》《面对面还想你》《性命攸关》。时间过得真快，从看到他的第一部长篇小说《原上草》到现在，已不知不觉过去了十七年，不论对于人生还是创作，十七年都是一个不算短暂的时期了。十七年前，我们都刚过而立之年，而今天我们都已届知天命之年了；十七年前，雪君还处在文学创作的起步阶段，而今天雪君已然成为享誉全国的知名作家了；十七年前，我还是个对文学一无所知的门外汉，而今天我也竟敢对雪君的作品指手画脚了。

评论者多把雪君的小说归为金融文学，这是对的，因为雪君的这几部长篇小说中都有鲜明的金融人物形象和一定分量的金融故事，就像这部《天是爹来地是娘》，金融扶贫还是其中的主线。但我更愿意把雪君的这些小说当作乡土文学来阅读。这种阅读差别的存在是很正常的，一千个读者就有一千个哈姆莱特，越是好的文学作品，这种阅读差别越明显，这也正说明雪君的小说内容的丰富性和主题的多元性。另外，造成这种阅读的差别还与读者自身的生活经历、阅读经验、文学素养及世界观有着一定的关系，正如鲁迅先生谈到《红楼梦》的主题时所说的，“就因读者的眼光而有种种：经学家看见《易》，道学家看见淫，才子看见缠绵，革命家看见排满，流言家看见宫闱秘事。”在这里，我还想引用作家张贤亮曾经说过的一段话，“一个人在青年时期的一小段对他有强烈影响的经历，他神经上受到的某种巨大的震撼，甚至能决定他一生中的心理状态，使他成为某一种特定精神类型的人如果这个人恰恰是个作家，那么不管他选择什么题材，他的表现方式，艺术风格，感情基调，语言色彩则会被这种特定的精神气质所支配。”所以要阅读并理解雪君的小说，那就应该注意到雪君的精神气质，注意到雪君少年青年时期的经历。

在上大学之前，我与雪君有着基本相同的生活环境和成长经历，我俩都出生于落后的农村的贫穷的农民家庭。雪君是阳高县马家皂乡马家皂村人，而我所在的村子正是马家皂乡所辖的一个行政村，相距十余里，但我的姥姥家就在马家皂村，与雪君他们家只隔一条算不上沟的小土沟。小时候因常随母亲到姥姥家，所以我与雪君那时就认识了。我小学毕业后到马家皂中学读初中，便与雪君成了同班同学，我住在姥姥家，所以我俩几乎每天一起上学，一起回家。那时我俩的数理化英语都学得不好，但都喜欢语文，作文尤其写得好，我俩的作文经常被老师作为范文在班里甚至全年级传阅，有一年我俩的作文还同时获得了全乡青少年作文竞赛一等奖，而且一等奖就两个名额。直到现在我们每每提起这些往事，都很感激当时教我们语文的武举先生，他在我们心目中是一个语文功底深厚且教学有方的好老师。

因为有相同的爱好，我俩的共同语言就更多了。雪君比我还多一个爱好，那就是唱歌，上学放学的路上，他经常引吭高歌，而我是他唯一的忠实的听众。那时流行台湾校园歌曲，歌很好听，但他唱出来我却觉得不怎么样，倒是他学放羊老汉瞎吼那几嗓子，我觉得挺好听，于是他就常给我唱《走西口》《五哥放羊》什么的，还说他这是民族唱法，这时我就会回敬道：“不就是二人台讨吃调么！”他马上就会反问一句：“我就喜欢二人台讨吃调，不行么？”他这样一问，我就没话说了，因为他确实喜欢这些调调，我就不止一次地被他大中午拉着跟在讨吃们后面挨门进，听人家唱，有时他还跟着人家一起唱，逗得围观的人们哈哈大笑，为此好几次误了吃午饭，姥姥不好意思当面说我，事后却向母亲告了我的状。我们就这样经常在一起说说笑笑、杠来杠去，倒是显得远在村外的学校离家很近了。他还经常跟我说：“现在的一些流行歌，都没有农村农民方面的，我以后当了歌唱家，就自己写歌自己唱，就写咱们农村，就唱咱们农民！”末了还不忘说一句“就用民族唱法唱！”每当他说这些话的时候，我就会说：“那你以后就去二人台剧团算了！”我认为这些话就是当时两人没事干开玩笑瞎说的，现在仔细想想，雪君在那个时候恐怕就对故乡、对农村和农民有了很深的感情了，尽管这种感情在当时也许是不自觉的、朴素的，但毫无疑问的是，这种感情成了他人生成长及日后文学创作的最基本的感情基础了。

初中毕业后，我们家迁到了与马家皂相距十几里的河北阳原，我在阳原一中读高中，雪君上了阳高二中，此后我俩的联系就很少了，好在母亲还经常回娘家，所以还能时常听到关于雪君的一些情况。由于理科成绩比较差，我俩高中都学了文科，我高中毕业勉强考上了一所师范专科学校的中文系，毕业之后被分配到了乡村中学任教。雪君的数学英语可能比我更差，无缘于任何一所大学，早早地步入了社会，走上了一条与我不同的人生之路。

雪君最先是去了阳高制药厂当了个月工资二三十元的烧茶炉的临时工，这种工作一般只有六七十岁的老汉们才肯做，而雪君一个高中刚刚毕业的二十来岁的后生去做这种活儿，其内心的辛酸与无奈可想而知。后来雪君又多次辗转，去过乡信用社、阳高县农行、大同市农行、山西省农行，但一直都是薪水微薄的临时工，好在后来去的这几家单位都不用烧茶炉了，而是写材料，钱虽然挣得少，但好歹体面些。

当临时工这六七年时间，是雪君一生中最艰难的时期，也是他对贫穷生活、世态炎凉体验最深刻透彻的时期，也正是这一时期的艰辛生活，让他对落后的农村、贫穷的农民有了更加清醒的理解与自觉的同情，让他对故乡、对农村和农民的感情更加深刻地融为一体了。最令雪君想不到的、极富戏剧性的是，这时的他在村民的眼里俨然成了有能耐的、“阔”了起来的人，就像《故乡》中杨二嫂眼里的“迅哥”，被杨二嫂说成是“娶了三房姨太太，出门便是八抬大轿。”雪君在阳高县农行、大同市农行当临时工的时候，就常有村民来找他办事，有的甚至干脆不来城里而是直接去找雪君的父亲，让父亲给他下命令把某某人的什么什么事给办了。雪君有时尽管哭笑不得，但还是千方百计、到处求人尽量帮忙，因为他知道一个穿着破旧寒酸的农民来城里想办点儿事实在是太难了。有一次，一个村民到城里办事把钱丢了，找到了雪君，当时雪君满家只剩三十块钱了，而距离发工资还有半个月，雪君咬咬牙借给那个村民二十块钱，自己一家三口人就用剩下的十块钱苦苦支撑了半个月，据说几乎每天都是清水煮挂面，雪君对家乡、对村民们的感情由此可见一斑。

天不灭高人，1996 年雪君迎来了人生道路上的一个根本性转折，他带着一个转正指标，从山西省农行返回了大同市农行，正式成为一个金融人。说来也巧，这一年我也离开了我任教六年的乡村学校来到了县教育局办公室从事文秘工作，后来说起此事，雪君的解释是“我们有天上的文曲星罩着”，呵呵的笑声中掩藏了他多少年来拼搏的艰辛。此后雪君便一路高歌，从大同市农行先后到了大同市人民银行、中国人民银行总行、华夏银行总行，直至目前的中国银监会和中国金融作家协会，并且担任中国金融作家协会主席。

到了京城的雪君，在村民眼里那岂止是有能耐了，阔了，简直是飞黄腾达了！但是，雪君虽然到北京工作了近二十年，而他的神魂却一直没有离开过故乡农村，一直没有隔断过与家乡父老乡亲的血肉联系。每当休息日、节假日，只要手头没有太要紧的工作，他就会回到村子里，看看父母，与村民们坐一坐，拉拉话，没有一点儿衣锦还乡的架子，据说雪君每次回村都不穿西服，不系领带，田间地头、街头巷尾、豆腐铺、小卖部，常有他屈膝而坐的身影，与村民拉话时还是地地道道的家乡话，听不出一点儿外地的口音和普通话的味道。雪君也确实有能耐了，不再像当临时工时候那样，谁找上门才帮忙，而是主动了解村里和村民存在的困难和问题，想方设法加以解决。至今仍让村民感动和称道的是，他带头扶贫扶教，同时主动联系北京爱心人士资助村里贫困家庭孩子上学，小学生每人每年三百元，初中生每人每年五百元，高中生每人每年 3000 元，全村受助的孩子 120 多名，而且十几年来一直没有间断过。这就是阎雪君，这就是阎雪君的乡土情结！古代圣贤说过，“贫则独善其身，达则兼济天下”，而雪君是“达能兼济天下，贫亦不独善其身”，他的乡土情结不只在作品里，更是在心里、在灵魂深处！

乡土情结是人类共同的心理情感，中国人尤其重视乡土观念，成语“安土重迁”说的就是这个意思，乡土情结可以说是中国人与生俱来的文化情怀，而雪君的人生经历使得其乡土情结尤重于常人，因而他的小说无论短篇长篇，无不烙下深深的乡土印痕，散发着浓浓的乡土气息。

雪君从十八岁开始发表小说，起初自然是中短篇的，就像《田埂上的笑声》《老豆腐店的故事》《白老婆子和她的狗》《吃着碗里的看着锅里的》等等，这一篇篇小说不用打开，只要一看到题目，你就会感觉到扑面而来的乡土气息。在他的六部长篇当中，更是不惜浓墨重彩，对故乡农村的山水人物、风土人情进行尽情地描绘和展现。

雪君的六部长篇小说均以西北地区黄土高原的农村为背景，《原上草》《今年村里唱大戏》《天是爹来地是娘》中的香水沟也好，《桃花红杏花白》《面对面还想你》中的桃花峪也好，无非是故乡的代名词，是雪君出生成长之地马家皂村的文学化了的形象，是赤子心中的故乡。这就像鲁迅小说中的鲁镇，沈从文笔下的湘西等等，虽然都是虚拟的，但却是作家记忆中曾经的生活环境的文本概括。

虽然雪君小说中的自然环境描写不多，且往往是寥寥数语，但因为故乡早已烙在了他的心中，因而能以简洁的笔墨勾画出西北黄土高原农村的突出特点。“香水沟信用社坐落在乡政府的西北角，一溜的老房，斑驳的墙面，像老太太的脸。在夏秋季节，门前也摇晃着几棵小柳，显摆出绿里带黄的颜色。”“刚过完年，田野里还能偶尔看到炸碎的鞭炮红纸屑，挂在枯草上舞蹈。”“牛车格墩格墩地摇晃着，邵瑞眼望着起伏连绵的黄土丘陵，注视着路边七股八叉的深沟。”“屋檐墙角布满了蜘蛛网，一只硕大的蜘蛛不知疲倦地爬上爬下，在编织着捕食美味的梦。几只山雀从屋檐下窜出，抖在枝头上吱吱乱叫。”每当翻开雪君的小说，看到这些记忆中熟悉的场景，就好像又回到了童年少年时代的故乡，又回到了与雪君一起上学放学的路上。

与自然环境相比，雪君小说中对当地民风民俗的描写更加突出。如刀削面、盘土炕、挖窑洞、迎喜神、驴配种、阉猪崽、灌黄鼠、老油坊、祈雨仪式、吹鼓匠、叫魂、青石碾、剪窗花、炸油糕、包饺子、过大年、写春联、唱大戏、二人台、信天游等等，都是我们小时候司空见惯的，有的事情就是经常发生在我们身上的。其中也有些事情现在已经很少见甚至消失了，但雪君依然能够用文字清晰生动形象地把它们再现出来，唤醒我们久违的记忆，让我们在阅读的时候不由得有一种身临其境感觉，感受到扑面而来的浓浓的乡土气息，由此足见雪君对故乡农村的深厚感情。

雪君小说中的民歌、信天游、二人台等唱词我尤其喜欢，这些唱词不但符合小说所描写的西北地区农村的风土人情，而且对渲染场景气氛，烘托人物心理性格，推动故事情节发展，增强小说感染力，都起到了很好的作用。更重要的是，里面有许多唱词是我当年就经常听到得非常熟悉的，有的甚至就是雪君在路上经常给我唱的，比如《走西口》《五哥放羊》《挂红灯》《猪八戒背媳妇儿》等等。所以每当我闲来无事翻开雪君的小说，看到这些唱词的时候，就仿佛又回到了那个无忧无虑的少年时代。同时也可以由此看出少年时代的生活对雪君小说创作的深刻影响。

雪君小说中的人物自然也是我所熟悉的，因为他们是我的父老乡亲，他们身上既有勤劳、实际、知足、乐观、热情的一面，同时也有落后、保守、自私、小气、软弱、忍耐、认死理的一面，这些对雪君来说都是了然于心的。不论是手握重权的村干部，还是挣了钱返乡的打工仔；不论是退伍军人，还是上了班又下岗的工人；不论是乡政府正儿八经的国家干部，还是走街串巷的小商贩，在雪君的小说中都有他们应有的位置，都从不同方面、不同程度地体现出了他们原本农民的性格特征。阅读雪君的小说，置身于这些来来往往的人群之中，我好像从来就没有离开过乡下，小说中的一些主要人物，我甚至知道他们的原型是谁，这一点我曾跟雪君求证过，他呵呵一笑，说：“你当然知道了！”如果不是对农民有特殊的感情，就不会有如此清晰的印象和准确深刻的把握。

雪君的六部长篇小说所聚焦的全部是“三农”问题，小说中所写的事件，有的是曾经上演过的，比如那个饥饿的年代里的农民的挣扎，比如那个贫穷年代里纯洁的爱情被毁灭的悲剧，比如改革开放之后农村农田水利基础设施的毁坏和集体资产的流失；有的是正在上演的，比如精准扶贫工作在贫困落后农村的开展，比如农业科技在农村的落地开花，比如农村扶贫和农业科技在推进过程中的种种成功与失败；有的是将一直演下去的，比如农民为了改变命运的种种努力，比如空巢老人、留守妇女儿童的问题等等，这些事件和问题，无一不牵动着雪君的心。从小说饱含感情的语言中，我们不难看出雪君的感情随着这些事件和问题的曲折进行而波澜起伏，雪君为农民的高兴而高兴，因农民的痛苦而痛苦。

在这里我想说几句也许是多虑的话，有的人一提乡土文学就不由得想到了那种田园牧歌式的生活画面，这其实是对乡土文学的误会。乡土文学不能只意味着写田园牧歌或莺歌燕舞，虽然生活中的真善美应当歌颂，但揭露和批判生活中的假恶丑也是无可非议的。鲁迅的《社戏》和沈从文的《边城》，是对乡土风情的赞美，而鲁迅的《阿Q正传》和沈从文的《萧萧》则是对故土上的旧思想意识和吃人的封建礼教势力的控诉和抨击。新时期以来，以贾平凹为代表的黄土高原作家群所创作的乡土小说，更是以反对封建和保守、反对专制和愚昧为主要内容和主题。雪君的小说在主要展示歌颂农村农民积极的一面的同时，也深刻地揭露和批判了农村个别干部存在的贪腐淫荡的丑恶行径，挖掘并揭示了长期以来形成的那种小农心理和思维方式，展现了那些在精神上未脱去旧的思想意识审美观念的人们在新时代新变化面前的复杂心态和不良行为。这既是鲁迅先生“揭出病苦，引起疗救的注意”的创作思想的体现，也是雪君对故乡农村“爱之愈深，责之愈切”的表现。

最后我想说的是，我对文学的爱好至今仍然是爱好，而雪君已经把他对文学的爱好变成了事业，希望雪君能与时俱进，更加准确地把握新时代农村的发展特征，进一步拓宽农村题材的创作领域，以更加灵活多元的创作手法，创作出更多无愧于时代、无愧于农村、无愧于父老乡亲的鸿篇巨制，取得更大的文学成就！

就在这篇文章修改完成准备发给雪君过目的时候，我突然心血来潮，模仿雪君小说中的信天游写了下面几句，就算是画蛇添足吧！

厚不过那黄土地，高不过那个天，
吼一嗓子信天游，唱唱你这土疙蛋。
龙生那个龙呀，凤生那个凤，
一生下来呀，你就跌落在那土圪洞。
尿泥坑儿里滚呀，黄土堆上爬，
小米粥那个山药蛋，把你拉扯大。
蒲公英那个花儿呀，飞出去就没了根，
土疙蛋走出那个山沟沟，丢下了魂。
前晌下雨呀，后晌就那个干，
城里的风，没把你身上的土抖落完。
山沟沟里日月，磨道道里那个转，
你身在京城呀，心还在那个村里边。
山抱着水呀，水绕着那个山，
你永远是咱庄户人家的亲疙蛋。

何育锋

发表于《中国金融文化》杂志（2017 年 12 月）

献给城市的爱情诗

——李晓红随笔集《远方以远》序

每个人心中都有一座城，那是“爱”的投影。古今中外，很多作家都用远方的“城市”来表达内心世界，这种替代既生动又深刻。比如，帕慕克“呼愁”的伊斯坦布尔，波德莱尔的巴黎忧郁，老舍的“京味”紫禁城，张爱玲洞察了旧上海畸形繁荣下扭曲的人性，而卡尔维诺在《看不见的城市》中，用55个虚构的城市意象表达了后工业社会中异化了的城市形态。在深圳，也有一句充满城市意象的话不胫而走：“深圳坂田，在西太平洋的暖湿气流滋润下，攻城狮（‘工程师’的谐音）在疯狂生长。”这句话原本是华为内部视频中的话，同样赋予这座城市蓬勃发展的时代寓意，也因此构建了李晓红女士《远方以远》写作的背景。

行远必自迩。作为在深圳成长起来的晓红，近年来，她用现实主义的笔触，浪漫主义的情怀，不断探索大时代宏观世界的细微变化，将生活的各个侧面抽丝剥茧，为读者呈现了一个进入深圳等国内外多个城市的独特视角，风格之轻盈，文字之诗意，内涵之深邃给读者留下了深刻的印象。

每个人的远方是由时间和空间决定的。近看是一种样子，远看是一种样子；城外看是一种样子，城内看又是另外一种样子；初识的样子，和离开时的样子也不尽相同，仿佛汝窑开片，片片赋予了时间的光泽，组成了烟雨青黛的《远方以远》。

晓红的《远方以远》以深圳为半径，从深圳出发，站在人文的角度，对标亚、欧、北美、南美等数个大洲多个城市，从竞技、文化、经济等多维度切入、碰撞、融合，将个体的心灵史寓于现实的行走和观察中，通过与不同时间和空间、不同族群和性别的对话来审视琐碎的生活肌理，透视历史与当下、人与人、人与城市、深圳与世界的关系，以及在全球化、地球村的新态势下，人与世界的紧密链接和纵深思维，挖掘作品的历史文学意义和人文观照。

卡维尔说：“我认为我写了一种东西，它就像是在越来越难以把城市当作城市来生活的时刻，献给城市的最后一首爱情诗。”晓红用笔记录了远方的几个城市，如：在《湾区文化的三个代表》《一个家族，一座城》《咳巴黎》等中，描写了当地的人文文化，以及在博物馆和美术馆直接呈现的艺术主张中，感受时间赋予文化的震撼，打破了母女之间的代沟，探索两代人共情式沟通。

在《无论模样是否相似，每段青春都有重合》中，聚焦留学生，关注到史无前例的留学大潮新环境的复杂维度和典型性分析，从东方文化到西方文化，引发了中外教育模式的深入思考。

在《第五大道与深南大道》中，对比纽约建筑符号所代表的绮丽斑斓的金融史和移民奋斗史，而深圳地标承载的科技引擎不断刷新开放速生的“深圳奇迹”、创业生态和绿色生态居住环境，滋养着既厚重又先锋时尚的湾区都市家园和新移民情感归宿，处处体现了深圳以人为本、海纳百川的城市意象。

作品主要以随笔的形式融入了众多的内容，文化古今碰撞、中西会通，多种思想交锋、融合，构成不同城市的感官在语言里盘桓，主观与客体、心灵与自然双向渗透，彰显不同的城市意象。文章以小见大，借景抒情，夹叙夹议，用温和而执着的方式表达自己的思考。深圳现代知识女性形象跃然纸上。

如作者的《我返身，发现了一个世界》一文，就具有这样的特质和多种要素的营养汲取：转身去望一路之隔的徕卡画廊，它静静矗立在街边，仿佛一部不动声色的时光机，灰飞烟灭间，吐故、纳新，须臾，不朽，浓缩了这座城市的全部印象。向左，300 多家银行打造了欧洲金融中心高地，尽管“西德经济的总发动机”德意志银行一度烽烟四起，导致欧洲金融中心抗衡华尔街一家独大的梦想化为泡影，但这丝毫没有影响这个城市的消费主义时代的生活景观，一栋栋楼房拔地而起，静静地长高，一系列响当当的“德国制造”推陈出新，一家家世界名品店、一件件奢侈品吸引着顾客……泛娱乐文化的当下，时代气质和世道人心几度沧海桑田，把右边这座富于历史、地理、文化等多重烙印的老城古风慢慢吞噬。

这种很接地气，又很有文学内涵和人生哲理的艺术作品，就是读者喜欢的作品。

每个人的远方千姿百态、生动有趣。晓红的随笔除了具有文学的内涵，还具有游记散文的趣味性。这种潜意识下的趣味性作品，如梁启超先生在《学问之趣味》写的：“凡属趣味，我一概都承认它是好的。”

本书中《慕尼黑的黑》，作者不仅使用了白描、直叙、抒情与穿插的创作手法“渲染”慕尼黑的“黑”之美，还用了一些诙谐的笔调，对有些事物进行“赞美”，如：女生的喜好总是很任性，没有固定的标准，且往往“以貌取人”，因为特定环境、特殊原因妄下定论，进而取舍，完全不顾对错，这是摩羯座女生突出的特点，以至于我选择的东西被家人定义为“中看不中用”。我暗暗庆幸：幸好，所谓“德国制造”（Made in Germany），就是“用着放心”，就是卓越与优秀。

文章结尾用了《射雕英雄传》中黄蓉给洪七公做菜的一段对话，生动阐述了工匠精神和城市意象。这种对生活的爱，对女人本质的溯源追问，对城市的观察，充满了意趣。

每个人的远方有他乡有曾经生活过的故乡，但无论描述哪一座城市，晓红总是从隐藏其后的故乡出发，探讨属于这座城市这一代的想象，字里行间对故土充满了深沉的爱。因为爱，所以幸福；因为幸福，所以爱。如《你是谁的深圳梦》中：我们又仿佛回到初来乍到、抱团取暖的时候。一时间，回忆杀拥挤着青春各式各样错落有致的心绪……筒子楼是几代追梦人落户深圳的第一个家，于青春是密不可分的整体。因为这个家，链接了梦、诗和远方……太行山远了，筒子楼拆了，芳华也逝了，但底色鲜活地扎下了根！

晓红女士的随笔，虽说篇幅大都不长，但这正是其随笔的优势。更为可喜的是，每一篇都像是一幅诗意盎然、清新淡雅的水墨画，处处呈现出“画”的精细轮廓及色彩深浅与斑斓的线条美，给人一种美的享受……

我认为晓红女士的《远方以远》整体创作风格具有多样性，且文字亲切坦率，充满了诗情画意，意境深远、韵味无穷。更难得的是，文章虽为随笔，但她并未就事论事，而是将地理经验与自我认同紧密连接，使城市与人的内在联系得到进一步升华，具有“深蕴与哲理”的艺术特征。由此可见她的知识面之广、对生活的观察思考之深。

作者在写作上，运用了大量的比喻、拟人等修辞手法，用词贴切，形象鲜活。虽说不是句句珠玑，但篇篇皆有妙语。随处可见的是将情景融为一体，以情写景，以景带情，用词造句恰当、生动、形象，富有代入感。书中文章，有短有长，但不管是写景抒情的借以议论，还是以见闻所感的直抒胸臆的白描，抑或是含而不露、“梨花带雨”似的画龙点睛式一带而过。每一篇都写得精致、典雅、秀气，读后令人赏心悦目，读后让人回味无穷……在给人神秘感的同时，也令人向往，从而达到艺术与生活的双重高度。

《远方以远》中每篇作品的标题都起得很有特色。如《咳巴黎》《走啊，去音乐的故乡》《此间萨赫蛋糕》《无差别的假面狂欢》等等，都写得很有意思。读者不自觉跟着她的文字去探寻都市与历史、与符号、与自己的记忆和联想，读出属于自己的城。

文学说到底是一种情怀。对家乡的、对亲人的、对祖国的、对异域自然风貌或人文景观的情怀。这种情怀从个体角度去理解，就是支撑一个人理想和信念的精神食粮。《远方以远》不仅是无界限的地域文化和人文景观，更是对一时一地一事一物的崭新、乐观的想象和宽容的审美方式。这是人性之善良，更是阳光心态的积极向上的表达，她用这种方式致敬心中的城，写下一首首献给城市的爱情诗。

夜长不得眠，明月何灼灼。阅读晓红的随笔集《远方以远》，字字入心。有些书带我们看到他人的世界，有些书带我们看到自己的世界。

2022 年 12 月 29 日

于北京金融街中国银保监会大厦

星星点灯

——山东金融文学集《银星璀璨》序

看到书稿的时候，正值秋天，大地处处是收获的忙碌，空气中弥漫着瓜果清香，金融业欣欣向荣，金融文学的航船已经起航，于是我想：这本文学作品集也许是当前金融花园里开放的又一朵奇葩。

我与善耕是老友，也是好友，屈指算来已有二十多年的交情了。他的追求如同他的名字一样，是一个勤奋耕耘、善于耕耘、不吝付出的人。我们都是热爱文学的人，正因为共同的爱好，二十年后我们还是同路人，在这条路上，我们又都陆陆续续认识了一些新的文学朋友，中国金融作协成立之后这支队伍就更大、更强了。善耕更是勤奋有加，他牵头组织，白手起家，在大家的共同努力下，已发展成了拥有内刊、网站等媒体及百余名文学爱好者组成的像样的文学机构，率先屹立于金融文学之林。

这本书的作品我一一读过，虽不如文学大师们的作品熠熠生辉，但也感人至深。一文一诗，字里行间都流露着对事业的赤诚，对文学的热爱，他们在紧张的工作之余，笔耕不辍，值得更多的同行学习和敬仰。许多文学作品层次高、立意远、艺术感染力强；如柴洪德的《一片花香》、梁凤仪的《我教女儿跟党走》、高文清的《我的父亲母亲》、亓祥平的《因为爱》、郭克武的《取不出的存款》、王有星的《纸币奇缘》等同志的作品都令人感慨万千，有的以文学的语言歌颂了祖国的大好河山、抒发了对金融事业的赤诚之心；有的抒发了对亲情、友情、爱情的深深眷恋；还有的歌颂了对大自然的敬畏和热爱，展现了作者的高尚情操和美好心灵，值得广大读者细细品味。

当下，文学是一个苦旅，也是一条充满快乐的心路历程。

近年来，中国金融作协采取有力措施，为培养、建设这支文学新军作出了积极探索，特别是激发了金融青年作家和作者的创作热情。今年9月在由中国作家协会和共青团中央举办的全国青年作家创作会议上，中共中央政治局委员、中央书记处书记、中宣部部长刘奇葆指出，时代召唤伟大的作家，人民呼唤伟大的作品。青年作家要认真学习贯彻党的十八大和全国宣传思想工作会议精神，学习贯彻习近平总书记一系列重要讲话精神，坚持为人民服务，为社会主义服务的方向，坚持百花齐放、百家争鸣的方针，站在时代潮头、回应人民期待、抒发家国情怀、赞颂人间大爱，培植我们的精神家园，用青春正能量见证成长见证爱。中国作家协会主席铁凝在开幕式致辞说，自 1956 年举行全国第一次青年文学创作者会议以来，一次又一次的青创会见证了中国社会主义文学事业的繁荣发展，一代又一代的青年作家从中汲取前行的动力。中共十八大确立了“两个一百年”的奋斗目标，在如此重大、深刻的社会变革中，如何讲述中国故事，发出富于影响力和感染力的中国声音，创作出可以传诸后世的精品力作，是当代中国作家面临的巨大挑战，也是当代中国作家的光荣所在。铁凝强调，个人的创作只有根植于人民生活的大地上，才能获得源源不断的养分和力量；希望青年作家向生活学习，向人民学习，向文学经典学习，珍爱文学，贴近生活，叩问良知，诚实写作。

会议期间，我代表中国金融作协作了题为“壮丽的中国金融事业需要记录和讴歌”的主旨发言，介绍了中国金融作协发展态势以及青年作家作者的创作情况，我说：金融行业拥有从业人员近千万人，毫无疑问，这是一个庞大的自成体系的重要群体。随着经济和社会的发展，金融领域成为经济的核心内容和时代的重要表征及“晴雨表”，是文学创作的重点领域和不竭的创作源泉。长期以来，由于种种原因，金融文学创作受到了一定程度的忽视，致使金融题材的文学作品创作和发展相对滞后，已经远远不能满足读者日益增长的对金融题材作品阅读和品味的需求。与日益繁荣和兴旺的金融产品相比，差距巨大，很不匹配。党的十七大提出了文化要“大发展、大繁荣”的目标，党的十八大继续把文化建设作为提高我国文化软实力的重要举措，为金融文学的发展指明了方向。中国金融文学创作不仅是文学百花园的重要组成部分，同时也是金融企业文化建设的重要内容，是提高员工的工作积极性和职业自豪感、提升我国金融软实力的重要体现，有利于增强我国金融机构的市场竞争力，因此，加大对金融文学的创作的引导、激励和推介力度是文学界的当务之急。目前，在金融领域有一大批默默写作的业余作家和文学爱好者，其中青年作家和作者占大多数。中国金融作家协会的成立，为青年作家和作者开展金融文学创作提供了良好的平台，中国作家协会也对金融文学给予了高度关注和大力支持。因此，应该充分发挥中国金融作家协会的组织、协调、指导、催化和服务等作用，引导广大青年金融作家、文学爱好者撰写出更多、更好的文学作品，为我国金融事业的发展提供更强大的精神推动力。

是为序。

2013 年 10 月 1 日

于北京金融街金融作协办公室

他把岁月写进山水里

——严柏洪散文集《水月如歌》序

惟楚有才，于斯为盛。湖南山水灵秀，人才辈出，严柏洪算一个。

我的“阎”和他的“严”，尽管是两个姓，但读起来是同音，便感觉亲切，就熟络起来。我知道，柏洪爱写能写会写，经常在报刊上看到他的文章，前不久，柏洪来电，说要出版自己的第一本文学集子，我觉得有点突然、也非常高兴。说突然，是没想到他的作品创作如此之快、如此之多，足见他的勤奋；说高兴，是看到他的春华秋实，终于收获硕果。

不久，他就寄来了书稿，我看了看页码，知道大约二十万字。我通读了一遍，确实写得不错，令人回味。文集涉及乡情乡愁、人生随笔、艺术感悟、扶贫记忆等题材，描述了他对心灵故乡的深深怀念与眷恋，对人生的思索与探寻，对艺术的理解与追求，对脱贫攻坚的执着和坚守。他笔下娓娓道来的文字总有淡淡的忧伤，却又留下丝丝希望，带着温暖，直抵人心。

柏洪的这个集子有近一半的篇幅在写他的老家，一个叫双江口严家台子的地方。那里的一山一水，一草一木，一砖一瓦，一人一事，总能随时在他的眼前徐徐展开，就像一部全景式的记录电影，每一个场景，每一个镜头，都可以对儿时的记忆进行回放、追溯、还原。故乡、故土、故人，乡情、乡音、乡愁，故乡的一切，都融进了他生命的血液里，那是他永远的心灵故乡。

柏洪的老家，在地图上都找不到、普通得不能再普通。没有文化名人，没有历史遗存，没有典故传说流传，没有瑰丽的风景，甚至也没有像样的产业。她吸引不了外界关注的目光，独自顽强地在那里冬去春来，生生不息。他在《严家台子》中写道：“就如同父母一样，有谁会鄙视、嫌弃自己老家呢。我常常在梦里梦到她，常常牵挂她，她常常勾起我的回忆。她的每一寸土地，都留下过我的足印，留下过我的欢笑，那是我童年的乐土。人常说，小村庄大社会，这块弹丸之地，她也同样见证了改革开放、脱贫攻坚、乡村振兴带来的沧桑巨变。她就像血液一样，不管你是否知觉，都无声无息时刻在你的血管中流淌，你想或者是不想，她都在那里，挥之不去。”故乡，永远长在骨头里，流在血液里，永远存在心里，它时刻润泽着作者的心灵，滋养着作者的灵魂。

其中《难忘儿时那飘香的猪油》写出了那个贫困年代的生活，非常生动，朴实的文字中，浸润着感人的力量。那是那个特定的年代留下的印记，折射出时代的飞越发展和巨大变化；还有《喊魂》一文，既有一丝神秘又有一些哀伤。那夜深人静时悠长的声声呼唤，是那么的熟悉又无奈。在 20 世纪 80 年代前，喊魂的习俗多在南方流行，家里有受惊厥夜晚哭闹睡不安稳的孩子，母亲就去屋外水边喊孩子的名字。母亲喊一声，父亲在屋里应一声，万物都有自己的名字，我想除了用来辨认彼此之外，应该还藏着某种密码，每当母亲呼喊一声，孩子的心上就会有一朵莲花绽放；特别是那篇《那些消失的精灵》，曾经是陪伴作者童年的伙伴，如今在老家它们都难得一见了。其实，除了人类，地球也是许许多多其他物种赖以生存的唯一家园。绿水青山就是金山银山，保护自然环境就是保护我们人类，建立生态文明就是造福我们人类。他坚信，家乡的精灵还会回来，也一定会回来，而且会以一种全新的姿态出现，因为它们和我们一样，生活在这个伟大的时代。还有《故乡天籁》《最忆老家美食香》《故乡的苦楝树》《故乡物语》《故乡门前的那条小河》《春在溪头荠菜花》等莫不是如此。这一系列文章，写得亲切而生动，情深而隽永，充满感情，语言朴实无华，读来令人怦然心动。是作者带着灵魂上路，带着思考归乡，带着情感回忆往事，带着热爱亲吻故土。

2018 年 3 月至 2021 年 5 月，柏洪作为扶贫第一书记、工作队长，远赴省级贫困村邵阳市洞口县椒林村开展驻村扶贫工作。在雪峰山腹地，他一待就是三年多，一千多个日日夜夜的驻守，他走遍了那里的山山水水，访遍了村里的家家户户。每一道山岭都留下了他前行的足印，每一条溪流都留下了他跋涉的身影。

三年魂牵梦萦，三年仆仆风尘。他和村民群众打成一片，同吃、同住、同劳动。“再累也要坚持、再苦也要挺住、再难也绝不当逃兵”的誓言时刻在他耳旁回响。“立足脱贫攻坚，放眼乡村振兴。党建强村、产业富村、文化兴村、环境美村”的脱贫工作蓝图最终变成了现实。三年多的扶贫时间，他写下了 10 多万字的扶贫日记和扶贫随笔，那一篇篇文字，真实记录了他奋斗的心路历程。他也由此获得了省委省政府“全省百名最美扶贫人”和全国保险行业、集团公司脱贫攻坚先进荣誉。

那是一段艰难而又让人终生难忘的时光。他说，如果没有那一段扶贫工作经历，他的人生将平淡无奇。沧桑岁月，就像珍藏的老酒，清冽醇厚，历久弥香，他一回回梦里回椒林。清泉如许，唯有源头活水。我想，柏洪能有幸亲历和参与那场伟大的脱贫攻坚战，不仅思想能得到升华，灵魂能得到洗礼，也一定会为他今后的文学创作提供源源不绝的灵活源泉。

熟悉柏洪的人都知道，柏洪天资聪颖，多才多艺。他是个优秀的作家，同时他还是一个出色的画家。从小他就爱写写画画，表现出了很高的美术天赋，赢得了乡邻和师生的赞誉。小时候，他就喜爱读书，《红楼梦》《三国演义》《杨家将》《岳飞传》《水浒传》等古典名著及连环画，这些书里有很多精彩的插图，他如获至宝，借回家读完后，又逐一反复揣摩临习。在临摹画画的同时，他还能把连环画与画之间省略掉的文字简述，想象出来，描述出来，他在文字与画面之间，来回切换，游刃有余，既锻炼了想象力，又为以后的文学创作打下扎实基本功。所以，我感觉到，柏洪的文章画面感十足，满树繁花，他的画作里又充盈着文气，让人浮想联翩，意境张力非凡。

三十多年来，他的足迹遍及祖国大江南北，游历着祖国山川胜境，尽览华夏秀丽风光。爬石级，览云海，观日出，感悟山川形势，四时气象，阴阳向背，远近虚实，参透造化的微妙，将游历山水的深刻印象与感动，逐一转化为笔墨，唤起创作的灵感，经营出清新豪迈的山水烟云。正因为这样，他写艺术评论才得心应手。《童心永驻白石翁》《怀念吴业斌先生》《笔酣墨畅歌大风》《墨神黄宾虹》等文章既有专业理论高度，也有文学的灵动与趣味。

春路雨添花，花动一山春色。登高使人心旷，临流使人意远。艺无止境，大道无垠。如今，柏洪已经在文章里描绘出画意，在画册中写出诗意，但他依然谦虚好学，只问耕耘，不问收获，苦苦求索。我们坚信，凭他的悟性和执着，他一定会在文艺创作的道路上走得更远。

是为序。

2023 年 3 月 8 日
于北京金融街中国银保监会大厦

柏树村头有故事

——熊树忾《柏树村头》序

2023年的秋天，湖北金融作协负责人甘绍群，发来了作家熊树忾的诗词集《柏树村头》，邀我作序。

我跟熊树忾不熟，通过阅读他的作品，才了解到，他的祖籍是湖北省应城市杨河镇柏树村。1970年底，他应征入伍，在8217部队当了三年多工程兵。复员回乡后不久，就先后在人民银行、农业银行、农业发展银行工作。从储蓄员、信贷员、营业所副主任，县支行办公室主任干到副行长。2012年在市支行副专员任上退休。

熊树忾自幼酷爱诗词，2013年他开始步入诗坛，在心宁客、西窗对雨、刘子骧等老师的帮助和指导下，逐步掌握了撰写古典诗词的一些技巧；在华夏诗词、中华风雅颂、香港诗词学会论坛、中华诗词学会论坛等一些网站上结识了一些诗友，这对作者在诗词创作上有很大的帮助。近30年来，其撰写的论文、散文、杂文、诗词曲等相继在《中国金融文化》《改革纵横》《中华诗词》《诗词世界》《中华散曲》《中国当代散曲》《江西散曲》《九州诗词》《香江诗潮》《湖北诗词》《东坡赤壁诗词》《北京诗词》及一些省地诗词杂志、公众号以及求是网、国研网等网站上发表，成为当地小有名气的诗人。

《柏树村头》一书按春夏秋冬分为四大部分："春柏有绿""夏柏枝繁""秋柏无材""冬柏根系"。

在春序柏轮中，收录了17件作品，包括7首诗，9阕词，1个散曲小令。在"孟春夜雨"这首七言绝句中，作者把"呈旱象，逗闲翁，听春雨，觅晓红"联系在一起，表露了其对农事的关心。"寒食节""清明""清明祭先烈""清明时节雨"表达了作者对烈士的纪念和对亲人的怀念，其意真切，其情可悯。"花朝节"等12件作品，在叙述时令变化的同时，表达了作者对美好生活的期盼，并歌颂祖国的繁荣昌盛；在春风雨露中，作者的一首五言绝句"泥土渐和融，天边吹暖风。春云催柳绿，夜雨润花红"。从表面上看，是写的泥土、暖风、春云、夜雨，而实际上是在写社会和融，政策如同暖风，人们如同绿柳和红花一般，沐浴在春风里。《添声杨柳枝·春风杨柳》“雨润天乔地换装，绿衣裳。赠别携枝水岸旁，柳丝长。妒蝶痴蜂勤造访，难阻挡。桃腮杏脸被冲撞，满庭芳”，写出了疫情后人们的欢快心情。

在春意盎然中，作者用“醉乡春”这个词牌，分别填了春夜、春野、春云三阕词。《醉乡春·春云》“偶尔有缘低掠，常在半空腾跃。逐雾障，现青天，怜物爱民求索。有意抱阳春脚，怎奈何风雨恶。解心结，释疑云，恰逢两会和盘托”。起句似写云，实则写在疫中上情难以下达；承句则写解决问题的办法；转句写困扰经济发展和民生安全的问题仍然很多；结句写在两会期间很多困惑提出来了，并逐渐得到了解决。作者还用添春色这个词牌分别填了春雷、春草、春耕三阕词。四阕南乡子，分别写春燕、春禾、春云、春日，表明作者在艰难困苦中仍然充满了信心。

在春花壮景中，除了两首七绝和一支散曲小令外，共用 5 个词牌填了 11 阕词。虽然写的是柳绿桃红，但作者仍然愿意把美好时光留待、不时需；在蒲城春潮中，作者用了少许笔墨写童年的记忆和老家柏树台，写了应城的人文景点，重点写了“新蒲星采风”。作者一方面是对其称颂，另一方面，也怀着对其切心切意教自己学诗的感激之情，尤其真切；在春山回应中，共收录作者的唱和诗词 20 首，分别从不同的侧面表达了作者的心情；在柏枝乱点头中收录了作者的春日杂感 86 篇。其中五绝 7 篇；七绝 21 篇；五律和排律各 1 篇；七律 4 篇，词 36 阕；散曲 16 篇。虽然有些庞杂，但也略作了一些挑选，也算是作者有感而发。

“夏柏枝繁”包括“长青树年轮”“夏日采风”“谈古论今”“绿叶伴红花”“汗酒交融”“日长夜短”6 个细目。作者的诗，有时循理而写，有时倾情而言。《母亲节感恩母爱》，写诗人活到 70 岁，才明白父母在他儿时对他有多么地关爱；颔联在回忆艰难的岁月；颈联有着子欲养而亲不待的感觉；尾联写作者对母亲的思念。晦涩中隐含着忧伤。在夏日采风中，作者收集了武汉、枣阳、应城、红安、孝感、内蒙古、江南、成都等地采风时创作的诗词曲 97 篇。仅五言绝句就写了 16 首，有平铺直叙的，有用仄韵写的，也有用顶针格写的，使读者可以借诗寻迹，从山水中找到乐趣。作者每到一地，均能认真观察，将景情融入内心，在真实表现事物本质的同时，融入个人情感，让人如临其境；在谈古论今中，作者用五言绝句写了“孝文化 12 题”，也有新四大发明和学《幼学琼林》天文、地舆、岁时等七首七言绝句。这其中饱含着作者对教育改革后，大批农村孩子辍学的深深担忧。对社会上一些丑恶的现象提出批评的同时，传递正能量；在绿叶伴红花中，作者用小辘轳体写了三首七言绝句《咏莲》“半亩荷池映日红，借舟划向碧波中。撑篙荡绿寻莲子，胖瘦高低各不同”；“高低不摘怕心空，半亩荷池映日红。蛙怨消停鱼戏水，水波摇动岸生风”；“淡淡相思随远客，炎炎宁愿看莲蓬。两根秀指扶疏绿，半亩荷池映日红”。这三首诗中都有“半亩荷池映日红”。但其所站的位置不同。看上去似有重复，但每首诗都很紧密，自成体系。作者用五律、七律、词和曲写荷花，各有不同的韵味。不同的创作手法使得绿叶、红花、莲蓬以及赏莲人的心情不尽相同。作者还用醉乡春这个词牌，分别对荷花、紫薇、紫荆、国槐、蔷薇、茉莉、火星花、单叶蔓荆、凌霄、月季等 10 种花卉进行了吟咏。词稍微含蓄一些，而曲则更加贴近生活。在汗酒交融中，尽是题赠酬唱的作品，作者在唱和的同时能不断地提高自己的创作水平。

“秋柏无材”含“循序吟秋”“一枝一叶总关情”“秋花秋绪”“秋日感怀”“秋叶纷飞”5 个细目。在循序吟秋中，作者为庆祝祖国生日写了十首七言绝句。各有侧重，畅快淋漓地道出了作者的心声，不仅用诗抒发个人的情怀，还用词来表达自己对丰收的喜悦之情。在一枝一叶总关情中，作者主要用诗词曲来写应城的人和事，值得一读。作者生长于大富水河边，善于用诗笔赞赏家乡的美景，洋溢着浓浓的乡情。在秋花秋绪中，作者分别用三个词牌名写桂花，每一阕的韵味各不相同，作者是在写桂花，也在写人生。在秋日感怀中，有追忆伟人的感慨，也有对日益强大的人民军队的欢欣，更有对廉政建设的期待。作者的诗和词，写得不是很精细，但却能引起读者的共鸣，能够把道理说清楚，能够从细小的事情中揭示出人们平时不易察觉的问题；在秋叶纷飞中，作者用一斛珠、二色莲、三部乐、四园竹、五福降中天、六幺令、七娘子、八六子、九回肠、十拍子、百字令、千秋岁、万年春等词牌，将秋风、秋雨、秋云、秋露、秋霜、秋收、秋声、秋意、秋情、秋葵、秋菊、秋莲、秋梦数了个遍。有“善歌唱罢愚蒙启，仲由贤、闻过千般喜，辨理循真，谈何容易，高鸣未必能充耳”之醒悟；有“芒鞋黎杖长征。逐新生，波平月华露晶”之喜悦；有“登高望远，荡胸前景陶醉”之情怀；有“争口气，各寻宽慰，自有生存计”之鞭策。

“冬柏根系”含“冬柏知时节”“瓜瓞绵绵”“冬景可数”“农业发展银行”“蒲城冬韵”“临风唱和”“柏枝短长”7 个细目。在冬柏知时节中，作者用诗笔描述了冬季的节日。既知寒，也望暖；既是写柳，也是写人；既显形骸放荡，也遵格律规矩；在冬景可数中，作者用诗词曲从不同的角度去描写冬日之景。《咏竹》“应知新笋能掀石，信守精魂更守清。劲节虚心高品格，耐寒放绿悄无声”。作者从竹笋掀石说起，歌其守节，歌其品格高雅，歌其耐寒放绿。着墨不多，却很有个性。梅花，是冬天靓丽的风景。作者用词曲多角度欣赏梅花。这些词和曲，单独读似乎很难吸引别人的眼球，但将其聚合在一起，也就相得益彰了；在农业发展银行中，主要是对应城市农业发展银行的图片题了一些诗词，有些是应时而作，有些则是有感而发；在蒲城冬韵中，诗笔着眼于应城的人和事。这阕词中都是寻常诗句，但的确是作者的所见所闻，表现出了作者对家乡特产的深爱；在临风唱和中，作者收集了唱和、接龙、题赠、酬贺等诗词曲；在柏枝短长中，非独柏枝屈伸有短有长，诗词作品也是在说长道短，但那种散淡和轻快显而易见。

这本诗集涵盖面较宽，经过专业人士的勘校，格律和音韵是没有问题的。作品读来朗朗上口，有其独到之处。但个别作品也有生硬和凑韵的地方。总的来说，它是作者多年来的积累和心得。对读者，特别是初学诗词者不无帮助。

功崇惟志、业广惟勤。期待诗人熊树忾更进一步，把柏树村头前前后后的故事，讲得更精彩！

是为序。

2023 年 12 月 7 日

于北京金融街国家金融监督管理总局大厦

乡亲和文学是最好的粘糊

——高建英谈阎雪君的文学人生

那天，阎雪君在群里发了张照片，一个大书架，上面摆满了他的作品。说是天镇县李二口景区他的工作室。书架中间竟摆着我的一本《定安营记事》。我又惊喜又羞怯又荣幸。

问他：这怎么敢？他喜滋滋地说：必须放在C位。并告诉我：天镇县已宣传到全国各地。

我说：谢谢君弟弟提携，又沾你的光。

他说：一起沾，黏黏糊糊到永远。

哈哈。

天镇县也真太爱才了。2018年马家皂乡划归天镇后，天镇县大喜，立刻把马家皂籍的阎雪君搂在怀里，在著名的旅游景点——李二口长城景区，为他建立个人工作室。把他和天镇籍著名音乐人张亚东、著名画家叶建波一起尊为天镇县的"三驾马车"。他们成了景区三枚钻石级名片，闪闪发光，熠熠生辉，为天镇县"人才振兴、开门纳贤"助力，为文旅事业广泛宣传。阎雪君工作室建成后，巨大的书架上陈列着他几十年来的创作成果。除了那重重的六部长篇小说，还有刊登他中短篇小说、报告文学，戏曲剧本的《中国金融文学》《中国作家》《长篇小说选刊》等期刊杂志，以及由他编辑的《当代金融文学精选》丛书等，以供全国各地的游人翻阅品读。

说起我的散文集《定安营记事》，雪君还真是上了心。

2019年书印出来后，他第一时间就在朋友圈为我大力宣传，一连好几天，赚了上千的点赞和留言。

看完书后，他和我通了好几次电话，真诚地谈他的感想，谈我的写作得失，一谈就是一个多小时。最后他说：定安营记事是一个宝库，是你创作的好素材；他还看出我母亲不是个一般的农村妇女，建议我以母亲为题材，写部小说。这对刚刚动笔写作的我来说，真是莫大的激励！我从内心里感激他！

说实话，我真没想到，他对定安营村的人和事儿情有独钟，会看得那么认真细致！他是我的同学朋友不假，我们有时间开开玩笑谈谈闲话也不假，但在我心里，他是个大作家。除了工作，还不知有多少重量级的书等着他看，怎么会有时间看我这本小小的散文集呢。

通完话，我后悔得直跺脚，当初如果让他给看看初稿，点拨一二，这本书或许会更完美一些。其实当初我不是没想过，实在是不好意思：一来，谈起写作，我在他面前很羞涩，总觉得自己是个幼稚的初出茅庐的小作者，出书怕他笑话；二来他那么忙，若一时顾不上看，我得等到多会儿呢；三来作为一个写作者，我深知为他人看文章改文章耗费精力之苦，宁愿自己一遍遍修改，而不愿给他添麻烦。可我到底按捺不住，在书籍付印前，告诉了他。他非常激动，浏览书稿后深情地写道：有故乡的人回到故乡，没故乡的人寻找天堂。为什么她的眼里常含着泪水，因为她对这片土地爱得深沉。她扎根故土，情系家乡，魂牵亲人，梦绕乡间，爱倾春晖。一草一木皆是诗，一人一景都为画。她用心记载和讴歌生养她的故乡，将家乡父老凝成永恒。建英，就是高！

这几句简单而深情的话成了《定安营记事》一个漂亮的书腰子，成了这本书的焦点。

2019 年初冬，他又主动帮我联系了安家皂小学、马家皂中学和马家皂乡政府的领导，帮我组织了捐书活动。他说："来家乡捐书吧，你的书是家乡的精神食粮，该让家乡人看看。"

我说多年了，谁也不认识了，不知该准备什么，啥也不懂，有些紧张。他说："没事，有兄弟在。"

雪君是我下一届的同学。他爱看书，作文日记写得好，能说会道，偏科严重，有很多梦想，其中一个是作家……这在 20 世纪 80 年代初的马家皂中学人人皆知。那时候虽然男女生不说话，我们也早就指指点点认识了他这个"名人"，偷偷看过他几眼。当时我也爱看书，尤其喜欢小说，得到一本，就废寝忘食，对作家非常崇拜，也偷偷做着作家梦，却不敢让人知道。

有年在《雁北报》上看到雪君的短篇小说《田埂上的笑声》，很惊喜羡慕。读完却觉得他选材俗气加土气，心想一个十八岁的帅小伙，怎么写点儿村里庄户人的事，老气横秋，一点儿也不浪漫。当时我刚在县城参加工作，正为脱了农皮，过上城里人的生活沾沾自喜；正迷爱情小说迷得云里雾里，想我将来写小说绝不写这个，我只写城市生活中的俊男美女，花前月下，那才浪漫高雅，阳春白雪。

后来得到一本他的长篇小说《桃花红杏花白》，直看得脸热心跳，还是觉得他写农村土气，而且还太露，不如朦朦胧胧，含蓄内敛的感觉好。看完越想越觉得“不宜儿童”，怕孩子和我的学生看到，就藏了起来。

后来多少年，我忙家庭忙教学，两点一线，对外界的事根本不操心，连小说也很少看了，梦想也早丢了。遇见雪君媳妇，听说他进了金融系统，他们已在北京生活。问雪君还写作吗？她说一直在写；就凭那支笔写到北京的吗？她笑得好甜好美！

转眼几十年过去。我的梦想又冒了出来。当我被写作的冲动搅得要爆炸，觉得非写不可的时候，才发现脑海中汹涌澎湃的都是乡村记忆——那是从心底从生命的根部涌上来的力量和情思；才发觉能让我愿意讴歌鞭挞或废寝忘食书写的东西，全都来自家乡的那片土地——那才是我灵魂的欢乐地，是我永不枯竭的灵感地。

这时候我想到了雪君，才明白了他的了不起！在写作上他从没有好高骛远，一开始一拿笔就脚踏实地，把自己的作品定位扎根在了生他养他的土地上。他所有作品都以家乡为背景，全部写的是土地和农民。这时我才了解到，虽然他单位在北京，每年却有一半的时间生活在家乡，和农民一起种地、聊天、探讨农村的发展变化。农村始终是他创作的活水源头。他为它唱歌，为它喊疼，为它诉说，为它敲钟。百写不厌，其乐无穷。正如他在《人民日报》系列文化访谈节目“升华”中所说：“我骨子里血液里都流的是‘三农’的东西。”当我明白理解他，开始佩服他的时候，他已写出 360 多万字的作品，成了知名作家。

他就是个天才，不容置疑！

2014 年春季的一天，文联余主席带领阳高一群文学爱好者去我县著名景点大泉山参观。

大泉山因毛主席亲笔写下《看，大泉山变了样子》一文的按语，由此成为闻名全国的水土保持先进典型。现在是集生态示范、科普展示、人文教育于一体的红色生态旅游、省级爱国主义教育、廉政文化教育基地。站在博物馆“名人堂”的照片前，我一张张看过来。这里有国家领导人，有从古到今的名人。看到中间，发现有阎雪君的照片和简历，不禁一阵惊喜激动惊叹骄傲：他可是我马家皂中学的同学呀！全部看完后，才发觉阎雪君是这里唯一一个作为作家入选的阳高名人。他代表的可是文学艺术家的荣誉呀！他真为文学艺术工作者争光添彩！

我们站在那里，对他的经历及作品进行了好一番品评议论，从中汲取了无限的信心和力量。大家相信：只要努力，只要坚持不懈，写作就是一条通天大道。

这年暑假，雪君被阳高县委邀请回家乡作报告。当时我正在西安旅游，为这次错过很感遗憾，在 QQ 上发表说说：这个暑假，最大的遗憾是没听阎雪君的演讲。我们的好友满林立刻给我送来一盘光碟。我看了好几次，才从他的侃侃而谈中，了解了他这些年经历的酸甜苦辣。尽管他乐观的性格，把所有的过往都幽默成了笑料，成了引人入胜的谈资，但我们都明白了："没有人能随随便便成功。"

看完碟儿又迫不及待地找他的作品来阅读。每一部都那么接地气，每个人物都鲜活地站在了我的眼前，每件事都是父老乡亲日常生活的情景和矛盾。他说过：反映矛盾不是为了揭露阴暗面，而是为了解决它，让人们生活得更美好。这就是他写作的初衷和目的吧？

加了微信后，他亲切地叫我高姐姐，我顺势叫他君弟弟。聊了半天，最后我笑说这称呼黏黏糊糊的，我受不了，改了吧。他说，黏黏糊糊到永远。

以后，有时间我们就会聊聊。他给我讲他的写作秘籍："故事"就是"事故"，也给我发些好文章或推荐本好书，《河水带走两岸》《粮道》等就是他推荐过来的。过个阶段，我会问问他：又写序呢？想当写序专业户了？他就说我不进眼，然后就会发过他最近为某本书写的序来。

2015 年夏，几十年没见面的我们相逢在县文联组织的采风会上，他说："我们是不是该来个拥抱。"

"那还不是。"

于是我们就哈哈大笑着拥了个抱。

那天天气炎热，我们上山去，他戴着凉帽，见我手遮阳光，就返回车上取了一顶草帽给我，还说送给我留个纪念。在乳头山上他摘到一朵粉嘟嘟的野花，兴致勃勃地给我戴在头上，还摆着姿势喊人们给拍照，逗大伙哄笑。拿到照片马上就发到群里，再逗同学们笑。

雪君这个人，走到哪里都是一片笑声。一高兴还要吼一嗓子信天游。那天，他又放开嗓子吼起了"羊肚肚手巾三道道蓝"，唱到高兴处，就喊一声我的名字，我便应和，再逗大家笑。

雪君唱得好，尤喜民歌，这也是人人皆知的。那高亢嘹亮、感情充沛的嗓音，一开口就能把人带进一种美妙的境界，不管什么内容，你听着听着就会对万物充满深情，对幸福充满信心。

2017 年他的长篇小说《天是爹来地是娘》出版后，大家都想第一时间读。他在群里说：顾不上送书，谁买了，说一声，他给发红包。我从网上买来后，就毫不客气和他要红包。结果同学中的火眼金睛给识别出是盗版。我不信，这本书有这么火吗？盗版和正版同时销售？结果他也不知，一番识别后，也证实被盗，赶快联系有关方面。他因此不给我红包，只给发白眼儿。我怪他出书不严谨，他怪我不支持正版；我说没红包不看，他说可以听……

这部大作自然还是写农村写家乡，以金融扶贫为主线，呈现出好多农村生活中亟待解决的问题。我对书中的李胜利非常感兴趣，他的原型是当年经常在阳高街上搞“治理整顿”的一个叫李德才的奇人。那可是当年阳高街上一道独特的风景。我们几个文友也曾谈论过此人，记得许永平当时非常严肃肯定地说：“李德才是一个纯粹的人，一个脱离了低级趣味的人。”我们都点头同意。据说阎雪君一见到李德才就要跟着看上半天。谁想他竟把这人的价值意义和精神作用凝炼成了一个典型形象，最终写进了作品中。我觉得这点儿非常了不起，对我的写作很有启发。

忽又想起我去马家皂捐书那次，几个人谈起我书中的讨吃，雪君说：“你写讨吃不尽兴，没写念喜，不问问我，你看。”说着他就站起来，一边挪着小步一边打着手势进入了角色，给来了一大段讨吃念喜：一进门把喜念，大门念完二门念，一步就跨到你当院。东家大喜我小喜，我给东家道个喜，红高桌绿边边，糖蛋摆了几碟碟，房上一根草，草上头挂鱼篓，鱼篓金灿灿，老婆亲汉汉，不亲就掏出二斤糖蛋蛋。我们笑得肚疼，他却一直严肃地念到最后，并且表示还能念出好多段。还有一次，在饭桌上他给唱了个讨吃调，唱完还端起碗有模有样地向大家要钱，那认真劲儿真也没法形容。

所以，他 360 多万字的作品，不是空中楼阁，而是仔细观察，捕捉素材，深刻思索，精心构思，一个字一个字敲打，再一次次修改而来的。他是天才不假，但谁又能否认他的刻苦勤奋呢！

2018 年我在阳高文联的组织下，聆听了他为阳高职中学生量身定制的主题励志演讲——《就凭一技走天下》。

一开口他就把大家逗乐了：今天，终于可以用家乡话说它个痛快了。

他在台上谦逊儒雅，诙谐幽默，妙语连珠，把自己从一个文学爱好者走到今天成为中国作家协会全国委员会委员，走上北大名校、中央党校讲堂的奋斗历程，还有这个过程中的好多心思笑料都抖了出来，然后真诚地鼓励孩子们：不忘初心，不惧困局，学好本领，发挥特长，靠本事吃饭，凭“一技走天下”；生活是需要思考的，天赋很重要，努力更重要，情商非常重要。

他的演讲从不用稿，挥洒自如，不煽情，不催泪，幽默调侃了所有的挣扎。听完后你会思考，会坚信：只要坚持下去，一切苦难最后都将是甜蜜的回味。他乐天派的性格作风，正印证了网上那句话：生活虐我千百遍，我待生活如初恋。

听完他的报告，别说学生，连我都觉得受益匪浅，就真心地夸他。他不经夸，又高兴又得意地问：爱我了吧？

谁说的？

他就装作羞涩的样子，低声说：我想的。

雪君演讲有趣，生活中更有趣。尤其在同学面前，更是无拘无束。常把自己的糗事拿出来抖落。有张他少年时代的照片，穿着破烂，露着脚趾，手腕伸在前面，显摆一块儿明晃晃的手表，脸上是毫不掩饰的虚荣和得意。原来他身上的手表、帽子、皮包都是借来的。在那个贫穷含蓄的年代，一个小小少年那样放肆地摆拍，公开宣布自己所爱所求，也真非他莫属了。他还爱把同学们的笑话拿出来回味，然后互相调侃，常把群里搞得一派欢乐。

他就这么个人，可以和大家嬉笑怒骂，也可以真诚地伸出援助之手；可以西装革履地站在名校的台上演讲，也可以坐着三轮扛着铁锹去地里撒粪；可以儒雅大方地接受中央电视台的人物专访，也可以满腿泥泞坐在土埂上和庄户人拉家常；可以严肃地坐在人民大会堂参加重要的会议，也可以盘腿坐在豆腐铺炕上讲段子；可以优雅地坐在大酒店西餐，更可以端着大碗蹲在门口吃大烩菜蘸糕。

雪君人脉广，消息灵通，常把家乡优秀人才的情况发到群里供大家了解，也爱把自己和一些名人的合照发出来欣赏。

听朋友和村里人说他这么多年为本村和乡里的其他村子带来了好多资金、项目和资源，一直为家乡的脱贫致富在出力。这点他倒是极其低调，从未炫耀过。这样的事，他不说，我也不问。因为我深知，没有人比他更了解更热爱家乡，更愿意为这片土地和父老乡亲服务的了。

前天，我和几个朋友去天镇李二口长城景点参观。去了那里，什么也不顾，先去阎雪君工作室看看。当看到雪君和毛主席女儿李敏，跟莫言、铁凝、贾平凹、王蒙、阿来等著名作家的合影时，十分感慨。一个村里出生的农家弟子，没有任何背景和靠山，就靠一支笔闯天下，在浩瀚的文学天地间闯出一片属于自己的江湖，实在不容易。一个人有梦想，更得有决心和毅力不是？

给雪君发过去几张照片，他又高兴了，发个喜滋滋的表情说，你多向我学习。

嗨，你就不能谦虚一下，等我来说这句话？

咱俩谁说也一样。黏黏糊糊到永远！

高建英

发表于《中国金融文化》杂志（2020 年 6 月）

“冶炼”诗意的幸福时光

——鲁丁诗集《含泪的微笑》序

受鲁丁之邀，为他的诗集《含泪的微笑》作序，我欣然接受。因为这既是金融文学界即将诞生的一部新作品，也是他本人文学创作的新起点。读了鲁丁的诗集，我甚感欣慰，作为金融文学同行，我们有共同的理想追求，特别是从他的创作成长历程，我仿佛又看到了曾经的自己，生活艰苦，创作艰难，但创作的过程，却是有意义的，更是幸福的。

记得，清代诗评家吴乔在《围炉诗话》中说：“意喻之米，文喻之炊而为饭，诗喻之酿而为酒。”鲁丁作为一个从基层不断成长起来的文学爱好者，从 20 世纪 80 年代他就开始了“文饭诗酒”的探索。在创作新诗的同时，对旧体诗他也十分喜爱，因总是纠结于韵律和结构，始终无法将自己的诗提升一个新的境界。为此，他加入了一些文学社团，对 20 世纪 90 年代的新诗有了一些粗浅的认知，对诗歌创作开始有了一些方向和心得。只是这个时期对于生活的积累和人生思考他自感肤浅。所谓不破不立，率真、果敢的他将这一时期和之前留下的诗作都付之一炬，决定从头开始。

诗歌是生活的剪影，20 世纪 90 年代的中国，正处在改革开放初期，上海作为中国改革开放的前沿，正经历着前所未有的大变革，冶金行业迎来了大发展，宝钢、武钢、鞍钢等特大型钢铁企业的建设和发展，他作为身在其中的冶金人，在这段时期也创作了许多赞美诗，他将其中一首《钢卷》选入了这本诗集，“热风炉的灵感 / 来自迸发的那一刻 / 满天飞溅的繁星 / 是那满怀激情的炙热 / 鱼雷车将所有的热情装满 / 呼啸一声奔赴命运的灯火”，他将自己化为飞溅的钢花，让通红的炉火将一个个剪影定格在用脚手架搭成的“五线谱”上。于是这首诗成为他那个时期生活与创作的写照与总结。应该说，这本诗集是反映他诗歌创作的探索历程和心路之作。正如他在《致远去的青春》中所说，“没有船的码头 / 不仅是青春的等待 / 更是为生命留白 / 青春曾经是歌 / 但终究不是歌 / 而是记录生命激情而流淌的河”。

诗歌是一定的社会生活的最集中的表现，通过创造意境（诗的形象）来表达诗人思想感情，反映社会生活的。在细细品读这本诗集过程中，我发现他通过诗歌在更深层次地雕刻心灵、探讨人生的苦难与孤独，饱含诗意地表达生命的追求与探索。他在《穿越戈壁》中深刻地表达了孤独，“谁能在远去的驼铃声中醒来 / 携一缕春风送给沙漏中沉没的 / 孤舟”。在《穿越腾格里》中表达了对生命的思考，“人类的进步是要在极限中穿越死亡 / 在跋涉中找到生存的希望”。又在《呐喊》中呼吁，“牢笼不管是有形还是无形 / 禁锢的都是自由和生命 / 呐喊的情绪在等待中堆积 / 要释放的不只是炙热的情感 / 还有无望的恐惧 / 危机，来自遥远星空的撞击 / 从来没有生命在考虑 / 只有微尘在游离 / 微尘与水在无声中漫游 / 不断寻找可以孕育呐喊的土地”。他的诗中充满生命的张力，不断释放着生命的本能，通过意象对生命世界进行更深层次的剖析和思考，从而让诗味中赋有强烈感染力和启示力。又如《镜花水月》中，“权力是一种春药 / 只想占有并不在乎是否有情 / 用过之后便能上瘾 / 让所有的一切化为镜像中的 / 虚情，透明的如一块明净的玻璃 / 在光阴中透出苍凉的启示”，不仅写出了事物的风度和气韵，还传达着事物所蕴含的寓意和哲理。其中携带着生活经验与生命情状的内涵，为整首诗增添了深层的氛围和成色。

我们知道，诗贵真情。俄国现实主义美学和文艺批评的奠基人别林斯基说过，“没有感情，就没有诗人，也没有诗歌。”这点在《含泪的微笑》这本诗集中有充分体现，那首《含泪的微笑》让一段缠绵悱恻的爱情跃然纸上，“在那一日 / 在喧嚣的人群中 / 你驻立在我身侧 / 我身上映着你的影 / 在你的凝视中 / 我的裙瓣更加艳红 / 我知道那是欣喜，也是羞涩 /…… / 任寒来暑往 / 踏过似水的流年 / 将泪埋藏在心间 / 那点点晶莹 / 将欲滴的娇艳 / 化为生命的惜怜 / 在落叶缤纷的时刻 / 面对凋零 / 是不悔的爱恋 / 是淡淡的笑靥 / 在平静中 / 追忆那过往的 / 云烟”。这是一朵荒野玫瑰所期盼的爱情，诗人通过精心制作的语言，形象地表现独特的思想感情，巧妙地从特殊中显示一般，使自我的感觉世界和情感世界达到和谐与统一。

读罢掩卷，细细回味，这本诗集还有穿越时空的亮点。与古典诗歌相比，由于现代人的生活内容极为丰富，科学技术带来的时代进步、社会文明发展和知识结构完善，使现代诗的诗性空间拓展得极为宽广，视野也异常开阔，许多不受时间、空间制约的自由组合的语言如雨后春笋般孕育而生，形成了一种具有神奇穿越术的艺术形式，随心所欲地进行时空穿越。这种状况在《历史》中就有所展现，“将时光送入岁月的炉膛 / 融化成时空的隧道 / 隧道周而复始地旋转 / 一个王朝接一个王朝冒着气泡 / 水深火热的山河一次又一次的经历煎熬 / 此起彼伏地将历史熬成了汤药 / 回到最初梦开始的地方 / 绳子将记忆打成结拴在了裤腰上 / 无声的绳结变成有声的刻刀 / 一次次将祈祷和盛况留在了崖壁上 / 让文明歪歪扭扭地走出了山崖 / 文明在光明与黑暗中辗转反侧 / 篝火的余温映照着图腾的光华”，诗人在“穿越”中感受着对历史更深层次的思考，“历史，用血泪结成的文明 / 为光明开花为黑暗结果”。同样是对现实空间的描写，诗歌与散文是大异其趣，散文可以直接描述事物的外貌、色彩、形状、大小等物理属性，但诗歌则须超脱物质性而主要呈现其精神性，以虚写实、虚实相生就构成了诗歌现实空间的最主要笔法。诗人在《明城墙遗址》中以实写虚，“层层叠叠的城砖泛起层层叠叠的浪 / 凝固的历史在年轮中回荡”，以现实空间为基点，展示历史空间，以历史渊源为诗情伸展的精神孔道，“沟沟坎坎的风光 / 坑坑洼洼的巍峨 / 让完整变得残缺 / 让肤浅变得深刻 / 这，就是生活”。应该说，这本书中还有很多的亮点可以分享，我在这里就不再一一列举了，希望读者自己去挖掘、去分享、去体会。

艺术的极境就是自然。优秀的诗歌依赖于诗人细致的观察，深入的思考和大胆的想象，诗歌是语言的艺术，通过与语言的纠缠和搏斗，让诗人的观察力、思考力及想象力得到进一步发展和延伸，希望鲁丁再接再厉不断探索，在自然中有变化，在变化中见整齐，在整齐中见和谐，在和谐中见韵律，在韵律中见节奏，在节奏中展现真情与和谐的韵律美。

总的来说，诗集《含泪的微笑》是一个 70 后诗人的心理路程，是诗歌创作路上的蹒跚之作，正如诗人在此书的介绍中所说，《含泪的微笑》是首情感的歌，倾诉着诗人的喜怒哀乐；也是条灵魂的河，在生活中流淌，在孤独中叹息；更是场被拆得沸沸扬扬的时光雨，让每一个撑花赏雨人都能感受到诗人命运的微光，给恬淡的生活增点调料，哪怕是微弱平淡的味道。这些我都深深地感受到，我为此击节叫好。

作为诗人的鲁丁，已在中国诗歌界和社会各界享有声誉，但他依然谦逊，潜心创作。真心祝愿鲁丁继续在这“文饭诗酒”中不断锄禾与酿造，粘泥土、带露珠、冒热气、接地气、重人气，打造出最具人间烟火气的“美味佳肴”，与读者共享更加美好的幸福时光！

是为序。

2024 年 5 月 4 日

于国家金融监督管理总局大厦

对文学的温情没有最后

——半岛中短篇小说集《最后的温情》序

史传安徽取安庆、徽州（黄山）两地首字合成，其邻省江苏也取江宁（南京）、苏州之名首字合成，近闻长期扎根在“江苏的一半”江宁（南京）金融沃土的作家半岛，整理出版中短篇小说集《最后的温情》，并邀我作序，我欣然应允，以表对基层文学拓展者的支持。

半岛，本名孙拥君，原名孙拥军，七年前，我收到他寄来的书信和长篇小说《荡漾三部曲》，知道他爱好文学“出场”较早，与金融文学界接上关系较迟。一年后，邀请他来北京参加中国金融文学培训，我们第一次见面。次年夏，我赴江苏盱眙参加金融通讯员培训讲课，淮河岸边美丽小城，我们再次相见。此后我一直关注着他的创作动态。半岛出生在我国第一颗原子弹成功试爆那一年，虽然住在“江南佳丽地、金陵帝王都”南京城南几十里外古镇上，父母在学校、县企上班，但有限的收入要养活双胞胎兄弟、妹妹和无业的奶奶，还要支付保姆费，仍然捉襟见肘。童年和少年时代的物质匮乏、暴风雨之夜摇晃的家居土墙茅屋、北街近邻农家的经济贫困及春粮青黄不接，等等，给他烙下深深的印记。20 世纪 80 年代初高考名落孙山，他违背了母校的期望放弃了续读再考的机会，承担起自食其力、家庭减负的责任，先后到镇上电表厂当描图员、镇政府干勤杂工、矿山总部无线电总厂任技术班长，第一次拿工资就到新华书店买了周而复长篇小说《上海的早晨》三大本，为此受到入不敷出、精打细算的家庭“财政部长”母亲的责怪、唠叨。在这段时间里，父亲常从镇政府办公室、文化站带来《诗刊》《科学实验》《人民文学》等杂志，悄然点起了他爱好文学、自然科学的火苗。为了弥补未上大学的缺憾，也为了充实精神生活，他多次夜晚“潜入”镇政府办公室，一度利用自己在镇政府“当差”的机会，私带剪刀偷偷剪下报夹上《人民日报》《光明日报》《文汇报》等副刊的诗歌、评论，剪贴了一大本，还开始模仿写当时崛起的朦胧诗、散文、小评论，厚着脸皮乱投稿，偶有几件发表在《南京日报》《新华日报》《江苏音乐》等报刊。不久，他调到江宁县城的国企上班，在这里，半岛幸运地赶上了中国人民地方武装最后一批单位民兵年度训练，学会了步枪实弹射击、炸药包组装引爆等军事技能，与此同时，他自费买票到南京五台山体育馆，观看海政歌舞团演出，耳闻目睹了自己在音乐刊物上发文评论过的歌唱家苏小明，亲唱《军港之夜》……武装与艺术，意味着力量和人文，加上随后的车城工业文化、青春社团实践、参加文联活动，影响了他的青春岁月。

后来，作者正式调入国有大银行工作，开始了长达三十多年的金融职业生涯，这是一段十分重要、可以总结的人生历程，半岛获得南京大学法律文凭、经济专业技术职称全国统考、频率较高的银行上岗考试、结婚育孩、金融论文不断获奖、与省作协签约第九批重点文创工程（长篇小说）项目、主持全省新诗体改革座谈会、出版签约各类作品（含网络长篇小说）10 余部等成就，都是在这一重要的阶段完成的。2009 年 12 月 1 日，中国文联机关报《中国艺术报》头版社论引用了半岛的文艺观点，称赞长期担任江宁地方作协秘书长、副主席的孙拥君（半岛）的来信“表达了所有文联工作者、文艺工作者的共同心声”。

这本《最后的温情》收入短篇小说 42 篇、中篇小说 2 部，其中 20 世纪 90 年代创作的短篇小说 15 篇、中篇小说 1 部，21 世纪初叶参加江苏省作家协会青年作家读书班以后创作的短篇小说 14 篇、中篇小说 1 部，这是半岛文学创作三个小高潮中的两个。前者以小说《花信风》获得路遥青年文学纪念奖、散文《怀念狼》获得鲁迅文学院与《人民文学》第五届青年征文奖、中篇小说《柠檬》获得中国现代作家作品阵列馆佳作奖、纪实文学《离岸笔记》获得《中国作家》《人民日报》等单位联办征文奖为背景，以出版诗集《感谢夜晚》和中篇小说集《我和五朵金花》告一段落；后者以网络文学和电信移动阅读平台签约《瑞丽百年》等长篇小说、推进部分网络作品纸质化并拿下《光明日报》《散文选刊》《凤凰网》等文学与评论奖、与省作协成功签约创作长篇小说《骚动的湖》、文学回忆录收入中央文献出版社纪念中国文联 60 年图书为标识，以出版长篇小说《荡漾三部曲》、成为名刊系列婚情中短篇小说和文艺名流报告文学专栏作家、启动金融文学创作告一段落。这一“回顾”表明，本书的“问世”不是偶然的，它是半岛一边应对劳动、生活、学业、健康等现实问题的种种挑战甚至严峻打击，一边坚持广泛阅读和多体裁多题材写作、拓展精神抚养和心灵自由新空间的结果。

成为一个受到社会承认的作家和诗人，是众多文学爱好者追求的理想和目标。半岛作为俗人也不例外。但在与他的交流中，我发现，他从来没有说过自己做过“文学梦”“作家梦”，别人提到这个“梦”，他对此也未置可否、淡然一笑。后来，我在他写的回忆文章《探索的年代》看到一些“真相”，了解到他文学的创作的动因和初衷。原来，半岛初涉文学是在高考失利成为家乡小镇“待业青年”“打工者”的时候开始的，完全是出于充实生活的原始需要。离开家乡外出谋职求学，对未来生活美好而模糊的憧憬，与现实职业、爱情、学历等方面明显“不足”的矛盾，促使他尝试文学写作、创办文学社、参加高教自考，试图展示一定的社会实践和组织能力，同时自求精神的“平衡”。20 世纪 90 年代初百年一遇的大洪水，半岛恰因伤疾在家疗养，选读了一些古今中外文学名著和不少“闲杂”图书，使之初步打开了接触“世界文学”的柴门，也从包括法国、俄罗斯、英国、匈牙利、美国、印度、日本在内外国文学中吸取了创作的灵感和营养，此后选择性阅读和自由地写作，形成了他愉悦自己、调剂身心、淡化不幸、克服困境乃至“自我拯救”的习惯和能力，边阅读，边写作，也成了他的一个显著“特点”。这期间，他请东南大学就读的陕西大学生，帮助誊写了自己 22 岁时创作的五万字中篇小说《柠檬》（原稿被中国当代作家代表作陈列馆收藏），还将其他草稿用仿宋字写成《桃园闲话》《女儿石》《日光浴》等七八本散文、诗歌、小说合集，其中《求乞者》《酒话》《俊姐儿》《在茶馆里》等 10 余篇收入了这次出版的《最后的温情》一书。时任苏州市文联的范主席，在南京健康路民国时代老邮局旁边，偶然机会看到半岛的手稿小说集《女儿石》，一边翻阅浏览，一边开玩笑道：“这个人字写得这么工整，一看就是真正搞文学的。”作为书名的短篇小说《最后的温情》，因为《漓江》杂志停刊而退稿，但曾任人民文学出版集团总裁、广西作协主席的该刊主编聂震宁，亲笔回信称“当今这种纯文学写法不多见了”。《钟山》杂志将一些名作家未公开的中篇小说稿件清样转给 28 岁的半岛，约写评论，同步发表……有这样“文学轶事”起步的难得机会和宝贵条件，按理说，出道较早的半岛应在文学上“草船借箭”“顺藤摸瓜”“大有作为”“名利双收”，事实不是这样，长期以来，从小处讲，他点到为止、见好就收、默默无闻，把文学当成充实精神世界、丰富文化生活、扩大社会视野的个人生活方式，往大处看，他注重以作品反映人民命运、折射时代变迁、描绘发展图景、抒发家国情怀，这构成了作者在没有围墙的社会大学里坚持阅读与写作的最朴素的动机、最本真的初心和最可靠的力量。从中很难断定他抱着当作家的“梦想”去阅读、创作，更看不到为了拿“有关证件”而处心积虑、创造条件的身影，而他尝试涉及多体裁、多题材的“综合创作”“心灵写作”，把自己当成一个主宰自己精神世界和文化命运的读者和作者，这种品味、格局和灵境，可能更像一个大陆文学人、中国作家和东方诗人……

翻阅这本小说集，多为作者青年时代创作的作品，主要借鉴了西方现代文学表现手法，兼顾中国传统文化和现代汉语表达形态的融合，质量相对齐整，审美意味较浓，构思自然巧妙，亮点频仍，常有出彩之笔，显示了半岛把握和驾驭中短篇小说创作的实际能力，他在青春年少就能写出这么多、这么好的小说，不能不令人刮目相看，难怪当时中国文坛地方实力派大刊主编、地方作协领导私下传阅其手稿，把他的小说"风格"与后来拿下茅奖的同辈青年作家作品相比较。纵观本书，其创作优势、思想内涵和艺术特征主要表现在：一是坚持以人民为中心、为人民而写作的文学思路。通过发表在《当代文学》的短篇小说《青春式倾诉》和《碑剧》《江苏预言家》等作品，作者辩证把握宏观背景与微观情节的关系，各篇什以改革开放以来长江中下游城乡题材为基础，分别描写了国企工人、机关干部、古镇商人、山村农民、银行主任、街巷市民、河船人家等不同人物的职场博弈、情欲起落、命运浮沉、财富得失，折射出时代变迁中的人性之光、人情之真、人道之美。二是践行沉入社会生活、托起典型形象的创作理念。为了创作《外秦淮河罗曼史》《墓民》《婚变》等小说，作者骑一辆破旧自行车多次来到外秦淮河畔和乡村，与苏北来的船家夫妇孩子、乡亲们深入接触交流，有时同吃、同饮、同劳动，向其学习板鱼、采野菜等"技术活"，最终打成一片，赢得了他们的信任，为文学创作和作品人物成型打下了基础。令人欣喜的是，全国金融界获得中央和国家机关征文文学类奖的《守口如瓶》、获得中国金融文学纪念奖的《银河在上》、建行省分行文学奖的《信用的基石》，都是半岛 2016 年进入第三个创作小高潮、开启金融文学创作新征程之后小说创作"开花结果"的一部分。这些小说，经过塑造产生了一系列生动鲜活的当代男女中青年劳动者、探求者、爱恋者、启蒙者的典型形象，为文学即人学的理论提供了例证。三是大胆尝试艺术创新、深刻揭示思想灵魂。作者秉持讴歌真善美、鞭挞假恶丑的文学精神，在以现实主义为主、浪漫主义为辅创作的基础上，根据题材整合的需要，部分小说适当采用了超现实主义、魔幻现实主义和善意批判现实主义的手法，以此成功展开叙事结构、有效推出人物灵魂，力求达到艺术性与思想性的基本统一。《小镇长上任记》借助虚构的中学生到镇政府当见习镇长一天的故事，真实反映了基层群众的生产生活状况及所思所想所求，暗示成年人要以为人民服务的"童心"做官行事，童心见真心，童心显初心。《没功夫当官》采取幽默诙谐的"荒诞派"表现主义手法，描写了一对青年双胞胎兄弟，因弟弟"顶替冒领"市长角色，由此拉开了换位思考的表演序幕，让人在忍俊不禁哑然失笑中领悟"做官必做事、做事先做人"的真谛。收入《中国小说年鉴》的小说《不离婚的小城》以貌似轻快的文笔，勾勒出一个没有离婚案件的当代小城市，从法律、道德、制度、经济、心理、行政诸视角“反观”社会、“审视”人性、“拷问”灵魂、“剖析”婚恋，留下了沉重的议题和思辨。我想，在当时的文学条件下，半岛能够在小说创作形态上尝试“超现实”等手法，需要相当的知识积淀、丰富想象力，更需要突破进取的勇气。四是反映风土人情、维护地域文化特质。《两个人的古镇》《灵魂的病毒》等作品，记录再现了江南地区、苏皖乡间的风土人情，以文学形式保留了乡镇庙会等逐渐消失的民间文化“活化石”，并与人物的成长旅程、心理活动、历史记忆结合，使其趋于“人格化”。

半岛多年勤奋笔耕，逐步成长为一名优秀作家，已在全国金融文学界和社会各界享有名气，但仍然谦逊好学、潜心创作。听说家园文化志愿者和半岛文丛选编室团队，为本书稿件（很多是二三十年前的手写稿）的整理付出了辛劳，我借此写序的机会向其问候！在此需要一提的是，由于长期未做好当作家的“思想准备”，本书作者对历年来发表获奖的作品“凭据”保管不善，有的遗失，甚至一些荣誉证书也被他“处理”即扔掉了，听说其父生前觉得很可惜，我也觉得这种做法未必稳妥。他倾向于阅读世界文学名作原著而忽视中国当代文坛作品，认为“尽量读那些原著而要少读二传手、三传手的报刊作品”，这或许是优点，也是缺点，因为会与中国当代文学的实际“范式”和作家队伍基本“要求”产生距离。希望半岛能够注意这些问题，继续主导发掘数百万字沉睡的旧作原稿。我祝愿并且相信，只要努力，一定会克服缺点、突破局限、弥补不足，“旧作换新颜”，让那些未公开的文字如璞玉般重见天日、闪闪发光。

是为序。

2024 年 7 月 9 日

于北京金融街中国金融工会金融作协办公室

文字也能抓“铁”有痕

——冯衍华中短篇小说集《铁算盘》序

2021年底，我在北京参加中国作协第十届全国代表大会，有幸聆听了习近平总书记的重要讲话。因为会议要求，手机不能带进人民大会堂。中午会议结束，出门刚拿到手机，就看到了冯衍华发来的语音微信，大概意思就是他又要出版一部新作，要我继续作序。听了他新作的主要内容，我觉得很有意义，就说你新作的主题新颖独特，弘扬了正能量，你是贯彻落实中国作协十代会精神最及时的一个。他很高兴说，是吗？还真是巧了。我说，这不是巧，巧合和机会都是给有准备的人，你是准备好了的。

我熟悉冯衍华。他的长篇小说《涅槃》荣获中国金融文学最高奖项“中国金融文学奖”。我曾为他的长篇小说《工会主席》作序，他还出版了两部散文集，是一个笔耕不辍、创作成绩显著的作家。近几年，他潜心中短篇小说创作，这是他的第五本文学作品集。苏格拉底说：“世界上最快乐的事，莫过于为理想而奋斗。”为了文学梦而奋斗，他是一个快乐的人。

许多人都知道，对于写字，有“力透纸背”的称赞。这里，冯衍华让文字有了抓铁有痕的能力，因为他的新作书名就叫《铁算盘》。熟悉金融业务的人们都听说过，“铁算盘”是金融业务技术过硬代名词。《铁算盘》是冯衍华最新的一部中短篇小说集，收录了他近两年以金融基层员工为核心人物的两个中篇和八个短篇。其中短篇小说《铁算盘》描写了北海银行一位老银行人、优秀共产党员朱老师，在解放战争年代为保护国家银行资产，机智勇敢地与匪徒搏斗的光辉形象。朱老师最后献出宝贵生命，他的徒弟龚浩继承先烈的遗志，练就一身“铁算盘”功夫，用北海银行的铁算盘事迹教育后代银行人。这既是金融文化的传承，更是赓续红色血脉，传承红色信仰。在这个伟大的时代，这些让人备受振奋的红色故事，不仅是我们情感的依附和寄托，也是我们继续前行的动力。这篇小说在《当代小说》上发表，在工商银行总行行报上连载，并荣获行报年度副刊最高奖。

通读了这部小说集，我感觉到，新作通篇确确实实贯穿了一个“铁”字。

冯衍华描写的金融人是一支能征善战的“铁骑”。衍华的新作突出了金融文学的行业特色，坚守了为金融职工书写的立场，做到了深入生活，扎根金融职工，创作和反映了金融系统基层的广大劳动者的先进事迹和感人精神，歌颂真善美、针砭假恶丑，弘扬行风艺德，创作出了丰富多彩的金融故事、塑造出了生动感人的金融形象。他立足于金融土壤，积极投身金融改革和发展的实践，用手中的笔及时、准确地记录金融人和金融事，讲出了新时代精彩的中国金融故事。

冯衍华反映的金融人具有乐于奉献的铮铮“铁骨”。衍华的新作真实记录了金融人在服务和普惠经济实体、防化金融风险、促进乡村振兴、助推绿色金融发展等方面的文学形象，作品有筋骨、有道德、有温度，引领了金融行业正气新风。衍华是一位现实主义金融作家，在《山东省女职工权益保护条例》刚刚修订印发执行不久，他创作了短篇小说《男女工主任》，描写的是一位基层银行男性女工主任黄剑明维护女员工权益的故事。既有强烈的时代气息，又有浓厚的生活气息，向人们展示着他独特的深刻思考。小说一经发表便赢得业内人士和广大读者的高度好评，特别是得到了基层员工的广泛认可，在《齐鲁晚报》的官方网站齐鲁壹点发布后，点击量达 340 多万人次。2020 年，新冠疫情突如其来，疯狂肆虐。这段时间，他的女儿在银行网点任副职，遇到自助机器故障，即使是深夜，也要及时去排除。春节期间，他曾经三次在夜里陪女儿去网点，看到了一线员工工作的辛苦，于是在隔离期间，他以强烈的人生责任感和对那些基层员工的浓厚的感情，写了短篇小说《凌寒独自开》，描述了一名银行网点负责人面对疫情勇敢逆行、为客户服务的感人故事，塑造了一个特殊时期的特殊典型。小说在《金融文坛》发表，并在工商银行总行行报上连载。他总是能够在平凡的生活中，把握感动，解读平凡生命的人生意义。

冯衍华反映的金融人具有大公无私的“铁面”。当今世界正经历百年未有之大变局，社会正处在一个大转型的时期。衍华在他的作品集中，向我们集中展现了当下金融人的高尚品德，没有曲折离奇的故事和大事件，就是对最基层金融人物一心为公的赞颂。比如他的中篇小说《兰若》，表现了 20 世纪 80 年代，一位银行储蓄所女主任，在面对歹徒抢劫银行时，大义凛然，用年轻的生命保卫国家财产，给我们勾画了一位性格鲜明、让人敬佩的共产党员形象。他的叙事人称用的是第一人称，读来亲切。叙事精致细腻，达到了较高的艺术水准。还有描写银行网点主任的短篇小说《老憨的幸福》《为你把眼泪擦干》，中篇小说《老师儿》等，刻画了一系列服务民众、清正廉洁的基层金融人形象。每篇小说都有时代的印记，他在结构形式、叙述方法、语言表现和叙事人称上有所变化，写景抒情更是意境深远、耐人寻味。他还在描述中饱蘸浓墨多角度地展示了鲁中地区的风俗民情和多彩多姿的生活。这是一部充满正能量的文学作品。

新时代现实世界是如此新鲜丰富、多姿多彩，生活的日新月异、人民拼搏奋斗、家庭的苦辣酸甜、百姓的爱恨喜痛，都值得作家去侧耳倾听，用心思考，挥笔书写，真正做到语出一人之口，呼出万众之声。冯衍华说过，既然有梦想，就要不懈地去追求、去拼搏、去努力实现梦想。一个人有梦想是幸福的，而为了梦想，去拼搏、去付出是值得的。

冯衍华的血脉里流淌着金融人特有的“铁血”，他已经又迈开了他固有的“铁足”，用他手中的“铁笔”拨动着硕大的“铁算盘”，噼里啪啦，一定能奏出新时代金融行业的最强音！

是为序。

2022 年 1 月 19 日

于北京金融街中国银保监会大厦

华丽转身是朴实

——华丽散文集《情润天山雪》序

在一个春光明媚的日子里，我收到了华丽即将付梓的散文集《情润天山雪》。

20余万字的书稿，是她近十年来的散文佳作合集，也是她心血凝成的结晶。我想，华丽终于转身，化茧成蝶，却依旧朴实。

通过聊天，我得知，华丽出生在一个物质贫乏但精神富有的知识分子家庭。

受父亲影响，她自幼喜爱读书，尤其对于文学作品，可谓一见钟情。从小人书到《安徒生童话》，从《儿童文学》到《少年文艺》，从《青春之歌》到《静静的顿河》

……她在父亲构筑的文学花园里畅游、成长。书香的熏染，文字的浸润，赋予了她文学的灵气与敏锐的才思。她把画几何图形的笔移到了方格稿纸上，并将那些誊写得整整齐齐、干干净净的文稿装进牛皮纸信封，按照杂志上的地址悄悄投进了邮政信箱。令她开心的是，《玉镯几时圆》《巴音布鲁克剪影》《青青幽兰》《莲花》这些初次尝试的文字竟然都有了回音，都变成了铅字。这给了她莫大的喜悦与鼓励。尤其是首次练笔的短篇小说《枝子》一经出笼，便得到《孔雀河》杂志主编杜芳清的高度赞赏。一年后，小说又发表在由新疆人民出版社出版的1986年第3期《边塞》文学季刊上，并荣登封面。

这样的幸运，如果能一直坚持下来该有多好。

然而，生活总是伴随着许多的纷扰与无奈，让人不能兼顾左右。离开校园走入社会后，华丽要承担工作的压力，适应新的环境；作为家中的长女，还要尽力分担父母肩上的重负；尤其有了家庭、有了孩子后，便没有此前单纯的心境，再无暇顾及文学了。

虽然沉寂了20多年，但文学的火种并未熄灭，只是隐匿在内心的某个角落，一旦时机成熟，便会复燃。2014年，在送走了父母、爱人之后，这个貌似柔弱实则坚强的女子，擦干眼泪，平复心情，重新捧起那些被束之高阁的文学书籍。文学在治愈伤痛的同时，也给了她重新振作的力量。社会的历练，生活的积淀，大漠的风土人情，以及逝去的岁月，伴随着一夜夜或璀璨或暗淡的星光，被融入一篇篇有温度、有质地、有内涵的文字中。《情润天山雪》便是她后来创作并甄选出来的一部分精品力作，描绘和勾勒出以天山为背景的美妙景观和意境。

景观之一：温馨岁月

岁月是一个永恒的话题，家庭与亲情更是人生眷恋与难忘的焦点。华丽自然也不例外。在全书的开篇她这样写道："清丽的月光透过老槐树的枝杈，从窗户洒进卧室，屋内恍如白昼。这是我的家。躺在临近窗户的床上，在家的怀抱里，我静静沐浴着柔和的月光，不禁想起那首《家》的诗句，'家是昨夜辗转难眠的严父，家是今晨忙碌不休的慈母。家是夕阳下相爱人的默默依偎，家是日子里手足情的彼此爱护……'"华丽握一支蘸着月光的笔，用极其安静的文字带读者走进她《温暖的家》，走进她逝去但充满温馨的岁月。

在这一辑里，她从往日的生活中提炼出与家人在一起的多个片段和瞬间。

那里有快乐，有温暖，也有艰辛。那些难以割舍的往事，那些既辛酸又美好的时光，像一坛老酒，滋养着世间至纯至美的情感。她用温润细腻的笔触，描绘出生活中的点点滴滴，每一页都写满了亲情与感动，每一刻都弥漫着岁月的馨香，呈现出对往事的无限怀念与留恋之情。

如《过年往事》：打扫完房屋，紧跟着就是准备年货。除了用大铁锅炒些葵花子、花生，去街上的食品门市部购买些水果糖、江米条以外，母亲每年都会买一沓花手绢，初一早晨，给我们一人发一块。那印有红红绿绿小碎花的手绢，着实给我的童年带来了不少的欢喜，以至于年都过完了，我还舍不得拿出来用。父亲则会东拼西凑弄些钱，买回一些二指膘三指膘的猪肉。三十晚上的年夜饭和初一早晨的饭桌上，必定有他亲自剁馅儿、揉得溜圆、我和弟妹最爱吃的丸子汤。

轻抚时光的痕迹，品咂岁月的味道，感受岁月的温婉。她的文字散发着岁月的芬芳，宛若盛开的花朵绽放在纸页之间，为读者献上一份珍贵的情感之礼。

这些饱含真情、富有画面感和想象力的文字，或讴歌平淡生活中的真挚情感，或述说日常琐碎里的无尽温暖，每一篇都是对生活的真诚倾诉，都是对岁月的深情回望。阅读这样的文字，仿佛置身于那些真实的场景，在品味生活、感受亲情的同时，不由得想起自己生活中的那些点点滴滴，那些深藏的温暖与感动，并串联起一段久远的往事。像这样生活味儿十足的描写，贯穿于这一辑的每一篇作品中，犹如一缕春风、一湖秋水、一段婉转的琴音，轻轻拂去我们内心的尘埃，填满我们生活中的遗憾，激起我们内心的涟漪，引领我们重温生活的美好。

华丽用细腻的笔触和生动的描述，将 20 世纪久违的家庭琐事、亲人间的关爱、岁月沉淀下的智慧与感悟、生活所赋予的深刻启迪，都一一呈现在读者面前。那些看似平淡的陈年往事、生活细节，却蕴含着浓浓的亲情，让人感受到家的温暖、家的力量。在深情的回望中，她愈发觉得当时不曾留意的每个瞬间都是那么的美好，那么的让人心生暖意。她还巧妙运用多种修辞手法，将文字幻化成一幅幅生动的画面，使文章更具趣味性和感染力，读来令人唏嘘不已，感慨万千。

景观之二：天山风物

一提起天山，人们首先想到的就是那高耸入云、横贯新疆大地、有着独特风景的壮美山脉。唐代大诗人李白有诗云："明月出天山，苍茫云海间。"诗句以广阔的空间和时间做背景，展开了更为深远的意境，于是乎云月苍茫的景象与雄浑磅礴的天山组合在一起，显得无比壮观。这是古典诗歌展现的天山景象、天山风物，而今天山南北已发生了翻天覆地的变化，描写者尽可以从不同的角度来领略天山之美。他们可以从容走过天山，可以站在天山之巅，也可以在晨曦或日落中远眺天山，在震撼与惊叹中审视天山的雄奇与瑰丽，倾听来自历史风云的深沉回响。华丽正是这样一位描述者。常年生活在天山怀抱中的她，对这片苍茫而悠远、古老而神奇的土地，充满了无限的眷恋与敬畏之情。

她用敏锐的直觉、柔软的触角、饱满的情思，捕捉天山深处的风云变幻、时代脉络，一路行走，一路歌吟，留下了一篇篇散发着芬芳与意蕴的文字，令人回味无穷。

如《天山深处》：在深山峡谷间，在奇峰峻岭上，一座由无数根钢索牵拉着的大桥，如巨龙般腾空而起，蜿蜒数百米，穿山而过。那种壮观，那种奇美，令人震撼，也堪称一道绝世风景。这就是著名的果子沟大桥，也是国内第一座公路双塔双索面钢桁梁斜拉桥。……映入眼帘的是一湾明镜似的蓝色湖泊，那么纯净，那么深邃，那么透彻，那么悠远，又那么浩荡无边。对岸是连绵起伏泛着银光的皑皑雪山，几朵白云绕着山巅正缓缓移动。蓝莹莹的湖水在蔚蓝的天空与白雪的辉映下，深浅交替，明暗变幻，好似一幅流动着的水墨丹青。这是天山山脉最大的湖泊，也是新疆最美的高山湖泊之一。此刻，湖面风平浪静，波光粼粼。赛里木湖宛若一颗璀璨的蓝宝石，就那么安静地依偎在天山的怀抱里。……赛里木湖不愧为"净海"。湖水清澈透明，湖面一尘不染。你休想见到一根草尖，一片碎叶，一个泳者。这里没有海边的人声鼎沸，拥挤与喧哗，也没有游船快艇的你来我往，热闹非凡。这里只有净与静，美与幽。……凝视这一片汪洋，这一湖幽蓝，我的心中竟升腾起一缕情愫：难道这是一湖佛化的圣水吗？

华丽不仅描写了天山的雄奇与壮美，还书写了这片土地上的新鲜故事和历史巨变。阅读这些优美的文字，宛若坠入天山的怀抱，近距离感受大自然的神奇与魅力，感受生命的蓬勃与兴旺，聆听身处的这个时代的脉搏跳动。其实天山之美，不仅有山的雄奇险峻、湖的清幽浩荡、草原的秀美壮阔，更有栖居在这片广袤大地上的人的生存状态。在《天山风物》这一辑里，我们看到了那份来自心灵深处的喜悦与宁静心境的抒发，我们看到了在这片辽阔的土地上，不同民族、不同文化的交融与包容，并由此构成的多元风情和独特魅力。哈萨克族的婚礼，维吾尔族的干馕，罗布人的红柳烤鱼……华丽用一双慧眼观察生活，提炼生活，为我们描绘出一幅幅浓郁的具有少数民族习俗风情的生活场景，既有现实的，也有历史的。

在这里，我们享受到了一场精神盛宴。不仅感受到了来自山村夏夜的清凉与静谧，还品味到了新疆冬雪的美妙与神韵。清风明月，对诗饮酒，踏雪寻幽，放飞思绪。这是无数人向往的诗与远方。那笔精墨妙的文字成为我们追求美好、向往自然、返璞归真的精神依托，成为我们沐浴心灵、净化心灵、陶冶心灵的精神音符。随着华丽的娓娓道来，跟她一起品味这里的风土人情，感受这里的生活意蕴。她的每一篇散文，都是细心观察和深刻思考的产物，都是一幅充满诗意的画卷。在她的笔下，无论是巍峨的雪山、辽阔的草原，还是清澈的湖泊，都被赋予了鲜活的生命力，都显得生机勃勃，引人入胜，展示了新疆地区丰富的物产和独特的人文风情。

景观之三：四季流韵

四季更替，生命律动，每一个季节都有着独特的风景。春来花香，夏至炎热，秋临稻实，冬遇寒冷，每一个季节都有属于自己的音符和节律，每一个季节都循环往复谱写着生命的交响乐章。在这一辑里，华丽用文字述说着四季的变迁，描绘着生命的轨迹，让读者感受到时光流转中的韵律之美。

如《咬春祈福春可期》：记得有一年立春，母亲让我去菜窖挖些萝卜上来。我从沙土里挖出几根黄萝卜，又挖了几个红心萝卜，一同提回家。母亲将其洗净后，切成一根根手指粗细的萝卜条端上桌，喊大家都来吃，说是“咬春”。盘里的萝卜黄灿灿、红艳艳的，还汪着一层细密的汁液，看着就想吃。咬一口，清甜可口，脆生生的。……《明宫史・饮食好尚》中有记：“立春之时，无贵贱皆嚼萝卜，名曰‘咬春’。”清乾隆时期《上书房消寒诗录》中还收录了叶国观的《咬春诗》：“暖律潜催腊底春，登筵生菜记芳辰。灵根属土含冰脆，细缕堆盘切玉匀。佐酒暗香生匕，加餐清响动牙唇。帝城节物乡园味，取次关心白发新。”一根萝卜，在立春这一日，不论帝王贵族还是平民百姓，都嚼得津津有味，都嚼得嘎嘣脆响。

在这一辑里，华丽描绘了春天万物复苏、生机勃勃的景象，赞美了生命的不屈与希望的美好。无论是迎春播种，天街小雨，三月桃花，还是纸鸢、春茶，都充分展现了春之活力、春之盎然。散文以独特的视角、灵动的笔触，捕捉着“一场春雨，几个暖阳，娇艳的花朵便悄然绽放在了枝头”的春之美韵，用诗意的语言将那一幕幕细腻而真挚的情感呈现在读者面前，让人如置身于立春、雨水、惊蛰、春分、清明、谷雨的自然节令中，感受春的律动以及生命的美好。

夏天是一个炎热的季节，也是一个生长的季节，承接着春的热情与浪漫、蕴积与蓄势，一切都向着繁茂进军，一切都向着成熟进发。在这组写夏的散文中，华丽为读者呈上了一个兴旺兴盛、万物并秀、蓬勃明艳的夏。这里有水晶帘动与满架蔷薇；有开镰的喜悦与桑葚的甜蜜；有清火的绿豆和消暑的西瓜；有莲之清雅与熠耀宵行；有“东边日出西边雨”的美妙，也有“绿树阴前逐晚凉”的悠闲与惬意。炎炎夏日里，华丽将日常生活、物候特征、植物生长、鸟雀欢喜以及气象变化，巧妙地融汇在一起，并辅以诗的意境。读来意味无穷，兴味无穷。

《管子》曰：“秋者阴气始下，故万物收。”经过暑热的催生，秋季后的田野，呈现出一派繁荣的景象。秋的丰饶富足，秋的缤纷色彩，一览无余，令人欣喜。在秋的这组文章里，我们看到，经过了春的勃发、夏的生长，大自然终于迎来了最美的秋天。沉甸甸的稻子、金黄的玉米、膨胀的棉桃、圆圆的石榴、红艳艳的苹果、绿油油的韭薹、棚架上的南瓜、翘首盼望的红薯，还有博斯腾湖的鱼、虾、蟹，一切的一切，都到了最肥美的时候。云淡风轻的苍穹下，人们忙着晒秋，啃秋，贴秋膘；鸟雀们忙着品尝秋的滋味、秋的喜悦。天空明澈、白云疏朗的秋天，是收集清露煮白露茶的时节，是丹桂飘香、胡杨金黄、芦花飞舞的时节；是“碧云天，黄叶地，秋色连波，波上寒烟翠”的时节；是“晴空一鹤排云上，便引诗情到碧霄”的时节。华丽将秋天的自然物象、季节特征和古人的礼仪、古诗词的美韵巧妙地糅合贯通在一起。在领略秋之丰盈、秋之斑斓、秋之意蕴的同时，如同品尝了一道秋天的盛宴。

冬天是寒冷的、难挨的。但是在华丽的笔下，这四野凋敝、天寒地冻的季节同样有欢喜，有风景，有韵味。何况，严寒也不是一蹴而就，而是慢慢形成的。在冬的循序渐进中，华丽一边感受气候由暖到冷的细微变化，一边静享冬的素雅、冬的沉静、冬的乐趣、冬的美韵。她在文字的丛林里徜徉，在季节的风景中逗留，在岁月的轮回间憧憬。尽管冰天雪地，尽管寒气袭人，但每段文字都洋溢着热情，都是一种情感的抒发、一段生命的回响、一场与冬季交融的旅程。

遵循大自然的规律，探究大自然的美妙，尽享大自然的精彩。《四季流韵》将读者带入四季变换的韵律之中，演绎出一曲春夏秋冬的时序变奏，描摹了一幅色彩明艳的季节画卷，更多了一回生命之歌的深邃体验。阅读二十四节气生活美文，犹如漫步在一条漫漫长路之中，清风扑面，鸟语花香，温情脉脉，诗意绵绵。华丽用灵动的笔触，揭示了四季流转中的自然变化、风土人情和万物生机，引领读者踏上一段浪漫而富有哲理的心灵之旅。她的语言清新自然，清婉朴实，如天山雪水清冽，又酣畅淋漓。她笔下的春夏秋冬，四季分明，韵味十足，成为我们认识自然、品味岁月、感受生命、回归内心的精神驿站。

景观之四：边塞纪事

边塞，是历史的印记，是昔日战火狼烟的源头，但在纪晓岚的眼里，天山脚下是“到处歌楼到处花，塞垣此地擅繁华”的地方；在翻译家郭俊亮的眼里，这是成长、圆梦、重获新生的地方；在鸟类的眼里，这是繁衍生息的家园和乐园；在新疆各族儿女的眼里，这是一个奋斗、生活、相依相守的魅力之所。

如《天山脚下多相亲》：几个小孙子围在他的身旁，一会儿给他捶捶背，一会儿给他挠挠痒。老人家乐呵呵地笑着，爬满皱纹的脸上堆积着慈爱与和善。他慢悠悠地讲着什么，虽然我听不懂，但从孩子们听得津津有味的神情上猜测，他一定是在讲有趣的故事。……多少年过去了，我仍不能忘记，在那个幽静的小县城，在一次文友聚会上，他自弹自唱《慈祥的母亲》，那是他自己作词谱曲的一首歌，优美、动人的旋律至今还萦绕在我的脑海，那天的一切，也像一幅画，永远定格在了我同样青葱的岁月与心灵深处。……当初，塔克拉玛干的狂风没有将他卷走，大沙漠的荒凉与戈壁也没有把他吓跑。他像一枝骆驼刺，更像一棵胡杨树，顽强地扎根在了这片土地上。他更像一只深明大义的羔羊，为了感恩这片培养了他、锻炼了他、给他爱情和幸福、给他荣耀与新生的土地，他将这片土地视为自己的第二故乡，将这片土地上的各族人民视为自己的亲人，并发誓要为这片土地奉献自己的一切。

《边塞纪事》以边疆地区为背景，记录和描述了发生在这片土地上的人和事。这里有年近半百才开始学习维吾尔语的翻译家郭俊亮，有用爱书写人生的付秀清，有优秀的社区工作者马艳琴，有盛唐时期边塞诗派的代表人物岑参，有清代著名学者纪晓岚，更有王震将军和几十万屯垦官兵的创业史。这里还有集高山湖泊、大草原、天籁之村于一体的塞外江南伊犁，有生命的乐园玛纳斯国家湿地公园，有作者相依相守了 30 年之久的魅力之城乌鲁木齐，有南北疆的风光，也有自家阳台的葱茏。华丽通过多视角、多方位、多侧面的描述，力图把边疆的独特风貌、历史遗迹和军旅情怀一一展现出来。阅读这一辑散文，犹如穿行在一条悠长的河岸，一边聆听历史的涛声，一边感悟时代的进程，一边欣赏山川的美丽，一边品味生命的磅礴与厚重。尤其是《王震将军与新疆屯垦》这一篇，虽没有勾勒战马嘶鸣、战鼓激扬的铁血场面，但那一行行铿锵又柔软的文字却似穿越时光的甲骨刻刀，在电子纸页上跳跃舞动。你看，在苍茫辽远的戈壁大漠，将军的英雄气概、军垦战士的忠勇豪迈以及家国情怀都被活灵活现地刻画了出来，阅读时不由得心生敬仰与感动。此外，该篇气势恢宏，情感饱满，也可成为人们铭记历史、珍视和平的心灵史料。

景观之五：情由景生

综观华丽的文字，除了清婉朴实、清新灵动、细腻真挚以外，还有以下几个特点。

——带入感强。“或许世间的一切都是有灵性、有感知的吧，要不，好好的天，怎么忽然就阴沉起来了呢？你看，细雨裹着冷风，不断抽打在行人的脸上、身上。仔细听，呼呼的风声里似带着呜咽。淅淅沥沥的雨，每一滴都落在人的心上，落在悲悯与伤痛的按钮上，落在内心最敏感、最细微的地方，并激起一片汪洋。”（《清明哀思》）“也许是见多了荒芜的戈壁和光秃秃的沙漠，也许是遗留在血脉里洞庭湖的清波仍在奔涌，因此，对于水，对于湖泊河流，对于由水而蔓延引申出的湿地以及湿地上所有的生命，我都有着难以言说的亲切和喜爱。”（《生命的乐园》）

读了这样的开头，相信继续阅读下去的愿望便会油然而生。

——触动情思。“多少次，伴随着夜晚闪烁的星光，我提起笔，想写写我的父亲，将这些年堆积在心底的思念诉诸笔端。然而，每每尚未落笔，泪已先行，摩挲着湿漉漉的稿纸，只能作罢。”（《怀念父亲》）“我和弟妹来到田埂边的白杨树下躲阴凉。一阵微风吹过，树叶哗啦啦作响，立刻感到凉爽、舒畅了许多，头也没那么闷了。空旷的田野上，只有母亲一个人弯腰捡着麦穗，瘦小的身影，被热浪包裹着，蒸腾着……”（《那些捡拾岁月》）“医院给父亲开了糖浆，说输血后要增加营养。然而，每天早晨，他自己舍不得喝一口，却将那黏稠的、甜甜的糖浆，一人一勺，喂进了我们几个的嘴巴里……”（《清明哀思》）

像这样饱含情感的文字，怎能不触动人的情思？

——想象丰富。“看着那一个个龙飞凤舞的大字，我仿佛看见了一群叽叽喳喳的小鸟，在空中飞扑过来，顷刻间落满了一棵棵枫树的枝杈。”（《红红的年》）“每每望之，总感觉在浩瀚的天宇间，有一双奇妙之手，每日握着一支银色的素笔，在那空缺处昼夜不停地描摹着、勾勒着。于是，月儿渐渐丰盈起来，圆润起来……”（《中秋望月》）“每当看到被两个太阳裹挟着的‘暑’字，我就仿佛看到了一个个头顶着烈日，脚踩着火轮，怀揣着满腔热忱飞驰而来的暑天，看到了一个个翻腾着热浪的滚烫日子。”（《暑气蒸腾绿如茵》）

“我常常想，将来的职场人，是不是坐在自家后院，闻着花香，享受着浓荫，或者遨游太空时，就可以轻轻松松地处理公务、办理业务了呢？”（《走过的时光》）此外，文中偶尔也会冒出一两句幽默风趣的句子：“每次我差家人去买馕，回到家时，总见一个馕缺了一大块儿。不等我发问，人家自己便不好意思地笑笑，指指圆鼓鼓的肚子，我明白，那缺失的馕已经和他融为一体，难解难分了。”（《圆圆的馕，不朽的馕》）

《情润天山雪》是一部融艺术性、自然美和人生哲理于一体的散文集，它以清新优美的语言、丰富的内涵和独特的视角，带领读者回望温馨岁月、观赏天山风物、领略四季流韵、阅览边塞纪事，感悟生活的诗意，唤起人们对自然、历史和人生的思考。作者在描绘新疆自然风光、人文风情的精彩瞬间时，还巧妙地融入了自己的所思所感，将自己的情感体验与风景描写融为一体，使读者仿佛置身其中，不仅感受到这片土地的呼吸与脉动，看到了一个美好、宁静的世界，也感受到作者对自然、对生命、对文化的那份敬重与挚爱。在这个快节奏、喧嚣躁动的现代社会中，我们需要阅读这样一部作品，让心灵得到滋养与净化，让身体得到轻松与愉悦。

华丽是一个成功的作家，因为在华丽的背后，我读懂了她的真诚和朴实。

是为序。

2024 年 5 月 26 日

于北京金融街国家金融监督管理总局

中国金融工会金融作协办公室

唱支山歌给党听

——《庆祝建党百年广西金融文学丛书》序

回眸历史，党的诞生，开天辟地，何其荣幸；放眼当下，百年大党，举国同庆，何其伟大！工商银行广西区分行、中国银行广西区分行、建设银行广西区分行、民生银行南宁分行、广西北部湾银行及五位作家联合推出《庆祝建党百年广西金融文学丛书》作为党庆大礼，适逢其时，何等厚重！这不仅仅是广西金融作家的献礼，从更大范围讲，也是中国金融作家的献礼！

不能不说，在如此短暂的时间内推出这样一套丛书，绝非易事，而广西金融作协和广西金融作家们做到了，并且，做的很棒！这几年，广西金融作协相继编辑出版金融作家们的作品集《泉水叮咚》（一）、《泉水叮咚》（二）、《廉韵清风》，加上这次出版的《庆祝建党百年广西金融文学丛书》，摆在案头上满满当当一大桌，真令我大喜过望。这些作品集和丛书，几乎都是由我来作序的。尽管我水平有限，有些忙碌吃力，却也倍感荣幸、乐意效劳。说实在话，一个省级行业作协，在短短几年内，成果如此丰硕，可见广西金融作家们的创作勤奋，可见广西金融作协组织者们的履职尽责、作为到位。这在全国同行也为数不多。所以，在这里，我首先要对他们表示祝贺和钦佩！

不能不说，《广西金融文学丛书》不仅册数众多，而且质量上乘，含金量高。这就让我不由想起，去年，为响应党中央的号召，按照中华全国总工会、中国作协和中国文联的工作部署，在中国金融工会和金融文联的大力支持下，中国金融作协编辑出版的《当代金融文学精选丛书》（共 8 大类 12 卷）。这是新中国成立以来，中国金融人全面展示金融文学丰硕成果的第一部大型丛书。丛书的选编工作，得到了包括广西金融作协的各省市金融作协和联络组的大力支持。记得广西金融作协精心组织，推荐人选了多位作家多部作品入选，充分展示了广西金融文学的实力和魅力。这部丛书展示了波澜壮阔的中国金融事业与发展成就，讴歌了金融人现实追求与理想情怀，在中国金融事业和金融文学史上有着重要的现实意义和深远的历史意义。

《庆祝建党百年广西金融文学丛书》，虽然我没有全部细读，仅抽空一阅，便能让我眼前一亮，心头一喜。有的篇章过目难忘，阅读过程中心潮起伏，受益良多。下面，就不妨对参与出版丛书的各位作家和他们的集子作个肤浅的点评：

魏振华，中国金融作协理事，广西金融作协名誉主席，全国金融“五一”劳动奖章获得者，中国金融作协“德艺双馨”作家。他是广西金融作协创始人，退休后不忘初心，继续勤奋笔耕。继出版散文集《又见花开》《又见春天》之后，这次又推出他的力作《又见红枫》。案头阅读，深感其宝刀不老，笔锋日益老到。集子收录了作者近年创作并发表在全国报纸、杂志上的数十篇散文。这些散文或记录国事家事，或表达对社会人情的理解，或抒发对山川风物的咏叹，或叙述回归自然的心灵之旅，或道出时光与真情的记忆。文笔优美清新，情感亦摇曳多姿。早年生活的深沉回味，尘世跌宕后的厚积薄发，游历山川时的灵性摭拾，齐涌至多彩的笔端，凝成睿智的盛筵。对祖国的热爱，对生活的向往，对生命的咀嚼，对亲情、友谊的珍惜，在感性而细腻的心田汇成诗流，萃聚于字里行间。这些文字更是作者的情感体验，喷薄着人情之暖，创造了一个朴素神奇的文学世界。

张斌，广西金融作协主席。我和张斌最早是在甘肃金融作协组织的金融文学采风活动中相识，后来到了广西才真正接触他的。但一接触就再也忘不了他——热情豪爽，心直口快，真真儿一个军人品性、文人情怀。他从小喜欢文学，据说读初中时曾写过一篇习作《发生在班里的一件事》，被当时的著名刊物《全国优秀作文选》发表，在校园里引起不小的轰动，也在他心里播下了文学的种子。他不是科班出身，转业后坚持歌词创作，至今已有歌词作品 600 余首，荣获全国、省级各种征歌比赛 100 多个奖项。《让人生更精彩》成为第 12 届广西运动会主题歌。2020 年疫情期间，他一连创作了《妈妈过年去哪了》《妈妈教我唱首歌》《爱的使者，人民的英雄》《天使的翅膀》等歌曲（作词），作品被学习强国、搜狐网、南海网、海南电视台等主流媒体采用，影响甚大。今出版的《一路有你都是歌》精选了他十五年来创作的部分作品，题材广泛，风格多样，寓意深远，立意深刻，词境独特，词情俱佳，貌似平如白话，读起来却给人一种美感，一种享受。《一路有你都是歌》不失为一部讴歌新时代的佳作！

李钢源，广西金融作协副主席兼秘书长。我与钢源兄相识于二十多年前，当时我俩都是从基层借调到人总行信用合作监管司工作。这小子个儿不高才情高，在借调期间奋笔疾书，竟然在中国金融出版社出版了一本散文集《和父亲散步》。“失散”多年后再找到他，彼时他又出版了诗集《股恋》、文集《心泉》，还当选中国金融音协理事，出版歌曲专集《我爱你央行》，在全国征歌、征文比赛中获得不少奖项。2020 年疫情暴发，他投笔抗疫，一口气创作好几首抗击疫情大型朗诵诗歌作品，发表于学习强国、今日头条、新浪、搜狐、腾讯等媒体。创作的歌曲（作词）《武汉人不会忘记》《亿万双眼亿万颗心》也发表于学习强国、央视频，尤其是《武汉人不会忘记》荣获全国总工会、中国网信办举办的征歌大赛“全国十大抗疫赞歌”奖。这次出版的诗集《心扉》，质量上乘，尤其是那些大型朗诵诗歌令我拍案叫绝，其间许多“金句”令我过目难忘，不时向同行推荐分享。阅读钢源的诗歌，你会陷入“情网”，被情所动，为情下泪。如《愿天堂里没有口罩》几乎是读一遍，泪目一回。这里就不一一点评了，信不信，各位可以一试。

许伟，广西金融作协副秘书长，名不见经传，但，大器晚成。据了解，他早年大学中文系毕业，因忙于工作，顾不上心中的文学梦想。临近退休，爆发创作激情，短短两年时间，创作上百首诗歌作品，大多发表于中国诗歌网，得到读者好评。这次出版的诗集《我是一只画眉鸟》，以《父亲的木工人生》为代表，通过父亲的木工工具、诗人意象中母亲相册、大哥吹唢呐的经典动作、孙女的日常点滴，抒发诗人浓浓的乡情与亲情，连通诗人内心哲思，追求天人合一的诗境。可以看出，许伟虽然长年没有创作，但功底还在。经过人生历练，沉淀的东西一旦爆发，大有势不可挡的感觉。这说明一个道理，文学创作需要积累，厚积薄发，闭门造车出来的作品，无病呻吟，是没有生命力的。

王廷伟，王敏，名字陌生，但阅读他俩创作的集子《我们的股事》，既亲切，又钦佩。他俩一个父亲，一个女儿，均为基层金融机构普通员工。尤其是父亲，年过七旬，中国第一批股民，在股市摸爬滚打三十年，通过自己的努力加上运气，曾两次跻身于上市公司前十大流通股东，在资本市场实现了财务自由。他们父女两人，算不上作家，鲜有作品正式发表，但呈现在我们面前的文章，文笔流畅，真情实感，富有深刻的人生感悟，给人以启迪。真正应验了一位著名股评家的名言：做好人，选好股，有好报！

可喜可贺的是，工商银行广西区分行、中国银行广西区分行、建设银行广西区分行和民生银行南宁分行、广西北部湾银行积极参与这套丛书的出版，推出了各自的作品集子。其内容以庆祝建党百年征文为主，显示了广西金融职工积极参与的热情和激情，也显示了广西金融作协的宣传发动能力，更显示了当地金融机构领导对金融文化建设的远见卓识。特别值得点赞的是，由广西金融工会主办的庆祝建党百年“八桂金融心向党，砥砺奋进新征程”写作、书法、摄影暨诗歌朗诵比赛活动，时机抓得准，项目落实快，效果十分突出。

战争年代，国人称颂广西兵能打仗。其实，广西人能武更能文，从广西金融作家们丰硕的创作成果便可窥见一斑。或许是偏于南疆一隅的缘故，广西金融作家行事低调，埋头创作，不喜张扬。然而，眼下这套丛书的出版，必然会在中国金融系统引起震动，因为至今为止，在省级金融作协中出版大型丛书还属首例。凝望着桌面上这些作品集，我忽然感觉耳边响起久违的广西山歌，那么亲切、那么动听，这分明让我有一种又回广西的感觉。与其说眼前这些著作是文学作品，不如说是从广西金融作家们心中流淌出来的山歌，而且是带有广西浓郁民族风情和地方特色的山歌。品读案头上的这些作品，就犹如聆听到了一支支美妙的传情山歌。是的，这一支支动听的山歌，正是广西金融作家们向党献上的一份份深情厚意。

是为序。

2021 年 3 月 19 日

于北京金融街中国银保监会大厦

再唱山歌给党听

——《广西金融工会银行业协会喜迎党的二十大征文获奖作品集》序

广西地处祖国南疆，是一个美丽而神奇的地方——那里的山水秀丽，那里的民风古朴，那里的山歌醉人。如果到过广西的边境县市，你还会突然有一种别样的感觉——那里离北京很远而离世界很近。那里的边境县市与祖国首都距离数千公里，而距离他国仅一步之遥。有朋友戏称，稍不留神，一抬脚就跨过边境，踏上他国土地，迈上东盟走廊。然而，当你游走在广西边境县市，举目之处，皆可看到家家户户的房顶或临街窗口都悬挂着国旗，那一面面迎风招展的鲜艳国旗形成一道独特的风景线。此时此刻，此情此景，祖国的概念、意识会立即溢满你的脑海，热爱祖国的情愫从心底油然而生。人们常说：出国才爱国。长期生活、工作于祖国南疆的广西人爱国意识更加强烈，爱国情怀更加浓郁。

广西的金融作家们、文学爱好者们，扎根于祖国南疆，与那片土地同呼吸、共命运，深爱那里的风土人情，倾情当地金融工作，用自己手中的笔歌颂边疆金融事业，抒发对党和人民的炽爱之情，这是我对广西金融作家及作品的切身感受。尤其当我阅读了摆在桌面上的还飘着油墨香的《心声——广西金融业喜迎党的二十大征文获奖作品集》（以下简称《心声》），我的这种感受越发强烈，越发真切！

我与广西金融作家们特有源缘，已经连续四次为广西金融工会、金融作协编印的征文作品集写序了，这在全国金融文学界也是绝无仅有的，禁不住为他们的勤奋、他们的成就一次次竖起大拇指，点赞，大大的赞！每一次阅读他们的作品都有新的感受和收获，如同聆听他们唱给党的一支支动人的山歌。我不宜定论广西金融作家的创作水平在全国金融作家队伍中是否名列前茅，但，我敢肯定，他们对文学的热爱、对创作的执着、对汇编文学创作成果的重视，是无法比拟的。尤其值得一提的是，我的老朋友滕仲斌先生任职广西金融工会专职副主任之时，对推动广西文学艺术发展倾注了大量精力和心血，每年都举办令人耳目一新的各种大型文学活动，编印征文作品集。现在调任广西银行业协会，继续重视金融文化建设，举办主题征文活动，并与新任广西金融工会副主任龙晓云女士联合推出《心声》。广西金融工会、银行业协会如此重视广西金融文学发展，是广西金融之幸，广西金融作家之幸！

广西金融工会、银行业协会推出的《心声》多达350页，可见其作品数量之多，份量之重。实话实说，由于时间和精力的原因，我没能全部通读，只重点阅读了一些篇章，给我的印象是，广西金融作家创作水平越来越高，作品质量也不断提升。

《心声》这本作品集子给我的第一感觉，就是广西金融工会、银行业协会总能紧跟广西银保监局的部署以及中国金融文联、作协的工作要求，从去年庆祝建党一百周年到今年喜迎党的二十大召开，都能紧扣主题分别举办主题征文比赛等各种文化活动，应该说“两会”领导都具有高度的政治敏锐力、决策执行力。其次，广西金融作家们总是快速响应，积极投入创作，拿出自己的精品力作。很好地体现了金融文学创作的政治性、先进性和群众性。为此，我要花一点笔墨对作家们的作品作些肤浅的点评：

诗歌类：魏振华的《梁铭之歌》颂扬一位因公殉职驻村干部的无私奉献精神，情感浓烈，感人肺腑，诗作能够荣获2022年第三季度金融作协公众号最受欢迎作品，实至名归。张斌的五首歌词优美而富有情感，用词遣句，精雕细琢，质量上乘。李钢源擅长写长诗、朗诵诗，《来路》《阅读天安门广场》恢宏大气而富有思想性，诵读起来催人奋进。劳弘毅的《光亮之处》以小见大，构思巧妙，总有给人眼前一亮的感觉。曾令俐的《钱币的模样》以自身的成长经历观察钱币，感受钱币，角度独特，诗意浓郁，不失为一首佳作。陈前总诗坛沉寂多年，少有作品，这两年重新笔耕，仍不失水准。许伟、晨子、袁刘、吴承运、黄羡柳、蔡静、覃志雄等创作的诗歌各具特色，或讴歌时代，或怀旧岁月，或豪迈奔放，或婉约细腻，诗情画意，赏心悦目，沁人心扉。

散文、小说类：刚刚出版了长篇报告文学《驻村纪事》的蒙广盛文字驾驭能力强，观察生活，提炼生活，堪称高手。阅读《荒山变绿洲》《深山牧歌》再次感受到他的语言功力非同一般。封启浩作品尚不算多，但有一点“异军突起”的感觉。阅读了去年他创作的《险关》（小说）、《百色家书》（散文）及今年的《停工31天》（小说），感觉他的文学创作潜力很大。集子中的《大客户》（韦全明）、《一堵墙的见闻》（赖露波）、《那翠绿的荔枝林红了》（蒋振泉）、《拍卖中的乾坤》（黎欢）这几篇小说都相当不错，生活气息浓厚，紧扣时代脉搏，不仅具备一定的思想性，也具有较高的艺术性。散文方面，佳作更多，童岩江的《时光之刃》

回眸职业生涯，感悟深刻，发人深思。覃信鸿的《老杨进城记》、李寿敏的《背包与挎包》、覃利花的《春天里的小草》等这些专门描写脱贫攻坚、乡村振兴题材的作品有血有肉，情真意切，过目难忘。周炜的《“清”风徐来“廉”花盛开》、徐路的《一把算盘的故事》、姚义堂的《守住第一次守住每一次》等有关廉洁方面的征文作品，通过文学的形式诠释廉洁的内涵，把典型案例融入文学作品之中，产生深入浅出、潜移默化的教育意义。情感散文《父亲的“嗞嗞”岁月》（许伟）、《感恩父母》（梁振）、《悠悠故乡情》（吴承运）展现了作者对父母、对故乡的情深义重，静心品味，情到深处，叫人潸然落泪。好作品太多，因篇幅有限，恕不一一点评。

值得强调的是，广西金融工会和广西银行业协会只用了短短半年时间，就完成了发文征集、评选表彰、汇编成书，效率之高，令人敬佩。《心声》这份献给党的二十大的大礼，充分展示了广西金融作家的创作实力和创作成果。如果说，2021 年广西金融作协推出的《庆祝建党百年·广西金融文学丛书》是广西金融作家们唱给亲爱的党的一支动听悦耳的山歌，那么，2022 年广西金融工会和广西银行业协会联合推出的《心声》，则是广西金融作家们唱给亲爱的党的又一支情深意长的山歌。

习近平总书记在党的二十大指出，要推进文化自信自强，铸就社会主义文化新辉煌。这就给了我们巨大的鼓舞和力量，在今后的金融文学创作活动中，我们要以习总书记重要讲话精神为指引，大力推动金融文学事业的繁荣发展。首先金融文学事业意义重大，时代呼唤金融文学。金融是现代经济的核心，随着经济和社会的发展，中国金融已成为支撑和推动经济发展的核心和时代繁荣的重要表征，也是文学创作的重点领域和不竭的创作源泉。其次金融文学事业使命光荣。要加强金融文学的政治引领，确保金融文学正确的创作方向。引领广大金融作家听党话、跟党走，确保金融文学创作的正确方向，当好党联系金融职工的桥梁和纽带。再就是金融文学前景广阔。我们要立足于金融土壤，积极投身金融改革和发展的实践，服务好国计民生，金融文学一定能结出丰硕的果实。希望广西金融作家们乘借贯彻落实党的二十大精神的东风，继续深入生活，贴近基层，唱响主旋律，奋笔新时代，用高质量的作品传递金融心声，抒发金融情怀，讴歌金融事业，为全面建设社会主义现代化国家、全面推进中华民族伟大复兴贡献文学的强大力量。

是为序。

2022 年 10 月 25 日

于北京金融街中国银保监会大厦

张开青春的翅膀

——张春诗集《岁月，足迹》序

说起张春，不能只说张春，就得从山西大同谈起。我与张春是大同老乡，因我们都是金融系统的，且是文学爱好的追随者，所以我们相逢在北岳恒山脚下，畅游在云冈石窟的古风中，用文友的话说，尽管张春的诗仿佛是飘荡在悬空寺上的空灵，却有着雁北大地古长城的脚踏实地，因为她的诗如张开了有力的翅膀，盘旋在塞外上空无畏风雨，凌然翱翔着……

在与张春的交流中，我深深感知到她在文学创作这条路上是何其的不易啊！张春写作不属于天才类型，玩笑话说像个苦行僧，她是从 1992 年学生时代开始诗歌写作，至现在已坚持写作了 33 年，在这段时限里她整整历经了 23 年的沉默期，能穿越出这么漫长的至暗，任投稿一退再退。煎熬和挫败没让其退缩，那么是怎样的力量给了她信心和勇气呢？是心底里不灭的希望，还有不服输的韧劲与勇敢的拼劲，是这些力量才可争取到后来入场里的峰回路转，才可撑得动撑得起《岁月，足迹》的厚重和使命。

那些曾有的狼狈，在岁月的洗礼中长出了毅力、勇气、相信、耐心，这也恰是每个忠诚的文学爱好者，必备的一种特质，坚持与沉淀诠释了虽败犹荣是另一种的绽放，所获果实便是长出一颗强大的内心。由此，当酷暑风雨严寒来袭时，都可抵挡，把自己浓缩成横为词立为诗的模样。有时一个人也可抵御千军万马，在豪放的诗句中不用分辨，是出自一个柔弱之躯的手笔，如诗歌长城、黄鹤楼、紫藤花儿开；有时又是江南画卷里走出来的女子，如诗歌修为；有时又是那么的幽默婉约，如诗歌等一场雪、故乡；有时又那么的忧郁，如诗歌见与不见、游九寨沟与峨眉山；有时又直叙所意，如诗歌我的爱八百里加急、方山之行、触摸北魏之大同。

总括讲张春诗歌写作有以下特色：

特色一：简洁、真挚、画面感很强，能与阅读者产生鲜活的共鸣感来。如岁月，足迹中诗句：画出四十周，滚动圆环 / 离离仍是原上草 / 岁岁依旧一枯荣 /

关于野火，工商银行之蓬勃生命力 / 更是烧不尽，春风稍略一吹 / 那些暗涌，那些生机 / 便垦出整个春天；如银行前沿岗位，是一颗颗螺丝钉诗句中，银行前沿岗 / 年复年，日复日 / 做着同样的重复工作 / 看似简单，看似平凡 / 却是颗颗 / 不可少之的螺丝钉 / 一个小窝窝固定一粒 / 不可松动，每个环节都很重要 / 在每个不起眼的日子里 / 在奋力，在拼搏 / 从青春岁月走到霜染鬓颊 / 依有很多很多，站立在前沿一线 / 无怨无悔，在职业中做了一生螺丝钉 / 是一份朴质与和接地气的踏实；如回家的路诗句中：对故乡的牵与念 / 应该是那山那水那人和那条盘在心头上 / 于梦里梦外，都想走回去的路 / 一条已磨得发白 / 弯弯曲曲拐成羊肠结的小道 / 虽难行却令人上瘾 / 沿着熟悉的这石这草这木 / 去细数印在记忆与梦境里的样子 / 蓝蓝的天空白白的云朵 / 纯净的鸟鸣，合着缓缓的流水声 / 押着一缕缕，袅袅上升的炊烟 / 韵着一股股，麻油炝葱花飘来的饭味儿 / 能让你眼里噙着水花，感受到一种浓浓思乡之绪，久久不能平静。

特色二：细节心理活动环节描写得尤为生动。如逐梦行者诗句中，在一次次挫败后 / 重塑 完善 羽化着自我 / 复原能力永在闯关中升级中 / 至暗时刻如影随形 / 希望说 / 燃起火烛能带我去辽阔 / 太多太多的 / 墙里开花墙外香 / 也就见怪不会再怪了 / 因为关注点的不在哪里 / 生命是一程体验是一程修行 / 生而为人总有使命 / 向阳而生朝着光的方向追逐……一种积极满满的正能量涌入你胸膛；如北方的三月诗句中：踏进三月，北方的凛风仍在延期 / 退寒之意，一慢再慢 / 适合长芽的泥土，还欠点火候 / 早、晚时分依然覆着冬的余温 / 山坡坡上钻出些许，早醒的毛朵朵花株 / 半张开，欲说还休的嘴巴 / 突兀的黄土岭上 / 勾出几笔桃花红，杏花白来 / 于是对坐在山川河流之间 / 紧随半冰半水，一草一木的变化 / 耐心等待，北方的三月犁出整个春天 / 了了几笔就把北方的气候，戳点到位；如触摸北魏之大同诗句中，用双手去触摸北魏留下的纹理 / 以穿越时空的速度 / 触摸北魏留下的纹理 / 高鼻梁和略歪的一颗门牙 / 无数次对镜自鉴 / 在轮回里未改的容颜 / 一个多元化的民族 / 必肩负起融汇贯通 / 包容之大任 / 合和与美 称之为大同 / 构建出了立体的骨感，在你的脑子里回旋着回旋着。

特色三：思想高度和认知纬度，得到了出处和恰好的表达，这是《岁月，足迹》所给予她的使命。本诗集于 2015 年起开始整理创作，至 2025 年完整交稿，历经十年。俗话说十年磨一剑，宝剑锋从磨砺出，恰如她对质量的要求，一首完整的诗歌最少打磨八九次，最多一首诗歌能打磨 20 次以上，她说诗歌如同产品得精打细磨，铁杵成针。

诗集的总体创作思路为“家国情怀”。爱家就是爱单位，单位是我们谋生立命的本源，然后延展到了爱国家爱社会，再回归到本我有情有感去热爱生活、热爱故土和热爱祖国的山山水水。诗集家是思想，国是眼睛，情是灵魂，怀是双腿双脚带着诗和远方，像蒲公英的种子让风儿传递和捎走，积极的思想，向着光、去追逐光，要成为光、再散发光。这是一个诗人创作这本诗集的初心和使命。

读罢诗集，我们会缓缓流淌出一种旺盛的生命力、滴水穿石的耐力，让人心生敬畏。这就使我想起电影《长安三万里》的台词来，只要诗在，书在，长安就会在。延伸出：只要诗在，远方在，人生就会在。一个有使命感的诗人应该是，只要诗在，梦想在，中华民族的精神和信仰就会在。脚踏实地去践行所向往的事，物来顺应。有一颗积极向上之心，心若不倒，堪敌万军。天地之功不可仓促，艰难岁月，当磊日月。人生需要积累和沉淀，人生没有失败，只有扎根，生命之力便会蓬勃扩张。

诗人张春从 1996 年入行至 2025 年，一直奋斗在金融前沿一线中，以日常工作生活为素材，用酸甜苦辣烹饪出别样的文学烟火气，对知识的多元和热忱才是一个提升所在和所源，这也是我们新时代诗人该有的样子。

寄语凤城风日道，明年春色倍还人。

是为序。

2025 年 5 月 17 日

于北京金融街

美丽的"大辫子"

——记第一届全国金融道德模范陈银锁

许多人都知道，陈银锁有一条大辫子。

早就听说过陈银锁的事迹。初次见到陈银锁，是在北京，第一届全国金融道德模范表彰会上。当时，整个会场典雅隆重、喜气洋洋。当陈银锁上台领奖时，主席台上的视频播出了她的先进事迹，精神震撼人心，全场爆发出热烈的掌声。她的获奖感言生动朴素，尽管她的普通话不太流畅，语气略显得有些迟缓和笨拙。更引起人们注意的却是她的那条又粗又长又黑又亮的大辫子。她的大辫子一直长到她的小腿肚子，随着她的走动，来回摆动，有种风摆杨柳的呈现。众人便不由自主地把目光投射到她的那条大辫子上，眼神随着辫子的晃动，闪闪烁烁，尽是好奇或赞叹。在北京这样一个发达和时尚的现代化首都，在一群洋溢着青春靓丽的代表中间，她的全场唯一的、而且在当今社会已经很难见得到的这样一条大辫子，加上她脸上苍老的皱纹和颧骨上微显的高原红，还是有种不太入流的感觉。在一些人的眼中已经显得有些过气，甚至是俗气了。

但陈银锁自己没有丝毫的不适感，只是有点腼腆。会议休息期间，许多人都围着她说话。我专门转到她的身后，仔细观察她的那根大辫子，发现她的大辫子是北方民间传统的"麻花辫"，由三缕辫发编织而成，光滑整洁，显得很结实。最引起我的注意的是，辫子的末梢紧紧扎住三股辫发的，却是现在人们早已舍弃的、过去农村女人们常常使用的类似红头绳一样的红布条，好像还编织成了一个小小的好看的图案，想再细看清楚一点，她头一摆图案一晃，就没看清楚。后来我一直在琢磨，究竟是个啥图案呢？

通过视频介绍和翻阅她的先进事迹材料，许多人都被陈银锁的善举所感动：陈银锁夫妇 30 多年如一日，始终坚持资助帮扶了 600 多名贫困和残疾儿童读书和生活，她用一名共产党人的责任与担当践行着自己的入党誓词，确实超乎人们的想象。陈银锁夫妇先后共 76 次被评为"优秀共产党员""先进工作者""感动人物""爱心大使""身边雷锋"等旗、市、自治区和国家级各种表彰和奖励。

2014 年，陈银锁及家庭被授予“全国民族团结进步模范个人”“全国助残先进个人”“中华慈善突出贡献个人”“全国最美家庭”“全国五好文明家庭”等 5 项荣誉称号，并受邀到北京，三次受到习近平总书记、李克强总理等党和国家领导人的亲切接见。2014 年 5 月和 10 月，陈银锁夫妇又荣获“首届全国金融道德模范（助人爱亲）”“全国金融五一劳动奖章”“第五届全国道德模范提名奖（助人为乐）”。诚如大会组织者对她的颁奖词：“直如朱丝绳，清如玉壶冰。她扎根基层，敬业勤勉，让平淡的生活变得‘色彩斑斓’起来；振穷救急，倾家献爱。她守德而忘势，行义而忘利，修行而忘名，赢得‘全国最美家庭’殊荣；爱人者，人恒爱之，敬人者，人恒敬之！”

在与其他人的交流中，我听到的更多的是对她的赞美，但也听到了一些对她产生疑惑和不解的话音。有人说，陈银锁和丈夫敖其尔虽然都在银行系统工作，但是由于当地经济也不太发达，实际上他们的收入并不像社会上传说的那么高，在当地也就是属于中等水平。是什么东西能支撑他们 30 多年来一直帮扶 600 多名贫困和残疾儿童读书生活？是一种怎样的精神和怎样的信仰？陈银锁夫妇的事迹究竟有没有水分？当今社会的主流社会风气是好的，但是譬如在一些老人马路跌倒没人扶，小孩儿车碾无人问，邻居对门冷漠不识，假冒伪劣有毒食品横行的社会不良风气之下，同时更有人觉得有的银行嫌贫爱富的行业习惯，她这样做，究竟在图什么？是不是在沽名钓誉？是不是受过啥刺激？她的神经是否正常？反正，称赞的有之，怀疑的有之……

汽车在千里草原上颠簸。我望着窗外的绿色草原，思绪随着车身的晃动在飘忽不定，眼前不时地闪现着陈银锁那条大辫子，耳边也断断续续回响着对她的称赞和质疑，带着期盼，带着疑虑，带着忐忑，我专程来到了内蒙古巴彦淖尔市乌拉特后旗农村信用社。

赶到陈银锁家里时，她在楼下门前独自静静地等我。看到我，她微微一笑，热情招呼我上楼。进了屋，我环顾四周，感觉满屋子的简单寒酸。抬头屋顶，斑斑驳驳，几个墙角还有雨后或楼上漏水留下的污迹，像几条交叉的河流或者是干枯的湖的图案。厨房里只有两件简陋的电饭锅、电炒锅和一些碗筷，连个普通的抽油烟机都没有。小卧室里也堆满了书籍和杂物。只在狭窄的过道里，安放了一张低矮的小饭桌。她双手把茶水递给我，就坐在了对面。她顺手把一条辫子拽到胸前，双手不停地把发梢在手指间来回搓揉。看到她有点紧张，我就故意暂时不对她进行采访，随便跟她聊家常。我说当今的女士们美发款式多姿多彩，新潮的不得了，你就没有想过改变一下自己的发型。我本来好想劝说几句，可一看她根本就没有改变的念头，就知趣打住了这个关于辫子的话题，就自然进入了关于她帮扶贫困孩子们的话题……

正聊着，她的丈夫敖其尔回家了，热情地跟我握手，坐在一起，不时地给我寻找一些有关孩子们的资料。日头从窗棂钻进来，像是长了脚，慢慢从右踱到左，不知不觉就到了中午。我对陈银锁大姐的故事有了更多更新的了解，但我还是问了她一句：你这么多年，一直坚持下来，无怨无悔的，究竟是靠什么来支撑的？比如说信念啊、理想啊、一件触动你的事、一件帮助过你的东西，甚至是信仰等等。她笑笑，略微想了想，像个孩子似的说，我也说不清楚，也许没有啥具体的东西。也许有，有，也是个秘密，等以后告诉你吧！

渐渐地，随着跟陈银锁及其丈夫敖其尔接触的增加，对他们的了解也逐渐清晰起来。我越来越觉得，其实陈银锁的先进事迹和感人精神就是由组成她的大辫子的三绺辫发编织而成。

一绺辫发："真情"——像草原一样广阔

从小生活在科尔沁草原上的陈银锁，经历了草原的风草原的雨，心胸宽广、心地善良。她经常说，她这个人就是心软，看见别人受苦受难，她心里就憋得难受，帮别人一把，心里就舒服。她还觉得，帮助别人，也得带着感情去帮，不应该是施舍者的姿态，居高临下地去怜悯别人。要以心换心，才能得到别人的信任，除了给予物质上的帮助，还得用真情打动他们，帮助他们树立信心和勇气，把志气扶起来，才能帮助他们走出困境，看到光明。我们撷取一些感人的画面：

画面之一："营救"童工小保姆。1983 年，陈银锁与敖其尔刚刚结婚，两人一起憧憬着舒适幸福的甜美生活。一个晚上，陈银锁在街上散步，遇到一个小女孩叫其其格，只有 16 岁，因为她 5 岁时失去母亲，已经辍学，只能出来给人家当小保姆，但心里一直都在期盼能够重返校园。陈银锁听了小女孩的遭遇，看着在寒风中瑟瑟发抖的小女孩，陈银锁心里一种母爱的热浪在升腾。她一把搂住小女孩在怀里，说陈妈妈供你上学校。虽然自己家也不富裕，但陈银锁还是让她吃住在家里，并安排她到旗蒙古族中学读书，还为她办理了落户手续。第二年，其其格考上了中专，毕业后找到了理想的工作。这件事很快就被当地人传为美谈，其其格经常跟人说，是陈妈妈救了我！

画面之二：我家的"亲戚"数不清。贺喜叶力吐是自幼失去母亲的男孩儿。1986 年 3 月，听到陈银锁情暖其其格的故事，将面临辍学的贺喜叶力吐抱着试一试的态度，他和几个已经失学的小同学一起来陈银锁家里看看真假，来了一看还真有如此好事儿，就都想留下读书。陈银锁望着几个孩子渴求的眼神，抚摸着他们脏兮兮的头发，心酸地掉下了眼泪。她亲自给孩子们跑学校、下户口。这一年，她的丈夫敖其尔考上了内蒙古经济管理干部学院，脱产学习，家里的日子更紧巴了。当时80年代供应口粮，一袋粮食半个月都不够吃，一顿吃两盆面条。先借粮食再借钱成了陈银锁生活的一部分，她一面要照顾孩子，一面要做四五个人的饭。冬天买不起煤，陈银锁就在工地上捡废木块生火炉，好多人都以为她是个“捡破烂的”呢。当时许多邻居都问她为啥你们家的穷亲戚那么多？陈银锁风趣地告诉他们说，我家的亲戚数不清。后来邻居们才知道这些孩子根本就不是陈银锁家里的亲戚，几乎全都是一些以前都素不相识的苦孩子，邻居们简直不敢相信自己的眼睛，自己家的日子还紧紧巴巴、东挪西借的，竟然还白白养着这么多跟自己没有半毛钱关系的穷孩子。许多人都跟陈银锁夫妇开玩笑说：你们家那么穷，竟然也都快办成了“收容所”和“招生办”了，呵呵。

画面之三：将黑暗化作光明的琴声。那日苏患有先天性白内障，眼睛几近失明。2007年，陈银锁夫妇回科尔沁老家偶遇那日苏，陈妈妈有些心疼，琢磨着以后他的日子怎么过。思来想去，就把那日苏带了回来，让他一边学按摩一边学琴。后来陈银锁夫妇带着那日苏来到呼和浩特市找马头琴大师齐·宝力高求师问艺。在陈银锁的多次联系帮助下，又把那日苏送到德德玛艺术学校免费读书。他那满是暗无天日的世界在陈妈妈的呵护下，逐步拨云见日。

画面之四：撑起人生的“拐杖”。刘晶家住五原县农村，上大学期间，她被诊断为颈髓脱髓鞘病变。屋漏偏遇连阴雨，大学刚毕业，她又被诊断为双侧股骨头缺血性坏死。由于无钱继续治疗，她只能靠拐杖蹒跚。陈银锁得知这一情况，她毅然伸出帮扶之手，除了自己资助，还与丈夫一起，扶着刘晶来到巴彦淖尔市民政局请求帮助。很快为她解决了3000元的大病医疗救助金，并答应给上低保、报销手术费。随后，陈银锁带着刘晶办理了大病医疗保险，增强了她战胜病魔的勇气和信心；女大学生康爱欣，患有左腿先天性胫骨假关节病，天天穿着打石膏、重五六斤的特制鞋走路、上学，行动十分不便。其父母患有严重脑梗和乳腺癌，全家人只靠800元的低保金过日子，随时都面临着失学的危险。陈银锁夫妇经常去看望她，每次去，总要带些钱和营养品，鼓励她树立信心战胜疾病和困难。2013年至今，陈银锁夫妇与当地民政、慈善总会、财政、工会、残联等部门协商，为她解决了2万多元的救助金，帮助她在大学继续读书。陈银锁鼓励她说，只要坚持读书，就什么也不怕，就有希望。

画面之五：残疾人的救命“小草”。2011年7月，陈银锁遇到了杭锦后旗三道桥镇乌兰七组袁仕奎一户人家，丈夫本身有残疾、妻子小儿麻痹症且丧失劳动能力、儿子智力残疾、16 岁的女儿连户口都没有的特困家庭。陈银锁夫妇资助了 4000 元，以解他们的燃眉之急。随后陈银锁夫妇立即找相关部门，热心帮助这个特困之家不仅解决了低保和女儿的户口，还获得了一些社会资助；2012 年 12 月，家住临河区狼山镇的残疾人李敏找到了陈银锁。陈银锁一边安慰她要树立不抛弃不放弃的信念，一边自己捐赠了 6000 多元，同时多次顶风冒雪到自治区有关部门奔走呼吁，共为李敏筹集到爱心善款 5.07 万元，使李敏一家从濒临绝望的边缘重新燃起了生活的希望……

就这样，陈银锁从 1983 年至今的 32 年间，她在认真做好本职工作的同时，与丈夫一道长期关注和关心社会公益慈善事业，并为此付出了无数艰辛。她累计从自己家里的工资中拿出 30 万元，圆了 57 名贫困和残疾家庭的孩子读书、工作的梦，帮助 35 名生活贫困和重度患者家庭解决燃眉之急，为此自己负债累累。2014 年 12 月，陈银锁与丈夫一起成立了“敖其尔爱心基金”，所筹集到的 32700 元善款通过“敖其尔爱心基金”平台，全部捐给了巴彦淖尔市辖内需要帮助的贫困学生、残疾人和重度患者家庭。2015 年以来，在他们的真诚帮助下，巴彦淖尔市 1 个敬老院、58 名重度患者、贫困和残疾学生得到了 114600 元的救助。她和丈夫又拿出自己的 17600 元工资款，去看望了呼市、临河、前旗、五原、中旗、杭后、乌后旗和通辽市库伦旗的 22 户贫困、残疾和重病患者。这份真情像一团燃烧的火焰，温暖了一片草原。

二缕辫发：“良心”——如敖包一样圣洁

从小在草原上长大的陈银锁，儿时经常在敖包旁边玩耍。随着年龄的增长，她才明白敖包是一个非常神圣、圣洁的地方，渐渐懂得做人一定要纯洁，有良知。有人曾开玩笑说，陈银锁是一把好“锁”，但她却锁不住自家的钱。但陈银锁笑笑说，我的“银锁”是银色的，锁的是自己的良心。我绝不能把自己的良心丢了，那我就连做人的资格都没了。

陈银锁也知道，对于他们倾家帮扶贫困孩子们的事情，社会上绝大多数人都是支持和称赞的，但也有一些人不理解他们的做法，尤其是在当今社会，人与人之间彼此漠视，冷漠无情，有的人为富不仁，道德缺失沦丧，有的人甚至怀疑陈银锁他们要么是想出风头、出名捞实惠，否则，凭什么自己不好好享受生活，反而把自己的工资几乎全部花在与自己互不相干的穷孩子身上？对此，陈银锁从来就没有放在心上，她不在乎别人说三道四，因为她知道自己的良心。让她倍感欣慰的是，在自掏腰包、无私帮助别人的事情上，她的丈夫敖其尔始终跟她是志同道合、相互理解支持的，他们夫妇俩在善事义举的道路上相互搀扶，越走越踏实……

——替乡亲们搭建致富的信息桥梁。2010 年，陈银锁和丈夫敖其尔回老家看，家乡人打手机时信号微弱，接打时上炕头或者爬到高墙大树上，随时都有摔下来的危险。他们就自掏腰包垫路费，奔波在相距几千里的临河和通辽之间十几次，说服当地移动公司的领导，在嘎查里建成一座投资 300 多万元的接收塔，为推动当地经济发展创造了条件；同时陈银锁找到农行科左后旗支行，谈条件、讲优势、绘前景，一次性为科左后旗朝鲁吐镇西日塔拉嘎查 3 个自然村 33 户农牧民解决了 99 万元惠农贷款，帮助农牧民脱贫致富。

——血浓于水。2010 年 8 月 7 日，暴雨突袭了舟曲。陈银锁拿出家里仅有的 51000 元钱为灾区的孩子买了急需物资，要知道那 51000 元钱是给女儿读研究生用的；他们夫妇先后为汶川、雅安、鲁甸及西藏等地震灾区捐款 6 万多元。

——做人要恪守信用。乌恩高娃和格日勒图家里生活非常困难，两人先后遇到留学的机会，但苦于学费没有着落。陈银锁就帮助她们找信用社，按照信用社的有关制度流程，帮助她们贷款圆了出国留学梦。可是谁也没想到，乌恩高娃和格日勒图由于读书费用大，经济收入少，未能按时还款，陈银锁夫妇商量了一下，毅然主动替两个孩子按期偿还贷款本金和利息，两口子为此背上了 6 万多元的银行债务，他们的工资几乎都用在为乌恩高娃和格日勒图还贷款上了。当时也有人替他们抱打不平，说这贷款是两个孩子她们的贷款。何况她们已经长大成人了，经济独立了。再说了，当今社会有几个那么守信用的？更何况你们都是银行的干部，你们不替她们还贷款，银行也不会催你们。可陈银锁听后笑笑说，话不能这么说，做人首先就应该讲信用。自古道欠债还钱、天经地义。也许孩子们确实有他们的难处，我们有能力替他们还就替她们还上吧，不然的话，她们要是背上信用不良记录的黑名单，也许就会影响她们的一生，一辈子都抬不起头啊。他们整整用了 10 多年时间替这两个孩子把 8 万多元贷款本金及利息全部还完后，说“两个孩子她们都成家立业了，只要她们有出息，能为国家和社会做贡献就好了”。

——“牡丹”之缘。2013 年 9 月末的一天，陈银锁夫妇在北京出差时，偶遇中国“牡丹画之王”王青兰先生，王老得知他们夫妇几十年如一日坚持帮扶济困爱心经历之后，深受感动，陈银锁夫妇把王老邀请到巴彦淖尔市，举办了个人画展和牡丹画义拍，所得的 27700 元全部资助了巴彦淖尔市辖内需要帮助的人，情撒草原。

——做雷锋传人。2015 年 12 月，在陈银锁夫妇的牵线搭桥和精心运作下，郭明义爱心团队为内蒙古辖区60名贫困大学生和巴彦淖尔市辖内100名贫困高、初、小学生捐赠了11万元爱心救助，使雷锋精神在辽阔的内蒙古大地上生根发芽，开花结果。

30多年来，陈银锁夫妇在自掏腰包资助贫困和残疾孩子读书、找工作的同时，四处奔波，凭借传媒的力量，争取来自社会各界的爱心善款130多万元，帮助600多名贫困大中小学生顺利走进学校大门，又有100户残疾、特困和重病患者家庭的300多人次得到及时的救助，范围涵盖自治区10多个旗县区。为了不耽误工作，陈银锁夫妇经常利用双休日上火车、坐汽车，昼夜兼程，赶往目的地，他们冒着酷暑、严寒和恶劣天气，每到一处都热情并详细了解每户家庭困难、身体状况以及治疗进度等。

三缕辫发：“责任”——似阴山一样重大

连绵的阴山从巴彦淖尔草原上逶迤而过，巍峨矗立，成为草原牧民心中的圣山。而阴山岩画则是古代先民凿磨在岩石上的美术图画，它以形象和艺术夸张的手法真实地记录了古代先民的生产生活、风俗习惯、宗教信仰，具有无可比拟的特殊价值，其中草原牧民团结狩猎、分工负责、相亲互助的岩画最为打动人心，千古流传，感染着一代代的蒙古子孙。

陈银锁在社会上坚持帮扶贫困学生和残疾人的事迹感动了草原上的人们；她在单位认真负责和无私奉献的感人精神也被广为传颂。在内蒙古乌拉特后旗农村信用社，陈银锁是大家心目中公认的工作狂人。扎根边疆35年，曾从事过幼儿教育工作，尤其在23年的农村信用合作社工作岗位上，她始终勤勤恳恳，任劳任怨，无私奉献，用自己的实际行动传递正能量，谱写着一个又一个不平凡的人生赞歌。

她经常跟同事们说，我们有幸得到了在信用社工作的机会，就一定要认真负责，把工作做好，才能对得起这份工作。在谈到信用社工作经验时，陈银锁深有感触地说，银行的工作，除了要热爱，更重要的是要有高度的责任感。只有把信用社办好了，广大牧民和客户才能相信我们信用社，与信用社荣辱与共，一起发展。她一直深爱着她的信用社，把它当作自己的家。她经常说，她帮扶贫困学生、残疾人和重度患者的资金，几乎全部来源于她的工资收入，所以她非常感激信用社党组织给予她的大力支持和帮助，给了她做好事的信心和资本。正是她的积极负责，才深得广大牧民和客户的信赖，业务日新月异。特别是在内蒙古其他一些地方出现非法集资问题，金融秩序混乱期间，牧民和客户们因为对陈银锁坚持帮扶贫困群体的感人精神，人们才信赖她，信赖她所在的信用社，业务非但没有受到影响，还取得了良好的业绩。

1993年，刚刚成立的乌后旗城市信用社，当时柜台人员包括陈银锁自己才有4个人，但她不辜负组织的重托，找准“坐标”，积极协助主任，不仅干好了副主任，还兼储蓄会计、对公会计、总会计以及经营金银首饰业务等工作。1994年成立了分社，当时总、分社柜台人员充其量只有7人，身为副主任的陈银锁每到双休日和节假日仍不休息，主动为职工定点替班，奔波在总、分社之间，整整坚持了6年之久。1998年，陈银锁到农村信用合作社工作。作为联社营业部副主任，她每天除了协助主任做好内部管理工作以外，还承担着许多琐碎的业务：要办理全旗10个信用社提款交款业务和营业部6个业务窗口的现金调出入以及3个ATM机的加钞业务，多数时间让她汗流浃背，没有闲暇，但从未退缩和厌倦。她负责管理联社大库的11年间，每5个工作日平均三天都要到40里开外的杭锦后旗人民银行去办理提缴款业务，全年共计往返280次（趟），每次要来回挪动十几件60多斤重的钱袋子，却毫无怨言，与同事一道把国家100亿元资金安全护送80万公里，深受联社领导的称赞。她从不讲条件、提报酬，认真做好残损券整理和复点工作，进而对内树立了榜样，对外赢得了客户的信赖。她主动承担了定期、活期存折及现金支票等30种票、证、卡和重要空白凭证登记簿、库存现金登记簿的管理和填写等工作，做到不误点、不过夜，确保质量。她总要热忱去帮助营业部的同事完成捆钞、点钞和整理票据等柜台业务，每逢佳节，还为他们替班，分忧解愁，有时候一个月甚至几个月都不能和家在临河的丈夫团圆。有的同事甚至开玩笑地问她是不是跟丈夫分居或离婚了。在信用社工作的23年间，她出全勤，干满点，坚持每天从6点半起床，自愿把营业部内外的卫生打扫干净一遍，工作间隙擦窗户、桌子、茶几、拖地、护花、洗刷卫生间、开关灯、修理捆钞机、补丁钱袋子等，一直做到晚上22点才能休息，年年如此，从未间断，比别人多干了2万个小时，对承担的责任和风险比谁都要大。她勤俭办社，自觉反对铺张浪费，用坚定的信念和行动为全社做出了表率，进一步推动了营业部各项事业的和谐健康发展。2014年初，陈银锁到巴音分社任职，她仍然坚持一贯的严谨管理和不懈努力，工作有了新起色，该社现已成为全旗农村信用社系统唯一的观摩学习单位。就因为几十年如一日的辛勤耕耘和无私奉献，她32次获先进工作者、优秀共产党员、感动巴彦淖尔人物、自治区三八红旗手、自治区劳模、内蒙古好人、首届全国金融道德模范、全国金融五一劳动奖章等殊荣。

目前她已经退下领导职务，成为一名普通的信用社员工。许多人都知道陈银锁在帮扶贫困学生和残疾人上非常大方。但她自己在单位上的“抠门”，心细如发，许多感人故事也都被当作“笑谈”广为流传：

故事之一：“抠门”主任的“午餐”。陈银锁在巴音镇分社工作时，单位规定就在附近的小饭店吃工作餐。同事们发现她每天中午都是一个馒头一个稀饭，大家怕她身体吃不消，都劝她点几个炒菜，都是在规定之内的。可她仍然是馒头加稀饭，说现在物价挺高，能给单位省一个算一个。

故事之二：不爱飞机爱火车。有一次单位派她到海拉尔培训，从巴也淖尔到海拉尔漫漫上千里，长途跋涉。单位让她坐飞机舒服一点，可她偏偏坐火车受罪，在千里草原颠簸了三天两夜。后来大家才明白，原来飞机票来回 6000，火车票来回 800，这样就可以为单位节省 5000 多元呢。

故事之三：“复活”的墩布。有一次，单位的两个墩布都掉了一半布料，不能使用了，同事们就把它们扔了。没想到，第二天，这两个墩布又自己“飞”回来了，原来又是陈银锁把两个“半”墩布合成一个“整”墩布了。

故事之四：掺“假”的洗手液。单位洗手间的洗手液几乎快见底了，同事们就扔在纸篓里，后来发现那瓶洗手液又摆在了案台上，经过“侦查”才知道，又是陈银锁给它掺加了水，经过稀释的“假冒”洗手液又被派上了用场。

故事之五：“少快好省”的“11 号”。塞外草原风大尘扬雨雪多，当当地绝大多数普通人都骑上摩托车或者开车上下班的时候，陈银锁目前却不会骑自行车，还一直坚持在步行上下班，许多同事劝她说，你就别给咱们信用社丢人了，买辆小汽车或者至少摩托车，省的风里来雨里去那么辛苦。可陈银锁不为所动，依旧步行上下班，还美其名曰锻炼身体。其实，谁不清楚小汽车不比步行气派快捷方便安全呢？关键是买小汽车的钱哪里来呢？

故事之六：“有钱”单位里的“穷人”。许多单位的同事们都挎上了名牌包，可是她仍然是一个小包补了又补。单位的款包，也是被她用补丁缝补了一个又一个，至今单位的补丁款包就有十几个；她的手机至今不能使用微信，因为一直是老式手机，没有微信功能。单位领导都知道陈银锁家里因帮扶困难学生，她入不敷出，生活困难，每年单位组织访贫问苦活动，她家都是单位慰问的对象，许多人都觉得这件事成了一个笑话，一个帮扶别人的人反而成了被别人帮扶的人。陈银锁每年都把单位慰问她的白面和大米甚至慰问金，亲自跟丈夫用三轮车分别送到更困难的残疾人和重度患者家庭，她还说这是把党的温暖送到需要帮助人的心坎上。许多被帮助的人纷纷给他们单位写感谢信。

故事之七：“怕”吃羊肉“怕”过年。自幼生在草原上的陈银锁一家却很少吃羊肉，许多人问起原因，她说他们一家都嫌羊膻味。其实是羊肉价钱太贵，舍不得买。有许多年，陈银锁最怕的事就是过年，因为一过年亲戚朋友相互看望送礼物，而他们家却没钱还礼，只好一家人“躲”在家里，“红着脸”过了一年又一年……

系辫子的纽带：“大爱”——像黄河一样深沉

滔滔的黄河水，亘古以来就自西向东横贯巴彦淖尔草原，奔腾不息。境内全长345千米，平均过境水流量为315亿立方米，形成了举世闻名的河套大平原，地肥水美，人杰地灵，像母亲一样养育了一代又一代的草原子孙。喝着黄河母乳长大的陈银锁，身上流淌着黄河母亲的血液，像草原上的小草，对黄河妈妈充满了敬爱，心底的大爱像黄河水一样深沉，汩汩流淌……

经过接触，我对陈银锁的认识也在逐渐深入，越来越觉得，陈银锁的大辫子是由三缕发辫交织而成：一缕是真情、一缕是良心、一缕是责任，而能把这三缕发辫紧紧地系在一起的，就是她的爱心！陈银锁曾经也说过，支撑她30多年如一日的，是有一种东西的存在，究竟是什么呢？

陈银锁的蒙古族名字叫独拉，就是永远闪光的意思。一时的闪光容易，永远的闪光就不容易啊。短时间心血来潮做几件好事容易，30多年如一日坚持做好事就更难了。陈银锁一共兄弟姐妹7个。陈银锁的父亲就是一个老实巴交的牧民，一辈子在草原上辛勤劳作。她的母亲和姥姥都是接生婆。她经常看到姥姥70多岁了，还在风里雨里为牧民迎接新生命；她目睹了母亲生重病还得顶风冒雪为乡亲们接生。

草原上当地有个习俗，就是每当有新生命诞生，牧民家里就会扯几尺红布挂在毡包的门口，生孩子的牧民还会从红布上再剪一小条，送给接生婆，以示衷心感谢并留作永久的纪念。每次陈银锁看到母亲从外面风尘仆仆地回到家里，就知道又一个新生命在母亲手里诞生了。陈银锁从小就跟姥姥和妈妈一起生活，看惯了草原上许多生命的诞生与死亡，特别是生命的宝贵在她心里扎下了深根。因此，每当她看到孩子受苦，她的心里就像猫抓得一样，就想伸出手帮扶一把。

陈银锁一家是地地道道的蒙古族。陈银锁说蒙古民族有个传统，夜间要在蒙古包外挂一盏灯，尤其在白毛风、沙尘暴、大雨、酷暑和奇寒的极端天气里，总要几次检查灯是否亮着，再把油加满。这不是因为自己家有人还没回家，是专为“外人”准备的。因为在牧区，几十里上百里才有几户人家，在极其恶劣的天气里，夜行人就有冻死、饿死、渴死的危险。他们可以到有灯的地方，吃好喝好，天亮了继续赶路。蒙古族一直恪守这种习俗，世代如此。“为陌生人提供帮助，自己收获的是助人为乐的真谛。”蒙古民族乐善好施的遗传基因滋润陈银锁长大，并成为她终生不变的信条。

陈银锁讲了一个故事，说她出嫁时母亲给她陪嫁了一块老“上海”牌手表，自己舍不得戴，便让上班的敖其尔戴着。1983 年 8 月的一天，敖其尔到水井上担水时，怕把表弄湿放在了井台上，回家时忘记戴了，进了家门想起来，忙跑回去找，问那个在他后面担水的人，那人不冷不热地说，你以为现在还有像雷锋那样的人？敖其尔拍拍胸脯说：我就是雷锋！丢了心爱的手表，夫妇俩难过了好长时间，但是他们没想到，在以后的 30 多年时间里，他们自己却做了不计其数的像雷锋的事情。

在陈银锁夫妇刚刚工作的那几年，他们夫妇每个月几乎都把工资捐赠了，家里有时候连零花钱都没有。有一次，她的女儿得了急性肺炎，医院要求住院治疗，当时她连几块钱都拿不出来，只好流着眼泪把孩子抱回家。正好一个朋友来家看我，见这情况，拿出仅有的 5 块钱说，快带孩子去医院。接着，是朋友和自己的同事凑了 100 多元，才把她女儿的病治好。通过这件事情，陈银锁感受到，一个人在困难时的那种绝望和无助，同时也更加感受到一个人在困难时是多么地需要和渴求关爱和帮助。也许自己的一句关心的话、一个伸手拉一把的动作，在别人心里就是一种温暖和关爱、一种信心和勇气、一种希望和力量。这也是几十年来鼓舞陈银锁夫妇坚守人间大爱道德高地的不竭源泉和动力。

在外人看来，陈银锁夫妻俩都在金融单位工作，收入也比较高，按照常理，早就应该住进宽敞明亮的大房子了。可是，很多人都难以想象，陈银锁一家人到现在居然居无定所，还在到处租房子漂泊。直到现在，夫妻俩出门，要么坐公交，要么骑自行车或步行，不管气候多恶劣，从来舍不得打出租车。目前他们仍然租住在一个不足 60 多平米的房子里，客厅里放着一张普通的餐桌，三把已经淘汰的办公木椅子，一张锯短腿的课桌上放着一台老式彩电。走进厨房，三张课桌权当橱柜。扪心自问她何尝不想拥有自己的房子。每月一千元的房租虽然不贵，但对于她来说，却是一笔大钱。有一次她对房东说，房租有点承担不起，能不能再便宜点，房东却大感不解地回答道：“你们对别人那么大方，怎么对我这么抠？你们在外面动辄捐几千几万的，就别跟我计较这点可怜的房租了。”她 10 多年来却很少添置漂亮的新衣服，出门参加单位演出节目或表彰会都向别人借蒙古袍穿，而且家里连十块钱以上的化妆品也很难找着。许多人不能理解陈银锁夫妇说：念不起书的孩子那么多，帮得完么？挣了钱不能用来改善自己的生活条件，活着还有意思么？把钱都用在别人身上，自己不过了么？为了帮助别人，搞得自己一贫如洗，值得么？他们夫妇俩说：值得，帮助别人是我们最大的快乐。当看到自己资助的人渡过了难关，对生活露出笑脸时，自己内心的快乐是金钱买不到的。陈银锁夫妇用爱心感动了整个乌拉特草原。当时一声声呼喊他们“叔叔”“婶子”“干爹”“干妈”的孩子们，20 多年后，他们个个长大成才了。

陈银锁夫妇不但在物质上倾力帮扶，更可贵的是他们特别注重在贫困孩子们的思想和精神上倾心浇灌。他们的爱心也深深地感染和净化了那些受他们资助的心灵，并把他们的爱心一脉相传下去。那些年，当看到他们家生活困难，上学的孩子们多次想退学回家去，但她却给他们讲透了“知识改变命运”的道理，鼓励他们坚持再坚持。最让感动的是，曾被他们资助过的一位大学生，在毕业成家后成为全区“敬老孝星”模范家庭。被资助的斯庆高娃回忆，有一次，供电所的人来收费，陈银锁婶婶把收费的人叫到厨房说：“现在家里确实没有钱了，再等几天吧！”看到他们的难处，当时斯庆高娃心里感到很痛苦：“我们这么多人白吃住在他们家里，连电费也不能帮他们缴，实在是没有用啊！”他（她）们多次想退学回老家去，陈银锁夫妇却鼓励他（她）们再坚持……如今，贺喜叶力吐担任乌拉特后旗乌盖苏木医院副院长，斯庆高娃担任乌拉特后旗医药监督管理局主任科员，其其格在乌拉特后旗农牧局工作，萨仁格日勒在乌拉特后旗环保局工作，斯琴在赤峰克旗农牧局工作。如今，在陈银锁夫妇的帮助下，从内蒙古德德玛艺术学院免费读书毕业的那日苏面对内蒙古卫视《福彩・草原情》栏目摄制组的镜头，他动情地说：“我最想说的一句话就是：感谢恩人陈银锁、敖其尔！”获莫斯科大学博士学位、现在新疆大学工作的乌恩高娃说，如果没有陈银锁夫妇当年替她偿还的 3 万多元的贷款，我也许一辈子都得背负“不守信用”的黑名。

最让人感动的是，陈银锁夫妇曾经帮助过的一对残疾人王艳雪夫妇，在陈银锁帮助下先后开了彩票店和涮肉致富后，又像自己的恩人陈银锁一样，把爱心献给别人，成为当地身残志坚的爱心楷模。除此之外，如今调回在内蒙古通辽市委政法委工作的吴长命、在乌拉特后旗蒙古族中学任教的查干、在乌拉特后旗前达门苏木兽医站工作的图布兴、在海力素苏木卫生院工作的海山、在临河区房管局工作的萨日娜、在内蒙古民族大学读研的吴桂英以及在内蒙古财经大学的萨茹拉，还有田小、海鹰、海玉、铁山、斯琴格日勒、赛汗其其格、高娃等等。他们都有了理想的学习和工作，过着幸福美满的生活。爱如一池春水，一颗小小的石子便可激起无数圈的涟漪，爱如一朵祥云，一阵淅沥的小雨便可滋润一行行将枯竭的幼苗。如今，陈银锁夫妇曾经资助过的困难学生和残疾孩子，都学有所成，他们无论在何方，无论干什么事情，总会想到陈银锁夫妇。

采访快结束时，我又一次问起陈银锁，支撑她30多年如一日，一直坚持帮扶困难学生们的东西，也就是她所说的秘密，究竟是什么？

陈银锁听了，她沉默了一会儿，没有说什么，她走进卧室里，从里面抱出来一个挺好看的小匣子，尽管有些陈旧，还是显得有些年分。她轻轻地打开匣子，跟我说，这就是她的秘密，也是她一生最重要的“三件宝”。什么法宝？我急切定睛一看，原来是两缕发丝和系在上面的一条条的红布条，还有一面小镜子和一把小梳子。这、这居然就是你的秘密法宝？对，她抚摸着发丝对我说，要不是你不停地追问，我也不会让你看这些东西，它是我姥姥和母亲的发丝，我一直把他们珍藏。因为在我心目中，发丝就是我姥姥和妈妈。还有这些红布条，都是姥姥和妈妈为孩子们接生，孩子们家里赠送的，在我心里，它们不是一条条红布条，而是一个个鲜活的生命啊！说着，陈银锁把她的大辫子从后背顺到胸前，她托起大辫子的发梢，让我看上面紧紧系着三缕发辫的红布条。我这才明白，原来她的大辫子上面的红布条都是这里来的。并且她每次用紧扎发辫的红布条编织成一个小小的爱“心”的图型。哦，我这才明白了原来在北京看到她大辫子末梢上红布条的图形。

接着，陈银锁慢慢给我讲起姥姥、母亲和她的一家子有关大辫子的故事。原来她跟姥姥和母亲一样，一辈子都是留着大辫子。姥姥从小就告诉她，身体发肤受之父母，发丝就是亲人的血脉，发丝是不会腐朽可以永久珍藏的。在她的记忆中，只见过母亲剪过一次辫子。那是陈银锁读小学时，看见同学们都有漂亮的文具盒，她也想要，可当时实在没有钱给她买。她在家不停地哭闹，惹得妈妈也掉了眼泪。现在想起来她都后悔，责怪自己的不懂事。说着，她的眼角已经浮起了泪花。后来，妈妈实在没办法了，拿了把剪刀，一转身回到了里屋。小银锁也不知道妈妈在里屋干什么，等妈妈从里屋出来，小银锁才发现妈妈身上的大辫子已经躺在妈妈的手里了。原来妈妈一狠心把自己最钟爱的大辫子给剪掉了，让小银锁拿到供销社卖掉，再去买她喜欢的文具盒。看到妈妈眼睛红红的好像还有泪光，当时的小银锁不懂事，也顾不上想明白为什么，欢天喜地地到供销社卖掉了妈妈的大辫子，换取了自己心爱的文具盒。说着说着，陈银锁已经是泣不成声。后来妈妈发现自己大辫子上系着的红布条也被卖掉了，赶紧又拽着小银锁去供销社找收头发的业务员，好说歹说，从一大堆的头发丝里终于找到了那条红布条，弄得业务员丈二和尚摸不着头脑，不明白就为了这根小小的红布条，竟然在一大堆头发丝里找半天，值得吗？小银锁也是纳闷。他们哪里明白，在母亲心目中，那根小小的红布条就是一条鲜活的生命啊！从此，陈银锁明白了姥姥和母亲大辫子和红布条的含义，她决心跟姥姥和妈妈一样，珍爱自己的大辫子，不管世俗怎么看待和嘲弄，她都不离不弃。他们祖孙三代的大辫子都要保留在腿部那么长，有人开玩笑说就像马尾巴的功能，可以扫除蚊虫的叮咬；但陈银锁更觉得更像传说中菩萨们用的拂尘一样，可以扫除世俗的偏见与尘埃……

说着，陈银锁又把那个小镜子和小梳子拿出来给我看，说这些宝贝都是她姥姥和妈妈给她留下的。有时候她的所作所为也受到一些人的质疑，有时她也觉得委屈和心烦。其实作为一个女人，她内心有时候是脆弱的，特别是当她身心疲惫，她经常拿出来，照照镜子，看看自己做的事情有没有亏负自己的良心和责任。再用姥姥和母亲的梳子梳梳头，把心里一些烦恼和杂念一起统统梳掉。

啊，此时此刻我终于明白了，原来支撑陈银锁 30 多年如一日坚持帮扶贫困学生的东西，原来不是什么宏大的理想信念，也不是什么豪言壮语，它只是一条小小的红布条。因为它是姥姥和母亲对人间大爱的血脉传承，是对每一个生命的敬爱和呵护。在别人眼里这些老式的大辫子、过气的红布条，也许是落后和陈旧的代名词，但在陈银锁心里，却是一种传统良知和人间大爱的坚守。她用这个代表着大爱的红布条，把真情、良心和责任紧紧地系在一起，把爱传播给草原的四方。

回到北京后，我又接到了陈银锁的一个电话，她在电话里欣喜地告诉我，她的女儿也自愿开始蓄发了，准备跟太姥姥、姥姥和母亲一样，要留大辫子了。女儿还跟她要太姥姥、姥姥传下来的红布条，准备用它作为自己大辫子的纽带扣，在京城和草原的时空里飘扬……

阎雪君

读阎雪君的《美丽的“大辫子”》

写了两天名家的经典，今天继续读书。

我是先读《美丽的“大辫子”》，然后才认识阎雪君主席的。

我是在《一车一世界》出版的年底加入中国金融作协的，在准备加入作协之前，我还是上网搜了一下金融作协的信息，无意之间我读到了阎雪君主席的《美丽的“大辫子”》。

事先说明一点的是，我读书虽然选择性很强，但是我不会因为作者的地位或身份去选择书，很多书读完了，我也不知道作者是做什么的，因为我读的是书。读到阎雪君主席的这篇文字，坚定了我加入金融作协的想法，那年底，我也幸运地加入到了金融作协。

在立志成为一个作家之后，我的阅读方式改变了，我不再仅仅局限于别人书里的故事，或者别人书里涉及的知识，我更多地喜欢从文学技法上去读别人创作的构思。毕竟每篇像样的文字出来，作者难免都会绞尽脑汁一番的。

我对书的体裁几乎没有选择性，除了诗歌，别的体裁书籍我都会看。报告文学这样的体裁，最早好像在小学课文里就出现过，后来在中学还读过几个名家的报告文学，也许是自己理解水平问题，一直觉得那些在老师嘴里被神话得天昏地暗的“名篇”，在我的心里不过尔尔，反而是后来参加工作后读过一篇非常好的报告文学，那是 90 年代写在京穷困大学生无钱吃饭的《落泪是金》。

之后，再次感动的报告文学作品，估计就算是《美丽的“大辫子”》了。

一是故事非常感人。

无疑，全国金融道德模范陈银锁 30 余年扶贫济困的故事，确实让人感动不已，尤其是，少不更事的陈银锁为了一个文具盒，竟然逼着母亲剪掉发辫换回来一只文具盒。在得到文具盒之后，母亲又逼着她去供销社找回系在发梢上的红布条，因为一根红布条对应的是一个新生命。母亲是接生婆，她一直信奉身体发肤受之父母，剪辫无异于剜心之痛，无奈生活所迫，她只能忍痛割爱。

也许因为苦难的生活，让陈银锁懂得了危难时刻的艰难，也许因为这份同理心，让她一直走在助人为乐的路上。没有豪言壮语，没有顶天之力，他们凭着自己的两双手，为数十位需要帮助的人撑起了一片可以遮风挡雨的天。

陈银锁的事迹是感人的，感人一方面来自真实的陈银锁夫妻的义举和善举，另一方面来自阎雪君主席拥有观察细致入微的一双眼，有刻画细腻的一支笔，有阎雪君的妙笔生花，陈银锁感人故事才会跃然纸上。

二是写法非常优美。

《美丽的大辫子》全文 13000 余字，为了确保阅读的气韵，中间分段和分节是自然不过的，这正好也是写作最见功夫的地方，作者以诗和歌一样的语言，将文章分成几个部分：一缕辫发："真情"——像草原一样广阔；二缕辫发："良心"——如敖包一样圣洁；三缕辫发："责任"——似阴山一样重大；系辫子的纽带："大爱"——像黄河一样深沉。

这不仅仅是几个简单的分段符号，这好像是一首颂歌的序曲，当然，这也不能算是序曲，好像是一首单曲的名字，这些名字不仅与地域，而且与事件实现了无缝的衔接。感觉这不是分段符，好像是歌门，或者像是引言。因为这个段落的名字，更加诗化、歌化了陈银锁的事迹，陈银锁不是被写出来的，而是赞美出来的，歌唱出来的，更是值得赞美的，值得歌唱的。

这是一个非常大胆的尝试，当然，更是一种文学创新的尝试，通过实践证明，这个尝试是非常成功的，不仅生动了陈银锁的故事，为文章的旋律增添了灵动性，增强了文章的可读性。

三是结构非常致密。

美丽的大辫子无疑是陈银锁的标志符号，这是一个外在的符号，可作者利用麻花辫子的三股交叉的形式，将其变成文章思考的逻辑结构，这个构思非常精巧。

麻花辫子是一个实物的存在，同时又是一个逻辑的存在。作者将文章按照三股头发外加一根红布条的结构，转换成故事推进的结构，也就是说，文字逻辑里有一个辫子结构，这个结构无疑也像实物辫子一样是致密的、严谨的。

外在的麻花辫子，变成了内在的逻辑结构，这是作者构思时的匠心，因为这个巧妙设计，虚与实、情与景、文与人，就这么严丝合缝地铆接在一起，读后真的让人拍案叫好！

陈银锁的辫子是她的符号，这是一个家族用爱心接力的符号，姥姥和母亲是接生婆，她们留了长长的大辫子，女儿开始不理解母亲，甚至跟母亲不再往来，可她真正体察到母亲博大爱心的时候，她也开始蓄起了大辫子。女儿蓄上的不仅仅是一根辫子，而是三代人延续下来的爱心。

读了《美丽的“大辫子”》给我更大的收获还是在文学上我对自己的认知更加清晰，很多时候，作家们都会追求名家、经典，殊不知，我们跟名家和经典之间不知道隔了几个阎雪君呢。我这么说的目的，也不是定义这篇不是经典，而是想说，它比一般公认的所谓的经典离我们更近，我们读起来感触会更加亲切，理解起来也许会更加到位。

《美丽的“大辫子”》读完了，留在心里的不仅是陈银锁的善举和义举，而且有阎雪君这篇文章的语言表达和结构上的精巧构思。

《美丽的“大辫子”》让我真的读出了美丽。

朱　晔

发时代最强音　讲金融好故事

——“2022 年银行业好新闻”述评

2022 年是中国历史上意义非凡的一年，党的二十大胜利召开，聚焦了全世界的目光。以习近平同志为核心的党中央，团结带领全党全国各族人民勠力同心、奋力拼搏，取得了举世瞩目的成就，中国的金融事业也获得了丰硕成果。回眸 2022 年，中国银行业新闻宣传战线弘扬主旋律，凝聚奋进力量，聚焦主责主业，守正创新、担当作为，唱响了银行新闻业的高昂旋律，为党领导下的中国金融事业健康发展提供了坚强的思想保证和强大精神力量。

春路雨添花，最是好景君须记。连续 11 年成功举办的“银行业好新闻”评选活动，已经是中国金融界及全国新闻界一张光彩夺目的品牌名片。2022 年度好新闻评审活动共收到 176 家银行业金融机构和主流媒体推荐，在中央和省一级报纸、期刊、电台、电视台、网络媒体以及在会员单位自有宣传平台上发表的新闻作品 176 件，得到了广泛响应和积极参与。众位评审专家从导向、内容、结构、表达方式、新闻价值等方面，共评审出“普惠金融、保障民生、服务“三农”、创新发展”四个类别好新闻，分别为普惠金融 32 篇、后三类各 33 篇，共 131 篇。这些获奖作品，可圈可点、可赞可叹、可喜可贺。这些成绩的取得，得益于各级主管部门的正确领导，得益于中国银行业协会的指导得力、组织有方，得益于全国新闻媒体单位及同仁的大力支持和配合。在这里，向获得“2022 年好新闻”的单位和同志们表示热烈的祝贺！同时向中国银行业协会和全国金融界及社会各界的新闻媒体同仁们表示诚挚的谢意和敬意！

“2022 年银行业好新闻”，就是对国家经济社会发展有重要意义的、在推动金融行业改革发展及凸显行业成就等方面有典型意义的，对人民群众切身利益有重大助益的中国银行业新闻报道作品。这些好新闻作品题材导向正确，意义重大，具有新闻的政治性、先进性和群众性，有行业代表性，引起了良好的社会反响；获奖作品内容真实准确，新闻要素完整，结构清晰，语言流畅，文字精炼，表达方式符合当代新闻发展潮流，具有良好的价值取向和审美取向。这一点，在刚刚发布的《银行业好新闻非凡十年》书刊里，也得到了更好更强的体现。前些时间，我也应邀参与了《银行业好新闻非凡十年》作品的评选及编发活动，从800多篇作品里评选出100篇文章，给我的收获很大，感慨颇深。

文化强则国家强。党的十九大和党的二十大，明确提出了增强文化自信，实施文化兴国战略。我们作为金融系统的新闻文化行业，就是要认真贯彻落实党中央的有关精神，围绕新的发展大局，强力发出新时代里中国金融的“好声音”，着重讲好新形势下中国金融的“好故事”。综观2022年获得好新闻作品，明显呈现出“三个十”的特点，那就是：发出了“十种好声音”、讲述了“十类好故事”、取得了“十项好成果”：

一是发“宏声”、言“大事”，提升了中国银行业新闻作品的高度。

2022年，银行业宣传战线把握新形势新任务，把宣传工作融入党和国家事业大局，推动金融宣传工作发生深层次、根本性变革。坚持以习近平新时代中国特色社会主义思想为指导，增强“四个意识”、坚定“四个自信”、做到“两个维护”，提高了政治判断力、政治领悟力、政治执行力，促进了中国金融业的健康稳定发展。综观获奖作品，都具有政治站位高、弘扬主旋律、传播正能量的特点。主题突出，思想明确，有着很高的政治引领作用。所有作品都表达了广大金融人爱岗敬业，记载和讴歌了壮丽的中国金融事业。特别是讲述了党的十九大、二十大以来，广大金融人听党话、跟党走，在当前重大、深刻变革中，站在时代潮头，回应人民期待，抒发家国情怀，赞颂人间大爱，宣传佳作不断。如新华社报道的《奋进新征程 建功新时代·非凡十年，专家谈新时代我国金融支持实体经济新成效》，人民日报报道的《新市民金融服务系列报道》、经济日报报道的《奋进新征程建功新时代系列报道》、中国建设银行报道的《走中国特色金融发展之路》、中国工商银行报道的《工行助老服务上了奋进新时代主要成就展》、香港商报报道的《加强金融服务助稳经济大盘》、中国农业银行报道的《奋进新征程建功新时代系列报道》、中国光大银行报道的《助力稳住经济大盘专题报道》、恒丰银行报道的《喜迎二十大建功新征程》、国家开发银行报道的《国开基础设施投资基金系列报道》、苏州银行报道的《学习二十大精神讴歌新时代金融》等等，使广大干部群众受到了一次全面深刻的政治教育、思想淬炼、精神洗礼，新闻宣传工作不断引领广大职工往深里走、往心里走、往实里走，提高了金融职工的道德素质，培育了知荣辱、讲正气、作奉献、促和谐的良好风尚。

二是听“民声”、干“正事”，加大了中国银行业新闻作品的硬度。

党的二十大报告中指出：必须坚持人民至上，维护人民根本利益，增进民生福祉，让现代化建设成果更多更公平惠及全体人民。综观获奖作品，都具有围绕中心，服务大局，聚焦主责主业，心系群众，无私奉献的特点。很好地表达了广大金融人在服务实体经济，防化金融风险，全面脱贫攻坚，实现乡村振兴，助推绿色金融，普惠国计民生等方面，发挥金融行业的特点和优势，运用金融业的先进理念和服务手段，讲述了新形势下金融人爱国爱党爱行业、恪尽职守、担当奉献的先进精神和感人业绩，作品有筋骨、有道德、有温度，金融宣传亮点频现。如中央广播电视总台报道的《金融发力不负春光》、华夏银行报道的《精准施策护航实体经济》、经济参考报报道的《让金融活水流进实体一线观察》、新浪财经报道的《国有六大行齐发公告支持实体经济》、中国经营报报道的《实业强国金融助力》、中国城乡金融报报道的《守护绿水青山服务双碳目标》、中国长城资产公司报道的《聚焦主业化风险践行使命担当》、广西北部湾银行报道的《转型辟出新天地》、天津农村商业银行报道的《全面推进乡村振兴》等，引领行业新风正气，服务国计民生，推动社会经济健康蓬勃发展。

三是纳“呼声”、解“难事”，挖掘了中国银行业新闻作品的深度。

深入生活扎根基层，倾听社会和群众呼声，积极为企业和大众扶危济困，是这次获奖作品的一大亮点。许多作品通过弘扬劳动精神、劳模精神和工匠精神，营造劳动光荣的社会风尚和精益求精的行业风气。如中国金融家杂志报道的《金融助企纾困出实招》、中国青年报社报道的《让小店有烟火为企业解难愁》、中国金融杂志报道的《银行保险业全力助企纾困》、中央广播电视总台报道的《金融及时雨惠企利民纾困》、和讯网报道的《新市民何以为家银行业探索破解良方》、新华网报道的《银保监会一周内三次回应保交楼》、中国信达资产公司报道的《防范化解风险服务实体经济》等，赞美了金融人“功崇惟志、业广惟勤”的创业精神；赞颂了金融人“守德而忘势，行义而忘利，修行而忘名”的职业素养；赞扬了金融人“直如朱丝绳，清如玉壶冰”的廉洁风尚；称赞了金融人“爱人者人恒爱之，敬人者人恒敬之”的道德楷模。用先进的故事鼓励人，在“中国梦、劳动美、金融情”活动中建功立业，为中国金融事业发展壮大作贡献。

四是辩“杂音”、揭“短”事，增强了中国银行业新闻作品的厚度。

新闻作品既能像扩音器一样，发洪声鼓士气，也能如听诊器一样，探微音辩杂音，寻找和根治病症。党的二十大报告中指出，在工作中必须坚持问题导向。问题是时代的声音，今天我们所面临问题的复杂程度、解决问题的艰巨程度明显加大。我们要增强问题意识，聚焦实践遇到的新问题、改革发展稳定存在的深层次问题、人民群众急难愁盼问题，不断提出真正解决问题的新理念新思路新办法。综观获奖作品，许多作品都能发挥新闻作品的舆论监督作用，不怕杂音，敢于发现问题并报道问题和解决问题。如中国消费者报报道的《智能投顾暂停对个人理财影响几何》、证券时报社报道的《涉农贷款成今年普惠金融新增长极，增量扩面背后银行还需补课》、上海市银行同业公会报道的《3月27日陆家嘴塞车了》，云南省银行业协会报道的《云南银行业清廉金融文化教育基地建成启用》、工人日报报道的《HfT投资需谨慎》、中央广播电视总台报道的《因疫情影响能否延期还房贷》、第一财经电视报道的《租房金融产品几乎空白》等等，不粉饰不遮掩，善于发现、勇于鼓与呼、推动问题解决，把“杂音”变成了“协奏曲”，将“短板”变成了“长处”，赢得了社会和老百姓的点赞，助推了经济和社会发展。

五是接“低音”、记“小事”，拓展了中国银行业新闻作品的宽度。

近年来，金融新闻工作者不断进取，转变作风，扑下身子、沉下心，深入基层一线，同吃同住同劳动，跟群众打成一片，把服务群众同教育引导群众结合起来，把满足需求同提高素养结合起来，大力宣传报道人民群众的伟大奋斗和火热生活。综观获奖作品，都能够以人为本，以职工群众为中心，让金融职工唱主角，以百姓视角、百姓话语、百姓情怀，推动金融业与老百姓“零距离”“心贴心”“面对面”“手挽手”“肩并肩”，走到客户群众身边，走进金融职工心间。如湖南省农村信用联社报道的《小站点温暖大民心》、富邦华一银行报道的《银行助老服务暖人心》、上海证券报报道的《养老金融需求千人千面》、浙商银行报道的《困在贷款里如何为外卖骑手解扣》等，积极反映职工生活的酸甜苦辣，充满了人间烟火气，书写着感人肺腑的故事，为社会平添了一道道普通而又不平凡的亮丽风景。

六是抒“心声”、办“实事”，提高了中国银行业新闻作品的温度。

江山就是人民，人民就是江山。新闻业主要还是反映人的事业和情感。综观获奖作品，大都是来自业务一线，来源于基层生活，来自普通人平凡事。如上海农村商业银行报道的《以人民二字为主线、全心助力百姓美好生活》、贵阳银行报道的《把金融服务送到老百姓家里去》、云南省农村信用联社报道的《一个群众一张卡的农信担当》、中央广播电视总台报道的《李鹏做百姓的金融好管家》等，很好地体现了以人为本的理念宗旨，百姓的事无小事儿，倾听百姓心声，为职工群众办实事。还有一些作品，反映了金融单位开辟“劳动者港湾”“户外暖心驿站”等场所，为环卫工人、快递小哥、外来打工等户外服务人员，提供休息、喝水、充电、热饭、医药救助等场地设施和用品，表达了金融业勇担社会责任，热心公益事业，奉献人间真情。同时也真正体现职工群众当家做主人，激发和调动了广大职工群众的积极性和创造性，增强了金融事业的凝聚力和向心力。

七是拨“回音”、忆“往事”，延伸了中国银行业新闻作品的长度。

前事不忘后事之师。党的二十大要求我们要总结历史，守正创新，砥砺前行。我们从事的是前无古人的伟大事业，要以科学的态度对待科学、以真理的精神追求真理，紧跟时代步伐，顺应实践发展，传承优良传统，承前启后，继往开来。综观获奖作品，许多作品都能总结经验，再创辉煌。如中国银行报道的《跨越世纪的记忆——写在中国银行成立 110 周年之际》、北京农村商业银行报道的《十七载春秋谱华章》、中信银行报道的《35 年金融为民初心不移》、宁夏盐池汇发村镇银行报道的《小银行七年时间书写大大卷》、皖江金融租赁公司报道的《皖美转身江启新程》等，忆往昔看今朝，弘扬优秀传统，汲取先进方法，推动金融企业健康发展。

八是话“旁音”、讲“外事”，扩展了中国银行业新闻作品的广度。

党的十九大和二十大指出，我们要推进高水平对外开放。依托我国超大规模市场优势，以国内大循环吸引全球资源要素，增强国内国际两个市场两种资源联动效应，提升贸易投资合作质量和水平，加快建设贸易强国，营造市场化、法治化、国际化一流营商环境。加快与世界接轨步伐，推动共建“一带一路”高质量发展，构建人类命运共同体。如渣打银行报道的《渣打中国首推面向个人客户可持续发展大额存单》、德意志银行（中国）报道的《集团转型目标有望实现，看好中国市场》、恒生银行报道的《恒生中国兴未来项目探索乡村振兴创新样本》等，深度参与国际国内产业分工和合作，有序推进人民币国际化，维护多元稳定的国际经济格局和经贸关系，增强了中国金融业国际影响力。

九是聚“同声”、谋“新事”，提振了中国银行业新闻作品的气度。

集思广益，凝聚共识，是新闻事业的一项重要职能。调查研究是我们党的传家宝，也是新闻宣传的重要法宝。近水知鱼性，近山识鸟音。刻舟求剑不行，闭门造车不行，异想天开更不行，必须进行全面深入的调查研究。党的十八大以来，以习近平同志为核心的党中央高度重视调查研究工作，指出调查研究是谋事之基、成事之道，没有调查就没有发言权，没有调查就没有决策权；正确的决策离不开调查研究，正确的贯彻落实同样也离不开调查研究；调查研究是获得真知灼见的源头活水，是做好工作的基本功，是转变工作作风、密切联系群众、提高履职本领、强化责任担当的有效途径。我国金融业目前拥有从业人员近千万之众，这是一个庞大的自成体系的群体，我们就是要发动群众、深入群众调查研究，群策群力，凝聚起金融事业的磅礴力量。如深圳市银行业协会报道的《深圳市银行业党建调研报告》、中国银行保险传媒集团报道的《全力以赴发挥好政策性开发性金融工具作用》、金融时报报道的《告别规模为王信用卡步入规范发展新阶段》、中国农村金融杂志社报道的《农金十年不辍成长》、地方金融杂志报道的《数字金融建设与乡村振兴金融服务需探讨新路径》、新京报报道的《改革化险资产管理公司如何当好金融稳定器》等，都能通过实际精准调研，为广大金融人提供强大的价值引导力、文化凝聚力、精神推动力，为金融业改革发展提供了可靠的依据和方向。

十是唱“美声”、做“好事”，平添了中国银行业新闻作品的美誉度。

金融职工工作生活气象万千、色彩斑斓。综观获奖作品，都具有风格多样、生动活泼的特点，艺术感染力极强。江山代有人才出，万紫千红才是春。新闻工作者勇于创新、敢于突破，题材新颖，不拘一格，引人入胜。许多作品都是沾泥土、带露珠、冒热气、接地气、入人心。如长沙银行报道的《用长江红描绘更多彩的湖湘美丽》、瑞丰银行报道的《一桌土菜》等，做到了以文弘业、以文培元、以文立心、以文铸魂，成风化人，立德树人。

下面，我就这次银行业好新闻评选活动谈几点体会：

首先，金融新闻宣传事业意义重大。习近平总书记指出，新闻宣传事业是党和人民的重要事业，是党和人民的重要战线。文运与国运相牵，文章合为时而著，时代呼唤金融宣传。尤其是在当前如此重大、深刻的社会变革中，如何讲述中国金融故事、发出富于影响力和感染力的中国声音，是当代中国金融新闻宣传工作者面临的巨大的机遇和挑战，也是我们的光荣所在。党的二十大及习近平总书记的重要讲话，更为新闻宣传工作发展指明了方向。金融新闻宣传工作是金融文化建设的重要内容，是提高员工的工作积极性和职业自豪感、提升我国金融软实力的重要体现。

其次，金融新闻宣传事业使命光荣。一是要加强金融新闻宣传工作的政治引领，确保金融新闻宣传正确的创作方向。要加强党对宣传思想工作的全面领导，引领广大金融新闻宣传工作者听党话、跟党走。要当好党联系金融职工的桥梁和纽带，要在培根铸魂上展现新担当，在守正出新上实现新作为，在明德修身上焕发新面貌。要牢牢把握正确舆论导向，唱响主旋律，壮大正能量，把广大金融职工的士气鼓舞起来、精神振奋起来，提高金融职工的思想觉悟、道德水准、文明素养，提高金融文化软实力和影响力。二是要发挥金融新闻宣传工作的先进作用，弘扬金融行业的时代主旋律。要把握大势，做到因势而谋、应势而动、顺势而为。要加快推动媒体融合发展，使主流媒体具有强大传播力、引导力、影响力、公信力，让正能量更强劲、主旋律更高昂。要坚持围绕中心，服务大局，大力记载和讴歌服务经济实体，防化金融风险，实现乡村振兴，为金融改革发展汇聚强大力量。三是要突出金融新闻工作的行业特色，坚守为金融职工书写的立场。要引导金融新闻工作者深入生活，扎根金融职工，积极投身金融改革和发展的实践，要用手中的笔及时、准确地记录金融人和金融事。

最后，金融新闻宣传事业前景美好。广大金融新闻宣传工作者要紧跟时代步伐，与时俱进，提倡和鼓励体现中国特色社会主义核心价值体系和主旋律的金融新闻宣传作品。村村皆画本，处处有诗才，繁华的都市，还有丰收的乡村，时时离不开金融业的支持，到处都有金融人的身影。金融新闻工作者是金融文化的实践者、宣传者和记录者，也是金融文化的践行者和讴歌者，更是先进金融文化的代表，一定能讲出更加精彩的中国金融故事。

登高使人心旷，临流使人意远。通过此次活动，我们坚信会起到举旗帜、聚人心、兴文化、育新人、展形象的作用，示范引领，共谋发展。道阻且长，行将则至，一夜好风吹，新花一万枝，我们相信，明年春色倍还人！

阎雪君

发表于《中国银行业》杂志（2023 年 3 期）

颠覆中的颠覆

——孙福论阎雪君中篇科幻小说《颠覆》

特色鲜明的文学作品总有与其同气相求的时代偕行，并与这个时代相互辉映、相互欣赏、相得益彰。作家阎雪君2011年的中篇科幻小说《颠覆》默默隐伏了十三年后，被今天这个科技加速迭代的时代重新唤出，令人感慨。小说以“知识芯片植入人脑”为核心设定，以祖孙智力互换、灵魂错位等荒诞叙事为辅助敷彩，在文学想象与哲学思辨的张力中完成了对传统认知范式的“颠覆”式解构。这种“颠覆”不仅体现在技术层面的“人机对接”，浪漫而神奇，更体现在深入生命本体尝试哲学重构，天真而率性，作品用独特的艺术触角“触及了人类集体梦想的神经中枢，解放出人类这具机器中深藏的某些幻想”（美国文学评论家布哈衣・哈桑），形成了对“教育重演论”“生命不可替代性”以及人本哲学等传统理论的颠覆性思考。

之一、教育重演论的技术解构：知识传递的时空坍缩

传统的认知理论认为，个体的接受知识过程，是人类知识积累过程的重演，即教育重演论。其理论内涵认为，一个人的教育发展是一个过程，进入高一级的教育阶段一定以通过了低一级的教育阶段为前提，阶段不可跳跃或颠倒。现代学生的学习过程是对人类文化发展过程的一种认知意义上的重演，即现代人的认知发展是对其祖先认知水平长期演化过程的浓缩，恰似生物学上胎儿在母体内的发育过程重演祖先的进化过程。教育重演论的核心在于“个体认知发展是人类文化史的微型重演”，其理论根基是生物重演律在教育学领域的跨学科投射。德国生物学家海克尔提出的“个体发育重演系统发育”理论，在教育领域演变为“儿童认知发展需依次经历神话、浪漫、哲学思辨、隐喻批判四个阶段”的线性进程。这种理论强调知识传递的时序性与阶段性，认为教育必须遵循“从具体到抽象、从感性到理性”的渐进规律。认为人学习知识，必须从人类所积累的源头知识学起，循序渐进，最终完成系统接受。这是自然规律，天道难违，只得顺从。教育重演论为理解个体发展与文化传承的关系提供了有益启发，但其生物学类比的简

化性、阶段划分的机械性、对社会文化动态性和学习者主动性的忽视，使其难以完全适用于复杂的现代教育实践。在应用这一理论时，需结合其他教育理论（如建构主义、社会文化理论），兼顾个体差异、文化多样性和学习的主动性，以避免其局限性。问题在于，随着人类文明的进步，知识积累越来越多，知识量越来越大，人们用于花在学习知识的时间也会越来越多。人的一生之中，用于学习知识的时间几十年，不啻是一种可惜的“浪费”，如果一出生就能把人类积累的系统性的知识“遗传”下来，那该多好！

《颠覆》中的知识芯片技术彻底打破了这一进程。科学家司徒梦将毕生科研成果植入芯片，直接传输给有智力障碍的孙子司徒龙，使其瞬间掌握核物理知识并完成第四代核武器研发。这种“知识空降”现象消解了教育的时间维度：传统教育中需要数十年积累的知识体系，在芯片植入的瞬间实现了时空坍缩。小说中司徒龙从“连基本算术都困难”到“核定向能武器发明者”的转变，对教育重演论“阶段不可跨越”原则发出公然挑战，“硬科幻”地对传统理论进行了颠覆场，令人欣喜！

但是，小说并未就此简单化收场。这篇小说较好地维护了感性世界映象应有的丰富性，遵循了感性世界多维度解读的原则，在解构浅层次、大众化问题的同时，对深层的认知结构层面也进行了解构。教育重演论认为“知识需通过身体实践与文化浸润逐步内化”，而芯片植入的知识以数据形式存在，缺乏个体经验的锚定。司徒龙虽然拥有爷爷的知识，却因缺乏相应的科研经历而表现出“高智商低情商”的人格分裂。这种知识与认知的割裂，揭示了技术时代“符号化知识”对教育本质的异化——当知识脱离了个体生命的时间性展开，便沦为可交易、可复制的信息商品。这，又令人担忧！

之二、生命不可替代性的伦理困境：灵魂置换的身份危机

文学是人学，关注生命、探究生命、呵护生命是文学永恒的使命。从存在论（研究“存在本身”的哲学分支）来看，生命的不可替代性首先源于其存在的唯一性——每个生命都是“仅此一次”的、不可重复的存在过程。从价值论层面，生命的不可替代性源于其内在价值（自身即是目的，而非实现其他目的的工具），这种价值无法被量化比较，因此不存在“可替代”的逻辑基础。生命并非孤立存在，而是始终处于与其他生命、与世界的关系网络中，而这种关系的独特性进一步强化了其不可替代性。“生命不可替代性”的理论支柱，在现实层面表现为不存在可替代的物质基础，在哲学层面表现为对个体唯一性的本体论承诺。杨朱学派“损一毫利天下，不与也”的主张，强调生命作为“至重”存在的不可让渡

性；现代意识哲学则从量子效应（如神经元中的量子隧穿）论证意识的不可复制性。《颠覆》“软硬”皆幻，通过两次置换实验（第一次人脑芯片置换，第二次法术灵魂置换），挑战生命不可替代的定论，并由此为读者展现了三重伦理困境：

身份认同的窘境：司徒梦与司徒龙互换后，爷爷的灵魂移居在孙子体内，导致“科学家的心智”与“少年的身体”的错位。这种错位挑战了洛克“记忆连续性”的身份理论——当司徒龙以爷爷的记忆面对昔日恋人时，身体的青春与记忆的苍老形成荒诞张力，身份的时空坐标彻底紊乱。这是多么尴尬的事啊！

自由意志的悬置：灵魂置换过程中，个体意识成为可转移的“数据”，自由意志沦为法术操控的产物，生命降维为可操作的“信息集合体”。这种降维导致道德责任的消解：当灵魂可以任意置换，“杀人”行为可能只是“灵魂暂存”，传统伦理体系的根基被动摇。

死亡意义的消解：生命是有限的，死亡是必然的，生命的有限性为生命的不可替代性增添了浓重而绚烂的色彩。《颠覆》中灵魂可脱离肉体存在，生命被肢解，死亡不再是全部生命的终点。司徒梦在灵魂互换后对死亡的漠视，实质是对生命神圣性的淡化，这种淡化在核武器研发情节中达到顶峰：当生命可以无限复制，毁灭整个物种的行为也失去了终极威慑力。

科学和伦理的矛盾是一个传统的话题，科幻小说追求人文思考逐渐引人重视。但是像《颠覆》这样，把科技引发的伦理困境作出这样多维而幽深的人文思虑，实属不易……

之三、文学想象的哲学投射：技术乌托邦的双重叙事

《颠覆》不仅有新奇的“科学元素”、幽邃的“人文思考”，还有精美的“逻辑自洽”。《颠覆》在艺术上的一大特色，在于别具匠心，用隐喻等手法将技术哲学命题和具象的叙事冲突有机地交织在一起，达到了形神合一。小说通过“冬秋春夏”的季节倒序结构，暗喻技术发展对自然秩序的颠覆；核武器研发的情节则是“知识失控”的隐喻，呼应了海德格尔对技术“座架”（Gestell）的批判——当人类将自然与生命都视为可计算、可操控的资源，最终将陷入自我毁灭的循环。

更深刻的哲学投射体现在“玄幻与科幻的融合”。吴法道的法术作为东方神秘主义的象征，与芯片技术形成互补：前者代表传统思维对生命本质的探索，后者象征现代科技对生命的干预。两种叙事元素的交织，揭示了技术时代人类面临的共同困境——无论是通过法术还是科技，试图突破生命限制的努力最终都将反噬自身。这种融合使小说超越了单纯的技术批判，上升到对人类存在本质的终极

追问。

在技术加速迭代的今天,《颠覆》的预言性愈发凸显。当马斯克的Neuralink将脑机接口变为现实，当ChatGPT开始模仿人类创作，阎雪君13年前的文学想象正在成为技术现实。小说的价值不仅在于前瞻性地提出“知识芯片”概念，更在于通过文学叙事揭示技术变革背后的哲学危机——当教育沦为数据传输，当生命异化为信息集合，人类将失去作为“有限性存在”的本真维度。这种警示在人工智能与量子计算并行发展的当下，依然振聋发聩。

孙　福

结缘中国金融出版社

你还记得自己的初恋吗？人常说，初恋般的味道是最纯美的。“她”是第一个你爱的人，也是第一个爱你的人。我也没想到，这辈子，我的“初恋”竟与中国金融出版社结缘。更明白地讲，我把最纯情的“第一次”很虔诚地献给了中国金融出版社，而中国金融出版社也毫无保留地将她宝贵的“第一次”赐给了我。这种机缘和情分，不得不说是我一生的幸运和福气，也让许多人羡慕和赞叹不已。

“第一次”，对于任何人都意味着一个非同寻常的开始，不管其“后来”如何丰富和强大。呱呱坠地的第一声啼哭，第一次的蹒跚学步，第一次的牙牙学语，第一次的青春萌动，都是刻骨铭心、历久弥新的。就是这“第一次”的亲密接触，激发了我青春的悸动，点燃了我炽热的琼浆，孕育出了足以收进“家谱”、载入“家史”的硕果：2000 年金秋十月，在一个硕果压枝的日子，携着泥土小草的味道，散发着油墨的清香，我的处女作长篇小说《原上草》正式出版，成为建社以来“首部中国金融出版社出版的金融文学作品”和“首部为中国信合事业树碑立传的长篇小说”（封四宣传语）。

就是这“第一次”的牵手，使我这个来自黄土高原偏远乡村的毛头小子华丽转身，化蝶成蛹，从一个头顶高粱花的文学爱好者，成长为中国金融作家协会主席、中国作家协会全国委员会委员；就是这“首部出版的金融文学作品”，让这个全国金融系统最具权威和光荣历史的出版社，从此多了一种内涵和关怀，在高贵简约的素描中平添了斑斓的色彩，开创了金融出版史的先河，滋养和推动了中国金融文学的发展壮大。从此，中国金融出版社就融入了我生命的长河，渗透进我的灵魂。我与出版社相识相知，荣辱与共，我把她像神一样“侍奉”。

时光回溯。那是一个阳光明媚的清晨，我接到了中国金融出版社魏革军社长的电话，他在电话里向我描述了开展中国金融出版社建社 60 周年活动的蓝图，并基于我的长篇小说是出版社出版的“首部文学作品”之渊源，约我摘取心香一瓣，撰写一篇创作心得体会，我欣然应命。

任务领了，可是写什么？一时又心里没底儿。一个周末，我照例驱车回到距京城三百公里的乡村小宅。进了家门，立在一溜书柜的玻璃窗前，目光下意识地留驻在了那本颜色稍微泛黄的《原上草》上，记忆的封尘便在阳光下开启，我的思绪也随着微风飘荡开来……

我是山西大同阳高县马家皂村人。我们那个村历史悠久，是唐朝建的，风水也很好。马家皂村也是很有文化底蕴的，我所写的5部长篇小说，目前发表了4部，没有一部是离开我们村的，那里简直是小村庄大社会，有着取之不竭的宝藏。有位记者曾问我：“你怎么定位自己？”我说：“其实我只是个四不像。”为什么说是“四不像”呢？因为在作家队伍里面，他们都说我是银行人；但银行系统里的人都说我是作家；回到村里，村里人说我是在城里上班的人；北京城里的同事又说我是村里人，所以我给自己定位是“四不像”。恰恰就是这个“四不像”给我提供了一个创作的广阔天地。

我从初二开始写小说，高二开始发表。高中毕业名落孙山、毫无悬念地就当农民了，后来找了个临时活儿，在县制药厂烧茶炉。有一次我们县里的一位老干部想把我弄过去写材料，结果让县委组织部部长以我是“三无”人员挡了回来。“三无”是什么呢？就是没户口、没文凭、没工作。

最后，还是文学救了我。我从制药厂的临时工，到乡村的信用社、阳高县农行、大同市农行、山西省农行，到大同市人民银行、人民银行总行，再到华夏银行总行、中国金融作协，十年实现了九级跳，从村、乡、县、市、省到北京，一个台阶没落下，就像一条鱼，从海底深处一层层跳出海面，历经各个生活层面，给了我一份职业一个饭碗，这支撑点是什么？是文学！多年来我坚持文学创作，生命里充满浪漫和奇遇，先后创作了300多万字的文学作品、200多万字的报告文学和新闻调研类作品。经过十年艰苦奋斗，我终于把自己从“三无人员”变成了“三有人员”。所以我经常鼓励年轻的作者说：记住，写作是一条“通天”的大道！

和金融出版社的渊源纽带，就是那本《原上草》的出版。1999年，我在大同市人民银行农金体改办工作，火热的农村金融工作触发了我的创作灵感。经过一年时间的创作，《原上草》初稿成形。当时我也没有出版过作品，不知道往哪里寄，干脆就直接寄给了人民银行总行合作司。后来的事情，当时合作司的王祁先生在其所作的序言《为农民而活得有滋有味的信合人》里，清晰地讲述了这段小小的传奇：“1999年十月初，张功平司长将一摞厚厚的书稿交给我，说是山西大同一个叫阎雪君的信用社干部写了一部反映信合人的长篇小说，让我给看看。当时也没太在意。从心里说，当代文坛上能有一部反映信合人的长篇小说，确是搞信用社的人祈盼已久、千呼万唤的好事，但却又是可望而不可即的，因为这类书实在不好写。那其中的难处，除了文学，还有政治，还有敏感的神经和心底的震痛。现在有人写了，大概也是图解之作。但当我将书稿一页一页看下去，心情却逐渐振奋起来，继而有些惊叹了。觉得作者能够在充满原始野性与生命欲望的西部大背景中，刻画出一组浮雕般的信合人的群像实属不易。”“几十年来，农村信用社为我国农村经济的发展作出了巨大的贡献。可是在林林总总的文学画廊中，很少见到信合人的身影，这实在难说公平。而如今，西北汉子阎雪君不声不响地抹了一笔，通过描述三代信合人的生活和情感经历，全景式地反映了当代信合事业改革、发展和奉献的历程。差不多是填补了一个空白，因而我说阎雪君是个有着极强责任感的青年作家。”“小说生动地反映了信合干部职责的光荣、工作的艰辛和个人感情生活的苦辣酸甜，人物是真实可信的，很感人。作品有较强的时代感和行业特色，对西北城乡交界地域的风土人情、乡言俚语以及独特粗野的男女感情纠葛和性爱方式，描写得大胆、泼辣、浑厚，甚至很新鲜。可以说这个作品是行业文学，但更是社会文学，很耐读。特别值得肯定的是，作品能够把握主旋律，突出生活的亮色，体现了农村信用社的办社宗旨，给人以信心和追求的力量。”

作品初稿得到了总行领导的肯定和看好，但是怎么发表，在哪个出版社出版，一直在王祁先生的脑海里转悠。一天，金融出版社的编辑部主任李兴发来到总行谈其他的工作，活动结束后，王祁先生和李兴发主任闲聊。王祁先生就又聊起来大同阎雪君的这部作品。李兴发主任听了感觉作品很有新意和特色，但是说“可惜我们金融出版社从建社以来一直以金融业务书刊为主，还没有出版文学作品的先例”。“那你们可不可以拿这部《原上草》试验一把？改革一下，开出版金融文学作品的先河呢？”无意中王祁先生激将了李主任一把。李主任当时愣怔了一下，说：“这个想法真的不错，就是这得出版社领导层说了算，我先把作品带回去，让编辑们看看，尽力争取一下。”过了一段时间，李主任兴奋地通知王祁先生，出版社领导们非常看好这部作品，并且研究了出版社的业务结构改革创新，同意破例出版这部文学作品，使金融出版社成为金融业务与金融文学一轴两翼、两条腿走路、协调发展的出版社，并且成立了杜华副总编辑牵头的编辑小组。编辑们字字亲躬，句句斟酌，呕心沥血。在这个过程中还有个有趣的“插曲”。杜华副总编亲自找我谈话，询问这部作品的整体架构及所属流派和文理特点，当时我就瞠目结舌，一句话也说不出来，因为我真的不懂她所说的内容。接着她又问我都读过什么书，还列举了一串世界名著作品，我老实回答一部也没听说过。她又问我国内的文学名著，我红着脸承认也没有真正读过，就是看小人书和电视剧断断续续知道一些。当时确实把杜华副总编惊讶得眼睛越来越大了。她实在搞不明白，这么一个啥也不懂、啥书也没读过的小乡巴佬，是怎么完成一部长篇小说的构思和创作的。经过反复修改打磨，《原上草》终于在2000年10月第一次出版印刷发行，全国各地新华书店，各个金融单位以及员工的订单不断地飞向北京，短时间内销售一空。于是应读者要求，出版社2001年4月第二次印刷发行。这本书取得了社会效益和经济效益双丰收。

中国金融出版社办了一件大好事，开了一个好头。《原上草》的出版发行，在当时确实引发了一段时间的金融文学热。《金融时报》《中国农村信用合作社》杂志等还专门刊发了王祁先生为《原上草》撰写的序言；著名作家、评论家谢泳、王祥夫等在《文艺报》《作家文摘》《金融时报》等报刊发表评论；全国各地的读者，尤其是许多地方的信用社老员工，含着眼泪给我写信，说信用社一直都是“下面儿孙满堂，上面没有爹娘”，多少年没人管没人疼，现在终于有作家给信用社“树碑立传”了。金融出版社内部也仿佛吹拂起一缕清新的春风，编辑们都在读这部自己出版社出版的首部文学作品。他们给了我许多鼓励，说我们金融出版社以前出版的作品只有在业务书架上看到，如今文学书架上也能看到，觉得很自豪。听说有的编辑还把《原上草》从不起眼儿的书架位置，挪放到显眼儿的书架位置上，方便读者发现和观看；就连传达室的老大姐都抽空儿看，还边看边乐，乃至对我刮目相看，每次我到出版社，她都笑脸相迎说：“回来了？”完全是自家人的感觉了。这部《原上草》从此就把我和金融出版社紧紧联系在一起，金融出版社成了我的福地和娘家了。

从此，中国金融出版社就成为中国金融文学的福地和根据地。出版社的领导们还审时度势，专门成立了金融文学编辑部，编辑们团结、服务和引导了全国一大批金融作家们著书立说，为金融文学的创作和发展提供了重要平台和便利条件。随着《中国金融文学奖获奖作品集》（第一届、第二届）等作品的出版发行，许多金融作家们的作品陆续在金融出版社出版发行，逐步形成了行业特色和规模优势，开创和引领了中国金融文学新风。

我本人也由此奠定了在金融文学领域的基础，随着自己在金融文学创作中的不懈努力，逐步成长为金融文学行业的组织者和服务者。作为第一届中国金融作协第二任主席（王祁先生为首任主席），我觉得有必要在这里谈谈我对中国金融文学的认识和理解。

文章合为时而著，时代呼唤金融文学！壮丽的中国金融事业需要记载和讴歌。我们就是要欢迎包括金融系统外的作家一起来写金融文学，共同来繁荣金融文学创作。金融题材文学创作欠账太多，太需要大写特写了。随着经济和社会的发展，金融领域已成为经济的核心内容和时代的重要表征及“晴雨表”，是文学创作的重点领域和不竭的创作源泉。金融文学也是金融文化建设的重要内容，发展金融文学是贯彻落实习近平总书记文艺座谈会重要讲话精神的必然要求。金融文学创作必须与时俱进，发展金融文学创作必须要跟上金融业和时代发展的步伐。在封建社会，金融文学大体反映了商品文明与权力文明互为消长的历史现象；在资本主义社会，金融文学则鲜明地反映了资本主义金融史，从原始积累到自由竞争再到垄断资本形成。那么到了当代我国金融进入社会主义市场经济初级阶段，金融文学要反映的应该是更为复杂和深刻的金融人形象、金融人精神、金融经济社会的时代画卷等。我们提倡和鼓励体现中国特色社会主义核心价值观和主旋律的金融文学作品。

金融文学是个富矿，潜力很大。检看历史文库，金融文学作品的诞生，可以回溯到两千多年前。从货币来到世间那天起，文学领域就萌发了一朵独具风采的奇葩。随着货币的盛行，金融文学有了自己拓展的长天阔地。金融文学首先是文学，其次才是金融文学，金融文学质量的最终判断，不在金融题材上，而在文学的思想和艺术高度上。我们不应被行业特征所局限，因为文学的最终任务是写人。金融业是个被称为世界皇冠领域的产业和行业，金融是社会发展进步的信用杠杆，这个行业和泛行业中的工作生活是极其丰富多彩、绚丽多姿的，可以说是集中了精英智者、尝遍了苦辣酸甜、充满了机遇风险、展尽了人性善恶、演足了爱恨情仇、牵扯了方方面面敏感神经的生活领域。文不按古，匠心独妙，金融行业题材也可以写出经典作品。通过金融人写和写金融人的共同努力，金融文学一定能结出丰硕的果实。村村皆画本，处处有诗才，繁华的都市，还有丰收的乡村，时时离不开金融业的支持，到处都有金融人的身影。登山则情满于山，观海则意溢于海，文若春华，思若涌泉，衔华而佩实。这火热的生活、壮丽的金融事业，需要更多的金融作家、文学爱好者去记录、去讴歌，去描绘一幅幅充满活力的金融文学画卷。

阎雪君
发表于《中国金融》杂志（2016 年 10 期）

群贤毕至，见贤思齐

——作家阎雪君为全国金融先进人物撰写的颁奖词

这是作家阎雪君为金融工匠和劳模撰写的颁奖词

他们，是守正创新的推动者
他们，是专注严谨的修行者
他们，是追赶超越的引领者
他们，是品质金融的实践者

为中国工商银行景德镇分行段柳平撰写的颁奖词

光荣的节日，光荣的劳模。我们靓丽的金融劳模代表——中国工商银行景德镇分行的段柳平。

段柳平多年坚持在平凡的岗位，在春寒中深挖金融基础的“瓷泥”，在酷暑里修琢金融产品的“利坯”，在严冬中锻铸金融服务的信念。她视客户为亲人，做到了初心“白如玉”、承诺“声如磬”、责任“明如镜”，她把大爱初心浇铸在金融“青花”的瓷骨里，把为人民服务的信念镌刻在金融“红釉”的大器上。

为中国人民银行南京造币有限公司首席高级工程师马立项撰写的颁奖词

潜心研制印钞设备，深情擦亮国家名片。心随朗月高、志与秋霜洁，27年春华秋实精心钻研，终成印制行业首席专家。“其作始也简，其将毕也必巨”，这是坚定的“立项”，更是执着的求索。多少事，从来急，道路曲曲折折，奋斗初心不改。他眼中多了浩浩沧桑，心头却燃亮点点星火。方寸之间有乾坤，人民的币人民爱，在这个博大而细微的乾坤世界里，用忠诚和担当，凭初心和使命镌刻金“币”辉煌。一路走来，世异时移，劳模工匠有了新的时代定义：马踏飞燕，长缨在手，勇于前行和奉献的领军者！

为中国农业发展银行衡阳市分行党委书记、行长陈晓明撰写的颁奖词

功崇而惟志、业广而惟勤。横刀立马舍半生，勇做金融精准扶贫的先行者。投身农村金融，辗转六地，信念坚定，忠厚诚实，坚持党建引领发展，为党旗增辉。总书记视察十八洞村，“精准扶贫”在此首倡，引全国万山红遍。创新“差别信贷”政策，以担当作为为精准扶贫注入活力，用智慧化解了一笔笔贷款风险，靠真情为脱贫致富输氧造血，凭一片赤诚为农民盛开漫山遍野的“映山红”。躬身践行“家国情怀、专业素养”，努力阐释工匠精神，把初心使命的答卷书写在丰收的大地上！

为中国金融道德模范陈银锁先进精神颁奖词

她直如钢丝绳，清如玉壶冰，几十年如一日，倾情献爱，做到了守德而忘势，兴义而忘利，修行而忘名。爱人者人恒爱之，敬人者人恒敬之。

为中国农业银行股份有限公司常州分行高级专员王东云撰写的颁奖词

手指戴上重重的钢圈，每天 18 万次点钞练习，20 多年风雨无阻，她的食指指纹全部磨平了，却凸起了点钞“全国冠军”“大行工匠”。她立足本职，把最简单的事做到了极致，非凡绝技，极限速度，王氏点钞法成了业界主流指法，多项指法获得专利，靠的就是“热爱”。她创立的“王东云工作室”名扬全国，金融工匠精神薪火相传，带出了数十名冠军，数万个行业能手。身处平原，挑战高山的极限，站上技能巅峰，无以伦比的精湛技艺，惊艳赛场，轰动业界。在中央电视台《挑战不可能》“蒙眼听钞”现场，专家的评语令人动容：择一事终一生，这就是一种值得令人尊敬的匠人精神。她让世界明白，东方“云”来满眼春，在中国工匠面前，一切皆有可能！

为工银国际控股有限公司首席经济学家程实撰写的颁奖词

“诚实”不仅是宝贵的金融品格，更是一个工匠标准内涵，“程实”人如其名。长期致力于中国金融和经济运行的研究，深扎中国经济和金融实际，通过“乘数效应”唱响中国声音，推动了国家金融安全理论的发展。在实现金融与国家安全进“程”中，撸起袖子扎“实”苦干，做出了卓有成效的巨大贡献，夯实了全球投资者对中国经济和中国市场的长期信心。不言春作苦，常恐负所怀，风雨兼“程”著文章，忠诚“实”心谋国利，他把“宇宙行”的大旗插在了世界高原的

峰巅上！

为中国银行股份有限公司陕西省分行营业部柜员李莉撰写的颁奖词

许多人都说她是行业翘楚，技能精英，其实她最朴素的初心就是练好基本功让客户少一分等待。日月在她的苦练中交替，四季在她的精进中轮回，心无旁骛而精益求精，锲而不舍而百琢成玉，“一万小时定律”在她身上得到了生动体现。她的手点速度超过点钞机的飞转，指疾如电，手握春茧一把钞开出美丽花朵，一双手翻飞两只蝴蝶，创造出 15 种点钞最美的“钞舞”。在央视《挑战不可能》活动中她的蒙眼点钞打破吉尼斯世界纪录，成就世界纪录那 191 张传奇。梦为帆，勤为舟，手为舵，她终以最美的微笑站上金融职工荣誉的最高点！

为中国建设银行股份有限公司新疆维吾尔自治区分行营业部小企业中心副主任朱超撰写的颁奖词

关注社会脉搏，服务大众冷暖。小微企业融资难、融资贵、融资慢，金融人怎么办？走出柜台，走出旧的模式，走向千家万户。“朱超工作法”，敢为人先，勇于担当，用普惠金融的爱心融化着一个个难题，攻克着一座座“堡垒”。倾情助力，窗口内外都是“咱们”；全力传习，讲堂上下就是“我们”。锻造 24 年的金融工匠，“朱”心永葆，始终“超”越，建设的是经济社会进步大厦，润泽的是天下百姓美丽欢颜，用实际行动诠释了“最美建行人”的深刻内涵！

为中国光大银行广州分行中心主任张慕桦撰写的颁奖词

“如切如磋，如琢如磨”。“慕桦技能工作室”，这是光大银行首家用个人名字命名的工作室。消瘦的张慕桦宛如一株亭亭白桦，十年来深深扎根在金融沃土最基层的一线。这位年轻的金融工匠，心怀梦想，勤学苦练，甘于寂寞，乐于奉献，她把手中的活计视若有灵气的生命体，融入血脉亲情，让技艺在双手中灵魂升华。多年来，她和她带领的工作室，几乎囊括了所有业务技能比赛的第一名，获得多项殊荣。众桦亭亭迎晓光，株株昂首举新妆，她培养出的业务能手，已站成一排排迎风挺立的白桦，迎着霞光，将金融工匠的精神溢满枝桠！

为招商银行总行私人银行部高级投资顾问倪超撰写的颁奖词

他是招行资产配置领域的冠军。他在平凡的岗位上创造了不凡的业绩，磨砺成为专业配置领域的优秀工匠。他刻苦钻研迎难而上，在大赛中披荆斩棘脱颖而出，获得专业领域的桂冠。这就是倪见，以超强的专业技能赢得了佳绩和赞誉，他用工匠精神，谱写了人生优美的华章。他的成长历程告诉我们，全力雕琢倾心的事业，就会打造出春光满目的亮丽人生；努力提升业务技能，才有底气浇铸惠行利民的成就辉煌。遇见倪见，让我们看见：个人的荣耀，闪耀着团队的光芒。挺立的高峰，是工匠精神唱响的时代诗行！

为中国人保财产保险股份有限公司浙江省分公司主管李彬撰写的颁奖词

他，始终站在车险理赔的第一线，披一身冷月，袭一路风尘，穿越春夏秋冬，挥洒着激情和汗水。积极探索，对事故明察秋毫，用科技助力理赔；锐意求新，对客户“彬彬有礼”，用服务赢得口碑。通过专业的技术分析，练就了穿透虚假的“火眼金睛”，协助公安破获特大跨省诈骗案件，为行业树立起浩然正气，保险惠及千家万户，创新演绎夺目彩虹。为“人民保险，服务人民”这部恢弘乐章平添了荡气回肠的感动。默默牢记嘱托，践行承诺，守护信任，历久弥新，玉汝于成，描绘出人生青春最亮丽的轨迹！

为阳光财产保险股份有限公司临沂中心支公司总经理邓凤龙撰写的颁奖词

云让天空在幽邃中灵动，花让荒野在浩淼中生趣，风让土地在深沉中孕育，心让人在阳光里绚烂。邓凤龙，在他保险的事业大厦里，矢志不渝，一砖一瓦、万难不弃地搭建与修葺。他只愿做一位匠人，有心的匠人。十多年来他凭借做事的专一、专注、专业，凭借做人的诚信、诚挚、诚恳，把保险做到温暖人心，做到将心比心，做到以心换心，带领员工把保费从三千万做到五亿，做成行业翘楚，做成耀眼明星，做成人中“龙凤”，让他的大厦前后 4 次闪光于全集团“十大价值单位”。这位匠人的内心也铸炼得温暖而丰厚，他说：一定要让人民的生活充满阳光！

为光大环保技术研究院（南京）有限公司焚烧所所长邵哲如撰写的颁奖词

无锡的一个简陋而寒酸“草棚”，是他追逐梦想的起点和白手起家的全部家当。盛夏 40 度的高温袭来，他挥汗如雨坚守如初。敢于挑战世界权威，大胆创新和突破，他将历史的责任和发展的重担扛在肩上。突破垃圾围城，还民居所洁净。攻坚克难，戳破了洋技术不可攻破的幌子，从零开始，矗立起世界一流焚烧高炉。让废物燃烧出光和热，照亮他的初心，熔炼他的责任。“填补国内空白”的自主研发，铸就他人生的绚丽和辉煌；国际环保领域领先的地位和荣耀，那是他带给祖国的自豪和荣光。丹心终不改，白发为谁新，如今，年逾八旬的他，仍老当益壮，每天都绎演着“从零开始”的精彩华章！

为中信重工机械股份有限公司锻压车间锻一组组长郭卫东撰写的颁布奖词

他是泱泱中华高端制造业的民族脊梁，是中信创新基因的践行者和传承人。200 米坯体，展示的不只是长度，还有高度；186 吨锻件，承载的不只是重量，还有责任；32 年风雨，磨砺的不只是技艺，还有匠心。凭借满腔的热忱，高超的技能，潜心锻造行业的尖端领域，践行着技术工人的责任担当，打造着属于自己的人生传奇。铁杵磨针，银针闪亮，终将成千上万的钢铁侠，“绕指柔”成了鲜活的“生命”，成为“世界级金牌首席工匠”。在平凡中创造奇迹，在奇迹中实现卓越，把国家的荣誉和威望熔铸在高高昂起的“大国重器”上！

发表于《中国金融工运》杂志（2020 年 5 期）

安得序文数百篇，大庇金融文人俱欢颜

——于占泳编辑《阎雪君序文集》感想

前段时间，在翻阅金融作协微信公众号上那些熟悉的金融作家、诗人们往昔发表的文章时，我惊喜地发现雪君主席为金融作家、诗人们出版的新著撰写的多篇序文。我便捧着手机，从头至尾细细品读起来……

此时，一个念头在我脑海中浮现，若将这些序文编辑在一起供大家阅读，那该是多么美妙的事情啊！我性子急，说干就干，起早贪黑，用了一周多的时间，便将雪君主席从2013年至2023年创作的一百多篇序文制作成了美篇，我暂且将其命名为《阎雪君序文集》。

朋友们都清楚，读一本书，必先读它的序言与后记。这就像初次见面的人，必先看其衣着鞋帽；欣赏风景时必先看其水韵山魂。一篇优秀的序言，对于一本书而言，如同撑起蓝鲸的龙骨；对于万千读者来说，它能左右阅读者的心境，悄然挥洒出书中故事的背景画面，提升书本的价值。

在编辑雪君兄为同好、后坤所作书序集的过程中，我有幸拜读了这些佳作。对雪君兄的文学创作能力，除了佩服，更多的是深深的感触。

由于行业的特殊性，一些从业者都会有创作疲劳的现象，作家也不例外。为人作序，求到头上难以推脱。一篇可以，五篇可以，八篇也可以。同一文体，百十多篇下来，不经意间就会落入习惯文字的窠臼。然而拜读了雪君兄这些浸满汗水、认真阅读原著并饱含激情的一篇篇序文，我深感震撼。从头到尾绝无雷同之感！雪君兄的笔下是一座座各不相同的山峰，各有各的棱角，各有各的起伏。远近高低，云遮雾绕，激励发扬，奋然向上。

雪君兄书底厚重，知识渊博，面对不同的作者、不同的书作，他旁征博引，信手拈来，古今中外，侃侃而谈。八荒皆入笔下，山河为他作证。许多篇章，许多段落，行云流水，擘画天成，不见刻刀斧凿的痕迹。读后如沐春风，让人不自觉地为作者叫好！

一篇好的序言，不仅为原作增色，也为读者添彩。雪君兄，好手段！

此刻，像我这般草莽之人，胸中也隐隐升腾起对真正中华文化的朦胧敬意。

在搜集和编制《阎雪君序文集》的过程中，先后得到了作者阎雪君、崔伟和李瀛等的大力支持和帮助，在此，一并致谢！

因本人能力和经验有限，《阎雪君序文集》在编制上可能存在缺点和不足，敬请广大读者朋友们批评指正。

于占泳（渔夫）

2023 年 4 月 10 日